TRUDI CANAVAN

# Das Zeitalter der Fünf 1

*Das Buch*

Als die junge Auraya zu einer der Weißen Priester der Heiligen Fünf erwählt wird, muss sie alles hinter sich lassen, was sie liebt: ihr Dorf, ihre Familie – und vor allem ihren Lehrer, den Traumweber Leiard. Denn die Traumweber, wahre Meister der Heilkunst, werden wegen ihrer heidnischen Überzeugungen von den Anhängern der fünf Götter von jeher verachtet. Zehn Jahre später hat Auraya viel gelernt – über ihre Welt Ithania, die von Kriegen heimgesucht wird, über die fünf Götter und über die Ziele ihres Ordens. Und sie hat daran gearbeitet, ihre erstaunlichen magischen Fähigkeiten zu perfektionieren, was sich nun auch als dringend nötig erweist, denn die Fünf haben ihren Priestern eine gewaltige Aufgabe gestellt: Sie sollen die Länder des nördlichen Ithania zu einem Bündnis vereinen und alle magisch begabten Menschen dem Orden der Weißen zuführen. Doch der Frieden scheint weiter entfernt denn je, als sich tief im Süden eine mächtige neue Sekte erhebt, deren Mitglieder behaupten, den einzig wahren Göttern zu dienen. Bald darauf überziehen geheimnisvolle schwarz gekleidete Magier das Land mit Tod und Verderben. Sie kennen nur ein einziges grausames Ziel: die völlige Auslöschung aller Priester vom Orden der Weißen …

*Die Autorin*

Trudi Canavan wurde 1969 im australischen Melbourne geboren. Sie arbeitete als Grafikerin und Designerin für verschiedene Verlage und begann nebenbei zu schreiben. 1999 gewann sie den Aurealis Award für die beste Fantasy-Kurzgeschichte. Ihr Erstlingswerk, der Auftakt zur Trilogie »Die Gilde der Schwarzen Magier«, erschien 2001 in Australien und wurde weltweit ein riesiger Erfolg. Seither stürmt sie mit jedem neuen Roman die internationalen Bestsellerlisten.

*Von Trudi Canavan bereits erschienen*

Die Gilde der Schwarzen Magier · Magie · Sonea ·
Das Zeitalter der Fünf · Die Magie der Tausend Welten

TRUDI
CANAVAN

# DAS ZEITALTER DER FÜNF

ROMAN

## PRIESTER

Deutsch von Michaela Link

blanvalet

Die Originalausgabe erschien 2005 unter dem Titel
»Priestess of the White. Age of the Five Trilogy Book One«
bei Voyager/HarperCollins Australia, Sydney.



MIX
Papier aus verantwortungsvollen Quellen
FSC® C014496

Verlagsgruppe Random House FSC® N001967

1. Auflage

Neumarkter Str. 28, 81673 München
Redaktion: Alexander Groß
Umschlaggestaltung- und Illustration: © Melanie Korte, Inkcraft
JaB · Herstellung: sam
Satz: Uhl + Massopust, Aalen
Druck und Bindung: GGP Media GmbH, Pößneck
Printed in Germany
ISBN 978-3-7341-6175-9

www.blanvalet.de

Für Paul

# *Prolog*

Auraya stieg über den Stamm eines umgestürzten Baumes und achtete sorgsam darauf, durch kein Rascheln seiner Blätter oder Zweige ihre Anwesenheit zu verraten. Ein Ziehen am Hals ließ sie innehalten und sich umwenden. Der Saum ihres Kapas hatte sich an einem Zweig verfangen. Sie befreite ihr Gewand, setzte bedächtig ihren nächsten Schritt.

Ihre Beute bewegte sich, und Auraya erstarrte.

*Er kann mich nicht gehört haben,* sagte sie sich. *Ich habe kein Geräusch gemacht.*

Mit angehaltenem Atem beobachtete sie, wie der Mann sich erhob und in die Zweige eines altes Garpa-Baums hinaufblickte. Auf seinem Traumweberwams malten sich die Schatten der Blätter ab. Im nächsten Moment ging er in die Hocke und vertiefte sich in die Betrachtung des Unterholzes.

Vorsichtig machte Auraya drei weitere Schritte in seine Richtung.

»Du bist heute früh dran, Auraya.«

Mit einem verärgerten Seufzer stapfte Auraya zu ihm hinüber. *Eines Tages werde ich ihn überraschen,* schwor sie sich. »Mutter hat gestern Abend eine starke Dosis genommen. Sie wird lange schlafen.«

Leiard griff nach einem Stück Borke, nahm ein kurzes Messer aus einer der Taschen seines Wamses, bohrte die Klinge in eine Ritze und drehte sie, so dass darin winzige, rote Samen sichtbar wurden.

»Was ist das?«, fragte sie fasziniert. Obwohl Leiard sie seit Jahren mit den Wundern des Waldes vertraut gemacht hatte, gab es immer etwas Neues zu lernen.

»Die Samen des Garpa-Baums.« Leiard kippte die Samen in seine Hand. »Garpa beschleunigt den Herzschlag und verhindert den Schlaf. Die Samen werden von Höflingen benutzt, so dass sie lange Strecken reiten können, und Soldaten und Gelehrte nehmen sie, um wach zu bleiben. Außerdem …«

Er verfiel in Schweigen, richtete sich dann auf und blickte in den Wald. Auraya hörte ein fernes Knacken von Holz. Sie spähte durch die Bäume. War es ihr Vater, der kam, um sie nach Hause zu holen? Oder war es Priester Avorim? Er hatte ihr verboten, mit Traumwebern zu sprechen. Sie liebte es, dem Priester insgeheim zu trotzen, aber in Leiards Gesellschaft entdeckt zu werden, war eine ganz andere Sache. Sie trat einen Schritt zur Seite.

»Bleib, wo du bist.«

Überrascht von Leiards Tonfall, verharrte Auraya. Als sie Schritte hörte und sich umdrehte, sah sie zwei untersetzte Männer auftauchen, die Wämser aus grober Tierhaut trugen. Die Gesichter beider Männer waren bedeckt mit schwarzen Strichen und Wirbeln.

*Dunweger,* dachte Auraya.

»Sag kein Wort«, murmelte Leiard. »Ich werde mit ihnen reden.«

Jetzt hatten die Dunweger sie und Leiard entdeckt. Während die beiden auf sie zugeeilt kamen, sah Auraya, dass jeder von ihnen ein Schwert trug. Leiard verharrte vollkommen reglos. Einige Schritte von ihnen entfernt blieben die Dunweger stehen.

»Traumweber«, sagte einer. »Sind noch mehr Leute im Wald?«

»Das weiß ich nicht«, antwortete Leiard. »Der Wald ist groß, und es kommen nur selten Menschen her.«

Der Krieger deutete mit seinem Schwert auf das Dorf. »Kommt mit uns.«

Leiard erhob keine Einwände und bat auch nicht um eine Erklärung.

»Willst du nicht fragen, was hier vorgeht?«, flüsterte Auraya.

»Nein«, erwiderte er. »Wir werden es bald genug erfahren.«

Oralyn war das größte Dorf im nordöstlichen Hania, aber Auraya hatte Besucher murmeln hören, dass es mit seiner Größe nicht weit her sei. Erbaut auf dem Gipfel eines Hügels, hatte man vom Dorf aus einen Blick auf die umliegenden Felder und Wälder. Ein steinerner Tempel ragte über den übrigen Gebäuden auf, und eine uralte Mauer umschloss alles. Die alten Tore waren vor über einem halben Jahrhundert entfernt worden, und dort, wo früher die Scharniere gewesen waren, waren nur unförmige, verrostete Stumpen zurückgeblieben.

Dunwegische Krieger schritten an der Mauer entlang, und auf den Feldern draußen waren keine Arbeiter zu sehen. Auraya und Leiard wurden durch die gleichermaßen verlassenen Straßen zum Tempel eskortiert und dann hineingeführt. In dem großen Raum drängten sich die Dorfbewohner zusammen. Einige der jüngeren Männer trugen Verbände. Als Auraya ihren Namen hörte, entdeckte sie ihre Eltern und eilte zu ihnen.

»Den Göttern sei gedankt, dass du lebst«, sagte ihre Mutter und schloss Auraya in die Arme.

»Was geschieht hier?«

Ihre Mutter ließ sich wieder zu Boden sinken. »Diese Fremden haben uns gezwungen, hierherzukommen«, sagte sie. »Obwohl dein Vater ihnen erklärt hat, dass ich krank bin.«

Auraya öffnete die Bänder ihres Kapas, faltete es zusammen und setzte sich darauf. »Haben sie auch gesagt, warum?«

»Nein«, erwiderte ihr Vater. »Ich glaube nicht, dass sie uns Böses wollen. Einige der Männer haben versucht, gegen die Krieger zu kämpfen, nachdem Priester Avorim gescheitert war, aber es wurde niemand getötet.«

Es überraschte Auraya nicht, dass die Fremden Avorim besiegt hatten. Obwohl alle Priester magische Gaben besaßen, waren nicht alle machtvolle Zauberer. Auraya argwöhnte, dass es Bauern gab, die größere magische Fähigkeiten besaßen als Avorim.

Leiard war neben einem der Verletzten stehen geblieben. »Soll ich mir das einmal ansehen?«, fragte er leise.

Der Mann öffnete den Mund zu einer Antwort, erstarrte jedoch, als eine weiß gekleidete Gestalt neben ihn trat. Der verletzte Mann blickte zu Priester Avorim auf und schüttelte dann den Kopf.

Leiard straffte sich und sah den Priester an. Obwohl Avorim nicht so groß war wie Leiard, besaß er dennoch einige Autorität. Aurayas Herz schlug schneller, als die beiden Männer einander musterten, dann neigte Leiard den Kopf und ging weiter.

*Narren,* dachte sie. *Er könnte ihm zumindest den Schmerz nehmen. Spielt es eine Rolle, dass er nicht den Göttern huldigt? Er weiß mehr über das Heilen als jeder andere hier.*

Aber sie wusste, dass die Situation nicht so einfach war. Zirkler und Traumweber hatten einander schon immer gehasst. Die Zirkler hassten die Traumweber, weil die Traumweber nicht den Göttern huldigten. Die Traumweber hassten die Götter, weil diese ihren Anführer, Mirar, getötet hatten. *Zumindest behauptet das Priester Avorim,* dachte sie. *Ich habe Leiard niemals etwas Derartiges sagen hören.*

Ein metallisches Klirren hallte durch den Tempel. Alle Köpfe wandten sich den Türen zu, als diese aufschwangen. Zwei dunwegische Krieger traten ein. Auf die Stirn des einen Mannes waren Linien tätowiert, so dass der Eindruck entstand, als runzle er ständig die Brauen. Aurayas Herz setzte einen Schlag aus, als sie das Muster erkannte. *Er ist ihr Anführer. Leiard hat mir diese Tätowierungen einmal beschrieben.* Neben ihm stand ein Mann in dunkelblauer Kleidung, dessen Gesicht mit strahlenförmig angeordneten Linien bedeckt war. *Und er ist ein Zauberer.*

Die beiden sahen sich im Raum um. »Wer steht diesem Dorf vor?«, fragte der Anführer der Dunweger.

Der Dorfvorsteher, ein fetter Kaufmann namens Qurin, trat nervös vor. »Das bin ich.«

»Wie lauten dein Name und dein Rang?«

»Qurin, Dorfvorsteher von Oralyn.«

Der dunwegische Anführer musterte den dicken Mann von Kopf bis Fuß. »Ich bin Bal, Talm von Mirrim, Ka-Lem der Leven-ark.«

Leiards Unterrichtsstunden fielen Auraya wieder ein. »Talm« war ein Titel, der auf Landbesitz hindeutete. »Ka-Lem« bezeichnete eine hohe Position beim dunwegischen Militär. Letzteres sollte mit dem Namen eines der einundzwanzig Kriegerclans verbunden sein, aber den Namen »Leven-ark« kannte sie nicht.

»Das ist Sen«, fuhr Bal fort und deutete mit dem Kopf auf den Zauberer an seiner Seite. »Feuerkrieger der Leven-ark. Ihr habt einen Priester bei Euch.« Er sah Avorim an. »Komm her und nenne deinen Namen.«

Avorim glitt durch den Raum, bis er neben dem Dorfvorsteher stand. »Ich bin Priester Avorim«, sagte er, und sein runzliges Gesicht nahm einen hochmütigen Ausdruck an. »Warum habt Ihr unser Dorf angegriffen? Lasst uns sofort frei!«

Auraya unterdrückte ein Stöhnen. Dies war nicht die Art, wie man einen Dunweger ansprach, und gewiss nicht die

Art, einen Dunweger anzusprechen, der soeben ein Dorf als Geisel genommen hatte.

Bal ignorierte die Forderung des Priesters. »Kommt mit.«

Als Bal sich auf dem Absatz umdrehte, warf Qurin einen verzweifelten Blick zu Avorim, der ihm beruhigend eine Hand auf die Schulter legte. Dann folgten die beiden Bal aus dem Tempel.

Sobald sich die Tür hinter ihnen geschlossen hatte, begannen die Dorfbewohner, Vermutungen über ihre Lage anzustellen. Obwohl das Dorf nicht weit von Dunwegen entfernt lag, wussten seine Bewohner nur wenig über das benachbarte Land. Sie brauchten auch nichts darüber zu wissen. Die Berge, die die beiden Länder trennten, waren fast unpassierbar, daher wurde der Handel übers Meer oder über den weit südlich gelegenen Pass geführt.

Der Gedanke daran, was Qurin und Avorim sagen könnten, um Bal zu erzürnen, jagte Auraya einen Schauer der Furcht über den Rücken. Sie bezweifelte, dass es, abgesehen von Leiard, irgendjemanden im Dorf gab, der genug Kenntnisse über die Dunweger besaß, um diese Situation durch Verhandlungen zu klären. Aber Avorim würde einem Traumweber niemals gestatten, für sie zu sprechen.

Auraya dachte an den Tag vor fast fünf Jahren zurück, an dem sie Leiard zum ersten Mal begegnet war. Ihre Familie war in der Hoffnung in das Dorf gezogen, dass der Gesundheitszustand ihrer Mutter sich in der Ruhe und Sauberkeit des Landlebens verbessern würde. Er hatte sich nicht verbessert. Auraya hatte gehört, dass Traumweber gute Heiler waren, daher hatte sie Leiard aufgesucht und ihn kühn gebeten, ihre Mutter zu behandeln.

Seither hatte sie ihn alle paar Tage besucht. Sie hatte eine Menge Fragen zu der Welt, in der sie lebte, Fragen, die niemand beantworten konnte. Priester Avorim konnte ihr nur von den Göttern erzählen, und er war zu schwach, um sie viele magische Gaben zu lehren. Sie wusste, dass Leiard über starke Magie verfügte, denn ihm fielen stets neue Gaben ein, die er sie lehren konnte.

Obwohl sie Avorim nicht mochte, war ihr klar, dass sie eigentlich von einem Zirklerpriester die Sitten und Gebräuche der Zirkler lernen sollte. Sie liebte die Rituale und Predigten, die Geschichte und die Gesetze, und sie schätzte sich glücklich, in einem Zeitalter zu leben, dem die Götter Frieden und Wohlstand geschenkt hatten.

*Wenn ich Priesterin wäre, wäre ich viel besser als er,* dachte sie. *Aber das wird niemals geschehen. Solange Mutter krank ist, wird sie mich hier brauchen, damit ich mich um sie kümmere.*

Ihre Gedanken wurden durch das Öffnen der Tempeltüren unterbrochen. Qurin und Avorim kamen eiligen Schrittes herein, und die Dorfbewohner scharten sich um sie.

»Anscheinend versuchen diese Männer, das geplante Bündnis zwischen Dunwegen und Hania zu verhindern«, erzählte Qurin ihnen.

Avorim nickte. »Wie ihr wisst, versuchen die Weißen schon seit Jahren, ein Bündnis mit den Dunwegern zu schließen. Jetzt, da der argwöhnische alte I-Orm gestorben ist und sein vernünftiger Sohn, I-Portak, die Herrschaft übernommen hat, haben die Weißen einen gewissen Erfolg verzeichnen können.«

»Warum sind die Dunweger dann hier?«, fragte jemand.

»Um das Bündnis zu verhindern. Sie haben mich aufgefordert, mit den Weißen in Verbindung zu treten, um ihre Forderungen zu übermitteln. Ich habe es getan, und ich … ich habe mit Juran persönlich gesprochen.«

Auraya hörte, dass einige der Dorfbewohner scharf die Luft einsogen. Es war selten, dass Priester auf telepathischem Wege mit einem der Auserwählten der Götter sprachen, den vier Führern der Zirkler, die die Weißen genannt wurden. Zwei rote Flecken waren auf Avorims Wangen erschienen.

»Was hat er gesagt?«, fragte der Dorfbäcker.

Avorim zögerte. »Er sorgt sich um uns und wird tun, was er kann.«

»Und das wäre?«

»Das hat er nicht gesagt. Er wird wahrscheinlich zuerst mit I-Portak sprechen.«

Mehrere Fragen folgten. Avorim hob die Stimme. »Die Dunweger wollen keinen Krieg mit Hania – das haben sie uns unzweideutig zu verstehen gegeben. Wer den Weißen trotzt, trotzt schließlich damit den Göttern selbst. Ich weiß nicht, wie lange wir noch hier sein werden. Wir müssen auf eine Wartezeit von mehreren Tagen vorbereitet sein.«

Die Fragen wandten sich jetzt praktischeren Belangen zu, und Auraya fiel auf, dass sich auf Leiards Gesicht Sorge und Zweifel abzeichneten. *Wovor hat er Angst? Bezweifelt er, dass die Weißen uns retten können?*

Auraya träumte. Sie ging einen langen, von Schriftrollen und Tafeln gesäumten Flur hinunter. Obwohl all diese Dinge sehr interessant aussahen, beachtete sie sie nicht weiter; aus irgendeinem Grund wusste sie, dass keins davon das enthielt, was sie benötigte. Etwas trieb sie weiter. Schließlich gelangte sie in einen kleinen runden Raum. Auf einem Podest in der Mitte befand sich eine große Schriftrolle. Die Schriftrolle entfaltete sich, und Auraya hatte den Text vor Augen.

Mit hämmerndem Herzen erwachte sie und fuhr erschrocken auf. Im Tempel war es still bis auf die gedämpften Geräusche der schlafenden Dorfbewohner. Sie blickte sich forschend um; Leiard lag schlafend in einer anderen Ecke des Raums.

Hatte er ihr den Traum geschickt? Wenn es so war, hatte

er damit ein Gesetz gebrochen, auf dessen Missachtung die Todesstrafe stand.

*Spielt das eine Rolle, wenn wir alle ohnehin sterben werden?*

Auraya streifte sich ihr Kapas wieder über und dachte über ihren Traum nach und darüber, warum sie sich jetzt so sicher war, dass dem Dorf furchtbares Unheil drohte. Ein Absatz auf der Schriftrolle hatte gelautet:

*»Leven-ark« bedeutet auf Dunwegisch »Ehrenverzichter«. Das Wort beschreibt einen Krieger, der alle Ehre und alle Verpflichtungen beiseitegeschoben hat, um für eine ideelle oder moralische Sache zu kämpfen.*

Zuvor hatte es für Auraya keinen Sinn ergeben, dass ein dunwegischer Krieger seinen Clan entehren sollte, indem er unbewaffnete Dorfbewohner als Geiseln nahm oder wehrlose Menschen tötete. Jetzt verstand sie. Ehre bedeutete diesen Dunwegern nichts mehr. Sie konnten alles tun, auch die Dorfbewohner niedermetzeln.

Die Weißen besaßen machtvolle Gaben und könnten die Dunweger in einem Kampf mühelos besiegen, aber während dieses Kampfes würden die Dunweger die Dorfbewohner vielleicht töten, bevor die Weißen sie überwältigen konnten. Wenn die Weißen den Forderungen der Dunweger jedoch nachgaben, würden andere sie vielleicht nachahmen. Viele weitere Hanianer könnten gefangen genommen und bedroht werden.

*Die Weißen werden nicht nachgeben,* dachte sie. *Eher würden sie uns alle töten lassen, als andere dazu ermutigen, ein Dorf als Geisel zu nehmen.* Auraya schüttelte den Kopf. *Warum hat Leiard mir diesen Traum geschickt? Gewiss würde er mich nicht mit der Wahrheit quälen, wenn es nichts gäbe, was ich dagegen tun könnte.*

Noch einmal dachte sie über die Informationen in der Schriftrolle nach. *»Leven-ark.« »… alle Ehre und alle Verpflichtungen beiseitegeschoben hat.« Wie können wir das zu unserem Vorteil nutzen?*

Den Rest der Nacht lag sie wach und grübelte. Erst als das Morgenlicht in den Raum drang, fand sie die Antwort.

Nach mehreren Tagen waren die Gemüter gereizt, und in der abgestandenen Luft lagen unangenehme Gerüche. Wenn Priester Avorim nicht damit beschäftigt war, Streitigkeiten unter den Dorfbewohnern zu schlichten, sprach er ihnen Mut zu. Er hielt jeden Tag mehrere Predigten. Heute hatte er von den dunklen Zeiten vor dem Krieg der Götter gesprochen, als Chaos die Welt regierte.

»Priester Avorim?«, fragte ein Junge, als die Geschichte endete.

»Ja?«

»Warum töten die Götter die Dunweger nicht?«

Avorim lächelte. »Die Götter sind Geschöpfe aus purer Magie. Um Einfluss auf die Welt zu nehmen, müssen sie durch Menschen wirken. Deshalb haben wir die Weißen. Sie sind die Hände, die Augen und die Stimmen der Götter.«

»Warum geben sie *dir* nicht die Macht, die Dunweger zu töten?«

»Weil es bessere Wege gibt, Probleme zu lösen, als zu töten. Die Dunweger …« Die Stimme des Priesters verklang. Sein Blick war auf einen fernen Punkt gerichtet, dann lächelte er. »Mairae von den Weißen ist soeben angekommen«, verkündete er.

Aurayas Magen flatterte. *Eine der Weißen ist hier, in Oralyn!* Als die Tür des Tempels geöffnet wurde, zerstob ihre Erregung. Bal trat herein, begleitet von mehreren Kriegern und seinem Zauberer, Sen.

»Priester Avorim. Qurin. Kommt.«

Avorim und Qurin eilten hinaus. Sen blieb zurück. Die strahlenförmig angeordneten Linien auf seinem Gesicht waren zu einem finsteren Ausdruck verzogen. Er deutete auf den Vater des Schmieds, Ralam.

»Du da. Komm.«

Der alte Mann erhob sich und taumelte auf den Zauberer zu, behindert durch ein Bein, das vor Jahren gebrochen und anschließend ungeschickt gerichtet worden war.

*Das Opfer,* dachte Auraya. Ihr Herz begann zu rasen, als sie langsam vortrat. Ihr Plan stützte sich darauf, dass es den Dunwegern trotz ihrer Absichten widerstreben würde, gegen ihre Sitten zu verstoßen. Sie stellte sich vor Ralam.

»Gemäß den Edikten von Lore«, sagte sie an Sen gerichtet, »fordere ich das Recht, den Platz dieses Mannes einnehmen zu dürfen.«

Der Zauberer blinzelte überrascht. Er blickte zu den Kriegern hinüber, die die Tür bewachten, sprach einige Worte auf Dunwegisch und deutete mit einer abschätzigen Geste auf Auraya.

»Ich weiß, dass du mich verstanden hast«, erklärte sie und trat weiter vor, bis sie nur noch einen Schritt von dem Zauberer entfernt stand. »Geradeso wie deine Kriegerbrüder mich verstanden haben. Ich fordere das Recht, den Platz dieses Mannes einnehmen zu dürfen.«

Ihr Herz hämmerte. Stimmen wurden laut, riefen nach ihr, befahlen ihr zurückzukommen. Der alte Mann zupfte an ihrem Ärmel.

»Es ist schon gut, Mädchen. Ich werde gehen.«

»Nein«, sagte sie. Sie zwang sich dazu, Sens Blick standzuhalten. »Werdet Ihr mich nehmen?«

Sens Augen wurden schmal. »Es ist dein freier Wille?«

»Ja.«

»Dann komm mit mir.«

Irgendjemand im Raum schrie ihren Namen, und sie zuckte zusammen, als ihr klar wurde, dass es ihre Mutter war. Sie widerstand dem Drang, sich umzudrehen, und folgte den Dunwegern aus dem Tempel.

Draußen angelangt, geriet Aurayas Mut ins Wanken. Sie konnte die dunwegischen Krieger sehen, die sich in einem Halbkreis um die Lücke in der Dorfmauer geschart hatten. Das Licht des späten Nachmittags ließ ihre Speere funkeln. Von Qurin und Priester Avorim war nichts zu sehen. Im nächsten Moment löste sich Bal aus dem Halbkreis der Krieger. Als er Auraya erblickte, runzelte er finster die Stirn und murmelte einige Worte in seiner eigenen Sprache.

»Sie hat sich im Austausch für den Alten angeboten«, antwortete Sen auf Hanianisch.

»Warum hast du das nicht abgelehnt?«

»Sie kannte die rituellen Worte. Die Ehre verlangte von mir …«

Bals Augen wurden schmal. »Wir sind die Leven-ark. Wir haben alle Ehre hinter uns gelassen. Nimm …«

Ein Warnruf wurde laut. Alle wandten die Köpfe und erblickten eine Priesterin, die in der Lücke der Mauer stand.

Die Priesterin war sehr schön. Ihr goldblondes Haar war zu einer kunstvollen Frisur hochgesteckt, und in ihren großen blauen Augen lag ein Ausdruck friedvoller Heiterkeit. Auraya vergaß alles andere, bis auf die Tatsache, dass sie Mairae von den Weißen sah. Dann umklammerte Sen mit eisernem Griff ihr Handgelenk und zog sie hinter Bal her, der auf die Frau zuging.

»Bleib, wo du bist, oder das Mädchen stirbt«, blaffte der Anführer der Dunweger die Priesterin an.

Mairae betrachtete Bal aufmerksam. »Bal, Talm von Mirrim, Ka-Lem von den Leven-ark, warum hältst du die Menschen von Oralyn gefangen?«

»Hat euer Priester das nicht erklärt? Wir verlangen, dass ihr keine Allianz mit Dunwegen eingeht. Tut ihr es trotzdem, werden wir diese Dorfbewohner töten.«

»I-Portak heißt euer Vorgehen nicht gut.«

»Wir liegen mit euch *und* mit I-Portak im Streit.«

Mairae nickte. »Warum trachtet ihr danach, das Bündnis zu verhindern, wenn die Götter unsere Länder vereint sehen wollen?«

»Sie haben nicht kundgetan, dass Dunwegen unter die Herrschaft der Weißen gestellt werden soll, nur dass sie unsere Länder verbündet sehen wollen.«

»Wir haben nicht den Wunsch, über euch zu herrschen.«

»Warum verlangt ihr dann die Kontrolle über unsere Verteidigungstruppen?«

»Das tun wir nicht. Die Armee eures Landes gehorcht I-Portak und seinen Nachfolgern, und so wird es immer sein.«

»Eine Armee ohne Feuerkrieger.«

Mairae zog die Augenbrauen in die Höhe. »Dann ist es die Auflösung des Zauberer-Clans, gegen die ihr protestiert, nicht die Allianz selbst?«

»So ist es.«

Sie blickte nachdenklich drein. »Wir haben geglaubt, die Auflösung des Zauberer-Clans geschehe mit Billigung seiner Zauberer. I-Portak hat große Vorteile darin gesehen, Dunweger mit magischen Gaben der Priesterschaft beitreten zu lassen. Es gibt viele Dinge, die wir sie lehren können und die sie im Clanhaus nicht lernen würden. Die Heilkunst zum Beispiel.«

»Unsere Krieger wissen, wie man eine Wunde versorgt«, fuhr Sen auf, und seine Stimme dröhnte in Aurayas Ohren.

Mairae wandte ihre Aufmerksamkeit jetzt ihm zu. »Aber

sie verstehen sich nicht darauf, die Krankheit eines Kindes zu heilen, bei einer schwierigen Geburt Beistand zu leisten oder einem alten Mann das Augenlicht zurückzugeben.«

»Diese Pflichten versorgen unsere Traumweber.«

Mairae schüttelte den Kopf. »Es kann nicht genug Traumweber in Dunwegen geben, die sich um diese Dinge kümmern.«

»Wir haben mehr Traumweber als Hania«, sagte Sen steif. »Wir haben sie nicht zu Tode gehetzt, wie die Hanianer es getan haben.«

»Vor hundert Jahren waren die Dunweger genauso erpicht darauf wie die Hanianer, sich des Anführers der Traumweber, Mirar, zu entledigen. Nur einige wenige irregeleitete Hanianer haben danach getrachtet, seine Anhänger zu töten. Wir haben das nicht angeordnet.« Sie hielt inne. »Traumweber mögen mit Gaben gesegnete Heiler sein, aber sie verfügen nicht über die Macht der Götter. Wir können euch so viel mehr geben als sie.«

»Ihr würdet uns eine Tradition stehlen, die wir über tausend Jahre lang gepflegt haben«, entgegnete Bal.

»Würdet ihr euch deshalb zu Feinden der Götter machen?«, fragte sie. »Lohnt es sich, dafür einen Krieg zu beginnen? Denn genau das werdet ihr tun, wenn ihr diese Dorfbewohner hinrichtet.«

»Ja«, antwortete Bal inbrünstig. »Wir sind bereit zu einem Krieg. Denn wir wissen, dass es nicht die Götter sind, die das Ende des Zauberer-Clans verlangen, sondern I-Portak und die Weißen.«

Mairae seufzte. »Warum habt ihr nicht früher gesprochen? Wärt ihr friedlich an uns herangetreten, hätten die Bedingungen der Allianz vielleicht geändert werden können. Jetzt können wir euren Forderungen nicht mehr nachgeben, denn wenn andere sehen würden, dass ihr Erfolg hattet, würden auch sie Unschuldige bedrohen, um ihren Willen durchzusetzen.«

»Also wirst du diese Dorfbewohner ihrem Schicksal überlassen?«

»Das ist eine Schuld, die du auf dein Gewissen lädst.«

»Ach ja?«, fragte Bal. »Was werden die Menschen von den Weißen denken, wenn sie hören, dass sie sich geweigert haben, ihre eigenen Leute zu retten?«

»Die Loyalität meiner Leute ist stark. Du hast bis zum Ende des Tages Zeit, mit deinen Männern abzuziehen, Talm von Mirrim. Mögen die Götter dich leiten.«

Sie wandte sich ab.

»Unsere Sache ist gerecht«, sagte Bal leise. »Die Götter wissen das.« Er bedachte Auraya mit einem verstörend unpersönlichen Blick, dann nickte er Sen zu. Auraya erstarrte, als sie Sens Hand in ihrem Nacken spürte.

»Warte!«, stieß sie hervor. »Darf ich sprechen, bevor ich sterbe?«

Sie spürte, dass Sen innehielt. Mairae blieb stehen und blickte über ihre Schulter hinweg zu Bal hinüber. Der Dunweger lächelte.

»Sprich«, sagte er.

Auraya blickte von Mairae zu Bal und griff nach den Worten, die sie seit Tagen im Stillen geprobt hatte. »Es gibt vier Möglichkeiten, wie diese Sache entschieden werden kann«, erklärte sie. »Erstens, die Dunweger könnten nachgeben und den Weißen ihren Willen lassen.« Sie sah zu Bal hinüber. »Das ist unwahrscheinlich. Ebenso unwahrscheinlich ist es, dass die Weißen nachgeben und auf einen besseren Zeitpunkt warten werden, um ein Bündnis zu schließen, denn sie werden nicht wollen, dass irgendjemand euch nachahmt.«

Ihr Mund war so trocken. Sie hielt inne, um zu schlucken.

»Es sieht so aus, als müssten die Weißen zulassen, dass die

Leven-ark uns töten. Dann werden entweder die Weißen oder I-Portak die Leven-ark töten. Man wird uns alle als Märtyrer sehen, die für ihr Land oder ihre Sache gestorben sind.« Wieder wandte sie sich an Bal. »Oder ist das ein Irrtum? Wenn ihr euer Leben lasst, wird der Zauberer-Clan dennoch zu existieren aufhören. Eure Mission scheitert.« Sie drehte sich zu Mairae um. »Es muss noch eine andere Lösung geben.«

Alle starrten sie an. Sie zwang sich, abermals den Blick auf Bal zu richten. Lasst es so *aussehen,* als seien die Leven-ark gescheitert. »Ihr habt alle Ehre hinter euch gelassen und seid mit der Bereitschaft hierhergekommen, euer Leben zu opfern, um den Zauberer-Clan zu retten. Seid ihr bereit, stattdessen euren Stolz zu opfern?«

Bal runzelte die Stirn. »Unseren Stolz?«

»Wenn ihr den Weißen gestattet, euch in Schande aus Hania hinauszuführen – wenn ihr ein Scheitern eurer Mission vortäuscht –, dann werden wir nicht befürchten müssen, dass andere euch nachahmen.« Sie sah Mairae an. »Wenn er zustimmt, werdet ihr dann die Bedingungen eurer Allianz ändern?«

»Und den Clan fortbestehen lassen?«

»Ja. Selbst ich, die ich in diesem winzigen Dorf lebe, weiß von dem berühmten dunwegischen Feuerkrieger-Clan.«

Mairae nickte. »Ich bin einverstanden, sofern das Volk von Dunwegen den Clan behalten will.«

»Verändert die Bedingungen der Allianz – aber nicht sofort, sonst werden andere eine Verbindung zwischen dem Erscheinen der Leven-ark hier und der Veränderung sehen. Benutzt eine List, um die Veränderung zu rechtfertigen.«

Bal und Mairae blickten nachdenklich drein. Sen stieß einen dumpfen Laut aus, dann sagte er einige Worte auf Dunwegisch. Bei Bals Antwort versteifte er sich, verfiel jedoch in Schweigen.

»Gibt es noch etwas, das du zu sagen wünschst, Mädchen?«, fragte Bal.

Auraya neigte den Kopf. »Ich wäre euch dankbar, wenn ihr meine Familie und meine Nachbarn nicht töten würdet.«

Bal wirkte erheitert. Er drehte sich zu Mairae um. Auraya kämpfte den wachsenden Verdacht nieder, dass sie sich soeben zum Narren gemacht hatte.

*Ich musste es versuchen. Wenn mir eine Möglichkeit eingefallen wäre, das Dorf zu retten, und ich es nicht versucht hätte, wäre ich … wäre ich am Ende ohnehin gestorben.*

»Bist du bereit, die Welt glauben zu machen, deine Mission sei gescheitert?«, fragte Mairae.

»Ja«, antwortete Bal. »Aber meine Männer müssen ebenfalls zustimmen. Wenn sie es tun, werdet ihr dann die Bedingungen der Allianz verändern?«

»Falls die anderen Weißen und I-Portak zustimmen, ja. Sollen wir uns mit unseren Leuten beraten und uns in einer Stunde wieder treffen?«

Bal nickte.

»Ihr werdet bis dahin keinem der Dorfbewohner Schaden zufügen?«

»Ich schwöre im Namen von Lore, dass ihnen kein Leid geschehen wird. Aber wie können wir darauf vertrauen, dass ihr die Bedingungen der Allianz tatsächlich verändern werdet, wenn wir abgezogen sind?«

Mairaes Lippen entspannten sich zu einem Lächeln. »Die Götter gestatten uns nicht, unsere Versprechen zu brechen.«

Bal knurrte. »Damit müssen wir uns zufriedengeben. Kehre in einer Stunde zurück. Dann werden wir dir unsere Antwort geben.«

Als Mairae den Tempel betrat, verstummten die Dorfbewohner.

»Es ist eine friedliche Lösung gefunden worden«, erklärte sie. »Die Dunweger sind fort. Ihr dürft in eure Häuser zurückkehren.«

Sofort brandete Jubel im Tempel auf.

Auraya war Mairae, Avorim und Qurin in den Raum gefolgt. »Du kleine Närrin!«, rief eine vertraute Stimme. Ihre Mutter eilte auf sie zu, um sie fest in die Arme zu schließen. »Warum hast du das getan?«

»Ich werde es dir später erklären.« Auraya hielt Ausschau nach Leiard, aber der Traumweber war nirgends zu sehen. Als ihre Mutter sie losließ, wurde ihr plötzlich bewusst, dass Mairae neben ihr stand.

»Auraya Färberin«, sagte die Weiße. »Das war sehr mutig von dir.«

Auraya spürte, wie ihr die Röte ins Gesicht schoss. »Mutig? Ich hatte die ganze Zeit über furchtbare Angst.«

»Und doch hast du dich von deiner Furcht nicht zum Schweigen bringen lassen.« Die Frau lächelte. »Du hast einen seltenen Scharfblick bewiesen. Von Avorim weiß ich, dass du eine intelligente und mit außerordentlichen Gaben gesegnete Schülerin bist.«

Auraya sah den Priester überrascht an. »Das hat er gesagt?«

»Ja. Hast du es einmal in Betracht gezogen, der Priesterschaft beizutreten? Du bist zwar älter als die meisten unserer Akolythen, aber nicht zu alt.«

Kummer stieg in Auraya auf. »Ich würde schrecklich gern Priesterin werden, aber meine Mutter …« Sie blickte zu ihren Eltern hinüber. »Sie ist krank. Ich kümmere mich um sie.«

Mairae drehte sich zu Aurayas Mutter um. »Die Heiler des Tempels sind die Besten im Land. Wenn ich einen hierherschicke, der dich versorgt, würdest du Auraya dann gestatten, sich uns beizugesellen?«

Auraya, die sich plötzlich seltsam benommen fühlte, sah wieder zu ihren Eltern hinüber, deren Augen sich vor Erstaunen geweitet hatten.

»Ich möchte euch nicht so viel Mühe bereiten«, begann ihre Mutter.

Mairae lächelte. »Betrachte es als einen Tausch: eine neue Priesterin gegen eine voll ausgebildete. Auraya verfügt über zu großes Potenzial, als dass man es vergeuden dürfte. Was sagst du dazu, Auraya?«

Auraya öffnete den Mund und stieß ein würdeloses Quieken aus, an das sie sich noch jahrelang voller Verlegenheit erinnern sollte. »Das wäre *wunderbar!*«

# Teil 1

# 1

Obwohl Danjin Speer schon mehrfach im Tempel des Jarime gewesen war, hatte er heute zum ersten Mal das Gefühl, wirklich dort angekommen zu sein. In der Vergangenheit war er auf Geheiß anderer hier gewesen oder um mindere Dienste als Übersetzer zu leisten. Diesmal war es anders; diesmal war er hier, um, wie er hoffte, die bedeutendste Stellung seiner Laufbahn anzutreten.

Wohin auch immer ihn dies führen würde, und selbst wenn er versagte oder seine Pflichten sich als lästig oder unerfreulich erweisen sollten, diesen Tag würde er nie wieder vergessen. Er nahm seine Umgebung viel deutlicher wahr als sonst – vielleicht um sie sich für spätere Betrachtung einzuprägen. *Vielleicht liegt es nur an meiner Nervosität,* dachte er, *dass diese Reise mir so vorkommt, als dauere sie eine Ewigkeit.*

Man hatte ihn von einem Plattan abholen lassen. Der kleine, zweirädrige Wagen schaukelte sacht hin und her, den Bewegungen des Arem folgend, der ihn zog. Langsam kamen sie an anderen Wagen vorbei, an Dienstboten und Soldaten und an reichen Männern und Frauen, die umherschlenderten. Danjin biss sich auf die Unterlippe und widerstand der Versuchung, den Mann, der auf dem schmalen Kutschbock hockte, das sanftmütige Geschöpf zu einer schnelleren Gangart antreiben zu lassen. Alle Diener des Tempels besaßen eine stille Würde, die die meisten Menschen davon abhielt, sie herumzukommandieren. Vielleicht lag das daran, dass ihr Verhalten an das der Priester und Priesterinnen erinnerte, und *sie* kommandierte man gewiss nicht herum.

Sie näherten sich dem Ende einer langen, breiten Straße. Zu beiden Seiten reihten sich große, zwei- und dreistöckige Häuser – ein deutlicher Gegensatz zu dem Gewirr von Wohngebäuden, Läden und Lagerhäusern, die den größten Teil der Stadt bildeten. Die Häuser auf der Tempelstraße waren so teuer, dass nur die Reichsten sie sich leisten konnten. Obwohl Danjin einer der wohlhabendsten Familien in Jarime angehörte, wohnte nicht ein einziger seiner Verwandten hier. Die Mitglieder seiner Familie waren Kaufleute und interessierten sich für den Tempel und die Religion geradeso, wie sie sich für den Markt und ihr Abendessen interessierten: Sie waren eine grundlegende Notwendigkeit, um die großen Wirbel zu machen sich nicht lohnte, es sei denn, es ließe sich damit Wohlstand erwerben.

Danjin dachte anders und hatte es getan, solange sein Gedächtnis zurückreichte. Nicht alle Werte, so glaubte er, wurden in Gold bemessen. Hingebung an eine gute Sache, das Gesetz, zivilisiertes Verhalten, Kunst und der Erwerb von Wissen waren Werte an sich – allesamt Dinge, von denen sein Vater glaubte, man könne sie kaufen oder ignorieren.

Der Plattan erreichte den Weißen Bogen, der sich über den Eingang des Tempels spannte, und Reliefschnitzereien der fünf Götter ragten über Danjin auf. Mit Gold gefüllte Rillen gaben auf überzeugende Weise das strahlende Licht wieder, das die Götter verströmten, wenn sie ihre sichtbare Gestalt annahmen. *Ich weiß, was Vater dazu sagen würde: Wenn Geld den Göttern nichts bedeutet, warum ist ihr Tempel dann nicht aus Stöcken und Lehm gebaut?*

Der Plattan fuhr unter dem Bogen durch, und die volle Pracht des Tempels wurde sichtbar. Danjin seufzte anerkennend. Er war, wie er zugeben musste, recht froh, dass der Tempel nicht aus Stöcken und Lehm gebaut war. Zu seiner Linken sah er die Kuppel, eine gewaltige Halbkugel, unter der Zeremonien abgehalten wurden. Hohe Bogengänge im Sockel des Gebäudes gewährten Zutritt ins Innere und vermittelten den Eindruck, die Kuppel schwebe unmittelbar über dem Boden. Unter der Kuppel stand auch der Altar, an dem die Weißen mit den Göttern in Verbindung traten. Danjin hatte ihn noch nie gesehen, aber vielleicht würde er durch seine neue Tätigkeit eine Gelegenheit dazu finden.

Neben der Kuppel ragte der Weiße Turm auf. Das höchste Gebäude, das je existiert hatte, schien sich bis in die Wolken zu erheben. Aber so war es natürlich nicht. Danjin war in den höchstgelegenen Räumen gewesen und wusste, dass die Wolken unerreichbar weit entfernt darüber lagen. Die Illusion musste auf Besucher jedoch einen starken Eindruck machen. Er konnte durchaus erkennen, wie vorteilhaft es war, sowohl das gemeine Volk als auch fremdländische Herrscher zu beeindrucken und ihnen ein Gefühl der Demut zu vermitteln.

Rechter Hand schlossen sich an den Turm die Fünf Häuser an, ein großes, achteckiges Gebäude, das die Priesterschaft beherbergte. Danjin hatte es nie betreten und würde es wahrscheinlich auch niemals tun. Obwohl er die Götter und ihre Anhänger respektierte, verspürte er keinerlei Drang, selbst Priester zu werden. Mit seinen einundfünfzig Jahren war er zu alt, um einige seiner schlechten Angewohnheiten aufzugeben. Und seine Frau hätte ein solches Tun niemals gutgeheißen.

*Andererseits könnte ihr der Gedanke durchaus gefallen.* Er lächelte vor sich hin. *Sie beklagt sich stets über die Unordnung, die ich in ihr Haus und ihre Pläne bringe, wenn ich daheim bin.*

Konzentrische Ringe von gepflasterten Wegen und Gartenbeeten umgaben die Tempelbauten in beträchtlicher Breite. Der Kreis war das heilige Symbol des Zirkels der Götter, und einige der Methoden, mit denen dieser Umstand im Tempel versinnbildlicht wurde, weckten in Danjin die Frage, ob es sich bei den ersten Architekten und Gestaltern der Gebäude vielleicht um schwachsinnige Fanatiker gehandelt haben mochte. War es wirklich nötig gewesen, zum Beispiel die Gemeinschaftstoiletten mit kreisförmigen Entwürfen zu schmücken?

Der Plattan rollte immer näher an den Turm heran. Danjins Herz schlug jetzt ein wenig zu schnell. Weiß gekleidete Priester und Priesterinnen schritten auf den Wegen einher; einige von ihnen bemerkten seine Ankunft und nickten ihm höflich zu, wie sie es wahrscheinlich bei jedem taten, der so reich gekleidet war wie er. Schließlich blieb der Plattan neben dem Turm stehen, und Danjin stieg aus. Er dankte dem Fahrer, der mit einem knappen Nicken antwortete, bevor er dem Arem das Zeichen gab, sich wieder in Bewegung zu setzen.

Danjin holte tief Luft und wandte sich dem Eingang des Turms zu. Schwere Säulen trugen einen breiten Bogen. Er trat ein. Magische Lichter ließen offenbar werden, dass das gesamte Erdgeschoss des Turms aus einer von vielen Säulen getragenen Halle bestand. Hier wurden Versammlungen abgehalten und wichtige Besucher empfangen. Da die Weißen nicht nur über Hania herrschten, sondern auch der Zirklerreligion als Oberhäupter vorstanden, war der Tempel ebenso sehr Palast wie religiöses Zentrum. Hier versammelten sich bei wichtigen Gelegenheiten Herrscher anderer Länder, ihre Botschafter und andere bedeutende Persönlichkeiten, um über politische Angelegenheiten zu verhandeln. Dies war eine einzigartige Situation; in allen anderen Ländern war die Priesterschaft der herrschenden Macht untergeordnet.

Die Halle war voller Menschen, und ein Summen von vielen Stimmen lag in der Luft. Priester und Priesterinnen eilten umher oder mischten sich unter die Besucher, Männer und Frauen in Tuniken aus luxuriösen Stoffen, die trotz der Hitze üppige Kapas trugen und glitzernden Juwelenschmuck zur Schau stellten. Danjin, der die Gesichter der Umstehenden betrachtete, verspürte etwas, das an Ehrfurcht grenzte. Beinahe jeder Herrscher und fast alle berühmten, wohlhabenden und einflussreichen Männer und Frauen von Nordithania waren zugegen.

*Ich kann nicht glauben, was ich hier sehe.*

All diese Menschen waren nur aus einem Grund in den Tempel von Hania geströmt: Sie wollten miterleben, wie die Götter den fünften und letzten Weißen auswählten. Jetzt, da die Zeremonie beendet war, wollten sie die neue Auserwählte kennenlernen.

Danjin zwang sich, seinen Weg zwischen zwei Säulenreihen hindurch fortzusetzen. Die Säulen bewegten sich strahlenförmig auf das Zentrum des Gebäudes zu und zogen ihn immer tiefer in eine massive, kreisförmige Mauer hinein. Diese Mauer umschloss eine Wendeltreppe, die sich bis zum höchsten Stockwerk schlängelte. Der Aufstieg in die oberen Bereiche des Turms war kräftezehrend, und die Schöpfer dieses Gebäudes hatten sich eine verblüffende Lösung für das Problem einfallen lassen. Im Treppenhaus hing eine schwere Kette, die in ein Loch im Boden mündete. Am Fuß der Treppe stand ein Priester. Danjin trat auf den Mann zu und schlug das offizielle Zeichen des Zirkels: Er bildete mit Zeigefinger und Daumen beider Hände einen Kreis.

»Danjin Speer«, sagte er. »Dyara von den Weißen hat mich hergerufen.«

Der Priester nickte. »Willkommen, Danjin Speer«, antwortete er mit tiefer Stimme.

Danjin wartete auf irgendein Anzeichen dafür, dass der Priester seine Ankunft durch Gedankenrede weitergab, aber der Mann zuckte nicht einmal mit der Wimper. Die Kette im Treppenhaus setzte sich in Bewegung. Danjin hielt den Atem an. Er fürchtete sich noch immer ein wenig vor dieser Vorrichtung im Zentrum des Weißen Turms. Als er aufblickte, sah er eine große Metallscheibe zu ihnen herabschweben.

Die Scheibe war der Boden eines Metallzylinders von der Breite des Treppenhauses. Diese Vorrichtung wurde allgemein »der Käfig« genannt, und die Gründe dafür lagen auf der Hand. Sie sah genauso aus wie die aus gebogenen Weidenzweigen geformten Käfige, in denen Tiere auf den Markt gebracht wurden – und wahrscheinlich weckte sie in jenen, die sie benutzten, ein ähnliches Gefühl von Verletzbarkeit. Danjin war dankbar dafür, dass dies nicht seine erste Fahrt im »Käfig« war. Obwohl er nicht glaubte, dass er diese Vorrichtung jemals ohne Unbehagen würde benutzen können, fürchtete er sich nicht mehr so sehr davor wie früher. Er war bereits nervös genug beim Gedanken daran, eine wichtige Stellung anzutreten, da konnte er auf zusätzliche Angst gut verzichten.

Als der Käfig unten angekommen war, öffnete der Priester die Tür und ließ Danjin ein. Der Käfig erhob sich, und Danjin verlor den Mann schnell aus den Augen. Auf dem Weg nach oben sah er in den Gängen Männer und Frauen in Zirks, uniformierte Diener und die Reichen und Wichtigen in ihren üppigen Gewändern. In den unteren Stockwerken lagen die Quartiere und Versammlungsräume für Würdenträger, die im Tempel zu Gast waren. Aber je höher der Käfig stieg, umso weniger Menschen konnte Danjin entdecken. Zu guter Letzt erreichte er die höchsten Ebenen, auf denen die Weißen lebten. Der Käfig verlangsamte seine Fahrt und blieb schließlich stehen.

Danjin öffnete die Tür und trat hinaus. In der gegenüberliegenden Wand, zwei Schritte von ihm entfernt, befand sich eine Tür. Er zögerte, bevor er darauf zuging. Obwohl er inzwischen mehrmals mit Dyara, der zweitmächtigsten Weißen, gesprochen hatte, empfand er in ihrer Gegenwart noch immer ein wenig Scheu. Er wischte sich die verschwitzten Finger an seinem Gewand ab, holte tief Luft und hob die Hand, um anzuklopfen.

Seine Knöchel trafen ins Leere, da die Tür bereits aufgeschwungen war. Eine hochgewachsene Frau in mittleren Jahren lächelte ihn an.

»Genau zur vereinbarten Zeit, wie gewöhnlich, Danjin Speer. Tritt ein.«

»Dyara von den Weißen«, sagte er respektvoll und machte das Zeichen des Zirkels. »Wie könnte ich mich verspäten, nachdem du mir freundlicherweise einen Plattan geschickt hast?«

Sie hob die Augenbrauen. »Wenn ein Plattan allein Garantie für Pünktlichkeit wäre, müssten mir eine Menge Leute, die ich in der Vergangenheit hergerufen habe, einiges erklären. Komm herein und nimm Platz.«

Sie drehte sich um und ging zurück in den Raum. Ihre Größe, zusammen mit der Gewandung einer Zirklerpriesterin, hätte sie selbst dann zu einer beeindruckenden Gestalt gemacht, wäre sie nicht eine der unsterblichen Weißen gewesen. Als er ihr in den Raum folgte, sah er, dass eine weitere Weiße zugegen war. Wieder machte er das Zeichen des Zirkels. »Mairae von den Weißen.«

Die Frau lächelte, und Danjin wurde leichter ums Herz. Mairaes Schönheit war in ganz Nordithania berühmt. In Tributgesängen wurde ihr Haar als Sonnenlicht auf Gold beschrieben, und ihre Augen wurden mit Saphiren verglichen. Es hieß, sie könne mit einem Lächeln einen König dazu bringen, ihr sein Reich zu schenken. Danjin bezweifelte, dass auch nur einer der gegenwärtigen Könige durch ein bloßes Lächeln gefügig gemacht werden konnte, aber das reizvolle Funkeln in Mairaes Augen und die Herzlichkeit ihres Wesens hatten ihm bisher noch jedes Mal seine Befangenheit genommen.

Sie war nicht so groß wie Dyara und verströmte auch nicht das strenge Selbstbewusstsein, das die ältere Frau ausstrahlte. Von den fünf Weißen war Dyara als Zweite auserwählt worden. Ihre Erwählung hatte vor fünfundsiebzig Jahren stattgefunden, als sie zweiundvierzig Jahre alt gewesen war, daher verfügte sie über ein Wissen von der Welt, das mehr als ein Jahrhundert umspannte. Mairae, die erst vor einem Vierteljahrhundert im Alter von dreiundzwanzig auserwählt worden war, besaß nur einen Bruchteil der Erfahrung der Älteren.

»Lass nicht zu, dass König Berro heute deine ganze Zeit für sich beansprucht«, sagte Dyara zu Mairae.

»Ich werde etwas finden, womit ich ihn ablenken kann«, erwiderte Mairae. »Brauchst du Hilfe bei den Vorbereitungen für die Feierlichkeiten heute Abend?«

»Noch nicht. Es liegt jedoch noch ein ganzer Tag vor uns, an dem sich alle möglichen Katastrophen anbahnen könnten.« Sie hielt inne, als sei ihr soeben ein Gedanke gekommen, dann sah sie Danjin an. »Mairae, würdest du Danjin Speer Gesellschaft leisten, während ich etwas überprüfe?«

Mairae lächelte. »Natürlich.«

Als sich die Tür hinter Dyara schloss, wandte sich Mairae mit freundlicher Miene zu Danjin um. »Unsere neueste Rekrutin findet das alles hier noch ein wenig überwältigend«, sagte sie. »Ich erinnere mich noch gut daran, wie das für mich damals war. Dyara hat mir so viel zu tun gegeben, dass ich keine Zeit zum Nachdenken hatte.«

Ein leiser Stich der Furcht durchzuckte Danjin. Was würde er tun, wenn sich die neueste Weiße als unfähig erwies, ihren Pflichten nachzukommen?

»Kein Grund zur Sorge, Danjin Speer.« Mairae lächelte, und

ihm fiel wieder ein, dass alle Weißen Gedanken lesen konnten. »Sie wird es schon schaffen. Der Gang der Ereignisse hat sie nur ein wenig überrascht.«

Danjin nickte erleichtert und betrachtete Mairae. Dies könnte eine Möglichkeit sein, ein wenig mehr über die neueste Weiße in Erfahrung zu bringen.

»Wie ist sie denn so?«, fragte er.

Mairae schürzte die Lippen und erwog ihre Antwort. »Klug. Mächtig. Den Göttern treu ergeben. Mitfühlend.«

»Ich meine, inwiefern unterscheidet sie sich von den *übrigen* Weißen?«, erläuterte er seine Frage.

Sie lachte. »Ah! Dyara hat mir nicht erzählt, dass du ein Schmeichler bist. Das gefällt mir bei einem Mann. Hmm.« Ihre Augen wurden schmal. »Sie versucht, alle Seiten einer Angelegenheit zu betrachten und herauszufinden, was Menschen brauchen oder wollen. Ich denke, sie wird eine gute Friedensstifterin sein.«

»Oder eine gute Verhandlungsführerin? Mir ist zu Ohren gekommen, dass sie etwas mit dem Zwischenfall mit den Dunwegern vor zehn Jahren zu tun gehabt haben soll.«

»Ja. Es war ihr Dorf, das die Dunweger als Geisel genommen haben.«

»Ah.« *Interessant.*

Mairae richtete sich abrupt auf und blickte zu der Wand hinter ihm. *Nein,* verbesserte er sich, *sie betrachtet nicht die Wand. Ihre Aufmerksamkeit ist anderswo.* Langsam erkannte er die kleinen Zeichen, die auf Gedankenrede unter den Weißen schließen ließen. Nach einer Weile richtete sie den Blick wieder auf ihn.

»Du hast recht, Danjin Speer. Mir ist soeben übermittelt worden, dass König Berro den Wunsch geäußert hat, mich zu sehen. Ich fürchte, ich muss dich allein lassen. Wirst du auch ohne mich zurechtkommen?«

»Ja, natürlich«, antwortete er.

Mairae erhob sich. »Wir werden uns gewiss noch viele Male begegnen, Danjin Speer. Und ich bin davon überzeugt, dass du einen guten Ratgeber abgeben wirst.«

»Vielen Dank, Mairae von den Weißen.«

Nachdem sie gegangen war, war die Stille ungewöhnlich greifbar. *Das liegt daran, dass kein Laut von draußen in diesen Raum dringen kann*, dachte er. Er sah zum Fenster hinüber. Es war groß und rund und gab den Blick auf den Himmel frei. Ein kalter Schauer lief ihm über den Rücken.

Er stand auf und zwang sich, näher an das Fenster heranzutreten. Obwohl er das Bild, das sich ihm vom Weißen Turm darbot, schon oft gesehen hatte, brachte es ihn noch immer aus der Ruhe. Das Meer wurde sichtbar. Noch einige Schritte, und er konnte die Stadt unter sich erkennen – eine Spielzeugstadt voller winziger Häuser und noch winzigerer Menschen. Danjin machte einen weiteren Schritt, und sein Herz begann zu rasen, als die Kuppel in Sicht kam, wie ein gewaltiges Ei, das halb vergraben im Boden lag.

Der Boden. Der Boden, der weit, weit unter ihm lag.

Die Welt neigte sich und begann sich zu drehen. Danjin wich einige Schritte zurück, bis er nur noch das Meer und den Himmel sehen konnte. Sofort legte sich der Schwindel. Einige tiefe Atemzüge später verlangsamte sich auch sein Pulsschlag.

Dann hörte er, wie die Tür hinter ihm geöffnet wurde, und sein Herz setzte einen Schlag aus. Er drehte sich um und sah Dyara hereinkommen. Eine Priesterin begleitete sie. Als ihm klar wurde, wer dies sein musste, trat Neugier an die Stelle seiner Furcht.

Die neue Weiße war ebenso groß wie ihre Begleiterin, aber ihre Arme waren dünner, und ihr Gesicht war schmal und kantig. Ihr Haar war um eine Schattierung heller als das von

Dyara, das einen erdhaften Braunton aufwies. Die großen, an den äußeren Winkeln schräg stehenden Augen verliehen ihr ein vogelähnliches Aussehen. Diese Augen betrachteten ihn mit einem scharfen, klugen Ausdruck, dann spielte ein erheitertes Lächeln um ihre Lippen. Wahrscheinlich beobachtete sie ihn, wie er sie abschätzte, und las jeden einzelnen seiner Gedanken.

Gewohnheiten ließen sich nur schwer durchbrechen. Er hatte im Laufe der Jahre gelernt, den Charakter eines Menschen auf den ersten Blick einzuschätzen, und konnte jetzt nicht damit aufhören. Als sie und Dyara auf ihn zukamen, fiel ihm auf, dass die Starrheit, mit der die neue Weiße ihre Schultern hielt, Nervosität verriet. Ihr gerader Blick und der starke Mund legten jedoch die Vermutung nahe, dass ein angeborenes Selbstbewusstsein diese Nervosität schon bald verdrängen würde. Man hatte ihm erzählt, sie sei sechsundzwanzig Jahre alt, und seine Augen bestätigten dieses Wissen, aber die Reife, die in ihren Zügen lag, sprach eine andere Sprache: Diese junge Priesterin verfügte über größeres Wissen und mehr Erfahrung in den Dingen der Welt, als sie die meisten Edelfrauen in diesem Alter besaßen.

*Sie muss hart gearbeitet und schnell gelernt haben, um so früh schon Hohepriesterin zu werden,* dachte er. *Auch ihre Gaben müssen stark sein. Wenn sie diejenige ist, die aus diesem kleinen Dorf kommt, das die Dunweger als Geisel genommen haben, hat sie es weit gebracht.*

Dyara lächelte. »Auraya, das ist Danjin Speer«, sagte sie. »Er wird dein Ratgeber sein.«

Danjin machte das formelle Zeichen des Zirkels. Auraya hatte bereits die Hände erhoben, um die Geste zu erwidern, hielt dann jedoch inne und ließ sie wieder sinken.

»Sei mir gegrüßt, Danjin Speer«, sagte sie.

»Sei mir gegrüßt, Auraya von den Weißen«, erwiderte er.

*Sie klingt selbstbewusst*, ging es ihm durch den Kopf. *Zumindest gelingt es ihr, keine Nervosität aus ihrer Stimme klingen zu lassen. Sie braucht nur noch an ihrer Haltung zu arbeiten.* Sie straffte sich und hob das Kinn. *So ist es schon besser,* dachte er. Dann wurde ihm klar, dass sie seine Gedanken gelesen und ihre Körperhaltung daraufhin verändert hatte. *Ich werde wohl einige Zeit brauchen, um mich daran zu gewöhnen, dass jemand meine Gedanken lesen kann,* überlegte er.

»Ich sehe schon, dass ihr beiden gut miteinander zurechtkommen werdet«, bemerkte Dyara und schob sie dann zu den Stühlen hinüber. »Danjin war uns in der Vergangenheit sehr nützlich. Seine Einschätzung der Situation in Toren war ausnehmend scharfsichtig und hat es uns ermöglicht, eine Allianz mit dem König zuwege zu bringen.«

Auraya musterte ihn mit echtem Interesse. »Ist das wahr?«

Er zuckte die Achseln. »Ich habe eine Weile in Toren gelebt und lediglich übermittelt, was ich in dieser Zeit erfahren habe.«

Dyara kicherte leise. »Außerdem ist er erfrischend bescheiden. Seine Kenntnisse fremder Völker werden dir von großem Nutzen sein. Er beherrscht alle Sprachen Ithanias.«

»Bis auf die der Völker von Siyee und Elai«, ergänzte er.

»Er ist ein guter Menschenkenner. Er weiß, wie man mächtigen Männern und Frauen taktvoll und ohne Anstoß zu erregen einen Rat erteilt.«

Aurayas Aufmerksamkeit galt inzwischen weniger Dyara als Danjin. Bei Dyaras letzter Bemerkung zuckten ihre Lippen.

»Wahrhaftig, eine sehr nützliche Fähigkeit«, sagte sie.

»Er wird dich begleiten, wann immer du eine Audienz abhältst. Achte auf seine Gedanken. Sie werden dich bei deinen Antworten leiten.«

Auraya nickte und warf Danjin dann einen entschuldigenden Blick zu.

»Es gehört zu Danjins Rolle als Ratgeber, dass du ständig seine Gedanken liest; dessen ist er sich vollauf bewusst«, versicherte Dyara ihr. Sie drehte sich um und lächelte Danjin an, während sie weiterhin zu Auraya sprach. »Obwohl das nicht bedeutet, dass du die Regeln des guten Benehmens ignorieren solltest, die ich dich gelehrt habe.«

»Natürlich nicht.«

»Jetzt, da ich euch miteinander bekannt gemacht habe, müssen wir uns wieder in die unteren Ebenen begeben. Der torenische König wartet darauf, dir vorgestellt zu werden.«

»Ich treffe jetzt schon Könige?«, fragte Auraya.

»Ja«, sagte Dyara entschieden. »Sie sind nach Jarime gekommen, um die Erwählung mitzuerleben. Jetzt möchten sie die Auserwählte kennenlernen. Ich wünschte, ich könnte dir mehr Zeit geben, aber das ist nicht möglich.«

»Schon gut«, sagte Auraya achselzuckend. »Ich hatte nur gehofft, mir bliebe ein wenig Zeit, mich mit meinem neuen Ratgeber vertraut zu machen, bevor ich von ihm verlange, dass er arbeitet.«

»Ihr werdet euch während der Arbeit miteinander vertraut machen.«

Auraya nickte. »Nun gut.« Sie lächelte Danjin an. »Aber ich hoffe doch, dich ein wenig besser kennenlernen zu können, wenn ich die Gelegenheit dazu habe.«

Er neigte den Kopf. »Auch ich freue mich darauf, deine Bekanntschaft zu machen, Auraya von den Weißen.«

Als die beiden Weißen sich erhoben und zur Tür gingen, folgte Danjin ihnen. Er hatte die Frau kennengelernt, für die er arbeiten würde, und nichts an ihr legte die Vermutung nahe, dass seine Rolle schwierig oder unerfreulich sein würde. Seine erste Aufgabe war jedoch eine ganz andere Angelegenheit.

*Ich werde ihr bei dem Gespräch mit dem torenischen König helfen*, dachte er. *Nun,* das *wird eine Herausforderung sein.*

Tryss rutschte ein wenig zur Seite, bog die Zehen um die grobe Borke des Zweigs und lockerte sie wieder. Durch das Blätterwerk des Baums nahm er eine weitere Bewegung im Unterholz wahr und blickte erwartungsvoll hinab. Aber sosehr er sich danach sehnte, sich vorzubeugen, die Flügel auszustrecken und in die Tiefe zu tauchen, verharrte er doch vollkommen reglos auf seinem Platz.

Ihn juckte die Haut, der Schweiß rann ihm über den Körper und durchnässte den aus Rohrschilf gewobenen Stoff seines Wamses und seiner Hosen. Die Membranen seiner Flügel kribbelten. Die Riemen, die er um Hüften und Hals trug, waren unbequem und beengend, und die Eisenspitzen, die an seinem Bauch hingen, fühlten sich schwer an. Zu schwer. Sie würden ihn zu Boden ziehen, sobald er zu fliegen versuchte.

*Nein,* sagte er sich. *Kämpfe gegen deine Instinkte. Das Abwurfgeschirr wird dich nicht behindern. Es wird dich nicht hinunterziehen. Von den Eisenspitzen geht viel größere Gefahr aus.* Wenn er sich damit kratzte … Seine Überlebenschancen, wenn er auf einem dünnen Zweig viele Mannshöhen über dem Boden einer Schlafdroge erlag, gefielen ihm nicht besonders.

Er versteifte sich, denn er hatte abermals eine Bewegung am Boden bemerkt. Als drei Yern auf die Lichtung unter ihm traten, hielt er den Atem an. Von oben sahen sie aus wie schmale Fässer aus braunem Fell; ihre scharfen Hörner waren zu bloßen Stummeln verkürzt. Langsam näherten sich die Tiere dem funkelnden Bach, wobei sie auf dem Weg dorthin immer wieder kurz innehielten, um Gräser abzuweiden. Tryss ließ die Hände über die Riemen und die hölzernen Stellgriffe des Geschirrs gleiten und überzeugte sich davon, dass alles richtig eingestellt war. Dann holte er ein paarmal tief Luft und ließ sich fallen.

Yern waren pflanzenfressende Herdentiere mit scharfen Sinnen, die es ihnen ermöglichten, die Position und Stimmung eines jeden Mitglieds ihrer Herde zu erspüren. Mit diesen Sinnen konnten sie auch die Gedanken anderer Tiere in der Nähe wahrnehmen und erkennen, wenn ein Angriff bevorstand. Yern waren schnelle Läufer. Die einzigen Raubtiere, denen es gelang, ein Yern zu fangen, waren jene, die den Vorteil der Überraschung nutzten oder selbst über ausgefeilte Gaben der Sinnestäuschung verfügten – wie zum Beispiel die gefürchteten Leramer –, und selbst sie konnten nur die alten und kranken Tiere der Herde fangen.

Während Tryss zu Boden fiel, sah er, wie die Yern, die das Näherkommen eines auf Angriff bedachten Geistes spürten, sich strafften. Die Tiere hielten verwirrt Ausschau und waren sich nicht sicher, in welche Richtung sie fliehen sollten. Sie verstanden nicht, dass ein Räuber auch von oben angreifen konnte. Auf halbem Weg nach unten, breitete Tryss die Arme aus und spürte, dass die Membranen seiner Flügel der Luft Widerstand boten. Er schoss aus dem Baum heraus und stieß auf seine Beute hinab.

Als die Tiere seine unmittelbare Nähe spürten, brachen sie in Panik aus. Mit lautem Heulen sprengten sie in alle Richtungen davon. Im Schutz der Zweige anderer Bäume verfolgte Tryss eins der Yern. Er jagte es auf die ungeschützte Lichtung hinaus, und als er sich in der richtigen Position über dem Tier befand, zog er an dem Riemen, den er sich um den rechten Daumen geschlungen hatte. Einer der Eisenbolzen an seiner Hüfte fiel hinab.

Zur gleichen Zeit schlug das Yern abrupt einen Haken. Die Eisenspitze verfehlte ihr Ziel und verschwand im Gras. Mit einem unterdrückten Fluch flog Tryss eine Kurve und folgte dem Tier. Diesmal versuchte er, nicht an den unmittelbar bevorstehenden Angriff zu denken. Er verbannte alle Gedanken aus seinem Geist und konzentrierte sich einzig darauf, seine Flugrichtung den Bewegungen des Yern anzupassen, dann riss er den linken Daumen hoch und spürte, wie das Gewicht der Eisenspitze in die Tiefe glitt.

Sie traf das Tier direkt hinter dem Widerrist. Tryss triumphierte. Das Yern rannte weiter, und die Eisenspitze wackelte im Fell hin und her. Tryss verfolgte das Geschehen mit ängstlichen Blicken, denn er fürchtete, dass seine Waffe sich nicht tief genug durch das Fell des Yern gegraben hatte, um die Droge in den Blutkreislauf zu bringen. Eine andere Gefahr war die, dass der Eisendorn wieder herausfallen könnte.

Die Eisenspitze blieb jedoch im Rücken des Yern stecken. Das Tier verlangsamte seinen Lauf, bis es nur noch taumelte und schließlich stehen blieb. Jetzt kreiste Tryss über ihm wie ein Aasvogel. Bedächtig suchte er die unmittelbare Umgebung auf Leramer oder andere große Raubtiere ab. Wenn er nicht aufpasste, würden sie ihm seine Beute stehlen.

Das Yern unter ihm schwankte, dann stürzte es auf die Seite. Nach Tryss' Einschätzung konnte er nun gefahrlos landen, und im nächsten Moment ließ er sich nur wenige Schritte von dem Tier entfernt leichtfüßig zu Boden fallen. Bevor er näher an das Yern heranging, wartete er, bis er sah, dass die Augen des Geschöpfs glasig wurden. Seine scharfen Hörner konnten die Flügel eines Siyee mühelos zerfetzen.

Aus der Nähe betrachtet wirkte das Tier riesig. Tryss bezweifelte, dass sein Kopf auch nur bis an die Schultern des Yern herangereicht hätte, hätte es aufrecht gestanden. Er strich mit der Hand über das Fell seiner Beute. Es war warm und verströmte einen starken, tierischen Geruch. Ihm wurde bewusst, dass er vor Erregung breit grinste.

*Ich habe es geschafft! Ich habe ganz allein eins der großen Tiere des Waldes erlegt!*

Die Siyee machten niemals Jagd auf die großen Tiere. Sie selbst waren eine kleine Rasse, leicht an Gewicht, zerbrechlich und mit nur wenigen magischen Gaben ausgestattet. Ihre Knochen waren zierlich und brachen leicht. Ihre Beine waren nicht dazu geeignet, lange Strecken zu laufen, und die Bewegungsmöglichkeiten ihrer Arme – ihrer Flügel – waren eingeschränkt. Selbst wenn sie einen Speer oder ein Schwert hätten ergreifen können, wäre es ihnen schwergefallen, die Waffe festzuhalten. Außer Daumen und Zeigefinger waren all ihre Finger Teil der Flügelstruktur; ihre Hände waren nutzlos für Verrichtungen, die Kraft erforderten. Wann immer Tryss seinen Körper betrachtete, dachte er an die Göttin, die sein Volk vor so vielen Jahrhunderten aus Landgehern erschaffen hatte – den Menschen, die den Rest der Welt bewohnten. Immer wieder grübelte er darüber nach, ob die Göttin damals vergessen hatte, die Frage zu bedenken, wie sie sich verteidigen oder ernähren sollten.

Da die Siyee im Flug keine Waffe benutzen konnten, gingen sie allgemein davon aus, dass Huan nie die Absicht gehabt hatte, sie zu einem Volk von Jägern oder Kämpfern zu machen. Stattdessen mussten sie Getreide, Gemüse, Früchte und Nüsse sammeln oder anbauen. Sie mussten kleine Tiere fangen und züchten, und sie mussten dort leben, wo die Landgeher sie nicht erreichen konnten: in den schroffen, unpassierbaren Bergen von Si.

In den Bergen gab es nur einige wenige kleine Flecken kultivierbaren Landes, und viele der Tiere, die sie aßen, ließen sich immer schwerer fangen. Tryss war davon überzeugt, dass Huan nicht gewollt hatte, dass das Volk, das sie geschaffen hatte, hungerte. Das war seiner Meinung nach der Grund, warum einige von ihnen über eine große Erfindungsgabe verfügten. Er blickte auf das Gerät hinab, das er an seinen Körper geschnallt hatte. Es war ein einfacher Entwurf. Die Herausforderung hatte darin bestanden, etwas zu schaffen, das seinem Benutzer die Bewegungsfreiheit verschaffte, die beim Fliegen notwendig war, und ihm gleichzeitig eine simple Möglichkeit gab, die Eisenspitzen abzuwerfen.

*Damit können wir jagen! Wir könnten sogar in der Lage sein, uns zu verteidigen – und uns vielleicht einige der Gebiete zurückholen, die die Landgeher uns gestohlen haben.* Er wusste, dass sie auf diese Weise nicht gegen große Gruppen von Eindringlingen würden kämpfen können, aber mit den vereinzelten Banden von gesetzlosen Landgehern, die sich nach Si hineinwagten, würden sie jetzt mühelos fertigwerden.

*Nur dass zwei Eisenspitzen nicht annähernd genug sein würden,* überlegte er. *Ich könnte sicher auch vier davon tragen. Sie wiegen nicht allzu viel. Aber wie soll ich sie abwerfen? Ich habe nur zwei Daumen.*

Das war eine Frage, die es später zu bedenken galt. Während er nun das schlafende Yern betrachtete, wurde ihm bewusst, dass er ein Problem hatte. Er hatte ein Seil mitgenommen, in der Absicht, das Tier auf einen Baum zu ziehen, so dass es für die meisten Räuber des Waldes unerreichbar wäre. Anschließend hatte er nach Hause fliegen wollen, um mit einigen Gefährten zurückzukehren, die seine Leistung bewundern und ihm helfen sollten, das Yern zu schlachten. Jetzt bezweifelte er, dass er auch nur die Kraft haben würde, seine Beute bis zum nächsten Baumstamm zu schleifen. Ihm blieb nichts anderes übrig, als das Yern liegen zu lassen und zu hoffen, dass kein Raubtier es fand. Das bedeutete, dass er schnell Hilfe holen musste. Ohne das Geschirr konnte er schneller fliegen. Er schnallte es ab, schlüpfte aus den Riemen und hängte es in einen nahen Baum. Dann zog er sein Messer hervor, schnitt dem Yern eine Handvoll Haar von seiner Mähne ab und verstaute es in einer Tasche. Nachdem er die Windrichtung ermittelt hatte, begann er zu rennen.

Es kostete eine Menge Energie, vom Boden aus in die Luft aufzusteigen. Tryss sprang ab und schlug mit den Flügeln, und bis er die Höhe erreicht hatte, in der die Winde stärker waren und es ihm erlaubten, zu schweben und zu gleiten, keuchte er vor Anstrengung. Sobald er wieder zu Atem gekommen war, folgte er den günstigsten Luftströmen und nahm mit starken Flügelschlägen Geschwindigkeit auf.

Dies waren die Augenblicke, in denen er der Göttin Huan die Härten und die Mühsal, die seinem Volk auferlegt waren, verzeihen konnte. Er liebte das Fliegen. Anscheinend benutzten auch die Landgeher gern ihre Beine. Sie erfreuten sich an einer Unterhaltung, die sich »Tanzen« nannte und bei der sie in bestimmten Mustern gingen oder liefen, allein oder in Gruppen von zwei oder mehr Menschen. Dieses Verhalten ließ sich noch am ehesten mit dem Trei-Trei der Siyee vergleichen, das Teil der Werbung sein konnte oder ein Sport, bei dem Geschicklichkeit und Behändigkeit erprobt wurden.

Tryss' Überlegungen endeten, als er vor sich eine Fläche nackten Felsens sah, die den Baumpelz des Berges wie eine lange, schmale Narbe teilte und sich in drei deutlich abgesetzten Höhenstufen den Berghang hinabzog. Dies war das Offene Dorf, die größte Siedlung in Si. Auf dieser steilen Lichtung herrschte jeden Tag ein reges Kommen und Gehen von Siyee. Tryss stieg langsam hinab und hielt Ausschau nach vertrauten Gesichtern. Er hatte die Laube seiner Eltern fast erreicht, als er seine Vettern entdeckte. Die Zwillinge saßen auf dem warmen Felsen des unteren Hangs links und rechts neben einem Mädchen.

Tryss' Brust verkrampfte sich, als er das feinknochige Mädchen mit dem glänzenden Haar erkannte: Es war Drilli, deren Familie vor Kurzem hergezogen war. Er kreiste über den dreien und spielte mit dem Gedanken weiterzufliegen. In der Vergangenheit war er gut mit seinen Vettern ausgekommen – sofern er bereit war, sich wegen seiner seltsamen Art aufziehen zu lassen.

Dann war Drillis Familie in das Offene Dorf gezogen. Jetzt wetteiferten seine Vettern um ihre Aufmerksamkeit, häufig auf Tryss' Kosten. Er hatte inzwischen gelernt, den beiden auszuweichen, wenn Drilli in der Nähe war.

Früher hatten die beiden einigen Respekt vor seinem erfinderischen Geist gehabt, und er verspürte noch immer den Wunsch, seine Siege mit ihnen zu teilen, aber solange Drilli da war, konnte er ihnen nichts von seiner erfolgreichen Jagd erzählen. Sie würden im Handumdrehen einen Grund finden, ihn deswegen zu verhöhnen. Außerdem hatte er immer einen Knoten in der Zunge, wenn das Mädchen in der Nähe war. Nein, er sollte sich jemand anderen suchen.

Dann bemerkte er, dass der Schnitt ihres Wamses von oben einen Blick auf jene faszinierende kleine Kuhle zwischen ihren Brüsten freigab, und wieder begann er zu kreisen. Sein Schatten glitt über sie hinweg, und sie sah auf. Prickelnde Erregung machte sich in ihm breit, als sie ihm ein Lächeln schenkte.

»Tryss! Komm herunter und setz dich zu uns. Ziss und Trinn haben mir gerade einen unglaublich komischen Witz erzählt.«

Die beiden Jungen blickten mit finsterer Miene auf; offensichtlich wollten sie Drillis Aufmerksamkeit für sich allein haben. *Hm, Pech gehabt,* dachte Tryss. *Ich habe soeben ein Yern erlegt. Ich möchte, dass Drilli es sieht.* Er glitt zu Boden, legte seine Flügel an und landete leichtfüßig vor Drilli und den Zwillingen. Drilli zog die Augenbrauen in die Höhe. Sofort war seine Kehle wie zugeschnürt, und er brachte keinen Laut heraus. Er starrte sie nur an und spürte, dass sein Gesicht zu brennen begann, wie es das immer tat, wenn es rot wurde.

»Wo bist du gewesen?«, verlangte Ziss zu erfahren. »Tante Trill hat dich gesucht.«

»Du gehst besser nachsehen, was sie will«, sagte Trinn warnend. »Du weißt ja, wie sie ist.«

Drilli lachte. »Oh, einen allzu besorgten Eindruck hat sie auf mich nicht gemacht. Ich glaube nicht, dass du sofort zu ihr gehen musst, Tryss.« Sie lächelte wieder. »Also, wo hast du den ganzen Morgen gesteckt?«

Tryss schluckte und holte tief Luft. Ein einziges Wort würde er doch gewiss über die Lippen bringen können.

»Jagen«, stieß er mit erstickter Stimme hervor.

»Was hast du denn gejagt?«, höhnte Ziss.

»Yern.«

Die beiden Jungen schnaubten ungläubig und begannen zu lachen. Trinn wandte sich zu Drilli um und beugte sich zu ihr vor, als wolle er ein Geheimnis mit ihr teilen, aber er sprach dabei so laut, dass Tryss ihn hören konnte.

»Tryss hat da so komische Ideen. Er denkt, er könne große Tiere fangen, indem er sich Steine an die Arme bindet und sie dann auf seine Beute fallen lässt.«

»Steine?«, wiederholte sie stirnrunzelnd. »Aber wie …?«

»Eisenspitzen«, platzte Tryss heraus. »Dornen, deren Spitzen ich zuvor in Florrim-Saft getaucht habe.« Er spürte, wie ihm die Wärme ins Gesicht schoss, aber als er an das bewusstlose Yern dachte, überkam ihn eine Woge kühlen Stolzes. »Und ich habe tatsächlich eins gefangen.« Er schob die Hand in die Tasche und zog die Strähne Yern-Haar hervor.

Die drei Siyee betrachteten das Haar voller Interesse. Ziss blickte mit schmalen Augen zu Tryss empor. »Du nimmst uns auf den Arm«, beschuldigte er ihn. »Die Haare hast du von einem toten Yern.«

»Nein. Der Florrim-Saft hat es betäubt. Ich werde es euch zeigen.« Tryss sah Drilli an, erstaunt und erleichtert darüber, dass es ihm endlich gelang, in ihrer Nähe ganze Sätze zu bilden. »Nehmt eure Messer mit, dann werden wir heute Abend ein Festmahl bekommen. Aber wenn ihr noch lange wartet, wird ein Leramer das Yern finden, und wir werden leer ausgehen.«

Die beiden Jungen tauschten einen Blick. Tryss erriet, dass sie zwei verschiedene Möglichkeiten abwogen: Es konnte ein Scherz sein oder aber die Chance auf Fleisch zum Abendessen.

»Also schön«, sagte Ziss, dann stand er auf und streckte sich. »Wir werden dieses Yern selbst in Augenschein nehmen.«

Trinn erhob sich und straffte die Flügel. Als Drilli ebenfalls aufstand, um sich ihnen anzuschließen, setzte Tryss' Herz einen Schlag aus. Sie würde sehr beeindruckt sein, wenn sie das Yern sah. Er grinste, rannte los und sprang in den Himmel.

In der Luft trat ein verärgerter Ausdruck in seine Züge, denn die Zwillinge flogen zu einer Gruppe älterer Jungen hinüber, die sich am unteren Ende des Offenen Dorfes befanden. Tryss erkannte Sreil, den kräftigen Sohn von Sprecherin Sirri, der Anführerin seines Stammes. Als die Gruppe unter schrillem Pfeifen auf ihn zukam, wurde sein Mund trocken.

»Du hast dir ein Yern geholt, ja?«, rief Sreil, als er vorüberflog.

»Könnte sein«, antwortete Tryss.

Es folgten weitere Fragen, aber Tryss weigerte sich, zu erklären, wie er das Tier erlegt hatte. Es war ihm bisher nicht gelungen, viele Siyee dazu zu bewegen, einen Blick auf sein Geschirr zu werfen. Wenn er jetzt begann, es zu beschreiben, würden sie das Interesse verlieren. Sobald sie jedoch das Yern sahen, würden sie wissen wollen, wie er es gefangen hatte. Dann würde er das Geschirr vorführen, und sie würden endlich anfangen, seine Ideen ernst zu nehmen. Nach einigen Minuten blickte er hinter sich. Zu seiner Bestürzung hatte sich die Gruppe derer, die ihm folgten, inzwischen verdoppelt. Erste Zweifel nagten an seiner Zuversicht, aber er schob sie beiseite. Stattdessen ließ er seiner Fantasie freien Lauf und malte sich die Zukunft aus. Sreil würde das Fleisch zu Sprecherin Sirri bringen. Die Anführerin der Siyee würde Tryss' Erfindung sehen wollen. Sie würde Tryss bitten, weitere Geschirre anzufertigen und die anderen Siyee in ihrer Benutzung zu unterweisen.

*Ich werde ein Held sein. Die Zwillinge werden sich nie wieder über mich lustig machen.*

Als sie sich der Stelle näherten, an der er das Yern zurückgelassen hatte, riss er sich aus seinem Tagtraum los. Kreisend suchte er das Gebiet ab, konnte aber nichts entdecken. Unter den neugierigen Blicken seiner Begleiter ließ er sich zu Boden sinken und schritt die Stelle ab. Im Gras war eine Vertiefung von der Größe eines gewaltigen Tieres zu sehen, aber kein Yern.

Enttäuscht starrte er die Kuhle an, dann krampfte sich sein Magen zusammen, als die Siyee um ihn herum zu Boden glitten.

»Also, wo ist dieses Yern denn nun?«, fragte Ziss.

Tryss zuckte die Achseln. »Weg. Ich habe euch doch gesagt, wenn wir zu lange warten, würde ein Leramer es finden.«

»Ich sehe kein Blut.« Diese Bemerkung kam von einem der älteren Jungen. »Wenn ein Leramer es geholt hätte, wäre Blut auf dem Boden.«

»Und es weist auch nichts darauf hin, dass irgendetwas weggeschleift worden wäre«, fügte ein anderer Junge hinzu.

»Wenn der Leramer es hier gefressen hätte, wäre ein Kadaver zurückgeblieben.«

Er hatte recht, das wusste Tryss. Also, wo war das Yern geblieben?

Sreil trat vor und untersuchte nachdenklich den Boden. »Aber hier hat tatsächlich vor nicht allzu langer Zeit etwas Großes gelegen.«

»Wahrscheinlich ein Yern, das ein Nickerchen gehalten hat«, meinte ein anderer. Einige der Zuschauer kicherten.

»Also, Tryss«, sagte Ziss, »hast du ein schlafendes Yern gefunden und gedacht, du könntest uns einreden, du hättest es getötet?«

Tryss sah zuerst seinen Vetter an, dann blickte er in die erheiterten Gesichter der übrigen Siyee. Seine Wangen brannten. »Nein.«

»Ich habe noch etwas zu tun«, meinte jemand. Die Siyee rüsteten sich zum Aufbruch. Kurz darauf lag das Summen ihrer schlagenden Flügel in der Luft. Tryss hielt den Blick auf den Boden gesenkt. Er hörte Schritte herankommen, dann spürte er eine Hand auf seiner Schulter. Als er aufblickte, stand Sreil neben ihm, in der Hand die Eisenspitze, die das Yern getroffen hatte.

»Guter Versuch«, sagte er. Tryss zuckte zusammen. Er nahm die Eisenspitze von Sreil entgegen, dann sah er zu, wie der ältere Junge zu rennen begann und in die Luft sprang.

»Du hast Florrim benutzt, nicht wahr?«

Tryss fuhr herum. Ihm war nicht bewusst gewesen, dass Drilli noch da war.

»Ja.«

Sie betrachtete die Eisenspitze. »Um ein großes Tier zu betäuben, braucht man erheblich mehr Florrim als für einen Menschen, und außerdem würde der Saft nicht tief genug in das Fell eines Yern eindringen. Vielleicht solltest du es mit etwas Stärkerem oder Tödlicherem versuchen. Oder sorg dafür, dass das Yern nicht wieder aufwachen kann, wenn es erst eingeschlafen ist.« Sie klopfte vielsagend auf das in seiner Scheide steckende Messer, das sie um ihren Oberschenkel geschnallt trug.

*Sie hat nicht unrecht,* dachte er.

Drilli grinste, dann wandte sie sich ab. Als sie in den Himmel hinaufsprang, verfolgte Tryss sie mit bewundernden Blicken.

Manchmal fragte er sich, wie er so dumm sein konnte.

# 2

Auraya saß vor dem blank polierten Silberspiegel, sah jedoch nicht ihr eigenes Gesicht. Stattdessen beschäftigte sie eine Erinnerung aus jüngster Zeit.

Vor ihrem inneren Auge sah sie Tausende weiß gewandeter Männer und Frauen, die sich vor der Kuppel versammelt hatten. Noch nie zuvor hatte sie so viele Priester und Priesterinnen zusammen gesehen. Sie waren aus allen Ländern Nordithanias zum Tempel gereist, um an der Auserwählungszeremonie teilzunehmen. Alle Priester und Priesterinnen, die in den Fünf Häusern lebten, hatten ihre Räume mit jenen geteilt, die von außerhalb der Stadt gekommen waren.

Eine erste Vorstellung von der Größe der Menge hatte sie sich machen können, als sie den Turm verlassen hatte und mit den anderen Hohepriestern und Hohepriesterinnen zur Kuppel geschritten war. Jenseits des Meeres weißer Gestalten war eine noch größere Menge gewöhnlicher Männer, Frauen und Kinder erschienen, die das Ereignis miterleben wollten.

Einzig Hohepriester und Hohepriesterinnen kamen als Kandidaten für die letzte Position unter den Auserwählten der Götter infrage. Auraya war die Jüngste dieser Männer und Frauen gewesen. Manch einer hatte die Auffassung vertreten, sie sei nur wegen ihrer starken Gaben so schnell aufgestiegen. Bei der Erinnerung daran krampfte sich noch immer ihr Magen vor Ärger zusammen.

*Sie sind ungerecht. Sie wissen, dass es mich zehn Jahre harter Arbeit und Hingabe gekostet hat, so schnell diese Position zu erreichen.*

Was mochten sie jetzt denken, da sie eine der Weißen war? Bedauerten sie ihr Urteil über sie? Sie verspürte eine Mischung aus Mitgefühl und Triumph. *Sie sind ihrem eigenen Ehrgeiz zum Opfer gefallen. Wenn sie geglaubt haben, die Götter würden ihre Lügen beachten, dann waren sie Narren. Stattdessen hat ihr Verhalten sie wahrscheinlich als unwürdig gekennzeichnet. Ein Weißer sollte nicht die Gewohnheit haben, unwahre Gerüchte zu verbreiten.*

In Gedanken durchlebte sie noch einmal ihren Gang vom Turm zur Kuppel. Die Hohepriester und Hohepriesterinnen hatten einen Ring um das Podest darin gebildet. In der Mitte stand der Altar, der heiligste Ort innerhalb des Tempels. Es war ein großes fünfseitiges Gebilde und dreimal so hoch wie ein Mensch. Die Seiten waren große, einander an den Spitzen zugeneigte Dreiecke. Damit die Weißen den Altar betreten konnten, klappten die fünf Wände um ihre Basis nach außen, bis sie flach auf dem Boden lagen und einen Tisch und fünf Stühle in ihrem Innern freigaben. Wollten die Weißen sich ungestört beraten, schwangen die Wände wieder nach oben und schufen somit einen Raum, aus dem kein Laut zu dringen vermochte.

Als die vier Weißen die Stufen des Podests erklommen und sich der Menge zuwandten, hatte der Altar sich wie eine Blume entfaltet. Auraya schloss die Augen und versuchte, sich an den genauen Wortlaut zu erinnern, den Juran benutzt hatte.

»Chaia, Huan, Lore, Yranna, Saru. Wir laden euch ein, unsere göttlichen Beschützer und Führer, heute zu uns zu stoßen, denn die Zeit ist gekommen, da ihr euren fünften und letzten Vertreter erwählen werdet. Hier stehen jene, die sich als eure würdigen, tüchtigen und hingebungsvollen Gefolgsleute erwiesen haben: unsere Hohepriester und Hohepriesterinnen. Ein jeder von ihnen ist bereit, euch sein Leben zu widmen.«

Kurz hatte es so ausgesehen, als schimmere die Luft. Bei der Erinnerung überlief Auraya ein Schauer. Fünf Gestalten waren auf dem Podest erschienen, eine jede ein Wesen aus Licht, eine jede eine durchscheinende Illusion eines menschlichen Wesens. Ein Raunen war durch die Reihen der Priester und Priesterinnen im Tempel gegangen. Aus der Ferne hatte sie leise Rufe gehört: »Die Götter sind erschienen!«

*Und was für einen Anblick sie geboten haben,* dachte sie lächelnd.

Die Götter existierten in der Magie, die alles auf der Welt durchdrang, jeden Stein, jeden Wassertropfen, jede Pflanze, jedes Tier, jeden Mann, jede Frau und jedes Kind. Diese Magie blieb ungesehen und unfühlbar, es sei denn, die Götter wünschten die Welt zu beeinflussen. Wenn sie sich zeigen wollten, taten sie es, indem sie Magie zu Licht werden ließen und zu menschlichen Gestalten von unvorstellbarer Schönheit formten.

Chaia war groß gewesen und gekleidet wie ein Staatsmann. Sein Gesicht war von edlem Schnitt und ausnehmend attraktiv, wie die Züge eines Königs, die aus poliertem Marmor gehauen waren. In seinem Haar hatte ein wohlwollender Wind gespielt. *Und seine Augen …* Auraya seufzte. *Seine Augen waren so klar und sein Blick so unerträglich direkt, aber gleichzeitig auf seltsame Weise warm und … voller Zuneigung. Es ist wahr, er liebt uns alle.*

Huan dagegen war von einschüchterndem, strengem Aussehen gewesen – schön, aber grimmig. Die Arme vor der Brust gekreuzt, hatte ihr ganzes Wesen Macht verströmt. Sie hatte den Blick über die Menge wandern lassen, als halte sie Ausschau nach etwas, das sie bestrafen konnte.

Lore hatte sich in lässiger Haltung präsentiert, auch wenn er von schwererem Körperbau war als die übrigen Götter. Außerdem hatte er eine glitzernde Rüstung getragen. Vor dem Krieg der Götter hatten die Soldaten ihm gehuldigt.

Yranna war, wie Auraya sich erinnerte, mit einem Lächeln aufgetreten. Ihre Schönheit war weiblicher und jugendlicher als die Huans. Sie war die Göttin, die sich unter den jüngeren Priesterinnen der größten Beliebtheit erfreute; sie galt noch immer als Fürsprecherin der Frauen, obwohl sie, als sie sich den anderen Göttern beigesellte, die Rolle der Göttin der Liebe abgelegt hatte.

Der letzte Gott, dem Auraya ihre Beachtung geschenkt hatte, war Saru, dem besonders die Kaufleute huldigten. Es hieß, er sei einst der Gott der Diebe und Glücksspieler gewesen, aber Auraya war sich nicht sicher, ob das der Wahrheit entsprach. Saru hatte eine schlankere Gestalt angenommen, wie sie unter Höflingen und Gelehrten als besonders erstrebenswert galt.

Beim Erscheinen der Götter hatten sich alle Priester und Priesterinnen zu Boden geworfen. Auraya konnte sich noch gut an die Glätte des steinernen Bodens unter ihrer Stirn und ihren Händen erinnern. Stille war eingekehrt, bis eine tiefe, melodische Stimme die Kuppel erfüllt hatte.

»Erhebt euch, Männer und Frauen von Ithania«, hatte die wunderschöne Stimme sie aufgefordert.

Als Auraya sich mit den übrigen Anwesenden im Tempel erhoben hatte, hatte sie vor Ehrfurcht und Erregung gezittert. Seit ihrem ersten Besuch des Tempels vor zehn Jahren war sie nicht mehr so überwältigt gewesen. Es hatte etwas eigenartig Wunderbares, wieder solche Ergriffenheit zu verspüren. Nachdem sie nun so viele Jahre im Tempel gelebt hatte, konnte kaum etwas darin noch solches Feuer in ihr wecken.

Die Stimme begann von Neuem zu sprechen, und Auraya begriff, dass sie Chaia gehörte.

»Vor einigen wenigen Jahrhunderten kämpften Götter gegen Götter und Menschen gegen Menschen, und große Trauer und Verderben waren die Folge. Dies hat uns fünf sehr bekümmert, und wir haben eine gewaltige Aufgabe auf uns genommen. Wir wollten aus dem Chaos Ordnung schaffen. Wir wollten der Welt Frieden und Wohlstand bringen. Wir wollten die Menschen von Grausamkeit, Sklaverei und Verrat erlösen.

Also fochten wir eine große Schlacht aus und gaben der Welt eine neue Gestalt. Aber wir können den Herzen von Männern und Frauen keine Gestalt geben. Wir können euch nur raten und euch Kraft schenken. Um euch zu helfen, haben wir Stellvertreter unter euch ausgewählt. Ihre Pflicht ist es, euch zu schützen und euer Bindeglied zu uns zu sein, euren Göttern. Heute werden wir unter jenen, die ihr als die Würdigsten unter euch erachtet, einen fünften Stellvertreter erwählen. Demjenigen, für den wir uns entscheiden, verleihen wir Unsterblichkeit und große Stärke. Wenn unser Geschenk angenommen wird, wird eine weitere Etappe unserer gewaltigen Aufgabe erfüllt sein.«

Nach diesen Worten hatte er eine kurze Pause eingelegt. Auraya hatte eine längere Ansprache erwartet. Ein so vollständiges Schweigen hatte daraufhin die Halle erfüllt, dass sie davon überzeugt gewesen war, dass jeder Mann und jede Frau den Atem angehalten haben musste. *Ich habe ganz gewiss den Atem angehalten*, erinnerte sie sich.

Dann war der Augenblick gekommen, den sie nie vergessen würde.

»Wir bieten dieses Geschenk der Hohepriesterin Auraya von der Familie Färber an«, hatte Chaia gesagt und sich ihr zugewandt. »Tritt vor, Auraya von den Weißen.«

Auraya schöpfte bebend Atem, als das Glück jenes Geschehens noch einmal durch ihre Adern floss. In dem Augenblick selbst war es von schierem Entsetzen durchtränkt gewesen. Sie hatte sich einem Gott nähern müssen. Sie hatte im Zentrum der Aufmerksamkeit – und wahrscheinlich auch der Eifersucht – mehrerer Tausend Menschen gestanden.

Jetzt war es die Realität ihrer Zukunft, die das Glücksgefühl abschwächte. Von dem Augenblick ihrer Erwählung an hatte sie kaum einen Moment Zeit für sich gehabt. Ihre Tage waren angefüllt mit Begegnungen mit Herrschern und anderen wichtigen Persönlichkeiten – und den Schwierigkeiten, die von Sprachbarrieren bis hin zu der Notwendigkeit reichten, Versprechen zu vermeiden, die zu geben die anderen Weißen noch nicht bereit waren. Die einzige Zeit, die sie für sich allein hatte, waren die Nachtstunden, in denen sie eigentlich schlafen sollte. Bisher hatte sie jede Nacht wach gelegen und versucht, Ordnung in all die Dinge zu bringen, die ihr widerfahren waren. Heute Abend war sie in ihrem Quartier auf und ab gegangen und hatte sich schließlich vor den Spiegel gesetzt.

*Es ist ein Wunder, dass ich nicht wie ein Wrack aussehe,* dachte sie und zwang sich, ihr Spiegelbild noch einmal zu betrachten. *Ich sollte nicht so gut aussehen. Ist das ein weiteres Geschenk der Götter?*

Sie blickte auf ihre Hand hinab. Der weiße Ring an ihrem Mittelfinger schien beinahe zu glühen. Durch ihn verliehen die Götter ihr die Gabe der Unsterblichkeit, und irgendwie verstärkte der Ring ihre eigenen Gaben. Die Götter hatten sie zu einer der mächtigsten Zauberinnen der Welt gemacht.

Als Gegenleistung stellte sie ihren Willen und ihr nunmehr unbegrenztes Leben in ihren Dienst. Sie waren magische Wesen. Um Einfluss auf die Welt der Dinge zu nehmen, mussten sie durch Menschen wirken. Meistenteils geschah dies durch Unterweisung, aber wenn ein Mensch seinen Willen den Göttern überantwortete, konnten diese seinen Körper übernehmen. Letzteres geschah nur selten, da es, wenn dieser Zustand zu lange aufrechterhalten wurde, den Geist des

Betreffenden schädigen konnte. Manchmal geriet dann das Bewusstsein seines Selbst in Unordnung, und er glaubte, er selbst sei der Gott. Manchmal vergaß er einfach, wer er war.

*Das Beste ist wohl, nicht darüber nachzudenken,* ging es ihr durch den Kopf. *Die Götter würden ohnehin nicht den Geist eines ihrer Auserwählten zerstören. Es sei denn, sie wollten ihn bestrafen …*

Ihr Blick fiel auf einen alten Schrankkoffer an der Wand. Die Diener hatten ihre Anweisung, ihn ungeöffnet zu lassen, befolgt, und bisher hatte sie weder die Zeit noch den Mut gefunden, den Koffer selbst zu öffnen. Darin befanden sich die wenigen Dinge, die sie besaß. Sie war davon überzeugt, dass die hübschen, billigen Kleinigkeiten, die sie im Laufe der Jahre gekauft hatte, in den strengen Quartieren der Weißen schäbig wirkten mussten, aber sie wollte sie dennoch nicht wegwerfen. Sie erinnerten sie an Zeiten in ihrem Leben und an Menschen, die sie liebte oder die sie im Gedächtnis behalten wollte: ihre Eltern, ihre Freunde in der Priesterschaft und ihren ersten Geliebten – wie lange all das jetzt zurückzuliegen schien!

Ganz unten in dem Koffer befand sich allerdings etwas, von dem größere Gefahr ausging. Dort lagen in einem Geheimfach mehrere Briefe, die sie vernichten sollte.

Doch sie wollte sie nicht vernichten, ebenso wenig wie die hübschen, nutzlosen Kleinigkeiten in dem Koffer. Doch im Gegensatz zu Letzteren konnten die Briefe, sollten sie entdeckt werden, durchaus einen Skandal verursachen. *Jetzt, da ich ein wenig Zeit für mich habe, kann ich mich ebenso gut mit ihnen befassen.* Sie stand auf, ging zu dem Koffer hinüber und ließ sich davor auf die Knie nieder. Das Schloss klickte auf, und der Deckel knarrte leise, als sie ihn anhob. Genau wie sie vermutet hatte, wirkte der Inhalt des Koffers allzu ländlich und bescheiden. Die kleine getöpferte Vase, die ihr erster Geliebter – ein junger Priester – ihr geschenkt hatte, erschien ihr überaus kunstlos. Die Decke, ein Geschenk ihrer Mutter, war warm, sah jedoch langweilig und alt aus. Sie nahm diese Dinge heraus, und darunter wurde ein großes, weißes, rundes Tuch sichtbar – ihr alter Priesterinnenzirk.

Seit ihrer Weihe hatte sie jeden Tag einen Zirk getragen. Alle Priester und Priesterinnen trugen sie, einschließlich der Weißen. Gewöhnliche Priester und Priesterinnen trugen einen blau gesäumten Zirk. Der Zirk eines Hohepriesters oder einer Hohepriesterin war mit Gold gesäumt. Die Weißen trugen keinerlei Schmuck, um zu zeigen, dass sie Eigennutz und Wohlstand entsagt hatten, um den Göttern zu dienen. Das war auch der Grund, warum man die Auserwählten der Götter die »Weißen« nannte.

Auraya blickte über die Schulter und betrachtete kurz ihren neuen Zirk, der an einem eigens zu diesem Zweck geschaffenen Ständer hing. Die beiden goldenen Schließen, die an den Rand geheftet waren, dienten dazu, den um die Schultern getragenen Zirk vorn zu schließen.

Der Zirk in ihren Händen war leichter und gröber als der an dem Ständer. *Die Weißen mögen ihre Zirks nicht schmücken,* überlegte sie, *aber sie lassen sie aus dem besten Tuch schneidern.* Die weicheren, weißen Gewänder, die sie jetzt unter ihrem neuen Zirk trug, waren ebenfalls von besserer Qualität. Genau wie die geringeren Priester und Priesterinnen konnten die Weißen ihre Kleidung dem Wetter und ihrem Geschlecht gemäß verändern, aber alle Dinge waren sehr fein gearbeitet. Auraya trug jetzt Sandalen aus gebleichtem Leder mit kleinen Verschlüssen aus Gold.

Sie legte den Zirk beiseite. Sie hatte ihn seit über zwei Jahren nicht mehr getragen – nicht mehr, seit sie eine Hohepriesterin war und einen Zirk mit einem goldenen Saum empfangen hatte. Dieser Zirk war an dem Tag ihrer Erwählung verschwunden, fortgeschafft von Dienern. Würden die Diener auch ihren alten Zirk mitnehmen, wenn sie ihn fanden? War das wichtig für sie? Sie hatte ihn lediglich aus einem Gefühl von Sentimentalität heraus aufbewahrt.

Auraya wandte sich wieder dem großen Koffer zu. Sie nahm die restlichen Gegenstände heraus und legte sie auf einen Stuhl. Dann öffnete sie das Geheimfach, in dem kleine Pergamentrollen lagen.

*Warum habe ich die überhaupt aufbewahrt?*, fragte sie sich. *Es wäre nicht nötig gewesen. Wahrscheinlich konnte ich mich einfach nicht dazu überwinden, irgendetwas wegzuwerfen, das meine Eltern mir geschickt hatten.*

Sie nahm eine Schriftrolle heraus, rollte sie auf und begann zu lesen:

*Meine liebe Auraya. Die Ernte war gut in diesem Jahr. Wor hat letzte Woche Dynia geheiratet. Die alte Mulyna hat uns verlassen, um sich zu den Göttern zu gesellen. Unser Freund hat meinem Vorschlag zugestimmt. Schicke deine Briefe an den Priester.*

Im nächsten Brief hieß es:

*Liebste Auraya. Wir sind froh zu hören, dass du glücklich bist und schnell lernst. Das Leben hier ist, wie es immer war. Deiner Mutter geht es erheblich besser, seit wir deinen Rat beherzigt haben. Pa-Färber.*

Die Briefe ihres Vaters waren zwangsläufig kurz. Pergament war teuer. Gleichzeitig wachsam und erleichtert las sie noch weitere Briefe. *Wir waren vorsichtig*, dachte sie. *Wir haben nicht genau geschrieben, was wir taten. Mit Ausnahme jenes ersten Briefes, in dem ich deutlich machen musste, was Vater tun sollte. Hoffentlich hat er dieses Schreiben verbrannt.*

Sie seufzte und schüttelte den Kopf. Wie vorsichtig sie und ihr Vater auch gewesen sein mochten, die Götter mussten wissen, was sie getan hatten.

*Und dennoch haben sie mich auserwählt,* ging es ihr durch den Kopf. *Von allen Hohepriestern und Hohepriesterinnen haben sie jemanden auserwählt, der das Gesetz gebrochen und die Dienste eines Traumwebers beansprucht hat.*

Mairae hatte zu ihrem Versprechen, das sie zehn Jahre zuvor gegeben hatte, gestanden. Ein Heilerpriester war nach Oralyn gereist, um sich um Aurayas Mutter zu kümmern. Leiard konnte die Behandlung von Ma-Färber kaum fortsetzen, daher hatte Auraya ihm einen Brief geschickt, in dem sie ihm für seine Hilfe dankte und ihm erklärte, dass er nicht länger gebraucht werde.

Trotz der Bemühungen des Heilerpriesters war Aurayas Mutter immer kränker geworden. Zur gleichen Zeit hatte Auraya im Zuge ihrer Studien erfahren, dass Heilerpriestern nicht einmal die Hälfte der Fähigkeiten und des Wissens zur Verfügung stand, über die die Traumweber verfügten. Indem sie veranlasst hatte, dass Leiards Behandlung durch die eines Heilerpriesters ersetzt worden war, hatte sie ihre Mutter, wie ihr damals bewusst wurde, zu einem früheren und schmerzhafteren Tod verurteilt.

Außerdem hatte ihre Zeit in Jarime ihr klargemacht, wie tief die Verachtung und das Misstrauen der Zirkler für die Traumweber wirklich reichten. Sie hatte ihren Lehrern und den anderen Priestern vorsichtige Fragen gestellt und war schon bald zu einer klaren Erkenntnis gekommen: Sie konnte unmöglich offen dafür sorgen, dass Leiard oder ein anderer Traumweber ihre Mutter wieder behandelte. Sie wäre auf den Widerstand ihres Vorgesetzten gestoßen, hätte sie es dennoch getan, und außerdem hatte es nicht in ihrer Macht gestanden, dem Heilerpriester seine Rückkehr nach Hause zu befehlen.

Also hatte sie die notwendigen Vorkehrungen in aller Heimlichkeit treffen müssen.

In einem Brief an ihren Vater hatte sie den Vorschlag gemacht, dass ihre Mutter ihre Beschwerden übertreiben solle, um ihre Umgebung davon zu überzeugen, dass sie dem Tode nahe war. In der Zwischenzeit war ihr Vater in den Wald gegangen, um Leiard zu fragen, ob er seine frühere Behandlung wieder aufnehmen könne. Der Traumweber hatte zugestimmt. Als Auraya die Nachricht erhalten hatte, dass ihre Mutter im Sterben liege, hatte sie dem Heilerpriester vorgeschlagen, nach Jarime zurückzukehren. Er hatte alles getan, was in seinen Kräften stand.

Durch Leiards Behandlung war ihre Mutter tatsächlich, wie Auraya es gehofft hatte, wieder zu Kräften gekommen. Ihre Mutter hatte ihre wundersame Genesung heruntergespielt, war im Haus geblieben und hatte nur wenige Besucher empfangen – was ohnehin ihren Neigungen entsprach.

*Ich war mir so sicher, dass mein damaliges Verhalten gegen meine Erwählung sprechen würde. Obwohl ich mir so sehr gewünscht habe, eine Weiße zu sein, konnte ich mir nicht einreden, dass die Traumweber schlecht seien oder ich ein Unrecht begangen hätte. Das Gesetz, das uns verbietet, die Dienste eines Traumwebers in Anspruch zu nehmen, ist lächerlich. Die Pflanzen und die anderen Heilmittel, die Leiard verwendet, sind nicht deshalb gut oder schlecht, weil ein Heide oder ein Gläubiger sie benutzt. Ich habe nichts erlebt, was mich davon überzeugen könnte, dass Traumweber im Allgemeinen Hass oder Misstrauen verdienen.*

*Und dennoch haben die Götter mich auserwählt. Was soll ich davon halten? Bedeutet das, dass sie jetzt bereit sind, die Traumweber zu dulden?* Hoffnung stieg in ihr auf. *Wollen sie, dass von nun an auch die Zirkler die Traumweber akzeptieren? Ist es meine Aufgabe, das zu bewerkstelligen?*

Das Gefühl verebbte, und sie schüttelte den Kopf. *Warum*

*sollten sie das tun? Warum sollten sie Menschen tolerieren, die ihnen nicht Gefolgschaft leisten und andere ebenfalls davon abhalten wollen? Viel wahrscheinlicher ist es, dass man mir aufträgt, meine Neigung zu den Traumwebern für mich zu behalten und meine Arbeit zu tun.*

Warum bekümmerte sie das? Warum fühlte sie sich den Mitgliedern eines Kults verbunden, dem sie nicht angehörte? Lag es nur daran, dass sie noch immer das Gefühl hatte, Leiard für all das Dank zu schulden, was er sie gelehrt hatte, und für seine Hilfe, was ihre Mutter betraf? Wenn das so war, ergab es durchaus einen Sinn, dass sie sich um sein Wohlergehen sorgte. Unverständlich blieb indes die Tatsache, dass sie sich um Traumweber sorgte, denen sie nie begegnet war.

*Es ist der Gedanke an all das Heilerwissen, das verloren gehen würde, wenn die Traumweber zu existieren aufhörten,* sagte sie sich. *Ich habe Leiard seit zehn Jahren nicht mehr gesehen. Wenn ich mich um ihn sorge, liegt es wahrscheinlich nur daran, dass das Leben meiner Mutter von ihm abhängt.*

Sie nahm sämtliche Briefe aus dem Geheimfach und legte sie in eine silberne Schale. Dann hielt sie einen davon in die Höhe, zog Magie in sich hinein und sandte sie als kleinen Funken wieder aus. Eine Flamme erwachte zischend zum Leben und fraß sich durch das Pergament. Als das Feuer beinahe ihre Finger erreichte, ließ sie den Brief wieder in die Schale fallen und griff nach dem nächsten.

Einer nach dem anderen verbrannten die Briefe. Während sie damit beschäftigt war, fragte Aúraya sich, ob die Götter sie wohl beobachteten. *Ich habe veranlasst, dass ein Traumweber meine Mutter behandelt. Dieses Arrangement werde ich nicht aus freien Stücken lösen. Ebenso wenig werde ich es öffentlich bekannt machen. Wenn die Götter es missbilligen, werden sie es mich wissen lassen.*

Nachdem sie die letzte brennende Ecke des Pergaments in die Schale hatte fallen lassen, trat sie zurück und beobachtete, wie der Brief zu Asche wurde. Sie fühlte sich besser. Mit diesem Gefühl, das sie nicht loslassen mochte, kehrte sie in ihr Schlafzimmer zurück und legte sich nieder.

*Jetzt werde ich vielleicht endlich ein wenig Schlaf finden können.*

Die Klippen von Toren waren hoch, schwarz und gefährlich. Bei Stürmen warf sich das Meer gegen die Felswand, als wolle es sie zerschmettern. Selbst in stillen Nächten schien das Wasser die Existenz der natürlichen Barriere zu missbilligen und schäumte, wo immer es auf Felsen traf. Aber falls dieser Krieg zwischen Land und Wasser zu einem Sieg führte, geschah dies zu langsam, als dass sterbliche Augen den Gewinner hätten erahnen können.

In ferner Vergangenheit waren viele Boote dieser Schlacht zum Opfer gefallen. Die schwarzen Klippen waren in den meisten Nächten schwer zu erkennen und stellten eine verborgene Gefahr dar, wann immer der Mond hinter Wolken verschwand. Als vor mehr als tausend Jahren der Leuchtturm erbaut worden war, hatte die Zerstörung von Schiffen ein Ende gefunden.

Aus demselben Felsen geschaffen wie das Kliff, auf dem der Turm stand, trotzten die steinernen Mauern des Leuchtturms Zeit und Wetter. Das hölzerne Innere dagegen war schon vor langer Zeit Fäulnis und Vernachlässigung zum Opfer gefallen, und nur eine schmale, steinerne Treppe wand sich an der Innenseite der Mauer empor. In der Spitze des Turms lag ein Raum, dessen Boden aus einer riesigen runden Steinscheibe bestand, durch die ein Loch gemeißelt worden war. Die Mauern, die auf dieser Scheibe ruhten, hatten schlimmen Schaden genommen; nur die Bogen waren noch geblieben. Das Dach war vor Jahren eingestürzt.

Früher einmal hatte sich in der Mitte des Raums eine schwebende Lichtkugel befunden, die so hell leuchtete, dass sie jeden blendete, der töricht genug war, sie länger als einige wenige Augenblicke anzusehen. Zauberer hatten diese Lichtkugel am Leben erhalten und jahrelang für die Sicherheit auf dem Meer gesorgt.

Emerahl, weise Frau und Zauberin, war heutzutage die einzige menschliche Besucherin, die in diesen Raum kam. Als sie vor Jahren den Schutt beiseitegeschafft hatte, der sich im Lauf der Zeiten in dem Turm angesammelt hatte, war darunter eine der Masken zum Vorschein gekommen, wie sie die Zauberer früherer Jahrhunderte getragen hatten. In den Augenlöchern steckten dunkle Edelsteine zur Filterung des grellen Lichts, das sie mit ihrer Magie genährt hatten.

Jetzt stand der Leuchtturm ungenutzt und verfallen da, und die Schiffe mussten ohne seine Hilfe an den schwarzen Klippen vorbeikommen. Als Emerahl nun den höchstgelegenen Raum erreichte, hielt sie inne, um Atem zu schöpfen. Sie legte eine runzelige Hand auf die Säule eines Bogens und schaute aufs Meer hinaus. Winzige Lichtflecken zogen ihren Blick auf sich. Die Schiffe warteten noch immer auf Tageslicht, bevor sie die Passage zwischen den Klippen und den Inseln durchfuhren.

*Wissen sie von der Existenz dieses Turms?*, fragte sich Emerahl. *Erzählen die Menschen sich noch immer Geschichten von dem Licht, das hier brannte?* Sie schnaubte leise. *Wenn sie es tun, bezweifle ich, dass sie wissen, dass ein Zauberer den Turm auf Geheiß von Tempre, dem Feuergott, erbaut hat. Wahrscheinlich erinnern sie sich nicht einmal an Tempres Namen. Sein Tod liegt erst wenige Jahrhunderte zurück, aber für Sterbliche ist das reichlich Zeit, um zu vergessen, wie das Leben vor dem Krieg der Götter gewesen ist.*

Kannte heutzutage überhaupt noch jemand die Namen der toten Götter? Gab es Gelehrte, die das Thema studierten? Vielleicht in den Städten. Gewöhnliche Männer und Frauen, die sich mühten, das Beste aus ihrem kurzen Leben zu machen, scherten sich nicht um dergleichen Dinge.

Emerahl blickte hinab auf die Ansammlung von Häusern weiter unten am Ufer. Plötzlich erregte eine Bewegung in unmittelbarer Nähe des Leuchtturms ihre Aufmerksamkeit. Sie stieß ein leises, unwilliges Stöhnen aus. Es waren etliche Wochen vergangen, seit das letzte Mal jemand gewagt hatte, sie zu besuchen. Jetzt kam ein mageres, mit einer zerlumpten Tunika bekleidetes Mädchen den Hang heraufgeklettert.

Mit einem langgezogenen Seufzer wandte sich Emerahl wieder zu den Häusern um und dachte an die Zeit zurück, da die ersten Menschen hier gelandet waren. Einige Männer, die von einem einzigen Boot gekommen waren, hatten den Weg die Klippen hinauf gefunden und dort ein Lager aufgeschlagen. Schmuggler, hatte sie angenommen. Sie hatten provisorische Hütten errichtet und sie im Laufe der ersten Monate mehrmals abgerissen und neu erbaut, bis sie eine Stelle fanden, die einigermaßen geschützt vor den regelmäßigen Stürmen lag, so dass die Hütten stehen blieben. Damals waren die Männer sofort zu ihr gekommen, weil sie glaubten, sie könnten sie ausrauben, und sie hatte sie gelehrt, ihren Wunsch nach Ungestörtheit zu respektieren.

Die Männer waren in regelmäßigen Abständen fortgefahren und wieder zurückgekehrt, und schon bald brachte ihr Boot ein zweites mit und schließlich noch weitere. Eines Tages kam ein Fischerboot mit voller Ladung und etlichen Frauen an. Schon bald konnte man nächtens das leise Weinen eines Säuglings hören, und es blieb nicht bei diesem einen. Aus Säuglingen wurden Kinder, und einige erlebten das Erwachsenenalter. Die Mädchen wurden allzu jung Mütter, und viele überlebten diese Erfahrung nicht. Alle Dorfbewohner konnten von Glück sagen, wenn sie ihr vierzigstes Jahr erreichten.

Es waren zähe, hässliche Menschen.

Ihre groben Sitten mäßigten sich mit jeder nachwachsenden Generation und durch den Einfluss Fremder. Einige Neuankömmlinge errichteten einen Handelsposten am Ufer, und manche von ihnen blieben. An die Stelle der windschiefen Hütten traten Häuser aus Stein, der in der Nähe abgebaut werden konnte. Das Dorf wuchs. Haustiere streiften über die Klippen und fraßen die groben Gräser. Kleine, sorgsam gepflegte Gemüsebeete trotzten Salzluft, Stürmen und schlechtem Boden.

Bisweilen nahm einer der Dorfbewohner den langen Marsch zum Leuchtturm hinauf auf sich, um von der weisen Frau, die dort lebte, Heilmittel oder Rat zu erbitten. Emerahl duldete das, da sie Geschenke mitbrachten: Essen, Tuch, kleine Kinkerlitzchen, Neuigkeiten aus der Welt. Sie hatte nichts gegen ein wenig Handel, wenn er eine gewisse Abwechslung in ihre Tage und ihre Kost mit sich brachte.

Allerdings nutzten die Dorfbewohner Emerahls Heilmittel nicht immer zum Guten. Eine Frau ließ sich Wellkraut gegen ihre Hämorrhoiden geben, setzte es dann aber ein, um ihren Mann zu vergiften. Eine andere Frau schickte ihren Mann zu Emerahl, damit sie seine eheliche Unfähigkeit kuriere, und nach seiner nächsten Fahrt übers Meer kam er zurück, um ein Heilmittel für Hodenwarzen zu erbitten. Hätte Emerahl gewusst, dass der mit Gaben gesegnete Junge, der lernen wollte, wie man Fische betäubte und Feuer machte, diese Fähigkeiten nutzen würde, um den Dorftrottel zu quälen, hätte sie ihn gewiss nicht unterrichtet.

Aber sie traf keine Schuld an alledem. Was die Menschen mit dem taten, was sie von ihr kauften, war ihr Problem. Wenn keine Zauberin in der Nähe gewesen wäre, hätte die Frau eine andere Möglichkeit gefunden, um ihren Mann zu töten, der treulose Ehemann wäre ohnehin in fremden Betten gelandet – wenn auch vielleicht mit weniger Vergnügen –, und der mit Gaben gesegnete Raufbold hätte statt Magie Steine und Fäuste benutzt.

Das Mädchen aus dem Dorf kam langsam näher. Was würde sie erbitten? Was würde sie als Gegenleistung anbieten? Emerahl lächelte. Menschen faszinierten sie und stießen sie gleichzeitig ab. Sie konnten erstaunlich gütig, aber auch grausam und bösartig sein. Das Lächeln in Emerahls Zügen verzerrte sich. Die Dorfbewohner gehörten ihrer Meinung nach eher auf die grausamere Seite der menschlichen Rasse.

Sie ging zur Treppe hinüber und stieg langsam nach unten. Als das Mädchen keuchend und mit weit aufgerissenen Augen in dem türlosen Eingang des Leuchtturms erschien, war Emerahl bereits fast auf der untersten Stufe angelangt. Sie blieb stehen, griff nach ihrer Macht und ließ ein kleines Häufchen Stöcke und Zweige in der Mitte des Raums in Flammen ausbrechen. Das Mädchen starrte zuerst das Feuer an, dann blickte sie angstvoll zu Emerahl auf.

*Sie sieht so mager und ausgelaugt aus. Aber andererseits tue ich das auch.*

»Was willst du, Mädchen?«, fragte Emerahl.

»Man sagt … man sagt, du hilfst Menschen.«

Die Stimme klang leise und gepresst. Emerahl vermutete, dass dieses Mädchen nicht gern Aufmerksamkeit auf sich zog. Sie schaute näher hin und erkannte die Anzeichen körperlicher Entwicklung bei dem Kind. Sie würde zu einer attraktiven Frau heranwachsen, wenn auch auf eine magere, knochige Weise.

»Du willst einen Mann bezaubern?«

Das Mädchen zuckte zusammen. »Nein.«

»Dann willst du einen Mann loswerden?«

»Ja. Nicht nur einen Mann«, fügte das Mädchen hinzu. »Alle Männer.«

Emerahl kicherte leise und ging die letzten Stufen hinunter. »*Alle* Männer, wie? Eines Tages wirst du vielleicht eine Ausnahme machen.«

»Das glaube ich nicht. Ich hasse sie.«

»Was ist mit deinem Vater?«

»Den hasse ich am meisten.«

*Ah, diesem Mädchen erging es also wie allen Heranwachsenden.* Aber als Emerahl am Fuß der Treppe angelangt war, sah sie eine wilde Verzweiflung in den Augen ihrer jungen Besucherin und wurde schlagartig ernst. Dies war kein verdrossenes, rebellisches Kind. Welchen unerwünschten Aufmerksamkeiten das junge Mädchen auch ausgesetzt sein mochte, sie machten ihm große Angst.

»Komm hierher zum Feuer.«

Emerahl deutete auf eine alte Bank, die sie lange vor der Ansiedlung der Menschen nach einem Schiffsunglück auf dem Strand unter den Klippen gefunden hatte.

»Setz dich.«

Das Mädchen kam ihrer Aufforderung nach. Emerahl ließ sich mit knirschenden Knien auf einen Stapel Decken sinken, die sie als Bett benutzte.

»Ich kann dir Tränke brauen, die einem Mann den Wind aus den Segeln nehmen, wenn du weißt, wovon ich spreche«, erklärte sie dem Mädchen. »Aber es ist gefährlich, einem Mann etwas davon zu verabreichen, und die Wirkung ist nicht von Dauer. Tränke dieser Art sind nutzlos, wenn du nicht weißt, was bevorsteht, und dir entsprechende Pläne zurechtlegen kannst.«

»Ich dachte, du könntest mich vielleicht hässlich machen«, erwiderte das Mädchen schnell. »So dass die Männer gar nicht erst in meine Nähe kommen wollen.«

Emerahl musterte das Mädchen eingehend, und ihre Besucherin senkte errötend den Blick.

»Hässlichkeit ist kein Schutz, wenn ein Mann betrunken und imstande ist, die Augen zu schließen«, erklärte sie mit leiser Stimme. »Und wie ich bereits sagte, eines Tages wirst du vielleicht eine Ausnahme machen wollen.«

Das Mädchen runzelte die Stirn, schwieg jedoch.

»Ich nehme an, dort unten findet sich niemand, der bereit wäre, deine Tugend zu verteidigen, sonst wärst du nicht zu mir gekommen«, fuhr Emerahl fort. »Also werde ich dich lehren, es selbst zu tun.«

Sie griff nach einer Kette um ihren Hals und zog sie sich über den Kopf. Das Mädchen hielt den Atem an, als sie den Anhänger daran baumeln sah. Es war ein schlichter, gehärteter Tropfen Saft von einem Dembar-Baum. Im Licht des Feuers schimmerte er in einem dunklen Orangeton. Emerahl hielt die Kette auf Armeslänge von sich weg.

»Schau genau hin.«

Mit weit aufgerissenen Augen gehorchte das Mädchen.

»Lausche meiner Stimme. Ich möchte, dass du den Blick auf diesen Tropfen gerichtet hältst. Schau hinein. Sieh dir die Farbe an. Und sei dir gleichzeitig der Wärme des Feuers neben dir bewusst.« Emerahl sprach weiter, wobei sie das Gesicht des Mädchens sorgfältig beobachtete. Als die Abstände, in denen ihre Besucherin blinzelte, länger wurden, bewegte sie einen Fuß. Die Augen, die auf den Anhänger blickten, bewegten sich nicht. Emerahl nickte leicht und befahl dem Mädchen, nach dem Tropfen zu greifen. Langsam streckte das Mädchen die Hand aus.

»Jetzt halte inne, genau dort, nahe dem Tropfen, aber ohne ihn zu berühren. Spüre die Wärme des Feuers. Kannst du die Wärme spüren?«

Das Mädchen nickte langsam.

»Gut. Jetzt stell dir vor, du würdest Wärme aus dem Feuer ziehen. Stell dir vor, dein Körper sei erfüllt von seiner sanften

Wärme. Kannst du Wärme spüren? Ja. Jetzt sende diese Wärme in den Tropfen.«

Sofort begann der Saft zu leuchten. Das Mädchen blinzelte, dann starrte es voller Staunen auf den Anhänger. Das Leuchten verebbte wieder.

»Was ist passiert?«

»Du hast soeben ein wenig Magie benutzt«, erklärte Emerahl. Sie ließ den Anhänger sinken und legte sich die Kette wieder um.

»Ich habe Gaben?«

»Natürlich hast du die. Jeder Mann und jede Frau haben Gaben. Die meisten haben nicht mehr, als man braucht, um eine Kerze zu entzünden. Du jedoch verfügst über stärkere Gaben.«

Die Augen des Mädchens leuchteten vor Erregung. Emerahl kicherte. Sie hatte diesen Ausdruck schon viele Male gesehen. »Aber glaub ja nicht, du würdest deshalb eine große Zauberin werden, Mädchen. *So* sind deine Gaben nun auch wieder nicht.«

Diese Worte hatten die gewünschte, ernüchternde Wirkung. »Was kann ich tun?«

»Du kannst andere dazu bringen, es sich gut zu überlegen, bevor sie dir mehr Aufmerksamkeit schenken, als du es möchtest. Ein simpler, kurzer Schmerz als Warnung und ein betäubender Schmerz für jene, die diese Warnung nicht annehmen oder die zu betrunken sind, um sie zu spüren. Ich werde dich beides lehren – und dir obendrein noch einen Rat mit auf den Weg geben. Lerne die Kunst des Schmeichelns oder der humorvollen Zurückweisung. Du magst den Wunsch haben, den Männern ihre Würde zu rauben, aber ein verletzter Stolz wird auf Rache sinnen. Ich habe keine Zeit, dich etwas so Kompliziertes zu lehren wie die Fähigkeit, eine Tür zu entriegeln oder ein Messer aufzuhalten.«

Das Mädchen nickte ernst. »Ich werde es versuchen, obwohl ich mir nicht sicher bin, ob es bei meinem Vater funktionieren wird.«

Emerahl zögerte. So war das also. »Nun denn. Ich werde dir heute Abend diese Tricks beibringen, aber du musst sie später weiter üben. Es ist wie das Spiel auf einer Knochenpfeife. Du magst dich daran erinnern, wie eine Melodie lautet, aber wenn du sie nicht übst, verlieren deine Finger ihre Geschicklichkeit.«

Das Mädchen nickte erneut, diesmal mit erkennbarem Eifer. Emerahl hielt inne, um ihre Schülerin voller Wehmut zu betrachten. Obwohl ihr Leben hart gewesen war, war sie noch immer so wunderbar unschuldig, was die Dinge der Welt betraf, noch immer voller Hoffnung. Sie blickte auf ihre eigenen runzeligen Hände hinab. *Bin ich denn so viel anders, trotz all der Jahre, die ich ihr voraushabe? Meine Zeit ist lange abgelaufen, und die Welt hat sich weiterentwickelt, aber ich klammere mich noch immer ans Leben. Warum mache ich, die Letzte meiner Art, immer so weiter?*

*Weil ich es kann,* gab sie sich selbst die Antwort.

Mit einem schiefen Lächeln machte sie sich daran, einem weiteren jungen Mädchen beizubringen, wie es sich verteidigen konnte.

# 3

Der Tempel postierte keine Wachen an seinem Eingang. Im Prinzip stand es allen frei, einzutreten. Sobald man jedoch im Innern war, mussten Besucher zu jenen geleitet werden, die ihren Bedürfnissen am besten gerecht werden konnten, daher verbrachten alle angehenden Priester und Priesterinnen, die Akolythen, wie man sie nannte, einen Teil ihrer Zeit als Führer durch den Tempel.

Dem Akolythen Rimo machte dieser Teil seiner Pflichten nichts aus. Meistens musste man nur über die Gehwege des Tempelbezirks schlendern, konnte sich am Sonnenschein erfreuen und den Leuten erklären, wo sie hingehen mussten, was weitaus einfacher und befriedigender war als Unterrichtsstunden über das Gesetz oder die Heilkunst. Während fast jedes Dienstes geschah irgendetwas Komisches, und anschließend kamen er und die anderen Akolythen zusammen und erzählten einander von den Dingen, die sie erlebt hatten.

Nachdem sie etliche Tage damit verbracht hatten, zu Besuch angereiste Monarchen, Edelleute und andere Würdenträger zu begrüßen, ließ sich keiner der Akolythen mehr besonders beeindrucken von Geschichten, die sich um die Begegnung mit wichtigen Persönlichkeiten rankten. Auch Berichte über die seltsamen Mätzchen der gewöhnlichen Besucher hatten ihren Reiz noch nicht wiedergewonnen. Rimo wusste, dass einzig ein außergewöhnliches Erlebnis wie die Begegnung mit Auraya von den Weißen ihm in dieser Situation noch Bewunderung eintragen würde, und was das betraf, standen seine Chancen schlecht, bis …

Rimo blieb stehen und riss ungläubig die Augen auf, als ein hochgewachsener, bärtiger Mann durch den Weißen Bogen trat. *Ein Traumweber? Hier?* Er hatte noch nie zuvor einen der Heiden im Tempel gesehen. Sie wagten es nicht, zu dem heiligsten Ort der Zirkler vorzudringen.

Rimo blickte sich um, in Erwartung, jemanden hinter dem Traumweber hereilen zu sehen. Als ihm klar wurde, dass er der einzige Tempelführer war, der sich in der Nähe aufhielt, krampfte sich sein Magen zusammen. Einen Moment lang erwog er die Möglichkeit, vorzugeben, er habe den Heiden nicht bemerkt, aber ein solches Verhalten war womöglich ebenso schlecht angesehen wie die Idee, den Mann in die geheiligten Gebäude zu bitten. Mit einem Seufzer zwang sich Rimo, dem Besucher zu folgen.

Als er näher kam, blieb der Traumweber stehen und drehte sich um, um ihn anzusehen. *Ich muss nur herausfinden, was er will,* sagte Rimo sich. *Und ihn dann fortschicken. Aber was ist, wenn er nicht gehen will? Was ist, wenn er versucht, sich einen Weg hinein zu erzwingen? Nun, sollte es tatsächlich so weit kommen, sind genug Priester im Tempel, um mir zu Hilfe zu eilen.*

»Kann ich dir weiterhelfen?«, fragte Rimo steif.

Der Blick des Traumwebers war auf eine Stelle über Rimos Kopf gerichtet. Oder vielleicht blickte der Mann ja auch *in* seinen Kopf.

»Ich habe eine Botschaft zu überbringen.«

Der Heide zog ein Röhrchen unter seinen Roben hervor. Rimo runzelte die Stirn. Eine Botschaft? Das würde bedeuten, dass er dem Heiden gestatten musste, weiter in den Tempelbezirk vorzudringen, vielleicht sogar die Gebäude zu betreten. Das konnte er nicht zulassen.

»Gib sie mir«, verlangte er. »Ich werde dafür sorgen, dass die Botschaft überbracht wird.«

Zu Rimos Erleichterung händigte der Traumweber ihm die

Schriftrolle aus. »Vielen Dank«, sagte er, dann wandte er sich um und ging zurück zum Tor.

Rimo besah sich das Röhrchen genauer. Es war ein schlichter hölzerner Briefbehälter. Als er den Namen der Empfängerin las, der mit Tinte darauf geschrieben war, sog er erstaunt den Atem ein. Er starrte dem Traumweber nach. Das war einfach zu eigenartig. Die Empfängerin war »die Hohepriesterin Auraya«. Warum überbrachte ein Heide Auraya der Weißen eine Botschaft?

Vielleicht hatte der Mann sie gestohlen, um ihren Inhalt zu lesen. Rimo unterzog das Röhrchen einer sorgfältigen Musterung, aber das Siegel war unversehrt, und nichts wies darauf hin, dass jemand sich daran zu schaffen gemacht hatte. Trotzdem blieb es eigenartig. Andere Priester würden vielleicht Fragen stellen. Er schaute abermals in die Richtung, in die der Mann langsam verschwand, dann zwang er sich, ihm mit weit ausgreifenden Schritten zu folgen.

»Traumweber.«

Der Mann blieb stehen und drehte sich um. Ein fragender Ausdruck trat in seine Züge.

»Wie kommt es, dass man dich mit der Auslieferung dieser Botschaft betraut hat?«, verlangte Rimo zu erfahren.

Die Lippen des Mannes wurden schmal. »Man hat mich nicht damit betraut. Ich bin vor einigen Tagen einem Kurier begegnet, der trunken und bewusstlos am Straßenrand lag. Da ich mit der Empfängerin der Nachricht bekannt bin und ohnehin in diese Richtung wollte, habe ich beschlossen, sie selbst zu überbringen.«

Rimo schaute noch einmal auf den Namen auf der Schriftrolle. Mit der Empfängerin bekannt? Wohl kaum. Dennoch war es besser, vorsichtig zu sein.

»Dann werde ich dafür Sorge tragen, dass diese Nachricht sie sofort erreicht«, sagte er.

Rimo wandte sich hastig um und ging auf den Weißen Turm zu. Nach einigen Schritten blickte er noch einmal zurück und sah zu seiner Erleichterung, dass der Traumweber durch den Toreingang des Tempels getreten war und auf das westliche Viertel der Stadt zuging. Abermals schaute er auf den Namen der Empfängerin und lächelte. Wenn er Glück hatte, würde er diese Schriftrolle persönlich abliefern dürfen. Und *das* wäre eine Geschichte, die zu erzählen sich lohnen würde.

Mit wachsender Erregung beschleunigte er seine Schritte und eilte dem Eingang des Weißen Turms entgegen.

Der Botschafter von Sennon begann mit einem weiteren langen Exkurs über die Geschichte seines Landes – etwas, wozu die Vertreter seines Volkes neigten, wenn sie einen bestimmten Punkt besonders hervorheben wollten. Aurayas Mienenspiel veränderte sich leicht. Jeder, der diese Begegnung beobachtet hätte, wäre davon überzeugt gewesen, dass sie sich vollauf auf die Bemerkungen des Mannes konzentrierte. Danjin kannte sie langsam ein wenig besser und hatte gelernt, die Zeichen erzwungener Geduld zu deuten. Wie die meisten Hanianer, die geradeheraus ihre Meinung zu sagen pflegten, fand sie die endlos ausgeschmückten Ausführungen des Sennoners ermüdend.

»Wir wären geehrt, nein, über jedes Entzücken hinaus erfreut, wenn du die Stadt der Sterne einmal besuchen würdest. Seit die Götter den großen Juran vor einem Jahrhundert erwählt haben, waren uns nur neun Gelegenheiten vergönnt, den Auserwählten der Götter empfangen und beherbergen zu dürfen. Es wäre wunderbar, würdest du mir da nicht recht geben, wenn die Neueste der Stellvertreter der Götter als Nächste durch die Straßen von Karienne wandeln und die Dünen von Hemmed erklimmen würde?«

*Das ist alles?* Danjin unterdrückte einen Seufzer. Die kunstvolle Ansprache des Botschafters hatte zu nichts mehr geführt als einer Einladung, sein Land zu besuchen. *Obwohl er gleichzeitig darauf hinweist, dass die Weißen nur selten nach Sennon kommen. Es wäre keine Überraschung, wenn die Sennoner sich ein wenig vernachlässigt fühlten.*

Das Problem war, dass ein Gebirgszug und eine Wüste Sennon von Hania trennten, und die Straße nach Karienne war lang und schwierig. Auch Dunwegen lag auf der anderen Seite der Berge, konnte aber zumindest übers Meer erreicht werden. Der wichtigste Hafen Sennons befand sich am anderen Ende des Kontinents. Bei gutem Wetter konnte die Seereise Monate in Anspruch nehmen. Unter schlechten Verhältnissen dauerte sie womöglich länger als der Weg über Land. Sollte sich Sennon irgendwann der Allianz anschließen, würden die Weißen diese Reise häufiger unternehmen müssen.

Danjin argwöhnte, dass es noch einen anderen Grund gab, warum es den Weißen widerstrebte, Zeit in ein solches Unternehmen zu stecken: Es gab eine große Anzahl von Sennonern, die noch immer den toten Göttern huldigten. Sowohl die früheren als auch die gegenwärtigen Kaiser von Sennon hatten stets die Meinung vertreten, dass es ihren Untertanen freistehen sollte anzubeten, wen oder was sie wollten, und die Frage, ob die Götter, denen diese Menschen huldigten, real waren oder nicht, mussten sie selbst entscheiden, nicht ihre Herrscher. Wahrscheinlich würde es so weitergehen, solange die sennonische »Religionssteuer« den Wohlstand der Herrscher mehrte.

Nur ein einziger Kult protestierte gegen diese Situation so lautstark wie die Zirkler. Sie nannten sich die Pentadrianer. Wie die Zirkler hingen sie fünf Göttern an, aber damit endeten auch schon die Ähnlichkeiten. Ihre Götter existierten nicht, daher täuschten sie ihre Anhänger mit Tricks und Zaubereien. Es hieß, die Pentadrianer opferten diesen Göttern Sklaven und schwelgten in orgiastischen Fruchtbarkeitsritualen. Zweifellos sorgten diese Taten dafür, dass ihre Anhänger es nicht wagten, an der Existenz ihrer Götter zu zweifeln, damit sie sich nicht der Frage stellen mussten, ob es vielleicht gar keine Rechtfertigung für ihre Schlechtigkeiten gab.

Auraya blickte zu Danjin hinüber, und er spürte, wie sich sein Gesicht vor Verlegenheit rötete. Eigentlich sollte er seine Aufmerksamkeit dem fortgesetzten Gefasel des Botschafters widmen, um ihr jederzeit einen Quell von Erkenntnissen zur Verfügung zu stellen. *Wahrscheinlich habe ich ihr auch Erkenntnisse zur Verfügung gestellt – wenn auch nicht von der Art, die ihr in diesem Moment von Nutzen sein kann.*

Die Tür zu dem Raum wurde geöffnet, und Dyara trat ein. Danjin beobachtete mit einiger Erheiterung, dass die ältere Frau Auraya einer kritischen Musterung unterzog, wie eine Mutter nach Fehlern im Benehmen ihres Kindes suchen mochte. Er unterdrückte ein Lächeln. Es würde einige Zeit dauern, bis Auraya mit der gleichen Selbstsicherheit auftrat wie Dyara. Auraya befand sich in einer interessanten Position; noch vor Kurzem hatte sie eine der höchsten Stellungen bekleidet, die eine sterbliche Priesterin erreichen konnte, und nun nahm sie, was Alter und Erfahrung betraf, die niedrigste Stellung unter den Unsterblichen ein.

»Es ist eine Nachricht für dich gekommen. Aus deiner Heimat, Auraya«, sagte Dyara. »Möchtest du sie gleich jetzt entgegennehmen?«

Aurayas Augen leuchteten auf. »Ja. Vielen Dank.«

Dyara trat beiseite und ließ einen Priesternovizen eintreten, der ihr zögernd einen Nachrichtenbehälter darbot.

Auraya lächelte den jungen Mann an, dann blinzelte sie überrascht. Während Dyara den Boten aus dem Raum geleitete, brach Auraya das Siegel und kippte ein Pergament heraus. Danjin konnte sehen, dass nur wenige Zeichen auf dem Dokument geschrieben standen. Er hörte Auraya scharf die Luft einsaugen und betrachtete sie forschend. Sie war bleich geworden.

Auraya blickte zu Dyara hinüber, die die Stirn runzelte und sich an den Botschafter wandte. »Ich hoffe, du genießt deinen Besuch im Tempel, Botschafter Shemeli. Darf ich dich auf dem Weg hinaus begleiten?«

Der Mann zögerte, dann verneigte er sich leicht. »Es wäre mir eine große Ehre, Dyara von den Weißen.« Er formte mit beiden Händen einen Zirkel und neigte den Kopf vor Auraya. »Es war mir eine Freude, mit dir zu sprechen, Auraya von den Weißen. Ich hoffe, dass wir bald Gelegenheit haben werden, unsere Bekanntschaft zu vertiefen.«

Sie sah ihm in die Augen und nickte. »Das hoffe ich ebenfalls.«

Als Dyara den Mann aus dem Raum führte, unterzog Danjin Auraya einer eingehenden Musterung. Die jüngste Weiße betrachtete voller Konzentration eine Vase, aber er war davon überzeugt, dass diese Vase nicht der Gegenstand ihrer Aufmerksamkeit war. War das ein Glitzern von Tränen in ihren Augen?

Danjin wandte sich ab, da er sie mit seinen Blicken nicht in Verlegenheit bringen wollte. Als das Schweigen andauerte, fühlte er sich zunehmend unbehaglich. Es war ein wenig beunruhigend, eine der Weißen den Tränen nahe zu sehen, ging es ihm durch den Kopf. Es wurde von ihnen erwartet, dass sie stark waren. Mächtig. *Aber sie ist ja kaum ein alter Hase in diesem Geschäft*, rief er sich ins Gedächtnis. *Und mir wäre es lieber, wenn jene, die die Menschen in Fragen des Gesetzes und der Moral leiten, menschliche Gefühle hätten, statt gar keine.*

Abermals wurde die Tür geöffnet, und Dyara kehrte zurück. Ihre Hand schwebte über dem Türknauf.

»Es tut mir leid, Auraya. Du darfst den Tag so verbringen, wie du es wünschst. Ich werde dich heute Abend aufsuchen, sobald ich meine Pflichten erfüllt habe.«

»Danke«, erwiderte Auraya leise.

Dyara sah zu Danjin hinüber, dann deutete sie mit dem Kopf auf die Tür. Er erhob sich und folgte ihr aus dem Raum.

»Schlechte Neuigkeiten?«, fragte er, als die Tür sich hinter ihnen geschlossen hatte.

»Ihre Mutter ist gestorben.« Dyara verzog das Gesicht. »Es ist zu einem unglücklichen Zeitpunkt geschehen. Geh nach Hause, Danjin Speer. Komm morgen zur gewohnten Zeit zurück.«

Danjin nickte und machte das Zeichen des Zirkels. Dyara ging davon. Er blickte den Flur hinunter zur Treppe, dann drehte er sich noch einmal zu der Tür des Raumes um, den er soeben verlassen hatte. Ein freier Nachmittag. Er hatte seit Tagen keinen Augenblick mehr für sich allein gehabt. Er könnte den Großen Markt besuchen und ein wenig von dem Geld, das er verdiente, auf Geschenke für seine Frau und seine Töchter verwenden. Oder er könnte lesen.

Ein Bild von Aurayas bleichem Gesicht kam ihm in den Sinn. *Sie wird trauern,* dachte er. *Gibt es hier irgendjemanden, der sie trösten könnte? Einen Freund? Vielleicht einer von den Priestern?*

Alle Gedanken daran, Märkte zu besuchen oder zu lesen, zerstoben. Er seufzte und klopfte an die Tür. Nach einer kurzen Pause erschien Auraya vor ihm und sah ihn fragend an, dann lächelte sie hohl, als sie seine Gedanken las.

»Ich werde zurechtkommen, Danjin.«

»Gibt es irgendetwas, das ich für dich tun kann? Soll ich jemanden herholen?«

Sie schüttelte den Kopf, dann runzelte sie die Stirn. »Vielleicht kannst du doch etwas für mich tun. Du sollst niemanden herholen, sondern nur nach ihm suchen. Finde heraus, wo der Mann, der die Botschaft in den Tempel gebracht hat, sich aufhält. Der Novize, Rimo, sollte in der Lage sein, ihn zu beschreiben. Wenn meine Vermutung zutrifft, dann ist sein Name Leiard.«

Danjin nickte. »Wenn er noch in der Stadt ist, werde ich ihn finden.«

Nicht weit zu seiner Linken standen drei Frauen an einem Tisch und bereiteten das abendliche Mahl vor. Sie bemerkten kaum, wie ihre Hände geschickt kneteten, rührten oder hackten, während sie miteinander plauderten und über die bevorstehende Heirat der Tochter ihres Arbeitgebers sprachen.

In einiger Entfernung hinter ihnen war ein Mann in einen beinahe tranceartigen Geisteszustand versunken, während er den Ton zwischen seinen Händen zu einer Schale formte. Zufrieden schnitt er die Schale mit einem Stück Draht von der Töpferscheibe und stellte sie zu den anderen, die er geschaffen hatte, dann griff er nach frischem Ton.

Auf der rechten Seite eilte, müde und mutlos, ein Junge vorüber. Seine Eltern hatten sich wieder einmal gestritten. Wie immer hatte der Streit mit dem dumpfen Aufprall von Fäusten auf Fleisch und gequältem Wimmern geendet. Er dachte über die Fremden nach, die noch immer den Markt bevölkerten und anscheinend keine Ahnung von der Existenz von Taschendieben hatten, und ihm wurde leichter ums Herz. Heute Abend würde ihm seine Beute förmlich in den Schoß fallen.

Ein wenig weiter entfernt zankte eine Mutter lautstark ihre Tochter aus. Das Ganze endete mit einem Aufbranden von Befriedigung und Zorn, als die Tochter die Tür zwischen ihnen zuschlug.

Leiard holte tief Atem und ließ die Gedanken dieser und anderer Menschen in seinen Sinnen verblassen. Der Schmerz in seinem Körper hatte sich in eine erträglichere Mattigkeit verwandelt. Er fühlte sich versucht, sich niederzulegen und zu schlafen, aber dann hätte er am Abend keine Ruhe mehr gefunden, und er hatte bereits genug durchwachte Nächte hinter sich gebracht, in denen er sich gefragt hatte, ob es die richtige Entscheidung gewesen war, dem Kurier die Botschaft abzunehmen.

*Irgendjemand musste es tun,* dachte er. *Warum hat Pa-Färber diesen Jungen damit beauftragt?*

Wahrscheinlich befand man sich im Dorf mitten in der Ernte. Sie konnten nur wenige Arbeitskräfte für eine Aufgabe wie das Überbringen einer Nachricht entbehren. Möglicherweise hatte der Junge sich freiwillig angeboten, um sich vor der harten Plackerei zu drücken. Pa-Färber hatte offensichtlich nichts von seiner Neigung zur Faulheit gewusst.

Es war Leiard gelungen, dem vom Trank berauschten Jungen genug Informationen zu entlocken, um herauszufinden, warum Aurayas Vater einen Boten geschickt hatte, statt Priester Avorim zu bitten, die Nachricht per Gedankenrede zu übermitteln. Der Priester war krank. Er war vor einigen Tagen zusammengebrochen.

Da der Priester ausfiel, war ihm nichts anderes übrig geblieben, als einen Boten zu schicken. Leiard hatte keine Ahnung, wie krank Priester Avorim tatsächlich war. Es konnte durchaus sein, dass der alte Mann im Sterben lag.

Ironischerweise war Leiard dem betrunkenen Boten nur deshalb begegnet, weil Ma-Färbers Tod ihm die Freiheit gegeben hatte, fortzugehen. Jedes Jahr reiste er in eine Stadt, die einen Fußmarsch von einigen Tagen entfernt von Oralyn lag, um Heilmittel zu kaufen, die er nicht selbst herstellen konnte. Der Junge hatte ihm den Rest des Geldes überlassen, das Pa-

Färber ihm für Essen und Unterkunft gegeben hatte, aber als Leiard in die Stadt gekommen war, hatte er feststellen müssen, dass es nicht genug war, um die Dienste eines anderen Boten zu bezahlen.

Leiard hatte die Möglichkeit erwogen, die Nachricht dem Priester der Stadt zu übergeben, aber dann hatte er sich ausgemalt, wie er dem Mann erklären würde, auf welche Weise er in den Besitz der Botschaft gelangt war, und er hatte begriffen, dass kein Priester ihm glauben würde. Damit waren ihm nur zwei Auswege geblieben: Entweder brachte er die Nachricht zu Pa-Färber zurück, der im Augenblick keine zusätzliche Enttäuschung und weiteren Kummer gebrauchen konnte, oder er lieferte den Briefbehälter selbst aus. Dazu, so hatte er gedacht, bräuchte er ihn lediglich einem der Torhüter des Tempels zu übergeben.

Aber er hatte keine Torhüter oder Wachen entdeckt. Bei der Erinnerung an den Augenblick seiner Ankunft am Eingang des Tempels überlief Leiard eine Gänsehaut. Das Gewirr von Menschen um ihn herum hatte ihn so sehr abgelenkt, dass er den großen, weißen Turm, der die Gebäude der Stadt überragte, zu Anfang gar nicht bemerkt hatte. Er hatte ihn erst gesehen, als er in den Bogen über dem Tempeleingang getreten war.

Irgendetwas daran ließ ihn bis ins Mark frösteln. Ein Teil von ihm war voller Staunen und Bewunderung für die Geschicklichkeit gewesen, die in die Erschaffung des Turms hineingeflossen sein musste. Ein anderer Teil von ihm war zurückgezuckt und hatte ihn gedrängt, auf dem Absatz kehrtzumachen und so schnell wie möglich fortzugehen.

Einzig seine Entschlossenheit, die Nachricht zu überbringen, hatte ihn davon abgehalten. Er war nicht so weit gereist, nur um dann die Flucht zu ergreifen. Aber am Eingang war niemand gewesen, dem er den Behälter hätte übergeben können, und keiner der Priester jenseits des Tores schien geneigt zu sein, an ihn heranzutreten. Er hatte durch den Bogen gehen müssen, um jemanden auf sich aufmerksam zu machen. Nachdem er die Nachricht einem jungen Priester übergeben hatte, war er eilends und voller Erleichterung fortgegangen.

Jarime war seit seinem letzten Besuch gewachsen und hatte sich verändert, aber das war das Wesen von Städten. Das dichte Nebeneinander von Menschen war gleichzeitig anregend und ermüdend. Er hatte mehrere Stunden umherstreifen müssen, bis er ein Gästehaus für Traumweber fand. Es gehörte Tanara und Millo Bäcker, einem Ehepaar mit bescheidenem Einkommen, das einen kleinen Wohnblock geerbt hatte. Ihr Sohn, Jayim, wollte Traumweber werden, und dieser Umstand hatte die beiden auf die Idee gebracht, Traumwebern, die durch die Stadt kamen, ein Quartier anzubieten. Sie lebten im ersten Stockwerk und vermieteten das Erdgeschoss an Ladenbesitzer.

Tanara hatte ihn in einen Raum geführt und ihn dort zurückgelassen, damit er sich ausruhen konnte. Leiard hatte der Versuchung nicht widerstehen können, sich in eine Trance zu versetzen, um die Gedanken der Stadtbewohner um sich herum abzuschöpfen. Sie waren wie die Menschen überall, ganz und gar in Anspruch genommen von einem Leben, das ebenso mannigfaltig war wie die Fische im Ozean. Hell und dunkel, hart und leicht. Großzügig und selbstsüchtig. Hoffnungsvoll. Entschlossen. Resigniert. Außerdem hatte er den Geist seiner Gastgeberin in der Küche unter ihm wahrgenommen; sie dachte soeben darüber nach, dass sie Leiard bald zum Essen rufen musste. Außerdem hoffte sie, dass er ihrem Sohn helfen würde.

Leiard holte noch einmal tief Atem, dann schlug er die Augen auf. Jayims Lehrer war im vergangenen Winter gestorben, und kein Traumweber hatte sich erboten, seine Stelle einzunehmen. Leiard wusste, dass er die Familie abermals enttäuschen musste. Er würde morgen in sein Dorf zurückkehren. Selbst wenn er einen weiteren Schüler hätte aufnehmen wollen – Jayim hätte mit ihm kommen müssen. Die Bäckers würden es wahrscheinlich lieber sehen, wenn Jayims Ausbildung unvollendet blieb, statt ihn ziehen zu lassen.

*Wenn Jayim mit mir kommen wollte, würde ich ihn dann nehmen?* Leiard spürte den Sog der Verpflichtung. Die Traumweber waren heutzutage gering an Zahl, und es wäre eine Schande, wenn dieser Junge seine Ausbildung aus Mangel an Lehrern aufgeben würde. Wenn er ihn kennenlernte, würde er es sich vielleicht noch einmal überlegen. Schließlich war er auch bereit gewesen, Auraya zu unterrichten.

Schließlich stand er auf, reckte sich und trat vor eine schmale Bank, auf der Tanara ihm eine große Schale mit Wasser und einige grobe Handtücher zurückgelassen hatte. Er wusch sich mit langsamen Bewegungen, zog seine zweite Tunika und eine frische Hose an und schlüpfte in sein Traumweberwams. Nachdem er sein Zimmer verlassen hatte, kam er in den Gemeinschaftsraum in der Mitte des Hauses, wo Tanara, die Stirn in tiefer Konzentration gerunzelt, auf einem alten Kissen saß. Auf einem großen, auf zwei Ziegelsteinen liegenden flachen Stein garte ein Brot. Es brannte kein Feuer unter den Steinen, daher musste sie Magie benutzen, um sie zu erwärmen.

»Traumweber Leiard«, sagte sie, und die Falten um ihre Augen vertieften sich, als sie lächelte. »Wir haben keine Diener, und ich ziehe es vor, selbst zu kochen, statt das ekelhafte Zeug zu kaufen, das im Laden nebenan angeboten wird. Ich habe es nur zweimal gegessen, und beide Male ist mir übel geworden. Aber sie sind pünktlich mit der Miete, daher sollte ich mich nicht beklagen.« Sie deutete mit dem Kopf auf die Tür. »Jayim ist zurück.«

Leiard drehte sich um und sah im Nebenzimmer einen jungen Mann, der sich auf einer alten Holzbank ausgestreckt hatte. Sein Traumweberwams lag neben ihm auf dem Boden. Seine Tunika war voller Schweißflecken.

»Jayim, das ist Traumweber Leiard«, rief Tanara ihrem Sohn zu. »Leiste ihm Gesellschaft, während ich meine Arbeit hier beende.«

Der junge Traumweber blickte auf, und als er Leiard entdeckte, blinzelte er überrascht. Als Leiard den Raum betrat, richtete der Junge sich auf der Bank auf. »Hallo«, sagte er.

»Ich grüße dich«, erwiderte Leiard. *Also kein traditionelles Willkommen von diesem Burschen. War es Mangel an Ausbildung oder einfach eine Geringschätzung der Rituale?*

Leiard setzte sich auf einen Stuhl gegenüber von Jayim. Er betrachtete das Wams. Der Junge folgte seinem Blick, dann hob er das Kleidungsstück hastig auf und hängte es über die Rückenlehne der Bank.

»Ein bisschen heiß heute, nicht wahr?«, sagte Jayim. »Bist du schon früher einmal in der Stadt gewesen?«

»Ja. Vor langer Zeit«, erwiderte Leiard.

»Vor wie langer Zeit?«

Leiard runzelte die Stirn. »Ich bin mir nicht ganz sicher.«

Der Junge zuckte die Achseln. »Dann muss es in der Tat recht lange her sein. Hat die Stadt sich sehr verändert?«

»Mir sind einige Veränderungen aufgefallen, aber ich kann kein genaues Urteil treffen, da ich seit meiner Ankunft heute Nachmittag nur einen Teil der Stadt gesehen habe«, antwortete Leiard. »Es klingt allerdings so, als sei das Essen an den Straßenständen noch immer so gefährlich wie früher.«

Jayim kicherte. »Ja, aber es gibt durchaus auch einige gute Stände. Wirst du lange bleiben?«

Leiard schüttelte den Kopf. »Nein, ich werde morgen wieder aufbrechen.«

Der Junge konnte seine Erleichterung nicht allzu gut verbergen. »Dann kehrst du also zurück nach … wie hieß der Ort noch?«

»Oralyn.«

»Wo liegt das?«

»In der Nähe der dunwegischen Grenze, am Fuß der Berge.«

Jayim öffnete den Mund, um zu sprechen, erstarrte jedoch, als er ein Klopfen hörte. »Es ist jemand an der Tür, Mutter.«

»Dann mach auf.«

»Aber …« Jayim sah Leiard an. »Ich leiste unserem Gast Gesellschaft.«

Tanara seufzte und erhob sich. Sie ging zur Haupttür hinüber und entschwand ihren Blicken. Leiard lauschte dem Klatschen ihrer Sandalen auf dem gekachelten Boden. Er hörte, wie die Tür geöffnet wurde, dann erklangen Frauenstimmen. Schritte näherten sich.

»Wir haben eine Kundin«, erklärte Tanara, als sie den Raum betrat. Eine Frau, die sich in einen weiten Umhang aus schwarzem Tuch gehüllt hatte, trat ein. Sie hatte sich das Tuch über den Kopf gezogen, so dass ihr Gesicht verborgen blieb.

»Ich komme nicht, weil ich deine Heilkünste in Anspruch nehmen möchte«, erklärte die Frau. »Ich bin hier, um einen alten Freund zu sehen.«

Die Stimme jagte Leiard einen Schauer über den Rücken, aber er war sich nicht sicher, warum. Unwillkürlich erhob er sich von seinem Platz. Die Frau nahm das Tuch von ihrem Kopf und lächelte.

»Sei mir gegrüßt, Traumweber Leiard.«

Ihr Gesicht hatte sich verändert. Es hatte die weiche Rundlichkeit der Kindheit verloren, und Leiard bemerkte die Eleganz, mit der Kinn und Stirn geformt waren, und die hohen Wangenknochen. Das Haar hatte sie sich zu einer kunstvollen

Frisur hochgesteckt, wie sie die Reichen und Modischen bevorzugten. Außerdem wirkte sie größer.

Aber ihre Augen waren dieselben geblieben. Groß, ausdrucksstark und voll wacher Intelligenz blickten sie ihn forschend an. *Sie muss sich fragen, ob ich mich an sie erinnere,* dachte er. *Das tue ich, aber so ist sie mir nicht im Gedächtnis geblieben.*

Auraya war zu einer verblüffend schönen Frau herangewachsen. In Oralyn wäre ihre Schönheit niemals aufgefallen. Sie hätte zu zerbrechlich gewirkt und zu mager. Die Mode der Stadt stand ihr besser.

*Die Mode der Stadt? Sie ist nicht hierhergekommen, um sich für Mode zu interessieren, sondern um Priesterin zu werden.* Bei diesem Gedanken fielen ihm seine Gastgeber wieder ein. Das Wissen, dass sie eine Priesterin der Zirkler in ihrem Haus hatten, erschreckte sie vielleicht – vor allem, da es sich um eine Hohepriesterin handelte. *Zumindest hatte Auraya Verstand genug, die Gewänder ihres Standes zu bedecken.* Er drehte sich zu Tanara um.

»Gibt es einen Ort, an dem die Dame und ich ungestört reden können?«

Tanara lächelte. »Ja. Auf dem Dach. An einem Sommerabend ist es sehr schön dort oben. Folgt mir.«

Die Frau führte sie durch den Gemeinschaftsraum zu der Treppe gegenüber der Haupttür. Als Leiard aufs Dach hinaustrat, war er überrascht festzustellen, dass sich überall Topfpflanzen und abgenutzte Holzstühle befanden. Er konnte die benachbarten Wohnungen und andere Menschen sehen, die sich in ihren Dachgärten entspannten.

»Ich werde euch etwas Kühles zum Trinken holen«, sagte Tanara und verschwand wieder die Treppe hinunter.

Auraya nahm Leiard gegenüber Platz und seufzte. »Ich hätte dir eine Nachricht schicken und dich von meinem Besuch in Kenntnis setzen sollen. Oder ich hätte einen anderen Treffpunkt vorschlagen können. Aber sobald ich erfahren hatte, dass du hier bist …« Sie lächelte schief. »Ich musste einfach sofort kommen.«

Er nickte. »Du hast das Bedürfnis, mit jemandem über deine Mutter zu reden, der sie kannte«, bemerkte er.

Ihr Lächeln verblasste. »Ja. Wie ist sie denn …?«

»Alter und Krankheit.« Er breitete die Hände aus. »Ihre Krankheit hat, als sie älter wurde, einen höheren Tribut gefordert als zuvor. Zu guter Letzt konnte sie sich nicht mehr dagegen wehren.«

Auraya nickte. »Das war also alles? Sonst nichts?«

Er schüttelte den Kopf. »Wenn jemand eine Krankheit über lange Zeit hinweg in Schach gehalten hat, ist es für die anderen oft eine Überraschung, wenn der Tod schließlich doch kommt.«

Sie verzog das Gesicht. »Ja – vor allem, wenn der Zeitpunkt, da es geschieht … unglücklich ist.« Sie stieß einen langen Seufzer aus. »Wie geht es Vater?«

»Er war wohlauf, als ich Oralyn verließ. Natürlich trauerte er, aber er hat den Tod deiner Mutter auch akzeptiert.«

»Du hast dem Akolythen erzählt, du hättest die Nachricht in den Händen eines betrunkenen Kuriers gefunden. Weißt du, warum Priester Avorim sich nicht mit mir in Verbindung gesetzt hat?«

»Der Kurier hat behauptet, Avorim sei krank.«

Sie nickte. »Er muss inzwischen sehr alt sein. Armer Avorim. Ich habe ihm während seiner Unterrichtsstunden das Leben so schwer gemacht. Und dir auch.« Sie blickte zu ihm auf und lächelte schwach. »Es ist seltsam. Ich erkenne dich, aber du siehst anders aus.«

»Inwiefern?«

»Jünger.«

»Kinder halten alle Erwachsenen für alt.«

»Vor allem, wenn diese Erwachsenen weißes Haar haben«, erwiderte sie. Sie zupfte an dem Umhang, der sie umhüllte. »Es ist ein wenig heiß für diese Kleidung«, fuhr sie fort. »Ich hatte befürchtet, dass ich deine Gastgeber in Schwierigkeiten bringen könnte, wenn die Leute mich hierher hätten kommen sehen.«

»Ich weiß nicht, wie das Leben für Traumweber in der Stadt ist.«

»Aber du glaubst, deine Gastgeber würden erschrecken, wenn sie wüssten, wer ich bin«, vermutete sie.

»Wahrscheinlich.«

Sie runzelte die Stirn. »Ich möchte nicht, dass die Menschen mich fürchten. Es gefällt mir nicht. Ich wünschte …« Sie seufzte. »Aber wer bin ich, mir zu wünschen, die Menschen würden sich ändern?«

Er betrachtete sie eingehend. »Du bist in einer besseren Position als die meisten.«

Sie sah ihn an, dann lächelte sie verlegen. »Da hast du wohl recht. Die Frage ist: Werden die Götter es zulassen?«

»Du denkst doch nicht etwa daran, ihnen diese Frage zu stellen, oder?«

Sie zog die Augenbrauen hoch. »Vielleicht werde ich es tun.«

Als er ein Aufblitzen in ihren Augen wahrnahm, verspürte Leiard unerwartete Zuneigung zu der jungen Frau. Es schien, als stecke noch immer ein wenig von dem neugierigen Kind mit seinen endlosen Fragen in ihr. Er fragte sich, ob sie diese Seite ihres Selbst auch den anderen Priestern zeigte und wie sie damit fertigwurden.

*Ich kann mir sogar vorstellen, dass sie die Götter über die Natur des Universums aushorcht,* dachte er und lachte still vor sich hin. Dann wurde er wieder ernst. *Es ist leicht, Fragen zu stellen. Viel schwerer ist es, Veränderungen herbeizuführen.*

»Wann hast du vor, aufzubrechen?«, erkundigte sie sich.

»Morgen.«

»Ich verstehe.« Sie wandte den Blick ab. »Ich hatte gehofft, du würdest vielleicht ein wenig länger bleiben. Vielleicht für ein paar Tage. Ich würde gern noch einmal mit dir sprechen.«

Er dachte über ihre Bitte nach. *Nur für ein paar Tage.* Leise Schritte auf der Treppe verrieten, dass Tanara zurückkehrte. Kurz darauf erschien sie mit einem Tablett, auf dem getöpferte Kelche und eine Schale mit getrockneten Früchten standen. Sie ließ das Tablett sinken und bot es Auraya an. Als Auraya die Hand ausstreckte, um nach einem der Kelche zu greifen, keuchte Tanara auf, und das Tablett fiel zu Boden.

Leiard bemerkte, dass Auraya die Finger leicht durchbog. Die Flüssigkeit in den Kelchen schwappte, und das Tablett schwebte in der Luft. Er blickte zu Tanara auf. Die Frau starrte Auraya an. Jetzt bemerkte auch er, dass das Tuch, das Auraya um die Schultern trug, weggerutscht war und man den Saum ihres Zirks sehen konnte.

Er stand auf und legte Tanara die Hände auf die Schultern. »Du hast nichts zu befürchten«, sagte er besänftigend. »Ja, sie ist eine Priesterin. Aber sie ist auch eine alte Freundin von mir. Sie stammt aus dem Dorf in der Nähe meiner …«

Tanara griff mit weit aufgerissenen Augen nach seiner Hand. »Keine Priesterin«, stieß sie hervor. »Viel mehr als eine Priesterin. Sie ist … sie ist …« Sie warf Leiard einen fassungslosen Blick zu. »Du bist ein Freund von *Auraya von den Weißen?*«

»Ich …« Auraya von den *was*? Er sah auf Auraya hinab, in deren Zügen sich tiefe Verlegenheit spiegelte. Sofort senkte er den Blick auf den Zirk. Die goldene Borte, die sie als Hohepriesterin ausgewiesen hätte, fehlte.

Der Zirk wies überhaupt keine Borte auf.

»Wann ist das geschehen?«, fragte er.

Sie lächelte entschuldigend. »Vor neun oder zehn Tagen.«

»Warum hast du es mir nicht erzählt?«

»Ich wollte auf den richtigen Augenblick warten.«

Tanara ließ Leiards Hand los. »Es tut mir leid. Ich wollte dir deine Überraschung nicht verderben.«

Auraya lachte kläglich. »Es ist nicht wichtig.« Sie griff nach dem Tablett und stellte es neben sich auf die Bank. »Ich sollte mich dafür entschuldigen, dass ich dir so viel Ungemach bereitet habe. Ich hätte mich an einem anderen Ort mit Leiard treffen sollen.«

Tanara schüttelte den Kopf. »Nein! Du bist hier willkommen. Wann immer du dieses Haus besuchen möchtest, bitte, zögere nicht …«

Aurayas Augen wurden um eine Spur schmaler, dann lächelte sie breit und stand auf. »Ich danke dir, Tanara Bäcker. Das bedeutet mir mehr, als du ahnen kannst. Aber ich möchte dennoch für mein Eindringen heute Abend um Verzeihung bitten.« Sie zog das Tuch fester um sich. »Und ich sollte in den Tempel zurückkehren.«

»Oh …« Tanara sah Leiard entschuldigend an. »Ich werde dich zur Tür begleiten.«

»Vielen Dank.«

Als die beiden Frauen gegangen waren, setzte sich Leiard langsam wieder auf seinen Platz. *Auraya ist eine der Weißen.*

Bitterkeit überwältigte ihn. Er hatte das Potenzial in ihr gesehen. Sie war intelligent, aber nicht arrogant. Sie war neugierig, was andere Menschen betraf, begegnete ihnen jedoch ohne Geringschätzung.

Ihre Fähigkeit, zu lernen und Gaben zu nutzen, war größer als die jedes anderen Schülers, den er je unterrichtet hatte.

Natürlich hatten sie sie auserwählt. Er hatte sich sogar selbst gesagt, wie viel besser es sei, dass sie zu den Zirklern gegangen war, denn durch die strengen Einschränkungen, die den Traumwebern auferlegt waren, wäre ein großer Teil ihres Potenzials vergeudet worden.

*Und wie viel besser ist es jetzt, dass sie eine der unsterblichen Weißen ist?*, fragte er sich voller Groll. *Die Welt wird für immer von ihren Talenten profitieren.*

*Und ihr Verlust wird dich für alle Ewigkeit quälen.*

Der Gedanke verblüffte ihn. Er klang so, als habe ihn seine eigene Gedankenstimme geäußert, und doch kam es ihm so vor, als hätte er die Gedankenstimme eines anderen vernommen.

»Leiard?«

Er blickte auf. Tanara war zurückgekehrt.

»Geht es dir gut?«

»Ich bin ein wenig überrascht«, erwiderte er trocken.

Tanara ging zu dem Stuhl dem seinen gegenüber. Dem Stuhl, auf dem Auraya gesessen hatte. »Du wusstest es nicht?«

Er schüttelte den Kopf. »Es scheint, als hätte meine kleine Auraya es in der Welt viel weiter gebracht, als ich gedacht hatte.«

»Deine *kleine* Auraya?«

»Ja. Ich habe sie als Kind gekannt. Und sie auch unterrichtet. Sie weiß wahrscheinlich mehr über die Heilkunst der Traumweber als alle anderen Priester oder Priesterinnen.«

Tanara zog die Augenbrauen hoch. Dann wandte sie mit nachdenklicher Miene den Blick ab und schüttelte den Kopf. »Ich kann es kaum fassen«, sagte sie mit gedämpfter Stimme. »Du bist ein Freund von Auraya von den Weißen.«

Hinter ihnen erklang ein erstickter Laut. Als Leiard sich umdrehte, sah er Jayim auf der Treppe stehen, die Augen geweitet vor Überraschung angesichts dessen, was er soeben mit angehört hatte.

»Jayim«, sagte Tanara, sprang auf und schob ihren Sohn zurück ins Haus. »Du darfst niemandem davon erzählen. Hör mir zu …«

Leiard erhob sich und folgte den beiden die Treppe hinunter, um in sein Zimmer zurückzukehren. Seine schmutzigen Kleider hingen noch immer über der Rückenlehne eines Stuhls. Sein Beutel war halb leer, die Hälfte seines Inhalts lag ausgebreitet auf dem Bett.

Er setzte sich und verstaute seine Habe hastig wieder in dem Beutel. Als er die schmutzige Robe darüberlegte, hörte er Schritte, und kurz darauf erschien Tanara in der Tür. Sie warf einen Blick auf den Beutel, und ihre Züge verhärteten sich.

»Dachte ich es mir doch«, murmelte sie. »Setz dich, Leiard. Ich möchte mit dir reden, bevor du in aller Eile in dein Heim im Wald zurückkehrst.«

Widerstrebend ließ er sich auf das Bett sinken. Tanara setzte sich neben ihn.

»Lass mich nur schnell überprüfen, ob ich soeben richtig verstanden habe. Du sagtest, du hättest Auraya unterrichtet, als sie noch ein Kind war. Heißt das, dass du sie in die Lehre der Traumweber eingeführt hast?«

Er nickte. »Ich hatte gehofft, dass sie sich mir anschließen würde.« Er schüttelte den Kopf. »Nun, du siehst ja selbst, wohin *das* geführt hat.«

Tanara klopfte ihm auf die Schulter. »Es muss sehr enttäuschend gewesen sein. Umso eigenartiger ist es, dass die Götter sie auserwählt haben. Sie müssen doch wissen, dass sie von einem Traumweber unterrichtet wurde.«

»Vielleicht wussten sie, wem ihre Treue wahrhaft galt«, murmelte er verbittert.

Tanara beachtete seinen Einwand nicht. »Es war gewiss ein eigenartiges Gefühl, wieder mit ihr zu reden, obwohl du dachtest, sie sei lediglich eine Hohepriesterin. Als ich auf dem Dach ankam, hast du dich so angehört, als würdest du dich gut mit ihr verstehen. Offensichtlich hast du keine Veränderung bei ihr wahrgenommen. Aber das hättest du getan, wenn diese Auserwählung sie zu einem anderen Menschen gemacht hätte.«

»Ich weiß, ich habe gesagt, wir seien Freunde«, erwiderte er. »Aber das habe ich nur behauptet, um dich nicht zu beunruhigen. Bis zum heutigen Tag hatte ich sie seit zehn Jahren nicht mehr gesehen.«

Tanara nahm diese Information schweigend in sich auf.

»Bedenke dies, Leiard«, fuhr sie nach einer Weile fort. »Auraya möchte offensichtlich weiterhin deine Freundin sein. Es sollte unmöglich sein, dass eine der Weißen den Wunsch verspürt, mit einem Traumweber befreundet zu sein, aber so ist es offenbar nicht. Und wenn Auraya von den Weißen mit einem Traumweber befreundet ist, werden die anderen Zirkler die Traumweber in Zukunft vielleicht besser behandeln.« Sie senkte die Stimme. »Jetzt hast du zwei Möglichkeiten. Du kannst fortgehen und in deinen Wald zurückkehren, oder du kannst hier bei uns bleiben und diese Freundschaft weiternähren.«

»So einfach ist das nicht«, wandte er ein. »Es gibt gewisse Risiken. Was ist, wenn die anderen Weißen ihr Verhalten missbilligen?«

»Ich bezweifle, dass du mehr von ihnen zu erwarten hättest als die Aufforderung, die Stadt zu verlassen.« Sie beugte sich zu ihm vor. »Ich denke, das ist das Risiko wert.«

»Und wenn die Menschen zu dem Schluss kommen, dass es ihnen nicht gefällt? Sie könnten die Dinge selbst in die Hand nehmen.«

»Wenn Auraya deine Freundschaft teuer ist, wird sie sie aufhalten.«

»Dazu wird sie vielleicht nicht in der Lage sein – vor allem dann nicht, wenn die Weißen ihr ihre Unterstützung versagen sollten.«

Tanara lehnte sich zurück, um ihn zu betrachten. »Ich streite nicht ab, dass es Risiken gibt. Ich bitte dich nur, noch einmal darüber nachzudenken. Du musst tun, was dein Herz dir sagt.«

Sie stand auf, verließ den Raum und zog die Tür hinter sich zu. Leiard schloss die Augen und seufzte.

*Tanara lässt eine simple Tatsache außer Acht: Die Götter hätten niemanden auserwählt, der freundliche Gefühle für die Traumweber hegt,* sagte er sich.

Aber sie *hatten* Auraya erwählt. Sie musste entweder eine Abneigung gegen die Traumweber entwickelt haben, oder die Götter spielten ein anderes Spiel. Er erwog die verschiedenen Möglichkeiten. Wenn die Götter eine intelligente, mit starken Gaben gesegnete und außerdem den Traumwebern freundlich gesinnte Frau erwählten und sie dazu brächten, sich gegen die Traumweber zu stellen, könnte sie dem Hass der Zirkler auf alle Heiden neue und tödliche Nahrung liefern. Sie könnte diejenige sein, die uns endgültig vernichtet.

Und wenn er weglief und sie allein und trauernd zurückließ, war er vielleicht der Erste, der ihr einen Grund gab, seinen Leuten zu grollen.

*Verflucht seien die Götter,* dachte er. *Ich muss bleiben. Zumindest bis ich weiß, was hier vorgeht.*

# 4

Auf den oberen Hängen der Berge war die Hitze der Sommersonne stärker als in den unteren Lagen. Als Tryss spürte, dass ihm abermals der Schweiß über die Stirn lief, straffte er sich und schüttelte den Kopf. Kleine Tröpfchen landeten auf dem Rahmen des Geschirrs und wurden schnell von dem trockenen Holz aufgenommen. Er zog sein Wams aus und legte es beiseite. Dann beugte er sich vor und schob sorgfältig lang gezogene Streifen biegsamen Darms zwischen die Gelenke des Geschirrs.

Ein großer Teil des Geschirrs lag, in Einzelteile zerlegt, auf dem Boden. Tryss versuchte, den Hebelarm zu verdoppeln, so dass er vier Eisenspitzen tragen konnte. Schon jetzt stiegen erste Zweifel in ihm auf, dass er mit einer so schweren Last vom Boden würde aufsteigen können. Vielleicht würde er das Geschirr auf einen Baum oder eine Klippe zerren müssen, bevor er sich in die Luft schwang.

Damit würde er jedoch keinen Eindruck schinden. Er war zu dem Schluss gekommen, dass er dieses neue Geschirr niemandem zeigen würde, bis er mehrere erfolgreiche Jagden hinter sich gebracht hatte. Wann immer er ein Tier erlegte, würde er es die Droge ausschlafen lassen, aber wenn die Zeit kam, sich zu beweisen, würde er seine Beute schlachten und Fleisch mit ins Offene Dorf bringen. Wenn die anderen Siyee seine Familie bei einem Festmahl sahen, würde ihnen das Hohngelächter im Hals stecken bleiben.

Er hielt inne und stieß einen Seufzer aus. Wenn seine Vettern ihm doch nur still gefolgt wären, statt anderen Siyee zu erzählen, was Tryss angeblich zuwege gebracht hatte. Dann wären nur sie und Drilli zugegen gewesen, als Tryss hatte feststellen müssen, dass das Yern fort war. Seit jenem Tag hatte sich die Geschichte von seiner wilden Behauptung überall im Offenen Dorf ausgebreitet. Er wurde ständig aufgezogen, manchmal sogar von Siyee, die er überhaupt nicht kannte.

Etwas stach ihn plötzlich in den Arm, und er zuckte zusammen. Die Darmsehne glitt ihm aus den Fingern und schnellte zurück. Fluchend untersuchte er seinen Arm. Ein kleiner, roter Punkt war erschienen. Hatte ihn etwas gestochen? Er sah sich um, konnte aber kein Insekt in der Nähe entdecken, das für einen solchen Stich hätte verantwortlich sein können.

Noch während er den Boden nach Kriechtieren absuchte, verspürte er abermals dieses seltsame Brennen, diesmal am Oberschenkel. Er blickte gerade rechtzeitig nach unten, um etwas Kleines, Rundes zu Boden fallen zu sehen. Als er sich vorbeugte, bemerkte er zwischen den Steinen auf dem Felshang einen Winnet-Samen. Winnet-Samen waren leuchtend grün und kaum übersehbar, vor allem da man sie so hoch in den Bergen nicht fand. Die kleinen Winnet-Bäume wuchsen an Bächen und Flüssen, nicht auf trockenen, steinigen Hängen.

Ein leises Klicken senkte seine Aufmerksamkeit gerade rechtzeitig wieder auf das Geschirr, um einen weiteren Samen von dem Rahmen auf die Steine fallen und wegrollen zu sehen. Langsam legte er seine Erfindung ab und stand auf, um sich umzuschauen. Aus den Augenwinkeln nahm er eine Bewegung wahr und spürte dann ein Brennen an der Schulter. Er fuhr herum und eilte auf einen großen Felsbrocken in der Nähe der Stelle zu, an der er die Bewegung bemerkt hatte.

Dann hörte er, dass von oben jemand seinen Namen pfiff.

Als er aufblickte, tat sein Herz einen Satz, denn er erkannte

Drillis Flügelmarkierungen. Hastig suchte er den Himmel ab, konnte aber keine Spur von seinen Vettern entdecken. Als Drilli sich zu Boden sinken ließ, beschleunigte sich sein Pulsschlag.

Auf ihrem Gesicht lag ein breites Grinsen. »Tryss!«, rief sie. »Ich glaube, ich habe …« Ihr Blick wanderte zur Seite, und ihr Lächeln machte einem Ausdruck der Empörung Platz. Zur gleichen Zeit spürte er ein weiteres Brennen, diesmal auf der Wange. Er fluchte vor Schmerz und legte eine Hand ans Gesicht.

»Idioten!«, kreischte Drilli. Tryss beobachtete mit angehaltenem Atem, wie sie in den Sinkflug ging und neben dem Felsbrocken landete, den er hatte ansteuern wollen. Sie verschwand, und Tryss hörte ein Klatschen. Im nächsten Moment kam ein Siyee hinter dem Felsbrocken hervorgestolpert, die Arme erhoben, um seinen Kopf zu schützen, während Drilli wieder und wieder auf ihn eindrosch.

*Ziss!* Tryss hörte Gelächter hinter sich und drehte sich um. Trinn kam den Felsvorsprung heraufgeklettert. Drilli stürmte auf ihn zu und riss ihm etwas aus den Händen.

»Ich habe euch verboten, diese Dinger gegen Siyee einzusetzen!«, entrüstete sie sich. »Was wäre, wenn ihr seine Flügel zerrissen hättet? Du dämlicher Girri-Kopf! Wenn ich gewusst hätte, dass du etwas Derartiges im Schilde führst, hätte ich sie nie für dich gemacht.«

»Wir hätten seine Flügel schon nicht getroffen«, verteidigte sich Trinn. »Wir haben nur geübt.«

»Woran habt ihr geübt?«, verlangte sie zu wissen.

Trynn zuckte die Achseln. »An Bäumen. Steinen.«

»Girri?«

Er wandte den Blick ab. »Nein.«

»Du warst das doch, nicht wahr? Und du hast beobachtet, dass ich die halbe Nacht darauf verwandt habe, Rohrschilfmatten zu weben, um Tante Lirri zu trösten. Sie glaubt, ihre Girri seien an Vernachlässigung gestorben.«

»Sie hätte sie am Ende doch ohnehin gegessen«, protestierte Ziss.

Drilli wirbelte herum und funkelte ihn wütend an. »Ihr zwei widert mich an. Verschwindet. Ich will euch nicht wiedersehen.«

Die beiden Vettern tauschten einen entsetzten Blick, obwohl klar war, dass Drillis Worte Ziss weniger bekümmerten als Trinn. Er zuckte die Achseln, wandte sich ab, rannte einige Schritte und sprang dann in den Himmel hinauf.

»Tut mir leid«, sagte Trinn. Als Drilli sich wütend zu ihm umwandte, zuckte er zusammen und folgte seinem Bruder.

Drilli sah den beiden nach, bis sie nur noch kleine, dunkle Flecken vor dem Hintergrund der fernen Wolken am Horizont waren, dann wandte sie sich Tryss zu und verzog das Gesicht.

»Ich möchte mich dafür entschuldigen«, sagte sie.

Er zuckte die Achseln. »Du kannst doch nichts dafür.«

»O doch, das kann ich durchaus«, erwiderte sie, und der Ärger kehrte in ihre Stimme zurück. »Ich weiß doch, wie die beiden sind. Ich hätte ihnen nicht zeigen sollen, wozu die Rohre dienen, und erst recht hätte ich keine für sie anfertigen dürfen.«

Er betrachtete den Gegenstand in ihrer Hand. Es war ein langes Binsengras. »Rohre?«

»Ja.« Sie lächelte und hielt ihm das schmale, lange Gras hin. »Ein Blasrohr. Wir haben sie in unserem Dorf benutzt, um kleine Tiere zu jagen. Man legt ein Wurfgeschoss hier hinein und …«

»Ich weiß, wie sie funktionieren«, sagte Tryss und zuckte dann zusammen, als er die Schroffheit in seiner Stimme hörte. »Aber ich habe noch nie gesehen, wie eins dieser Blasrohre benutzt wird«, fügte er in sanfterem Tonfall hinzu. »Könntest du es mir zeigen?«

Sie lächelte und nahm ihm das Rohr aus der Hand. Dann holte sie etwas aus ihrer Tasche und schob es in das Rohr hinein. Er hörte ein leises Klicken, als das Wurfgeschoss auf etwas in dem Rohr traf, das anscheinend verhinderte, dass es auf der anderen Seite wieder herausrollte. Drilli drehte sich um und streckte die Hand aus.

»Siehst du diesen Felsen dort drüben, der eine gewisse Ähnlichkeit mit einem Fuß hat?«

»Ja.«

»Siehst du den schwarzen Stein auf der Felsenspitze?«

»Ja …« Er musterte sie zweifelnd. Die Entfernung war ziemlich groß.

Sie setzte das Rohr an die Lippen und blies schnell hinein. Tryss konnte das Geschoss kaum erkennen, aber im nächsten Moment kullerte der schwarze Stein von dem Felsen hinab und verschwand auf dessen Rückseite.

Tryss blickte Drilli überrascht an. *Sie ist nicht nur hübsch und stark,* dachte er. *Sie ist obendrein noch klug.* Sie erwiderte seinen Blick mit einem Grinsen, und plötzlich wusste er nicht mehr, was er sagen sollte. Heiße Röte stieg ihm in die Wangen.

»Das ist also der Grund, warum du immer wieder verschwindest?«, fragte sie und deutete auf das Geschirr.

Er zuckte die Achseln. »Manchmal.«

Sie ging zu dem Geschirr hinüber und betrachtete es eingehend. »Damit hast du das Yern gefangen, nicht wahr?«

Also glaubte sie ihm, dass er tatsächlich eins gefangen hatte. Oder sie sagte das nur, um nett zu sein.

»Ähm … ja.«

»Zeig mir, wie es funktioniert.«

»Es ist … es ist …« Er wedelte hilflos mit den Händen. »Ich baue es um. Es ist in seine Einzelteile zerlegt.«

Sie nickte. »Ich verstehe. Dann ein andermal. Wenn du fertig bist.« Sie setzte sich neben das Geschirr. »Hast du etwas dagegen, wenn ich dir bei der Arbeit zusehe?«

»Ich glaube nicht, dass es mich stören würde. Wenn du es willst.« Er ging in die Hocke und stöberte in seinen Taschen nach weiteren Darmsehnen, wobei er sich Drillis Aufmerksamkeit überdeutlich bewusst war. Sie beobachtete ihn schweigend, und schon bald fühlte er sich zunehmend unbehaglich.

»Wie lange benutzen deine Leute schon Blasrohre?«, fragte er.

Sie zuckte die Achseln. »Seit Jahren. Mein Großvater hat die Idee entwickelt. Er meinte, wir müssten rückwärtsgehen statt vorwärts. Statt nach einer Möglichkeit zu suchen, Schwerter und Bögen zu benutzen wie die Landgeher, sollten wir zu einfacheren Waffen zurückkehren.« Sie seufzte. »Aber es hat uns nicht geholfen. Die Landgeher haben uns trotzdem aus unserem Dorf vertrieben. Wir haben einige von ihnen mit vergifteten Pfeilen und Fallen erwischt, aber es waren nicht allzu viele.«

Tryss sah sie von der Seite an. »Meinst du, es wäre anders ausgegangen, wenn ihr die Möglichkeit gehabt hättet, sie aus der Luft anzugreifen?«

Sie schüttelte den Kopf. »Ich weiß nicht. Vielleicht, vielleicht auch nicht.« Sie betrachtete das Geschirr. »Wir werden es erst erfahren, wenn wir es versucht haben. Gehst du … gehst du zu der Zusammenkunft heute Abend?«

Tryss zuckte die Achseln. »Ich weiß nicht.«

»Ich habe gehört, dass gestern Abend ein Landgeher angekommen ist. Er ist über die Berge geklettert, um hierherzugelangen. Er wird auch bei der Zusammenkunft sein.«

»Sie haben ihn nicht getötet?«, fragte Tryss überrascht.

»Nein. Er ist keiner von denen, die unser Land stehlen. Er kommt von weit her.«

»Was will er?«

»Ich bin mir nicht ganz sicher, aber mein Vater hat etwas in der Art gesagt, dass die Götter uns diesen Mann geschickt hätten. Er will uns bitten, uns irgendeiner Sache anzuschließen. Wenn wir das tun, würden uns andere Landgeher vielleicht helfen, diejenigen loszuwerden, die uns unser Land nehmen.«

»Wenn sie dazu in der Lage sind, dann können sie unser Land auch selbst stehlen«, bemerkte Tryss.

Drilli runzelte die Stirn. »Daran hatte ich noch gar nicht gedacht. Aber die Götter haben ihn geschickt. Huan hätte das gewiss nicht geschehen lassen, wenn es bedeutete, dass wir alle getötet werden.«

»Wer kennt schon die Pläne der Göttin?«, erwiderte Tryss trocken. »Vielleicht ist ihr aufgegangen, dass es ein Fehler war, uns zu erschaffen, und dies ist eine Möglichkeit, wie sie sich unserer entledigen kann.«

»Tryss!«, sagte Drilli schockiert. »Du solltest nicht so über die Göttin reden.«

Er lächelte. »Vielleicht nicht. Aber wenn sie uns beobachtet, wird sie meine Gedanken ohnehin gelesen haben. Und wenn sie mich diese Dinge denken hören kann, dann erkennt sie auch, dass ich nicht glaube, was ich gesagt habe.«

»Warum sagst du es dann?«

»Weil mir die Möglichkeit in den Sinn gekommen ist und ich sie aussprechen musste, um zu begreifen, dass ich nicht daran glaube.«

Drilli starrte ihn an, dann schüttelte sie den Kopf. »Du bist wirklich ein eigenartiger Junge, Tryss.« Sie deutete mit dem Kopf auf das Geschirr. »Wirst du das zu der Zusammenkunft heute Abend mitnehmen?«

»Dieses Ding? Nein. Man würde mich auslachen.«

»Vielleicht auch nicht.«

»Ich habe es schon früher einigen Leuten gezeigt. Sie denken, dass es unmöglich sein wird, damit zu fliegen, oder dass es das Fliegen schwerfällig und gefährlich machen wird, und selbst wenn ich sie widerlege, glauben sie mir nicht, dass es möglich ist, damit zu jagen. Und im Moment bin ich mir ohnehin nicht sicher, ob es funktionieren wird. Zwei Eisenspitzen scheinen mir nicht genug zu sein. Ich habe versucht, das Geschirr so zu verändern, dass man mehr mitnehmen kann, aber … aber … es ist kompliziert.«

»So sieht es auch aus. Trotzdem würde ich es versuchen. Ich frage mich … Könntest du etwas anfertigen, das es mir ermöglichen würde, das Blasrohr im Flug zu benutzen?«

Er betrachtete zuerst das Rohr in ihren Händen, dann das Geschirr. Sie würde eine Art von Rahmen benötigen, um das Rohr ruhig zu halten, und außerdem eine Möglichkeit, es mit neuen Geschossen zu beladen. Sie könnte die Geschosse aus einem Beutel in das Rohr saugen. Außerdem waren diese Geschosse viel kleiner und leichter als Eisenspitzen, so dass sie mehr davon würde mitnehmen können … Er sog den Atem ein. Aber das war genial! Während ihm die verschiedenen Möglichkeiten durch den Kopf schossen, spürte er, dass seine Hände vor Aufregung zu zittern begannen.

»Drilli«, sagte er.

»Hmm?«

»Darf ich … darf ich mir dieses Rohr ausborgen?«

Auraya beobachtete fasziniert, wie ihr neues Haustier eine imaginäre Spinne die Wand hinaufjagte. Es war ein Veez – ein kleines, schlankes Geschöpf mit spitzer Nase, flauschigem Greifschwanz und großen Augen, die es mit einer hervorragenden Nachtsicht ausstatteten. Seine weichen Zehen spreizten sich auf der weiß getünchten Fläche und gestatteten es ihm irgendwie, sich mühelos an die Wand zu heften – und jetzt an die Decke. Der Veez hielt direkt über ihr inne und ließ sich plötzlich auf ihre Schulter fallen.

»Kein Päfer«, sagte er, dann sprang er auf einen Stuhl und rollte sich zusammen, seinen gefleckten grauen Schwanz über die Nase gelegt.

»Kein Käfer«, stimmte Auraya ihm zu. Das Tier besaß die überaus bemerkenswerte Fähigkeit zu sprechen; allerdings beschränkte der Veez sich dabei auf Dinge, die ein solch kleines Geschöpf interessierten, wie Essen oder Trost. Sie bezweifelte, dass sie erhellende philosophische Gespräche mit ihm würde führen können.

Es klopfte an der Tür. »Herein«, rief sie.

Dyara trat ein. »Auraya. Wie geht es dir heute Morgen?«

»Owaya!«, wiederholte eine leise Stimme. Dyara blickte zu dem Veez hinüber. »Ah, wie ich sehe, hat der somreyanische Ältestenrat bereits sein traditionelles Geschenk für eine neue Weiße abgeliefert.«

Auraya nickte. »Ja. Zusammen mit einer erstaunlich raffinierten Ansammlung von Spielzeugen und Anweisungen.«

»Hast du ihm schon einen Namen gegeben?«

»Nein.«

Die ältere Frau ging zu dem Stuhl hinüber und streckte dem Veez einen Finger hin. Er schnupperte, dann legte er den Kopf schräg und ließ sich von Dyara hinter seinen winzigen, spitzen Ohren kraulen.

»Sobald du gelernt hast, deine Gedanken mit seinen zu verbinden, wirst du ihn recht nützlich finden. Du brauchst ihm nur ein Gedankenbild eines Gegenstands zu zeigen, und er wird ihn für dich holen. Er kann auch Menschen finden, obwohl es einfacher ist, wenn du ihm etwas gibst, das der Betreffende berührt hat. Dann kann er die Witterung des Gesuchten aufnehmen.«

»In den Anweisungen hieß es, Veez gäben gute Späher ab.«

Dyara lächelte. »Wobei Späher der höfliche Ausdruck für Spione ist. Wenn du dich mit seinen Gedanken verbindest, wirst du sehen können, was er sieht – und da ihre Nachtsicht hervorragend ist und sie an Orte gelangen können, die für Menschen unerreichbar sind, geben sie in der Tat gute, ähm, Späher ab.« Der Veez hatte inzwischen voller Wonne die Augen geschlossen und genoss ihre Liebkosung. »Aber du wirst ihn ebenso aufgrund seines Wesens zu schätzen lernen. Veez sind liebevoll und treu.« Sie hörte auf, das Tier zu kraulen. Der Veez öffnete die Augen und sah sie eindringlich an.

»Tratzen?«

Sie schenkte ihm keine weitere Beachtung und wandte sich zu Auraya um. »Wir werden …«

»Tratzen!«

»Genug«, beschied sie ihm energisch. Er zog den Kopf ein wie ein getadeltes Kind. »Außerdem können sie in diesem Alter ein wenig anspruchsvoll sein. Du musst streng mit ihm sein.« Sie entfernte sich von dem Stuhl und sah Auraya mit undeutbarer Miene von der Seite an. Nicht zum ersten Mal wünschte Auraya, sie hätte die Gedanken der anderen Frau ebenso mühelos lesen können, wie sie inzwischen die Gedanken der meisten Menschen zu lesen wusste.

»Gestern Abend hast du gesagt, du hättest am Nachmittag einen alten Freund besucht«, fuhr Dyara fort. »Es gibt eine Menge ›Späher‹ in der Stadt, die erpicht darauf sind, ihre Fähigkeiten zu beweisen und für mich zu arbeiten. Diese Späher melden mir, was sie gesehen haben. Heute Morgen hat einer von ihnen behauptet, der Freund, den du besucht hättest, sei ein Traumweber. Ist das wahr?«

Auraya musterte Dyara aufmerksam. Was sollte sie antworten? Sie wollte eine der Weißen nicht belügen. Ebenso wenig würde sie jedoch Schuldgefühle vortäuschen, weil sie ihren alten Freund aufgesucht hatte.

»Ja«, erwiderte sie. »Es ist Traumweber Leiard, aus meinem Heimatdorf. Ich habe ihn seit zehn Jahren nicht mehr gesehen. Er hat die Botschaft vom Tod meiner Mutter in den Tempel gebracht. Dafür wollte ich ihm danken.«

»Wenn ich recht verstanden habe, wird er jetzt, da die Botschaft ausgeliefert ist, nach Hause zurückkehren.«

»Wahrscheinlich.« Auraya zuckte die Achseln. »Ich bezweifle, dass er sich lange hier aufhalten wird. Ich kann mir nicht vorstellen, dass das Leben in der Stadt ihm zusagt. Er war immer eher ein Einzelgänger.«

Dyara nickte. »Die anderen werden sich inzwischen am Altar versammelt haben. Wir sollten sie nicht warten lassen.«

Aurayas Magen flatterte, was ebenso sehr auf Furcht wie auf Erregung zurückzuführen war. Zum ersten Mal würde sie bei den anderen vier Weißen sitzen, während sie ihre Pflichten und Aufgaben erörterten. Vielleicht würden sie ihr einen Auftrag geben. Wenn sie es taten, würde es sich, wie sie vermutete, wohl eher um eine minder wichtige Aufgabe handeln. Und selbst wenn sie es nicht taten, würde es interessant sein zu hören, mit welchen weltlichen Angelegenheiten sie sich beschäftigten.

Dyaras Zirk wirbelte auf, als sie auf dem Absatz kehrtmachte und in Richtung Tür ging. Auraya folgte ihr. Der Käfig wartete auf sie. Während sie langsam hinabstiegen, dachte Auraya über die »Späher« nach, von denen Dyara gesprochen hatte. Es beunruhigte sie, dass Fremde sie beobachteten, aber gleichzeitig stieg in ihr die Frage auf, ob sie das tatsächlich aus freien Stücken getan hatten. Was wäre schlimmer gewesen: wenn sie sie aus eigenem Antrieb ausspioniert hätten oder wenn jemand es von ihnen verlangt hätte?

*Behalten die anderen Weißen mich im Auge? Wenn ich ein weiteres Treffen mit Leiard arrangiere, werden sie dann versuchen, es mir auszureden? Sollte ich das zulassen?* Als der Käfig am unteren

Ende des Treppenhauses angelangt war, folgte Auraya Dyara in den Flur hinaus. *Die Götter haben mich erwählt. Sie wussten alles über mich, eingeschlossen meine Freundschaft zu Leiard und meine wohlwollende Einstellung den Traumwebern gegenüber. Wenn sie diese Dinge nicht gebilligt hätten, hätten sie einen anderen erwählt.*

Oder hätten sie das vielleicht nicht getan? Möglicherweise tolerierten sie eine Seite ihres Charakters, um andere zu nutzen. Doch solange sie es ihr nicht untersagten, würde sie sich auch weiter mit Traumwebern einlassen.

Sie schauderte. Als sie die Nachricht vom Tod ihrer Mutter erhalten hatte, hatte sie befürchtet, dass die Götter ihr damit etwas sagen wollten – dass sie ihre Mutter getötet hatten, um ihrer Missbilligung darüber Ausdruck zu verleihen, dass Auraya die Dienste eines Traumwebers beansprucht hatte.

*Lächerlich,* dachte sie. *So gehen die Götter nicht vor. Wenn sie etwas wollen,* befehlen *sie es dir.* Doch obwohl sie das wusste, hatte sie die Furcht nicht abschütteln können, bis Leiard ihr versichert hatte, dass die Krankheit ihrer Mutter der Grund für deren Tod gewesen war.

Die Luft außerhalb des Turms war warm, und die strahlende Sonne am Himmel verhieß einen weiteren heißen Tag. Dyara beschleunigte ihre Schritte. Sie erreichten die Kuppel, traten ein und gingen weiter zu dem Podest und dem Altar in der Mitte.

Die drei anderen Weißen saßen bereits an einem runden Tisch und warteten auf sie. Aurayas Puls begann zu rasen, als sie näher kam, und Erinnerungen an die Erwählungszeremonie blitzten in ihren Gedanken auf. Sie folgte Dyara auf den Altar.

»Willkommen, Auraya«, sagte Juran herzlich.

Sie lächelte und nickte. »Vielen Dank, Juran.«

Als Dyara sich auf einen Platz gleiten ließ, setzte sich Auraya auf den letzten verbliebenen Stuhl. Die fünf Seiten des Altars schlossen sich und erstrahlten in einem diffusen Licht.

Auraya betrachtete die anderen Weißen. Rian saß aufrecht auf seinem Stuhl, aber sein Blick war in die Ferne gerichtet. Selbst als er Auraya ansah und sie mit einem Nicken begrüßte, wirkte er geistesabwesend. Mairae sah genauso aus wie vor zehn Jahren, als sie nach Oralyn gekommen war, um mit den Dunwegern zu verhandeln. Angesichts dieses Beweises für die Unsterblichkeit der Weißen überlief Auraya ein Schaudern. *Eines Tages,* dachte sie, *wird jemand mich ansehen und über diesen Beweis für die Macht der Götter staunen.*

Als sie Aurayas Blick begegnete, lächelte Mairae, dann wandte sie sich zu Juran um. Das Oberhaupt der Weißen hatte die Augen geschlossen.

»Chaia, Huan, Lore, Yranna, Saru. Einmal mehr danken wir euch für den Frieden und den Wohlstand, die ihr uns gebracht habt. Wir danken euch für die Möglichkeit, euch zu dienen. Wir danken euch für die Kräfte, die ihr uns verliehen habt und die es uns gestatten, die Männer und Frauen dieser Welt, seien sie alt oder jung, zu leiten und zu unterstützen.«

»Wir danken euch«, murmelten die anderen. Auraya, die von Dyara in die Einzelheiten des Rituals eingeführt worden war, stimmte ein.

»Heute werden wir unsere Weisheit nach bestem Vermögen in euren Dienst stellen, aber sollten wir in unserem Urteil fehlgehen oder mit unserem Tun euren großen Plänen entgegenwirken, bitten wir euch, zu uns zu sprechen und uns eure Wünsche zu offenbaren.«

»Leitet uns«, antwortete Auraya zusammen mit den anderen.

Juran schlug die Augen auf und blickte in die Runde.

»Die Götter haben uns kundgetan, dass sie die Einigung von ganz Nordithania wünschen«, sagte er und sah Auraya an. »Diese Einigung soll nicht durch Krieg oder Eroberung erlangt werden, sondern durch ein friedliches Bündnis. Sie wünschen, dass alle Länder die Bedingungen ihrer Allianz wählen und mit uns aushandeln. Jene Länder, in denen die zirklische Religion nicht die Vorherrschaft genießt, werden sich wahrscheinlich eher aus Gründen der Politik und des Handels mit uns verbünden denn aus Gehorsam gegen die Götter. Völker wie die Siyee und die Elai, die Landgehern mit Argwohn begegnen, müssen lernen, uns zu vertrauen. Jene Völker, die überwiegend zirklisch sind, würden einem Befehl der Götter gehorchen. Wenn sie jedoch das Gefühl hätten, eine Allianz sei nicht gerecht oder auf ihr Wohl ausgerichtet, würden sie anderen Ländern Schwierigkeiten machen.« Juran blickte zu Dyara hinüber. »Lasst uns über jene Verbündeten sprechen, die wir bereits gewonnen haben. Dyara?«

Dyara seufzte und verdrehte die Augen. »Die Arriner von Genria und der König von Toren stehen einander nach wie vor feindselig gegenüber. Wann immer eine der arrinischen Familien einen Sohn hervorbringt – was sie anscheinend jeden Monat tun –, ersinnt Berro für die Waren, die von Genria in sein Reich gebracht werden sollen, neue Beschränkungen. Der königliche Hohepriester erinnert ihn zwar an die Bedingungen der Allianz, aber es dauert immer mehrere Wochen, bis die Beschränkungen aufgehoben werden.«

»Und die Genrianer? Wie reagieren sie darauf?«

»Mit Zähneknirschen.« Dyara lächelte. »Es ist wohl kaum ihre Schuld, dass Berro keinen männlichen Erben hervorgebracht hat. Bisher hat es bemerkenswert wenige Vergeltungsmaßnahmen gegeben. Jede Familie mit einem Knaben ist ängstlich darauf bedacht, alles zu vermeiden, was die Götter erzürnen könnte. Vielleicht ein Beweis dafür, dass ihnen klar ist, dass Guire Laern deshalb zu seinem Nachfolger bestimmt hat, weil er der einzige Prinz war, der nicht versucht hatte, einen anderen zu ermorden. Aber irgendjemand sorgt dafür, dass Berro unverzüglich von der Geburt eines jeden arrinischen Jungen erfährt.«

»Das klingt so, als sollte dieser Jemand gefunden werden«, warf Juran ein.

»Ja. Der königliche Hohepriester ermutigt Berro außerdem darin, einen Erben zu adoptieren, und sei es auch nur als vorübergehende Maßnahme, bis er selbst einen zeugt. Das könnte ihn für den Augenblick beruhigen.«

Juran nickte, dann wandte er sich an Mairae. »Was ist mit den Somreyanern?«

Mairae verzog das Gesicht. »Sie haben uns abermals abgewiesen.«

Er runzelte die Stirn. »Welchen Grund haben sie diesmal angegeben?«

»Eine geringfügige Einzelheit in den Bedingungen der Allianz. Ein Mitglied des Rats hat dagegen protestiert, eine Frau, und die anderen haben sie unterstützt.«

»Es ist ein Wunder, dass ihr Staat nicht in Einzelreiche zerbricht«, sagte Dyara düster. »Ihr Rat kann sich niemals auf irgendetwas einigen. Was war es diesmal?«

»Die Bestimmung, dass ihre Traumweber nur ihre eigenen Soldaten behandeln dürfen.«

»Und dieses Ratsmitglied, das Protest erhoben hat, ist die Vertreterin der Traumweber?«

Mairae nickte. »Ja. Die Traumweberälteste Arleej.« Auraya wusste, dass diese Traumweberälteste nicht nur ein Mitglied des Ältestenrats in Somrey war, sondern auch das Oberhaupt der Traumweber. »Es hat mich überrascht, dass andere sie unterstützt haben. Es ist nur eine unbedeutende Einzelheit, und die meisten Mitglieder des Rats sind erpicht darauf, diese Allianz unterzeichnet zu sehen. Erpicht genug, um Kleinigkeiten wie diese zu übersehen.«

»Wir wussten, dass Somrey schwierig werden würde«, sagte Rian. »Wir können nicht jedes Mitglied des Rats zufriedenstellen. Wenn wir das täten, würden wir zu viele Kompromisse schließen. Ich bin dafür, dass wir in dieser Angelegenheit hart bleiben.«

Juran schüttelte den Kopf. »Ich verstehe es nicht. Wir haben sie nicht gebeten, ihre Sitten und Gepflogenheiten zu ändern. Warum können sie uns nicht das Gleiche zubilligen?«

Die anderen zuckten die Achseln oder breiteten hilflos die Hände aus. Juran sah sie alle der Reihe nach an, dann ruhte sein Blick schließlich auf Auraya, und seine Miene wurde nachdenklich.

»Du hast in deinen frühen Jahren einen Traumweber gekannt, nicht wahr, Auraya?«

Seine Frage klang nicht anklagend, nicht einmal missbilligend. Sie nickte langsam, wobei sie sich der Tatsache bewusst war, dass Dyara sie genau beobachtete.

»Du verstehst ihre Gepflogenheiten wahrscheinlich besser als wir anderen. Kannst du uns erklären, warum sie sich dieser Bedingung der Allianz widersetzen?«

Auraya schaute in die Runde, dann richtete sie sich auf. »Alle Traumweber leisten einen Schwur, jeden Menschen zu heilen, der einer Heilung bedarf und sie wünscht.«

Juran zog die Augenbrauen hoch. »Dann würde diese Bedingung der Allianz also von den Traumwebern verlangen, ihren Schwur zu brechen. Der Rat möchte sie nicht dazu zwingen, also weigert man sich, das Abkommen zu unterzeichnen.« Er wandte sich an Dyara. »Hat Auraya Zeit, den Entwurf des Abkommens zu lesen?«

Dyara hob die Schultern. »Ich könnte in ihrem Arbeitsplan die Zeit dafür schaffen.«

Juran lächelte. »Ich freue mich darauf, deine Vorschläge zu hören, Auraya.« Sie erwiderte das Lächeln, aber er hatte sich bereits abgewandt. »Rian. Was ist mit Dunwegen?«

Rian lächelte schwach. »Die Allianz ist stark. Ich habe nichts zu berichten.«

»Und Sennon?«

»Der Kaiser denkt noch über unseren Vorschlag nach. Ich glaube nicht, dass er einer Entscheidung näher ist als vor fünf Jahren.«

»Das ist keine Überraschung«, bemerkte Dyara kichernd. »In Sennon ist noch nie irgendetwas schnell gegangen.«

Rian nickte. »Sennon war schon immer schwieriger zu hofieren als Somrey. Welchen Wert können wir einer Allianz mit einem Land beimessen, das sich nicht entscheiden kann, wem oder was es huldigt?«

Juran nickte zustimmend. »Ich habe nach wie vor das Gefühl, dass wir uns Sennon bis zum Schluss aufheben sollten. Vielleicht wird sich Sennon zu guter Letzt anschließen, wenn alle anderen Länder von Nordithania geeint sind.« Er richtete sich auf und lächelte. »Damit bleiben dann noch zwei weitere Länder zu erörtern.«

Auraya bemerkte, dass Mairaes Augen aufgeleuchtet hatten, während Dyara die Lippen zu einem skeptischen Lächeln verzogen hatte.

»Si und Borra.« Juran verschränkte die Finger. »Ich habe vor einigen Monaten einen Höfling in jedes der beiden Länder geschickt, um Einladungen für eine Allianz zu überbringen.«

Ein Stich der Erregung durchzuckte Auraya. Die Geschichten über die Geflügelten der südlichen Berge und das wasseratmende Meeresvolk hatten sie schon immer fasziniert. Als sie älter wurde, waren sie ihr zu fantastisch erschienen, um wahr sein zu können, aber sowohl Priester Avorim als auch

Leiard hatten ihr versichert, dass es solche Völker tatsächlich gab, auch wenn manche Beschreibungen wohl übertrieben waren.

»Es würde mich sehr beeindrucken, wenn einer dieser Boten sein Ziel tatsächlich erreicht haben sollte«, murmelte Dyara düster. Auraya sah sie überrascht an. »Nicht dass ich dächte, sie würden sie ermorden«, versicherte sie Auraya. »Aber die Länder der Siyee und der Elai sind nicht leicht zu erreichen, und ihre Bewohner begegnen gewöhnlichen Menschen mit Argwohn und Scheu.«

»Ich habe meine Höflinge mit Bedacht ausgewählt«, sagte Juran. »Beide haben diese Völker schon in der Vergangenheit besucht oder mit ihnen Handel getrieben.«

Diese Feststellung schien Dyara nun doch zu beeindrucken. Juran legte lächelnd die Hände auf den Tisch. Dann wurde sein Ausdruck wieder ernst.

»Wir haben noch nicht über die drei Länder Südithanias nachgedacht: Mur, Avven und Dekkar.«

»Die Länder, in denen der pentadrianische Kult gepflegt wird?«, fragte Rian mit missbilligender Miene.

»Ja.« Juran verzog das Gesicht. »Ihre Art zu leben und ihre Moralvorstellungen mögen mit unseren nicht vereinbar sein. Die Götter wollen Nordithania geeint sehen, nicht das ganze Ithania. Sobald jedoch Nordithania geeint ist, werden die südlichen Länder unsere Nachbarn sein. Ich habe unsere Ratgeber Informationen über diese Länder sammeln lassen. Landkarten, Zeichnungen und Berichte über ihre Glaubensvorstellungen und Rituale.«

»Finden sich darin auch Beschreibungen von Orgien?«, wollte Mairae wissen.

»Mairae!«, sagte Dyara tadelnd.

Jurans Lippen zuckten erheitert. »Du wirst enttäuscht sein zu hören, dass die Gerüchte von Orgien übertrieben sind. Sie kennen zwar durchaus Fruchtbarkeitsriten, aber nur für verheiratete *Paare.* Zwei ergeben noch keine Orgie.«

Mairae zuckte die Achseln. »Dann weiß ich zumindest, dass ich nichts verpasse«, murmelte sie. Rian verdrehte die Augen.

»Denkst du daran, Pentadrianerin zu werden?«, fragte er belustigt, dann sprach er, ohne auf eine Antwort zu warten, weiter. »In diesem Falle solltest du wissen, dass man von dir erwarten würde, den fünf Führern des Kults zu folgen, die sich mit dem hübschen Titel ›Die Stimmen der Götter‹ schmücken. Die Hierarchie ihrer Anhänger ist als ›Die Servanten der Götter‹ bekannt. Du würdest an ihre Götter glauben müssen. Man fragt sich, wie ein so mächtiger Kult sich aus einem Glauben an Götter entwickeln kann, die nicht existieren. Ferner könnte man erwarten, dass sie den Einfluss anderer Kulte fürchten würden, aber in Wirklichkeit ermutigen sie ihre Anhänger zu Toleranz gegenüber anderen Religionen.«

Mairae verzog das Gesicht zu einem Ausdruck gespielter Enttäuschung. »Ich fürchte, dass Südithania ohne die Orgien keinerlei Reize für mich hätte.«

Juran kicherte. »Es erleichtert mich, das zu hören. Es wäre schrecklich für uns, dich zu verlieren.« Er hielt inne, dann seufzte er. »Und nun müssen wir uns zu guter Letzt einer düstereren Angelegenheit zuwenden. Vor einigen Wochen habe ich verschiedene Berichte aus dem östlichen Toren bekommen, in denen Angriffe durch eine Meute Worns beschrieben werden. Es handelt sich nicht um gewöhnliche Worns. Diese Tiere sind doppelt so groß wie ihre weit verbreiteten Vettern. Sie haben Reisende, Bauern und sogar Kaufmannsfamilien getötet. Man hat mehrere Jagdtrupps ausgesandt, von denen nicht einer zurückgekehrt ist. Eine Frau, die mit angesehen hat, wie die Worns ihren Mann vor ihrem Haus getötet haben, behauptet, ein Mann sei auf einer der Kreaturen geritten und habe sie angeführt. Zuerst dachte ich, die Frau müsse sich geirrt haben. Worns arbeiten so gut zusammen, dass sie den Eindruck erwecken können, als würden sie von außen gelenkt. Vielleicht, so vermutete ich, hat sie sich in der Dunkelheit eingebildet, die Umrisse eines Mannes zu sehen. Außerdem scheinen diese Angriffe keinem für Menschen nachvollziehbaren Zweck zu dienen. Die Opfer haben nichts gemein, abgesehen von der Tatsache, dass sie sich des Nachts im Freien aufhielten. Aber inzwischen haben andere Zeugen die Geschichte der Frau bestätigt. Einige von ihnen sagen, der Mann gebe den Worns telepathische Anweisungen. Wenn das wahr ist, muss er ein Zauberer sein. Ich habe drei Dorfpriester mit Nachforschungen beauftragt. Sollte es sich erweisen, dass dieser Mann tatsächlich ein Zauberer ist, werde ich mich telepathisch mit euch allen in Verbindung setzen, damit ihr die Begegnung bezeugen könnt.« Juran richtete sich auf. »Das ist alles, was ich heute zu sagen habe. Hat einer von euch noch irgendein Anliegen, das er ansprechen möchte?«

Mairae schüttelte den Kopf. Als Rian ebenfalls verneinte, sah Dyara Auraya an und zuckte dann die Achseln.

»Für den Augenblick nicht.«

»Dann erkläre ich diese Versammlung für beendet.«

# 5

*Der Turm war größer als jeder andere, den sie bisher gesehen hatte. Er ragte so hoch in den Himmel empor, dass die Wolken sich daran zerteilten. Widersprüchliche Gefühle kämpften in Emerahl miteinander. Sie sollte fliehen. Sie würden sie jeden Augenblick entdecken. Aber sie wollte hinsehen. Wollte beobachten. Irgendetwas an diesem Turm faszinierte sie.*

*Sie bewegte sich näher heran. Plötzlich ragte der Turm über ihr auf. Er schien sich zu biegen. Zu spät begriff sie, dass dies keine Illusion war. Risse waren im Mauerwerk erschienen, die sich über die Kanten der riesigen Steinblöcke schlängelten, aus denen der Turm erbaut worden war. Der Turm würde einstürzen.*

*Sie drehte sich um und versuchte zu rennen, aber die Luft war jetzt zäh und sirupartig, und ihre Beine waren zu schwach, um sie hindurchzutragen. Sie konnte sehen, wie sich der Schatten des Turms vor ihr in die Länge zog. Während das geschah, fragte sie sich, warum sie nicht die Vernunft besessen hatte, zur Seite zu laufen, wo der Turm ihr nichts anhaben konnte.*

*Dann explodierte die Welt.*

*Schlagartig war alles dunkel und still. Sie konnte nicht atmen. Stimmen riefen ihren Namen, aber sie konnte nicht genug Luft in ihre Lunge saugen, um zu antworten. Langsam drang die kalte Finsternis zu ihr vor.*

»Zauberin!«

Die Stimme des Sprechers war dunkel vor Zorn, aber sie verhieß dennoch eine Chance auf Rettung.

»Komm heraus, du aufdringliches altes Weib!«

Emerahl fuhr aus ihrem Traum auf und öffnete die Augen.

Die runde Innenwand des Leuchtturms verschwand in der Dunkelheit über ihr. Sie hörte herannahende Schritte und das Murmeln mehrerer Stimmen, das aus der Öffnung in der Wand kam, wo sich in der Vergangenheit zwei große, geschnitzte Türen befunden hatten. Dahinter stand eine breitschultrige Gestalt.

»Komm heraus, oder wir kommen hinein und holen dich.«

Die Stimme war bedrohlich und voller Wut, aber es schwang auch ein Anflug von Furcht darin. Emerahl schüttelte widerstrebend die Erinnerung an ihren Albtraum ab – sie hätte ihn gern gedeutet, bevor die Einzelheiten verschwammen – und stand auf.

»Wer bist du?«, fragte sie.

»Ich bin Erine, der Vorsteher von Corel. Komm jetzt heraus, oder ich werde meine Männer hineinschicken, um dich zu holen.«

Emerahl trat an die Türöffnung. Draußen standen vierzehn Männer, von denen einige zu dem Leuchtturm aufblickten, während mehrere andere hinter sich schauten und die übrigen ihren Anführer beobachteten. Alle machten sie finstere Mienen, und alle waren mit irgendwelchen primitiven Waffen ausgerüstet. Offenkundig konnte keiner Emerahl sehen, da sie im hellen Morgenlicht standen und Emerahl in der Dunkelheit des Leuchtturms verborgen war.

»So nennt ihr diesen Ring von Hütten heutzutage also«, sagte sie und trat in die Öffnung. »Corel. Ein hübscher Name für einen Ort, der von Schmugglern gegründet wurde.«

Der breitschultrige Mann bleckte jetzt förmlich die Zähne vor Wut. »Corel ist unser Zuhause. Du solltest uns gegenüber besser ein wenig Respekt zeigen, sonst werden wir …«

»Respekt?« Sie starrte zu ihm empor. »Ihr kommt hierher und schreit und sprecht Befehle und Drohungen aus, und ihr erwartet von mir, dass ich euch gegenüber Respekt zeige?«

Sie machte einen Schritt nach vorn. »Geht zurück in euer Dorf, Männer von Corel. Ihr werdet heute nichts von mir bekommen.«

»Wir wollen keins von deinen Giften und auch keinen deiner Tricks, Zauberin.« Erines Augen funkelten. »Wir wollen Gerechtigkeit. Du hast dich einmal zu viel in unsere Angelegenheiten eingemischt. Du wirst keine Frauen in unserem Dorf mehr zu gehässigen Zauberinnen machen. Wir werden dich hinauswerfen.«

Sie sah ihn überrascht an, dann breitete sich langsam ein Lächeln auf ihren Zügen aus.

»Dann bist *du* also der Vater?«

Sein Gesichtsausdruck veränderte sich. Einen Moment lang las sie dort Furcht, dann Wut.

»Ja. Ich könnte dich umbringen für das, was du mit meiner kleinen Rinnie gemacht hast, aber die anderen denken, das würde uns Unglück bringen.«

»Nein, sie haben nur nicht das Gefühl, so viel verloren zu haben wie du«, entgegnete sie. »Sie haben lediglich ihr Glück bei Rinnie versucht. Um zu sehen, was du ihnen durchgehen lassen würdest. Aber du«, fügte sie mit schmalen Augen hinzu, »du hast dich seit Jahren an ihr ergötzt, und jetzt kannst du sie nicht mehr anrühren. Und das, wo du doch *so* gern deinen Willen durchsetzt. Es macht dich verrückt, dass du sie nicht länger haben kannst.«

Sein Gesicht war rot angelaufen. »Halt den Mund«, knurrte er, »sonst werde ich …«

»Deine eigene Tochter«, schleuderte sie ihm entgegen. »Du kommst hier herauf und nennst sie ›meine kleine Rinnie‹, als sei sie ein unschuldiges Kind, das du liebst und beschützt. Sie hat aufgehört, ein unschuldiges Kind zu sein, als sie zum ersten Mal begriff, dass ihr eigener Vater der Mann war, von dem sie am ehesten Schaden zu befürchten hatte.«

Die anderen Männer musterten ihren Anführer inzwischen mit einigem Unbehagen. Emerahl war sich nicht sicher, ob der Grund für ihr Verhalten in dem lag, was sie Rinnies Vater vorgeworfen hatte, oder ob ihnen etwas anderes zu schaffen machte: Vielleicht hatten sie gewusst, was der Vater seiner Tochter antat, und hatten ihn nicht aufgehalten. Erine, der ihre Blicke spürte, beherrschte sich mit einiger Anstrengung.

»Hat sie dir das erzählt, du närrisches altes Weib? Sie erfindet schon seit Jahren solche Geschichten. Immer sucht sie nach …«

»Nein, sie hat es mir nicht erzählt«, erwiderte Emerahl. Sie tippte sich mit dem Zeigefinger an die Stirn. »Ich kann die Wahrheit sehen, auch wenn die Menschen sie mir nicht zeigen wollen.«

Was nicht stimmte; sie hatte nicht versucht, die Gedanken des Mädchens zu lesen. Ihre Fähigkeiten auf diesem Gebiet waren nicht mehr das, was sie früher einmal gewesen waren. Alle Gaben mussten geübt werden, und sie hatte zu lange in Abgeschiedenheit gelebt.

Aber ihre Worte hatten die gewünschte Wirkung. Die anderen Männer tauschten Blicke, und einige von ihnen betrachteten Erine mit schmalen Augen.

»Wir wollen nichts mehr von deinen Lügen oder deinen verfluchten Zaubereien hören«, knurrte Erine wütend. Er trat einen Schritt vor. »Ich befehle dir fortzugehen.«

Emerahl lächelte und verschränkte die Arme vor der Brust. »Nein.«

»Ich bin der Vorsteher von Corel, und …«

»Corel liegt dort unten.« Sie streckte die Hand aus. »Ich habe hier gelebt, noch bevor die Väter eurer Großväter ihre erste Hütte gebaut haben. Ihr habt keine Befugnis, mir etwas zu befehlen.«

Erine lachte. »Du bist alt, aber so alt bist du nun auch wieder nicht.« Er blickte zu seinen Gefährten hinüber. »Seht ihr, wie sie lügt?« Dann wandte er sich wieder zu Emerahl um. »Das Dorf möchte dir keinen Schaden zufügen. Sie wollen dir die Chance geben, deine Sachen zu packen und in Frieden fortzugehen. Solltest du immer noch hier sein, wenn wir in einigen Tagen zurückkommen, dann erwarte keine Freundlichkeit von uns.«

Mit diesen Worten machte er kehrt und stolzierte davon, nachdem er den anderen bedeutet hatte, ihm zu folgen. Emerahl seufzte. *Narren. Sie werden zurückkommen, und ich werde ihnen die gleiche Lektion erteilen, die ich schon ihren Urgroßvätern erteilt habe. Sie werden für eine Weile schmollen und versuchen, mich auszuhungern. Das Gemüse und das Brot werden mir fehlen, und ich werde wieder fischen gehen müssen, aber mit der Zeit werden sie den Vorfall vergessen und abermals heraufkommen, um Hilfe zu erbitten.*

Vor dem Wegehaus am Waldrand warteten sechs Männer: drei Priester und drei Einheimische. Der blaue Besatz, mit dem die Zirks der Priester geschmückt waren, wirkte schwarz im verblassenden Licht. Die anderen Männer waren in die schlichte Kleidung von Bauern gewandet und trugen Beutel auf dem Rücken.

Adem bog die Schultern durch, um das Gewicht seiner Ausrüstung in eine angenehmere Position zu bringen, dann trat er auf die Straße hinaus. Hinter ihm erklangen die beruhigenden Schritte seiner Kameraden, die mit ihm auf der Jagd nach den Worns waren. Einer der Priester drehte sich um, um die Neuankömmlinge zu betrachten, und seine Gefährten folgten seinem Beispiel. Adem lächelte, als die anderen seine Kleidung mit offenkundigem Missfallen beäugten. Jäger reisten mit leichtem Gepäck, vor allem im Wald. Sie mochten Kleidung zum Wechseln mit sich führen, um sich am Ende eines langen Tages umziehen zu können, aber auch diese Sachen waren schon bald voller Blut und Schmutz.

In seinem Gewerbe waren saubere Kleider ein Zeichen für einen gescheiterten Jäger. Adem musterte die fleckenlos weißen Zirks seiner Auftraggeber mit einem schiefen Lächeln. Wahrscheinlich, so dachte er, waren schmutzige Gewänder bei einem Priester nicht gerade eine Empfehlung. Es musste sehr lästig sein, sie sauber zu halten.

»Ich bin Adem Schneider«, sagte er. »Das ist mein Trupp.« Er machte sich nicht die Mühe, die Männer vorzustellen. Die Priester würden sich ihre Namen ohnehin nicht einprägen.

»Ich bin Priester Hakan«, erwiderte der größte unter den Priestern. »Das sind Priester Barew und Priester Poer.« Er deutete zuerst auf einen grauhaarigen Mann, dann auf einen leicht rundlichen, und schließlich zeigte er auf die drei Einheimischen. »Das sind unsere Träger.«

Adem machte hastig mit einer Hand das Zeichen des Kreises, dann nickte er den Trägern höflich zu. Die Einheimischen wirkten ängstlich. Wozu sie guten Grund hatten.

»Ich danke dir, dass du uns deine Dienste aus freien Stücken angeboten hast«, fügte Hakan hinzu.

Adem stieß ein kurzes, raues Lachen aus. »Aus freien Stücken? Wir sind keine Freiwilligen, Priester. Wir wollen die Felle. Nach allem, was ich höre, sind diese Worns große Viecher und ganz schwarz. Pelze wie diese werden einen hohen Preis erzielen.«

Hakans Mundwinkel zuckten, aber seine beiden Begleiter verzogen angeekelt das Gesicht. »Das ist sicher wahr«, erwiderte er. »Und nun erzähl uns, wie wir deiner Meinung nach vorgehen sollen.«

»Wir suchen dort, wo der letzte Angriff stattgefunden hat, nach Spuren.«

Hakan nickte. »Wir werden euch hinführen.«

Als sie durch das Dorf gingen, erschienen in vielen Fenstern Gesichter. Stimmen wurden laut und wünschten ihnen Glück. Eine Frau kam aus einem der Häuser geeilt, ein Tablett mit kleinen Bechern in Händen; jeder Becher war bis zum Rand mit Tipli gefüllt, dem Schnaps, den die Einheimischen brannten. Die Jäger leerten ihre Becher frohen Mutes, während die Träger ihren Anteil mit verräterischer Hast hinunterschluckten. Die Priester nahmen jeder nur einen einzigen Schluck, bevor sie ihre noch vollen Becher auf das Tablett zurückstellten.

Sie gingen weiter und ließen das Dorf hinter sich. Zu beiden Seiten des Weges ragten die dunklen Schatten von Bäumen auf. Der rundliche Priester hob die Hand, und die übrigen Männer blinzelten, geblendet von dem grellen Licht.

»Kein Licht«, sagte Adem. »Wenn sie in der Nähe sind, werdet ihr sie verschrecken. Der Mond wird jetzt bald aufgehen. Er wird uns genug Licht schenken, sobald unsere Augen sich daran gewöhnt haben.«

Der Priester sah Hakan an, der nickte. Das Licht erlosch, und die Männer taumelten durch die Dunkelheit, bis ihre Augen sich angepasst hatten. Die Zeit verging langsam, gemessen einzig durch das leise Tappen ihrer Stiefel. Der Mond brach gerade langsam über den Bäumen hervor, als Priester Hakan plötzlich stehen blieb.

»Dieser Geruch … das muss der Ort sein«, sagte er.

Adem blickte zu dem stämmigen Priester hinüber. »Kannst du uns ein schwaches Licht schaffen?«

Der Priester nickte. Er streckte abermals die Hand aus, und ein winziger Lichtfunke erschien. Adem sah die Überreste eines Plattans vor sich. Sie gingen zu dem Wagen hinüber, der schief auf einem gebrochenen Rad stand. Der Gestank wurde stärker, als sie näher kamen, und es stellte sich heraus, dass er vom Kadaver eines Arem herrührte, das die Worns zum Teil gefressen und liegen gelassen hatten.

Der Boden war übersät mit Spuren – riesige Tatzenabdrücke, bei denen Adems Herzschlag sich vor Erregung beschleunigte. Er versuchte, die Anzahl der Tiere zu schätzen. Zehn? Fünfzehn? Die Abdrücke liefen in einer Masse aufgewühlter Erde zusammen. Frischere menschliche Spuren zogen sich darüber. Ein Glitzern stach Adem ins Auge. Er bückte sich und hob eine kurze goldene Kette von der niedergetrampelten Erde auf. Das Gold war mit einer verkrusteten Substanz bedeckt, die er für getrocknetes Blut hielt.

»Hier haben sie den Kaufmann gefunden«, murmelte Hakan. »Oder das, was von ihm übrig war.«

Adem steckte die Kette ein. »Also gut, Männer. Schaut euch um und sucht nach Spuren, die sich von dieser Stelle entfernen.«

Es dauerte nicht lange. Schon bald führte Adem die Priester in den Wald, auf den Spuren einer Fährte, die nicht auffälliger hätte sein können, selbst wenn die riesigen Abdrücke im Dunkeln geleuchtet hätten. Das Rudel musste seiner Schätzung nach etwa einen Tag Vorsprung haben. Er hoffte, dass die Priester auf einen langen Marsch vorbereitet waren. Erst als der Mond direkt über ihnen am Himmel stand, legte Adem eine Pause ein, und auch da gab er den Männern nur wenige Minuten Zeit, um sich auszuruhen.

Nach einigen weiteren Stunden erreichten sie eine kleine Lichtung. Überall waren die Spuren von Worns zu sehen – und von einem Menschen. Ein einzelnes Paar Stiefelabdrücke zog sich über den Waldboden. Seit sie den Schauplatz des Angriffs verlassen hatten, waren sie nicht mehr auf menschliche Spuren gestoßen. Adems Männer verteilten sich im Wald.

»Sieht so aus, als hätten sie gestern Nacht Rast gemacht«, murmelte er.

»Sie sind in diese Richtung gegangen«, rief einer seiner Männer leise.

»Irgendwelche menschlichen Fußspuren, die von hier wegführen?«, fragte Adem.

Es folgte eine lange Pause.

»Nein.«

»Zeugen behaupten, er reite auf einem der Worns«, warf Hakan ein.

Adem trat neben den Priester. »Ich hätte es nicht für möglich gehalten. Aber groß genug sind sie wohl. Ich …«

»Ein Wächter!«, zischte einer seiner Männer.

Die Jäger erstarrten. Adem sah sich im Wald um und lauschte.

»Ein Wächter?«, flüsterte Hakan.

»Manchmal lässt das Rudel ein einzelnes Tier zurück, das feststellen soll, ob ihnen jemand folgt.«

Der Priester starrte Adem an. »Diese Tiere sind *so* klug?«

»Du bist gut beraten, wenn du es glaubst.« Ein leises Geräusch zu seiner Rechten erregte Adems Aufmerksamkeit, und er hörte, wie auch seine Männer die Luft einsogen, als sie einen Schatten sahen, der sich davonstahl. Einen riesigen Schatten. Adem fluchte.

»Was ist los?«, fragte Hakan.

»Das Rudel weiß, dass wir kommen. Ich bezweifle, dass wir die Tiere jetzt noch fangen können.«

»Das kommt darauf an«, murmelte der Priester.

»Ach ja?« Adem konnte den Zweifel in seiner Stimme nicht unterdrücken. Was wussten Priester schon von Worns?

»Es kommt darauf an, ob der Reiter sie aufhält. Oder ob er will, dass wir ihn finden.«

*Er hat nicht unrecht.* Adem brummte zustimmend.

»Lasst uns weitergehen«, sagte Hakan.

Während der nächsten Stunden schlichen sie durch den Wald und folgten einer Spur, die jetzt um einen halben Tag frischer war. Als die Nacht jene Zeit kurz vor dem Morgen erreichte, zu der alles still und kalt war, schien die Dunkelheit sich zu verdichten. Die Priester gähnten. Die Späher trotteten hinter ihnen her, zu müde inzwischen, um sich zu ängstigen. Adems Jägergefährten ließen einen deutlichen Mangel an Begeisterung erkennen. Ihm selbst erging es nicht besser. Ihre Chancen, das Rudel zu fangen, standen inzwischen denkbar schlecht.

Dann zerriss ein menschlicher Schrei die Stille. Adem hörte mehrere gemurmelte Flüche und zog seinen Bogen. Das Geräusch war ganz aus der Nähe gekommen. Vielleicht von einem der Fährtensucher …

Plötzlich war der Wald erfüllt von zuckenden Schatten und zuschnappenden Zähnen.

»Licht!«, rief Adem. »Priester! Licht!«

Weitere Schreie wurden laut. Schreie des Entsetzens und des Schmerzes. Adem hörte ein leises Rascheln und drehte sich um; ein Schatten sprang auf ihn zu. Es blieb keine Zeit mehr, einen Pfeil an die Sehne zu legen. Er griff nach seinem Messer, duckte sich, rollte sich ab und stieß zu. Etwas riss ihm die Klinge aus der Hand. Er hörte einen unmenschlichen, verzerrten Schmerzensschrei, dann den Aufprall von etwas Schwerem, das ganz in seiner Nähe zu Boden fiel.

Mit einem Mal war der Wald von Licht durchflutet. Adem starrte in die gelben Augen des größten Worns, den er je gesehen hatte. Aus den Augenwinkeln konnte er weiße Gestalten ausmachen. Adem wagte es nicht, den Blick von der Bestie abzuwenden, um nachzuschauen. Der Worn erhob sich jaulend. Blut tropfte von dem verfilzten Haar an seinem Bauch. Adem wog seine Chancen ab. Das Tier war nah, aber es hatte Schmerzen und war vielleicht geschwächt vom Blutverlust. Es hatte ohnehin keinen Sinn, wegzulaufen. Selbst verletzt konnten diese Tiere einen fliehenden Menschen mit zehn Schritten einholen. Er tastete nach einem Pfeil.

Der Worn kroch auf ihn zu; die rosafarbene Zunge hing ihm aus dem Maul. *Ein Maul, das groß genug ist, um den Kopf eines Mannes zu umfassen,* durchzuckte es Adem. Es gelang ihm, den Pfeil anzulegen. Er zielte zwischen die Augen der Bestie und schoss.

Der Pfeil prallte vom Schädel des Worns ab.

Adem starrte das Tier ungläubig an. Der Worn hatte überrascht einen Satz nach hinten gemacht.

»Wo bist du, Zauberer?«, rief Hakan. »Zeige dich!«

*Zauberer?*, dachte Adem. *Magie? Die Worns werden durch Magie geschützt? Das ist nicht gerecht!*

»*Mir* gibst du keine Befehle, Priester«, entgegnete eine Stimme mit einem seltsamen Akzent.

Der Worn heulte abermals auf, warf sich zu Boden und rollte sich auf die Seite. Adem konnte seine Klinge sehen, die im Bauch des Tieres steckte. Er kam zu dem Schluss, dass er es jetzt riskieren konnte, den Blick abzuwenden.

Priester, Jäger und Träger standen im Kreis unter einem in der Luft schwebenden Lichtfunken. Sie alle waren umzingelt von Worns.

Hakan starrte in den Wald. Im nächsten Moment trat ein Fremder ins Licht. *Ausländer,* dachte Adem. *Keine Rasse, die ich je gesehen hätte.* Langes, bleiches Haar ergoss sich über ein schwarzes, aus vielen Schichten bestehendes Gewand. Auf der Brust des Mannes ruhte ein großer silberner Anhänger, der die Form eines fünfzackigen Sterns hatte.

»Du hast unschuldige Menschen getötet, Zauberer«, klagte Hakan den Fremden an. »Ergib dich und stelle dich der Gerechtigkeit der Götter.«

Der Zauberer lachte. »Ich bin deinen Göttern nicht verantwortlich.«

»Jetzt bist du es«, entgegnete Hakan. Lichtfunken stoben auf und schossen von dem Priester direkt auf den Fremdländer zu. Kurz bevor sie ihr Ziel erreichten, zuckten sie zur Seite weg und trafen die Bäume, deren Borke sie zerfetzten. Adem wich zurück. Es war niemals klug, sich in der Nähe eines magischen Kampfes aufzuhalten. Der verletzte Worn knurrte und erinnerte Adem daran, dass noch weitere Tiere im Wald waren. Er blieb stehen, unsicher, ob er es lieber mit einem Rudel riesenwüchsiger Worns aufnehmen oder in der Nähe der magischen Schlacht bleiben sollte.

»Deine Magie ist gering, Priester«, sagte der Fremde.

Die Luft kräuselte sich, und Hakan taumelte rückwärts und riss die Hände hoch. Adem konnte ein schwaches Schimmern in der Luft ausmachen, das sich zu einem Bogen formte und den Priester und seine Männer umschloss. Hakan erwiderte den Angriff nicht. Es sah so aus, als koste es ihn seine gesamte Kraft, sich und die Männer um ihn herum zu schützen.

Einer der Fährtensucher, die hinter den Priestern standen, drehte sich um und rannte los. Er war nur zwei Schritte weit gekommen, als er aufschrie und zu Boden stürzte. Adem starrte voller Entsetzen auf die Beine des Mannes. Sie waren in verschiedene Richtungen gebogen, und Blut durchnässte bereits seine Hosen.

Adems Mund wurde trocken. *Wenn es das ist, was der Zauberer jenen antut, die sich außerhalb der Barriere befinden, sollte ich vielleicht besser bleiben, wo ich bin, und hoffen, dass er mich nicht bemerkt.* Er hockte sich vorsichtig neben einen Busch, von dem aus er den Kampf weiterhin beobachten konnte. Der Lichtbogen, der die Priester und die Jäger umspannte, hatte sich inzwischen zu einer Kugel ausgedehnt, die sie alle einhüllte. Der fremdländische Zauberer kicherte leise, ein Geräusch, bei dem es Adem kalt den Rücken hinunterlief.

»Gib auf, Priester. Du wirst in dieser Schlacht keinen Sieg erringen.« Der Mann streckte die Hand aus und bog die Finger, als griffe er nach etwas.

»Niemals«, stieß Hakan hervor.

Der Zauberer machte eine schnelle Handbewegung. Adem erstarrte, als die Lichtkugel zur Seite zuckte. Die Männer, die sich innerhalb des Lichtscheins befanden, taumelten und fielen auf die Knie. Hakan griff sich an den Kopf und stieß einen wortlosen Schrei aus. Der ältere Priester sprang auf und packte Hakan an den Schultern. Adem sah, wie Hakans Züge sich ein wenig entspannten, und hörte den anderen Priester aufkeuchen. Gleichzeitig begann die Lichtkugel zu flackern.

Hakan brach zusammen. Als Adem genauer hinschaute, sah er, dass der ältere Priester die Lippen bewegte, und ihm stockte der Atem. Er fing Bruchstücke eines Gebets auf und spürte die Verzweiflung in den Worten.

Der Priester glaubte, dass sie sterben würden.

*Ich muss weg von hier.*

Adem erhob sich und entfernte sich einige Schritte von der Schlacht.

»Das ist deine Entscheidung«, sagte der Zauberer.

Adem drehte sich gerade rechtzeitig um, um zu sehen, wie der Zauberer die Finger streckte und sie dann zur Faust ballte. Der ältere Priester stieß einen Schrei aus. Einen Schrei, der jäh abbrach. Das Licht erlosch, und tödliche Stille folgte.

Langsam gewöhnten Adems Augen sich an den schwachen Schimmer der frühen Morgendämmerung. Er starrte zu dem stillen Ort hinüber, an dem Priester und Jäger gestanden hatten, und konnte sich nicht überwinden, den Blick von dem blutigen Gewirr aus zerschmetterten Gliedmaßen, Waffen, Packsäcken und Priesterzirks abzuwenden, nicht einmal, nachdem sein Magen seinen Inhalt auf den Boden ausgespien hatte.

In der Nähe erklang das Heulen eines Tieres. Eine Stimme sprach mit besänftigendem Tonfall auf die Kreatur ein. Adem beobachtete, wie die Worns sich um den Zauberer versammelten, um sich kraulen zu lassen. Dann begann der verletzte Worn abermals zu heulen, und der Zauberer blickte auf, direkt in Adems Augen.

Obwohl er wusste, dass keine Hoffnung bestand, rannte Adem los.

Als Auraya Jurans Gemach betrat, sah sie den übrigen Weißen einem nach dem anderen in die Augen. Juran hatte sie kurze Zeit zuvor geweckt, damit sie ihre Gedanken mit denen der Priester verbinden konnte, die gegen den Zauberer kämpften. Sie hatte den Geist der anderen Weißen gespürt und ihr Entsetzen aufgefangen.

»Es tut mir leid, Auraya«, sagte Juran. »Wenn ich gewusst hätte, dass die Auseinandersetzung ein so schlimmes Ende nehmen würde, hätte ich dich nicht geweckt.«

Sie schüttelte den Kopf. »Du brauchst dich nicht zu entschuldigen, Juran. Du konntest nicht wissen, wie die Sache ausgehen würde, und es ist nichts Neues für mich, dass schreckliche Dinge auf dieser Welt geschehen – obwohl ich deine Sorge sehr zu schätzen weiß.«

Er führte sie zu einem Stuhl. »Was für eine Verschwendung«, murmelte er. Dann begann er, im Raum auf und ab zu gehen. »Ich hätte sie nicht dorthin schicken sollen. Ich hätte der Sache selbst auf den Grund gehen müssen.«

»Du konntest nicht wissen, dass dieser Zauberer so mächtig ist«, erklärte Dyara. »Hör auf, dir Vorwürfe zu machen, und setz dich.«

Auraya sah Dyara an, und trotz des Ernstes der Situation erheiterte es sie, die andere Frau in einem so strengen Tonfall mit Juran sprechen zu hören. Dem Oberhaupt der Weißen schien es jedoch nichts auszumachen. Er ließ sich auf seinen Stuhl fallen und stieß einen tiefen Seufzer aus.

»Wer ist dieser Zauberer?«, fragte Rian.

»Ein Pentadrianer«, antwortete Mairae. »In dem Bericht findet sich eine Zeichnung des Sternenanhängers. Diese Anhänger werden von Servanten der Götter getragen.«

»Ein mächtiger Zaubererpriester«, fügte Dyara hinzu.

Juran nickte langsam. »Du hast recht. Also, warum ist er hier?«

»Nicht um Handel zu treiben oder eine Allianz zu schmieden, wie es aussieht«, sagte Mairae.

»Nein«, pflichtete Dyara ihr bei. »Wir müssen darüber nachdenken, ob er hierhergeschickt wurde oder allein handelt. So oder so, wir müssen uns mit ihm befassen, und wir dürfen das Risiko nicht eingehen, einen Hohepriester oder eine Hohepriesterin zu ihm zu schicken.«

Rian nickte. »Einer von uns muss das übernehmen.«

»Ja.« Juran sah einen der Weißen nach dem anderen an. »Wer immer diese Aufgabe übernimmt, wird einige Wochen fort sein. Auraya hat ihre Ausbildung noch nicht beendet. Mairae ist mit den Somreyanern beschäftigt. Dyara bildet Auraya aus. Ich würde selbst hingehen, aber …« Er wandte sich an Rian. »Du hast noch nie zuvor mit einem Zauberer zu tun gehabt. Hättest du Zeit, dich um die Angelegenheit zu kümmern?«

Rian lächelte grimmig. »Natürlich nicht, aber ich werde mir die Zeit nehmen. Die Welt muss von diesem Pentadrianer und seinen Worns befreit werden.«

Juran nickte. »Dann nimm dir einen der Träger und brich sofort auf.«

Rian straffte sich. Ein Funkeln war in seine Augen getreten. Als der junge Mann sich erhob und aus dem Raum stolzierte, durchzuckte Auraya ein Anflug von Mitgefühl für den pentadrianischen Zauberer. Nach allem, was sie bisher erlebt hatte, entsprachen die meisten Gerüchte über Rians skrupellosen Fanatismus der Wahrheit.

# 6

»Was hältst du von den Traumwebern, Danjin Speer?«

Danjin blickte überrascht auf. Er saß Auraya gegenüber an dem großen Tisch in ihrem Empfangsraum und half ihr, die Bedingungen der vorgeschlagenen Allianz mit Somrey zu überprüfen.

Auraya sah ihm fest in die Augen. Er dachte an jenen Tag zurück, an dem sie die Nachricht vom Tod ihrer Mutter erhalten hatte. Auf ihr Geheiß hin hatte er den Mann ausfindig gemacht, der die Botschaft zum Tempel gebracht hatte. Zu seiner Überraschung war dieser Mann ein Traumweber gewesen.

Später hatte sich seine Überraschung noch gesteigert, als er erfuhr, dass Auraya diesen Mann in Verkleidung aufgesucht hatte. Er war sich nicht sicher, was ihn mehr beunruhigte: der Gedanke, dass eine Weiße einem Traumweber einen freundschaftlichen Besuch abstattete, oder dass Auraya versucht hatte, dies in aller Heimlichkeit zu tun – sie wusste also offensichtlich, dass man dieses Verhalten als unklug oder unschicklich ansehen würde.

Natürlich konnte sie all das in seinen Gedanken lesen. Außerdem musste sie wissen, dass er sich mit ihrer Vergangenheit beschäftigt und von ihrer jugendlichen Freundschaft mit Traumweber Leiard erfahren hatte; ebenso wusste er jetzt, dass sie in der Priesterschaft für ihre wohlwollende Einstellung den Heiden gegenüber bekannt war. Sie musste seinen Gedanken entnommen haben, dass ihre zweite Begegnung mit dem Traumweber bemerkt worden war und dass er, Danjin, Menschen innerhalb und außerhalb des Tempels darüber hatte reden hören. Und zu guter Letzt musste sie wissen, dass er selbst für Traumweber nichts übrighatte.

In den Wochen, nachdem er Leiard gefunden hatte, hatte sie in seiner Gegenwart kein Wort über die Traumweber verloren. Jetzt, da sie an dem somreyanischen Problem arbeitete, konnten sie dem Thema nicht länger ausweichen. Er musste ehrlich sein. Es hatte keinen Sinn, so zu tun, als stimme er mit ihr überein.

»Ich fürchte, ich habe keine allzu hohe Meinung von ihnen«, gestand er. »Sie sind bestenfalls mitleiderregend und schlimmstenfalls nicht vertrauenswürdig.«

Sie zog die Augenbrauen hoch. »Warum mitleiderregend?«

»Wahrscheinlich deshalb, weil es nur noch so wenige von ihnen gibt und sie so sehr verachtet werden. Und sie sind irregeleitet. Sie dienen den Göttern nicht, daher stirbt ihre Seele mit ihrem Körper.«

»Warum nicht vertrauenswürdig?«

»Ihre Gaben – einige davon – ermöglichen es ihnen, den Geist anderer Menschen zu manipulieren.« Er zögerte, da ihm bewusst wurde, dass er soeben wiederholt hatte, was sein Vater zu sagen pflegte. War dies wirklich seine eigene Meinung? »Sie können zum Beispiel ihre Feinde mit Albträumen peinigen.«

Sie lächelte schwach. »Hast du je von einem Traumweber gehört, der das getan hätte?«

Wieder zögerte er. »Nein«, gab er zu. »Aber andererseits gibt es jetzt nur noch so wenige von ihnen. Ich glaube nicht, dass sie es wagen würden.«

Aurayas Lächeln wurde breiter. »Hat deines Wissens jemals ein Traumweber etwas getan, das ihm die Bezeichnung ›nicht vertrauenswürdig‹ eingetragen hätte?«

Er nickte. »Vor einigen Jahren hat eine Traumweberin einen Patienten vergiftet.«

Das Lächeln verschwand, und Auraya wandte den Blick ab. »Ja, ich habe mich mit diesem Fall beschäftigt.«

Er sah sie überrascht an. »Im Rahmen deiner Ausbildung?«

»Nein.« Sie schüttelte den Kopf. »Ich habe mich schon immer für Verbrechen interessiert, an denen Traumweber beteiligt waren.«

»Zu welchem ... zu welchem Schluss bist du gekommen?«

Sie verzog das Gesicht. »Dass die Traumweberin schuldig war. Sie hat ihr Vergehen gestanden, aber ich wollte mich davon überzeugen, dass man sie nicht mit Erpressung oder Gewalt zu diesem Geständnis genötigt hatte. Um Näheres zu erfahren, habe ich mir die Reaktion der anderen Traumweber angesehen. Sie haben sich von der Frau abgewandt. Dies war in meinen Augen der überzeugendste Beweis für ihre Schuld.«

Danjin hörte mit wachsender Faszination zu. »Sie hätten sich von der Frau abwenden können, um sich selbst zu schützen.«

»Nein. Ich glaube, Traumweber wissen es, wenn einer aus ihrer Mitte sich eines Verbrechens schuldig gemacht hat. Wenn einer von ihnen zu Unrecht angeklagt wird – und einige der Verhandlungen waren abscheulich durchschaubar –, verteidigen sie den Betreffenden auf ihre eigene Art und Weise. Der Angeklagte bleibt ruhig, auch wenn er weiß, dass er hingerichtet werden soll. Aber wenn der Angeklagte schuldig ist, fällt kein Wort zu seiner Verteidigung. Diese Frau war verzweifelt«, Auraya schüttelte langsam den Kopf, »und wütend. Sie hat ihren eigenen Leuten gezürnt.«

»Ich habe gehört, dass sie nach Garpa verlangt haben soll, um dem Schlaf auszuweichen.« Danjin schauderte. »Wenn die Traumweber bereit sind, einen der Ihren zu quälen, was mögen sie dann erst einem Feind antun?«

»Warum vermutest du, dass sie sie gequält haben? Vielleicht wollte sie ja ihren eigenen Träumen aus dem Weg gehen.«

»Sie war eine Traumweberin. Sie hatte doch gewiss die Kontrolle über ihre eigenen Träume.«

»Wieder kannst du nur Vermutungen anstellen.« Auraya lächelte. »Du hältst die Traumweber für nicht vertrauenswürdig, weil sie die Fähigkeit haben, anderen Schaden zuzufügen. Nur weil sie dazu in der Lage sind, heißt das noch nicht, dass sie es tun. Ich könnte dein Leben mit einem einzigen Gedanken ausblasen, aber du vertraust darauf, dass ich es nicht tue.«

Er sah sie erschrocken an, beunruhigt von der beiläufigen Erwähnung ihrer von den Göttern gegebenen Kräfte. Sie hielt seinem Blick stand. Er schaute auf den Tisch hinab. »Ich weiß, dass du es nicht tun würdest.«

»Also solltest du vielleicht dein Urteil über jeden einzelnen Traumweber überdenken, bis du ihn oder sie persönlich kennengelernt hast.«

Er nickte. »Du hast natürlich recht. Aber ich kann ihnen ebenso wenig vertrauen, wie ich einem Fremden vertrauen würde.«

Sie kicherte. »Das tue ich auch nicht. Ebenso wenig wie ich jenen vertraue, die ich zu kennen glaube, da Menschen, die ich zu kennen glaubte, bisweilen durchaus eine Skrupellosigkeit oder Rohheit an den Tag gelegt haben, deren ich sie nicht für fähig gehalten hätte.« Sie sah auf die Schriftrolle hinab, die vor ihr ausgebreitet lag. »Ich schätze deine Ansichten, auch wenn ich nicht mit ihnen übereinstimme, Danjin. Ich weiß, dass ich mit meiner Meinung über diese Angelegenheit allein dastehe. Ich bin keine Traumweberin. Meine Kenntnisse über sie erweisen sich als begrenzt. Ebenso wenig bin ich jedoch eine typische Zirklerin, die Traumwebern bestenfalls misstraut und sie schlimmstenfalls bewusst verfolgt. Ich muss alle Sichtweisen in Betracht ziehen, wenn ich Mairae verschiedene Möglichkeiten vorschlagen soll, wie man die Somreyaner zu einem Bündnis mit uns bewegen könnte.«

Danjin bemerkte die Falte, die sich zwischen ihren Brauen gebildet hatte. Als ihm diese Stellung angeboten worden war, hatte Dyara ihm versichert, dass man Auraya während ihrer ersten Jahre als Weiße keine schwierigen Aufgaben zuweisen würde. Wie es schien, hatte diese Aufgabe von allein zu Auraya gefunden.

Aufgrund ihrer Kenntnisse der Traumweber war sie jedoch von allen Weißen am besten dazu geeignet. Vielleicht war dies der Grund, warum die Weißen allenthalben durchblicken ließen, dass die neueste Weiße Heiden duldete, wenn nicht gar unterstützte. Welche Konsequenzen würde diese Einstellung auf lange Sicht mit sich bringen? Obwohl das Gesetz es zu einem Verbrechen erklärte, die Dienste eines Traumwebers zu nutzen, ignorierten so viele Menschen diese Vorschrift, dass nur wenige jemals dafür bestraft wurden. Würde Aurayas Toleranz den Traumwebern gegenüber noch mehr Menschen dazu ermutigen, dem Gesetz zu trotzen?

Auraya sagte nichts. Sie hatte ihre Aufmerksamkeit wieder der Allianz zugewandt.

»Gegen welche Bedingungen haben die Somreyaner zu Anfang protestiert?«

Danjin hatte diese Frage erwartet. Er nahm sich eine Wachstafel vor und verlas eine lange Liste von Veränderungen an den Bedingungen des Bündnisses. Das letzte Drittel dieser Veränderungen hatte ausschließlich mit Belangen der Traumweber zu tun.

»Das sind keine neuen Bedingungen, nicht wahr? Diese Verfügungen waren schon immer Teil der Allianz.«

»Ja.«

»Warum haben die Somreyaner nicht gleich zu Beginn der Verhandlungen dagegen protestiert?«

Danjin zuckte die Achseln. »Wenn man über große Dinge verhandelt, werden die kleineren häufig weniger beachtet. Oder so sagt man zumindest.«

»Und die Somreyaner haben diesen Punkten einem nach dem anderen ihre Beachtung geschenkt?« Ihre Stimme troff vor Skepsis.

Er kicherte. »Jedes Mal, wenn ein Punkt ausgehandelt ist, protestieren sie gegen den nächsten.«

»Wollen sie das Bündnis also hinauszögern? Kannst du irgendeinen Grund erkennen, warum der Ältestenrat die Unterzeichnung verschleppt? Oder sind es nur die Traumweber, die die Allianz verzögern oder verhindern wollen?«

»Das weiß ich nicht. Mairae ist davon überzeugt, dass die meisten Mitglieder des Rats die Allianz wollen.«

Auraya trommelte mit den Fingern auf die Tischplatte. »Dann sind sie also entweder mit den minderwichtigen Punkten unzufrieden und präsentieren sie uns einen nach dem anderen, damit jedem einzelnen Punkt die gleiche Beachtung zuteilwird, oder aber sie spielen mit uns. Die erste Möglichkeit lässt sich mit Geduld überwinden. Um die zweite Möglichkeit zu überwinden …«

»Diese Möglichkeit wird nichts überwinden. Nichts als eine direkte Einmischung in die somreyanische Politik.«

»Ich denke nicht, dass wir so weit werden gehen müssen. Wir müssen lediglich die Macht der Traumweberältesten schmälern.«

Danjin sah sie überrascht an. Einen solchen Vorschlag hätte er von jemandem, der sich für die Belange der Traumweber einsetzte, niemals erwartet.

»Wie?«

»Indem wir einen Teil dieser Macht einem anderen Traumweber übertragen.«

»Im Rat darf nur jeweils ein Vertreter einer jeden Religion sitzen. Wie willst du diese Bedingung ändern, ohne dich in die somreyanische Politik einzumischen?«

»Ich habe nicht die Absicht, zwei Traumweber in den Rat zu setzen, Danjin. Nein, dies wäre eine gesonderte Position.«

»Und wer würde darüber entscheiden?«

»Die Weißen.«

»Das würden die Somreyaner nicht akzeptieren!«

»Sie würden keine andere Wahl haben. Es hätte nämlich nichts mit ihnen zu tun.«

Danjin kniff die Augen zusammen. »Also schön. Ich bin ganz Ohr. Erzähl es mir.«

Sie kicherte. »Die Weißen brauchen offenkundig jemanden, der sie in den Angelegenheiten der Traumweber berät.«

»Und dieser Ratgeber wäre ein Traumweber?«

»Natürlich. Die Somreyaner würden niemals auf einen Zirkler hören, der in diese Position gewählt wurde.«

Danjin nickte langsam, während er die Vorteile eines solchen Arrangements bedachte. »Ich verstehe. Zunächst einmal werden die Traumweber beschwichtigt sein. Indem wir einen aus ihrer Mitte zum Ratgeber ernennen, erkennen die Weißen an, dass die Traumweber einen gewissen Wert für sie haben. Der Ratgeber wird die Bedingungen der Allianz von Gleich zu Gleich erörtern, so dass die Traumweberälteste gezwungen sein wird, vernünftig zu verhandeln, statt sich gegen unsere Anliegen zu sperren.«

»Und unser Ratgeber könnte Vorschläge machen, wie sich die Bedingungen der Allianz verändern ließen, um die Anzahl der Proteste zu verringern und auf diese Weise das Ganze zu beschleunigen«, fügte Auraya hinzu.

*Wo liegen dann die Nachteile?*, fragte sich Danjin. *Welche Schwächen hat dieser Plan?*

»Du wirst dafür Sorge tragen müssen, dass die Ziele dieses Ratgebers den unseren nicht entgegengesetzt sind«, sagte er warnend. »Der Betreffende könnte Veränderungen an der Allianz vorschlagen, die seinen Leuten zugute kämen und unseren schaden würden.«

»Der Betreffende dürfte sich über diese Konsequenzen ebenso wenig im Klaren sein wie ich«, erwiderte sie und tippte sich an die Stirn. »Es gibt nur vier Menschen auf der Welt, die mich belügen können.«

Diese Information erfüllte Danjin mit einiger Erregung. Also konnten die Weißen nicht die Gedanken ihrer Gefährten lesen. Er hatte schon immer vermutet, dass es so sein müsse.

»Es wäre natürlich möglich, dass kein Traumweber sich bereit erklärt, mit uns zusammenzuarbeiten«, wandte er ein.

Sie lächelte.

»Hast du schon jemanden im Sinn?« Noch bevor er seine Frage gestellt hatte, kannte er die Antwort.

»Aber ja. Ich würde natürlich mit jemandem zusammenarbeiten, dem ich vertrauen kann. Wer wäre da besser geeignet als der Traumweber, den ich persönlich kenne?«

Während der Plattan davonrollte, nahm Auraya ihre Umgebung in sich auf. Sie und Dyara befanden sich auf einer weiten, freien Fläche zwischen Reihen kultivierter Bäume. Lange Gräser wiegten sich in der Brise. In der Ferne galoppierten ein Priester und eine Priesterin auf großen, weißen Reyna über ein Feld. Beide kamen ihr vertraut vor.

»Sind das …?«

»Juran und Mairae«, antwortete Dyara. »Wir nennen den letzten Tag des Monats unseren Reittag, weil wir ihn nutzen, um mit den Trägern zu arbeiten. Sobald du eine Verbindung zu einem von ihnen hergestellt hast, musst du sie aufrechterhalten.«

»Ist es das, was ich heute tun werde?«

Dyara schüttelte den Kopf. »Nein. Du wirst irgendwann reiten lernen müssen, aber das ist nicht von allzu großer Bedeutung. Viel wichtiger ist es, dich zu lehren, wie du deine neuen Gaben einsetzen kannst.«

Die beiden Reyna in der Ferne setzten zu einer kompliziert aussehenden Drehung an, bei der sich ihre Beine im Gleichklang bewegten. Auraya konnte sich nicht vorstellen, dass es ihr gelingen würde, sich auf dem Rücken eines Reyna zu halten, während das Tier unter ihr solche Manöver vollführte. Sie hoffte, dass ihre Erleichterung darüber, dass ihre Füße auf dem Boden bleiben würden, nicht allzu offenkundig war.

»Der Schild, den zu formen ich dich beim letzten Mal gelehrt habe, wird den meisten Arten von Angriffen standhalten«, erklärte Dyara, und ihre Stimme nahm einen inzwischen vertraut gewordenen, belehrenden Tonfall an. »Dieser Schild lässt Wurfgeschosse, Flammen und Gewalt abprallen, Blitze jedoch nicht. Zum Glück werden Blitze jedoch auf natürliche Weise in den Boden gelenkt. Sie nehmen den einfachsten Weg – durch dich hindurch. Um das zu verhindern, musst du ihnen eine andere Möglichkeit geben, und du musst es schnell tun.«

Dyara streckte die Hand aus. Ein verzerrtes Band aus Licht blitzte aus ihren Fingern in den Boden, und ein ohrenbetäubendes Krachen hallte über das Feld. Eine Brandnarbe zeichnete das Gras, und die Luft zischte.

»Wann werde ich das lernen?«, flüsterte Auraya.

»Erst wenn du gelernt hast, dich dagegen zu verteidigen«, erwiderte Dyara. »Ich werde mit kleinen Zaubern anfangen, die alle auf dieselbe Stelle gerichtet sind. Du musst versuchen, ihren Verlauf zu verändern.«

Zuerst hatte Auraya das Gefühl, als sei ihr befohlen worden, Sonnenlicht in der Hand einzufangen. Die Blitze zuckten in zu schneller Folge, als dass sie irgendetwas daran hätte wahrnehmen können. Allerdings stellte sie fest, dass die gezackte Linie aus Licht niemals dieselbe war. Es musste einen Grund dafür geben, dass sie jedes Mal einem anderen Weg folgte. Irgendetwas, das mit der Luft zu tun hatte.

*Dyara? Auraya?*, erklang eine Stimme in Aurayas Gedanken.

Dyaras Kopf fuhr hoch. Sie hatte die Stimme offensichtlich ebenfalls gehört.

*Juran?*, antwortete sie. Auraya blickte zu dem Feld hinüber, aber die beiden Reiter waren nicht mehr zu sehen.

*Rian hat den Pentadrianer gefunden. Lenkt euren Geist durch meinen hindurch.*

Dyara schaute zu Auraya hinüber, dann nickte sie. Auraya schloss die Augen und suchte nach Jurans Geist. Als sie sich mit ihm verband, spürte sie Mairae und Dyara, aber Rians Gedanken verlangten ihre ganze Aufmerksamkeit. Von ihm kamen Geräusche und Bilder. Ein Wald. Ein halb zerstörtes Steinhaus. Ein Mann in schwarzer Kleidung, der in der Tür stand. Auraya sog erstaunt die Luft ein, als sie feststellte, dass sie sehen konnte, was Rian vor Augen hatte. Außerdem konnte sie spüren, dass er Magie in sich hineinzog, um dem Schutzschild um sich herum Nahrung zu geben.

Der Pentadrianer beobachtete Rians Herannahen. Überall um ihn herum waren Worns. Er streckte die Hand aus, streichelte einem der Geschöpfe an seiner Seite den Kopf und murmelte einige Worte in seiner eigenartigen Sprache.

Rian hielt inne und saß ab. Er sandte eine Anweisung in den Geist seines Trägers, und dieser galoppierte davon.

Der Zauberer verschränkte die Arme vor der Brust. »Du kommst, um mich zu fangen, Priester?«

»Nein«, sagte Rian. »Ich bin gekommen, um dich zu töten.«

Der Zauberer lächelte. »Das ist nicht sehr höflich.«

»Es ist das, was du verdienst, Mörder.«

»Mörder? Ich? Du sprichst von Priestern und Männern, ja? Ich verteidige mich nur. Sie greifen zuerst an.«

»Haben die Bauern und Kaufleute, die du getötet hast, dich als Erste angegriffen?«, fragte Rian.

*Ich kann seine Gedanken nicht lesen,* sagte Rian. *Seine Gedanken sind abgeschirmt.*

*Dann könnte er gefährlich sein,* sagte Juran.

*So mächtig wie einer der Unsterblichen des vergangenen Zeitalters. Das wird ein interessanter Kampf werden,* antwortete Rian.

»Ich greife Bauern und Kaufleute nicht an«, erwiderte der Zauberer. Er kraulte den Kopf eines Worns. »Meine Freunde sind hungrig. Man gibt ihnen kein Essen, keinen Respekt. Ihr Leute seid nicht höflich, und seit ich hier bin, respektiert ihr mich und meine Freunde nicht. Jetzt sagst du, du tötest mich.« Er schüttelte den Kopf. »Ihr Leute seid nicht freundlich.«

»Nicht Mördern gegenüber«, sagte Rian. »Vielleicht ist Barbarei in deinem Land kein Verbrechen, aber in unserem steht darauf die Todesstrafe.«

»Du denkst, du kannst mich bestrafen?«

»Mit dem Segen und der Macht der Götter.« Auraya verspürte das Aufbranden der Bewunderung und der Entschlossenheit, die Rian fühlte. *Er ist den Göttern ganz und gar ergeben,* dachte sie. *Verglichen mit uns anderen. Wir sind lediglich treu. Und doch müssen die Götter dies akzeptabel finden, sonst wären alle Weißen wie Rian.*

Der Zauberer lachte. »Die Götter würden dich niemals segnen, Heide.«

»Nicht deine falschen Götter«, entgegnete Rian. »Der Zirkel. Die wahren, lebenden Götter.« Er zog Magie in sich hinein, kanalisierte sie und formte sie zu einer Strähne weißer Hitze. Die Luft vor dem Zauberer verwandelte sich plötzlich in eine Mauer aufgepeitschter Wellen. Eine Woge warmer Luft schlug über Rian zusammen. Der Schutzschild, den Rian um sich herum hochgezogen hatte, wölbte sich nach innen. Er stärkte ihn instinktiv, um die Kraft, die auf ihn einstürmte, abzuwehren. Auraya hörte das Knacken von Holz, als die Bäume in Rians Nähe die Wucht zurückgeworfener Macht abfingen.

Rian griff abermals an, diesmal indem er Magie zu Pfeilen formte, die von allen Seiten auf den Zauberer zuflogen. Der Abwehrschild des Pentadrianers hielt stand, und er antwortete mit Lichtzaubern, die Rian in den Boden ableitete.

*So wird das also gemacht,* dachte Auraya.

Die Erde unter Rian zuckte und wogte auf. Er sandte Magie hinab, um dem Toben ein Ende zu machen. Gleichzeitig zog er die Luft um den Zauberer herum ab, so dass dieser in einem Vakuum festsaß. Der Zauberer riss die Luft zurück.

*Er stellt mich auf die Probe,* bemerkte Rian.

*Ich stimme dir zu,* erwiderte Juran.

Rian spürte, wie eine gewaltige Kraft ihn umschlang und gegen den Schutzschild um ihn herum presste. Er kämpfte dagegen an, aber der Ansturm wurde immer stärker. Es überraschte Auraya nicht zu sehen, dass der Zauberer eine Hand ausstreckte und zu einer Klaue bog, gerade so, wie er es in dem Kampf mit den Priestern getan hatte.

*Jetzt kommt die Kraftprobe,* sagte Rian. Er widersetzte sich dem Ansturm, vergalt Schlag mit Schlag. Gleichzeitig war er auf der Hut vor anderen Formen des Angriffs. Die Zeit verstrich unbemerkt. Der Angriff des Zauberers wurde stetig machtvoller. Langsam verstärkte Rian seine Abwehr.

Dann erstarb schlagartig die Kraft, die seinen Schild unter Druck gesetzt hatte.

Obwohl Rian sehr schnell reagierte, entwich ihm eine gewaltige Menge an Magie. Bäume barsten. Die Ruine des Hauses explodierte. Staub und Steine wirbelten durch die Luft und nahmen ihm die Sicht. Rian warf einen sanfteren Zauber aus, und der Staub legte sich.

Der Pentadrianer war fort. Rian, der suchend Ausschau hielt, sah ein gewaltiges schwarzes Tier, auf dessen Rücken ein Mann saß, davonspringen. Er sandte ihm einen Blitz nach, aber die Energie prallte von dem fliehenden Zauberer ab und versank im Boden.

»Die Götter sollen ihn mit ihrem Zorn strafen«, zischte Rian, als der Mann und das Tier zwischen den Bäumen verschwanden. Er schickte seinem Träger einen Gedankenruf. Das Reittier war nicht weit entfernt.

*Gib Acht,* warnte Juran. *Folge ihm, aber sei auf der Hut. Er ist sehr mächtig, und ein Überraschungsangriff könnte tödlich sein.*

Ein kalter Schauer überlief Auraya. Tödlich für Rian? Aber gewiss konnte ihm doch nichts Schaden zufügen?

*Er ist nicht so mächtig wie ich,* erwiderte Rian, dessen Gedanken dunkel waren vor Zorn und Entschlossenheit. *Es wird keine Gelegenheit zu einem Hinterhalt geben. Ich werde weder schlafen noch rasten, bis ich ihn tot weiß.*

Dann erloschen seine Gedanken aus Aurayas Sinnen. Sie schlug die Augen auf. Dyara sah sie an.

»Das war sehr aufschlussreich«, bemerkte die Frau trocken. »Wir sind schon seit langer Zeit keinem so mächtigen Feind mehr begegnet.« Sie kniff die Augen zusammen. »Du wirkst verwirrt.«

»Das bin ich auch«, erwiderte Auraya. »Ist Rian wirklich in Gefahr?«

»Nein.«

»Warum hat Juran ihn dann vor einem Überraschungsangriff gewarnt? Er kann doch nicht getötet werden?«

Dyara verschränkte die Arme vor der Brust. »Nur wenn er

einen törichten Fehler begeht – und das wird er nicht tun. Ich habe ihn gut ausgebildet.«

»Dann sind wir also nicht unverletzbar? Oder unsterblich?«

Dyara lächelte. »Nicht direkt. Die meisten Leute würden sagen, dass wir ziemlich nah dran sind. Allerdings gibt es auch für uns Grenzen. Eine ist der Zugang zu Magie. Denk daran, was ich dich gelehrt habe: Wenn wir Magie in uns hineinziehen, verbrauchen wir das, was um uns herum ist. Wenn wir sehr viel davon benutzen, wird es schwerer, da die Magie um uns herum dünner wird und wir weiter ausgreifen müssen, um uns zu stärken. Die Magie wird in den Ort, den wir geschwächt haben, zurückfluten, aber das geschieht nur langsam. Um eine frische, starke Quelle aufzutun, müssen wir unseren Standort wechseln. Es kommt allerdings nur selten vor, dass wir Magie in solchem Maße verbrauchen. Die wahrscheinlichste Situation, die uns dazu veranlassen könnte, ist der Kampf mit einem anderen Zauberer – einem außerordentlich mächtigen Zauberer. Die Erschöpfung eines Bereichs könnte dich in einem ungünstigen Augenblick schwächen.« Sie hielt inne, und Auraya nickte zum Zeichen, dass sie verstand.

»Deine eigene Fähigkeit, zu lernen und Gaben zu benutzen, ist die zweite Beschränkung, die dir auferlegt ist. Jeder von uns ist so stark, wie die Götter ihn machen können. Deshalb sind wir auch nicht alle gleich stark. Das ist der Grund, warum Mairae die Schwächste und Juran der Stärkste unter uns ist.«

»Ist es möglich, dass ein Zauberer stärker ist als wir?«

»Ja, obwohl Zauberer von solcher Stärke wahrhaft selten sind. Dies ist seit fast hundert Jahren der erste, von dem ich erfahren habe.« Sie lächelte grimmig. »Du bist in interessanten Zeiten zu uns gestoßen, Auraya. Ein Mangel an Ausbildung ist eine dritte Beschränkung, aber wenn man die Geschwindigkeit bedenkt, mit der du lernst, wirst du dieses Problem bald überwunden haben. Keine Sorge. Wir würden dich niemals in den Kampf mit einem Zauberer von solcher Stärke schicken, bevor deine Ausbildung vollendet ist.«

Auraya lächelte. »Ich mache mir keine Sorgen. Und ich hatte mich schon gefragt, warum wir unverletzbar sein sollen, wenn die Götter selbst es nicht sind.«

Dyara runzelte die Stirn. »Wie meinst du das?«

»Im Krieg der Götter sind viele Götter gestorben. Wenn Götter sterben können, können wir es auch.«

»Ich nehme an, das ist wahr.«

Als sie das Trommeln von Hufen auf dem Boden hörten, drehten beide Frauen sich um und sahen, dass Juran und Mairae auf sie zuritten. Als die Reyna zum Stehen kamen, stellte Auraya fest, dass keins der Tiere Zügel trug. Sie erinnerte sich an das, was Dyara ihr erklärt hatte: dass Träger durch Gedankenbefehle geleitet wurden.

Juran blickte auf Auraya hinab. »Ich habe eine Frage an dich, Auraya. Von Mairae höre ich, dass du mit der Überprüfung des Allianzentwurfs für die Somreyaner fertig bist. Würdest du irgendwelche Änderungen an den Bedingungen vornehmen?«

»Einige, obwohl ich den Verdacht habe, dass noch mehr Veränderungen vorgenommen werden müssen. Beim Lesen der Dokumente ist mir aufgefallen, dass ich doch nicht so viel über die Traumweber weiß, wie ich dachte. Ich weiß, wie sie Wundfäule behandeln, aber nicht, wie sie sich in die somreyanische Gesellschaft einfügen. Nach und nach stieg in mir der Wunsch auf, ich hätte einen Fachmann, an den ich mich wenden könnte, und schließlich ist mir eine mögliche Lösung eingefallen. Vielleicht brauchen wir einen Ratgeber, der uns in die Traumweber betreffenden Angelegenheiten weiterhilft.«

Juran drehte sich zu Mairae um. »Du hast das einmal versucht, nicht wahr?«

Mairae nickte. »Ich konnte niemandem mit dem entsprechenden Wissen finden.«

Aurayas Herzschlag beschleunigte sich ein wenig, aber sie zögerte nicht. »Hast du es mit einem Traumweber versucht?«

»Nein. Ich hatte nicht erwartet, dass sie mit uns zusammenarbeiten würden.«

Juran hatte die Augenbrauen hochgezogen, aber in seinen Zügen spiegelte sich keine Missbilligung. »Du glaubst, man könnte jemanden dafür gewinnen, Auraya?«

»Ja, wenn der Betreffende das Gefühl hätte, unser Anliegen stehe nicht im Widerspruch zum Wohlergehen der Traumweber. Das tut die Allianz nicht, soweit ich sehen kann.« Sie lächelte schief und griff sich an die Stirn. »Und wir haben unsere eigenen Vorsichtsmaßnahmen getroffen, um zu verhindern, dass die Ziele der Traumweber den unseren entgegengesetzt sein könnten.«

»Vorsichtsmaßnahmen, über die sie sich vollauf im Klaren sind.« Juran beugte sich vor und kraulte seinen Träger zwischen den Ohren und an der Stelle, an der eins seiner Hörner aus dem Fell wuchs. »Ich wäre überrascht, wenn ein Traumweber sich für diese Arbeit zur Verfügung stellen sollte, aber falls es doch einer täte, kann ich die Vorteile einer solchen Regelung erkennen.«

Mairae lächelte. »Die somreyanische Traumweberälteste würde einem der Ihren nicht ganz so leicht trotzen können.«

»Das ist richtig«, stimmte Juran ihr zu.

»Wir würden damit allerdings eingestehen, dass die Traumweber Macht und Einfluss haben«, sagte Dyara warnend.

Mairae zuckte die Achseln. »Nicht mehr Macht, als sie ohnehin besitzen. Nicht mehr, als wir in den Bedingungen der Allianz bereits anerkannt haben.«

»Wir würden damit unseren Leuten signalisieren, dass wir die Traumweber billigen«, beharrte Dyara.

»Nicht billigen. Dulden. Wir können nicht so tun, als hätten sie in Somrey keine Macht.«

Dyara öffnete den Mund, dann schloss sie ihn wieder und schüttelte den Kopf.

Juran sah Auraya an. »Wenn du einen Traumweber findest, der bereit ist, das zu tun, werde ich dich und Mairae gemeinsam nach Somrey schicken.«

»Aber Auraya hat mit ihrer Ausbildung noch kaum begonnen«, wandte Dyara ein. »Damit würden wir zu schnell zu viel von ihr erwarten.«

»Ich sehe dazu nur die Alternative, die Verhandlungen abzubrechen.« Juran musterte Auraya und zuckte die Achseln. »Wenn du scheiterst, werden die Menschen glauben, der Grund dafür sei deine Unerfahrenheit und nicht ein Fehler in unserer Strategie.«

»Das ist Auraya gegenüber wohl kaum gerecht«, bemerkte Dyara.

Auraya schüttelte den Kopf. »Ich wäre damit einverstanden.«

Juran blickte sie nachdenklich an. »Wenn Mairae sich so benähme, als erwarte sie nicht, irgendetwas zu erreichen, habe dich aber nach Somrey mitgenommen, um dir Einblick in andere Regierungssysteme zu geben … Lassen wir sie dich unterschätzen.« Er nickte. »Ja. Tu es. Stell fest, ob du einen Ratgeber für uns finden kannst.«

»Hast du schon jemanden im Sinn?«, erkundigte sich Mairae.

Auraya zögerte kurz. »Ja. Den Traumweber, den ich als Kind gekannt habe. Er hält sich für kurze Zeit in der Stadt auf.«

Juran runzelte die Stirn. »Ein alter Freund. Das könnte unangenehm für dich werden, falls er sich als schwierig erweisen sollte.«

»Ich weiß. Aber ich würde lieber mit jemandem arbeiten, den ich gut kenne.«

Er nickte langsam. »Also schön. Aber gibt Acht, Auraya, dass du nicht um der Freundschaft willen faule Kompromisse schließt. So etwas geschieht nur allzu leicht.« Bedauern schwang in seinem Tonfall mit.

»Ich werde vorsichtig sein«, versicherte sie ihm.

Juran tätschelte den Hals seines Trägers, und das Tier schlug mit den Hufen auf den Boden. Auraya widerstand dem Drang, zurückzuweichen. Es waren so gewaltige Geschöpfe.

»Wir müssen uns wieder unseren Übungen zuwenden«, sagte Juran. Als er und Mairae davonritten, fragte sich Auraya, was geschehen sein mochte, das ihn mit solch offenkundigem Bedauern erfüllte. Vielleicht würde sie es eines Tages herausfinden.

Es gab so viele Dinge, die sie über ihre Gefährten unter den Weißen nicht wusste. Aber sie hatte reichlich Zeit, mehr zu erfahren. Vielleicht nicht bis in alle Ewigkeit, aber, wie Dyara gesagt hatte, nahezu.

# 7

Fünf Menschen saßen auf den Bänken im Gemeinschaftsraum im Haus der Bäckers. Am Morgen war eine weitere Traumweberin, Olameer, angekommen. Sie war eine Somreyanerin in mittleren Jahren, die die Reise nach Süden unternahm, um Kräuter zu sammeln, die im kälteren Klima ihrer Heimat nicht wuchsen. Jayim hatte während der Mahlzeit meistens geschwiegen.

»Bist du schon einmal in Somrey gewesen, Leiard?«, fragte Tanara.

Leiard runzelte die Stirn. »Ich bin mir nicht sicher. Ich habe Erinnerungen daran, aber ich weiß nicht, an welche Stelle in meiner Vergangenheit sie gehören.«

Olameer sah ihn forschend an. »Das klingt nach Netzerinnerungen.«

»Wahrscheinlich«, stimmte Leiard ihr zu.

»Aber du bist dir nicht sicher«, bemerkte Olameer. »Hast du andere Erinnerungen, bei denen du dir nicht sicher bist, ob sie deine eigenen sind?«

»Viele«, gab er zu.

»Verzeiht mir, aber was sind Netzerinnerungen?«, unterbrach Tanara sie.

Olameer lächelte. »Traumweber vernetzen bisweilen ihre Gedanken, um einander Vorstellungen und Erinnerungen zu übermitteln. Es geht schneller und ist einfacher, manche Dinge auf diesem Weg zu erklären. Wir benutzen Vernetzungen manchmal auch als Teil unserer Rituale und als eine Möglichkeit, einen anderen Menschen kennenzulernen.« Sie sah

Leiard an, und an die Stelle ihres Lächelns trat ein nachdenklicher Ausdruck. »Wir neigen dazu, Erinnerungen anzusammeln, die nicht unsere eigenen sind, aber für gewöhnlich können wir den Unterschied feststellen. Wenn eine Erinnerung jedoch sehr alt ist, ist es leichter zu vergessen, dass sie nicht unsere eigene ist. Und in seltenen Fällen, wenn ein Traumweber ein sehr schmerzhaftes Erlebnis verarbeiten muss, vermischen sich seine Erinnerungen mit Netzerinnerungen.«

Leiard lächelte. »Ich habe kein solches Erlebnis gehabt, Olameer.«

»Nicht soweit du dich erinnern kannst«, erwiderte sie sanft.

Er zuckte die Achseln. »Nein.«

»Würdest du … würdest du heute Abend gern eine Vernetzung durchführen? Ich könnte mir diese Netzerinnerungen einmal genauer ansehen und versuchen, die Identität zu ermitteln, die hinter ihnen steht.«

Leiard nickte langsam. »Ja. Es ist zu viel Zeit vergangen, seit ich das letzte Mal das Ritual vollzogen habe.« Er bemerkte, dass Jayim ihn eindringlich ansah, und lächelte. »Und Jayim sollte sich zu uns gesellen. Er ist seit dem Tod seines Lehrers vor sechs Monaten nicht mehr ausgebildet worden.«

»Oh, ihr braucht euch meinetwegen keine Mühe zu machen«, erklärte Jayim hastig. »Ich wäre nur … im Weg.«

Tanara betrachtete ihren Sohn voller Überraschung. »Jayim! Ein solch großzügiges Angebot solltest du nicht ausschlagen.«

Leiard sah Olameer an. In ihren Zügen lag ein wissender Ausdruck.

»Ich kann nicht. Ich bin heute Abend mit einem Freund verabredet«, erklärte Jayim seiner Mutter.

Millo musterte seinen Sohn mit einem Stirnrunzeln. »Davon hast du vorhin nicht gesprochen. Willst du allein gehen? Du weißt, dass es gefährlich ist.«

»Ich werde schon zurechtkommen«, sagte Jayim. »Es ist nicht weit bis zu Vins Haus.«

Tanara presste die Lippen zusammen. »Du kannst morgen früh zu ihm gehen.«

»Aber ich habe es versprochen«, protestierte Jayim. »Er ist krank.«

Tanara zog die Augenbrauen hoch. »Schon wieder?«

»Ja. Es ist die Atemkrankheit. Sie wird im Sommer schlimmer.«

»Dann sollte ich dich am besten begleiten«, warf Leiard ein. »Ich kenne viele Möglichkeiten der Behandlung für Krankheiten der Lunge.«

»Ich …«

»Vielen Dank, Leiard«, sagte Tanara. »Das ist sehr freundlich von dir.«

Jayim blickte zwischen seiner Mutter und Leiard hin und her, dann sanken seine Schultern herab. Tanara stand auf und sammelte das schmutzige Geschirr ein. Olameer gähnte anmutig, dann erhob sie sich, um ihrer Gastgeberin zu helfen.

»Es ist vielleicht ganz gut so«, murmelte sie. »Ich bin wahrscheinlich zu müde, um dir von Nutzen sein zu können, Leiard. Ich schlafe auf Schiffen niemals gut.«

Er nickte. »Danke für das Angebot. Vielleicht ein andermal?«

»Ich werde morgen in aller Frühe aufbrechen, aber wenn du nach meiner Rückkehr noch hier bist, werden wir das Ritual dann vollziehen. In der Zwischenzeit, gehab dich wohl.« Sie berührte nacheinander Brust, Mund und Stirn. Leiard erwiderte die Geste und sah aus den Augenwinkeln, dass Jayim hastig seinem Beispiel folgte.

Als Olameer den Raum verlassen hatte, stand Leiard auf und blickte erwartungsvoll zu Jayim hinüber.

»Womit verdient dein Freund seinen Lebensunterhalt?«

Der Junge schaute auf. »Sein Vater ist Schneider, daher erlernt er dasselbe Gewerbe.«

»Wird seine Familie protestieren, wenn ich ihr Haus besuche?«

Jayim zögerte; offensichtlich erwog er diese Chance, Leiard fortschicken zu können, dann schüttelte er den Kopf. »Nein. Sie werden nichts dagegen haben. Mein Lehrer hat ihnen geholfen, seit Vin auf der Welt ist. So habe ich ihn auch kennengelernt. Ich werde nur schnell meine Tasche holen.«

Leiard wartete, während Jayim einen kleinen Beutel aus seinem Zimmer herbeiholte. Sobald sie das Haus verlassen hatten, gab der Junge einen schnellen Schritt vor. Die Straße war dunkel und verlassen. Die Fenster der Häuser zu beiden Seiten waren helle Quadrate aus Licht, und Leiard konnte Stimmen und Bewegungen dahinter wahrnehmen.

»Warum hast du beschlossen, Traumweber zu werden, Jayim?«, fragte er leise.

Jayim blickte zu ihm auf, aber es war zu dunkel, um in seinen Zügen zu lesen.

»Ich weiß es nicht. Ich habe Calem, meinen Lehrer, sehr gemocht. So, wie er die Arbeit der Traumweber darstellte, klang alles sehr nobel. Ich hätte den Menschen auf eine Art und Weise geholfen, wie es den Zirklern niemals möglich wäre. Außerdem habe ich die Zirkler gehasst.«

»Dann hasst du sie jetzt also nicht mehr?«

»Doch, aber …«

»Aber?«

»Nicht so, wie ich sie damals gehasst habe.«

»Was hat sich deiner Meinung nach geändert?«

Jayim seufzte. »Ich weiß es nicht.«

Da Leiard spürte, dass der Junge angestrengt nachdachte, verfiel er in Schweigen. Nach einer Weile bogen sie in eine schmalere Straße ein.

»Vielleicht sind es nicht alle Zirkler, die ich hasse. Vielleicht hasse ich nur einige wenige von ihnen.«

»Hass auf einen einzelnen Menschen ist etwas anderes als Hass auf eine Gruppe. Für gewöhnlich ist es schwieriger, eine Gruppe von Menschen zu hassen, wenn man erst einmal festgestellt hat, dass man ein einzelnes Mitglied dieser Gruppe mag.«

»Wie Auraya?«

Beim Klang dieses Namens überlief Leiard eine eigenartige Erregung. Er hatte sich seit Aurayas erstem Besuch noch zweimal mit der jungen Frau getroffen. Sie hatten von Leuten gesprochen, die sie aus dem Dorf kannten, und von Ereignissen, die sich nach Aurayas Weggang zugetragen hatten. Sie hatte ihm Geschichten aus ihrer Zeit als Akolythin und den späteren Jahren als Priesterin erzählt. Irgendwann im Verlaufe dieser Gespräche hatte sie eingestanden, dass ihre Erwählung durch die Götter sie nach wie vor erstaunte. »Ich war nicht immer einer Meinung mit den anderen Zirklern«, hatte sie gesagt. »Wahrscheinlich ist das deine Schuld. Wenn ich in Jarime aufgewachsen wäre, wäre ich wahrscheinlich genauso engstirnig geworden wie alle anderen.«

»Ja«, beantwortete er Jayims Frage. »Auraya ist nicht so wie die übrigen Zirkler.«

»Aber bei mir ist es genau andersherum«, fuhr Jayim fort. »Ich habe begriffen, dass ich nicht alle Zirkler hasse, nur weil einige von ihnen schlecht sind.«

*Und was mich betrifft, so hasse ich die Zirkler nicht – nur ihre Götter,* erklang eine Stimme aus den Tiefen von Leiards Geist. Mit diesen Worten war ein Aufwallen so heftiger Gefühle verbunden, dass er scharf die Luft einsog. *Warum habe ich solchen*

*Hass in meinem Herzen vergraben?*, fragte er sich. *Warum ist dieser Hass erst jetzt an die Oberfläche gestiegen?*

»Ich … ich habe Zweifel, Leiard.«

Leiard zwang sich, seine Aufmerksamkeit wieder auf den Jungen an seiner Seite zu richten.

»Worauf beziehen sich deine Zweifel?«

Jayim seufzte. »Auf die Traumweber. Ich bin mir nicht mehr sicher, ob ich selbst einer werden will.«

»Das hatte ich bereits erraten.«

»Was soll ich deiner Meinung nach tun?«

Leiard lächelte. »Was willst du denn tun?«

»Ich weiß es nicht.«

»Was erwartest du vom Leben?«

»Ich weiß es nicht.«

»Natürlich weißt du es. Willst du Liebe? Kinder? Wohlstand? Was ist mit Ruhm? Oder Macht? Oder mit beidem? Oder sind dir Wissen und Weisheit wichtiger? Für welches Ziel bist du bereit zu arbeiten, Jayim? Und worauf würdest du, um dieses Ziel zu erreichen, verzichten?«

»Ich weiß es nicht«, stieß Jayim verzweifelt hervor. Er bog in eine Gasse ein. Sie war so schmal, dass Leiard hinter dem Jungen hergehen musste. Ein saurer Geruch von verwesendem Gemüse stieg ihm in die Nase.

»Natürlich weißt du das nicht. Du bist jung. Jeder Mensch braucht Zeit, um …«

Mit einem Mal nahm Leiard ein Gefühl der Bedrohung wahr. Er packte Jayims Schulter.

»Was ist?«, fragte der Junge angespannt.

Ein Keuchen hallte in der Gasse wider, das sich in ein Lachen verwandelte. Zwei weitere Stimmen fielen in diesen Ausbruch von Heiterkeit ein. Als kurz darauf drei Gestalten in der düsteren, engen Gasse sichtbar wurden, fluchte Jayim leise.

»Wohin willst du denn so spät am Abend, Träumer?«

Die Stimme war jung und männlich. Leiard ließ sich von den Gefühlen dieser Fremden überfluten. Er verspürte eine Mischung aus räuberischer Absicht und grausamer Vorfreude.

»Er hat einen Freund bei sich«, warnte eine zweite Stimme.

»Einen Freund?«, höhnte der erste Junge, obwohl seine Gedanken sofort durch Vorsicht gemäßigt wurden. »Träumer haben keine Freunde. Sie haben Späher. Leute, die für sie Ausschau halten, falls sie zufällig jemand dabei erwischt, wie sie die Ehefrauen und Töchter anderer Männer verführen. Nun, das ist Pech für dich, Träumer. Wir waren als Erste hier. Du wirst nicht in Loiris Nähe kommen.«

*Ehefrauen und Töchter verführen …* Ein Bild blitzte durch Leiards Gedanken. Er sah sich zwei Männern gegenüber, beide waren wütend, beide hielten Waffen in Händen. In einem Fenster über ihm erschien eine Frau. Obwohl ihr Gesicht im Dunkeln lag, wusste er, dass sie sehr schön war. Sie stieß zornige Schreie aus, aber ihr Zorn galt nicht ihm. Ihre Flüche galten den Männern unter ihr.

»Ich bin nicht hier, um Loiri zu besuchen, Kinnen«, stieß Jayim mit zusammengebissenen Zähnen hervor. »Ich will zu Vin.«

Das Bild verblasste, und Leiard schüttelte den Kopf. Eine weitere Netzerinnerung? Er konnte sich nicht daran erinnern, jemals einen so starken Drang verspürt zu haben, eine Frau zu verführen. Etwas Derartiges wäre ihm doch gewiss im Gedächtnis haften geblieben. *Andererseits galt dasselbe für Netzerinnerungen.*

»Vin sollte nicht so dumm sein«, erklang jetzt eine dritte Stimme, »sich mit Traumwebern einzulassen. Was hast du in dem Beutel, Jayim?«

»Nichts.«

Jayims Stimme war ruhig, aber Leiard konnte seine wachsende Angst spüren. Als die drei Raufbolde näher kamen, ließ Leiard ein wenig Magie in seine Hand fließen. Licht blühte zwischen seinen Fingern auf und tauchte seinen Unterarm in einen grellen Schein. Er trat an Jayim vorbei und öffnete die Hand.

Das Licht erfüllte die Gasse. Zu Leiards Entsetzen standen drei zirklische Priester vor ihm.

*Nein,* korrigierte er sich. *Akolythen. Sie tragen keine Ringe.*

Die drei jungen Männer starrten heftig blinzelnd das Licht an, dann hoben sie den Blick zu Leiards Gesicht. Leiard musterte sie leidenschaftslos.

»Ich bin mir nicht sicher, was ihr damit beabsichtigt, uns hier auf diese Weise entgegenzutreten. Jayim hat euch das Ziel unseres Besuchs genannt und euch erklärt, dass wir dort willkommen sind. Wenn das nicht genügt, um euch zufriedenzustellen, dann solltet ihr uns vielleicht begleiten. Oder ...« Er hielt inne und senkte dann die Stimme. »Oder habt ihr uns hier abgefangen, um unsere Dienste zu erbitten?«

Die Jungen tauschten bestürzte Blicke.

»Wenn es so sein sollte«, fuhr Leiard fort, »und die Angelegenheit nicht drängt, können wir euch morgen aufsuchen. Würdet ihr als Treffpunkt den Tempel oder eure Häuser bevorzugen?«

Daraufhin wichen die drei Jungen langsam zurück.

»Nein«, erklärte der Erste steif. »Es ist schon gut. Wir benötigen eure Dienste nicht. Ihr braucht uns nicht aufzusuchen.«

Sie machten einige Schritte rückwärts, dann drehten sie sich um und gingen breitbeinig davon, wobei sie sich große Mühe gaben, Gleichgültigkeit vorzutäuschen. Jayim stieß einen langen, leisen Seufzer aus.

»Danke.«

Leiard musterte den Jungen ernst. »Geschieht so etwas häufig?«

»Ab und zu. Das letzte Mal liegt schon einige Zeit zurück, aber ich denke, sie waren mit den vielen Besuchern beschäftigt, die zur Erwählungszeremonie in die Stadt gekommen sind.«

»Vermutlich«, erwiderte Leiard.

»Aber du hast sie vertrieben«, meinte Jayim grinsend.

»Ich habe sie mit einer List in die Flucht geschlagen. So etwas wird nicht noch einmal funktionieren. Sie werden sich daran erinnern, dass das Gesetz jeden zur Rechenschaft zieht, der unsere Dienste in Anspruch nimmt. Du musst lernen, dich zu schützen.«

»Ich weiß, aber …«

»Deine Zweifel haben dich daran gehindert, dir einen neuen Lehrer zu suchen.«

»Ja.« Jayim zuckte die Achseln. »Es sind häufig Traumweber bei uns zu Gast, so wie du. Sie alle bringen mir irgendetwas bei.«

»Du weißt, dass das nicht genug ist.«

Der Junge ließ den Kopf sinken. »Ich denke, es war ein Fehler, Traumweber werden zu wollen. Ich wollte jemand *sein.*« Er blickte die Gasse hinunter. »Wie diese drei dort, aber Priester wollte ich nicht werden. Die anderen hätten mir das Leben zur Hölle gemacht. Und … und Vater hat mich immer wieder gedrängt, Schreiber zu werden wie er, aber ich habe keinerlei Begabung dafür.« Er seufzte. »Nachdem ich mich dafür entschieden hatte, Traumweber zu werden, ist es mit Kinnen und seinen Freunden immer schlimmer geworden. Und mit meinen Eltern auch.« Er lachte bitter auf. »In ihrem Eifer, mir zu beweisen, dass sie jede meiner Entscheidungen zu akzeptieren bereit sind, haben sie unser Haus in ein Schutzhaus verwandelt.« Er hob hilflos die Hände. »Also kann ich jetzt keinen Rückzieher machen.«

»Natürlich kannst du das«, erwiderte Leiard.

Jayim schüttelte den Kopf. »Kinnen und seine Freunde werden denken, ich hätte nachgegeben. Und meine Eltern wären enttäuscht.«

»Was kein Grund ist, dir weiter zu gestatten, das Wams zu tragen.«

Jayim runzelte die Stirn, dann weiteten sich seine Augen. »Du bist … du bist hier, um mich aus den Reihen der Traumweber auszuschließen!«

Leiard schüttelte lächelnd den Kopf. »Nein. Aber ich sehe viele Dinge an dir, die mich beunruhigen. Nach unseren Gesetzen ist es folgendermaßen: Wenn drei Traumweber aus einer jeden der drei Generationen übereinstimmen, dass ein anderer ausgeschlossen werden sollte, dann kann und muss es geschehen.« Er schlug einen sanfteren Tonfall an. »Du bist voller Zweifel, Jayim. Das ist bei einem Jungen deines Alters durchaus nachvollziehbar. Wir werden dir Zeit zum Nachdenken geben. Aber während du nachdenkst, darfst du deine Ausbildung nicht vernachlässigen, und du hast nichts unternommen, um dir einen neuen Lehrer zu suchen.«

Jayim starrte das Licht in Leiards Hand an. »Ich verstehe«, sagte er leise.

Leiard hielt inne, dann schob er die letzten Reste seines verblassenden Bedürfnisses nach Abgeschiedenheit beiseite. »Solltest du dich dafür entscheiden, bei uns zu bleiben, Jayim, und solltest du es wünschen, werde ich deine Ausbildung fortsetzen. Ich kann dir nicht versprechen, dass du immer in Jarime bleiben wirst, daher musst du bereit sein, deine Eltern zu verlassen und mich in eine ungewisse Zukunft zu begleiten. Aber ich verspreche dir, dass ich einen Traumweber aus dir machen kann.«

Der Junge sah Leiard in die Augen, dann wandte er gequält den Blick ab.

Leiard lachte leise. »Denk darüber nach. Und jetzt sollten wir wohl am besten deinen kranken Freund aufsuchen.«

Jayim nickte und deutete mit dem Finger auf das andere Ende der Gasse. »Wir gehen durch den Hintereingang hinein. Folge mir.«

Ein Schauer der Erregung überlief Tryss, als er über das Offene Dorf flog. Etwa in der Mitte des Dorfes hatte sich ein großer Halbkreis aus Lichtern gebildet; an dieser Stelle bot eine Felsfläche, die unter dem Namen die Flache bekannt war, Platz genug für viele Siyee. Die Anführer eines jeden Stammes – die Sprecher – standen über den anderen auf einem niedrigen, natürlichen Felswall. Und aus der Luft landeten unablässig weitere Siyee und schlossen sich der Versammlung an.

Als sein Vater langsam in den Sinkflug ging, folgte ihm Tryss. Seine Mutter war nicht weit hinter ihnen. Zusammen mit etlichen anderen Siyee schwebten sie langsam hinab, und sobald ihre Füße festen Boden berührten, machten sie eilig Platz, damit andere ebenfalls landen konnten. Während sie zu ihrem Stamm hinübergingen, hielt Tryss Ausschau nach den Leuten von Drilli. Sie standen ganz in der Nähe. Drilli fing seinen Blick auf und zwinkerte. Er grinste zurück.

In diesem Jahr waren fünfzehn Siyee-Stämme vertreten. Einer weniger als im vergangenen Jahr. Der Westwald-Stamm war im letzten Sommer von Landgehern ausgelöscht worden. Die wenigen überlebenden Mitglieder des Stammes, die nicht in ihr Territorium zurückkehren konnten, hatten sich anderen Stämmen angeschlossen. Der Schlangenfluss-Stamm, dem auch Drilli angehörte, war aus seinem Dorf vertrieben worden, aber es hatten genug Siyee das Gemetzel überlebt, um sie nach wie vor als Stamm anzusehen. Sie hatten sich vorübergehend bei anderen Stämmen angesiedelt, bis eine Entscheidung über den Standort für ein neues Dorf getroffen werden konnte.

Tryss blickte zu den Sprechern auf. In ihrer Mitte saß ein fremdartig gewandeter Mann. Seine Kleidung bedeckte seine Arme, aber dieser Umstand lenkte erst recht die Aufmerksamkeit auf das Fehlen von Membranen zwischen seinen Armen und seinem Körper. Kein Siyee konnte solche Kleidung tragen.

Seine Größe machte den Mangel an Flügeln jedoch mehr als wett. Tryss erkannte endlich, warum diese Landgeher trotz ihrer Unfähigkeit zu fliegen eine solche Gefahr für sein Volk darstellten. Der Mann saß auf einem Felsvorsprung, und doch befand sich sein Kopf auf gleicher Höhe mit dem der Sprecher. Seine Arme waren massig und seine Beine lang. Sein Körper war wie ein gewaltiges Fass, und die dicken Schichten von Kleidung, die er trug, ließen ihn noch gewaltiger erscheinen.

Er war riesig.

Sein Kopf jedoch war klein. Oder irrte er sich? Tryss stellte einen schnellen Vergleich mit dem Kopf eines der Sprecher an, dann nickte er. Der Kopf des Landgehers war genauso groß wie der eines Siyee. Er sah nur kleiner aus, weil er auf einem so massigen Körper saß.

Die Sprecher traten jetzt vor. Sie bildeten eine Reihe entlang des Felsvorsprungs, und jeder von ihnen stieß einen durchdringenden Pfiff aus. Der Landgeher zuckte bei diesem Geräusch zusammen, wie Tryss bemerkte. Stille breitete sich über der Versammlung aus.

Sirri, die Sprecherin von Tryss' Stamm, stieg auf einen Felsbrocken, der als Stein der Sprecher bekannt war. Sie hob die Arme und breitete die Flügel aus.

»Völker der Berge. Stämme der Siyee. Wir, die Sprecher, haben euch heute Abend hergerufen, um die Worte eines Mannes zu vernehmen, der in unserem Land zu Gast ist. Er ist, wie ihr gehört habt und selbst sehen könnt, ein Landgeher. Ein Landgeher aus einer fernen Gegend namens Hania, keiner von jenen, die unsere Leute töten und uns unsere Länder stehlen. Wir haben lange Gespräche mit ihm geführt und sind davon überzeugt, dass dies die Wahrheit ist.«

Sirri hielt inne und ließ den Blick von einem Gesicht zum nächsten wandern, während sie die Stimmung der Versammlung einzuschätzen versuchte.

»Landgeher Gremmer hat unsere Berge erklommen und unsere Flüsse überquert, um uns zu erreichen. Er ist allein hierhergewandert und hat eine Reise auf sich genommen, die einen Landgeher Monate kostet. Warum hat er das getan? Er hat uns ein Angebot für eine Allianz überbracht. Eine Allianz mit den Weißen, den fünf Menschen, die die Götter als ihre Stellvertreter in der Welt der Sterblichen auserwählt haben.«

Ein Raunen lief durch die Reihen der Siyee. Seit Jahren schon erzählte man sich von einer Gruppe von Landgehern, die die Götter auserwählt hatten. Während des vergangenen Jahrhunderts war einzelnen Siyee die Göttin Huan erschienen, die von den mit Gaben gesegneten Menschen gesprochen hatte, Menschen, die die Götter vertraten. Mit der Zeit, so hatte die Göttin versprochen, würden diese Auserwählten den Siyee helfen, sich gegen Eindringlinge zu verteidigen.

Während der letzten fünf Jahre hatte die Zahl der Übergriffe durch die Landgeher dramatisch zugenommen, ein Umstand, der in vielen die Hoffnung geweckt hatte, dass die versprochenen Beschützer bald in Erscheinung treten würden. *Im letzten Sommer haben wir einen ganzen Stamm verloren,* dachte Tryss. *Sie sollten sich besser beeilen, sonst wird keiner von uns mehr da sein, den sie beschützen könnten.*

»Gremmer hat inzwischen viele Tage bei uns verbracht«, fuhr Sirri fort, »und ein wenig von unserer Sprache gelernt. Er möchte heute Abend zu euch sprechen, um euch von den Auserwählten der Götter zu erzählen.«

Sirri drehte sich um und nickte dem Landgeher zu. Der Mann erhob sich langsam und trat auf den Stein der Sprecher. Als der Mann seine volle Größe offenbarte, lief eine Welle der Unruhe durch die Reihen der Siyee, eine Reaktion, die halb Staunen, halb Furcht ausdrückte.

Der Landgeher trat an den Rand des Felsens und warf ein scheues Lächeln auf die Menge. Er überragte sie alle. Dann ließ Gremmer sich zu Tryss' Überraschung auf den Boden sinken und überkreuzte die Beine wie ein Kind.

*Das hat er absichtlich getan,* ging es Tryss durch den Kopf. *Um weniger bedrohlich zu wirken.*

Jetzt hielt der Mann mit seinen massigen, kurzen Fingern ein Stück Papier in die Höhe. Er blickte darauf hinab und räusperte sich leise.

»Volk des Himmels. Stämme der Siyee. Lasst mich zu euch von den Männern und Frauen sprechen, die die Götter zu ihren Stellvertretern erwählt haben.« Seine Redeweise war eigenartig, und es war offenkundig, dass er sich große Mühe beim Sprechen gab.

»Der Erste war Juran, der vor hundert Jahren erwählt wurde. Er ist unser Anführer und derjenige, der die ersten Priester und Priesterinnen um sich geschart und ihnen den Namen Zirkler gegeben hat. Die Zweite war Dyara, dazu auserwählt, die Gesetzesschöpferin zu sein. Dann gesellte sich Rian, der Fromme, zu ihnen, und darauf kam Mairae, eine junge Frau von großer Schönheit und tiefem Mitgefühl. Der letzte Stellvertreter der Götter wurde erst vor einem Monat bestimmt, und ich kenne seinen Namen noch nicht, da ich vor der Erwählungszeremonie aufgebrochen bin.«

Gremmer hob den Blick von seinem Papier. »Seit hundert Jahren haben die Auserwählten der Götter zum Wohle Hanias gewirkt. Jenen, denen ein Unglück widerfuhr, wurde geholfen. Jene, die von Krankheit befallen wurden, wurden versorgt. Den Kindern bringt man das Lesen und Schreiben bei, und sie erlernen den Umgang mit Zahlen. Es hat keinen Krieg gegeben.«

Jetzt richtete er sich auf und ließ den Blick über die Siyee gleiten, bevor er sich wieder seinen Notizen zuwandte.

»Die Priester und Priesterinnen der Zirkler haben von Anfang an in vielen Ländern gewirkt, aber Hania ist das einzige Land, über das die Weißen regieren. Toren und Genria im Westen sind seit über fünfzig Jahren unsere Verbündeten. Dunwegen, die Kriegernation im Nordosten, hat sich vor zehn Jahren der Allianz angeschlossen. Zurzeit verhandeln die Weißen mit dem Ältestenrat von Somrey, und jetzt möchten wir auch Si das Angebot für ein Bündnis unterbreiten.«

Er lächelte und sah die Siyee an. »Ich habe erfahren, dass ihr ein nobles, friedfertiges Volk seid. Ich versichere euch, dass die Weißen euch in euren Schwierigkeiten beistehen können. Euer Land wird von torenischen Siedlern gestohlen. Es müssen Gesetze geschaffen und ausgeführt werden, um ihrem Treiben Einhalt zu gebieten. Ihr müsst eure Abwehr stärken. Wenn ihr die torenischen Siedler nicht aufhalten könnt, wie wollt ihr dann jemals eine Armee aufhalten?

Die Weißen beschützen ihre Verbündeten. Als Gegenleistung erbitten sie von diesen Verbündeten, ihnen Kämpfer zu Hilfe zu schicken, falls sie selbst einmal angegriffen werden sollten. Da sie sehr mächtig sind und Frieden verbreiten, wo immer sie in Erscheinung treten, wird diese Hilfe wahrscheinlich niemals notwendig sein.

Wenn Si und die Weißen Verbündete wären, könnten wir einander in vielerlei Hinsicht helfen. Ihr wisst von Huan, und ihr wisst auch ein wenig von den anderen Göttern. Unsere Priester und Priesterinnen können euch neues Wissen erschließen. Außerdem können sie euch helfen, eure Kenntnisse der Magie, des Schreibens, des Rechnens und der Heilkunst zu mehren. Falls es euer Wunsch sein sollte, würde der Tempel einige Priester nach Si schicken, die unter euch leben würden. Es könnten auch Siyee in den Tempel kommen, um selbst Priester und Priesterinnen zu werden. Eine solche Entwicklung hätte viele Vorteile. Diese Priester und Priesterinnen könnten auf telepathischem Wege Botschaften schicken, so dass ihr erfahren würdet, was sich in der Welt draußen zuträgt. Berichte über Angriffe auf Siyee würden die Weißen schnell erreichen, damit sie entsprechend reagieren könnten. Die Menschen – die Landgeher – würden die Siyee besser zu verstehen lernen, und auch die Siyee würden mehr über die Landgeher erfahren. Verständnis bringt Respekt und Freundschaft mit sich. Freundschaft bringt Frieden und Wohlstand.« Er lächelte und nickte mehrmals. »Ich danke euch, dass ihr mir gestattet habt, zu euch zu sprechen.«

Die Siyee warteten schweigend ab, während Gremmer aufstand und sich vom Rand des Felsvorsprungs zurückzog. Tryss stellte fest, dass sein Herz raste. *Wir könnten so vieles von diesen Landgehern lernen,* dachte er. *Dinge, die uns verloren gegangen sind, als wir in die Berge kamen. Dinge, die die Landgeher seit jener Zeit erfunden haben.* Aber Tryss las Zweifel in den Gesichtern seiner Gefährten. Schließlich trat Sirri vor.

»Wir, die Sprecher, werden jetzt das Wort an unsere Stämme richten.«

Die Sprecher sprangen von dem Felsvorsprung in die Luft und schwebten zu ihren Stämmen hinunter. Als Sirri landete und sich zu der Gruppe um Tryss gesellte, wurden mehrere Stimmen gleichzeitig laut. Sie hob die Hand, um den Siyee Einhalt zu gebieten.

»Einer nach dem anderen«, sagte sie. »Wir sollten uns in einen Kreis setzen und nacheinander unsere Meinung äußern.«

Tryss' Eltern ließen sich zu Boden sinken, und er setzte sich hinter sie. Sirri nickte dem Mann zu ihrer Linken zu, Tryss' Onkel, Till.

»Es ist ein gutes Angebot«, sagte er. »Wir könnten ihren Schutz gebrauchen. Aber wir haben ihnen nichts als Gegenleistung anzubieten. Gremmer spricht von Kämpfern; wir haben keine.«

Sirri wandte ihre Aufmerksamkeit dem nächsten Siyee in dem Kreis zu. Der Mann formulierte die gleichen Zweifel. Während die übrigen Mitglieder des Stammes einer nach dem anderen zu Wort kamen, stieg Tryss' Mutlosigkeit. Dann begann Tryss' Tante zu sprechen.

»Spielt das eine Rolle?«, fragte Vissi düster. »Sie sind die Auserwählten der Götter. Wer würde es wagen, gegen sie zu kämpfen? Gremmer hat recht. Wir werden wahrscheinlich niemals in die Lage kommen, kämpfen zu müssen. Wir sollten dieser Allianz beitreten.«

»Aber was geschieht, falls es zu einem kleinen Krieg kommen sollte? Einem Krieg zwischen Ländern, die mit den Weißen verbündet sind? Was ist, wenn eine Rebellion ausbricht?«, fragte Tryss' Vater. »Was ist, wenn sie uns dann um Hilfe bitten? Sollen wir unsere jungen Männer und Frauen in den sicheren Tod schicken?«

Vissi blickte gequält drein. »Es wäre nicht sicher, dass sie sterben würden. Möglich, ja. Es ist ein Risiko, darin stimme ich dir zu. Ein Glücksspiel. Wir verlieren ständig junge Männer und Frauen an diese Siedler. Und auch ältere Männer und Frauen. Und ihre Kinder. Wir werden weitere Verluste hinnehmen müssen – bis man uns auch unser Land nimmt. Diese Gewissheit ist größer als das Risiko, dass man uns in den Krieg rufen könnte.«

Die versammelten Siyee nickten widerstrebend, und Tryss biss sich auf die Unterlippe. *Wir* können *kämpfen,* schoss es ihm durch den Kopf. *Ihr denkt nach wie vor, ihr müsstet kämpfen wie die Landgeher. Wir müssen kämpfen wie Siyee – von der Luft aus. Mit meinem Jagdgeschirr. Mit Drillis Blasrohr.*

»Vielleicht können wir, bevor es dazu kommt, zu kämpfen lernen.«

Diese Bemerkung war von Sreil gekommen. Tryss' Herz tat einen Satz. Hatte Sreil sich an Tryss' Geschirr erinnert?

»Wenn die Landgeher hierherkommen, können sie es uns beibringen«, fügte Sreil hinzu, und Tryss' Hoffnung erlosch.

»Aber dann müssten wir zugeben, dass wir nicht kämpfen können«, wandte Vissi ein.

»Ich denke, wir müssen diesen Weißen gegenüber ehrlich sein«, sagte Sirri. »Schließlich stehen sie den Göttern näher als jeder Sterbliche, und die Götter können in unsere Gedanken schauen. Sie werden es wissen, wenn wir unehrlich sind.«

Die Siyee schwiegen. Dann ergriff Tryss' Vater das Wort.

»In diesem Falle werden sie wissen, dass wir nicht mit Schwert oder Speer kämpfen können. Wenn sie glaubten, dass wir in einem Krieg keinen Wert für sie hätten, hätten sie uns dieses Angebot nicht unterbreitet.«

Die Bedeutung der Worte seines Vaters traf Tryss wie ein körperlicher Schlag. Ein kalter Schauer überlief ihn. Langsam hob er den Kopf und blickte zu den Sternen empor.

*Habt ihr in meine Gedanken gesehen?*, fragte er. *Habt ihr meine Ideen gesehen? Ist es das, was ihr mir bestimmt habt – dass ich meinem Volk eine Möglichkeit gebe, zu kämpfen?*

Er hielt den Atem an. *Was ist, wenn die Götter antworten?*, durchzuckte es ihn plötzlich. *Das wäre … wunderbar, wunderbar und beängstigend.*

Aber es kam keine Antwort. Einen Moment lang war Tryss

enttäuscht. Hatten sie ihn gehört und es doch vorgezogen, ihm keine Beachtung zu schenken? Bedeutete das, dass er die Arbeit an seinen Erfindungen abbrechen sollte? Oder war die Aufmerksamkeit der Götter gerade auf andere Dinge gerichtet?

*Wenn ich so weitermache, werde ich noch den Verstand verlieren*, befand er. *Sie haben nicht »Ja« gesagt. Sie haben nicht »Nein« gesagt. Also werde ich davon ausgehen, dass sie nicht zugehört haben oder dass es ihnen gleichgültig ist, und ich werde tun, was ich will.*

Jetzt wollte er nur eins: sein Geschirr vervollkommnen und miterleben, wie die Siyee es zur Jagd benutzten. Wenn seine Erfindungen das Ende der Schwierigkeiten seines Volkes bedeuten würden … nun, das wäre noch besser. Er würde berühmt sein. Würde es zu Ansehen bringen.

*Morgen,* beschloss er, *morgen werde ich die letzten Veränderungen vornehmen. Danach werde ich das Geschirr erproben. Wenn ich davon überzeugt bin, dass es wirklich funktioniert, werde ich es den Sprechern vorlegen.*

# 8

Jarime war eine Stadt mit vielen Flüssen. Sie schnitten die Stadt in Bezirke, von denen einige wohlhabender waren als andere, und sie wurden von Booten genutzt, um Menschen und Waren zu transportieren. Außerdem bezogen die Einwohner der Stadt ihr Wasser aus diesen Flüssen, das später durch unterirdische Tunnel ins Meer geleitet wurde.

Die Hälfte des Tempelbezirks wurde von einem Fluss begrenzt, von dem ein Seitenarm durch den gesamten heiligen Bezirk floss. Entlang dieses Seitenarms gab es viele hübsche, belaubte Stellen, an denen die Priester und Priesterinnen Ruhe und Abgeschiedenheit zum Nachdenken und Beten finden konnten. Die Mündung des Flusses wurde bewacht, damit kein Außenstehender die Ruhe stören konnte, aber wenn ein Besucher den richtigen Zugangspass bei sich führte, durfte er mit den flachen Booten des Tempels auf das Gelände einfahren.

Aurayas Lieblingsstelle am Fluss war ein kleiner, aus Weißstein gemauerter Pavillon. Auf der einen Seite führten Trittsteine zum Wasser hinab, wo an mehreren Pollern Boote vertäut werden konnten. Im Augenblick balancierte ein Veez auf der abgerundeten Oberseite eines Pollers, um seine Umgebung genau zu untersuchen. Er betrachtete den nächsten Pfosten, und Auraya hielt den Atem an, als er mit einem Satz hinüberschnellte. Nach einer sauberen Landung folgte der nächste Sprung, und so bewegte er sich von einem Poller zum nächsten.

»Ich hoffe, du kannst schwimmen, Unfug«, sagte sie. »Ein Fehler, und du wirst in den Fluss fallen.«

Nachdem er den letzten Poller erreicht hatte, stellte der Veez sich auf die Hinterbeine und blinzelte Auraya an.

»Owaya«, sagte er. Dann sprang er so schnell von dem Poller hinab, dass man die einzelnen Bewegungen kaum wahrnehmen konnte, und hüpfte auf ihren Schoß.

»Essen?«, fragte er, den Blick fest auf ihr Gesicht gerichtet.

Sie lachte und kraulte seine Wangen. »Kein Essen.«

»Teks?«

»Keine Kekse.«

»Leckerssen?«

»Keine Leckerchen.«

Er hielt inne. »Häppsen?«

»Keine Häppchen.« Sie wartete, aber der Veez blieb still und sah sie nur flehentlich an. »Später«, versprach sie ihm.

Das Zeitgefühl des Veez war beschränkt. Er verstand »Nacht« und »Tag« und die Phasen des Mondes, aber mit kleineren Zeiteinheiten konnte er nichts anfangen. Sie konnte ihm nicht sagen, dass es »in ein paar Minuten« so weit sein würde, daher begnügte sie sich mit einem »Später«, was schlicht und einfach bedeutete: »Nicht jetzt.«

Er war ein eigenartiger und erheiternder Gefährte. Wann immer sie in ihr Quartier zurückkehrte, kam er auf sie zugesprungen und sagte wieder und wieder ihren Namen. Es war schwer, einer solchen Begrüßung zu widerstehen. Sie versuchte, jeden Tag eine Stunde Zeit zu finden, um seine Ausbildung zu vervollkommnen, wie die Somreyaner es empfohlen hatten, aber sie konnte von Glück sagen, wenn sie mehr als einige wenige Minuten abzweigen konnte. Dennoch lernte er sehr schnell, daher war das vielleicht genug.

Die Suche nach einem Namen für ihn war eine echte Herausforderung gewesen. Nachdem sie gehört hatte, dass Mairaes Veez Sternenstaub hieß, war sie zu dem Schluss gekommen, dass sie etwas weniger Verstiegenes würde finden müssen. Danjin hatte ihr von einer reichen alten Dame erzählt, die ihren Veez Tugend genannt hatte – anscheinend, damit sie jedes Gespräch mit der Bemerkung beenden konnte: »Aber meine Tugend ist mir teuer.« Wenn Auraya nun jeden Morgen ihre Pläne mit Danjin erörterte, lächelte er stets, wenn sie sagte: »Ich muss noch etwas Zeit für Unfug haben.«

An diesem Morgen hatte sie Unfug jedoch nicht mitgenommen, um seine Ausbildung voranzutreiben, sondern als Ablenkung, falls sich das Gespräch, das sie plante, als peinlich erweisen sollte. Sie war neugierig zu sehen, wie der Veez auf ihren Besucher reagieren würde, obwohl er dazu neigte, sein Urteil über jemanden in dessen Gegenwart lautstark zu verkünden, eine Angewohnheit, die sie ihm noch nicht hatte austreiben können.

Jetzt öffnete sie ihren Korb und zog eins der raffinierten Spielzeuge aus der Sammlung hervor, die die Somreyaner ihr mitgeschickt hatten. Sie legte es beiseite und machte sich daran, die Anweisungen für seinen Gebrauch zu lesen. Zu ihrer Überraschung schien das Spielzeug dazu geschaffen zu sein, den Veez zu lehren, mithilfe seiner Gedanken Schlösser zu öffnen. Sie war sich nicht sicher, was sie erheiternder fand – dass das Tier dazu in der Lage war oder dass die Somreyaner glaubten, es sei passend, ihm etwas Derartiges beizubringen.

Sie hörte ein Spritzen und blickte den Fluss hinauf. Ein Kahn kam herangeglitten, geführt von zwei Stakern. Als sie den Fahrgast sah, stieß sie einen Seufzer der Erleichterung aus. Sie war sich nicht sicher gewesen, ob Leiard ihre Einladung annehmen würde. Bisher hatten sie sich nie auf dem Gelände des Tempels getroffen, sondern an stillen, abgeschiedenen Orten in der Stadt. Alles, was mit der zirklischen Religion zu tun hatte, machte ihn nervös und ängstlich, und da sie das wusste, hatte sie sich gefragt, ob er es wagen würde, den Tempelbezirk noch einmal zu betreten.

Aber da war er.

Was nur gut war. Hätte er sich nicht dazu überwinden können, den Tempelbezirk zu betreten, hätte er die Aufgabe, die sie ihm anbieten wollte, nicht übernehmen können. Sie beobachtete, wie der Kahn näher kam. Unfug sprang von ihrem Schoß herunter und huschte an einem Pfosten des Pavillons ins Dach hinauf. Die Staker lenkten den Kahn aus der Strömung, und als er sich den steinernen Stufen näherte, sprang einer der beiden hinaus und warf Leinen um die Poller.

Leiard erhob sich mit einer geschmeidigen Bewegung. Er trat an Land und ging die Stufen hinauf. Während Auraya ihn beobachtete, stieg ein Gefühl sehnsüchtiger Bewunderung in ihr auf. Die Aura von Würde und Gelassenheit, die Leiard stets verströmte, hatte etwas sehr Reizvolles, ebenso wie seine Neigung, sich ohne Hast und mit großer Behändigkeit zu bewegen.

Doch als sie ihm in die Augen blickte, sah sie, dass diese Ruhe nur ein äußerer Eindruck war. Seine Augen flackerten, und er wandte den Blick von ihr ab, versuchte von Neuem, sie anzusehen, aber auch diesmal währte der Kontakt nur einen kurzen Moment. Sie zögerte, dann schaute sie genauer hin. In seinen Gedanken rannen Furcht und Hoffnung.

Sie war froh darüber, dass sie auf einem Treffen unter vier Augen bestanden hatte. Dyara hatte ihre Arbeit wie immer überwachen wollen, aber Auraya vermutete, dass die Anwesenheit einer anderen Weißen Leiard einschüchtern würde. Vor allem wenn es sich bei dieser Weißen um eine Frau handelte, die bei der bloßen Erwähnung von Traumwebern nichts als tiefste Missbilligung verströmte.

Nachdem sie ihn eine Weile beobachtet hatte, sah sie, dass die Hoffnung die Schlacht mit der Furcht zu gewinnen schien. Leiard sah in Auraya ein Potenzial zur Veränderung, das die Furcht, die der Tempel in ihm weckte, lohnte. Sie bemerkte, dass sein Vertrauen einzig ihr, Auraya, galt. Er glaubte, dass sie den Traumwebern willentlich keinen Schaden zufügen würde. Ebenso wenig wäre sie glücklich darüber, sollten die anderen Weißen es tun. Sie war für die Traumweber die beste Chance auf Frieden, die sie hatten.

Sie spürte jedoch, dass er nicht restlos davon überzeugt war. Die Zirkler interessierten sich nur für ihre Götter und für sich selbst. Sie verachteten und fürchteten die Traumweber. Er fragte sich, ob er ein Narr war, ihr zu vertrauen. Es war frustrierend, ihre Gefühle nicht wahrnehmen zu können. Sie könnte sich verändert haben, seit sie eine Weiße geworden war. Das Ganze könnte eine Falle sein …

Auraya runzelte die Stirn. Sie hatte schon bei früheren Begegnungen Hinweise darauf gesehen, dass er die Fähigkeit besaß, Gefühle anderer aufzufangen, aber dies war das erste Mal, dass er tatsächlich darüber nachgedacht und ihr damit bestätigt hatte, dass es der Wahrheit entsprach. Früher hatte er diese Fähigkeit nie erwähnt, nicht einmal, als sie noch ein Kind gewesen war.

*Also hat er mir damals nicht alles erzählt,* dachte sie. *Das ist keine Überraschung. Den Dorfbewohnern hätte die Vorstellung nicht gefallen, dass er etwas von ihren Gedanken spüren konnte, und seien es auch nur Gefühle. Ich wüsste doch gern, ob auch andere Traumweber über diese Fähigkeit verfügen.*

All das schoss ihr durch den Kopf, während Leiard in den Pavillon hinaufkam. Als er einige Schritte unter ihr stehen blieb und seine Augen auf der gleichen Höhe waren wie ihre, lächelte sie.

»Auraya«, sagte er. »Auraya, die Weiße. So sollte ich dich jetzt anreden, nicht wahr?«

Sie zuckte die Achseln. »Offiziell, ja. Wenn wir unter uns sind, kannst du mich nennen, wie es dir behagt. Außer Stinkatem. Daran würde ich Anstoß nehmen.«

Er zog die Augenbrauen hoch, und ein Lächeln zuckte um seine Lippen. Da sie sah, dass die Staker die Hände vors Gesicht hoben, um ihre Heiterkeit zu verbergen, drehte sie sich um und winkte ihnen.

»Ich danke euch. Könntet ihr in einer Stunde zurückkehren?«

Sie nickten, dann machten sie mit beiden Händen das Zeichen des Kreises. Nachdem sie die Leinen von den Pollern gelöst hatten, stiegen sie wieder in den Kahn, griffen nach ihren Staken und steuerten das Boot flussabwärts.

Auraya trat in den Schatten des Pavillons und war sich dabei sehr deutlich bewusst, dass Leiard ihr folgte.

»Wie geht es dir?«, fragte sie.

»Gut«, antwortete er. »Und dir?«

»Genauso. Besser. Ich bin froh, dass du deine Meinung geändert und die Stadt noch nicht verlassen hast.«

Er lächelte. »Ich bin ebenfalls froh darüber.«

»Wie geht es deinen Gastgebern?«

»Gut. Der Lehrer ihres Sohnes ist im vergangenen Winter gestorben, und er hat keinen Ersatz gefunden. Fürs Erste habe ich diese Aufgabe übernommen.«

Ein kleiner Stich des Neids durchzuckte sie. Oder war es einfach Sehnsucht nach der Vergangenheit? Was immer der Grund auch sein mochte, sie hoffte, dass der Junge begriff, welches Glück er hatte, Leiard als Lehrer zu bekommen.

»Ich hätte gedacht, es müsste innerhalb der Stadt leichter sein, Lehrer zu finden, als außerhalb«, sagte sie. »Hier muss es doch noch mehr Traumweber geben?«

Leiard zuckte die Achseln. »Ja, aber keiner von ihnen war frei, um einen Schüler aufzunehmen. Wir unterrichten nie mehr als einen Schüler, und selbst jene von uns, die gern unterrichten, brauchen ab und zu eine Pause von den ständigen Anforderungen durch den Schüler.«

*Ständige Anforderungen?* Bedeutete das, dass Leiard während der nächsten Jahre beschäftigt sein würde?

»Dann wird dieser neue Schüler also deine gesamte Zeit in Anspruch nehmen?«, fragte sie.

Er schüttelte den Kopf. »Ganz und gar nicht.«

»Wird er dich in Jarime halten?«

»Nicht wenn ich beschließen sollte, fortzugehen. Ein Schüler begleitet einen Lehrer, wo immer es diesen hinzieht.«

»Du denkst nicht zufällig daran, Somrey einen Besuch abzustatten, oder?«

Er zog die Augenbrauen hoch. »Warum?«

Ihr Gesichtsausdruck wurde nüchtern und ihre Stimme geschäftsmäßig. »Ich habe dir einen Vorschlag zu unterbreiten, Leiard. Einen ernsthaften Vorschlag von einer Weißen an einen Traumweber.«

Sie beobachtete seine Reaktion auf die Veränderung in ihrem Verhalten. Er beugte sich ein wenig nach hinten, und ein wachsamer Ausdruck trat in seine Züge, aber sein Geist war voller Hoffnung.

»Du brauchst nicht das Gefühl zu haben, das Angebot annehmen zu müssen«, erklärte sie. »Wenn dir mein Vorschlag nicht zusagt, wird er vielleicht einem anderen Traumweber zusagen. Wenn du glaubst, dass kein Traumweber darauf eingehen würde, dann sag es mir bitte. So oder so, ich wäre dir dankbar für deinen Rat.«

Er nickte.

»Die Weißen streben ein Bündnis mit Somrey an«, fuhr sie fort. Während sie ihm die Situation darlegte, sagte er nichts, sondern hörte nur zu und nickte gelegentlich zum Zeichen, dass er verstand. »Juran hat mich gebeten, mir die Bedingungen der Allianz anzusehen«, sprach sie weiter, »und dabei ist mir klar geworden, dass ich keineswegs so viel über Traumweber weiß, wie ich dachte. Die Fragen, die ich hatte …« Sie lächelte. »Ich habe mir gewünscht, du wärst dort gewesen, um sie für mich zu beantworten. Mir ist klar geworden, dass wir einen Traumweber brauchen, der uns berät. Jemanden, der uns sagt, welche Bedingungen für das Bündnis wahrscheinlich Anstoß erregen werden. Jemanden, der uns bei den Verhandlungen hilft. Jemanden, der uns auch andernorts bei Verhandlungen unterstützt, die die Traumweber betreffen.« Sie hielt inne und musterte ihn forschend. »Möchtest du unser Ratgeber werden, Leiard? Willst du mich nach Somrey begleiten?«

Er sah sie schweigend an. Nachdem er sich von seiner Überraschung erholt hatte, wog er das Für und Wider ihres Angebots ab.

*Das ist die Chance, von der Tanara meinte, sie werde vielleicht kommen. Ich darf diese Möglichkeit nicht ungenutzt lassen. Ich werde das Angebot annehmen.*

*Nein! Wenn du das tust, wirst du den Weißen Turm betreten müssen. Juran wird dort sein. Die Götter werden dort sein!*

*Ich darf mir diese Chance nicht aus Furcht entgehen lassen.*

*Du musst es tun. Es ist gefährlich. Sie soll einen anderen Ratgeber auswählen. Hilf ihr dabei, einen zu finden.*

*Es gibt niemanden, der für diese Position besser geeignet wäre als ich. Ich kenne sie. Sie kennt mich.*

*Sie ist eine Sklavin der Götter.*

*Sie ist Auraya.*

Es war ein eigenartiges Gefühl, das innere Ringen eines anderen zu beobachten. Vernunft und Hoffnung trugen in dem Kampf gegen seine Furcht den Sieg davon, aber sie sah, dass diese Furcht tiefe Wurzeln hatte. Was hatte diese ungeheure Angst vor den Göttern ausgelöst? War ihm irgendetwas zugestoßen, das ihn mit solchem Entsetzen erfüllte? Oder war diese Furcht weit verbreitet unter den Traumwebern? Die Geschichten, die sie aus der Zeit gehört hatte, als die Traumweber brutal verfolgt wurden, waren schrecklich genug, um jedem Menschen eine Gänsehaut über den Rücken zu jagen.

Er würde, wann immer er den Tempel betrat, gegen diese Furcht ankämpfen müssen. Plötzlich wusste sie, dass sie das nicht von ihm verlangen durfte. Sie würde einen anderen Traumweber finden. Sie konnte einen Freund nicht bitten, sich diesem Grauen zu stellen.

»Wir können auch jemand anderen für diese Aufgabe suchen«, sagte sie. »Außerdem wirst du vielleicht ohnehin zu viel mit der Ausbildung dieses Jungen zu tun haben. Kannst du mir einen anderen Traumweber empfehlen?«

»Ich ...« Er hielt inne und schüttelte den Kopf. »Einmal mehr hast du mich überrascht, Auraya«, erwiderte er leise. »Zuerst dachte ich, du wolltest lediglich meinen Rat, was diese Allianz betrifft. Dein Angebot ist zu wichtig, um eine Entscheidung zu treffen, bevor ich eine gewisse Bedenkzeit hatte.«

Sie nickte. »Natürlich. Lass es dir durch den Kopf gehen. Ich brauche deine Antwort bis ... hm, ich bin mir nicht sicher, wie viel Zeit ich dir geben kann. Eine Woche. Vielleicht länger. Ich werde es dich wissen lassen ...«

Sie zuckten beide zusammen, als Unfug plötzlich auf Aurayas Schulter fiel.

»Bombom!«, trällerte eine schrille Stimme in ihr Ohr.

»Unfug!«, stieß sie hervor und drückte eine Hand auf ihr hämmerndes Herz. »Das war sehr unhöflich!«

»Bombooom!«, verlangte der Veez. Er sprang von ihrer Schulter auf Leiards. Zu Aurayas Erleichterung zeichnete sich ein breites Lächeln auf Leiards Zügen ab.

»Komm her«, sagte er und legte vorsichtig die Finger um den Körper des Veez. Als Leiard ihn von seiner Schulter hob und auf den Rücken drehte, stieß Unfug ein klagendes Miauen aus. Nachdem der Traumweber jedoch seinen Bauch zu streicheln begonnen hatte, entspannte sich der Veez und schloss die Augen. Schon bald lag er schlaff in einer von Leiards Händen, und seine kleinen Finger zuckten.

»Das ist doch einfach jämmerlich«, rief sie aus.

Er grinste und hielt ihr den Veez hin. Einen Moment lang begegneten sich ihre Blicke. Das Funkeln, das in seine Augen getreten war, erfüllte Auraya mit einer eigenartigen Freude. Sie hatte ihn selten so … so *verspielt* gesehen.

Plötzlich fiel ihr etwas ein, das ihre Mutter vor Jahren gesagt hatte. Dass die Frauen im Dorf sich Sorgen machten, sie könne ein ungebührliches Interesse an Leiard haben. Dass er nicht so alt sei, wie er erschien.

*Jetzt verstehe ich, warum sie sich um mich gesorgt haben. Ich dachte, er sei uralt, aber ich war ein Kind und habe nur das weiße Haar und den langen Bart gesehen. Er kann nicht älter als vierzig sein, und wenn er sich rasieren und das Haar schneiden würde, glaube ich, wäre er auf eine raue Art recht gutaussehend.*

Der Veez löste sich aus seiner Trance und hob den Kopf. »Mehr kraulen?«

Diese Bemerkung entlockte ihnen beiden ein leises Lachen. Leiard setzte den Veez auf die Bank. Das Tier begann von Neuem, um Essen zu betteln, daher öffnete Auraya ihren Korb und holte Erfrischungen für sie alle hervor. Dann las sie laut die Anweisungen für das Spielzeug vor, und sie stellten Überlegungen zu der Frage an, ob es klug sei, dem Tier derartige Kunststücke beizubringen.

Nur allzu bald kam der Kahn zurück. Leiard wartete, bis das Boot an den Pollern festgemacht war, bevor er aufstand. Dann hielt er inne und blickte auf sie hinab.

»Wann wirst du nach Somrey segeln?«

Sie zuckte die Achseln. »Das hängt davon ab, ob ich einen Ratgeber finde. Wenn sich niemand zur Verfügung stellt, wird Mairae wahrscheinlich in etwa einem Monat allein aufbrechen.«

»Und wenn du jemanden findest?«

»Früher.«

Er nickte, dann wandte er sich ab und ging zu dem Kahn hinüber. Nach einigen Schritten blieb er noch einmal stehen, drehte sich um, lächelte schwach und neigte den Kopf.

»Es war mir ein Vergnügen, mich mit dir zu unterhalten, Auraya von den Weißen. Ich werde die Position, die du mir angeboten hast, annehmen. Wann soll ich dich treffen?«

Sie sah ihn überrascht an. »Wie war das noch mit der Bedenkzeit?«

Er hob die Schultern. »Ich habe bereits nachgedacht.«

Sie betrachtete ihn eingehend. Von dem Aufruhr, der einige Zeit zuvor seinen Geist erfüllt hatte, war nichts mehr zu entdecken. Anscheinend hatte die Vernunft seine Furcht überwunden, nachdem er über das Problem nachgedacht hatte.

»Ich werde Juran sagen, dass du das Angebot angenommen hast. Wenn ich deine Anwesenheit im Turm benötige, werde ich dir eine Nachricht schicken.«

Er nickte knapp. Dann wandte er sich ab, stieg zu dem Kahn hinunter und ließ sich auf die niedrige Bank sinken. Sie gab den Stakern ein Zeichen, woraufhin die Männer die Leinen ins Boot warfen und wieder an Bord gingen. Kurz darauf glitt der Kahn stromaufwärts davon.

Auraya blickte Leiard nach, der gelassen zwischen den Stakern saß, und dachte über die Zweifel nach, die sie gehabt hatte. Sie hatte befürchtet, dass er sich nicht mit ihr treffen würde, aber er hatte es getan. Sie hatte sich Sorgen gemacht, dass die Begegnung peinlich werden könnte, aber sie war in seiner Gegenwart so unbefangen gewesen wie eh und je. Gleichzeitig hatte sie sich ängstlich gefragt, wie seine Antwort ausfallen würde.

Jetzt brauchte sie nur noch über die Möglichkeit nachzugrübeln, dass seine neue Tätigkeit womöglich ihre Freundschaft zerstörte.

Als der Kahn außer Sicht war, rief Auraya nach Unfug, griff nach ihrem Korb und machte sich auf den Rückweg zum Weißen Turm.

Fiamo nahm den letzten Schluck von seinem Gewürzwasser und lehnte sich an den Mast. Er war außerordentlich zufrieden mit sich, und das lag nicht nur an der Wirkung des Schnapses. Der Sommer brachte immer eine größere Ausbeute an Fischen, aber heute hatten sie mehr gefangen, als es für die Jahreszeit üblich war. Er würde ein hübsches Sümmchen Geld verdienen.

Er lächelte vor sich hin. Das meiste würde nach ihrer Rückkehr an die Mannschaft gehen – und an seine Frau. Aber er hatte gute Lust, ein wenig von dem Geld beiseitezulegen, um Geschenke für seine Söhne zu kaufen, wenn er das nächste Mal in den Nordosten segelte.

Im Augenblick gab es nicht mehr zu tun, als sich am Pier von Meran die Zeit zu vertreiben. Der Wind hatte nachgelassen und würde wahrscheinlich erst am späten Nachmittag wieder auffrischen. In der Zwischenzeit sah es so aus, als würde dies einer jener warmen, trägen Nachmittage werden, die zu nichts anderem gut waren, als mit seiner Mannschaft zu zechen.

Seine Männer waren Nachbarn und Verwandte. Er arbeitete schon seit Jahren mit ihnen zusammen, zuerst als einfacher Seemann im Dienst seines Vaters und jetzt, nachdem sein Vater vor fünf Jahren an Lungenfäule gestorben war, als Kapitän.

Plötzlich spürte Fiamo, dass das Boot sich ein klein wenig zur Seite neigte, und er hörte die Tritte schwerer Stiefel auf der Laufplanke. Er blickte auf und grinste, als der alte Marro auf Deck kam, in den Händen einen irdenen Krug und einen großen Fladen Brot.

»Vorräte«, sagte der Mann. »Wie du befohlen hast.«

»Das wurde auch Zeit«, erwiderte Fiamo schroff. »Ich dachte, du …«

»Kapitän!« Der Ruf kam von Harro, dem jüngsten Mitglied von Fiamos Mannschaft, dem Sohn eines Nachbarn. Fiamo hörte Unsicherheit und einen warnenden Unterton in der jungen Stimme. Harro stand am Bug, den Blick auf das kleine Dorf gerichtet.

»Hm?«

»Da kommt … da kommt ein Rudel Worns die Straße herunter. Es sind vielleicht zehn Tiere.«

»Da kommt *was*?«

Fiamo rappelte sich hoch, und einen Moment lang trübten das Gewürzwasser und die plötzliche Bewegung seine Sicht. Als sein Blick wieder klarer wurde, sah er, was der Junge entdeckt hatte. Meran war der größte Hafen an diesem Küstenabschnitt, aber das zugehörige Dorf war eher klein. Am Ende des Piers begann eine Straße, die stetig in die gewellten Hügel emporstieg. Und über diese Straße kam jetzt eine wogende, springende Masse schwarzer Geschöpfe.

»Mögen die Götter uns schützen«, stieß er hervor und machte mit einer Hand das Zeichen des Kreises. »Die Leinen los! Läute die Glocke!«

Er hatte einmal im Licht eines vollen Mondes einen Worn gesehen. Das Tier war gewaltig gewesen, und wahrscheinlich hatte seine Furcht es ihm so groß erscheinen lassen. Diese Worns waren noch größer, als er es sich in seiner Fantasie jemals ausgemalt hatte. Auch das Sonnenlicht schien ihnen nichts anhaben zu können. Sie liefen mit geschmeidigen, gut aufeinander abgestimmten Bewegungen die Straße hinunter auf das Schiff zu.

»Beeilt euch«, fuhr er seine Männer an.

Die Seeleute waren aufgestanden, um sich dieses unmögliche Bild anzusehen. Auf seinen Befehl hin sprangen sie jetzt an die Seile. Fiamo trat an die Reling und rief den anderen Fischern, die im Hafen vor Anker lagen, eine Warnung zu. Dann begann sein eigenes Boot zu schaukeln, während seine Männer es vom Pier abstießen. Harro läutete aus Leibeskräften die Warnglocke.

Die Segel wurden heruntergelassen, blieben jedoch schlaff. Fiamo stellte fest, dass sein Herz hämmerte. Er beobachtete, wie die wenigen Dorfbewohner, die sich noch im Freien aufhielten, die Tiere sahen und in ihre Häuser flüchteten. Der Abstand zwischen seinem Boot und dem Pier wurde nur langsam größer. Das Stück Straße zwischen den Worns und dem Pier schrumpfte sehr viel schneller zusammen.

»An die Ruder!«, rief er.

Die Männer beeilten sich, seinem Befehl Folge zu leisten. Die näher kommenden Worns hatten inzwischen ebenen Boden erreicht. Jetzt wurde eine Gestalt mitten zwischen den Tieren sichtbar, und Fiamo keuchte ungläubig auf.

»Ein Mann! Auf einem von ihnen reitet ein Mann!«, schrie Harro.

Zur gleichen Zeit beschleunigte sich die Fahrt des Bootes, als zu beiden Seiten Ruder ins Wasser eingetaucht wurden. Fiamo blickte zum Pier hinüber. Die anderen Boote, die kleiner und leichter waren, waren schneller vorangekommen. Sein Boot war es, das dem Pier nun am nächsten war. Obwohl er bezweifelte, dass selbst Worns von dieser Größe so weit springen konnten, sagte irgendetwas ihm, dass er noch nicht außer Gefahr war.

Das Rudel ergoss sich wie eine schwarze Flut durch das Dorf. Fiamo konnte den Reiter inzwischen besser sehen, einen Mann, der mit Gewändern angetan war, wie kein gewöhnlicher Sterblicher sie trug. Das Boot befand sich mehr als zwanzig Schritte vom Pier entfernt und nahm Geschwindigkeit auf, da die Furcht der Mannschaft zusätzliche Kraft verlieh. Die Worns schenkten den Häusern keinerlei Beachtung. Sie sprangen auf den Pier und strichen an deren Außenkanten entlang. Der Reiter betrachtete die flüchtenden Boote, dann kehrte sein Blick zu Fiamos Boot zurück. Er hob die Hand.

Fiamo holte tief Luft, darauf gefasst, sich dem Befehl des Fremden, zurückzukehren, zu widersetzen. Keine Stimme wehte über das Wasser. Stattdessen wurde die Fahrt des Bootes jäh gebremst.

Dann schoss es rückwärts.

Die Riemen verkeilten sich in ihren Dollen. Die Seeleute mühten sich vergebens mit ihnen ab. Der Junge stieß ein schrilles Kreischen aus. Andere schrien die Namen der Götter. Fiamo hockte sich hin, gelähmt vor Angst, während sein Boot zum Ufer zurückjagte wie eine Frau, die soeben ihren verlorenen Geliebten erblickt hatte.

*Wir werden gegen den Pier krachen,* dachte er.

Im letzten Moment verlangsamte sich die Fahrt des Bootes. Noch bevor es gegen den Pier stieß, sprangen die Worns an Bord. Zu beiden Seiten spritzte Wasser auf, als die Männer, die schwimmen konnten, sich über die Reeling stürzten. *Ich sollte ihnen folgen,* dachte er, aber er blieb, wo er war. *Verfluchter Narr, der ich bin. Ich kann mich nicht dazu überwinden, mein Boot einfach aufzugeben.*

Ein Gedanke schoss ihm durch den Kopf. Wenn dieser Mann die Tiere beherrschen konnte, dann brauchte er, Fiamo, nur den Mann zu fürchten. Mit einem Mann ließ sich verhandeln.

Trotzdem hämmerte Fiamos Herz in seiner Brust, als die Worns an ihm vorbeipreschten. Die Zungen baumelten ihnen aus dem mit scharfen Zähnen bewehrten Maul. Einige der

Geschöpfe umkreisten ihn, setzten aber nicht zum Sprung auf seine Kehle an. Als hinter ihm Schmerzensschreie laut wurden, drehte er sich um, und seine Augen weiteten sich vor Entsetzen, als er mehrere Worns sah, die einige seiner Männer an Armen und Beinen gepackt hatten. Sie zogen sie jedoch nur von der Reling weg und warfen sie nicht auf das Deck. Durch das zusätzliche Gewicht lag das Boot jetzt tief im Wasser.

Kurz darauf hörte Fiamo das Geräusch von Holz, das über Holz scharrte, und er fuhr herum. Die Laufplanke bewegte sich ohne menschliches Zutun an den Rand des Decks. Als sie schließlich auf dem Pier ruhte, kam der Fremde an Bord geritten. Er ließ sich von seinem Reittier gleiten und starrte Fiamo an.

»Kapitän«, sagte der Mann mit einem eigenartigen Akzent. »Befiehl deinen Männern, an die Ruder zu gehen.«

Fiamo zwang sich, die ihm verbliebenen Seeleute zu betrachten, die sich nebeneinanderkauerten, umringt von Worns. Einige murmelten Gebete.

»Ihr habt ihn gehört, Jungs. Zurück an die Ruder.«

Seine Stimme zitterte, aber seine Autorität genügte noch immer, um die Männer auf die Beine zu bringen. Sie schoben sich um die Worns herum zu ihren Plätzen.

»Zieht die Ruder hoch und haltet sie oben«, befahl der Zauberer.

Die Mannschaft gehorchte, und das Boot entfernte sich langsam vom Pier. Die Laufplanke glitt wie ein böses Omen ins Wasser. Fiamo beobachtete mit weit aufgerissenen Augen, wie sein Boot Fahrt aufnahm und der Bug trotz der untätigen Ruderer und des Mangels an Wind durch die Wellen schnitt.

*Magie,* dachte er. Als er sich umdrehte, stellte er fest, dass der Fremde zum Ufer zurückschaute. Fiamo folgte dem Blick des Mannes und sah eine ferne Gestalt die Straße zum Dorf hinunterreiten. Die Gestalt war weiß, und sie saß auf einem galoppierenden, weißen Reittier.

*Konnte das sein …?*

Der Neuankömmling ritt bis zum Ende des Piers und sprang dann zu Boden. Das Boot kam so jäh zum Stehen, dass Fiamo und viele der Worns stürzten. Dann bewegte sich das Boot langsam rückwärts, und eine Welle der Erleichterung schlug über Fiamo zusammen. Er blickte zu der weißen Gestalt hinüber.

*Es ist wahr! Es ist einer der Weißen. Wir sind gerettet!*

Der Fremde murmelte einige Worte, und die Kraft, die sie rückwärtszog, verlor ihren Zugriff. Das Boot bewegte sich nicht mehr weiter.

»Rudert«, befahl der Fremde. »Sofort.«

Die Männer zögerten und sahen Fiamo zweifelnd an.

Die Worns knurrten.

Die Männer packten die Riemen, und Fiamo rappelte sich wieder hoch. Langsam entfernte sich das Boot von der Küste. Als die ferne Gestalt nur noch ein weißer Punkt war, kicherte der schwarze Zauberer leise. Er kehrte der Küste den Rücken zu und betrachtete das Boot und seine Mannschaft. Als er Fiamos Blick begegnete, lächelte er auf eine Art und Weise, die dem Kapitän das Blut in den Adern gefrieren ließ.

»Kapitän, hast du noch weitere Riemen?«

Fiamo sah sich um. Harro und der alte Marro standen mit leeren Händen da. Der Junge wimmerte, als zwei der Worns auf ihn zukamen.

»Nein«, gestand Fiamo. »Aber wir …«

Auf ein unausgesprochenes Zeichen hin setzten die Tiere zum Sprung an und packten die beiden an der Kehle. Als sich ein Schwall Blut auf die Planken ergoss, wich alle Kraft aus Fiamos Beinen, und er sank auf das Deck. Es gab keine

Schreie, aber er konnte hören, wie die beiden sich zur Wehr setzten.

»Rudert weiter«, brüllte der Zauberer. Fiamo spürte, dass der Mann auf ihn zukam. Die Geräusche der Tiere, die sich an ihrem Festmahl gütlich taten, waren in der windlosen Stille nur allzu deutlich zu hören.

*Der alte Marro. Der Sohn meines Nachbarn. Sie sind tot. Tot.*

Der Zauberer ragte über ihm auf.

»Warum?«, hörte Fiamo sich krächzen.

Der Mann wandte sich ab. »Sie haben Hunger.«

Ein Rascheln von Tuch lenkte Fiamos Aufmerksamkeit nach oben. Die Segel blähten sich. Der Nachmittagswind war gekommen.

Wo er sie heute hinführen würde, darüber wollte Fiamo lieber nicht nachdenken.

*Der Turm war höher als jeder andere, den sie je gesehen hatte. Er war so hoch, dass die Wolken auf ihrem Zug daran zerrissen …*

*Nein. Nicht noch einmal.*

Emerahl riss sich aus dem Traum los und schlug die Augen auf. Während des vergangenen Monats hatte der Traum sie fast jede Nacht heimgesucht. Es war jedes Mal dasselbe: Der Turm stürzte auf sie, und sie musste unter dem Schutt langsam ersticken. Wenn sie dem Traum bis zum Ende seinen Lauf ließ, erwachte sie bebend und voller Angst, daher hatte sie es sich zur Gewohnheit gemacht, sich aufzuwecken, sobald er begann.

*Schließlich würde der Traum mich ohnehin wecken. Da kann ich meinen Schlaf genauso gut zu meinen Bedingungen beenden.*

Sie erhob sich seufzend, goss ein wenig Wasser in einen Kessel und machte ein Feuer. Die Flammen warfen unheimliche Schatten auf die Wände des Leuchtturms – deren bedrohlichste sie selbst zeigten, mit gebeugten Schultern und wirrem Haar.

*Altes Hexenweib,* dachte sie und nickte dem Schatten zu. *Kein Wunder, dass die Dörfler dich fürchten.*

Sie hatte schon seit einigen Tagen keinen von ihnen mehr zu Gesicht bekommen. Gelegentlich fragte sie sich, ob »Klein Rinnie« noch immer ihrem Vater und seinen Spießgesellen ein Schnippchen schlug. Die meiste Zeit über genoss sie jedoch einfach die Ruhe.

*Weshalb dann diese Träume?*, fragte sie sich. Sie nahm einige getrocknete Blätter aus einem Krug und streute sie in einen Becher. Während das Wasser heiß wurde, begann der Kessel zu pfeifen. Sie verschränkte die Finger und grübelte über den Traum nach.

Er war immer gleich. Die Einzelheiten wichen niemals von dem Gewohnten ab. Es war mehr ein Erinnerungstraum als ein gewöhnlicher Traum, aber sie hatte keine Erinnerungen wie diese. Sie war stolz auf ihr Gedächtnis und stolz darauf, dass sie niemals auch nur eine einzige ihrer Erinnerungen an die Vergangenheit unterdrückt hatte. Ob gut oder schlecht, sie akzeptierte sie als Teil der Frau, die sie war.

Dieser Traum schien einem bestimmten Plan zu folgen. Es war ein Gefühl, das sie seit langer Zeit nicht mehr wahrgenommen hatte. Es erinnerte sie an einen … *an einen Traum, wie sie die Traumweber schickten!*

Bei dieser Erkenntnis überlief sie ein Schauder der Überraschung, eine Regung, die selten geworden war in den letzten Jahren. Es war möglich, dass ein Zauberer oder sogar ein Priester diese Fähigkeit erlernt hatte, aber irgendetwas sagte ihr, dass es das Werk eines Traumwebers war.

Aber warum sollte ihr irgendjemand einen solchen Traum schicken? Und war er ausschließlich an sie geschickt worden oder an jeden Menschen, der empfindsam genug war, ihn zu empfangen? Sie trommelte mit den Fingern auf ihre Knie. Der Inhalt eines Traums konnte ein Fingerzeig auf seine Ursprünge sein. Sie dachte über die Türme nach, die es ihres Wissens in der Vergangenheit gegeben hatte. Keiner davon hatte Ähnlichkeit mit dem Traumturm, aber es war durchaus möglich, dass dieser lediglich für einen anderen Turm stand. Für ein anderes Gebäude, das eingestürzt war. Eine Gänsehaut überlief sie. Mirar war getötet worden, als Juran, das Oberhaupt der Zirkler, das Traumweberhaus in Jarime zerstört und ihn unter dem Schutt begraben hatte. Es hieß, sein Körper sei so übel zerquetscht worden, dass man ihn kaum mehr wiedererkennen konnte.

Bedeutete das, dass irgendjemand vom Tod Mirars träumte? Irgendjemand mit Traumwebergaben von solcher Macht, dass er oder sie den Traum laut genug aussandte, um ihn auf Emerahl in diesem entlegenen Winkel der Welt zu übertragen. Es ergab durchaus Sinn, dass ein Traumweber vom Tod seines Anführers träumte, aber warum träumte er oder sie wieder und wieder davon? Und warum sollte irgendjemand diesen Traum auf andere übertragen?

Der Kessel ratterte inzwischen leise. Plötzlich stand ihr der Sinn nicht länger nach einem Schlafmittel. Sie wollte nachdenken. Also nahm sie den Kessel vom Feuer und stellte ihn beiseite. Während das Blubbern darin langsam nachließ, hörte sie draußen den Klang leiser Stimmen.

Sie seufzte. Also kamen sie nun doch noch. Es wurde Zeit, diesen dreisten Dörflern zu zeigen, warum sie ältere Menschen respektieren sollten.

Sie stand auf und trat in den Eingang des Leuchtturms. Und tatsächlich, eine Kolonne von Männern schlängelte sich den Weg hinauf. Sie lächelte traurig und schüttelte den Kopf.

*Narren.*

Dann zerstob ihre Erheiterung. An der Spitze der Kolonne ging ein ganz und gar weiß gewandeter Mann.

*Ein Priester!* Emerahl wandte sich ab und fluchte laut. Kein Priester der Zirkler war stark genug, um sie zu bezwingen, aber jeder Einzelne von ihnen stand in direkter Verbindung zu ihren Göttern. Und sollten die Götter sie durch die Augen dieses Priesters sehen …

Sie fluchte abermals, dann lief sie wieder in den Leuchtturm. Sie griff sich eine Decke, warf die wertvollsten ihrer Besitztümer hinein und band die Decke mit einem dünnen Seil zu. Dann drückte sie sich das Bündel an die Brust und ging zur gegenüberliegenden Seite des Raums hinüber.

»Zauberin!«

Die Stimme des Dorfvorstehers. Emerahl erstarrte und zwang sich schließlich, sich zu bewegen. Sie sog Magie in sich hinein und wischte die Erde fort, die einen Teil des Bodens bedeckte. Ein großes Rechteck aus Stein wurde sichtbar.

»Komm heraus, Zauberin, sonst kommen wir hinein und zerren dich mit Gewalt nach draußen!«

*Schnell!* Sie zog noch mehr Magie in sich hinein und ließ das Erdreich durch die Luft fliegen. Eine Treppe erschien. Emerahl löste dicken Lehm aus dem Tunnel dahinter. Steine kamen zum Vorschein, dann eine Höhle. Zu guter Letzt räumte sie mit einem Seufzer der Erleichterung den Eingang eines Tunnels frei.

»Also schön. Wir kommen herein.«

»Ich werde um eurer Sicherheit willen als Erster gehen«, erklang eine unvertraute Stimme. Es folgte schwacher Protest. »Wenn sie eine Zauberin ist, wie ihr sagt, könnte sie gefährlicher sein, als ihr vermutet. Ich hatte schon früher mit ihresgleichen zu tun.«

Emerahl floh in den Tunnel. Nachdem sie einige Schritte in die Dunkelheit hineingetan hatte, drehte sie sich um und streckte ihren Geist aus. Erdreich wogte in den Teil des Tunnels, den sie bereits durchschritten hatte. Sie konnte nicht feststellen, ob es genügte, um ihre Flucht zu verbergen.

*Dann sollte ich zusehen, dass ich wegkomme.* Sie schuf ein magisches Licht. Das Licht enthüllte eine Treppe, die in die Finsternis hinabführte. Ihr Bündel fest an sich gedrückt, eilte sie hinunter.

Die Stufen schienen endlos zu sein, aber zumindest war der Tunnel nicht allzu schwer beschädigt. An manchen Stellen waren die Wände oder die Decke eingestürzt, und Emerahl musste ihren Weg mit großer Vorsicht wählen. Die Luft wurde langsam feuchter, als sie hinter sich ein schwaches Echo hörte.

Wieder stieß sie einen Fluch aus. Dieser Tunnel war seit über hundert Jahren ihr Geheimnis gewesen. Sie hätte die Schmuggler gleich nach ihrer Ankunft hier vertreiben sollen, aber sie hatte zu Recht befürchtet, dass die Nachricht von einer mächtigen Zauberin, die im Leuchtturm lebte, unerwünschte Aufmerksamkeit erregt hätte. Jetzt wurde sie von den Nachfahren dieser Schmuggler aus ihrem Heim vertrieben.

Ein wilder Zorn erfasste sie. Es war eine große Versuchung, ihren Verfolgern in der Dunkelheit aufzulauern. Solange der Priester sie nicht sah, war sie in Sicherheit. Sie könnte ihn und die übrigen Männer töten, bevor sie wussten, wie ihnen geschah.

*»Nichts bleibt, wie es ist. Es gibt nur eines im Leben, dessen du dir sicher sein kannst, und das ist die Veränderung.«*

Das hatte Mirar gesagt. Er hatte sich der letzten und endgültigen Veränderung gegenübergesehen: dem Tod. Ein einziger Fehler, und sie würde ihm Gesellschaft leisten. Es lohnte das Risiko nicht.

Sie rannte die restlichen Stufen hinab.

Am unteren Ende der Treppe befand sich eine steinerne Tür. Sinnlos, den Mechanismus öffnen zu wollen. Er war wahrscheinlich eingerostet. Also streckte sie die Hände aus und ließ Magie durch sie hindurchströmen. Eine gewaltige Kraft schlug gegen den Stein, der mit einem ohrenbetäubenden Dröhnen zerbarst. Emerahl trat auf einen schmalen Weg links neben der Tür hinaus.

Es war im Grunde weniger ein Weg als eine Felsspalte in den Klippen. Sie löschte ihr Licht und begnügte sich mit dem Schein des Mondes. Ihr alter Körper schmerzte bereits von ihrer Flucht den Tunnel hinunter. Mit zitternden Beinen eilte sie den Weg entlang, eine Hand auf den Felsen gelegt, um nicht das Gleichgewicht zu verlieren.

Sie wagte es nicht, stehen zu bleiben und hinter sich zu blicken. Wenn ihre Verfolger das Ende des Tunnels erreichten, würde sie es hören. An dieser Stelle wölbte sich der Felsen, so dass sie wahrscheinlich bereits außer Sicht war.

Der Pfad wurde schmaler, und sie presste sich an den Felsen und schob sich, auf den Zehenspitzen balancierend, daran entlang. Schließlich spürte sie eine Lücke in der Felswand. Sie schlurfte darauf zu und zog sich in die Höhle.

Dort angekommen, streckte sie die Hand aus und schuf ein weiteres Licht. Die Höhle war niedrig, und der größte Teil des Raums wurde von einem kleinen Boot in Anspruch genommen, das Emerahl jetzt genau in Augenschein nahm. Es bestand aus einem einzigen Stück Salzholz, einem seltenen und teuren Holz, das schwer zu bearbeiten war, aber Hunderte von Jahren überstand, bevor es verfaulte. Der Name, den sie vor langer Zeit auf den Bug gemalt hatte, war abgeblättert.

»Da bist du ja wieder, *Windjäger*«, murmelte sie und strich mit den Fingern über die feine Maserung des Holzes. »Ich habe keine Segel für dich, fürchte ich. Für den Augenblick wird uns stattdessen eine Decke genügen müssen.«

Sie griff nach dem Bug und zog das Boot auf den Eingang der Höhle zu. Als der größte Teil der *Windjäger* durch den Felsen ragte, versetzte sie ihr mit Magie einen festen Stoß. Geleitet von ihrem Willen, schnellte das Boot hinaus und klatschte auf die wogende See.

Als Nächstes schickte sie ihr Bündel in das Boot hinab und hoffte, dass die zarteren Dinge darin den Aufprall überstehen würden. Eine Welle drohte, das Boot gegen die Klippen zu werfen, aber Emerahl hielt es mit ihrer Willenskraft fest. Sie trat an den Rand und holte tief Atem. Das Wasser würde *sehr* kalt sein.

Dann hörte sie Stimmen zu ihrer Rechten. Als sie durch den Rand des Höhleneingangs spähte, sah sie, nicht mehr als fünfzig Schritte von ihr entfernt, ein tanzendes Licht.

Mit einem unterdrückten Fluch zwang sie ihren alten Körper ins Freie.

Sie stürzte.

Plötzlich war sie umgeben von flüssigem Eis. Obwohl sie sich gegen die Kälte gewappnet hatte, kostete es sie alle Kraft, nicht vor Schreck und Schmerz aufzustöhnen. Sie drehte sich um und stieß sich mit den Füßen in die Richtung, aus der das Mondlicht kam.

Als ihr Kopf die Oberfläche des Wassers durchbrach, drückte eine Welle sie gegen die Klippen. Sie griff nach weiterer Magie und stemmte sich gegen die Felswand. Wasser umbrandete sie, als sie sich mit Macht vorwärtsbewegte. Einen Moment später hatte sie das Boot erreicht.

Die *Windjäger* befand sich jetzt gefährlich nahe dem Land, da das Meer seinen Vorteil genutzt hatte, während Emerahl damit beschäftigt gewesen war, durch seine Fluten zu schwimmen. Schließlich bekam sie den Rand des Bootes zu fassen und zog sich hinein. Einen Moment lang lag sie einfach nur da, keuchte von der Anstrengung, die die Bewegung sie gekostet hatte, und verfluchte sich dafür, dass sie ihren Körper so sehr vernachlässigt hatte.

Dann hörte sie einen lauten Ruf. Sie setzte sich auf und blickte zurück. Mehrere Männer klammerten sich an die Felswand. Der Priester war nirgends zu sehen.

Lächelnd konzentrierte sie ihren Geist auf die Klippen und stieß sich ab. Das Boot schnellte inmitten spritzender Gischt davon. Die Klippen wichen langsam zurück und mit ihnen die Dörfler, die sie aus ihrem Heim vertrieben hatten.

Bei diesem Gedanken stieß sie einen wilden Fluch aus.

»Ein Priester! *Hier!* Bei den Hoden der Götter, *Windjäger*, gibt es denn keinen Ort, an dem die Zirkler ihre giftige Saat noch nicht ausgesät haben?«

Es kam keine Antwort. Sie betrachtete den Mast, der fest im Bauch des Bootes vertäut war, und seufzte.

»Nun, was kannst du schon von diesen Dingen wissen? Du hast seit Jahren wie ein trauernder Witwer in der Höhle gelegen. So, wie die Dinge stehen, sollten wir beide uns wohl am besten daran machen, ein Segel für dich und ein neues Heim für mich zu finden.«

# 9

Als Danjin in Aurayas Empfangsraum trat, erblickte er den mittlerweile vertrauten, hochgewachsenen Mann am Fenster. *Leiard,* dachte er. *Pünktlich wie immer.*

Der Traumweber drehte sich um und nickte Danjin höflich zu. Als Danjin die Geste erwiderte, bemerkte er, dass das Fenster vom Atem des Traumwebers beschlagen war. Plötzlich stellten sich die feinen Härchen in seinem Nacken auf. Wie konnte sich jemand so dicht vor das Fenster stellen, wenn auf der anderen Seite ein solcher Abgrund klaffte?

Ihm war aufgefallen, dass Leiard, wenn er einen Turmraum betrat, stets zu dem Fenster hinüberging, das ihm am nächsten lag. War es die Aussicht, die ihn faszinierte? Danjin musterte den Traumweber, der nun wieder hinausblickte. Und es war ein sehr eindringlicher Blick. Beinahe so, als wolle er durch das Fenster treten und … und …

*Fliehen,* dachte Danjin plötzlich.

Was durchaus verständlich gewesen wäre. Hier stand er an ebendem Ort auf der Welt, an dem der Einfluss der Götter am stärksten war. Jener Götter, die den Begründer der Traumweberzunft hingerichtet hatten.

Und doch war die Nähe zu einem der Fenster das einzige Zeichen von Leiards Unbehagen, das Danjin jemals wahrgenommen hatte. *Ich habe ihn noch nie erregt gesehen, aber andererseits habe ich ihn ebenso wenig entspannt gesehen. Er vermittelt den Eindruck, als habe er seine Gedanken und Gefühle zu jeder Zeit fest unter Kontrolle.*

Die Tür zu Aurayas privaten Räumen öffnete sich. Als sie

ihre Gäste sah, lächelte sie. Danjin machte das formelle Zeichen des Kreises, während Leiard wie immer reglos verharrte. Auraya hatte niemals zu erkennen gegeben, ob dieses Verhalten sie kränkte.

»Danjin Speer. Traumweber Leiard«, sagte sie. »Ist alles gepackt und bereit?«

Ihr Gesicht strahlte vor Aufregung. Sie war wie ein Kind, das im Begriff stand, seine erste große Reise anzutreten, die es von zu Hause fortführte. Leiard deutete auf einen abgenutzten Beutel neben einem Stuhl.

»Ich bin bereit«, erwiderte er ernst.

Auraya betrachtete den Beutel. »Das ist alles?«

»Alles, was ich je auf eine Reise mitnehme«, antwortete er.

»Unser Gepäck befindet sich bereits auf dem Schiff«, informierte Danjin Auraya. Er dachte an die drei großen Schrankkoffer, die er vorausgeschickt hatte. Einer war voller Schriftrollen, Geschenke und anderer Dinge, die mit dem Zweck ihrer Reise zusammenhingen. In einen anderen Koffer war Aurayas Habe gepackt worden. Der dritte Schrankkoffer war der größte, und in ihm befanden sich seine eigenen Kleider und andere Besitztümer. Leiard und Auraya hatten es leicht, ging es ihm durch den Kopf. Sie trugen beide den Ornat ihres Standes statt der endlos variierten Prunkgewänder, die zu tragen von ihm als Mitglied der höchsten Gesellschaftskreise Hanias erwartet wurde.

»Dann sollten wir uns jetzt auf den Weg zu Mairaes Räumen machen«, sagte Auraya. Sie trat einen Schritt zurück und bückte sich, um im Nebenzimmer etwas aufzuheben. »Komm, Unfug. Es wird Zeit aufzubrechen.«

In dem kleinen Käfig, den sie jetzt in der Hand hielt, hockte ihr Veez und stemmte sich mit allen vier Beinen gegen den Boden.

»Käfig schlecht«, sagte er verdrossen.

»Still«, befahl sie ihm.

Zu Danjins Überraschung gehorchte das Tier. Als Auraya zur Haupttür hinüberging, hob Leiard seinen Beutel auf und sah Danjin erwartungsvoll an. Danjin verließ den Raum, und der Traumweber folgte ihm.

Als sie die Treppe hinaufgingen, kam der Käfig im Treppenhaus ihnen von oben entgegen. Darin stand ein junger Mann in einer aufsehenerregenden, förmlichen Kleidung. Danjin erkannte ihn sofort; es war Haime, einer der vielen genrianischen Prinzen. Als der Prinz Auraya sah, verneigte er sich leicht und machte das Zeichen des Kreises. Auraya nickte ihm lächelnd zu.

Sie kamen an der Tür zu Rians Räumen vorbei. Danjin dachte an die Gerüchte, die in der Stadt die Runde machten und die Rians jüngste Reise nach Süden zum Inhalt hatten. Es waren Berichte über einen gefährlichen Zauberer, der in Toren Dörfer angriff, und man war allenthalben davon ausgegangen, dass Rian damit beauftragt worden war, dem Eindringling das Handwerk zu legen. Als Rian vor einigen Tagen zurückgekehrt war, hatte Danjin eine triumphierende Erklärung erwartet, dass die Gefahr gebannt sei, aber es war nichts dergleichen erfolgt. Bedeutete das, dass Rian gescheitert war? Oder war er aus ganz anderen Gründen nach Süden gereist?

Als Auraya vor Mairaes Tür stand, klopfte sie leise an. Die Tür wurde geöffnet, und die hellhaarige Weiße führte sie in ihren Empfangsraum.

»Ich bin fast fertig«, sagte sie nach einer schnellen förmlichen Begrüßung. »Macht es euch bequem.«

Ihr Gesicht war ein wenig gerötet, wie Danjin bemerkte. Sie eilte in die privaten Räume ihres Quartiers. Auraya lächelte, dann hielt sie inne und blickte Leiard fragend an. Der Traumweber sah ihr unbewegt in die Augen und zuckte die Achseln. Auraya wandte sich ab; offensichtlich war sie zufrieden mit dem, was sie in seinem Gesicht oder in seinen Gedanken gelesen hatte.

*Ich bin ständig von Rätseln umgeben,* dachte Danjin trocken.

Ein leises Jaulen lenkte seine Aufmerksamkeit auf Unfug zurück. Der Veez drehte sich in seinem Käfig rastlos im Kreis und blieb dann stehen, um zur Decke emporzustarren. Nun blickte auch Danjin auf und sah den anderen Veez, der über ihnen an der Decke hing.

*Mairaes Veez … wie war noch gleich sein Name? Sternenstaub.*

Er konnte erkennen, warum Mairae dem Tier gerade diesen Namen gegeben hatte. Der Veez war schwarz, und sein Fell war übersät mit winzigen, weißen Tupfen. Sternenstaub – ein Weibchen – sprang von der Decke auf die Rückenlehne eines Sessels, dann ließ sie sich zu Boden gleiten. Sie trat vor Unfugs Käfig hin, stellte sich auf die Hinterbeine und stieß eine Abfolge der komplizierten Zwitscherlaute aus, die die natürliche Ausdrucksform dieser Geschöpfe bildeten.

Kurz darauf wurde die Tür zu den privaten Räumen geöffnet, und Mairae kehrte zurück. Ein Diener folgte ihr mit einem kleinen Beutel. Als Mairae Sternenstaub entdeckte, rief sie ihren Namen.

»Nimmst du Unfug mit?«, fragte Mairae Auraya, als Sternenstaub auf sie zugesprungen kam.

»Es bleibt mir wohl nichts anderes übrig, wenn ich, den Anweisungen der Somreyaner folgend, seine Ausbildung vollenden will.«

Mairae bückte sich, um den Veez zu ihren Füßen zu streicheln. »Ich würde Sternenstaub auch gern mitnehmen, aber sie wird auf Schiffen immer seekrank.« Sie zeigte auf die Tür zu ihrem privaten Quartier. »Geh hinein.«

Sternenstaub trottete zur Tür hinüber, dann setzte sie sich hin und bedachte ihre Herrin mit einem sehnsüchtigen Blick.

»Ich werde bald wieder da sein«, versicherte Mairae dem kleinen Geschöpf.

Sternenstaub stieß einen langen, übertriebenen Seufzer aus, dann verschränkte sie die Pfoten und stützte das Kinn darauf, um ihre Herrin flehentlich anzublinzeln. Mairae verdrehte die Augen.

»Kleine Ränkeschmiedin«, murmelte sie. »Wir sollten schnell aufbrechen, bevor sie zu weinen anfängt.«

»Veez weinen?«, fragte Auraya.

»Sie können keine Tränen produzieren wie Menschen, aber sie verstehen sich hervorragend darauf, einen guten Weinkrampf nachzuahmen.« Sie schloss die Tür. »Bist du bereit für deine erste Seereise?«

»So bereit, wie man es nur sein kann«, erwiderte Auraya.

Mairae schenkte ihnen allen ein strahlendes Lächeln. »Dann brechen wir wohl am besten zum Hafen auf, bevor die Seeleute denken, wir hätten unsere Meinung geändert, und ohne uns in See stechen.«

Danjin lächelte. *Als ob eins der Schiffe der Weißen jemals ohne sie aufgebrochen wäre.* Er folgte Mairae aus dem Raum. Während sie darauf warteten, dass der Käfig ankam, ließ er sich die vor ihm liegende Aufgabe noch einmal durch den Kopf gehen.

Würden sich die Dinge so entwickeln, wie sie es hofften? Die Chancen standen gut, befand er. Er hätte anders gedacht, wäre seine Meinung über den Traumweber weniger günstig ausgefallen. Während sämtlicher Beratungen über die Allianz war Leiard erfrischend offen gewesen, was die Bedingungen betraf, die seine Leute kränken könnten, andererseits waren seine Gegenvorschläge stets vernünftig gewesen. Bisher hatte Danjin nicht den leisesten Grund zu argwöhnen, dass der Traumweber irgendein anderes Ziel verfolgte als die Verringerung der Konflikte zwischen seinen Leuten und den Zirklern.

Und doch war irgendetwas seltsam an Leiard. Zum einen veränderte sich sein Verhalten Auraya gegenüber von einem Augenblick zum nächsten. Manchmal war er still, und seine Haltung und seine Sprache verrieten großen Respekt; zu anderen Zeiten war sein Tonfall voller Autorität und Selbstbewusstsein. Vielleicht gewann er sein Selbstbewusstsein zurück, wenn er vergaß, wer sie war, nur um es von Neuem zu verlieren, wenn es ihm wieder einfiel.

Oder gab es einen anderen Grund dafür? Danjin war sich nicht sicher. Vielleicht war es Leiards Nervosität im Umgang mit den anderen Weißen, die ihm zu schaffen machte. Obwohl Leiard während der Gespräche über die Allianz mehrmals mit Mairae zusammengekommen war, begegnete er ihr stets mit wachsamer Höflichkeit. In Dyaras Gegenwart widerstrebte es ihm offenkundig, überhaupt etwas zu sagen, obwohl das wahrscheinlich daran lag, dass die ältere Frau keinen Hehl aus ihrer Abneigung gegen Heiden machte. Bei einer ihrer ersten Begegnungen hatte Dyara Leiard befragt, bis Mairae einwandte, dass die Hälfte der für ihr Gespräch vorgesehenen Zeit von dem »Verhör« in Anspruch genommen werde. Danjin vermutete, dass Dyara Anstoß an Leiards Wortkargheit und seinen vagen Antworten nahm. Ihre Unzufriedenheit führte nur zu weiteren Fragen.

Einmal war Rian während einer solchen Besprechung erschienen, aber er war Leiard vollkommen gleichgültig gegenübergetreten. Juran war der einzige Weiße, in dessen Gesellschaft Danjin Leiard noch nicht erlebt hatte. Es wäre gewiss eine interessante Begegnung. Danjin vermutete, dass kaum etwas Leiard mehr Unbehagen bereiten würde als das Zusammentreffen mit dem Mann, der den Begründer seines Kults getötet hatte.

Während der Käfig langsam von unten auf sie zuglitt, fragte sich Danjin, ob Leiards Befangenheit vielleicht einfach ansteckend war. *Ich fühle mich in seiner Gegenwart unbehaglich, weil er sich unter den Menschen unbehaglich fühlt, die mir so viel bedeuten.*

In einem Punkt war er sich sicher: Er würde Leiard genau im Auge behalten. Die Weißen mochten schwer zu hintergehen sein, aber er hätte niemals darauf gewettet, dass etwas Derartiges unmöglich war.

Die äußeren Arme der Bucht von Jarime hatten sich während der letzten Stunde langsam enger zusammengezogen und zeigten sich jetzt als Reihen hoher Klippen zu beiden Seiten. Auraya sah voller Interesse zu, wie die Mannschaft der *Herold* ihre Arbeit tat. Das Schiff fuhr aus der Bucht, dann zwischen den beiden gewaltigen Felssäulen hindurch, die als die »Wächter« bekannt waren. Als sie die Gewässer der Spiegelstraße erreichten, wurde die Fahrt langsam ruhiger.

»Früher bin ich auf Schiffen immer seekrank geworden.«

Auraya sah zu Mairae hinüber. Sie saßen am Heck, wo sich entlang der Reling hölzerne Bänke zogen. Man hatte weiche Kissen für sie bereitgelegt, und ein Baldachin schirmte sie vor der grellen Sonne ab. Leiard und Danjin standen am Bug, und unten im Schiffsrumpf war eine kleine Gruppe von Dienern damit beschäftigt, ein leichtes Mahl zuzubereiten.

»Tatsächlich?«, fragte Auraya.

»Ja. Es war so schlimm, dass ich den größten Teil der Reise praktisch ohne Bewusstsein war.« Mairae legte sich eine Hand über die Augen. Das Sonnenlicht funkelte auf dem weißen Ring an ihrem Mittelfinger. »Manchmal sind es gerade die kleinsten Gaben der Götter, die ich am meisten zu schätzen weiß.«

Auraya blickte auf ihren eigenen Ring hinab, dann schaute sie zu der Tür, die zu den Räumen unter Deck führte.

»Ich hoffe, dass Leiard und Danjin die Reise gut verkraften werden.«

»Der Traumweber hat gewiss seine eigenen Methoden, um Seekrankheit zu kurieren, und Danjin hat sich wahrscheinlich Heilmittel dagegen mitgenommen. Er ist immer aufs Beste vorbereitet.«

»Ja.« Auraya lächelte. »Ich weiß nicht, was ich ohne ihn tun würde.« Sie wandte sich zu Mairae um. »Du hast keinen Ratgeber?«

»Zu Anfang hatte ich jemanden, der in meinem Dienst stand. Sein Name war Wesso, aber ich habe ihn immer Westie genannt, weil er von der Insel Irian kam und sein Akzent so stark war, dass man ihn bisweilen kaum verstehen konnte. Er war fast zehn Jahre lang mein Ratgeber.« Ein geistesabwesender Ausdruck trat in ihre Augen. »Zu der Zeit brauchte ich ihn bereits nicht mehr, aber wenn ich ihn entlassen hätte, hätte ihn das zutiefst gekränkt, daher habe ich ihn bis zu seinem Tod bei mir behalten. Aber jetzt vermisse ich ihn manchmal.«

Als sie den Kummer in Mairaes Augen sah, durchzuckte Auraya ein Stich des Mitgefühls – und etwas, das an Angst grenzte.

»Hast du dich daran gewöhnt, Menschen alt werden und sterben zu sehen?«, fragte sie mit leiser Stimme.

Mairae hielt Aurayas Blick stand, und ihre Miene war ungewöhnlich ernst. »Nein, aber ich habe gelernt, auf welche Weise ich am besten trauern kann. Ich gestatte mir ein gewisses Maß an Zeit, unglücklich zu sein, dann muss das Leben weitergehen. Und ich erlaube mir nicht, im Vorhinein allzu viel darüber zu grübeln. So wie ich es sehe, darf man sich keine übertriebenen Sorgen um die Zukunft machen, wenn diese Zukunft endlos ist.«

»Du hast wahrscheinlich recht. Aber manchmal kann ich

nicht umhin, mich zu sorgen. Wahrscheinlich gehört das zu den vielen Dingen, die ich noch werde lernen müssen.«

Mairae zog die Augenbrauen hoch. »Worüber machst du dir denn solche Sorgen?«

Auraya zögerte, dann schüttelte sie den Kopf. »Oh, es sind nur … kleine Dinge. Nichts Wichtiges.«

»Du bist nach wie vor ein Mensch, Auraya. Nur weil du dich um große Dinge kümmern musst, bedeutet das nicht, dass die kleinen nicht wichtig wären. Seit ich für diese Reise Dyaras Platz als deine Lehrerin übernommen habe, ist es meine Aufgabe, all deine Fragen zu beantworten, seien sie nun bedeutend oder weniger bedeutend.«

»Ich bespreche keine unbedeutenden Angelegenheiten mit Dyara.«

Mairae grinste. »Das tue ich auch nicht. Umso mehr Grund, mit mir zu reden. Also?«

»Ich mache mir Sorgen, dass ich einsam sein werde«, gestand Auraya.

Mairae nickte. »Davor hat jeder Mensch Angst, sei er nun sterblich oder nicht. Du wirst neue Freunde finden, die an die Stelle der alten treten.« Sie lächelte. »Und auch neue Geliebte.«

*Wie Haime, den genrianischen Prinzen?* Auraya dachte an den Morgen zurück, an den jungen Mann, der in dem Käfig den Turm hinuntergefahren war. Sie hatte genug von seinen Gedanken aufgefangen, um zu wissen, dass er soeben aus Mairaes Quartier gekommen war – und sie hatte auf diese Weise auch erfahren, was er während des größten Teils der vergangenen Nacht getan hatte. Dieser kleine Zwischenfall hatte ihr lediglich bestätigt, dass die Gerüchte, die sich um Mairae und ihre Geliebten rankten, der Wahrheit entsprachen.

Mairae kicherte. »Nach deinem Gesichtsausdruck zu schließen, hast du von meinen Geliebten wohl bereits gehört.«

»Nur gerüchteweise«, sagte Auraya ausweichend.

»Es ist unmöglich, Geheimnisse vor den anderen Weißen zu haben, und noch schwieriger ist es, irgendetwas vor den Dienern geheim zu halten.« Sie lächelte. »Es ist lächerlich, von uns zu erwarten, dass wir bis in alle Ewigkeit keusch leben.« Mairae zwinkerte. »Die Götter haben nicht gesagt, dass wir das tun müssen.«

»Haben die Götter jemals direkt zu dir gesprochen?«, fragte Auraya, die sich die Gelegenheit, das Thema zu wechseln, nicht entgehen lassen wollte. Wenn Mairae erst begann, über ihre ehemaligen Geliebten zu sprechen, würde sie von Auraya gewiss die gleiche Offenheit erwarten – und sie war davon überzeugt, dass ihre eigenen Erfahrungen an die von Mairae nicht heranreichen konnten. »Zu mir haben sie noch nichts gesagt.«

Mairae nickte. »Manchmal.« Sie hielt inne, und ein geistesabwesender, verzückter Ausdruck trat in ihre Züge. »Yranna teilt meinen Geschmack, was Männer betrifft. Sie ist wie eine große Schwester.« Sie drehte sich zu Auraya um. »Du hast gewiss schon von Anyala gehört, Jurans großer Liebe. Alle sprechen davon, wie wunderbar treu Juran war. Das Problem ist, dass er seither keine andere Frau mehr hatte, und Anyala ist nun seit fast zwanzig Jahren tot. Dadurch sieht es jetzt so aus, als erwarte er von uns Übrigen ebenfalls, keusch zu bleiben. Du bist in diesem Punkt doch nicht seiner Meinung, oder?« Mairae sah Auraya erwartungsvoll an.

»Nein. Ich … ich hatte schon gehört, dass Juran einmal eine Ehefrau hatte«, sagte Auraya. Ihr Versuch, das Gespräch auf ein anderes Thema zu lenken, zeigte keinen großen Erfolg.

»Die beiden waren nie verheiratet«, korrigierte Mairae sie. »In diesem Punkt haben sich die Götter sehr klar ausgedrückt. Keine Ehe und keine Kinder. Juran hat seit Anyalas Tod keine andere Frau auch nur *angesehen.* Das ist nicht gesund. Und

Dyara …« Sie verdrehte die Augen. »Dyara ist noch schlimmer. Eine typische Genrianerin und prüde bis ins Mark. Sie hatte fast vierzig Jahre lang eine tragische Liebesaffäre mit Timare. Eine körperliche Ebene hat die Beziehung zwischen den beiden jedoch nie erreicht. Ich glaube, sie hätte es nicht ertragen können, wenn wir anderen sie nackt in Timares Gedanken hätten sehen können. So wie sie sich benimmt, so heimlichtuerisch, bringt sie die Menschen auf den Gedanken, die Liebe sei etwas, dessen man sich schämen müsse.«

»Timare?«

»Ihr Lieblingspriester«, sagte Mairae. Dann musterte sie Auraya forschend. »Du hast nichts davon gewusst?«

»Ich bin Hohepriester Timare vor meiner Auserwählung nur ein- oder zweimal begegnet.«

Mairae zog die Augenbrauen hoch. »Ich verstehe. Also hält Dyara euch beide voneinander fern. Sie möchte wahrscheinlich verhindern, dass du von ihrem kleinen Geheimnis erfährst.« Sie trommelte mit den Fingern auf die Bank. »Hat sie dir irgendwelche Anweisungen gegeben, wie du dich in Angelegenheiten des Herzens – und des Schlafzimmers – zu verhalten hast?«

Auraya schüttelte den Kopf.

»Interessant. Nun, lass dir von Dyara nicht ihre spießigen Vorstellungen von Tugend aufzwingen. Das würde dir nur Einsamkeit und Verbitterung eintragen.«

»Was … was ist mit Rian?«, fragte Auraya, die den Versuch, das Thema zu wechseln, nun endgültig aufgab und stattdessen danach trachtete, andere Personen zum Gegenstand des Gesprächs zu machen.

Mairae rümpfte angewidert die Nase. »Ich glaube nicht, dass er dazu in der Lage ist«, murmelte sie. Dann verzog sie das Gesicht. »Das ist grausam und ungerecht. Rian ist ein ganz zauberhafter Mensch. Aber er ist so … so …«

»Fanatisch?«

Mairae seufzte. »Ja. Nichts könnte jemals zwischen Rian und die Götter kommen. Nicht einmal die Liebe. Damit könnte eine Frau leben, aber nicht damit, ständig daran erinnert zu werden.«

*Bin ich vielleicht genauso?*, fragte sich Auraya. In den Jahren seit ihrer Weihe zur Priesterin hatte sie einige Male geglaubt, verliebt zu sein, aber das Gefühl des Jubels und der Zugehörigkeit hatte niemals mehr als wenige Monate überdauert. Wenn sie an die Götter dachte, empfand sie eine Ehrfurcht, die um ein Vielfaches tiefer ging als diese anderen Regungen. Wenn es Liebe war, so ließ sie sich in keiner Weise mit den irdischen Gefühlen vergleichen, die sie für diese Sterblichen empfunden hatte. Warum konnte das eine keinen Raum für das andere lassen?

»Er geht ein wenig hart mit sich ins Gericht, weil er den Pentadrianer verloren hat«, fügte Mairae hinzu.

»Ja«, pflichtete Auraya ihr eifrig bei. Endlich hatte Mairae sich einem anderen Thema zugewandt. »Glaubst du, dass der Pentadrianer zurückkommen wird?«

Mairae verzog das Gesicht. »Vielleicht. Böse Menschen lassen sich selten für lange Zeit aufhalten. Wenn sie Unheil stiften und damit durchkommen, versuchen sie es im Allgemeinen noch einmal.«

»Wird Juran Rian dann auf den südlichen Kontinent schicken?«

»Ich bezweifle es. Dieser Zauberer ist fast genauso stark wie Rian. Ich glaube nicht, dass es im Süden andere gibt wie ihn, aber es gibt jede Menge Pentadrianer, die mit ebenso großen Gaben gesegnet sind wie unsere Hohepriester dort. Mit ihrer Hilfe könnte er eine echte Gefahr für Rian darstellen. Nein, wenn wir ihn besiegen wollen, werden wir warten müssen, bis er zu uns kommt.«

Auraya schauderte. »Ich werde mich erst wieder sicher fühlen, wenn ich weiß, dass er tot ist.«

»Zerbrich dir deswegen nicht den Kopf.« Mairaes Züge nahmen einen Ausdruck an, den Auraya bisher nur bei älteren Menschen gesehen hatte. »Es hat stets mächtige Zauberer gegeben, Auraya. Einige waren mächtig genug, um ohne die Hilfe der Götter Unsterblichkeit zu erringen. Wir haben sie immer besiegt.«

»Die Wilden?«

»Ja. Die Macht hat eine seltsame Neigung, Menschen zu verderben. Wir können uns glücklich schätzen, dass wir die Leitung der Götter haben und in dem Bewusstsein leben, dass man uns unsere Gaben wieder wegnehmen kann, falls wir uns dem Bösen zuwenden. Die traurige Wahrheit der Welt ist die, dass die meisten Menschen, die über große magische Macht verfügen, diese Macht nicht zum Guten nutzen. Ihre Ziele sind im Allgemeinen selbstsüchtig, und niemand ist stark genug, um sie für ihre Missetaten zur Rechenschaft zu ziehen.«

»Niemand außer uns.«

»Ja. Und indem wir mit Gaben gesegnete Menschen dazu ermutigen, Priester zu werden, sorgen wir dafür, dass wir die neuen Zauberer unter Kontrolle halten können.«

Auraya nickte. »Ist dieser Zauberer einer der alten Wilden?«

Mairae runzelte die Stirn. »Einige wenige sind Juran und Dyara entkommen: eine Frau, die als die Hexe bekannt war, ein Junge, der es immer mit dem Meer und den Seeleuten hatte und den Namen die Möwe trug, und außerdem zwei Geschwister, die als die Zwillinge bekannt waren. Diese Wilden sind seit hundert Jahren nicht mehr gesehen worden. Juran glaubt, sie seien vielleicht auf die andere Seite der Welt gereist.«

»Keiner von ihnen klingt so, als könnte er dieser Zauberer sein.«

»Nein. Er ist ein neuer Wilder, falls er überhaupt einer ist. Die Götter haben uns gewarnt, dass etwas Derartiges geschehen könnte. Alle tausend Jahre werden einige von ihnen geboren. Wir müssen uns ihrer entledigen, wenn sie erscheinen. Für den Augenblick müssen wir beide jedoch erst einmal eine Allianz aushandeln.« Sie grinste. »Und du solltest das Beste aus der Zeit machen, in der du frei bist von Dyaras Joch.«

»So schlimm ist sie gar nicht.«

»Lügnerin. Vergiss nicht, sie war auch meine Lehrerin. Ich weiß, wie sie ist. Das ist mit ein Grund, warum ich erklärt habe, ich könne nicht ohne dich auskommen. Sie hat versucht, Juran davon zu überzeugen, dass du zu unerfahren seist, aber er weiß, dass diese Aufgabe durchaus im Bereich deiner Möglichkeiten liegt.«

Auraya sah Mairae an und mühte sich, eine Antwort zu finden. Ein vertrauter Ruf bewahrte sie vor weiteren Überlegungen.

»Owaya! Owaya!«

Ein Veez kam über das Deck gehuscht, brachte beinahe zwei der Matrosen zu Fall und sprang auf Aurayas Schoß. Als Unfug sich daranmachte, Aurayas Gesicht zu lecken, lachte Mairae entzückt auf.

»Halt! Genug!«, protestierte Auraya. Als der Veez sich beruhigt hatte, sah sie ihn missbilligend an. »Wie bist du herausgekommen?«

Der Veez blickte hingebungsvoll zu ihr auf.

»Ich glaube, er hat wieder einmal das Schloss seines Käfigs geknackt«, erwiderte eine Männerstimme. Leiard schlenderte über das Deck auf sie zu. Bei seinem Anblick beschleunigte sich Aurayas Herzschlag. Er hatte in seiner Rolle als Ratgeber größeren Nutzen bewiesen, als sie je gehofft hatte. Es tat so gut, auf dieser Reise seine Gesellschaft zu haben. Seine Gegenwart verlieh ihr Zuversicht.

»Käfig *schlecht*«, murmelte der Veez.

»Ich habe die Diener über ihn schimpfen hören und mich erboten, ihn zurückzubringen«, erklärte Leiard ihr.

»Vielen Dank, Leiard.« Sie seufzte. »Ich nehme an, er wird es einfach wieder tun. Am besten, er bleibt gleich bei mir.«

Leiard nickte. Er schaute einen Moment lang zu Mairae hinüber, dann senkte er den Blick auf das Deck.

»Mairae von den Weißen«, sagte er.

»Traumweber Leiard«, erwiderte sie.

Er wandte sich wieder Auraya zu. »Ich werde den Dienern Bescheid geben, dass er bei dir ist.«

Als er davonging, stieß Mairae einen leisen Seufzer aus. »Ich mag hochgewachsene Männer. Er hat schöne Augen. Ein Jammer, dass er ein Traumweber ist.«

Auraya starrte die andere Weiße erschrocken an, und Mairae lachte. »Oh, Auraya. Du bist fast so prüde wie Dyara. Ich habe nicht ernstlich die Absicht, ihn in mein Bett zu nehmen, aber ich glaube nicht, dass es verwerflich ist, die Vorzüge eines Mannes zu bewundern – ebenso wenig wie es verwerflich ist, ein besonders gut gezüchtetes Reyna oder eine Blume zu bewundern.«

Auraya schüttelte tadelnd den Kopf. »Es ist überhaupt nichts Verwerfliches daran, nur dass ich nicht auf diese Weise über die Männer um mich herum denken möchte.«

»Warum nicht?«

»Ich muss mit ihnen zusammenarbeiten. Und es würde mich zu sehr ablenken, wenn ich mich fragte, wie sie im Bett wären.«

Mairae kicherte. »Du wirst deine Meinung vielleicht ändern, wenn dir klar wird, wie viele lange, zähe Besprechungen du in Zukunft noch über dich ergehen lassen musst.«

Darauf fiel Auraya keine Erwiderung ein.

Eine Dienerin kam zum Heck herübergeeilt und machte das Zeichen des Kreises. »Die Mittagserfrischungen sind bereit«, sagte sie. »Soll ich sie euch hier heraufbringen?«

»Ja, vielen Dank«, antwortete Mairae. Dann stand sie auf und blickte auf Auraya hinab. »Ich schätze, wir werden gleich herausfinden, wie gut dein Ratgeber mit dem Reisen zur See fertig wird.«

Auraya lächelte und setzte sich den Veez auf die Schulter. »Ich schätze, du hast recht.«

# 10

Es gibt eine bestimmte Art von Erregung, die Menschen befällt, wenn sie sich dem Ende einer Reise nähern. Für die Mannschaft der *Herold* hatte es mit der komplizierteren Aufgabe zu tun, das Schiff in einen Hafen zu steuern, in dem bereits zahlreiche andere Schiffe vor Anker lagen. Im Falle der Passagiere war es die Vorfreude darauf, die Unannehmlichkeiten des Schiffes hinter sich zu lassen; hinzu kamen noch die Hoffnungen und Zweifel angesichts dessen, was ihnen an ihrem Bestimmungsort vielleicht widerfahren würde.

Leiard betrachtete Aurayas Ratgeber, der auf der anderen Seite der beiden sitzenden Weißen stand. Danjin Speer war intelligent und kenntnisreich, und er hatte sich Leiard gegenüber respektvoll gezeigt, auch wenn er mit gelegentlichen Bemerkungen seine Abneigung gegen die Traumweber im Allgemeinen offenbart hatte.

Er wandte seine Aufmerksamkeit Mairae zu. Abgesehen von Auraya war sie von allen Weißen diejenige, die ihm am freundlichsten begegnete. Ihre Herzlichkeit schien ein natürlicher Teil ihres Wesens zu sein und nichts Einstudiertes, aber es war offenkundig, dass sie hochgeborene Gesellschaft bevorzugte. Obwohl sie Mitgefühl mit den Armen hatte und voller Lob war für die hart arbeitenden Kaufleute und Handwerker, behandelte sie sie nicht genauso, wie sie die Reichen und Mächtigen behandelte. Er vermutete, dass sie im Geiste die Traumweber irgendwo zwischen den Armen und den Handwerkern ansiedelte und ihnen wahrscheinlich eher Mitleid als Verachtung entgegenbrachte.

Ganz anders als Auraya, die die Traumweber weder bemitleidete noch verachtete. Leiard blickte auf sie hinab und konnte sich eines Anflugs von Stolz nicht erwehren. Alles andere wäre ihm auch schwergefallen, wenn er bedachte, was sie erreicht hatte. Die übrigen Weißen hatten ihn und seinen Rat akzeptiert, auch wenn einige von ihnen es nur widerstrebend taten.

*Sie verlassen sich darauf, dass ich diese Allianz für sie aushandeln werde. Wer hätte das geahnt? Die Auserwählten der Götter verlassen sich auf einen Traumweber.*

Ein Schwall kalter Luft fuhr über sie hinweg und führte das Schiff noch näher an die Stadt heran. Die quadratischen Weißsteinhäuser von Arbeem waren auf einem Hang erbaut worden, der steil zum Wasser hin abfiel. Sie sahen aus wie achtlos hingeworfene, übergroße Treppenstufen. Immer wieder wurde die weiße Fläche von Grün durchbrochen. Die Somreyaner liebten Gärten.

In der Mitte des Hafens stand auf einer massiven Säule eine riesige Statue. Der verwitterte Zustand, in dem sie sich befand, ließ auf ein ungeheuer hohes Alter schließen und machte das Antlitz der Statue beinahe unkenntlich. Eine Erinnerung blitzte durch Leiards Geist und erschütterte ihn mit ihrer Stärke. Was er vor seinem inneren Auge sah, war dieselbe Statue, nur weniger verwittert. Auch ein Name tauchte in seinem Gedächtnis auf.

*Svarlen. Der Gott des Meeres.*

Es musste eine Netzerinnerung sein – und obendrein eine sehr alte. Als das Schiff daran vorbeifuhr, blickte Leiard zu dem Koloss auf und ließ das alte Bild von der noch neueren Statue sich über das reale Augenblicksbild der Skulptur legen. Er hörte den Ruf eines Horns und wandte sich wieder der Stadt zu.

Ein Boot kam ihnen entgegen, vorwärtsgetrieben von Ruderern. Es hatte einen breiten Rumpf, war auf aufsehenerregende Weise geschmückt und trug auf seinem Segel das aufgemalte Emblem des Ältestenrats.

Der Kapitän der *Herold* gab mit lauter Stimme einen Befehl. Das Segel wurde eingeholt, und das Schiff drosselte seine Fahrt. Als das Boot des Rats längsseits ging, warfen beide Mannschaften Leinen aus und machten die beiden Schiffe aneinander fest.

An Bord des Bootes standen drei anscheinend wichtige Personen, von denen jede die goldene Schärpe trug, die sie als Mitglieder des Ältestenrats auswies. Auf der linken Seite stand ein stämmiger, grauhaariger Hohepriester. Sein Name war Haleed, wie Leiard sich erinnerte. Auf der rechten Seite erblickte er eine Frau in mittleren Jahren, die ein Traumweberwams trug. Dies musste Arleej sein, die Traumweberälteste. Das Oberhaupt seines Standes.

Er hatte sich auf die Begegnung mit dieser Frau gefreut. In den Sendschreiben, die über Priester in beiden Ländern zwischen dem Rat und den Weißen hin und her gegangen waren, hatte Leiard Hinweise auf eine stolze Frau mit einem scharfen Verstand gesehen. Stolz war eine Eigenschaft, die zur Schau zu stellen Traumweber im Allgemeinen nicht ermutigt wurden, aber ebenso wenig war es rühmlich, sich ein allzu schnelles Urteil zu bilden, rief er sich ins Gedächtnis. Das Oberhaupt der Traumweber würde in diesem Zeitalter sehr stark sein müssen.

Der dritte Mann auf dem Boot, der zwischen den anderen stand, war dünn und hochbetagt, aber obwohl er einen Gehstock in Händen hielt, war sein Blick klar und aufmerksam. Dies, so vermutete Leiard, war der Vermittler des Rats, Meeran.

Auraya und Mairae erhoben sich von ihren Sitzplätzen, dankten dem Kapitän der *Herold* und gingen dann auf das

Boot hinüber, das man zu ihrer Begrüßung ausgesandt hatte. Leiard und Danjin folgten ihnen, wobei der Ratgeber Unfug in seinem Käfig trug. Das Veez brabbelte verdrossen vor sich hin. Während der Reise hatte Auraya ihn gelehrt, die Gefangenschaft als Gegenleistung für großzügige Belohnungen zu ertragen. Trotzdem währte seine Duldung des Käfigs nie länger als eine Stunde.

Sobald die Weißen an Bord waren, trat Meeran vor.

»Willkommen in Somrey, Auserwählte der Götter.« Er verbeugte sich leicht, dann machte er das formelle Zeichen des Kreises. »Ich bin Vermittler Meeran. Es ist uns eine Freude, dich wiederzusehen, Mairae Edelsteinschmiedin, und eine Ehre, das erste fremde Land zu sein, das Auraya Färberin empfangen darf.«

Arleej schaute zu Leiard hinüber. Der Blick war eindringlich und fragend, und er spürte Zweifel und Argwohn. Er neigte den Kopf, und sie hob zur Antwort kurz das Kinn.

»Wir sind hocherfreut, eure schönen Inseln besuchen zu dürfen, Vermittler Meeran«, erwiderte Mairae, »und es macht mich glücklich, meine Bekanntschaft mit dir und den übrigen Ratsmitgliedern erneuern zu können.« Sie sah zu Haleed und Arleej hinüber. Die beiden neigten den Kopf und murmelten eine Antwort.

»Ich habe mich darauf gefreut, einen jeden von euch kennenzulernen«, sagte Auraya mit einem strahlenden Lächeln. Arleejs Mundwinkel bogen sich kurz nach oben, aber ihr Lächeln reichte nicht bis zu ihren Augen. »Ich habe viel über die Schönheit eures Landes gehört und hoffe, mir ein wenig davon ansehen zu können«, fügte Auraya hinzu, »wenn mir die Zeit dazu bleibt.«

*Mit anderen Worten, wenn wir diese Angelegenheit schnell unter Dach und Fach bringen können,* ging es Leiard durch den Kopf.

»Dann müssen wir eine Besichtigungsreise für dich veranlassen.« Meerans Lächeln war echt. Jetzt wanderte sein Blick an Mairae vorbei zu Danjin hinüber. »Du musst Danjin Speer sein. Ich hatte das Vergnügen, in jüngeren Jahren mit deinem Vater Handel zu treiben.«

Danjin lachte leise. »Ja. Er hat viele Male ebenso bewundernd wie vernichtend von deiner Fähigkeit zu feilschen gesprochen.«

Meerans Lächeln wurde breiter. »Das kann ich mir denken, aber ich möchte gern glauben, dass diese Fähigkeiten jetzt zu einem besseren Zweck eingesetzt werden, zum Wohle des Volkes.« Er schaute kurz zu Auraya hinüber, und Leiard fragte sich, ob ihr die unterschwellige Warnung in den Worten des Mannes aufgefallen war. Dann wandte Meeran sich an Leiard. »Und du musst Traumweberratgeber Leiard sein.«

Leiard nickte.

»Bist du schon früher in Somrey gewesen?«

»Ich habe Erinnerungen an dieses Land, aber sie sind schon sehr alt.«

Arleejs Augenbrauen zuckten in die Höhe.

»Dann heiße ich dich erneut willkommen in meiner Heimat, Traumweber«, sagte Meeran. »Ich freue mich darauf zu erfahren, wie du zu dieser einzigartigen und vielversprechenden Position als Traumweberratgeber bei den Weißen gelangt bist. Und nun«, er drehte sich um und klatschte in die Hände, »werden wir euch einige Erfrischungen anbieten.«

Das Boot hatte sich von dem Schiff entfernt, und die Ruderer waren wieder ans Werk gegangen. Meeran geleitete die Besucher zu den Sitzbänken hinüber und betrieb höfliche Konversation, während einige Diener Gläser mit einem warmen, gewürzten Getränk brachten, das Ahm genannt wurde.

Eine hohe Mauer begrenzte die Stadt. Darauf befand sich eine lange Reihe von Menschen, wobei diejenigen, die ganz vorn saßen, die Füße über den Rand baumeln ließen. Als das Boot näher an die Mauer herankam, konnten sie die Rufe dieser Menschen hören. Auraya und Mairae winkten, und die Menge brach in Jubel aus.

Das Boot legte nicht vor der Mauer an, sondern fuhr weiter. Leiard sah bewaffnete Wachen, die den Zuschauern den Zutritt zu einem bestimmten Teil des Docks verwehrten. Dort standen nur Priester und Priesterinnen, und ebendiesen Bereich steuerte das Schiff nun an.

Entlang der Kaimauer waren solide, hölzerne Gehwege gebaut worden. Als sie ihr Ziel erreichten, zogen die Männer ihre Ruder ein. Einige von ihnen vertäuten das Boot am Kai, während andere eine geschnitzte und bemalte Brücke für die Besucher herabließen.

Sie gingen von Bord, und Meeran führte sie eine Treppe hinauf. Oben auf der Mauer starrten die Priester und Priesterinnen Mairae und Auraya an, und ihre Ehrfurcht war so machtvoll, dass Leiard sie mühelos auffangen konnte. Die Hohepriester traten vor, um sich von Haleed vorstellen zu lassen. Als Leiard den Blick weiterwandern ließ, wurde ihm bewusst, dass er sich innerhalb des Tempels von Arbeem befand. Das Gebäude war von bescheidenerer Machart als die in Jarime und im gleichen Stil gebaut wie die meisten Häuser der Stadt – einstöckig und schmucklos.

Als Leiard seinen Namen hörte, richtete er seine Aufmerksamkeit wieder auf die Menschen um sich herum. Die Hohepriester betrachteten ihn mit unterdrückter Neugier und Zweifel. Nachdem alle miteinander bekanntgemacht worden waren, erklärte Arleej, dass sie sich verabschieden müsse.

»Ich muss ins Traumweberhaus zurückkehren. Wir vollziehen heute Abend die Frühlingsvernetzung«, erklärte sie. Dann wandte sie sich an Leiard. »Möchtest du an der Zeremonie teilnehmen, Traumweber Leiard?«

Sein Pulsschlag beschleunigte sich. Eine Vernetzung und eine Chance, sich mit einem anderen Traumweber zu beraten, was seine eigenartigen Erinnerungen betraf. »Es wäre mir eine Ehre«, antwortete er langsam. »Aber möglicherweise werde ich hier benötigt.«

»Nicht heute Abend, Leiard«, sagte Auraya. Sie sah ihm gelassen in die Augen und nickte beinahe unmerklich. *Geh zu deinen Leuten,* schien ihre Miene zu sagen. *Zeig ihnen, dass man dir vertrauen kann.* »Aber wir werden uns morgen früh mit dir beraten wollen«, fügte sie hinzu.

»Dann werde ich an der Zeremonie teilnehmen«, erklärte er. »Und noch heute Abend zurückkehren.«

Arleej nickte. »Ich freue mich darauf, euch alle morgen wiederzusehen«, sagte sie mit einer höflichen Verbeugung. Als sie sich abwandte, trat ein Priester vor und erbot sich, sie durch den Tempel zu führen.

Die Traumweberälteste schwieg, während sie dem Priester folgten. Nach kurzer Zeit traten sie aus dem Gebäude in einen Innenhof hinaus. In der Nähe standen ein vierrädriger Tarn mit Verdeck und ein Fahrer für sie bereit.

»Der Hohepriester wollte uns durch die Haupttore schicken«, sagte sie, »aber ich habe darauf bestanden, dass wir diesen Weg nehmen. Vor dem Tempel haben sich gewiss viele Menschen eingefunden, was uns das Durchkommen schwer gemacht hätte.«

Leiard nickte. Wollte sie damit andeuten, dass die Menge möglicherweise gefährlich war oder dass sie ihnen einfach den Weg versperren würde? Obwohl Somrey die Nation war, die den Traumwebern mit der größten Toleranz begegnete, gab es in jedem Land kleine Gruppen, deren Meinung von der der Mehrheit abwich.

Der Tarn war schlicht und schmucklos und der Fahrer ein Dienstmann. Leiard ließ sich auf der Sitzbank neben Arleej nieder. Die Traumweberälteste nannte dem Fahrer ihr Ziel, und schon bald rollten sie durch die schmalen, überfüllten Straßen der Stadt.

Während der Tarn sich dem Traumweberhaus näherte, dachte Arleej über ihren Begleiter nach. Er war nicht das, was sie erwartet hatte, aber andererseits waren ihre Erwartungen nicht besonders konkret gewesen. Sie hatte einfach damit gerechnet, dass der Mann, der nach Somrey kam, weniger wie ein Traumweber und mehr wie ein Zirkler sein würde.

Leiard war jedoch durch und durch Traumweber, das konnte sie deutlich spüren. Die Art, wie er ihre Fragen beantwortete, erinnerte sie stark an ihren Lehrer. Keefler hatte das Jahr seiner Geburt nicht gekannt und den größten Teil seines Lebens an einem entlegenen Ort zugebracht. Auch er war still und wachsam gewesen.

Die Antworten auf ihre Fragen, was seine Beziehung zu Auraya von den Weißen betraf, hatten sie so sehr verblüfft, dass sie in Schweigen verfallen war. Er hatte die junge Frau als Kind unterrichtet und gehofft, sie würde seine Schülerin werden. Stattdessen war sie zu den Zirklern gegangen. Wenn Arleej eine solche Enttäuschung erlitten hätte, bezweifelte sie, dass sie imstande gewesen wäre, ihrer ehemaligen Schülerin ohne Groll gegenüberzutreten. Leiard dagegen schien ihre Entscheidung und ihre Erhebung in den Stand einer Weißen akzeptiert zu haben. Er bezeichnete sie tatsächlich als *Freundin.*

Das alles schien zu gut zu sein, um wahr sein zu können. Dass die Götter eine Frau erwählt hatten, die von einem Traumweber unterrichtet worden war und die dem Traumweberkult wohlwollend gegenüberstand, war unglaublich. Noch unglaublicher war die Tatsache, dass sie die Zusammenarbeit ihrer Anhänger mit den Traumwebern duldeten. Waren sie endlich so weit, dass sie die Existenz von Heiden akzeptierten?

Sie bezweifelte es. Hundert Jahre der Verfolgung hatten die Zahl der Traumweber verringert, sie aber keineswegs ausgelöscht. Die frühen Jahre der Gewalttätigkeiten nach Mirars Tod hatten die Barmherzigen dazu getrieben, Mitgefühl mit den Traumwebern zu empfinden, und die Rebellischen veranlasst, dem Kult beizutreten. Jetzt trachteten die Götter vielleicht danach, die Heiden anzulocken, indem sie sich großzügig und wohlwollend gaben.

*Sie werden scheitern,* dachte sie. *Solange Traumweber Netzerinnerungen von Generation zu Generation weitergeben, wird die wahre Natur der Götter nicht in Vergessenheit geraten.*

Der Tarn bog um eine Ecke und kam vor einem großen Gebäude zum Stehen. Auf der Straße davor herrschte ein ständiges Kommen und Gehen. Leiard betrachtete die Symbole, die in die Fassade eingemeißelt waren.

»Das einzige Traumweberhaus in ganz Nordithania, das noch steht«, sagte Arleej. »Komm mit hinein.«

Er folgte ihr in eine großzügig bemessene Halle. Drei ältere Traumweber traten vor, um Arleej zu begrüßen, wobei sie Somreyanisch sprachen. Als sie ihn als den Traumweberratgeber der Weißen vorstellte, trat ein wachsamer Ausdruck in ihre Züge.

Leiard begrüßte sie auf Somreyanisch. Arleej sah ihn überrascht an. »Deine Kenntnisse unserer Sprache sind beeindruckend«, sagte sie.

Er zuckte die Achseln. »Ich kenne viele Sprachen.«

»Die Frühlingsvernetzung wird gleich beginnen«, rief eine Stimme.

Arleej bemerkte ein Funkeln in Leiards Augen. *Er freut sich auf die Zeremonie,* überlegte sie. Sie ging auf den Korridor zu. Leiard folgte ihr, und die drei alten Traumweber schlossen sich ihnen mit untypischem Schweigen an. *Zweifellos ist ihnen klar geworden, dass er sich uns anschließen wird,* dachte Arleej, *und sie fragen sich, ob dies ein gutes oder ein schlechtes Zeichen ist. Es ist ein Glücksspiel. Er mag mancherlei über uns in Erfahrung bringen, aber ihnen muss klar sein, dass auch wir einiges über ihn und die Weißen erfahren werden und über ihre Absichten, was die Allianz betrifft.*

War Auraya das bewusst gewesen, als sie ihm gestattet hatte, den Abend im Traumweberhaus zu verbringen?

Der Flur führte zu einer großen Holztür. Arleej drückte sie auf und trat in einen runden, tiefer gelegenen Garten. Die Luft war kühl und feucht. Es waren bereits mehrere Traumweber anwesend, die einen durchbrochenen Ring formten. Leiard sah sich mit einem Ausdruck milden Erstaunens um. Geradeso, als erkenne er den Garten wieder.

Arleej schloss sich dem Kreis an und trat dann beiseite, um Leiard vorbeizulassen. Die älteren Traumweber aus der Halle nahmen ihre Plätze ein. Arleej wartete, bis alles still war, dann ließ sie noch ein wenig Zeit verstreichen, bis die Ruhe des Gartens auf ihre Gedanken übergegangen war. Erst dann sprach sie die Worte des Rituals.

»Wir kommen heute Abend in Frieden zusammen und auf der Suche nach Verstehen. Unsere Gedanken sollen vernetzt werden. Unsere Erinnerungen werden zwischen uns hin und her fließen. Niemand soll spionieren oder einem anderen seinen Willen aufdrängen. Stattdessen wollen wir eines Geistes werden.«

Sie hob die Arme und ergriff die Hände ihrer Nachbarn. Zwei Geister berührten ihre Sinne, dann folgten Dutzende weiterer, als alle Traumweber ihre Hände und ihren Geist verbanden. Ein geteiltes Gefühl des Jubels machte sich breit, dann trat eine kurze Pause ein.

Bilder und Eindrücke überlagerten schnell jede Wahrnehmung der körperlichen Welt. Erinnerungen an die Kindheit vermischten sich mit jüngeren Ereignissen. Bilder von wohlbekannten Gesichtern folgten denen von Fremden. Bruchstücke von vergangenen Gesprächen hallten in den Gedanken aller Traumweber wider. Arleej machte keine Anstalten, sie in bestimmte Bahnen zu lenken; sie ließ die vereinten Gedanken fließen, wo immer sie hinfließen wollten.

Langsam geschah das Unausweichliche. Alle waren neugierig auf den Neuankömmling. Während einige sich fragten, wer er sein mochte, offenbarten jene, die darüber Bescheid wussten, seine Identität. Leiard reagierte darauf, indem er seine Position als Traumweberratgeber darlegte und anschließend viele sich überlagernde Schichten von Gedanken enthüllte. Arleej verstand, dass er hoffte, seinen Leuten zu helfen. Außerdem sah sie die Zuneigung und die Bewunderung, die er für Auraya empfand. Gleichzeitig offenbarte er auch seine Angst vor den Weißen und ihren Göttern.

Arleej beobachtete mit einiger Erheiterung, dass seine Gedanken sich nun im Kreis zu drehen begannen. Wann immer er sein Misstrauen und seine Abneigung gegen die Götter und die Weißen berührte, schenkte ihm der Gedanke an Auraya neue Zuversicht. Obwohl er glaubte, dass sie ihm oder anderen Traumwebern nicht wissentlich Schaden zufügen würde, war er nicht töricht genug, anzunehmen, dass sie es nicht doch tun würde, sollten die Götter es ihr befehlen. Er war der Meinung, dass es das Risiko wert sei.

Alle waren erleichtert zu sehen, dass er zum Wohle seiner Leute mit Auraya zusammenarbeitete, nicht um der Götter oder auch nur um Aurayas willen. Allerdings regte sich eine tiefe Furcht in ihm, wann immer er mit einem anderen Zirkler als Auraya zusammen war. Eine solche Furcht konnte nur aus Erfahrung rühren. War ihm etwas Schreckliches zugestoßen? Während Arleej diese Möglichkeit erwog, wandten Leiards

Gedanken sich anderen Dingen zu, die ihm Sorgen machten. Er offenbarte ihnen, dass immer wieder ungeheißen eigenartige Erinnerungen in ihm aufstiegen. Manchmal schossen ihm Gedanken durch den Kopf, die sich nicht so anfühlten, als seien es seine eigenen. Die Neugier der anderen Traumweber wuchs.

Als Reaktion darauf traten die Erinnerungen, von denen Leiard gesprochen hatte, an die Oberfläche.

Arleej sah den »Wächter« im Hafen. Die Statue war nicht so verwittert wie jetzt, und plötzlich wusste sie, was sie darstellte. Es war ein Gott – und zwar keiner von denen, denen die Zirkler jetzt huldigten.

Sie sah ein kleineres Arbeem vor sich, mit einer halb fertigen Dockmauer. Sie sah das Traumweberhaus als neues, in leuchtenden, freundlichen Farben gestrichenes Gebäude.

Sie sah das Gesicht eines älteren Traumwebers und wusste, dass er vor Jahrhunderten einer ihrer Vorgänger gewesen war. Mit dem Bild kam ein Gedanke, und dieser Gedanke klang gar nicht nach Leiards innerer Stimme.

*Ein stolzer Mann, dieser Traumweberälteste. Ich musste ihm die Idee ausreden, dem Vermittler jede Behandlung zu verweigern, obwohl der Mann es verdiente. Das war das letzte Mal, dass ich Somrey besucht habe. Damals hatte es als Königreich noch keinen besonderen Rang – es wurde nicht einmal als Teil von Nordithania erachtet. Wer hätte es für möglich gehalten, dass ausgerechnet Somrey zu der einzigen Zuflucht für die Traumweber werden würde?*

Arleejs Herz raste. *Leiard hat recht,* schoss es ihr durch den Kopf. *Das sind nicht seine Gedanken. Sie kommen von Mirar.*

Sie war schon früher auf ähnliche Netzerinnerungen gestoßen. Die meisten Traumweber trugen Bruchstücke von Mirars Erinnerungen in sich, die sie bei Vernetzungen erworben hatten. Mirar war so lange mit anderen Traumwebern vernetzt gewesen, dass noch immer viele seiner Erinnerungen existierten. Das Ritual, das Mirar geschaffen hatte, um das Verständnis unter den Traumwebern zu fördern und das Lehren zu beschleunigen, erhielt außerdem einen Teil von ihm in den Gedanken seiner Anhänger am Leben, und diese Überlegung hatte etwas Tröstliches.

Leiard trug jedoch mehr als nur Bruchstücke von Mirars Erinnerungen in sich. Sein Geist war erfüllt von so vielen Erinnerungen, dass ein wenig von Mirars Persönlichkeit an die Oberfläche gekommen war. Es war so, als kenne man jemanden so gut, dass man vorhersehen konnte, wie er sich benehmen oder was er sagen würde.

Arleej nahm die Erregung der anderen Traumweber wahr. Sie konnte spüren, wie sie gierig nach weiteren Erinnerungen suchten, aber jetzt, da Leiard über ihren Ursprung nachsann, war die Flut verebbt. Arleej konnte erkennen, dass er die Wahrheit nicht gekannt oder auch nur vermutet hatte. Er war sich nicht einmal sicher, von wem er die Erinnerungen aufgefangen hatte. Wahrscheinlich stammten sie von seinem Lehrer, obwohl er keine starke Erinnerung an den Mann – oder an die Frau – hatte.

Und noch etwas anderes bereitete ihm Ungemach. Warum waren so viele seiner Erinnerungen so verschwommen?

*Du hast viele Netzerinnerungen*, erklärte sie ihm. *Und du hast lange Jahre in großer Abgeschiedenheit verbracht. Mit der Zeit ist es leicht zu vergessen, welche Erinnerungen deine sind und welche nicht. Die Grenzen verschwimmen, daher musst du sie neu aufbauen. Dazu sind Vernetzungen die beste Methode. Die Bekräftigung deiner Identität am Ende einer Vernetzung stärkt dein Gefühl für dein eigenes Ich.*

*Aber auf diesem Wege werde ich noch weitere Netzerinnerungen empfangen*, wandte Leiard ein.

*Ja, das ist richtig. Doch je häufiger du dich vernetzt, umso geringer werden die Schwierigkeiten, die du damit hast. Für den Augen-*

*blick solltest du dich nur mit einem einzigen Traumweber vernetzen, so dass auf jede Bekräftigung deines Ichs eine geringere Zahl an Erinnerungsübertragungen kommt. Vernetze dich mit jüngeren Leuten, die weniger Erinnerungen zu übertragen haben. Dieser junge Mann, den du unterrichtest, würde deinen Zwecken zum Beispiel sehr dienlich sein.*

*Jayim.* Leiard dachte darüber nach, wie wenig Lebenserfahrung der Junge hatte. *Ja, er wäre am besten geeignet – falls er sich dafür entscheidet, Traumweber zu bleiben.*

Von mehreren der Traumweber kam ihm eine Welle der Enttäuschung entgegen. Ihnen war klar geworden, dass Leiard sich während seiner Zeit in Arbeem keiner weiteren Vernetzung anschließen konnte, so dass sie nicht mehr von Mirars Erinnerungen zu sehen bekommen würden. Arleej betrachtete ihre Reaktion mit einer gewissen Erheiterung. Ihre Leute hatten all ihren Argwohn beiseitegeschoben, und jetzt akzeptierten sie Leiard und vertrauten ihm. Lag der Grund dafür einzig darin, dass er Mirars Erinnerungen bewahrte?

*Nein,* befand sie. *Seine Absichten sind gut. Seine Treue gilt uns, obwohl sie auf eine ernste Probe gestellt werden würde, sollte er gezwungen sein, zwischen seinen Leuten und Auraya zu wählen.* Dass er glaubte, diese neueste Weiße sei seiner hohen Meinung würdig, war ebenfalls ein gutes Zeichen.

Solchermaßen zufriedengestellt, begann sie den letzten Teil des Rituals, die Selbstbekräftigung.

*Ich bin Arleej, Traumweberälteste. Geboren in Teerninya als Tochter von Leenin Stiefelmacher und …*

Sie zog ihre Gedanken in sich zurück, während sie sich die Dinge ins Gedächtnis rief, die sie am deutlichsten prägten. Als sie die Augen aufschlug, stellte sie fest, dass Leiard noch immer in dem Ritual befangen war. Die Linien auf seiner Stirn vertieften sich, dann holte er tief Luft und sah Arleej an. Sie lächelte und ließ seine Hand los.

»Du warst eine große Überraschung für uns, Leiard.«

Sein Blick wanderte zu den anderen Traumwebern, die sich in Gruppen zusammengefunden hatten, um zu reden, und zweifellos redeten sie über ihn. »Die Entdeckung dieses Abends war auch für mich eine Überraschung. Ich muss darüber nachdenken. Wird irgendjemand Anstoß nehmen, wenn ich jetzt fortgehe?«

Arleej schüttelte den Kopf. »Nein, sie werden es verstehen. Die meisten von ihnen kehren kurz nach einer Vernetzung nach Hause zurück – obwohl ich denke, dass sie mit dieser Gewohnheit brechen würden, wenn du geblieben wärst. Ich werde dich hinausbegleiten, bevor sie sich auf dich stürzen können.« Sie führte ihn zur Tür und scheuchte einen der älteren Traumweber beiseite, als er an Leiard herantreten wollte.

»Leiard muss zu seinen Reisegefährten zurückkehren«, erklärte sie. Ein Raunen der Enttäuschung wurde laut. Leiard berührte nacheinander Brust, Mund und Stirn, und die anderen Traumweber folgten seinem Beispiel mit feierlicher Miene.

Als sie ihn durch den Flur zum Eingang des Hauses begleitete, fiel Arleej nichts zu sagen ein, abgesehen von einer Flut von Fragen, die sie besser bei anderer Gelegenheit stellen sollte. Sie trat aus dem Haus, wo soeben ein gemieteter Plattan angekommen war, um eine Familie mit einem kranken Kind aussteigen zu lassen. Sie rief nach dem Fahrer.

»Bist du frei, um eine andere Fahrt übernehmen zu können?«, fragte sie.

»Wohin?«, wollte der Mann wissen.

»In den Tempel«, antwortete sie. »Zum Hintereingang.«

Der Fahrer zog die Augenbrauen hoch. Sie handelte einen fairen Preis aus, entlohnte den Mann und sah dann zu, wie Leiard in den Wagen stieg.

»Ich werde dich morgen gewiss wiedersehen«, sagte sie.

»Ja.« Leiard lächelte, dann wandte er das Gesicht nach vorn. Der Fahrer, der dies als Fingerzeig verstanden hatte, schnippte mit den Zügeln, und der Wagen rollte davon.

Arleej schüttelte langsam den Kopf. Es war in der Tat eigenartig, einen Traumweber »nach Hause« zum Tempel zu schicken.

Als der Wagen außer Sicht war, eilte sie zurück ins Haus. Wie sie vermutet hatte, erwartete sie ihr Vertrauter, Traumweber Neeran, im Flur. Seine Augen hatten sich geweitet vor Staunen.

»Das war … war …«

»Bemerkenswert«, pflichtete sie ihm bei. »Komm mit nach oben in mein Zimmer. Wir müssen reden.«

»Von all den Menschen, die Mirars Erinnerungen halten können«, flüsterte er, während er ihr die Treppe hinauffolgte, »musste es ausgerechnet der Traumweber sein, der die *Weißen* berät.«

»Ein außerordentlicher Mann in einer außerordentlichen Position«, gab sie ihm recht. Als sie die Tür ihres Quartiers erreichte, drückte sie sie auf und geleitete Neeran hinein. Er drehte sich zu ihr um.

»Glaubst du, die Weißen wissen es?«

Sie erwog seine Frage. »Wenn er es nicht einmal wusste, wie könnten sie es dann wissen?«

»Alle Weißen können Gedanken lesen. Juran wird gewiss etwas von Mirar in Leiard entdeckt haben.«

Arleej dachte an Leiards Worte: *»… alle Gedanken sind für die Weißen sichtbar.«*

»Wenn Juran es weiß, dann bekümmert es ihn nicht allzu sehr. Wenn er es nicht weiß, jetzt, da dies uns und Leiard bekannt ist, werden es auch die Weißen entdecken. Ich hoffe nur, das wird ihm keine Schwierigkeiten machen.«

Neerans Augen weiteten sich, und er nickte zustimmend. »Außerdem wissen sie, dass Leiard zu unser beider Wohl gearbeitet hat.« Er blickte zu Arleej auf. »Was schon für sich genommen eigenartig ist, nicht wahr?«

Sie nickte. »Eigenartig, dass jemand, der so viel von Mirar in sich trägt, diese Allianz befürwortet?«

»Ja.«

»Ganz gleich, was die Weißen Leiards wegen unternehmen, eines steht fest.« Sie ging zu der Feuerstelle, auf der eine Flasche Ahm zum Wärmen neben dem Herdfeuer stand. »Wir sollten die Möglichkeit erwägen, so eigenartig sie uns auch erscheinen mag, dass eine Allianz zwischen Somrey und den Weißen das ist, was Mirar gewünscht hätte.«

Als der dunkle Fleck am Himmel größer wurde, beobachtete Tryss das Geschehen mit angstvoller Miene. Stunden waren verstrichen, seit Drilli gesagt hatte, sie wolle sich mit ihm treffen. Er hatte sein neues Geschirr dreimal angelegt, fest entschlossen, dass er nicht auf sie warten würde. Jedes Mal hatte er das Geschirr dann wieder abgenommen. Sie hatte ihm das Versprechen entlockt, dass er es nicht erproben würde, wenn sie nicht dort wäre, um es mit anzusehen.

Als er nun die näher kommende Siyee beobachtete, beschleunigte sich sein Puls, angetrieben von Furcht und Erregung gleichermaßen. Drilli war schon mehrere Male gekommen, um ihn bei der Arbeit zu beobachten. Er hatte damit gerechnet, dass sie sich langweilen würde, aber sie saß einfach nur in seiner Nähe und sprach endlos auf ihn ein. Zu seiner Überraschung gefiel es ihm. Meistens sprach sie von ihren Familien oder von der Allianz, die der Landgeher vorgeschlagen hatte, aber häufig befragte sie ihn auch nach den Dingen, die er fertiggestellt hatte. Manchmal machte sie Vorschläge. Bisweilen waren sie sogar gut.

Der Punkt war inzwischen zu einer Gestalt geworden. Sie senkte sich auf ihn herab, und als er Drillis Flügelzeichnung erkannte, stieß er einen Seufzer der Erleichterung aus. Er griff nach dem Geschirr, schob den Kopf durch die Schlinge des Halsgurtes und zog dann die übrigen Gurte fest.

Ein Pfeifen zur Begrüßung verriet ihre Ankunft. Sie landete mit anmutigen Bewegungen und kam lächelnd auf ihn zu.

»Du müsstest dich jetzt selbst mal sehen!«, sagte sie.

»Du bist spät dran«, erwiderte er, obwohl sein Versuch, verärgert zu klingen, kläglich scheiterte.

»Ich weiß. Es tut mir leid. Mutter hat mich stundenlang Girri rupfen lassen.« Sie bog die Finger durch. »Bist du bereit?«

»Schon seit Stunden.«

»Dann lass uns aufbrechen.«

Gemeinsam sprangen sie in die Luft. Der Wind ließ die Riemen seines Geschirrs summen. Es war leichter als das vorherige und bestand aus weniger Einzelteilen. Die Hauptlast hing jedoch direkt unter seiner Brust, so dass ihm das Vorhandensein dieses Geschirrs deutlicher bewusst war, als es beim letzten der Fall gewesen war.

»Hast du es bequem?«, rief Drilli.

»Erträglich«, antwortete er.

Sie schwebten auf ein schmales Tal zu. Im Gegensatz zu den kahlen Berghängen, wo nur noch die zähesten Gräser und Bäume wuchsen, war das Tal mit einer dichten Pflanzendecke überzogen und bot zahlreichen Beutetieren gute Lebens- und Versteckmöglichkeiten. Sobald sie über die Baumwipfel strichen, erhob sich noch etwas anderes in die Luft. Drilli stieß einen Freudenschrei aus.

»Schnapp ihn dir!«, kreischte sie.

Es war ein Ark, ein Raubvogel, der es gewohnt war, selbst zu kreisen und nach Beute Ausschau zu halten, auf die er dann herabzustoßen und die er mit lähmender Magie zu betäuben pflegte. Dass ihm selbst in der Luft nachgestellt wurde, gehörte bisher nicht zu seinen Erfahrungen. Er schwebte direkt unter ihnen und schlug gelegentlich mit den Flügeln.

Tryss folgte ihm. Er zog die Arme zusammen und packte das Rohr, das an seiner Seite befestigt war, dann breitete er die Flügel aus, bevor er auf den Ark hinabstieß. Eine weitere schnelle Bewegung, und er hielt das Rohr an den Lippen. Jetzt war die Zeit gekommen, um zu sehen, ob seine jüngste Veränderung sich als nützlich erweisen würde.

Das eine Ende des Rohrs zwischen den Lippen, tauchte er das andere in den Korb mit winzigen Pfeilen, der unter seiner Brust hing. Er saugte an dem Rohr und spürte, wie ein Pfeil hineinglitt. Als er wieder aufblickte, sah er, dass der Ark seine Richtung geändert hatte. Er verlagerte seine Flügel ein wenig und machte sich an die Verfolgung des Arks.

Der Vogel glitt unter ihm dahin, unsicher, was er von seinen Verfolgern halten sollte. Obwohl die Siyee nur allzu gern Arks fingen und aßen, machten sie sich selten die Mühe, so dass sie für die Vögel keine vertrauten Jäger darstellten. Tryss zielte nach bestem Vermögen, das Blasrohr fest zwischen die Zähne geklemmt, dann blies er so stark, wie er nur konnte.

Und verfehlte sein Ziel.

Tryss knurrte – es sollte ein Fluch sein, soweit er das mit dem Rohr zwischen den Zähnen fertigbrachte. Er bückte sich, um einen weiteren Pfeil in das Rohr zu saugen, dann zielte er abermals. Diesmal verfehlte er den Ark um Armeslänge. Seufzend versuchte er es noch ein drittes Mal, aber im letzten Augenblick tauchte der Vogel im Schutz der Bäume unter.

Enttäuschung hüllte ihn ein. Er knirschte so heftig mit den Zähnen, dass das Rohr barst. Diesmal fluchte er tatsächlich, und das Blasrohr fiel ihm aus dem Mund und in die Pflanzen unter ihm.

Plötzlich wollte er das Gestänge, in dem er festgeschnallt war, nur noch loswerden. Er flog auf einen Felsvorsprung an der Seite des Tals, landete schwerfällig, setzte sich hin und begann, an den Riemen des Geschirrs zu zerren. Drilli ließ sich vor ihm auf den Boden fallen.

»Hör auf. Lass mich das tun«, sagte sie und hielt seine Hände fest.

Er hätte sie am liebsten von sich gestoßen. *Warum bin ich so wütend?* Schließlich stand er auf, entspannte sich und ließ Drilli die Gurte öffnen. Als der Druck auf seinen Gliedern langsam nachließ und er Drilli mit einem Mal näher kam, als er es je zuvor gewagt hatte, verebbten die Enttäuschung und die Wut.

»Also, was ist passiert?«, fragte sie, als das Geschirr zu Boden glitt.

Er verzog das Gesicht. »Ich habe danebengeschossen. Dann ist das Rohr geborsten. Ich … ich habe es zwischen den Zähnen zerquetscht.«

Sie nickte langsam. »Ich kann dir ein anderes Rohr machen, aber du musst lernen, es geschickter zu benutzen.«

»Wie?«

»Du musst üben. Ich habe dir gesagt, es sei nicht so einfach, wie es aussieht.«

»Aber ich *habe* geübt.«

»Auf dem Boden. Du musst dich daran üben, das Rohr in der Luft zu benutzen. An beweglichen Zielen.« Sie wandte stirnrunzelnd den Blick ab. »Und ich denke, du musst etwas bauen, das das Rohr stützt, während du zielst – damit du es nicht verlierst, wenn du es fallen lässt.«

Er sah sie mit großen Augen an, dann lächelte er. »Ich weiß nicht, warum du dich überhaupt mit mir abgibst, Drilli.«

Sie erwiderte seinen Blick und grinste. »Du bist interessant, Tryss. Und klug. Aber manchmal ein wenig langsam.«

Er zuckte zusammen. »Langsam?«

»Ich habe eine Frage an dich, Tryss. Wie oft muss ein Mädchen einem Jungen gegenüber erwähnen, dass es keinen Partner für das Trei-Trei hat, bevor es aufgibt und es bei jemand anderem versucht?«

Er starrte sie überrascht an. Sie zwinkerte ihm zu, machte zwei Schritte rückwärts und drehte sich dann um, um sich in die Luft zu schwingen. Einen Moment später wurde sie von einem Aufwind in die Höhe gezogen.

Kopfschüttelnd ließ er das Geschirr liegen, wo es war, und folgte Drilli.

# 11

Der Tempel von Arbeem war von großer Schönheit. Obwohl viel kleiner und weniger aufsehenerregend als der in Hania, gab es keinen Bereich darin, von dem man nicht einen zauberhaften Ausblick gehabt hätte. Von der Vorderseite sah man den Hafen, und an allen Stellen, an denen es möglich war, hatte man Fenster eingebaut, um aufs Wasser schauen zu können.

Hinter dem Tempel befand sich ein in vielen Terrassen angelegter Garten. Alle Fenster auf der Rückseite boten einen Blick auf grünes Pflanzenwerk. Auraya hatte auf eine Gelegenheit gehofft, ihre Umgebung näher erkunden zu können, aber bisher hatte sie während der fünf Tage seit ihrer Ankunft in Somrey keine Zeit dazu gefunden.

Mairae ging an ihrer Seite. »Ich habe über Leiard nachgedacht«, sagte sie leise. »Diese Netzerinnerungen von Mirar machen mir keine Sorgen. Vielleicht verfügt er über mehr Erinnerungen dieser Art als die meisten Traumweber, aber das bedeutet noch lange nicht, dass er Mirar *ist.*« Sie kicherte. »Mirar war ein Schürzenjäger und ein schamloser Verführer. Leiard scheint mir weder das eine noch das andere zu sein.«

Auraya lächelte. »Nein. Du zerbrichst dir den Kopf darüber, was die anderen denken werden, nicht wahr?«

Mairae verzog das Gesicht. »Ja. Es wird Rian nicht gefallen, aber er steckt seine Nase grundsätzlich nicht in die Angelegenheiten anderer Weißer – obwohl er mit seiner Meinung zu dem Thema gewiss nicht hinter dem Berg halten wird. Dyara wird wahrscheinlich bestürzt sein und sich Sorgen machen, dass es Mirar immer noch irgendwie gelingen könnte, durch Leiard gegen uns zu arbeiten. Sie wird von dir erwarten, dass du Leiard fortschickst, obwohl er uns so sehr geholfen hat.«

»Und Juran?«

»Das weiß ich nicht.« Mairae runzelte die Stirn. »Hast du mit Juran jemals über Mirar gesprochen?«

Auraya schüttelte den Kopf.

»Er redet nicht auf die Art über diese Ereignisse, wie man es erwarten würde. Man sollte meinen, er sei froh darüber, dass Mirar ihm das Leben nicht mehr schwer machen kann, aber stattdessen sagt er, es sei – wie hat er es noch gleich ausgedrückt? – eine ›unglückliche Notwendigkeit‹ gewesen. Ich glaube, er fühlt sich deswegen schuldig. Ganz sicher bedauert er, was geschehen ist.«

»Warum?«

»Keine Ahnung.« Mairae zuckte die Achseln. »Aber ich denke, dass sich neue Schuldgefühle und neues Bedauern in ihm regen werden, wenn er Mirars Erinnerungen in Leiards Geist sieht.«

»Ich verstehe.« Auraya biss sich auf die Unterlippe. »Wenn ich Leiard durch einen anderen Traumweber ersetze, besteht nach wie vor die Gefahr, dass Juran an Mirar erinnert werden wird. Viele Traumweber tragen Mirars Erinnerungen in sich, obwohl man nur selten so viele von ihnen bei einem einzigen Menschen findet. Ein jüngerer Traumweber wird keine solchen Erinnerungen in sich tragen, aber möglicherweise wird er uns auch nicht so nützlich sein können.«

Mairae seufzte. »Allein die Anwesenheit eines Traumwebers wird ihn an Mirar erinnern. Es ist nur die Frage, in welchem Maße das geschieht. Juran ist sicher in der Lage, mit Erinnerungen an die Vergangenheit zu leben, aber es ist vielleicht ein wenig zu viel verlangt, ständig den realen Erinnerungen Mirars ausgesetzt zu sein.«

»Was sollen wir jetzt tun?«

Mairae schürzte die Lippen, dann zuckte sie die Achseln. »Abwarten. Ich werde Juran von diesen Erinnerungen berichten, so dass er darauf vorbereitet ist. Sollten sie sich als Problem erweisen, werde ich dir Bescheid geben. Ansonsten machst du einfach weiter wie zuvor.«

Auraya seufzte vor Erleichterung. »Das werde ich.« Sie kamen zu einem kleinen Pavillon und setzten sich. In einer Nische stand eine lebensgroße Statue von Chaia. Sie war beeindruckend genau – eine steinerne Version der strahlenden Gestalt, der Auraya bei der Erwählungszeremonie von Angesicht zu Angesicht begegnet war. »Ich müsste eigentlich völlig erschöpft sein. All diese politischen Gespräche, aber ich werde niemals müde.«

»Eine weitere Gabe der Götter«, sagte Mairae. »Ohne sie wären wir von dem üppigen somreyanischen Essen gewiss schon krank geworden – oder fett.«

Auraya grinste. »Denkst du, dass es auch nur eine einzige adlige Familie gibt, die uns noch nicht bewirtet hat? Wir haben bisher jede Mahlzeit in einem anderen Haus eingenommen.«

»Ich gewinne langsam den Eindruck, dass sie immer neue Essenszeiten erfinden, nur damit wir mehr Leute besuchen können.«

»Eigentlich habe ich ein schlechtes Gewissen deswegen. Während wir uns amüsieren, läuft der arme Leiard zwischen uns und dem Traumweberhaus hin und her. Er ist vollkommen erschöpft.«

»Dann werden wir um seinetwillen hoffen müssen, dass der Rat die Änderungen der Allianzverträge akzeptiert, sonst wird er das alles noch einmal mit ihnen durchgehen müssen. Ah – da kommt dein zweiter Mann.«

Auraya blickte auf, in der Erwartung, Danjin zu sehen,

aber stattdessen kam eine pelzige kleine Gestalt aus dem Garten herbeigehüpft und sprang auf ihren Schoß.

»Owaya!« Unfug sah zu ihr auf und klimperte mit den Wimpern.

Sie unterdrückte ein Lachen. Er hatte diese Angewohnheit den vielen Veez abgeschaut, die somreyanischen Familien gehörten. Anscheinend brachte dieser Blick die Herzen der meisten reichen Somreyanerinnen zum Schmelzen. *Aber bei mir funktioniert das nicht,* sagte sie sich, obwohl sie den unangenehmen Verdacht hatte, dass sie sich irren könnte.

Sie hatte nicht die Absicht gehabt, ihn zu ihren gesellschaftlichen Treffen mitzunehmen, aber Mairae hatte ihr versichert, dass die Somreyaner von ihr erwarteten, dass sie ihr Schoßtier auf Schritt und Tritt bei sich hatte, geradeso wie sie selbst es taten. Bei Zusammenkünften jedweder Art spielten die Veez ausgelassen miteinander, obwohl stets Diener in der Nähe waren, um ungeplante amouröse Abenteuer zu verhindern. Unfug hatte viele neue Wörter gelernt, unter anderem einige, die Aurayas Diener in helle Empörung versetzen würden, wenn er nach Hania zurückkehrte – sofern sie über einige Kenntnisse der somreyanischen Sprache verfügten.

Als er nun begreifen musste, dass er ihr mit seinem neuesten Trick keinen Leckerbissen entlocken konnte, blickte er mürrisch drein. Er schnaufte leise und ließ den Kopf hängen.

»Du bist so knauserig«, sagte Mairae. »Ich werde mit ihm in die Küche gehen und ihm etwas zum Knabbern suchen. Ich glaube tatsächlich, dass das Gefühl, das sich langsam in mir ausbreitet, Hunger ist. Ich hatte fast vergessen, wie sich Hunger anfühlt.«

»Ich werde dich begleiten.«

»Bleib hier«, sagte Mairae. »Du wirst nicht lange allein bleiben.«

Auraya blinzelte überrascht, dann konzentrierte sie sich auf den Geist der Menschen um sie herum. Sie brauchte nicht lange, um Leiards Gedanken zu entdecken, als er durch den Garten auf sie zukam.

»Unfug. Essen.« Mairae streckte den Arm aus. Der Veez schaute zwischen ihr und Auraya hin und her.

»Geh nur«, sagte Auraya.

Er sprang von ihrem Schoß und huschte über Mairaes Arm auf ihre Schulter hinauf. Die beiden gingen davon, und Auraya beobachtete lächelnd, dass der Veez Mairaes Ohr leckte und sie erschrocken zurückzuckte.

Kurz darauf hörte sie Schritte. Leiard kam um eine Ecke und sah sie. Er lächelte und beschleunigte seine Schritte. Als er den Pavillon erreichte, wanderte sein Blick zu der Statue Chaias hinüber, und er erstarrte für einen Moment, dann wandte er sich wieder ihr zu.

»Auraya von den Weißen«, sagte er förmlich.

»Traumweber Leiard«, erwiderte sie.

»Es wird langsam spät«, bemerkte er. »Glaubst du, dass sie sich heute entscheiden werden?«

Sie zog eine Augenbraue hoch. »Ich habe dich noch nie zuvor nervös erlebt.«

Seine Mundwinkel zuckten schwach. »Es wäre doch eine Enttäuschung, wenn wir so weit gereist wären, nur um mit einer Ablehnung der Allianz heimkehren zu müssen.«

»Ja, das wäre es, aber vielleicht bedarf es nur einiger kleinerer Nachverhandlungen, um sie zu überzeugen.«

»Vielleicht.«

Wieder schaute er zu der Statue hinüber. Auraya folgte seinem Blick. Wenn Chaia sie beobachtete, was mochte er dann wohl von Leiard halten? Waren die Götter beunruhigt über die Entdeckung, dass der Traumweberratgeber der Weißen Mirars Erinnerungen in sich trug?

*Nein, wahrscheinlich haben sie es die ganze Zeit über gewusst,* schoss es ihr durch den Kopf. *Wenn von Leiard irgendwelche Gefahr ausginge, hätten sie mich gewarnt.*

Aber würden sie sie auch warnen, wenn diese Angelegenheit *ihn* in Gefahr brachte? Auraya stand auf, verließ den Pavillon und schlenderte den Pfad hinunter. Leiard stieß einen langen, leisen Seufzer der Erleichterung aus und schloss sich ihr an.

Bei diesem Seufzer durchzuckte sie ein Stich des Ärgers. Die kleine Geste hatte sie daran erinnert, dass sich eines nicht ändern würde, selbst wenn es ihr gelang, ein gewisses Einvernehmen zwischen Traumwebern und Zirklern herbeizuführen: Leiard würde sich niemals bei irgendetwas wirklich wohlfühlen, das mit den Göttern zu tun hatte. Das war zu erwarten gewesen. Er hatte sich von den Göttern abgewandt, um Traumweber zu werden. Wenn er starb, würden die Götter seine Seele nicht annehmen. Sie würde zu existieren aufhören. Der Gedanke schmerzte sie. *Ich bin unsterblich. Ich werde ihm in der jenseitigen Welt niemals begegnen. Es wäre nicht gar so schlimm, wenn er einfach einem anderen Gott huldigte. Dann würde ich zumindest wissen, dass er irgendwo weiterexistiert.*

Sie schüttelte den Kopf. Warum sollte irgendjemand die Götter und die Chance auf Ewigkeit, die sie den Menschen boten, verschmähen? Sie drehte sich zu ihm um, und er zog fragend die Augenbrauen in die Höhe.

»Was beschäftigt dich?«

»Warum bist du Traumweber geworden, Leiard?«

Er zuckte die Achseln. »Ich kann mich nicht genau daran erinnern«, antwortete er. »Es muss damals wohl die richtige Entscheidung gewesen sein.«

»Was hat deine Familie von deinem Schritt gehalten – kannst du dich daran erinnern?«

Er runzelte die Stirn, dann schüttelte er den Kopf. »Meine Eltern sind tot.«

»Oh, das tut mir leid.«

Leiard machte eine wegwerfende Handbewegung. »Sie sind vor langer Zeit gestorben, als ich noch jung war. Ich erinnere mich kaum noch an sie.«

Auraya lachte. »Als du *jung* warst? Leiard, so alt kannst du nun auch wieder nicht sein. Du bist der einzige Mensch, den ich kenne, der bei jeder meiner Begegnungen mit ihm jünger zu sein scheint als beim letzten Mal.«

»Das liegt daran, dass du erwachsen geworden bist.«

Sie verschränkte die Arme vor der Brust. »Wie alt bist du?«

Er stutzte kurz. »Ungefähr vierzig, denke ich.«

*»Denkst* du? Wie ist es möglich, dass jemand nicht genau weiß, wie alt er ist?«

Die Falte zwischen seinen Brauen vertiefte sich. »Arleej glaubt, mein Gedächtnisverlust sei darauf zurückzuführen, dass ich mich über viele Jahre hinweg nicht mehr mit anderen Traumwebern vernetzt habe.«

Da sie seinen Kummer spüren konnte, wechselte sie das Thema. Es war offenkundig, dass der Verlust gewisser Erinnerungen ihm schwer zu schaffen machte.

»Wie viele Jahre sind denn vergangen, seit du das letzte Mal an einer Vernetzung teilgenommen hast?«

»Das letzte Mal war noch vor der Zeit, als ich in dem Wald in der Nähe deines Dorfes lebte.«

Sie trommelte mit den Fingern auf ihren Arm. »Wie lange warst du schon in dem Dorf, bevor meine Familie dort ankam?«

»Einige Jahre.«

»Dann liegt deine letzte Vernetzung fast zwanzig Jahre zurück. Wie alt sind Traumweber, wenn sie ihre Ausbildung beenden?«

Er warf ihr einen eigenartigen Blick zu. »Zwanzig, wenn sie jung anfangen.«

Sie nickte. Also hatte er recht: Er war etwa vierzig Jahre alt. Irgendwie enttäuschte sie das. Vielleicht gab es einen einfachen Grund für dieses Gefühl: Je älter er war, umso geringer war die Zeit, die ihr mit ihm noch verbleiben würde. Er würde älter werden, während sie sich ihre Jugend bewahrte. Beklommen dachte sie darüber nach, dass die Zeit ihm davonlief. Noch einige Jahrzehnte, und seine Seele würde für immer erlöschen.

»Haben die Traumweber jemals den Göttern gedient?«, fragte sie schließlich.

»Nein.«

»Glaubst du, dass sie es in Zukunft jemals tun werden?«

»Nein.«

»Warum nicht?«

»Weil wir es nicht wollen.«

Sie sah ihn von der Seite an. »Weil die Götter Mirar haben töten lassen?«

»Das ist ein Teil unserer Gründe.«

»Und der andere Teil?«

»Weil Macht niemandem das Recht gibt, anderen zu sagen, wie sie denken oder leben oder wen sie töten sollen.«

»Nicht einmal dann, wenn der Betreffende älter und klüger wäre als du? Wie zum Beispiel ein Gott?«

»Nein.« Er wandte den Blick ab. »Die Menschen sollten frei wählen können, ob sie den Göttern huldigen wollen oder nicht.«

»Sie können wählen.«

»Ohne Strafe oder Vergeltung fürchten zu müssen?«

»Dann erwartest du also von den Göttern, dass sie deine Seele in ihre Obhut nehmen, ganz gleich, ob du ihnen huldigst oder nicht?«, fragte sie zurück.

»Nein. Ich erwarte, dass meine Leute frei von Verfolgung leben können.«

»Diese Dinge gehören der Vergangenheit an.«

»Ach ja? Warum haben Traumweber dann noch immer Angst, durch die Straßen von Jarime zu gehen? Warum ist es ihnen verboten, ihre Fähigkeiten zum Wohle anderer einzusetzen?«

Auraya seufzte. »Wegen der Ereignisse vor hundert Jahren. Und damit meine ich nicht Mirars Tod.«

Darauf erwiderte er nichts. Sie war gleichzeitig erleichtert und enttäuscht. Obwohl sie nicht mit ihm streiten wollte, hätte sie gern seine Meinung über die Geschehnisse in der Vergangenheit gehört, die zu der gegenwärtigen Situation der Traumweber geführt hatten.

Nach den Dokumenten, die sie gelesen hatte, war Mirar in seiner Arbeit bewunderungswürdig und in seinen Neigungen ausschweifend gewesen. Er hatte seine Anhänger alles gelehrt, was es über Medizin und Heilmethoden für die Kranken und Verwundeten zu wissen gab. Seine Gabe des Heilens war einzigartig gewesen, und er hatte seine Fähigkeiten großzügig eingesetzt.

Aber er hatte in dem Ruf gestanden, maßlos dem Alkohol und Rauschdrogen zuzusprechen und ein großer Verführer zu sein, und diese Dinge hatten viele Menschen empört. Die Traumweber sprachen zwar nicht davon, wussten jedoch, dass dieser Ruf durchaus verdient war. Die Wahrheit fand sich in den Netzerinnerungen an Mirar wieder, und jene, die ihn gekannt hatten, gaben sie von Generation zu Generation weiter. Auraya konnte dieses Wissen in ihren Gedanken lesen. Sie hatte es in Leiards Gedanken gelesen.

Trotzdem waren es nicht Mirars Charakterschwächen gewesen, die die Götter zu der Anschauung gebracht hatten, dass er getötet werden müsse. Er hatte offen gegen sie gearbeitet und versucht, die Formierung der Weißen zu verhindern. Er hatte Zweifel gesät und den Menschen bösartige Lügen über das Schicksal ihrer Seelen in den Händen der Götter erzählt. Er hatte behauptet, einige der toten Götter hätten ihr Schicksal nicht verdient, während der Zirkel der Fünf sich schrecklicher Grausamkeiten schuldig gemacht habe. Und schließlich hatte er die Verurteilung durch die Götter über sich gebracht, indem er den Bewohnern Ithanias machtvolle Träume geschickt hatte, um sie gegen die Götter einzunehmen.

Stattdessen hatten die Menschen die Götter jedoch angefleht, sie von seinen Ränken zu befreien.

*Er hat seinen Tod selbst verschuldet,* dachte sie.

Und doch war das, was Mirars Tod folgte, schrecklich gewesen. Die Götter hatten niemals verfügt, dass gewöhnliche Traumweber getötet werden sollten, aber nach Mirars Tod hatte es viele Morde an Traumwebern gegeben, ausgeführt von übereifrigen Anhängern der Zirkler. Diese Fanatiker waren zwar bestraft worden, aber es hatte lange gedauert, andere von der Idee abzubringen, es ihnen gleichzutun.

Die meisten Zirkler wussten, dass kein Priester es, was medizinische Kenntnisse oder Wissen betraf, mit einem voll ausgebildeten Traumweber aufnehmen konnte. Jetzt, da Auraya den Zweck und den Nutzen einer Gedankenvernetzung verstand, war ihr klar, dass dies die Art und Weise war, wie die Traumweber ein solch großes Wissen teilen und weitergeben konnten. Soweit sie das beurteilen konnte, hatte kein Priester jemals etwas Derartiges wie eine Gedankenvernetzung versucht. Abgesehen von der Telepathie, bei der es nicht darum ging, dass ein Mensch einem anderen seinen Geist öffnete, verspürten die Zirkler eine große Abneigung dagegen, jemanden in ihre Gedanken einzulassen. Das Eindringen in einen fremden Geist galt als ein Verbrechen – ein Gesetz, das als Reaktion auf Mirars Taten erlassen worden war.

*Vielleicht ist es an der Zeit, dass wir unsere zimperliche Einstellung dazu überwinden,* überlegte Auraya. Wenn die zirklischen Priester von den Traumwebern lernten, könnten auch sie ihre Kenntnisse der Heilkunst mehren. Ein Schaudern überlief Auraya. Wenn sie es den Traumwebern gleichtun oder diese sogar übertreffen könnten, würde einer der mächtigsten Anreize, der Neulinge zu dem heidnischen Kult hinzog, verloren gehen. Der Kult der Traumweber würde vielleicht binnen weniger Generationen erlöschen. *Oder binnen einer einzigen Generation, falls ich oder ein anderer Weißer das Wissen weitergeben sollte, das wir aus ihren Gedanken gezogen haben.*

Sie schauderte. *Nein. Damit würden wir uns eben des Verbrechens schuldig machen, das die Menschen stets den Traumwebern zugeschrieben haben: Wir würden in die Intimität des Geistes anderer eindringen und die Information zu ihrem Schaden nutzen.*

Und doch ließ sich das Gleiche ohne Vernetzungen erreichen. Wenn man Priester dazu überreden könnte, mit Traumwebern zusammenzuarbeiten, würden sie gewiss neue Fähigkeiten und Kenntnisse erwerben. Es würde lange Zeit in Anspruch nehmen, aber unterdessen auch die Toleranz untereinander fördern.

*Möchte ich wirklich der Grund für den Niedergang der Traumweber sein?*

*Nein. Aber ich darf nicht zulassen, dass sich weitere Menschen von den Göttern abwenden und ihre Seelen opfern. Nicht, wenn es nicht unbedingt notwendig ist. Die Menschen glauben, dass die Heilkenntnisse der Traumweber verloren gehen werden, falls nicht irgendjemand dieses Opfer bringt. Aber wenn sie die gleichen Dinge lernen könnten, indem sie der Priesterschaft beitreten, warum sollten sie dann Heiden werden?*

Heute, in diesem Garten, mit Leiard an ihrer Seite, war sie über ein schreckliches Dilemma gestolpert. Eines Tages würde sie wählen müssen, ob sie sich seine Freundschaft erhalten oder Seelen retten wollte.

Aber dies war nicht der Zeitpunkt dafür. Danjin war vor ihnen auf dem Weg erschienen. Er grinste, als er sie sah, und sie wusste, auch ohne seine Gedanken zu lesen, welche Neuigkeiten er ihr bringen würde. Sie verspürte jedoch kein Triumphgefühl, sondern nur Erleichterung.

»Sie haben es getan!«, rief er. »Sie haben die Allianz unterzeichnet!«

Emerahl blickte über ihre Schulter. Ihr kleines Boot aus silbrigem Holz leuchtete im Mondlicht. Ihr Blick glitt noch einmal über die Leine, mit der sie ihr Boot festgemacht hatte, dann nickte sie und zog sich ihren Umhang über den Kopf, bevor sie sich über den Kai entfernte.

Sie war mehrere Wochen lang die Küste von Toren hinaufgesegelt. Alle paar Tage hatte sie in kleinen Küstendörfern angelegt, um Heilmittel gegen Essen, sauberes Wasser und Dinge wie Segeltuch, ein wasserfestes Seekapas und Angelschnur einzutauschen. Die Menschen, mit denen sie Handel trieb, behandelten sie mit freundlichem Respekt, obwohl sie es offenkundig merkwürdig fanden, dass eine alte Frau eine solche Reise unternahm.

Die Dörfer waren immer größer und zahlreicher geworden, bis man den Eindruck gewann, als gäbe es in jeder Bucht einen Pier. An diesem Nachmittag war sie in eine tiefere Bucht gelangt, in der große Schiffe vor Anker lagen. Das gesamte Land war von Gebäuden bedeckt, und die Küste war ein Labyrinth hölzerner Docks. Sie war in Porin angelangt, der Hauptstadt von Toren.

Mit einem Halm getrockneten Sternenscheinkrauts hatte sie einem bestechlichen Hafenmeister einen Anlegeplatz abgekauft. Eine der Dorfbewohnerinnen hatte es einige Monate zuvor ihrem Mann gestohlen, um es gegen ein Heilmittel für ein fieberkrankes Kind einzutauschen. Emerahl hatte das Sternenscheinkraut für sich selbst aufgehoben, und sie bedauerte seinen Verlust. Aufgrund seiner halluzinogenen Eigenschaften und der Euphorie, die es auslöste, war es eine ihrer bevorzugten Rauschdrogen.

Daher war sie keineswegs bester Stimmung, als sie in den Marktbezirk der Stadt kam. In jeder größeren Stadt gab es einen Ort, an dem der Handel niemals abbrach und die Geschäfte niemals geschlossen wurden. Wenn Menschen verzweifelt waren, suchten sie zu jeder Zeit der Nacht nach Heilmitteln.

Sie hatte jedoch nicht die Absicht, mit den Kunden auf dem Markt Geschäfte zu machen. Das Handelsrecht war in allen Städten ein eifersüchtig gehütetes Gut. Wenn sie ihre Waren verkaufen wollte, würde sie ein Abkommen mit einem Marktverkäufer treffen müssen, um vor seinem Laden arbeiten zu dürfen. Einen Teil ihres Gewinns würde sie als Bezahlung für diese Vergünstigung opfern müssen. Dafür fehlte ihr jedoch die Zeit.

Stattdessen hatte sie eine Ansammlung von Dingen bei sich, die sie an die Läden verkaufen wollte, die Heilmittel feilboten. Einige davon hatte sie bereits besessen, andere hatte sie während der Reise gesammelt. Darunter fanden sich Säckchen mit Gift von Yeryer-Fischen, um das Blut zu verflüssigen, Dornen des Stachelkrauts, die punktgenau als Narkosemittel eingesetzt werden konnten, und keimtötende Seetangbänder. Sie hatte noch einige Beutel gemahlenen Feuerwurz beigefügt, der um den Leuchtturm herum in üppiger Fülle gewachsen war, und mehrere starke Kräuter.

Auch einige Dinge, die keinen medizinischen, sondern nur einen hohen materiellen Wert hatten, waren in ihren Beutel gelangt. Die meisten davon waren Aphrodisiaka. Diese hatten im Allgemeinen keine echte körperliche Wirkung, aber der Gedanke, dass sie eine »Kur« benutzten, genügte bei den meisten Menschen, um ein solches sexuelles Verlangen zu wecken, dass sie ihre Erregung irrtümlich für das Resultat der »Kur« hielten. Natürlich stammten diese »Kuren« entweder von irgendeinem wilden Tier – wie die Zähne des Riesengarr, die sie an einem verlassenen Strand gefunden hatte –, oder sie sahen aus wie Geschlechtsorgane, wie die getrockneten Seewürmer, die fleischigen, phallusähnlichen Wemmin-Blüten und die Seeglocke, die sie inmitten von im Wasser treibenden Gräsern entdeckt hatte. Die Seeglocke würde sie nur als letzte Möglichkeit veräußern. Sie war selten und kostbar, und kein Ladenbesitzer würde einer Reisenden, die sich nur für kurze Zeit in der Stadt aufhielt, ihren wahren Wert bezahlen. Eines Tages würde sie vielleicht in einer besseren Position sein, um zu feilschen.

Lärm und Licht zogen sie zu ihrem Bestimmungsort. Große Markisen, an denen Laternen hingen, bildeten zwei Tunnel zu beiden Seiten einer langen Straße mit Läden. Einige Musikanten verliehen den Stimmen der wenigen Käufer einen fröhlichen Beiklang. Mehrere Händler brüllten einladende Beschreibungen ihrer Waren in die Welt. Andere machten kühne Versprechungen, was vernünftige Preise und ehrlichen Handel betraf.

Emerahl kaufte einen Laib Brot, einen Spieß mit gegrilltem Ner – sie war der Fische inzwischen herzlich überdrüssig –, einige überteuerte Früchte und einen Becher gesüßte, fermentierte Shem-Milch. Als sie die Straße weiter hinunterging, wurden die Essensgerüche von dem beißenden Gestank von qualmenden Kräutern und Weihrauch verdrängt. Hier fand sie, wonach sie gesucht hatte.

Der erste Laden, der Heilmittel feilbot, war groß und voller Menschen. Entlang der Vorderseite des Ladens erstreckte sich eine Theke, und an der hinteren Wand standen in Regalen Krüge verschiedenster Größen und Formen. Sie ging mit ihrem Beutel zur Theke und wartete geduldig, bis sie an die Reihe kam. Der Verkäufer war ein nicht mehr junger, kahlköpfiger Mann mit scharfen Augen. Nachdem er einem jungen Soldaten ein zweifelhaftes Mittelchen gegen Fußfäule verkauft hatte, wandte er sich Emerahl zu.

»Womit kann ich dir helfen, junge Dame?«

Sein Versuch, ihr zu schmeicheln, entlockte ihr ein Lächeln. »Mein Arm schmerzt mich«, erklärte sie ihm. »Also hoffe ich, dass ich einige Dinge aus meinem Beutel werde verkaufen können.«

In seinen klugen Augen blitzte Erheiterung auf. »Ach ja? Und du hoffst, sie mir zu verkaufen?«

»Ja.« Sie öffnete den Beutel und nahm den Krug heraus, in dem sich die Säckchen mit Yeryer-Gift befanden. »Hättest du dafür vielleicht eine Verwendung? Sie sind ganz frisch. Ich habe sie erst vor einer Woche gesammelt.«

Als sie den Krug öffnete, zog der Mann die Augenbrauen hoch. »Vor einer Woche, sagst du? Vielleicht könnte ich ein paar Münzen dafür erübrigen.« Er musterte ihren Beutel, der ein wenig fischig roch. »Was hast du denn sonst noch anzubieten?«

Sie nahm einige weitere Dinge heraus, dann begann das Feilschen. Er wurde dabei mehrmals von einem jüngeren Mann, vielleicht seinem Sohn, unterbrochen, der schließlich im hinteren Teil des Ladens verschwand. Emerahl konzentrierte sich auf ihren Kunden. Er war wählerisch und dachte über jeden einzelnen Gegenstand lange nach, obwohl sie fand, dass sie ihre Waren schon zu recht günstigen Preisen feilbot. Er sah ihr nicht in die Augen, und sie wünschte sich mit einem Mal, sie hätte sich ihre Fähigkeit, Gefühle bei anderen zu erspüren, bewahrt.

*Ich werde es neu lernen müssen,* dachte sie. *Dann würde es mir auch leichterfallen, mich an die Veränderungen in der Sprache anzupassen. Ich hatte vermutet, die eigenartige Sprechweise der Dörfler sei das Ergebnis ihrer niederen Abstammung, aber anscheinend hat sich die torenische Sprache im Allgemeinen verändert.*

Der Verkäufer hatte bisher nur die Hälfte der Dinge in ihrem Beutel gesehen. Als sie der langsamen Verhandlungsweise des Mannes überdrüssig geworden war, beschloss sie vorzugeben, ihm alles gezeigt zu haben, und ihr Geld zu verlangen.

Er zählte langsam Münzen aus einer Börse ab und hielt mitten in seinem Tun inne, als sein Helfer zurückkehrte, um ihm etwas ins Ohr zu flüstern.

»Ich würde gern irgendwann zu Bett gehen«, unterbrach Emerahl die beiden. Sie legte eine Hand auf die Krüge, die der Ladenbesitzer kaufen wollte, und machte einen Schritt rückwärts. »Sind meine Preise nicht gut genug für dich?«

Er hob beschwichtigend die Hände. »Es tut mir leid, meine Dame, aber mein Geselle muss sich um eine recht delikate und drängende Angelegenheit kümmern.« Er kehrte an die Theke zurück und zählte den Rest der Münzen ab. Emerahl schob ihm die Krüge hin, fegte die Münzen in ihren Beutel und verließ den Laden, noch ehe der Mann seine weitschweifige Verabschiedung hatte beenden können.

Auf der Straße angekommen, stieß sie einen Seufzer der Verärgerung aus. Hatte er gehofft, dass sie mit ihrem Preis heruntergehen würde, nur damit er sich beeilte? Hatte sie *ausgesehen,* als sei sie in Eile?

Mit dieser Frage beschäftigt, schlenderte sie in eine nahe Weinschänke und kaufte ein Maß Gewürzwasser. Dann setzte sie sich in eine dunkle Ecke, hob das Glas an ihre Lippen und blickte zu dem Laden auf der anderen Straßenseite hinüber.

Sie verschluckte sich beinahe, als sie zwei Priester aus der Tür treten sah. Dann erschien der Verkäufer und zeigte auf die Schänke. Als die Priester auf sie zukamen, begann Emerahls Herz zu rasen.

*Sie wollen wahrscheinlich nur etwas trinken,* sagte sie sich. Aber die beiden Männer unterzogen jeden auf der Straße einer genauen Musterung. Als eine alte Frau an ihnen vorbeikam, blieben sie stehen und starrten sie eindringlich an. *Nein, es ist kein Wein, den sie suchen.*

Plötzlich ergab das Verhalten des Verkäufers einen Sinn: seine Neigung, ihrem Blick auszuweichen, der Versuch, sie aufzuhalten. Sein Geselle, der plötzlich verschwunden war. Das geflüsterte Gespräch der beiden Männer.

*Es tut mir leid, meine Dame, aber mein Geselle muss sich um eine recht delikate und drängende Angelegenheit kümmern.*

War es dabei um eine alte Frau gegangen, die Heilmittel verkaufte? Hatte man dem Ladenbesitzer aufgetragen, nach ihr Ausschau zu halten? *Das kann ich nicht genau wissen,* sagte sie sich. *Dies könnte auch ein schlichter Zufall sein.* Vielleicht suchten die Priester ja nach jemand anderem. Die Tatsache, dass sie soeben von einem dieser Priester aus ihrem Heim vertrieben worden war, hatte sie argwöhnisch gemacht, so dass sie nun glaubte, alle seien auf der Suche nach ihr.

*Zufall oder nicht, ich werde nicht hier warten, um es herauszufinden.* Emerahl öffnete ihren Beutel, nahm ihr mit Öl eingeriebenes, wasserfestes Seekapas heraus und schlüpfte hinein. Dann zog sie sich ihren Umhang vom Kopf, stülpte sich stattdessen einen breitkrempigen Seemannshut über und schob ihr Haar darunter. Dann wickelte sie ihren Beutel in den Umhang und schob ihn sich unter den Arm.

Die Priester waren jetzt nur noch wenige Schritte von der Schänke entfernt. Emerahl trat durch die Tür und blieb kurz stehen, um mit einer Hand das Zeichen des Kreises zu machen, dann entfernte sie sich mit dem typischen wiegenden, gemächlichen Gang eines Seemanns.

Sie rechnete damit, dass die Priester sie zurückrufen würden, aber nur die Prahlereien der Händler durchbrachen das allgemeine Getöse auf dem Markt. Es schien eine Ewigkeit zu dauern, bis sie das Ende der Straße erreicht hatte. Dort angekommen, beschleunigte sie ihren Schritt ein wenig und hielt sich im Schatten der Gebäude.

*Werde ich verfolgt? Wenn ja, wie konnten die Priester erraten, dass ich auf den Nachtmarkt von Porin gehen würde, um Heilmittel zu verkaufen?*

Die Antwort lag auf der Hand. Wenn der Priester in Corel die Küste hinaufgereist war, musste er von der eigenartigen alten Frau gehört haben, die allein in einem Boot segelte und Heilmittel verkaufte. Er musste erraten haben, dass sie es war, und die Priester in den Städten durch Telepathie verständigt haben. Und jetzt hielten sie Ausschau nach einer alten Frau wie ihr. Es war reines Glück, dass sie nicht schon vorher von einem anderen Priester aufgehalten worden war.

Aber *warum*? Diese Priester konnten unmöglich wissen, wer sie wirklich war.

Vielleicht war der Priester in Corel neugierig zu erfahren, wer die verrückte alte Zauberin war, die so lange Zeit in einem entlegenen Leuchtturm gelebt hatte …

*Oh.* Ihr Magen krampfte sich zusammen. *Wenn er die Dorfbewohner gefragt hat, wie lange ich schon dort gelebt habe, haben sie ihm vielleicht geantwortet, dass ich seit Generationen in dem Leuchtturm wohne. Wenn es so geschehen ist, muss er den Verdacht geschöpft haben, ich könnte eine Unsterbliche sein. Selbst wenn er es nicht glaubt, ist er wahrscheinlich dazu verpflichtet, es zu überprüfen.*

Als sie sich den Docks näherte, verlangsamte sie ihre Schritte wieder. Vorsichtig schlich sie weiter und suchte dabei ihre Umgebung ab. In der Ferne konnte sie gerade noch ihr kleines Boot erkennen, das am Pier vertäut war. Schließlich fand sie eine dunkle Ecke, wo sie sich hinsetzte und wartete.

Sie brauchte nicht lange zu warten. Als der Hafenmeister aus seiner Hütte kam, erblickte sie einen Stuhl und den Rücken von jemandem, der etwas Weißes mit einer blauen Umsäumung trug.

*Lebwohl, kleiner Freund,* dachte sie und schaute noch einmal zu ihrem Boot hinüber. *Ich hoffe, du wirst einen guten Besitzer finden.*

Schließlich wandte sie sich mit einem Stich des Bedauerns ab und tauchte in die Schatten der Stadt ein.

Der Fremde hatte im hinteren Teil des Raums Platz genommen und die beiden letzten Stunden damit zugebracht, die anderen Gäste in der Schenke zu beobachten. Roffin hatte der Mann schon von dem Augenblick an, als er die Schenke betrat, nicht gefallen. Er war einfach zu gepflegt, das war es. Ausstaffiert mit einem großen Kapas. Ein Fremdländer mit einer arroganten Art, die auf eine vornehme Geburt schließen ließ. Es gefiel Roffin nicht, wie der Mann das Kommen und Gehen der Gäste beobachtete.

»Betrachtest du wieder einmal unseren rätselhaften Gast?«, murmelte Cemmo.

Roffin drehte sich zu seinem Gefährten um. Cemmo war ein kräftiger, drahtiger Mann, einer der jüngsten Fischer aus dem Ort. Roffin stieß ein leises Knurren aus.

»Seinesgleichen gehört nicht hierher.«

»Stimmt«, gab Cemmo ihm recht.

»Der sollte oben in der Schänke für die besseren Leute sein.«

»Das ist richtig.«

»Irgendjemand sollte ihn rauswerfen.«

»Upta Garmen. Aber der wird's nicht tun, solange es keinen Ärger gibt.«

»Garmen hätte 'ne Menge zu verlieren, wenn hochwohlgeborene Leute mit ihm unzufrieden wären. Wir nicht«, bemerkte Roffin.

Cemmo wandte den Blick ab. »Das ist wahr. Aber … Ich weiß nicht. Irgendwie kommt er mir gefährlich vor.«

»Das sind bloß seine Blicke, die dir Angst machen.«

Garmen, der Besitzer der Schänke, unterzog den Fremden einer schnellen, nervösen Musterung. Der Mann trank auch nicht viel, wie Roffin bemerkte. Geiziger ausländischer Bastard.

Als Roffin seinen dritten Becher hinunterkippte, drehte der Fremde sich um und starrte ihn an. Roffin starrte unverhohlen zurück. Der Mann zog die Augenbrauen ein wenig in die Höhe. Er lächelte.

»Also, wenn sonst niemand den Mumm dazu hat.«

Cemmo runzelte die Stirn, als Roffin aufstand, sagte jedoch nichts; er glitt einfach von seinem Stuhl und folgte ihm, ein schweigsamer Helfer. Als Roffin auf den Fremden zutrat, blickten andere Gäste auf und nickten zustimmend.

Der Fremde beobachtete ihn mit scheinbarer Sorglosigkeit. Roffin beugte sich über den Mann, wobei er seine massige Statur zu seinem Vorteil nutzte.

»Du bist hier am falschen Ort«, erklärte er ihm. »Die richtige Schänke für dich findest du auf der anderen Seite der Straße. Oben in der Stadt.«

Der Fremde verzog die Lippen zu einem Lächeln. »Mir gefällt es hier«, antwortete er mit einer tiefen, von einem eigenartigen Akzent gezeichneten Stimme.

Roffin richtete sich auf. »Uns gefällt es aber nicht, dass *du* hier bist. Geh und starr deinesgleichen an.«

»Ich bleibe.« Der Mann deutete auf den Stuhl ihm gegenüber. »Du bleibst. Wir trinken.«

»Du trinkst anderswo«, knurrte Roffin. Er streckte die Hände nach den Schultern des Fremden aus. Der Mann kniff die Augen zusammen, rührte sich jedoch nicht. Mit einem Mal spürte Roffin, wie sengende Hitze seine Finger umschloss. Er riss die Hand weg, fluchte und starrte seine gerötete Haut an.

»Was hast du …?«

»Du gehst«, sagte der Mann mit einem warnenden Unterton in der Stimme.

Roffin machte einige Schritte rückwärts. Der Fremde war ein Zauberer. Mit Drohungen war ihm nicht beizukommen. Cemmo sah Roffin fragend an. Als Roffin sich im Raum umblickte, wurde ihm bewusst, dass alle anderen Gäste ihn beobachteten. Hatten sie gesehen, was der Mann getan hatte? Wahrscheinlich nicht. Sie konnten nur Roffin sehen, der vor einem hochgeborenen Fremdländer zurückwich. Mit einem finsteren Stirnrunzeln machte er auf dem Absatz kehrt und schritt zur Tür hinüber.

»Ich werd mein Geld anderswo hinbringen«, murmelte er, dann verließ er den Raum und schlug die Tür hinter sich zu. Draußen angekommen, blieb er jedoch stehen; er wusste nicht, was er jetzt tun sollte. Cemmo war ihm nicht gefolgt. Langjährige Gewohnheit brachte ihm das Geräusch der Brandung am Fuß der Klippen unter ihm und das Pfeifen des Windes zwischen den Gebäuden ins Bewusstsein. Es würde eine raue Nacht auf dem Wasser werden.

Seine Hand pulsierte. Er blickte hinab und befand, dass er sie jemandem zeigen sollte.

*Der Priester. Ja, er wird ein Heilmittel dagegen haben.* Roffin drehte sich noch einmal zu der Schänke um und lächelte. *Und ich bin davon überzeugt, dass Priester Waiken davon erfahren will, dass wir einen fremdländischen Spion in der Stadt haben.*

# 12

Sich kräuselndes, wogendes Wasser erstreckte sich in alle Richtungen. Das Licht, das die aufgehende Sonne zurückwarf, formte sich auf seiner Oberfläche zu orangefarbenen Bändern. Gelegentlich trieb ein Seevogel über sie hinweg, ohne auf das Schiff oder seine Passagiere zu achten.

Als Danjin sich nach Westen wandte, konnte er verschwommen blaue Berge über einem dünnen, dunklen Streifen Land erkennen. Das Gebirge der Untergehenden Sonne zog sich an der Westküste Hanias bis zur Spiegelstraße hinauf, wo es mit dem Wasser verschmolz und eine Reihe kleiner Inselchen bildete, über die man zu den größeren somreyanischen Inseln gelangte. Den alten Geschichtschroniken zufolge hatten einige dieser Berge früher Feuer und Asche gespien.

»Danjin.«

Er drehte sich überrascht um. Auraya stand selten vor dem Morgengrauen auf. Statt ihrer gewohnten, kunstvollen Frisur trug sie ihr langes Haar jetzt zu einem schlichten Zopf geflochten. Zwischen ihren Brauen stand eine Falte.

»Guten Morgen, Auraya von den Weißen«, sagte er und machte das Zeichen des Kreises. »Es ist ein wunderschöner Morgen, nicht wahr?«

Sie blickte zu der aufgehenden Sonne hinüber, aber die Falte zwischen ihren Brauen löste sich nicht auf.

»Ja. Du hast recht.« Sie sah ihn an. »Ich werde das Schiff in der nächsten Stunde verlassen. Würdest du auf Unfug aufpassen und dafür sorgen, dass Leiard unversehrt sein Quartier erreicht?«

Danjin blickte über das Deck und sah, dass vier Seeleute ein kleines Boot aus den Verankerungen nahmen, in denen es während des größten Teils der Reise geruht hatte.

»Natürlich«, antwortete er. Sie biss sich auf die Unterlippe. Er streckte die Hand aus, berührte sie jedoch nicht. »Kannst du mir erzählen, warum du abberufen wirst?«

Sie drehte sich langsam um und ließ den Blick über die Mannschaft wandern. »Ein wenig kann ich dir wohl verraten«, sagte sie leise. »Juran hat mehrere Berichte über einen pentadrianischen Priester erhalten. Es handelt sich wahrscheinlich um einen Spion, der durch Dörfer und Städte an der Nordküste Hanias reist. Juran hat Dyara ausgeschickt, um den Mann zu fangen, und mich hat er gebeten, von Norden zu kommen, um dem Pentadrianer den Fluchtweg abzuschneiden.«

Er nickte. Jetzt verstand er ihre Furcht. Ihre Ausbildung in der Verwendung ihrer Gaben hatte gerade erst begonnen. Dies könnte womöglich ihre erste feindliche Begegnung mit einem Zauberer sein.

*Die Götter werden sie beschützen,* sagte er sich. *Und Dyara wird das Ganze wahrscheinlich in eine Lektion verwandeln,* fügte er im Geiste trocken hinzu.

Ihre Lippen zuckten ein wenig, als sie seine Gedanken las. »Ich werde mit Dyara nach Jarime zurückkehren, daher wirst du für alles Weitere zuständig sein, Danjin Speer.«

»Weiß Leiard, dass du fortgehst und warum?«

Sie schüttelte den Kopf. »Erzähl ihm, was ich dir erzählt habe, aber sag den anderen nur, dass ich mich um eine Angelegenheit an der Küste kümmern müsse.«

Er nickte. »Das werde ich.«

Schweigend betrachtete sie die ferne Küstenlinie. Während sie dem Land näher kamen, kämpfte Danjin eine wachsende Angst nieder. *Sie ist eine der Auserwählten der Götter,* rief er sich ins Gedächtnis. *Sie kann selbst auf sich aufpassen.*

Dann wurde ihm klar, dass es nicht ihre Sicherheit war, die ihm Kopfzerbrechen bereitete. Sie würde vielleicht gezwungen sein, diesen Spion zu töten. Er hätte sich gewünscht, dass sie diese Bürde nicht früher als unbedingt notwendig würde tragen müssen.

*Wenn Mairae nur mit uns zurückgekehrt wäre,* dachte er, *statt in Somrey zu bleiben, um Vorkehrungen für zukünftigen Handel und andere Delegationen zu treffen, die das Land unter den Bedingungen der Allianz aufsuchen würden.* Dieser Gedanke war ihm kaum gekommen, als er wusste, dass es ein unwürdiger gewesen war. Mairae mochte voll ausgebildet sein – das vermutete er jedenfalls –, aber sie verdiente es ebenso wenig, die Bürde eines Mordes tragen zu müssen, wie Auraya es verdiente.

Die Sonne stahl sich langsam höher, und die Küste kam näher. Die dunklen Linien, die Danjin aus der Entfernung gesehen hatte, fügten sich zu einer verwitterten schwarzen Klippe zusammen. Dicht am Rand wurde ein Gebäude mit mehreren Türmen sichtbar. Die Seeleute ließen das Boot zu Wasser, und Auraya stieg behände zu den Ruderern darin hinunter.

Danjin stützte sich auf die Reling und sah ihnen nach. Auraya saß mit durchgedrücktem Rücken da und blickte nicht zurück.

»Ratgeber Danjin Speer.«

Danjin erkannte Leiards Stimme und drehte sich zu ihm um. Er fragte sich, wie lange der Traumweber schon dort gestanden haben mochte.

»Ja, Traumweber Leiard?«

Leiard trat an die Reling und blickte zu dem Boot hinüber. »Ich vermute, Auraya wird heute nicht mit uns zusammen das Morgenmahl einnehmen.«

Danjin schüttelte den Kopf. »Nein. Sie wird sich mit Dyara

treffen, um sich um einen pentadrianischen Spion zu kümmern und anschließend über Land nach Jarime zurückzukehren.«

Leiard nickte. Er beobachtete das Boot noch ein Weilchen, dann wandte er sich wieder zu Danjin um. Seine Mundwinkel zuckten leicht. »Dann sollten wir besser wieder unter Deck gehen, bevor die Kuchenoblaten kalt werden.«

Danjin kicherte. Er drehte sich von der Reling weg und folgte Leiard unter Deck.

Als das Boot sich den Klippen näherte, fragte sich Auraya, wie um alles in der Welt sie sicher an Land kommen sollten. Die Wellen krachten gegen schwarzen, steilen Fels und erfüllten die Luft mit salziger Gischt. Jedes Boot, das versuchte, an dieser Stelle vor Anker zu gehen, würde zerschmettert werden, so viel war offenkundig. Die Matrosen legten sich mit aller Kraft in die Riemen und manövrierten das Boot um einen Felsvorsprung herum. Ein schmaler, mit schwarzen Steinen übersäter Sandstrand kam in Sicht. Als die Mannschaft darauf zusteuerte, stieß Auraya einen Seufzer der Erleichterung aus.

Sie hob den Blick und konnte eine gezackte, in den Felsen gemeißelte Treppe erkennen, die auf die Klippen führte. Das Boot kratzte über den Sand. Die Männer zogen ihre Ruder ein und sprangen von Bord, und als eine Welle das Boot vorwärtstrieb, zogen sie es den Strand hinauf.

Auraya erhob sich und stieg aus. Als ihre Sandalen im Sand versanken, lief ihr kaltes Wasser über die Füße. Sie bedankte sich bei den Ruderern, die das Boot zurück ins Wasser zogen, und ging auf den Fuß der Treppe zu.

Die Treppe war steil und schmal, und in der Mitte einer jeden Stufe hatte sich eine Vertiefung gebildet. Auraya stieg hinauf und war schon bald außer Atem. Je höher sie kam, desto bedrohlicher wirkte der steile Abfall zum Ufer hin. Der Wind peitschte ihre Gewänder auf, und sie fragte sich beklommen, was geschehen würde, sollte sie stürzen. Dyara hatte ihr nicht beigebracht, wie man einen Sturz überlebte. Würde ein Abwehrschild, den sie bei einem magischen Angriff benutzte, sie auch bei einem Sturz in die Tiefe retten?

Vielleicht war es besser, nicht darüber nachzugrübeln. Auraya drängte ihre Furcht entschlossen beiseite und setzte ihren Aufstieg fort. Schon bald kehrten ihre Gedanken zu der Aufgabe zurück, die Juran ihr gestellt hatte. Der Pentadrianer war in Schankhäusern gesehen worden, wo er vielleicht hoffte, Dinge belauschen zu können, die für sein Volk von Interesse wären. Seine Beschreibung passte nicht zu der des mächtigen Zauberers, gegen den Rian gekämpft hatte; dieser Mann war älter und außerdem dunkelhaarig. Dennoch konnte Auraya eine gewisse Furcht nicht unterdrücken.

*Es kann nicht zwei Zauberer von solcher Stärke geben,* hatte Juran ihr versichert. *Möglich, dass wir alle hundert Jahre einem begegnen. Dieser Mann ist immer wieder in ärmlichen Quartieren abgestiegen. Ich bezweifle, dass seine Gaben so stark sind wie die einer Hohepriesterin.*

Als sie endlich oben auf den Klippen angelangt war, stellte sie zu ihrer Überraschung fest, dass eine kleine Menschenmenge sie erwartete. An einer Seite des aus Schwarzstein gebauten Hauses am Rand der Klippen hatte sich ein Dorf angesiedelt.

Ein Priester trat vor. »Willkommen in Caram, Auraya von den Weißen. Ich bin Priester Valem.«

Sie lächelte. »Vielen Dank, Priester Valem.«

Er deutete auf einen gut gekleideten Mann mit hellen Augen und grauen Strähnen im Haar. »Das ist Borean Steinmetz, unser Dorfvorsteher.«

Sie nickte dem Mann grüßend zu, der daraufhin mit beiden Händen das formelle Zeichen des Kreises formte. Andere Dorfbewohner folgten seinem Beispiel. Auraya bemerkte, dass sie alle sehr schlicht gekleidet waren. Einer der Männer trug noch die versengte Schürze eines Metallarbeiters. Die meisten der Menschen mieden ihren Blick, während einige sie voller Ehrfurcht ansahen. Sie schenkte ihnen ein herzliches Lächeln.

»Ich bin außerdem der Besitzer des Wachhauses«, sagte Borean und deutete auf das Gebäude am Rand der Klippen. »Priester Valem hat dort ein Quartier für dich herrichten lassen.«

»Es wäre mir eine Ehre, dein Haus zu besuchen«, erwiderte Auraya. »Ich hoffe nur, dass ich dir keine Unannehmlichkeiten bereitet habe.«

»Dein Besuch macht keine Mühe«, antwortete er. Er hob die Hand zu einer höflichen Geste, und sie gingen auf das Haus zu. Der Priester trat an ihre Seite. »Ich vermiete von Zeit zu Zeit Zimmer an Reisende, daher bin ich nicht ganz unvorbereitet auf Gäste«, versicherte ihr Borean. »Aber die Annehmlichkeiten von Jarime kann ich dir nicht versprechen.«

»Weder ich noch meine Gefährtin von den Weißen führen ein luxuriöses Leben. Ist das Haus sehr alt?«

Sie brauchte kein Interesse zu heucheln, als er ihr die lange Geschichte des Gebäudes erzählte. Es war vor vielen hundert Jahren von einem seiner Vorfahren errichtet worden und diente seither als Wohnhaus und auch als Wachturm, um die Dorfbewohner im Falle eines Angriffs vom Meer her vorzuwarnen.

An der Tür angekommen, hielt Auraya inne, um den Dörflern für ihre Begrüßung zu danken. Dann bat sie Borean, sie durch das Haus zu führen, wobei der Priester ihnen schweigend folgte. Das Innere war nicht besonders luxuriös, aber reichlich mit Artefakten ausgestattet. Zu guter Letzt kamen sie in einen der massigen Türme, wo Borean ihr die Räume zeigte, die ihr als Quartier dienen sollten.

»Ich habe veranlasst, dass einige Frauen aus dem Dorf dir aufwarten …«

Ein lautes Krachen von unten unterbrach ihn, dann hörten sie den Schrei einer Frau und eilige Schritte. Borean und Priester Valem tauschten einen verwirrten Blick, dann entschuldigte sich der Dorfvorsteher und ging zum Eingang der Zimmerflucht. Einen Moment später tauchte ein Mann in einem braunen Reisekapas in der Tür auf und versperrte ihm den Weg. Der Mann schenkte dem Dorfvorsteher und dem Priester nur wenig Beachtung und sah stattdessen Auraya an.

Ein Kribbeln überlief sie. Der Mann hatte etwas Eigenartiges an sich. Seine Haut war bleich, aber seine Augen waren so schwarz, dass sie die Pupillen nicht erkennen konnte. Dies war jedoch nicht die Quelle der Eigenartigkeit, die ihr aufgefallen war. Sie schaute genauer hin, und als sie begriff, was es war, krampfte sich ihr Magen zusammen.

Sie konnte seine Gedanken nicht lesen.

»Wer bist …?«, begann Borean.

Der Mann sah den Dorfvorsteher an. Borean taumelte rückwärts. Er stürzte schwer zu Boden und hielt sich, um Atem ringend, den Bauch. Auraya zog Magie in sich hinein und schuf hastig eine Schutzbarriere quer durch den Raum zwischen Borean und dem Zauberer. Der Dorfvorsteher kroch, immer noch nach Luft ringend, von der Tür weg. Auraya machte einen Schritt auf ihn zu, ergriff seinen Arm und half ihm auf die Füße, wobei sie den Blick nicht von dem Mann in der Tür abwandte.

»Bist du verletzt?«, fragte sie Borean leise.

»Nur … atem-los«, antwortete er heiser.

»Gibt es noch einen anderen Weg, der aus diesen Räumen hinausführt?«

Er nickte.

»Gut. Dann geh und nimm den Priester mit.«

*Juran,* rief sie, nachdem die beiden Männer durch eine Nebentür verschwunden waren.

*Ja?*

*Der pentadrianische Spion ist hier.*

*Jetzt schon?*

*Ja.* Sie stärkte die Verbindung und ließ ihn den Zauberer durch ihre Augen sehen.

*Was kannst du aus seinen Gedanken erfahren?*

*Nichts. Ich kann in seinem Geist nicht lesen. Ist das eine Fähigkeit, die man bei Pentadrianern häufig antrifft?*

*Das weiß ich nicht. Wir müssen diese Möglichkeit in Betracht ziehen. Ich werde mich mit Dyara in Verbindung setzen.*

*Er hat mich eigens hier ausfindig gemacht. Es gibt keinen anderen Grund, warum er in dieses Haus gekommen sein könnte. Bist du dir sicher, dass er ein Spion ist?*

*Er muss dich für eine Priesterin von einiger Bedeutung halten, und er hat die Absicht, dir Informationen abzupressen. Ich bezweifle, dass er weiß, wer du bist.*

»Du musst Auraya von den Weißen sein«, sagte der Pentadrianer.

Sie sah ihn überrascht an.

*So viel zu dieser Theorie,* wandte sie sich an Juran. *Wo ist Dyara?*

*Einen Ritt von einer Stunde entfernt,* antwortete Dyara. *Sorg dafür, dass er weiterredet, Auraya, und dass er das Haus nicht verlässt. Ich werde bald dort sein.*

»Ich bin Auraya«, erklärte sie. »Wer bist du?«

»Ich bin Kuar, Erste Stimme der Götter«, antwortete er.

*Großer Chaia! Der Anführer der Pentadrianer?*, sagte Juran ungläubig. *Warum sollte sich der Anführer eines Kults allein in den Norden wagen? Der Mann muss lügen.*

Der Pentadrianer kam langsam auf sie zu.

»Warum bist du hier?«, fragte sie.

»Ich bin gekommen, um dich zu sehen«, erwiderte der Zauberer.

»Mich? Warum?«

»Um in Erfahrung zu bringen …« Er erreichte ihre Barriere. Als er die Hände davor ausbreitete, teilte sich sein Kapas, und darunter wurden schwarze Kleider und ein silberner Sternenanhänger sichtbar. Auraya runzelte die Stirn. Ein Spion würde ein fremdes Land nicht nur mit einem Kapas durchreisen, das die Gewänder seines Volkes verbarg.

»Was wünschst du, in Erfahrung zu bringen?«, fragte sie.

Ein machtvoller Zauber prallte auf ihren Schild, und Magie züngelte wie flammende Blitze über seine Oberfläche. Auraya sog scharf die Luft ein, als sie die Stärke des Zaubers sah. Der Angriff brach ab, und der Pentadrianer musterte sie kühl.

»Wie stark ihr Heiden seid«, erwiderte er.

Sie durchbohrte den Pentadrianer mit einem Blick, von dem sie hoffte, dass er eiskalt war. »Hat das deine Frage beantwortet?«

Der Zauberer zuckte die Achseln. »Nicht ganz.«

Auraya verschränkte die Arme vor der Brust und starrte den Fremden trotzig an. Innerlich zitterte sie jedoch, so sehr hatte der Angriff des Pentadrianers sie erschreckt.

*Juran,* sagte sie. *Ich vermute, deine Theorie, dass alle hundert Jahre nur ein mächtiger Zauberer geboren wird, ist falsch. Und ich denke, deine Theorie von dem Spion ist ebenfalls falsch.*

*Ich befürchte, dass du in beiden Punkten recht hast,* stimmte Juran ihr zu. *Er ist stark, aber du bist es ebenfalls.*

*Ich habe bisher kaum mehr gelernt, als mich mit einem Schild zu schützen!*

*Das ist alles, was du brauchst. Wenn Dyara ankommt, wird sie sich um ihn kümmern.*

Die Augen des Zauberers wurden schmal. Ein zweiter magischer Angriff prallte auf ihre Barriere, die jetzt leise zu summen begann. Zu beiden Seiten des Raums versengte überschüssige Magie die Farbe an den Wänden und setzte die Möbel in Brand. Während Angriff auf Angriff folgte, zog Auraya mehr und mehr Magie in sich hinein, um sich gegen den Pentadrianer zur Wehr zu setzen.

*Bei den Göttern, er ist stark!*

*Dein Schild ist zu groß,* warnte Juran sie. *Du musst ihn näher an dich heranziehen, dann wird er dir von größerem Nutzen sein.*

Sie befolgte seinen Rat. Nachdem ihre Barriere sich von einem Moment zum anderen aufgelöst hatte, zerschmetterte der nächste Angriff des Zauberers Gemälde, Möbelstücke und Fenster. Angesichts der Zerstörung um sie herum durchzuckten sie kurz Gewissensbisse.

Der Angriff brach ab. Sie beobachtete das Gesicht des Pentadrianers. In seinen Augen stand ein nachdenklicher Ausdruck. Er machte einen Schritt auf sie zu.

»Es gibt zivilisiertere Methoden, um solche Dinge zu erledigen«, erklärte sie. »Wir könnten eine Art Probe ersinnen. Vielleicht könnten wir jährliche Spiele abhalten. Die Menschen würden von weit her …«

Als ein brutaler, machtvoller Zauber auf ihren Schild prallte, richtete sie ihre gesamte Konzentration darauf, Magie in sich hineinzuziehen und in ihren Schild zu leiten. Der Mann beobachtete sie aufmerksam und ließ keine Anzeichen von Anstrengung erkennen, während sein Ansturm immer stärker wurde. Am Ende gelang es ihr nicht mehr, schnell genug Magie in sich hineinzuziehen, um seinen Angriff abzuwehren. Als ihr Schutzschild zerbrach, wurde sie von weißem Licht geblendet. Sie erlebte einen kurzen Augenblick puren Schmerzes. Rückwärts taumelnd rang sie nach Luft und blickte an sich hinab. Sie lebte und war zu ihrer Überraschung unverletzt.

*Flieh!* Jurans Botschaft klang wie ein Schrei in ihren Gedanken. *Er ist stärker als du. Es gibt nichts mehr, was du noch tun könntest.*

Die Erkenntnis traf sie wie ein körperlicher Schlag. Der Pentadrianer konnte sie töten. Eine Woge des Entsetzens schlug über ihr zusammen, und sie schuf hastig einen weiteren Schild. Als sie zu dem Zauberer aufblickte, sah sie ihn breit grinsen. *So viel zum Thema Unsterblichkeit,* schoss es ihr durch den Kopf. *Die Menschen werden mich als die kurzlebigste Unsterbliche in der Geschichte in Erinnerung behalten!* Sie machte einige Schritte in Richtung der Nebentür und traf auf eine unsichtbare Kraft.

»Nein, nein«, sagte der Pentadrianer. »Du wirst nicht gehen. Ich möchte sehen, wie du deine Götter anrufst. Werden sie erscheinen? Das wäre interessant. Und es würde viele Fragen beantworten.«

*Hast du ein Fenster hinter dir?,* fragte Dyara.

*Ja, aber wenn ich mich darauf zubewege, wird er mir den Weg versperren.*

*Dann wirst du dich ihm widersetzen müssen. Er wird einige Zeit brauchen, um deine Abwehr erneut zu durchbrechen. Nutze diese Zeit, um das Fenster zu erreichen.*

Auraya wich vor dem Zauberer zurück. Sein Lächeln wurde breiter, und sie vermutete, dass er glaubte, sie habe Angst vor ihm, eine Erkenntnis, die ihn erheiterte. *Ich habe wirklich Angst vor ihm!* Sie trat in ein Rechteck aus Licht, das das zerschmetterte Fenster hinter ihr bildete, und spürte warmes Sonnenlicht auf ihren Waden. Der Zauberer blickte auf ihre Füße hinab und runzelte die Stirn. Sein Blick flackerte zu dem Fenster hinüber, und seine Augen wurden schmal.

Eine unsichtbare Kraft traf ihren Schild. Obwohl sie dagegen ankämpfte, war sie nicht stark genug, um zu verhindern, dass sie mit dem Rücken gegen die Wand gepresst wurde. Das Fenster war eine Armeslänge von ihr entfernt. Der Pentadrianer kam auf sie zu, bis er direkt vor ihr stand.

»Wo sind deine Götter?«, fragte er. »Ich kenne deine Stärke. Es wird nicht lange dauern, bis ich dich abermals besiegt habe. Ruf nach deinen Göttern.«

Das Fenster war so nah, aber sie konnte sich nicht bewegen.

Der Zauberer schüttelte den Kopf. »Sie existieren nicht. Ihr seid Betrüger. Du verdienst es zu sterben.«

Er breitete vor ihrer Brust die Finger aus. Sie versuchte zurückzuweichen, aber die Wand drückte sich hart in ihren Rücken. Wenn es nur möglich gewesen wäre, durch sie hindurchzugelangen ...

*Aber natürlich ist es möglich!* Sie griff nach ihrer Macht und sandte sie rückwärts in die Mauer. Die Mauer gab mit einem ohrenbetäubenden Krachen nach. Auraya sah, wie die Augen des Zauberers sich vor Überraschung weiteten, als sie ihm entglitt und in die Tiefe stürzte. Sie wappnete sich gegen den Aufprall ihres Schilds, wenn er auf dem Boden aufschlug.

Aber nichts Derartiges geschah.

Sie stürzte immer weiter. Als sie sich umdrehte, sah sie Sand, Felsen und Wasser in rasendem Tempo auf sich zukommen.

*Ich muss anhalten!*

Sie spürte, wie Magie als Reaktion auf den Befehl in ihren Gedanken durch sie hindurchströmte. Das Gefühl zu fallen, endete mit einem jähen Ruck. Einen Moment lang war sie zu verblüfft, um denken zu können. Sie atmete einmal tief durch, dann noch einmal. Langsam öffnete sie die Augen, obwohl sie sich nicht daran erinnern konnte, wann sie sie geschlossen hatte.

Eine Armeslänge von ihr entfernt lag eine Mauer aus dunklem Sand.

*Keine Mauer,* korrigierte sie sich, *sondern der Strand.* Sie blickte sich um und sah die Klippenwand zu ihrer Rechten und das Meer zu ihrer Linken. Sie schwebte.

*Wie ist das möglich?*

Sie dachte zurück und sann über die Idee nach, die ihr durch den Kopf gegangen war. *Ich wollte anhalten. Wollte aufhören, mich zu bewegen.*

Aber es war mehr als das. Sie hatte gesehen, wie die Dinge um sie herum sich bewegten. Aber nicht nur die Klippen und das Meer hatten sich bewegt. Alles. Die *Welt* hatte sich bewegt.

*Und ich habe es getan.* Sie schüttelte staunend den Kopf. *Und ich tue es immer noch. Kann ich mich noch einmal selbst bewegen, indem ich mein Wollen darauf richte, meine Position im* Verhältnis *zur Welt zu wechseln?*

Sie zögerte, denn sie befürchtete, dass sie diese neue Gabe verlieren würde, wenn sie sie näher untersuchte. Wenn das geschah, würde sie auf den Strand hinunterfallen. Es würde kein tödlicher Sturz sein, sondern nur ein enttäuschender.

*Aber,* überlegte sie, *wenn diese Fähigkeit – diese Gabe – großes Nachdenken erfordert hätte, hätte ich von Anfang an davon gewusst.* Nein, diese Gabe war anders als alle, die sie bisher erlernt hatte. Dies war ein Gefühl, als lerne man laufen. Etwas, über das sie nicht nachzudenken brauchte.

Wenn sie sich in dieser Lage bewegen konnte, wäre es so, als flöge sie. Dieser Gedanke erfüllte sie mit einer prickelnden Erregung.

*Ich muss es versuchen. Ich in Bezug zur Welt. Ich möchte mich umdrehen und aufsteigen.*

Mit drei abrupten Bewegungen rollte sie sich auf die Seite. Über ihr waren die Klippen. Sie dachte daran, höher aufzusteigen, und es geschah. Langsam und schließlich mit wachsender Geschwindigkeit bewegte sie sich aufwärts. In aufrechter Haltung würde es noch besser sein, befand sie. Langsam drehte sie sich, bis sie ihr Ziel erreicht hatte. Sie bewegte sich zum Rand der Klippen und hielt schließlich inne, als sie feststellte, dass sie auf das Wachhaus hinabblickte.

Schlagartig fiel ihr der Zauberer wieder ein, und ihr Jubel erstarb. Aus dem Loch, das sie in die Seite des Hauses gesprengt hatte, entwich Rauch. Einige Dorfbewohner schleppten aus einem Brunnen Eimer mit Wasser herbei. Mit vor Furcht verkrampftem Magen suchte sie nach dem Zauberer. Wenn er noch dort war, würde sie sich zurückziehen müssen, bis Dyara ankam.

Vorsichtig bewegte sie sich über das Dorf hinweg, aber sie hielt vergeblich nach ihm Ausschau. Dann sah sie eine dunkle Gestalt, die auf einem Reyna in Richtung Norden ritt. Sie suchte nach seinen Gedanken, konnte jedoch nichts finden. Sie seufzte erleichtert.

*Er muss angenommen haben, ich sei gestorben. Und Juran und Dyara werden sich fragen, was geschehen ist.* Sie lächelte. *Sie werden es mir nicht glauben.*

*Juran.*

*Auraya? Du lebst. Was …? Wo bist du?*

*Über Caram.*

*Ich verstehe nicht …*

*Ich auch nicht. Die Götter konnten mich nicht stärker machen, also haben sie mir stattdessen eine neue Gabe geschenkt. Ich kann den Zauberer sehen. Er reitet davon. Soll ich ihm folgen? Oder soll ich auf Dyara warten?*

*Bring dich nicht in Gefahr. Warte auf Dyara. Ihr müsst beide zurückkehren.*

*Wir dürfen den Zauberer nicht entkommen lassen!*, protestierte Dyara.

*Wir müssen. Du bist stärker als Auraya, aber wir wissen nicht, ob du stark genug bist, und bevor Auraya ihre Ausbildung beendet hat, sollten wir sie nicht in den Kampf gegen derart gefährliche Zauberer schicken – nicht einmal mit Unterstützung. Reite zu Auraya, und dann kehrt ihr beide nach Jarime zurück.*

Auraya betrachtete die Gebäude unter ihr. Der Rauch, der aus dem Wachhaus aufgestiegen war, hatte sich aufgelöst. Im nächsten Moment kam Borean aus dem Haus, und sie entnahm seinen Gesten, dass er den Dorfbewohnern mitteilte, dass das Wasser nicht länger vonnöten sei.

*Wo bist du, Dyara?*

*Auf der Straße, nicht mehr weit von dir entfernt.*

*Ich werde mich nach Süden wenden und dir entgegenkommen.*

Mit diesen Worten brach Auraya die Verbindung ab und gab ihrem Körper den Befehl, sich wieder in Bewegung zu setzen.

# 13

Das Erste, was Leiard auffiel, als Danjin Speer die Tür zu Aurayas Räumen öffnete, war die Blässe des Ratgebers. Die Höhenangst des Mannes trat deutlicher zutage als gewöhnlich, aber jetzt kamen auch noch Überraschung und Staunen hinzu.

»Traumweber Leiard«, sagte Danjin ein wenig atemlos. »Mairae hat mir aufgetragen, dich auf das Dach zu schicken. Du wirst über die Treppe dort hinaufgelangen.«

»Vielen Dank, Danjin Speer.«

Kühle Luft strömte aus dem Raum hinaus. Leiard hielt inne und blickte über Danjins Schulter, wo zwei Arbeiter vor einem Fenster standen, in dem die Glasscheibe fehlte.

*Das ist also der Grund für seine verstärkte Furcht. Er ist sich nur allzu deutlich darüber im Klaren, dass nichts zwischen ihm und dem steilen Abgrund jenseits des Fensters liegt. Aber warum fehlt das Glas? Ist dort vielleicht jemand hinausgestürzt?* Er konnte weder von dem Ratgeber noch von den beiden Arbeitern eine Regung auffangen, die diesen Verdacht bestätigte.

Als Danjin entschlossen die Tür hinter sich zuzog, war Leiard die Sicht in den Raum versperrt. Er schüttelte den Kopf und ging langsam die Treppe hinauf. Das Rätsel würde wahrscheinlich gelöst werden, wenn er mit Auraya sprach.

Die *Herold* war vor drei Tagen nach Jarime und Leiard in das Haus der Bäckers zurückgekehrt. Die Nachricht von der Unterzeichnung der Allianz war noch schneller gereist, und Tanara hatte bereits ein Festmahl vorbereitet, zu dem sie auch andere Traumweber und wohlwollende Freunde geladen hatte. Nicht alle waren sich so sicher wie sie, dass dies der Beginn des Friedens zwischen Traumwebern und Zirklern sein würde, aber alle stimmten darin überein, dass die Schikanen den »Heiden« gegenüber während der letzten Monate in Jarime deutlich nachgelassen hatten.

Jayim war den ganzen Abend über schweigsam und in sich gekehrt gewesen. Später hatte er Leiard nach seiner Rolle befragt. Leiard hatte gespürt, dass der Junge kurz davor stand, über seine Zukunft zu entscheiden. Er drängte ihn jedoch weder in die eine noch in die andere Richtung. Diese Entscheidung musste Jayim ganz allein treffen.

An diesem Morgen herrschte im Haus ein Gefühl von Entschlossenheit. Jayim war angespannt und still gewesen und hatte offensichtlich auf einen geeigneten Augenblick gewartet, um zu sprechen. Am Ende des Morgenmahls hatte er gefragt, ob Leiard ihn noch immer unterrichten wolle. Einige Worte später hatte Leiard einen neuen Schüler.

Tanara hatte kaum Zeit genug gehabt, um das Geschehene zu begreifen, als der Ruf in den Weißen Turm gekommen war. Als Leiard das Haus verlassen hatte, hatte der Junge übers ganze Gesicht gegrinst, und seine Mutter war bereits mit den Plänen für ein weiteres Festmahl beschäftigt gewesen. Als er nun die Treppe zum Dach hinaufging, fragte sich Leiard, ob er glücklich mit dieser Vereinbarung war. Jayim war klug und mit Gaben gesegnet. Mit der richtigen Ausbildung und der Reife zunehmenden Alters würde er einen guten Traumweber abgeben. Warum also verspürte er nach wie vor einen Hauch von Bedauern? Verlangte es ihn nach Einsamkeit? Wollte er sich einfach nicht mit einem Schüler belasten? Oder hoffte er tief im Innern noch immer, dass Auraya zu ihm zurückkehren würde?

*Wenn ich das tue, bin ich ein Narr.*

Am oberen Ende der Treppe kam eine kleine, halb geöffnete Tür in Sicht. Leiard spürte einen kalten Luftzug auf seinen Wangen.

Als er hinaustrat, nahm er einen Schatten wahr, der über der Balustrade des Turms hin und her huschte. Stirnrunzelnd blieb er stehen. Der Schemen war zu groß gewesen, um ein Vogel sein zu können. Er hatte den flüchtigen Eindruck von menschlichen Gliedmaßen gewonnen. War ein Siyee nach Jarime gekommen? Bei diesem Gedanken beschleunigte sich sein Herzschlag. Soweit er wusste, war noch nie zuvor ein Siyee so weit geflogen. Er eilte zum Geländer hinüber.

Jetzt konnte er die Gestalt deutlich erkennen. Es war kein Siyee, sondern ein Mensch von gewöhnlichen Körpermaßen. Es war unmöglich, aber dieser Mensch – diese Frau – hatte keine Flügel. Ein weißer Zirk flatterte um ihre Schultern. Sie vollführte mitten in der Luft einige langsame Drehungen. Als sie ihm das Gesicht zuwandte, setzte sein Herz einen Schlag aus.

*Auraya!*

Er sah sie ungläubig an. *Wie ist das möglich?*

*Natürlich mit Magie,* antwortete eine Stimme in seinen Gedanken.

Er hatte etwas Derartiges noch nie gesehen. Obwohl viele Zauberer es versucht hatten, war es keinem je gelungen. Bis jetzt hatte er keine Ahnung gehabt, dass es überhaupt möglich war, aber jetzt trotzte Auraya vor seinen Augen dem Sog der Erde.

*Sie flog!*

Er sann darüber nach, was die Fähigkeit des Fliegens die Siyee gekostet hatte, und plötzlich tat es ihm weh, Auraya zu beobachten. Es war nicht nur dieser Schmerz, der ihn quälte, sondern auch ein Gefühl von Leere, als wären seine letzten Hoffnungen plötzlich erstorben. Wie sehr das Leben

Auraya auch enttäuschen mochte, von *dem hier* würde nichts sie jemals fortlocken können.

Sie grinste breit, ganz und gar konzentriert auf die akrobatischen Kunststückchen, die sie geschickt, wenn auch langsam vollführte.

»Leiard!«, rief sie. »Sieh nur, was ich kann!« Sie vollführte eine weitere Drehung. Ihr Zirk flatterte, und er bemerkte, dass sie statt der gewohnten, langen Tunika Hosen darunter trug. Zweifellos wäre es in einer Tunika schwierig gewesen zu fliegen – zumindest mit einem Hauch von Würde.

Er konnte ein Lächeln nicht unterdrücken. Der kindliche Jubel in ihrer Stimme erinnerte ihn an das Mädchen, das sie einst gewesen war. Ihr Blick ging an ihm vorbei, und ihr Grinsen entspannte sich zu einem Lächeln. Sie flog steil auf den Turm zu, und Leiard beobachtete, wie sie auf dem Dach landete.

Ein Priester kam auf sie zu. Der Mann hatte eine würdevolle Haltung, aber auf seinen Zügen malte sich ein Ausdruck freundlicher Besorgnis ab. Irgendwie kam er ihm vertraut vor.

*Er ist es,* sagte die Stimme in den Tiefen von Leiards Geist.

*Wer?*, fragte Leiard. Es kam keine Antwort, aber er brauchte auch keine. Der Zirk dieses Priesters war schmucklos, und es gab nur einen einzigen Weißen, dem er noch nicht begegnet war.

»Juran«, sagte Auraya. »Das ist Traumweber Leiard. Leiard, das ist Juran von den Weißen.«

Eine Erinnerung blitzte in Leiards Geist auf, eine Erinnerung an Jurans von Entschlossenheit starrem Gesicht. Mit dieser Regung kam ein Aufwallen von Furcht. Leiard gelang es, sie zu unterdrücken. Es gab keine Möglichkeit, diese Begegnung jetzt noch zu verhindern. *Juran hat keinen Grund, mir Schaden zufügen zu wollen,* sagte er sich.

Der Weiße runzelte die Stirn, zweifellos, weil er Leiards Gedanken aufgefangen hatte, aber dann entspannten sich seine Züge.

»Traumweberratgeber Leiard«, sagte er. »Es ist mir eine Freude, dich endlich kennenzulernen. Vielen Dank für deine Hilfe bei den Verhandlungen für die somreyanische Allianz. Auraya und Mairae haben mir erzählt, dass deine Unterstützung von unschätzbarem Wert gewesen sei.«

Leiard neigte den Kopf. »Es war mir ein Vergnügen, von Nutzen sein zu können.« Er sah Auraya an. »Und anscheinend sind die Götter ja recht zufrieden mit Aurayas Bemühungen.«

Juran lächelte. »Sie hätten uns warnen können«, sagte er kläglich, aber ohne einen Anflug von Tadel in der Stimme. Dann wurde sein Gesichtsausdruck wieder ernst. »Auraya hat mir von den Netzerinnerungen erzählt. Sie sagt, du trügest viele Erinnerungen Mirars in dir.«

Aurayas Lächeln erlosch. Sie sah Leiard mit besorgter Miene an.

»Ja«, erwiderte Leiard. »Ich habe allerdings keine Ahnung, wo oder von wem ich sie aufgefangen habe. Es sind viele Jahre vergangen, seit ich das letzte Mal an einer Erinnerungsvernetzung teilgenommen habe.«

Juran nickte. »Wie weit reichen diese Erinnerungen in Richtung Gegenwart?«

»Es sind nur Bruchstücke«, antwortete Leiard wahrheitsgemäß. »Es ist schwer zu wissen, auf welche Zeit sie sich beziehen. Einige sind alt, wie man an dem noch frischen Zustand mancher markanter Bauwerke sieht. Manchmal lässt es sich unmöglich feststellen.«

Juran öffnete den Mund, als wolle er noch etwas sagen, dann schüttelte er den Kopf und wandte sich zu Auraya um. »Wir haben heute viel zu tun, und ich bin davon überzeugt, dass dein Ratgeber es sehr zu schätzen wüsste, wenn du dich für eine komfortablere Umgebung als das Turmdach entscheiden würdest, wo wir über euren Aufenthalt in Somrey sprechen können.«

»Dann sollten wir uns vielleicht in deinen Räumen treffen«, schlug sie vor. »Ich habe Handwerker in mein Quartier gebeten, die aus dem Fenster in meinem Zimmer eine Tür machen sollen. Es ist ein wenig … zugig.«

Juran zog die Augenbrauen hoch. »Also dann, mein Quartier.« Er sah Leiard an. »Wir sollten die Unterredung nicht länger hinauszögern.« Mit einer höflichen Geste bedeutete er Leiard, dass er an seiner Seite zurück zu der Tür des Treppenhauses gehen sollte.

Leiard folgte seinem Wink, verspürte dabei jedoch ein tiefes Unbehagen. *Vertrau ihm nicht,* flüsterte die andere Stimme in seinen Gedanken. Leiard holte tief Luft und tat sein Bestes, die Stimme zu ignorieren. Je früher er Jayim die Vernetzung lehrte und auf diese Weise regelmäßig seine eigene Identität bekräftigen konnte, umso besser.

Diesmal weckten die rituellen Worte, die Juran zu Beginn der Versammlung im Altar rezitierte, Dankbarkeit und ein Gefühl der Zugehörigkeit. Die beiden kurzen Sätze, die sie beizutragen hatte, kamen ihr mehr denn je von Herzen.

»Wir danken euch.«

Ihr Dank schloss nun auch die außerordentliche Gabe ein, die die Götter ihr geschenkt hatten. Juran hatte sie früh am Morgen auf das Dach gerufen, um festzustellen, ob auch er diese Fähigkeit würde meistern können. Obwohl sie es ihm so deutlich wie nur möglich erklärt und sogar ihr Wissen darüber in seine Gedanken gesandt hatte, konnte er es ihr nicht gleichtun.

»Vielleicht sollte ich mich einfach vom Turm stürzen«,

hatte er einmal gemurmelt. Als er jedoch über das Geländer zu Boden geblickt hatte, hatte ihn ein Schaudern überlaufen. »Nein, ich denke, manche Risiken sind einfach zu groß. Es wäre keine angenehme Weise, herauszufinden, dass diese Gabe ausschließlich für dich bestimmt ist.« Was eine interessante Möglichkeit war. Würden auch die anderen ihre eigenen, einzigartigen Gaben empfangen? Vielleicht würden die Götter sich heute erklären …

»Leitet uns.«

Bei diesen Worten wanderten ihre Gedanken zu dem anderen Grund für ihre Versammlung hier, und ihre Stimmung verdüsterte sich. Sie wollten ihre Begegnung mit dem pentadrianischen Zauberer erörtern.

Nachdem das kurze Ritual vollzogen war, sah Juran die anderen Weißen mit ernster Miene an.

»Zwei schwarze Zauberer«, sagte er. »Beide Pentadrianer. Beide mächtig. Einer, der behauptet, Kuar zu sein, der Anführer ihres Kults. Wenn er ihr Anführer ist, warum ist er dann allein hergekommen? Warum ist der andere Pentadrianer gekommen? Stellen sie eine Gefahr für Nordithania dar?« Er hielt inne und sah sie der Reihe nach erwartungsvoll an.

»Die Antwort auf deine letzte Frage liegt auf der Hand«, sagte Dyara. »Dieser Mann namens Kuar hat Auraya in einer simplen Kraftprobe besiegt. Sie ist stärker als Rian und Mairae. Das bedeutet, dass er zumindest für drei von uns eine Gefahr darstellt. Der erste Pentadrianer hat uns gezeigt, wie gefährlich diese Leute für das Volk von Nordithania sein können.«

»Kuar hat keine gewöhnlichen Menschen getötet«, rief Juran ihr ins Gedächtnis. »Wir sollten nicht alle Pentadrianer nach den Taten des ersten Zauberers beurteilen, dem wir begegnet sind. Jener könnte seine Macht missbraucht haben, während seine Oberen ihn nicht unter ihrer Kontrolle hatten.«

Dyara nickte stirnrunzelnd. »Das ist wahr.«

»Wir können sicher sein, dass sie uns verachten«, sagte Rian. »Beide haben uns Heiden genannt.«

»Ja«, stimmte Auraya ihm zu. »Kuar drängte mich, die Götter anzurufen, als glaube er nicht, dass sie mich beschützen würden.«

*Es ist offenkundig, dass ihr größter Groll gegen uns seinen Grund in der Religion hat und dass sie gefährlich sind,* sagte Mairae. Selbst durch die telepathische Verbindung konnte Auraya die Ungeduld der anderen Frau spüren.

*Ich möchte wissen, wozu sie fähig sind und ob sie weitere Angriffe planen.*

»Wir müssen weitere Spione aussenden«, sagte Dyara.

Juran nickte. »Wir haben bereits einige dort, aber es ist an der Zeit, ihre Zahl zu vergrößern. Außerdem brauchen wir mehr Priester, um die Weitergabe von Informationen zu beschleunigen.«

»Sie mögen keine zirklischen Priester«, warnte Rian. »Alle Priester und Priesterinnen, die nach Südithania gereist sind, sind wieder nach Hause geschickt worden.«

»Dann werden diejenigen, die wir jetzt hinschicken, eben nicht als solche zu erkennen sein.«

»Wenn man sie entdeckt, wird man sie töten.«

Juran verzog das Gesicht. »Das ist ein Risiko, das wir eingehen müssen. Sucht Freiwillige unter den Priestern und Priesterinnen, und stellt sicher, dass sie gut informiert sind. Ich möchte niemanden nach Südithania schicken, der sich der Gefahr nicht vollauf bewusst ist.«

Rian nickte.

Juran rieb sich nachdenklich das Kinn. »Kuar hat nicht von Anfang an auf sich aufmerksam gemacht. Nicht so, wie es der erste pentadrianische Zauberer getan hat. Anscheinend haben beide zunächst einmal unsere Verteidigungsstrategien und unsere Stärke getestet. Ich hoffe, sie sind zu dem Schluss gekommen, dass wir zu mächtig sind, so dass sie von weiteren Angriffen absehen werden.« Er seufzte. »Es ist offenkundig, dass keiner von uns einem dieser pentadrianischen Zauberer allein entgegentreten sollte. Wir werden unsere eigenen Maßnahmen im Verborgenen durchführen müssen, so dass nur einige wenige Menschen, denen wir vertrauen können, davon erfahren, wenn einer von uns von den anderen getrennt ist.« Er runzelte die Stirn. »Hoffen wir, dass diese beiden Zauberer nicht gemeinsam zurückkehren.«

Auraya schauderte bei dem Gedanken, was ihr einen mitfühlenden Blick von Dyara eintrug. Dyaras Einstellung Auraya gegenüber hatte sich merklich verändert. Sie war weniger kritisch und beinahe freundschaftlich. Auraya hoffte, dass dies das Ergebnis ihres Erfolgs in Somrey war, argwöhnte jedoch, dass Dyara ihr lediglich den Rücken stärken wollte, falls der Kampf gegen Kuar Auraya aus dem Gleichgewicht gebracht haben sollte.

»Wo ist Kuar jetzt?«, fragte Dyara.

»Einen Tag nach seiner Begegnung mit Auraya wurde er auf dem Weg in Richtung Norden gesehen, dann hat er wie der erste Zauberer ein Boot gestohlen.«

»Was ist mit dieser Zauberin, die in Toren gesehen wurde?«, fragte Rian.

Juran schüttelte den Kopf. »Sie ist keine Pentadrianerin. Nach den Berichten, die ich gehört habe, hat sie allein in einem alten Leuchtturm gelebt und den Einheimischen Heilmittel verkauft. Irgendwann hat der Dorfvorsteher an ihrem Tun Anstoß genommen und einen Priester herbeigerufen, der sie vertreiben sollte, aber sie konnte noch vor seiner Ankunft fliehen. Der Priester hätte es normalerweise dabei bewenden lassen, aber die Geschichten, die sich um die Frau ranken, haben ihn beunruhigt. Die Dörfler behaupten, sie habe mehr als hundert Jahre lang in dem Leuchtturm gelebt. Er befürchtet, sie könnte eine Wilde sein.«

»Eine alte Frau? Könnte es sich um die Hexe handeln?«, warf Rian ein.

Juran zuckte die Achseln. »Menschen können länger leben als ein Jahrhundert, und die Geschichten über die Vergangenheit könnten von Generation zu Generation übertrieben werden. Wir sind jedoch dazu verpflichtet, alle Berichte über Wilde zu überprüfen, daher habe ich den Priester angewiesen, sie zu finden.«

»Ist das nicht gefährlich?«, fragte Auraya. »Wenn sie eine Wilde ist, wäre sie mächtiger als er.«

Juran nickte. »Das ist ein Risiko, das der Priester freiwillig eingegangen ist. *Wir* haben jedenfalls keine Zeit, Jagd auf sie zu machen.« Er schüttelte den Kopf. »Falls er bestätigt, dass sie tatsächlich eine Wilde ist, werden wir …«

Seine Stimme verklang, und sie alle blickten sich überrascht um, als sich die fünf Seiten des Altars aufzuklappen begannen. Langsam erhoben sie sich.

»Was hat das zu bedeuten?«, wollte Auraya wissen.

»Die Götter sind hier«, flüsterte Rian, in dessen Augen jetzt frommer Eifer brannte. Plötzlich hallten Schritte durch die gewaltige Kuppel.

Dyara verdrehte die Augen. »Wenn sie hier sind, haben sie heute jedenfalls eine bescheidene Gestalt angenommen. Nein, wir werden unterbrochen, und es muss wichtig sein.« Sie blickte vielsagend über Rians Schulter. Einer nach dem anderen drehten sie sich um und sahen einen Hohepriester, der auf sie zugeeilt kam.

»Verzeiht die Störung«, stieß er hervor, als er das Podest erreichte. »Es sind soeben zwei Botschafter eingetroffen.«

»Aus welchem Land kommen sie?«, fragte Juran.

»Aus … aus Si.«

*Die Siyee!* Auraya sog scharf die Luft ein und hörte gleichzeitig einen leisen Laut der Überraschung von Dyara. Juran sah sie mit hochgezogenen Augenbrauen an, bevor er sich von seinem Stuhl entfernte.

»Dann sollten wir sie besser gleich empfangen«, sagte er.

Sie verließen den Altar und eilten zum Rand der Kuppel hinüber. Draußen hatten sich Hunderte von Priestern und Priesterinnen versammelt, die zum Himmel hinaufstarrten. Auraya folgte ihrem Blick, und ihr Herz machte einen Satz, als sie die winzigen Gestalten den Turm umkreisen sah.

»Sie wissen wahrscheinlich nicht, dass wir hier unten sind«, sagte Dyara. »Sollen wir sie oben auf dem Turm empfangen?«

Auraya lächelte. »Die Mühe kann ich euch ersparen.«

Dyara wandte sich mit undeutbarer Miene zu Auraya um. Juran kicherte.

»Die Absichten der Götter werden immer klarer«, murmelte er. »Geh, Auraya. Begrüße sie sozusagen in ihrem eigenen Element.«

Auraya konzentrierte sich. Sie zog Magie in sich hinein, schwang sich in die Luft und beschleunigte ihre Geschwindigkeit, bis die Mauer des Turms an ihr vorbeijagte. In den Fenstern erblickte sie zahlreiche Gesichter. Die Siyee bemerkten sie erst, als sie sie fast erreichte hatte. Erschrocken flogen sie davon.

Auraya verharrte in der Luft und sah zu, wie die Siyee in einiger Entfernung von ihr zu kreisen begannen. Aus der Nähe betrachtet konnte sie erkennen, dass alles, was man ihr je über die Siyee erzählt hatte, falsch war. Bis auf die Dinge, die Leiard ihr erzählt hatte, korrigierte sie sich.

Sie sahen aus wie Kinder. Aber es lag nicht nur an ihrer geringen Körpergröße, sondern auch daran, dass ihre Köpfe im Verhältnis zu ihrem Körper sehr groß wirkten. Ihre Oberkörper waren breit und ihre Arme drahtig und muskulös. Ihre Flügel waren nicht gefiedert, und sie waren auch nicht an ihrem Rücken verankert, wie die Legenden es erzählten. Ihre Arme waren ihre Flügel: Die Knochen ihrer Finger waren verlängert und bildeten das Rahmenwerk für eine durchscheinende Membran, die sich von den Fingerspitzen bis zum Torso erstreckte.

Die Armlöcher der Wämser, die sie trugen, reichten ihnen bis zur Hüfte hinab, um Platz für ihre Flügel zu schaffen. Eng anliegende Hosen bedeckten den Unterkörper und waren mit dünnen Riemen an ihre Beine gebunden.

Als die beiden Siyee sich in vorsichtigen Kreisen näherten, konnte Auraya noch mehr Einzelheiten erkennen. Die letzten drei Finger einer jeden Hand bildeten die Flügel und ließen Daumen und Zeigefinger frei. Sie konnte nicht entscheiden, ob sie schön waren oder hässlich. Ihre kantigen Gesichter mit den großen Augen waren von außerordentlicher Eleganz, aber ihre mageren Körper und die federlosen Flügel wurden den Beschreibungen in Schriftrollen und Gemälden nicht gerecht. Dennoch umkreisten sie sie mit einer mühelosen Anmut, die sie ungemein faszinierte.

»Willkommen in Jarime, Botschafter der Siyee«, rief sie. »Ich bin Auraya von den Weißen.«

Die Siyee verständigten sich mit leisen Pfiffen und streuten hier und da mit hoher Stimme ein gesprochenes Wort ein. Auraya las ihre Gedanken und erkannte, dass dies ihre Art der Sprache war.

»Sie muss eine der Auserwählten der Götter sein«, sagte einer der Siyee.

»Das muss sie wohl«, erwiderte der andere. »Wie sonst könnte sie auf Luft stehen?«

»In ihrer Nachricht haben sie mit keinem Wort auf ihre Fähigkeit hingewiesen, zu … zu …«

»Dem Sog der Erde zu trotzen?«, ergänzte der andere.

Auraya konzentrierte sich auf die Gedanken der beiden und fand darin schließlich die Worte, die sie brauchte. Schwieriger war es, ihre Sprechweise nachzuahmen, aber als sie ihre Begrüßung wiederholte, kamen die beiden näher.

»Ich bin Tireel vom Stamm des Grünen Sees«, sagte einer der Siyee. »Mein Begleiter ist Zeeriz vom Stamm des Gegabelten Flusses. Wir sind lange und weit geflogen, um zu den Auserwählten der Götter zu sprechen.«

»Unsere Sprecher haben uns hergeschickt, um die Allianz zu erörtern, die ihr uns vorgeschlagen habt«, fügte der andere hinzu.

Auraya nickte und suchte im Geist der beiden Siyee nach Worten. »Die anderen Auserwählten der Götter warten unten am Boden. Wollt ihr mich begleiten und sie kennenlernen?«

Die beiden Siyee tauschten einen Blick, dann nickten sie. Als Auraya hinabschwebte, folgten sie ihr, immer noch kreisend. Ihr wurde klar, dass sie nicht mitten in der Luft innehalten konnten, wie es ihr selbst möglich war. Sie mussten ständig in Bewegung bleiben, um fliegen zu können. Während sie immer wieder Veränderungen in den Windströmungen ausglichen, bemerkte Auraya kleine Korrekturen in ihrer Haltung. Als sie sich dem Boden näherte, steuerten die Siyee einen freien Bereich auf dem gepflasterten Gelände an, um zu landen. Sie folgte ihnen.

Als ihre Füße den Boden berührten, traten Juran, Rian und Dyara vor. Die Siyee musterten die versammelten Priester und Priesterinnen mit ängstlicher Miene.

»Habt keine Furcht«, sagte Auraya zu ihnen. »Sie sind nur überrascht, euch zu sehen. Sie werden euch keinen Schaden zufügen.«

Die Siyee wandten sich nun den anderen Weißen zu. Tireel trat vor.

»Wir sind hergekommen, um über die Allianz zu sprechen«, sagte er geradeheraus.

»Ihr seid weit geflogen«, erwiderte Juran, dessen Stimme weicher wurde, als er den Siyee in ihrer eigenartigen Sprache antwortete. »Möchtet ihr zuerst ein wenig ruhen und essen? Wir halten im Turm Zimmer für Gäste bereit.« Die beiden Siyee blickten zweifelnd zu dem Gebäude hinauf. »Wenn euch diese Art des Quartiers nicht angenehm ist, könnten wir in den Gärten ein Tuchhaus errichten lassen«, fügte Juran hinzu.

Die Siyee tauschten einige leise Pfiffe, dann nickte Tireel. »Wir werden eure Räume im Turm akzeptieren«, antwortete er.

Juran nickte. »Dann werde ich euch hineinbegleiten und dafür sorgen, dass ihr euch dort behaglich einrichten könnt. Wenn dieser Vorschlag für euch annehmbar ist, werden wir uns morgen treffen, um über die Allianz zu sprechen.«

»Das ist annehmbar.«

Als Juran die beiden zum Turm führte, wurde Auraya bewusst, dass Dyara sie beobachtete.

»Nun, das ist sehr hübsch eingefädelt worden.«

Auraya runzelte die Stirn. »Was meinst du?«

»Wenige Tage, bevor die Himmelsleute ankommen, erwirbst du die Fähigkeit des Fliegens.«

»Und du denkst, das war mein Werk?«

»Ganz und gar nicht.« Dyara lächelte. »Die Götter sind selten bescheiden, was ihre Absichten betrifft. Das ist der Punkt, in dem wir diesen Pentadrianern gegenüber im Vorteil sind. Wir brauchen keine rätselhaften Zeichen und keine komplizierten Betrugsmanöver zu ersinnen, um unser Volk von der Existenz unserer Götter zu überzeugen.«

# 14

Die nackten Steinhänge des Offenen Dorfs waren in orangefarbenes Licht getaucht. Als die Sonne unterging, wurden in der Mitte der Lichtung in einem kreisförmigen Muster Feuer entzündet. Bruchstücke von Liedern, das Dröhnen von Trommeln und das stetige Pfeifen der Gespräche der Siyee erfüllten die Luft.

All diese Dinge zusammengenommen schufen eine erwartungsvolle, festliche Atmosphäre. Tryss betrachtete die Szene mit einem Gefühl der Erregung. Siyee aller Altersklassen hatten sich in ihre schönsten Gewänder gehüllt. Leuchtende Farben und Muster glänzten auf sonnengebräunter Haut. Männer und Frauen waren mit Juwelen herausgeputzt. Alle Gesichter waren eigenartig und wunderbar, denn sie alle trugen Masken.

Als Tryss neben seinem Vater landete, sah er sich bewundernd um. Wie immer war die Vielfältigkeit und Kunstfertigkeit der Masken erstaunlich. Es gab Tiermasken, Insektenmasken und Blumenmasken; Masken, die mit Mustern geschmückt waren, und solche, auf denen Symbole zu erkennen waren. Als er eine sorgfältig geschnitzte Maske erblickte, die einen Siyee mit ausgebreiteten Flügeln darstellte, keuchte er unwillkürlich auf. Dann lächelte er einem Mann zu, dessen Kopf durch eine große Hand »ersetzt« worden war, und lachte laut über eine Frau, deren Maske ein übergroßes Ohr darstellte.

Kichernde Mädchen, deren Masken ganz und gar aus Federn gemacht waren, eilten vorbei. Ein alter Mann, dessen graues Haar unter der abgetragenen Darstellung eines Fischkopfes hervorlugte, humpelte in die andere Richtung. Zwei kleine Jungen stießen beinahe mit Tryss zusammen; das Gesicht des einen war unter einer Sonne verborgen, das des anderen halb verdeckt von einer Mondsichel.

Während Tryss seinem Vater zu ihrem gewohnten Platz in dem großen Kreis folgte, hob er die Hand, um seine eigene Maske geradezurücken. Neben einigen der anderen, die er gesehen hatte, kam sie ihm nichtssagend und töricht vor – sie bestand lediglich aus einem neu übermalten Herbstblattmuster von einem Trei-Trei-Fest vor einigen Jahren. Er hatte keine Gelegenheit gefunden, sich eine neue zu machen, da er seine gesamte freie Zeit darauf verwandte, sich in der Benutzung seines neuen Geschirrs und seiner Blasrohre zu üben.

Drilli war sehr zufrieden mit seinen Fortschritten, obwohl seine Fehlschüsse nach wie vor ebenso häufig waren wie seine Treffer. Aber von Bogenschützen, so hatte sie ihm versichert, wurde nicht erwartet, dass sie jedes Mal ihr Ziel trafen, daher würde man es auch von ihm nicht erwarten. Er war sich da nicht so sicher. Wenn er eines Tages seine Erfindung vorführte, würde er die Leute verblüffen und beeindrucken müssen. Er würde beweisen müssen, dass seine Methode *besser* war, als mithilfe eines Bogens vom Boden aus oder mit Fallen zu jagen.

Er seufzte. Heute Abend wollte er all das vergessen. Das Sommer-Trei-Trei, das relativ spät im Jahr veranstaltet wurde, war die letzte festliche Zusammenkunft, bevor der lange Winter begann; eine letzte Gelegenheit, um zu feiern und Energie auf akrobatische Fliegerkunst zu vergeuden.

Und in diesem Jahr hatte er eine Partnerin.

Als Tryss' Eltern ihre Plätze bei ihrem Stamm einnahmen, erhoben sich zwei Stimmen über das allgemeine Geplauder.

»… hast sie schon einmal gesehen, nicht wahr?«

»Ja. Vor drei Jahren, glaube ich. Ein wenig frische Farbe lässt eine alte Maske auch nicht wieder gut aussehen, oder? Und ein Herbstblatt im Sommer! Er bekommt nicht mal die Jahreszeit richtig hin.«

Tryss fand, dass es besser sei, so zu tun, als habe er die Stimmen nicht gehört, aber seine Mutter blickte in die Richtung der beiden Sprecher.

»Du kommst mit deinen Vettern nicht mehr so gut aus wie früher, nicht wahr?«

Sie klang besorgt. Tryss zuckte die Achseln.

»Sie kommen nicht gut mit mir aus«, erwiderte er. »Jedenfalls nicht mehr, seit ich es müde geworden bin, dass sie mich gern als Dummkopf dastehen lassen, damit sie selbst einen besseren Eindruck machen«, fügte er leise hinzu.

Sie zog die Augenbrauen hoch. »Das ist also der Grund. Ich dachte, es sei etwas anderes.«

Er sah sie stirnrunzelnd an, aber sie hatte sich von ihm abgewandt. Dann flackerte ihr Blick wieder zu ihm hinüber, und sie nickte ihm bedeutungsvoll zu, bevor sie erneut wegschaute. Als er ihrem Blick folgte, entdeckte er ein Mädchen mit Schmetterlingsgesicht und wusste sofort, dass es Drilli war. Kein anderes Mädchen hatte einen solchen Gang, überlegte er. Voller Selbstvertrauen, aber nicht angeberisch. Ihre Anmut war vollkommen unbewusst.

Er wandte sich wieder seiner Mutter zu und dachte über ihre Andeutung nach, dass Drilli der Grund für die Spötteleien seiner Vettern sei. Wahrscheinlich hatte sie recht. Die beiden waren eifersüchtig, wozu sie jedoch keinen Anlass hatten. Drilli mochte ihn und half ihm bei seinen Erfindungen, aber er hatte keine Ahnung, ob sie irgendetwas anderes als einen Freund in ihm sah.

Nur dass sie ihn, nun ja, dazu gebracht hatte, sie zu fragen, ob sie heute Abend seine Partnerin sein wolle, und das taten die Mädchen nicht, wenn sie von einem Jungen nicht mehr wollten als nur Freundschaft.

Inzwischen waren die letzten Strahlen der Sonne verschwunden. Als Drilli und ihre Familie ihre Plätze einnahmen, fügten sich die Klänge der einzelnen Musikinstrumente auf dem Platz zu einer Melodie zusammen. Alle Gespräche brachen ab. Der Sprecher eines anderen Stammes trat, bekleidet mit der traditionellen, leuchtend bunten Gewandung des Mustermachers, in den Kreis. Er würde die Festlichkeiten leiten, die Anordnung der Flugmuster festlegen und die Preise vergeben.

»Seit Huan vor Jahrhunderten ihr Werk für vollendet erklärt und verfügt hat, dass wir uns selbst regieren sollten, sind wir in jedem Winter und in jedem Sommer zusammengekommen, um zu feiern und unseren Dank in Worte zu fassen«, rief er aus. »Wir verfeinern unsere Talente und erproben unsere Fähigkeiten, auf dass sie auf uns hinabblicken und stolz auf uns sein möge. Im Frühling feiern wir die Ältesten und die Jüngsten unter uns. Im Sommer stimmen wir unseren Jubel über die Partnerschaft von Mann und Frau an, ob sie nun gerade erst zueinandergefunden haben oder Gefährten in einer Familie sein mögen.« Er hob die Arme. »Lasst die Paare das Trei-Trei beginnen!«

Als die Musikanten eine lebhafte, alte Melodie anstimmten, tauschten Tryss' Eltern ein Lächeln und nahmen ihre Masken ab. Sie liefen nach vorn, vollführten Luftsprünge und gesellten sich zu den anderen Paaren, um sich in den traditionellen Schritten des Musters zu drehen. Tryss wandte sich ab und blickte zu Drillis Stamm hinüber. Sie beobachtete ihn erwartungsvoll.

Er machte einige Schritte auf sie zu, blieb jedoch jäh stehen, als zwei vertraute Gestalten sich ihr von beiden Seiten näherten. Als Ziss ihr Handgelenk ergriff, verwandelte sich ihr Lächeln in ein Stirnrunzeln.

Ihre Worte gingen im Gelärme der Stimmen um sie herum unter, aber das Kopfschütteln, mit dem sie reagierte, ließ keinen Zweifel zu. Ziss machte ein finsteres Gesicht, ließ sie jedoch nicht los. Sie wandte sich abrupt von ihm ab, um Trinn anzustarren, und Ärger trat in ihre Züge. Dann schüttelte sie Ziss' Hand ab und stolzierte davon.

Tryss fiel auf, dass ihr Vater sie forschend musterte. Seine Miene verfinsterte sich, als sie sich zu Tryss gesellte.

*Ist das ein Ausdruck von Missbilligung?*, fragte er sich.

»Tryss«, sagte sie. »Du wolltest es mir doch nicht etwa ganz allein überlassen, deine Vettern abzuwehren, oder?«

Er lächelte. »Du bist recht gut imstande, dich zu verteidigen, Drilli.«

»Es ist schön, dass du das denkst, aber es wäre viel schmeichelhafter gewesen, wenn du mir galant zu Hilfe geeilt wärst«, schnaubte sie.

»Dann musst du mir auch genug Zeit geben, zu dir zu kommen, bevor du das Problem selbst löst«, entgegnete er.

Die Musik veränderte sich, und Drilli blickte mit vor Eifer leuchtenden Augen zu den Fliegern über ihr empor.

»Es wäre mir eine Ehre, wenn du mit mir fliegen würdest«, sagte er, doch die formellen Worte klangen ein wenig steif aus seinem Mund.

Sie grinste, dann nahm sie ihre Maske ab. Er tat es ihr gleich und legte seine Maske neben ihre auf den Boden. Als sie sich zu dem Kreis umwandte, blickte Tryss zu seinen Vettern hinüber. Beide funkelten ihn wütend an.

Dann begannen er und Drilli zu rennen. Sie bewegten sich voneinander fort und sprangen hoch in die Luft. Er spürte, wie die Wärme eines Feuers unter seine Flügel griff und ihn, mit Drilli an seiner Seite, emportrug. Einen Moment später hatten sie einen Platz unter den Paaren gefunden und folgten den einfachen Bewegungen eines unkomplizierten, öffentlichen Musters.

Er war schon viele Male Muster geflogen, aber nicht auf diese Art. In seinen frühen Jahren war er mit seiner Mutter geflogen und hatte vorsichtig jede ihrer Bewegungen nachgeahmt. Später hatte er jüngeren Vettern und Cousinen Anleitung geben müssen. Drilli gab weder Anleitungen, noch folgte sie ihm. Er konnte selbst die kleinste Veränderung ihrer Haltung deuten und wusste, was sie von ihm erwartete, und sie reagierte in gleicher Weise auf ihn. Es war gleichzeitig erregend und beruhigend, befreiend und fesselnd.

Sie flogen Muster um Muster, einzig auf die Frage konzentriert, ob die Musik lebhaft oder langsam war. Er stellte fest, dass er komplizierte Muster zustande brachte, die auszuprobieren er sich noch nie zuvor die Mühe gemacht hatte. Schließlich endete die Musik, und während unten bereits Reifen und Pfosten für die akrobatischen Prüfungen aufgestellt wurden, schwebten sie langsam zu Boden. Schon bald zeigten die ersten Siyee ihre Kunstfertigkeit, begleitet vom Jubel der Zuschauer.

Als der Applaus einmal besonders laut aufbrandete, beugte Drilli sich zu ihm vor. »Lass uns verschwinden«, flüsterte sie.

Er sah sie überrascht an. Sie nahm seine Hand und führte ihn langsam durch die Menge zu dem dunklen Wald am Rand des Dorfes. Ab und zu blieben sie stehen, manchmal um zuzuschauen, einmal um mit einem alten Freund zu reden.

Schließlich sah Drilli sich genau um, dann beugte sie sich wieder zu ihm. »Du gehst fünfzig Schritte weit den Hügel hinauf in den Wald, dann bleibst du stehen und wartest auf mich. Ich werde bis hundert zählen und dir dann folgen.«

Er nickte. Nachdem er sich noch einmal umgeblickt hatte, um sich davon zu überzeugen, dass niemand sie beobachtete, wartete er, bis einer der Akrobaten eine komplizierte Schrittfolge begann, bevor er in den Wald hinüberging. Es war sehr dunkel zwischen den Bäumen. Die gewaltigen Stämme hatten etwas Bedrohliches an sich, das ihm tagsüber noch nie aufgefallen war. Er verstand nicht, warum das so war: Die Siyee hatten fast drei Jahrhunderte hier gelebt, ohne den Bäumen Schaden zuzufügen.

Als ihm bewusst wurde, dass er vergessen hatte, seine Schritte zu zählen, blieb er stehen. Nach einer Weile hörte er eine leise Bewegung. Der Schatten einer weiblichen Gestalt wurde sichtbar, und als er Drillis Gang erkannte, seufzte er vor Erleichterung.

»Ich glaube, deine Vettern haben uns weggehen sehen«, sagte sie.

Er drehte sich um und fluchte, als er die beiden durch den Wald auf sie zulaufen sah.

»Ich wette, sie haben uns den ganzen Abend beobachtet.«

»Narren«, murmelte sie. »Wer glaubt, er könne ein Mädchen mit Grausamkeiten anderen gegenüber gewinnen, ist ein Dummkopf. Folge mir. Und versuch, kein Geräusch zu machen.«

Sie schlichen durch den Wald. In der Dunkelheit ließ es sich unmöglich verhindern, auf Zweige oder trockene Blätter zu treten, aber nach vielen Jahren der Benutzung war der Boden weitgehend frei von Vegetation. Tryss konzentrierte sich darauf, Drilli zu folgen, und als sie nach einer Weile stehen blieb, brauchte er einen Moment, um zu begreifen, wo sie waren.

Am Ende des Wegs befand sich eine große Laube. Die Wände wurden von einem Licht im Innern angestrahlt.

»Das ist die Sprecherlaube!«, rief er. »Wir dürfen dort nicht hingehen.«

»Scht!« Sie legte einen Finger an die Lippen und blickte über seine Schulter. »Sie werden es nicht wagen, uns zu folgen. Und in der Laube wird jetzt niemand sein. Sie sind alle beim Fest.«

»Warum brennt dann ein Licht im Innern?«

»Das weiß ich nicht. Wahrscheinlich hat einer der Sprecher es brennen lassen, um …«

Tryss erstarrte. Drei Gestalten waren zwischen den Bäumen hervorgetreten und schritten auf die Laube zu. Die Neuankömmlinge schauten zu seiner Erleichterung nicht in ihre Richtung, sondern eilten direkt auf die Laube zu und gingen hinein. Das Licht warf ihre verzerrten Schatten an die Wände.

Drillis Atem hatte sich beschleunigt. Sie blickte in die Richtung, aus der seine Vettern gekommen waren, dann stahl sie sich plötzlich näher an die Laube heran und ging vor einem der großen, alten Bäume in die Hocke.

»Wenn deine Vettern uns finden, werden sie uns verraten«, sagte sie. »Besser, wir verstecken uns hier und riskieren eine Entdeckung durch die Sprecher.«

Sie blickte wieder zu der Laube hinüber. Jetzt konnten sie auch Stimmen hören.

»Wir sind angegriffen worden«, erklärte ein Mann düster. »Aber nicht von Menschen. Von Vögeln.«

»Vögel?« Tryss erkannte Sprecherin Sirris Stimme.

»Ja. Es waren vielleicht zwanzig. Sie sind wie eine lebendige Mauer aus den Baumwipfeln gekommen.«

»Was für eine Art von Vögeln?«

»Keine, die ich je zuvor gesehen habe. Wie große schwarze Kiri.«

»*Sehr* große«, fügte eine dritte Stimme hinzu. »Ihre Flügelspanne ist der unseren fast ebenbürtig.«

»Wirklich?«

»Ja.«

»Wie haben sie euch angegriffen?«

»Sie sind mit Schnäbeln und Krallen über uns hergefallen. Wir haben alle Kratzer davongetragen«, erwiderte der erste Besucher grimmig. »Niril hat ein Auge verloren, Liriss beide. Die Hälfte von uns hat zerrissene Flügelmembranen, und sowohl Virri als auch Dillir werden vielleicht nie wieder fliegen können.«

Stille folgte diesen Worten.

»Das ist schrecklich«, erwiderte Sirri mit echtem Kummer. »Was habt ihr dann getan? Wie seid ihr ihnen entkommen?«

»Überhaupt nicht. Sie haben uns zu Boden getrieben. Wir haben versucht, auf sie zu schießen, aber sie sind davongestoben, sobald wir unsere Bögen hervorgeholt hatten, gerade so, als wüssten sie, wozu diese Waffen verwendet werden.« Der Sprecher hielt inne. »Wir sind für eine Weile zu Fuß gegangen, dann sind jene von uns, die noch fliegen konnten, in die Luft aufgestiegen. Wir haben uns dicht am Boden gehalten und sind zwischen den Bäumen hindurchgeflogen, weil wir gehofft hatten, im Falle eines weiteren Angriffs landen und kämpfen zu können.«

Es folgte ein Seufzen. »Wir können nicht noch mehr Gefahren gebrauchen als die, denen wir uns ohnehin schon gegenübersehen.«

»Ich habe noch nie zuvor von diesen Vögeln gehört. Höchstwahrscheinlich handelt es sich um eine neu eingewanderte Art. Wir sollten sie vernichten, bevor sie sich so weit vermehren können, dass sie eine Bedrohung für uns alle darstellen.«

»Ich gebe dir recht. Wir müssen alle Stämme warnen und …«

»Da ist noch etwas anderes«, unterbrach der dritte Mann sie. »Mein Bruder glaubt, ich hätte mir das nur eingebildet, aber ich bin davon überzeugt, dass ich eine Landgeherin gesehen habe.«

»Eine Landgeherin?«

»Ja. Ich habe sie gesehen, als wir aufgebrochen sind. Sie hat uns beobachtet, und die Vögel hatten sich um sie herum versammelt.«

»Ich verstehe, warum dein Bruder Zweifel hegt. Noch nie zuvor haben sich Landgeher so weit in die Berge hineingewagt. Wie hat diese Frau ausgesehen?«

»Dunkle Haut. Schwarze Kleidung. Das ist alles, was ich dir erzählen kann. Ich habe nur einen flüchtigen Blick auf sie erhaschen können.«

»Das ist eigenartig. Ich muss über das, was du mir erzählt hast, nachdenken. Gibt es sonst noch etwas, das ich wissen sollte?«

»Nein.«

»Dann werde ich dich zu deinem Stamm zurückgeleiten.«

Die verzerrten Schatten glitten zu einer Seite der Laube hinüber, dann traten drei Gestalten heraus. Tryss beobachtete mit hämmerndem Herzen, wie sie sich entfernten.

»Ich glaube nicht, dass wir das hätten hören dürfen«, flüsterte er.

»Nein«, erwiderte Drilli. »Zumindest haben sie uns nicht bemerkt.«

»Nein.«

»Wir sollten zu den anderen zurückgehen.«

Aber mit einem Mal wurde ihm bewusst, wie nahe sie war. Er wollte sich nicht von ihr entfernen, und auch sie machte keine Anstalten, ihre Worte in die Tat umzusetzen. Er konnte die Wärme spüren, die von ihrer Haut aufstieg, und ihren Schweiß riechen, in den sich ein unverkennbar weiblicher Duft mischte.

Sie rückte näher an ihn heran.

»Tryss?«

Ihre Stimme klang zaghaft und fragend, aber aus irgendeinem Grund wusste er, dass keine Frage folgen würde. Sein Name war die Frage.

»Drilli?«, murmelte er.

Er konnte sie in der Dunkelheit kaum sehen – nur die Umrisse ihres Kinns im Licht der Sterne. Langsam beugte er sich vor.

Ihre Lippen streiften seine. Ein Gefühl, das eine Mischung aus Schock und Jubel war, durchzuckte ihn, dann schloss sich ihr Mund über seinem, und sein Blut strömte heiß durch seine Adern. Zwei Gedanken blitzten in ihm auf.

*Sie will mich.*

*Meine Vettern werden außer sich vor Wut sein!*

Seine Vettern kümmerten ihn wenig. Sie *wollte* ihn. Daran konnte es keinen Zweifel mehr geben. Dies war nicht der keusche Kuss eines Freundes. Er spürte ihre Hände auf seinen Schultern und schob die Arme unter ihre Flügelmembranen, um sie an sich zu ziehen. Sie wich ein klein wenig zurück.

»Etwas musst du mir versprechen«, flüsterte sie.

Das Einzige, was er sehen konnte, waren die Sterne, die sich in ihren Augen widerspiegelten. »Alles.«

»Versprich mir, dass du den Sprechern bei der nächsten Zusammenkunft dein Geschirr zeigen wirst.«

Der plötzliche Themenwechsel ließ ihn zögern. »Mein Geschirr …?«

»Ja.« Sie hielt inne. »Du bist überrascht.«

»Ich hatte gerade an etwas ganz anderes gedacht«, gab er zu.

Sie lachte leise. »Ist es mir tatsächlich gelungen, ausnahmsweise einmal deine volle Aufmerksamkeit zu erringen?«

Er zog sie an sich. Als er sie abermals küsste, öffnete sie den

Mund. Sacht strich sie mit den Lippen über seine, und ein wohliger Schauer überlief ihn. Er legte die Finger auf ihren Rücken und spürte die wunderbar zarte Wölbung ihrer Wirbelsäule. Als sie an seiner Unterlippe zu knabbern begann, strich er mit einem Finger über die Naht ihrer Kleider, wo ihr Wams Platz für die Membranen ihrer Flügel ließ. Sie versteifte sich überrascht, dann entspannte sie sich und lehnte sich an ihn, und er konnte ihre Brüste warm und fest an seinem Oberkörper spüren.

*Das ist einfach zu schön,* dachte er. Er schob die Hände unter ihr Wams und seufzte, als er die nackte, seidenweiche Haut ihres Rückens spürte. Ihre Hände folgten unterdessen dem gleichen Weg unter seinen Kleidern und strichen von seinem Nacken langsam hinunter zu – er stieß ein überraschtes Kichern aus, als sie ihm in den Po kniff. Aber als er das Gleiche zu tun versuchte, löste sie sich von ihm. Ihrer beider Atem klang laut in der Stille. Sie holte tief Luft und stieß sie langsam wieder aus.

»Wir müssen zurückgehen.«

Er wandte enttäuscht den Blick ab, obwohl er wusste, dass sie recht hatte. Seine Vettern würden verärgert darüber sein, dass sie ihre Beute im Wald verloren hatten, und sie würden zu ihren Eltern zurückkehren und berichten, was sie gesehen hatten. *Sie haben nicht alles gesehen,* dachte er selbstgefällig.

»Versprich mir, dass wir dies wieder tun werden«, sagte er, und die Worte waren über seine Lippen gekommen, bevor er sie hatte abwägen können.

Sie lachte leise. »Nur wenn du mir versprichst, den Sprechern das Geschirr zu zeigen.«

Er stieß einen langen Atemzug aus, dann nickte er. »Ich verspreche es.«

»Dass du was tun wirst?«

»Ich werde den Sprechern das Geschirr zeigen.«

»Bei der nächsten Zusammenkunft?«

»Ja. Es sei denn, es ergibt sich eine bessere Gelegenheit.«

»Ich vermute, das ist eine vernünftige Lösung«, sagte sie.

Einige Herzschläge lang standen sie schweigend voreinander. Er konnte sich nur allzu deutlich an das Gefühl ihrer Haut unter seinen Händen erinnern und wünschte sich sehnlichst, sie noch einmal zu berühren.

Sie seufzte. »Meinst du, dass du allein zurückfinden kannst?«

»Nein.«

Sie lachte. »Lügner. Natürlich kannst du es. Ich denke, es wäre besser, wenn wir aus verschiedenen Richtungen zurückkehren würden. Ich werde um die andere Seite des Offenen Dorfes herumgehen.«

»Das ist ein Umweg. Wäre es denn wirklich *so* schlimm, wenn die Leute uns zusammen sähen?«

»Mein Vater möchte nicht, dass ich außerhalb des Stammes heirate.« Sie hielt inne. »Nicht dass ich dich bitten wollte, mich zu heiraten. Aber es gefällt ihm nicht, wenn ich mit dir rede.«

Er starrte sie an, und mit einem Mal verlor die Nacht ihren Zauber.

Sie trat näher an ihn heran. »Keine Sorge«, sagte sie leichthin. »Ich werde seine Meinung schon noch ändern.« Sie beugte sich vor und küsste ihn fest auf die Lippen. Dann entwand sie sich seinen Armen. Er konnte ihre Zähne im Licht der Laube kurz aufblitzen sehen, bevor sie sich umdrehte und davoneilte.

Emerahl hatte schon vor langer Zeit gelernt, welches die einfachste Methode war, um die geheimen Wege einer Stadt zu entdecken: Man musste sich mit den jüngsten und ärmsten

Bewohnern anfreunden. Die schmuddeligen, schlauen Straßenkinder konnten einem mehr über den Untergrund der Stadt erzählen als die Erwachsenen, die sie regierten. Sie verstanden sich darauf, sich unsichtbar zu machen, und ihre Treue ließ sich billig erkaufen.

Am Tag nachdem sie auf dem Markt nur mit knapper Not hatte entkommen können, hatte sie sich auf die Suche nach ihnen gemacht. Sie hatte einen kleinen Platz in dem ärmeren Viertel der Stadt gefunden und einige Stunden damit zugebracht, das Treiben um sie herum zu beobachten und zu belauschen. Die Einheimischen waren keine Narren, und sie hatte nur zwei Fälle beobachtet, in denen es Taschendieben gelang, ihre Mission erfolgreich zu Ende zu führen.

Als einer der Jungen an ihr vorbeiging, sah sie ihm fest in die Augen.

»Das ist ein hässlicher Husten, den du dir da eingefangen hast«, sagte sie. »Es wäre besser, wenn du ihn loswürdest, bevor das Wetter kalt wird.«

Der Junge verlangsamte seine Schritte und starrte sie argwöhnisch an, während er ihre abgetragenen, aber größtenteils sauberen Kleider musterte.

»Was kümmert dich das?«

»Warum sollte es mich nicht kümmern?«

Er blieb stehen und kniff die Augen zusammen. »Wenn es dich kümmern würde, würdest du mir ein paar Münzen geben.«

Sie lächelte. »Und was würdest du damit anfangen?«

»Essen kaufen – für mich und meine Schwester.« Er hielt inne. »Ihr Husten ist noch schlimmer als meiner.«

»Wie wäre es, wenn ich das Essen für dich kaufen würde?«, schlug sie vor.

Er antwortete nicht. Sie wandte den Blick ab. »Das ist die einzige Chance, wie du von mir etwas bekommen kannst.«

»Also schön. Aber nicht so ein komisches Zeug. Ich werde mit dir auf den Markt gehen, sonst nirgendwohin.«

Sie folgte ihm zu dem einheimischen, kleineren Markt und kaufte ihm Brot und Früchte, dann gönnte sie ihnen beiden noch dünne Pastetentaschen mit einer Füllung aus frisch gegrilltem Fleisch. Sie bemerkte, dass er die letzten Bissen in eine Tasche schob, und vermutete, dass seine Geschichte von einer Schwester der Wahrheit entsprach.

»Gegen diesen Husten«, sagte sie, »werden du und deine Schwester ein wenig hiervon benötigen.« Sie kaufte einem Kräuterhändler eine abschwellende Lösung ab, nachdem sie kritisch daran gerochen hatte, um festzustellen, ob sie tatsächlich die Kräuter enthielt, die sich angeblich darin befanden. »Ein Löffel voll von dieser Medizin dreimal am Tag. Nicht mehr, sonst werdet ihr euch vergiften.«

Er sah sie mit großen Augen an, als er die Flasche entgegennahm. »Danke.«

»Und nun könntest du mir als Gegenleistung deinerseits einen kleinen Gefallen tun.« Er runzelte die Stirn. »Keine Bange. Ich möchte lediglich einen Rat. Ich brauche einen Ort, an dem ich einige Tage bleiben kann. Irgendetwas Billiges. Und ruhig sollte es sein, wenn du weißt, was ich meine.«

An diesem Abend war sie zu Gast bei einer kleinen Bande von Kindern, die im Kellergeschoss eines ausgebrannten Hauses in den Außenbereichen des Armenviertels lebten. Sie fand heraus, dass Rayo, der Junge, dem sie geholfen hatte, tatsächlich eine kranke Schwester hatte. Das Mädchen litt unter einer ernsthaften Entzündung der Brust, daher holte sie ihre eigenen Heilmittel hervor, um der Krankheit mit größerem Nachdruck zu Leibe zu rücken.

Es dauerte nicht lange, bis die Neuigkeit von einer alten Heilerin, nach der der Priester suchte, die Kinder erreichte. Sie stellten sie am nächsten Tag deswegen zur Rede.

»In der Stadt herrscht heller Aufruhr. Die Priester suchen nach einer Zauberin«, sagte ein jüngerer Knabe namens Tiro.

»Eine alte Frau. Genau wie du«, fügte ein Mädchen, Gae, hinzu.

Emerahl brummte etwas Unverständliches. »Das habe ich auch gehört. Die Priester halten jede alte Frau für eine Zauberin, vor allem dann, wenn sie ein wenig über Kräuter und dergleichen Dinge weiß.« Sie zeigte mit einem knochigen Finger auf die Kinder. »Versteht ihr, sie sind einfach eifersüchtig, weil wir mehr über Medizin wissen als sie.«

»Aber das ist doch dumm«, meinte Rayo. »Du bist alt. Du wirst bald tot sein.«

Sie sah den Jungen tadelnd an. »Vielen Dank, dass du mich daran erinnerst.« Dann seufzte sie. »Es *ist* dumm. Wie du sagtest, was können wir schon tun, hm? Nichts. Wir können uns lediglich damit abfinden, dass sie uns drangsalieren.«

»Das machen sie mit dir?«, fragte Tiro.

Sie nickte seufzend, dann zeigte sie auf einen Riss in der Naht ihres Kapas. »Ich habe mir einen schönen Zeitpunkt ausgesucht, um aus meinem Haus vertrieben zu werden, nicht wahr?«

»Dann bist du also nicht diese Zauberin. Dir kann nichts passieren«, versicherte Gae ihr.

Emerahl bedachte das Mädchen mit einem traurigen Blick. »Das hängt davon ab, ob sie finden, wonach sie suchen. Wenn nicht, werden sie uns anderen einfach weiter das Leben schwermachen. Oder sie könnten sich eine andere Frau suchen und ihr die Schuld zuschieben, statt einzugestehen, dass sie diejenige, auf die sie Jagd machen sollten, verloren haben.«

»Das werden wir nicht zulassen«, erklärte Rayo entschieden.

Sie lächelte. »Ihr seid wirklich zu gut zu mir, mich hier wohnen zu lassen.«

Den Kindern schien es nichts auszumachen, dass aus den wenigen Tagen, die sie ursprünglich hatte bleiben wollen, schließlich eine Woche und dann zwei wurden. Sie gab ihnen Dinge aus ihrem Beutel, die sie verkaufen konnten. Sie brachten Essen mit nach Hause und sogar einen kleinen Krug billigen Feuerwassers, und gelegentlich spionierten sie den Priestern nach.

»Ich hab zwei von ihnen belauscht«, erzählte Tiro ihr eines Abends atemlos. »Sie haben von dem Hohepriester geredet, der die Suche leitet. Ikaro ist sein Name. Sie sagten, er stehe in Verbindung mit den Göttern, und die hätten ihm die Fähigkeit gegeben, Gedanken zu lesen.«

»Also haben sie sie noch nicht gefunden?«, fragte sie.

»Ich glaube nicht.«

Emerahl seufzte, aber ihre Bestürzung galt eher der Enthüllung der Fähigkeiten ihrer Verfolger.

Natürlich war es möglich, dass die Leute, die Tiro belauscht hatte, solche Ehrfurcht vor dem Hohepriester hatten, dass sie jedes Gerücht glaubten, von dem sie hörten. Emerahl konnte es jedoch nicht riskieren, die Angelegenheit auf die leichte Schulter zu nehmen. Kein Priester, der versuchte, ihre Gedanken zu lesen, würde etwas sehen können. Es bedurfte beträchtlicher magischer Fähigkeiten, den eigenen Geist zu verbergen. Vielleicht wusste der Hohepriester das nicht, aber sie hatte nicht die Absicht, es herauszufinden.

Den Kindern zufolge wurde jeder, der die Stadt mit einem Boot, einem Tarn, einem Plattan oder zu Fuß verließ, von Priestern beobachtet. Selbst die geheimen Wege der Unterwelt standen unter Beobachtung. Alle alten Frauen wurden zur Überprüfung dem Hohepriester vorgeführt. Die Zirkler verwandten viel Mühe darauf, sie zu finden. Wenn sie erraten hatten, wer sie war, würden die Götter durch die Augen sämtlicher Priester blicken und nach ihr Ausschau halten. Und wenn sie sie fanden …

Sie schauderte. *Sie werden mich töten, geradeso, wie sie Mirar, das Orakel, den Bauern und wahrscheinlich auch die Zwillinge und die Möwe getötet haben, obwohl ich vom Tod der letzten drei nie Berichte gehört habe.*

Es war sehr verführerisch, einfach zu bleiben, wo sie war, und abzuwarten. Die Priester konnten nicht für immer so weitermachen. Allerdings würden sie noch einige andere Ränke schmieden, bevor sie das Unterfangen aufgaben. Sie vermutete, dass schon bald eine Belohnung ausgesetzt werden würde. Wenn das geschah, konnte sie sich der Ergebenheit der Kinder nicht länger sicher sein. Sie waren freundlich, aber sie waren nicht dumm. Wenn der Preis hoch genug war, würden sie sie verkaufen, ohne auch nur einen zweiten Gedanken daran zu verschwenden. Schließlich war sie bloß eine alte Frau.

Sie konnte sich jetzt nirgendwo mehr sicher fühlen, und es gab nur eins, was sie tun konnte: Sie musste ihr Aussehen verändern, und es würde mehr sein müssen als nur eine Veränderung von Kleidung und Haarfarbe. Sie brauchte etwas erheblich Dramatischeres.

Eine solche Veränderung überstieg keineswegs ihre Fähigkeiten, aber der Gedanke erfüllte sie mit Furcht. Es war lange her, dass sie das letzte Mal diese Gabe benutzt hatte. Allzu viel konnte schiefgehen. Sie brauchte Zeit – vielleicht einige Tage –, um die Veränderung vorzunehmen, und sie durfte bei der Arbeit nicht unterbrochen werden.

Die Kinder sollten natürlich nichts von alledem wissen. Es war besser, wenn sie ihre neue Gestalt nie zu Gesicht bekamen – oder auch nur davon erfuhren, dass sie eine solche angenommen hatte. Aber selbst wenn ihr ein plausibler Vorwand einfiel, wohin konnte sie sich wenden?

Nun, vielleicht würde sie gar nicht fortgehen müssen. Eine Menge ihrer Probleme ließen sich lösen, wenn die Kinder glaubten, sie sei gestorben.

# 15

Danjin hatte den größten Teil der beiden letzten Wochen in einem Zustand der Ehrfurcht und des Staunens verbracht. Er war nicht der Einzige, dem es so erging, obwohl er glaubte, einer der wenigen zu sein, dem es trotz der Ereignisse gelungen war, einen klaren Kopf zu bewahren. Die meisten Priester wankten entweder benommen umher oder ergingen sich schwärmerisch in Lob auf die Götter. Überall wurde laut über die Frage nachgedacht, welche Wunder ihnen vielleicht noch bevorstanden.

Als sein Plattan ihn durch den Bogengang in den Tempel trug, sann Danjin über die Vorfälle nach, die all das ausgelöst hatten.

Die erste Offenbarung war Aurayas Rückkehr gewesen. Kein Schiff und auch kein Plattan hatten sie in die Stadt zurückgebracht. Stattdessen war sie wie ein großer weißer, flügelloser Vogel in den Tempel *geflogen.* Dyaras Ankunft war erheblich unauffälliger gewesen, wie ein Diener ihm erzählt hatte. Sie war auf dem Träger zurückgekehrt, mit dem sie fortgeritten war, und sie hatte ausgesehen, als hätte sie »reichlich Stoff zum Nachdenken«.

Die zweite Offenbarung war weniger angenehm gewesen. Auraya hatte Danjin von ihrem Kampf mit dem pentadrianischen Zauberer erzählt und auch erklärt, die Entdeckung ihrer neuen Gabe sei nur ein Ergebnis ihrer Niederlage gewesen. Diese Information sollte jedoch geheim bleiben. Die Weißen wollten keine unnötige Angst säen, indem sie bekannt werden ließen, dass die Pentadrianer einen Zauberer in ihren

Reihen hatten, der stark genug war, um eine der Weißen zu überwältigen.

Danjin hatte sich noch immer nicht an den Gedanken gewöhnt, dass die Frau, für die er arbeitete, Kunststücke vollführen konnte, zu denen nicht einmal Vögel in der Lage waren. Nach der Ankunft der Botschafter aus Si hatte er eine kaum merkliche Veränderung in dem Verhalten der anderen Weißen Auraya gegenüber wahrgenommen, als erkläre das Erscheinen der Siyee, warum die Götter ihr diese neue Fähigkeit geschenkt hatten.

*Es ergibt wahrscheinlich einen Sinn,* dachte er. *Bedeutet das, dass ich sie auf eine Reise nach Si begleiten werde?*

Seither hatte Danjin Auraya nur ein- oder zweimal am Tag gesehen. Er verfügte über keinerlei Kenntnisse der Himmelsleute und beherrschte auch ihre Sprache nicht, und die Erkenntnis, dass sie im Augenblick keinerlei Verwendung für ihn hatte, hatte ihn wie ein Schlag getroffen. Bei den wenigen Gelegenheiten, da er Auraya mit den Siyee hatte beobachten können, war offenkundig gewesen, dass diese Geflügelten sie faszinierten. Und die Siyee schienen gleichermaßen eingenommen von Auraya zu sein.

*Das ist kaum ein Wunder,* dachte er. *Sie hat mehr mit ihnen gemein als jeder andere hier.*

Der Plattan näherte sich den Gebäuden des Tempels. Danjin bemerkte, dass sich die wenigen Priester, die zu dieser frühen Stunde unterwegs waren, dem neuen, inoffiziellen Zeitvertreib widmeten, den er bei sich Himmelsschau nannte. Die meisten von ihnen blickten im Moment jedoch zum Turm hinüber. Die Leute hatten nicht lange gebraucht, um zu erfahren, dass ein Fenster in Aurayas Räumen durch eine Glastür ersetzt worden war, so dass sie und ihre neuen Freunde aus Si nicht auf das Dach des Gebäudes hinaufsteigen mussten, wenn sie sich ein wenig in der Luft vergnügen wollten. Wenn

Auraya dort auftauchte, brach ihr Publikum häufig in Jubel aus.

Beim Gedanken an die Fenstertür in ihren Räumen schauderte Danjin. Vielleicht war es nur gut, dass sie ihn nicht länger brauchte.

*Natürlich braucht sie mich noch,* sagte er sich. Aber es half alles nichts. Dies war eine Gelegenheit, mehr über eins der wenigen Völker zu erfahren, von denen er nichts wusste, aber er konnte den Vorteil nicht nutzen, da Auraya ihn nicht an ihren Gesprächen mit den Siyee beteiligte.

Der Plattan hielt. Danjin stieg aus und dankte dem Fahrer. Als er in den Turm ging, nickten einige Priester ihm höflich zu. Er antwortete ihnen mit dem Zeichen des Kreises. Der Käfig befand sich im unteren Stockwerk des Treppenhauses. Während Danjin langsam emporgetragen wurde, konzentrierte er sich auf seine Atmung und verdrängte den Gedanken an den tiefen Abgrund unter ihm, indem er sich den Vers eines Gedichts ins Gedächtnis rief und ihn dann ins Dunwegische übersetzte. Als er vor Aurayas Quartier angekommen war, stieg er aus dem Käfig und klopfte an ihre Tür.

Sie öffnete ihm selbst und begrüßte ihn mit einem Lächeln. Es war nicht das breite Grinsen, das er während der letzten zwei Wochen so oft auf ihren Zügen gesehen hatte, sondern ein gedämpfterer Ausdruck. Er fragte sich, was ihre gute Laune beeinträchtigt haben mochte.

»Komm herein«, sagte sie und deutete auf einen Stuhl. Als sie sich setzte, warf er einen schnellen Blick auf die Fenster. Zu seiner Erleichterung war die gläserne »Tür« versperrt.

»Ich weiß, es enttäuscht dich, dass du nicht mehr mit den Botschaftern aus Si zu tun gehabt hast«, begann sie. »Sie mögen tollkühn und selbstbewusst erscheinen, aber in Wirklichkeit fürchten sie uns Landgeher – vor allem, da die meisten Landgeher, die ihnen bisher begegnet sind, Eindringlinge und

Mörder waren. Deshalb habe ich versucht, sie mit möglichst wenig Landgehern zusammenzubringen.«

Während sie sprach, regte sich ein pelziges Bündel auf einem nahen Stuhl. Unfug blinzelte schläfrig in ihre Richtung, dann reckte er sich, stahl sich auf Aurayas Schoß und rollte sich wieder zusammen. Auraya schien es kaum zu bemerken.

»Ich hatte gehofft, es wiedergutzumachen, indem ich dich mitnehme, aber ich fürchte, das wird jetzt nicht mehr möglich sein.«

»Mich mitnehmen?«

Ein mittlerweile vertrautes Glitzern trat in ihre Augen. »Nach Si. Um Verhandlungen für eine Allianz zu führen. Juran hat den Siyee vor einigen Monaten einen Vorschlag geschickt, und sie möchten, dass einer von uns mit ihnen nach Si zurückkehrt.« Ihr Lächeln verblasste. »Aber die Reise dauert Monate, denn man muss schwieriges Terrain überwinden. Du würdest die Berge besteigen müssen, um dort hinzugelangen, Danjin. Juran hat verfügt, dass ich allein gehen muss.«

»Ah.« Danjin wusste, dass es ihm nicht gelingen würde, seine Enttäuschung vor ihr zu verbergen, daher versuchte er es gar nicht erst. »Du hast recht«, sagte er. »Ich bin enttäuscht. Außerdem mache ich mir Sorgen. In Somrey hattest du außer mir noch Mairae und Traumweber Leiard bei dir, um dich zu beraten. Ich hoffe, du verzeihst mir meine Offenheit, aber du bist noch zu unerfahren, um allein eine Allianz auszuhandeln. Kann das nicht warten?«

Sie schüttelte den Kopf. »Wir brauchen Verbündete, Danjin. Möglicherweise werden sich in Zukunft noch weitere Zauberer aus dem Süden auf den nördlichen Kontinent wagen. Ich werde jedoch nicht sofort in Verhandlungen mit den Siyee eintreten. Zuvor werde ich einige Monate darauf verwenden, so viel wie möglich über sie zu lernen.«

»Dann könnte ich vielleicht sofort aufbrechen, so dass ich rechtzeitig in Si sein würde, um dir bei den Verhandlungen zu helfen.«

»Nein, Danjin«, erwiderte sie entschieden. »Ich werde dich hier brauchen.«

Sie griff unter ihren Zirk, dann beugte sie sich vor und öffnete die Hand. Darin lag ein weißer Ring. Ein Priesterring. Danjin sah ihn überrascht an.

»Du erweist mir mehr Ehre, als ich verdiene«, sagte er. »Aber ich habe nicht die Absicht, der Priesterschaft beizutreten …«

»Das ist kein Priesterring.« Sie lächelte. »Wir nennen so etwas einen ›Verbindungsring‹. Wie du weißt, können Priester durch ihre Ringe miteinander in Kontakt treten. Dazu sind sie in der Lage, weil sie Gaben besitzen, und ihre Ringe sind von einfacher Natur. Dieser hier« – sie hielt den weißen Ring in die Höhe – »ist raffinierter, und es hat einige Zeit gedauert, ihn herzustellen. Wenn ich mich mit dir in Verbindung setzen muss, kann ich das mithilfe dieses Rings tun. Aber das ist alles, wozu man ihn benutzen kann. Er kann dich mit niemand anderem verbinden.« Sie hielt ihm das Schmuckstück hin. »Trage diesen Ring, dann werde ich von Si aus mit dir sprechen können. Verliere ihn nicht. Ich habe nur den einen.«

Er nahm den Ring entgegen und hielt ihn in die Höhe. Er war schlicht und glatt, und Danjin konnte nicht erkennen, aus welchem Material er gemacht war. Er steckte ihn sich an den Finger, dann hob er den Kopf, um Auraya in die Augen zu sehen.

»Da ist noch eine weitere Sache, die mir Sorgen macht«, eröffnete er ihr.

Sie lächelte und lehnte sich auf ihrem Stuhl zurück. »Deine Sorge um mich ist wohltuend, Danjin, aber in Si wird mir weniger Gefahr von den Pentadrianern drohen als an jedem anderen Ort. Es ist ein abgelegenes, nur gering bevölkertes Land und schwer zu durchreisen. Die Siyee würden Eindringlinge bemerken, noch bevor diese sich auf ihr Territorium wagen könnten. Warum sollte ein Pentadrianer eine so anstrengende Reise auf sich nehmen?«

»Um dich zu finden«, erwiderte er.

»Sie werden nicht wissen, dass ich dort bin«, erklärte sie.

»Dann … könnten sie sich aus den gleichen Gründen wie du auf den Weg dorthin machen.«

»Die Si haben, soweit ich und die Botschafter es wissen, die Pentadrianer nicht zu Verhandlungen für eine Allianz in ihr Land eingeladen. Ebenso wenig sind die Pentadrianer mit einem solchen Vorschlag an irgendein anderes Land herangetreten.«

Er seufzte, dann nickte er ergeben. »Also, wie lange werde ich Däumchen drehen müssen?«

Sie kicherte. »Du wirst nichts in der Art tun, Danjin. Ich werde nur für einige wenige Monate fort sein – obwohl Juran darüber nachdenkt, mich nach Elai zu schicken, sollte ich in Si Erfolg haben. Der Höfling, den er dort hingeschickt hat, hat seit Monaten keine Berichte mehr über seine Fortschritte abgeliefert.«

»Das Meeresvolk.« Danjin stieß einen leisen Pfiff aus. »Schon bald wird es keine Geheimnisse mehr auf der Welt geben.«

Ein bekümmerter Ausdruck legte sich über Aurayas Züge, und sie wandte den Blick ab. Unfug regte sich. Sie sah auf ihn hinab, und ihr Lächeln kehrte zurück.

»Dann gibt es da noch etwas, über das ich mit dir sprechen möchte, Danjin.«

»Ja?«

»Könntest du während meiner Abwesenheit vielleicht jeden Tag hier vorbeikommen und ein wenig Zeit mit Unfug verbringen? Du wirst vorsichtig sein müssen. Er ist ziemlich hinterlistig geworden. Immer wieder ertappe ich ihn dabei, wie er draußen vor dem Fenster herumschleicht. Ich habe ein Schloss einbauen lassen, aber er hat bereits gelernt, es zu öffnen, daher werde ich das Fenster vor meiner Abreise mit Nägeln verschließen lassen.«

Danjin schauderte. »Tu das, und ich werde mich um ihn kümmern.«

Sie kicherte. »Vielen Dank. Unfug wird deine Gesellschaft gewiss zu schätzen wissen.«

Nachdem Danjin sich verabschiedet hatte, ging Auraya im Raum auf und ab.

*Ich habe zuversichtlicher geklungen, als ich mich fühle,* dachte sie. *Es ist kein bestimmter Aspekt dieser Reise, der mir Sorgen macht, sondern eher der Umstand, dass ich das alles allein bewältigen muss.*

Allerdings würde sie keineswegs den Kontakt zum Rest der Welt verlieren, denn sie konnte sich jederzeit mit den anderen Weißen in Verbindung setzen. Juran hatte ihr aufgetragen, sich mit ihm abzusprechen, bevor sie größere Entscheidungen traf. Diese Regelung war ebenso beruhigend wie vernünftig.

Dyara hatte mit keinem Wort gegen das Unternehmen protestiert. Sie hatte die Rückreise nach Jarime mit Lektionen in Magie ausgefüllt, während des Unterrichts jedoch weniger deutlich als zuvor die Lehrerin herausgekehrt. Es war Dyara nicht länger daran gelegen, Auraya zurückzuhalten, bis sie jede einzelne Übung gemeistert hatte; stattdessen schien sie fest entschlossen zu sein, so schnell wie möglich alles weiterzugeben, was sie über die Benutzung der Magie wusste. Außerdem hatte sie Auraya dazu angehalten zu üben, wann immer sie eine Gelegenheit dazu fand.

»Wir anderen hatten Zeit, in der Geschwindigkeit zu lernen, die uns angemessen war. Es könnte sein, dass du als die Letzte von uns diese Zeit nicht haben wirst«, hatte sie rätselhaft gesagt.

Was es Auraya nur erschwerte, sich keine Sorgen um die Zukunft zu machen. In manchen Nächten erwachte sie aus Alpträumen, in denen sie ohnmächtig in der Falle saß, hilflos der Magie des pentadrianischen Zauberers ausgesetzt. Es war nicht gerade beruhigend zu wissen, dass es jemanden gab, der größere Macht besaß als sie selbst und der ihr und ihrem Volk Schaden zufügen wollte.

Als sie zum Fenster kam, blieb sie stehen. Wie jede andere Sterbliche konnte sie nur auf die Götter vertrauen.

»Lee-ar.«

Sie drehte sich um und sah, dass Unfug mit aufgestellten Ohren die Tür beobachtete. Kichernd ging sie durch den Raum. Als sie die Tür öffnete, stand Leiard wie erstarrt vor ihr, die Hand erhoben, um anzuklopfen.

»Traumweber Leiard.« Sie lächelte. »Komm herein.«

»Vielen Dank, Auraya von den Weißen.«

»Lee-ar!« Unfug sprang von seinem Stuhl. Leiard lachte, als der Veez über sein Gewand auf seine Schulter hinaufhuschte.

»Er mag dich.«

»Da habe ich aber Glück gehabt«, erwiderte er trocken und zuckte dann zusammen, als Unfug an seinem Ohr zu schnuppern begann.

Auraya dachte an die Gefälligkeit, die sie von Danjin erbeten hatte, und wurde jäh wieder ernst. Unfug hatte nichts gegen Danjin, aber dennoch schien er Leiard lieber zu mögen. Zuerst hatte sie erwogen, Leiard zu bitten, Unfug gelegentlich zu besuchen, aber sie wusste, wie unbehaglich der Traumweber sich im Tempel fühlte, daher hatte sie diese Idee wieder verworfen.

Sie unterdrückte einen Seufzer. Es war ein unglücklicher Umstand, dass ihre beiden Ratgeber Grund hatten, Besuche bei ihr zu fürchten. Leiard fühlte sich in der Gegenwart der Götter unwohl; Danjin ertrug es nur mit Mühe, sich so weit über der Erde aufzuhalten.

Vielleicht war das mit ein Grund, warum sie die Gesellschaft der Botschafter aus Si so sehr genoss. Wie sie selbst liebten sie das Fliegen und die Götter – oder zumindest Huan. Allerdings waren sie das erste Volk, dem sie begegnet war, das einen Gott dem anderen vorzog. Das war jedoch nicht weiter überraschend, da Huan sie erschaffen hatte.

»Ich habe dich hierhergerufen, um dir zu versichern, dass ich dich nicht mit Absicht vernachlässigt habe«, erklärte sie Leiard. »Ich war so beschäftigt, dass ich keine Zeit für inoffizielle Besuche hatte. Das bedauere ich umso mehr, als wir in naher Zukunft nur wenige Gelegenheiten haben werden, uns miteinander zu unterhalten.«

Leiard sah sie fragend an.

»Ich werde nach Si reisen, um ein weiteres Bündnis auszuhandeln.«

Er zog die Augenbrauen hoch. »Nach Si?« Er lächelte. »Das wird dir gewiss gefallen. Die Siyee sind ein freundliches und großzügiges Volk. Ehrlich und praktisch veranlagt.«

»Weißt du etwas über sie?«

»Ein wenig.« Er nahm Unfug von seiner Schulter und setzte ihn auf seinen Schoß, wo der Veez sich sofort zusammenrollte. Ein leiser Stich der Eifersucht durchzuckte Auraya, als ihr der Gedanke kam, dass ihr Veez ihren Besucher ihr vorzuziehen schien.

»Die Siyee sind in meinen Erinnerungen«, erzählte er ihr. »Da du dich mit ihnen unterhalten hast, wirst du inzwischen wohl das meiste von dem wissen, was ich weiß. Was sie vielleicht nicht erwähnt haben, sind die Tabus ihrer Kultur.«

Sie beugte sich vor. »Ja?«

»Nicht alle Siyee können fliegen«, fuhr er fort. »Manche werden ohne diese Fähigkeit geboren, und manche verlieren sie im Laufe ihres Lebens. Unfälle sind häufig. Besonders das Alter ist grausam zu ihnen. Gib gut Acht, wie du von diesen Siyee sprichst. Du darfst sie niemals als verkrüppelt bezeichnen.«

»Wie soll ich dann von ihnen sprechen?«

Er schüttelte den Kopf. »Sie haben keinen allgemein üblichen Ausdruck dafür. Und wenn du dich mit einem Siyee triffst, dann lass ihn oder sie den Ort des Treffens festlegen. Wenn derjenige, mit dem du zusammenkommen willst, des Fliegens mächtig ist, wird er zu dir kommen. Wenn er es nicht ist, musst du zu ihm gehen. Auf diese Weise lenkst du keine Aufmerksamkeit auf sein Gebrechen.«

»Ich verstehe. Mir ist aufgefallen, dass sie schnell ermüden, wenn sie zu Fuß gehen.«

»Ja.« Er hielt kurz inne, dann kicherte er. »Sie behandeln Landgeher im Grunde ähnlich wie fluglose Siyee. Aber du …« Er runzelte die Stirn. »Du solltest ihnen das nicht gestatten. Ansonsten wird es so aussehen, als würdest du von ihnen Vergünstigungen erwarten, die du nicht verdienst.«

*Das ist ein wertvoller Rat,* ging es ihr durch den Kopf. *Ich hätte mir nichts dabei gedacht, wenn die Siyee bei unseren Treffen stets zu mir gekommen wären.*

»Gibt es sonst noch etwas?«

Er zuckte die Achseln. »Das ist alles, woran ich mich im Augenblick erinnern kann. Wenn mir vor deiner Abreise noch etwas einfällt, werde ich es dich wissen lassen.«

Sie nickte. »Vielen Dank. Und solltest du dich nach meiner Abreise noch an etwas erinnern, sag es Danjin. Er wird sich während meiner Abwesenheit um meine Angelegenheiten kümmern.«

»Das werde ich tun. Wann wirst du aufbrechen?«

»In einigen Tagen.«

»Was glaubst du, wie lange du in Si bleiben wirst?«

»So lange, wie es notwendig ist und ich willkommen bin. Wahrscheinlich einige Monate.«

Er nickte. »Jetzt, da die Allianz mit den Somreyanern unterzeichnet ist, wirst du in dieser Zeit wohl kaum meines Rates bedürfen.«

»Ja«, stimmte sie ihm zu. »Obwohl mir deine Gesellschaft fehlen wird.«

Er lächelte, und seine Augen blitzten auf. »Ich werde dich ebenfalls vermissen.«

»Wie macht sich dein neuer Schüler, Jayim?«

In seinen Zügen zeichnete sich eine Mischung aus Bedauern und Entschlossenheit ab. »Er ist nicht an harte Arbeit gewöhnt«, antwortete er. »Aber alles, was mit Heilkunst zu tun hat, fasziniert ihn. Ich habe noch eine Menge Arbeit vor mir.«

»Zumindest wirst du jetzt, da ich aus dem Weg bin, die Zeit dafür haben.«

»Das ist allerdings keine Entschuldigung, um mich vor meinen Pflichten zu drücken«, bemerkte er.

Sie lachte, dann lenkte ein leises Läuten ihre Aufmerksamkeit auf einen Zeitmesser auf dem Beistelltisch. »Ah, ich fürchte, ich muss dich jetzt wegschicken. Als Nächstes habe ich eine Lektion bei Dyara.«

Sie erhob sich. Er nahm Unfug vorsichtig auf, setzte ihn auf den Boden und erhob sich dann ebenfalls, um Auraya zur Tür zu folgen. Als er ihr Glück für die Reise wünschte, schüttelte sie den Kopf.

»Ich werde gewiss die Zeit finden, um noch einmal mit dir zu sprechen, bevor ich aufbreche.«

Er nickte, dann wandte er sich ab und ging auf die Treppe

zu. Während Auraya die Tür hinter ihm schloss, durchzuckte sie ein Gefühl von Traurigkeit.

*Ich werde ihn vermissen. Und ich frage mich, ob er mich ebenfalls vermissen wird.* Sie schlenderte zum Fenster und blickte auf die Menschen unten hinab. Aus seinen Gedanken wusste sie, dass Leiard mehr in ihr sah als jemanden, der seinem Volk helfen konnte. Er empfand Zuneigung für sie. Bewunderung. Respekt.

Bei diesem Gedanken regten sich Gewissensbisse in ihr. Einmal mehr ging ihr die Idee durch den Kopf, die ihr im Garten des somreyanischen Tempels gekommen war. Sie hatte mehrmals mit dieser Idee gerungen, außer Stande, zu entscheiden, was sie tun oder nicht tun sollte. Ihr Verstand sagte ihr, dass es richtig wäre, die Menschen davon abzuhalten, sich dem Kult der Traumweber anzuschließen. Die Götter weigerten sich, die Seelen jener, die sich von ihnen abwandten, über das diesseitige Leben hinaus zu bewahren. Indem sie die Menschen davon abhielt, sich den Traumwebern anzuschließen, würde sie den Tod vieler Seelen verhindern.

Doch gleichzeitig spürte sie, dass es unrecht gewesen wäre, am Niedergang der Traumweber zu arbeiten. Diese Menschen wurden freiwillig Traumweber und wussten, was sie opferten.

Und es war auf jeden Fall ein lohnendes Ziel, die Kenntnisse der Zirkler über die Heilkunst zu mehren. Auf der anderen Seite war es falsch, dieses Wissen aus den Gedanken der Traumweber zu ziehen. Das wäre Diebstahl gewesen.

*Wenn ich es lediglich als eine Möglichkeit betrachte, das Heilerwissen der Priester zu mehren, dann tue ich nichts Unrechtes. Wie kann man mich dafür verantwortlich machen, wenn das zum Untergang der Traumweber führen sollte?*

*Weil ich die Konsequenzen erkannt und dennoch weitergemacht habe.*

Sie seufzte. *Es ist nicht meine Aufgabe, die Traumweber zu retten.*

*Leiard sollte mich fürchten,* dachte sie. Dann schüttelte sie den Kopf. *Immer wieder komme ich auf Leiard zurück. Fällt mir die Entscheidung nur deshalb so schwer, weil ich Angst habe, seine Freundschaft zu verlieren?*

Jurans Warnung kam ihr wieder in den Sinn. »*Aber gib Acht, Auraya, dass du deine Ziele nicht um der Freundschaft willen verrätst.*« Sie wandte sich vom Fenster ab. *Es gibt keinen Grund zur Eile. Eine Aufgabe wie diese würde Jahre in Anspruch nehmen. Ihre Auswirkungen würden sich frühestens in der nächsten Generation bemerkbar machen. Erst lange nach Leiards Tod.*

Sie setzte sich neben Unfug und kraulte ihm den Kopf. *So wie die Dinge sich entwickeln, werde ich vielleicht ohnehin niemals die Zeit dafür finden. Ich werde gewiss eine ganze Weile damit beschäftigt sein, Allianzen einzufädeln und einen vorzeitigen Tod durch diese Pentadrianer zu vermeiden.*

»Sie hat immer gesagt, sie wolle in einer Kiste begraben werden, wie richtige Leute.«

Rayo sah zuerst seine Schwester an, dann wieder den Leichnam der alten Frau. »Kisten kosten Geld.«

»Sie hat immer noch etwas Geld übrig«, warf Tiro ein. »Es wäre nur recht, wenn wir das für eine Kiste benutzen würden.«

»Das ist nicht notwendig«, sagte seine Schwester. »Als wir in der Grube waren, haben wir eine Kiste entdeckt, die aussah wie ein Sarg. Vielleicht ist sie immer noch dort.«

»Dann geh und sieh nach«, befahl Rayo Tiro, worauf dieser mit zwei anderen Jungen davoneilte.

Rayo ging in die Hocke und griff nach der Hand der alten Frau. Sie war kalt und steif. »Ich danke dir, Emeria. Du hast meine Schwester und mich gesund gemacht, und du warst sehr freigebig. Wir werden dir deine Kiste besorgen, falls sie noch immer in der Grube liegt. Ich hoffe, du hast nichts dagegen, wenn wir dein Geld und die anderen Sachen nehmen. Du wirst diese Dinge nicht mehr brauchen, jetzt, wo du bei den Göttern bist.«

Die anderen nickten. Rayo zeichnete einen Kreis auf die Stirn der alten Frau, dann stand er auf. Die Jungen würden vielleicht Hilfe brauchen, wenn die Kiste in der Grube groß genug war, um sie als Sarg zu benutzen. Außerdem musste ein Loch gegraben werden, und das würde viel Zeit und Kraft kosten. Er sah seine Schwester an.

»Nimm ihre Sachen«, sagte er. Sie nickte und machte sich an die Arbeit.

Eine Stunde später lag Emerias Leichnam in der Kiste. Seine Schwester und die anderen Mädchen waren in die Hügel hinaufgegangen, um Blumen zu pflücken. Bis auf das abgetragene Unterkleid der Frau hatten sie Emerias gesamten Besitz an sich genommen, aber durch die Blumen, die über ihren Körper verstreut waren, wirkte alles sehr würdig und respektvoll.

Sie sprachen einige schnelle, tränenreiche Abschiedsworte, dann deckten sie die Kiste mit einigen verkohlten Holzbrettern zu, die sie aus dem abgebrannten Haus hatten, unter dem sie lebten. Rayo und die anderen Jungen gruben in dem kleinen Garten hinter dem Haus ein Loch. Der Boden war hart, und als sie fertig waren, war es bereits dunkel. Schließlich kehrten sie ins Haus zurück, trugen die Kiste nach draußen und ließen sie in das Loch hinunter.

Als nur noch ein kleiner Erdhügel übrig war, verteilten sie einige weitere Blumen, dann gingen sie wieder in ihren Keller hinunter. Alle waren schweigsam und in sich gekehrt.

»Wo sind ihre Sachen?«, fragte Rayo seine Schwester.

Als das Mädchen einen Stapel Kleider und Emerias Beutel

in der Mitte des Raums ausbreitete, versammelten sich die anderen um sie herum. Nachdem sie den Beutel geöffnet hatte, wehte ihnen ein unverkennbar fischiger Geruch entgegen, und sie verzogen das Gesicht.

Das Mädchen sortierte mit großer Sorgfalt den Inhalt des Beutels.

»Das sind Heilmittel. Emeria hat mir erklärt, wozu sie gut sind und wie man sie benutzt. Von diesen hier meinte sie, dass sie sie verkaufen würde, weil sie im Grunde zu nichts gut seien, aber manche Leute glauben wohl, dass sie dadurch mehr Spaß am Sex hätten, so dass die Sachen tatsächlich eine Menge wert sein dürften.«

»Die können wir verkaufen«, meinte Rayo.

Sie nickte. Als Nächstes zog sie eine kleine Ledertasche hervor und kippte ihren Inhalt auf den Boden. Beim Anblick des kleinen Häufchens Münzen, das sich aus der Tasche ergoss, grinsten die anderen.

»Das Geld hat sie immer am Körper getragen. Ihr geheimer Schatz.«

»*Unser* geheimer Schatz«, sagte Rayo. »Wir werden gerecht teilen, und jeder soll etwas bekommen. Am besten, wir fangen mit den Kleidern an. Ich nehme das Kapas. Wer will die Tunika?«

Während sie Emerias Habe unter sich aufteilten, hatte Rayo nicht das Gefühl, etwas Unrechtes zu tun. Emeria hatte nicht viel Zeit bei ihnen verbracht, aber solange ein jeder von ihnen etwas von ihr besaß, würde es ein wenig so sein, als sei sie noch bei ihnen.

*Ich hoffe, sie ist glücklich, dort oben bei den Göttern,* dachte er. *Ich hoffe, sie wissen, dass sie den besten Teil von ihr bekommen haben.*

# 16

Obwohl die Morgenluft mit jedem Tag kälter wurde, hatte Leiard sich dafür entschieden, Jayims Unterricht auf dem Dachgarten über dem Haus der Bäckers abzuhalten. Es hatte eine Weile gedauert und einer gewissen Beharrlichkeit bedurft, Tanara dazu zu bringen, sie nicht zu stören. Anfänglich hatte sie geglaubt, dass sie ihnen heiße Getränke bringen konnte, ohne die Lektionen zu unterbrechen, sofern sie dabei nicht sprach. Leiard hatte ihr energisch erklärt, dass ihre Gegenwart ihre Konzentration störe und sie sich von ihnen fernhalten müsse. Danach hatte sie sich etwa stündlich die Treppe hinaufgeschlichen und zu ihnen hinübergespäht, und zuerst hatte sie es nicht glauben wollen, als er ihr erklärt hatte, dass auch dies eine Störung sei.

Er war nicht davon überzeugt, dass er sie endgültig von ihrem Tun abgebracht hatte. Um sicherzugehen, hatte er sich eingeprägt, in welchen Zeitabständen Jayims Mutter heraufkam, und seine Lektionen entsprechend eingerichtet. Es war von größter Wichtigkeit, dass sie an diesem Morgen ungestört blieben, da er beabsichtigte, Jayim in die Feinheiten der Vernetzung einzuführen.

Als Leiard nun die Augen öffnete, betrachtete er seinen neuen Schüler. Jayims Brust hob und senkte sich in dem langsamen, regelmäßigen Rhythmus der Trance. Von dem früheren Widerstreben des Jungen, die geistigen Fähigkeiten der Traumweber zu erlernen, war noch immer etwas verblieben, aber Leiard hatte auch nicht erwartet, dass alle Zweifel sich über Nacht zerstreuen würden. Davon abgesehen war Jayim aufmerksam und fleißig. Seine Leidenschaft galt den Medizinen und der Heilkunst, und auf diesen Gebieten machte er gute Fortschritte.

Das war mit ein Grund, warum Leiard beschlossen hatte, heute mit ihm eine Gedankenvernetzung durchzuführen: Er wollte sehen, ob sie feststellen konnten, welchen Ursprung Jayims Abneigung gegen die Entwicklung seiner telepathischen Fähigkeiten hatte. Außerdem gab es noch einen anderen Grund, warum Leiard diese Aufgabe angehen wollte: Er wollte sich seiner Kontrolle über die Netzerinnerungen versichern, die seine eigene Identität überlappten. Er war sich nicht sicher, was mit ihm geschehen würde, wenn er es nicht tat. Würde das Gefühl für sein eigenes Ich weiterhin schwächer werden? Würden seine Gedanken zu einem einzigen Wirrwarr widersprüchlicher Erinnerungen werden? Oder würde er anfangen zu glauben, er sei Mirar?

Er hatte nicht die Absicht, das herauszufinden. Also schloss er die Augen wieder und streckte die Hände aus.

»Wir kommen heute Abend in Frieden zusammen und auf der Suche nach Verstehen. Unsere Gedanken sollen vernetzt werden. Unsere Erinnerungen werden zwischen uns hin und her fließen. Niemand soll spionieren oder einem anderen seinen Willen aufdrängen. Stattdessen wollen wir eines Geistes werden. Nimm meine Hände, Jayim.«

Im nächsten Moment spürte er die schlanken Finger des Jungen in seinen. Als Jayim Leiards Geist berührte, wich er leicht zurück. Leiard hörte, wie er scharf die Luft einsog.

Zuerst nahm er nur ein Gefühl der Erwartung wahr. Leiard spürte die Nervosität seines Schülers und wartete geduldig ab. Schon bald huschten bruchstückhafte Gedanken und Erinnerungen durch Jayims Geist. Frühere Unterrichtsstunden, sah Leiard. Verlegenheit über private Dinge kam ans Licht. Er dachte an andere Vernetzungen mit heranwachsenden Jungen und an ähnliche Geheimnisse zurück, die auf diese Weise unbeabsichtigt offenbar geworden waren.

*Versuche nicht, diese Erinnerungen auszublenden,* riet er Jayim. *Auf diese Weise unterbrichst du die Vernetzung.*

*Aber ich möchte sie nicht offenbaren!*, protestierte Jayim.

*Dann schieb sie beiseite. Versuch es einmal mit Folgendem: Wann immer dein Geist in* diese *Richtung wandert, denk an etwas anderes. Wähle ein Bild über ein Thema aus, das weder angenehm noch unangenehm ist, das deine Gedanken jedoch ablenkt.*

*Was könnte das sein?*

*Ich liste in solchen Fällen die Medizinen auf, die sich bei Säuglingen als nützlich erweisen.*

Sofort schossen Jayim mehrere solcher Medizinen durch den Kopf. Allerdings kehrten seine Gedanken schon bald zu dem früheren Thema zurück.

*Funktioniert diese Art der Ablenkung immer?*

*Meistens.*

*Benutzt du den gleichen Trick, um zu verhindern, andere in deine Geheimnisse einzuweihen – wie zum Beispiel jene, die Auraya dir erzählt?*

Leiard lächelte.

*Was bringt dich auf den Gedanken, Auraya würde mir Geheimnisse erzählen?*

*Ich spüre, dass sie es getan hat.*

Der Junge war sehr scharfsinnig. Leiard nahm eine gewisse Selbstgefälligkeit in seinem Wesen wahr.

*Könnte ich dir diese Geheimnisse anvertrauen?*, fragte er.

Jetzt war Jayims Neugier geweckt, und er reagierte voller Eifer. Natürlich würde er, was immer er erfuhr, für sich behalten. Er würde niemals das Risiko eingehen, Leiards Vertrauen zu verlieren. Außerdem würde Leiard bei der nächsten Gedankenvernetzung davon erfahren, falls Jayim ihn hinterging.

Dann stiegen Zweifel in ihm auf. Was war, wenn ihm versehentlich etwas herausrutschte? Was, wenn jemand ihn mit einer List dazu brachte, Geheimnisse zu verraten?

*Geheimnisse bleiben besser geheim,* sagte Leiard. *Je mehr Menschen davon wissen, umso weniger geheim sind sie. Es ist nicht Misstrauen, das mich davon abhält, dich in diese Dinge einzuweihen, Jayim.*

*Du hast Auraya sehr gern, nicht wahr?*

Der plötzliche Themenwechsel machte Leiard stutzig. Außerdem entfachte er eine Mischung verschiedener Gefühle in ihm.

*Ja,* antwortete er. *Sie ist eine Freundin.*

Aber er wusste, dass sie mehr als das war. Sie war das Kind, das er einst unterrichtet hatte, das Kind, das zu einer schönen, mächtigen Frau herangewachsen war …

*Du denkst, dass sie schön ist,* stellte Jayim fest. Seine Erheiterung wuchs. *Du hast ein Auge auf sie geworfen!*

*Nein!* Ihr Gesicht schimmerte in seinen Gedanken auf, und er spürte, wie aus der vertrauten Bewunderung, die er für sie empfand, plötzlich Sehnsucht wurde. Erschrocken zog er sich aus Jayims Geist zurück und brach die Vernetzung ab.

Der Junge sagte nichts. Wieder nahm Leiard Selbstgefälligkeit wahr. Er ignorierte sie.

*Ich begehre Auraya nicht als Frau,* sagte er sich.

*Ich fürchte, genau das tust du,* widersprach eine andere Stimme in seinen Gedanken.

*Aber sie ist jung.*

*So jung nun auch wieder nicht.*

*Sie ist eine Weiße.*

*Ein Grund mehr, sie zu begehren. Der Reiz des Verbotenen ist eine mächtige Kraft.*

*Nein. Jayim hat mir diesen Gedanken in den Kopf gesetzt. Es ist nicht wahr, dass ich sie begehre. Wenn ich Auraya das nächste Mal begegne, werde ich genauso für sie empfinden, wie ich es zuvor getan habe.*

*Wir werden sehen.*

Als Leiard die Augen aufschlug, bemerkte er, dass Jayim ihn erwartungsvoll beobachtete.

»Dein Geheimnis ist meins«, sagte der Junge.

»Es gibt kein Geheimnis«, entgegnete Leiard energisch. »Du hast mir einen Gedanken nahegelegt, den ich zuvor nie erwogen habe. Jetzt habe ich es getan, und ich glaube, dass du dich irrst.«

Der Junge wandte den Blick ab und nickte, aber es war offensichtlich, dass er ein Lächeln verbarg. Leiard seufzte.

»Warum gehst du nicht zu deiner Mutter hinunter und holst uns etwas Heißes zu trinken? Wir werden eine Pause machen und dann von Neuem beginnen.«

Jayim stand auf, und Leiard sah ihm nach, als er davoneilte.

*Es heißt, wer einen Schüler unterrichte, werde auch selbst unterrichtet. Ich hoffe nur, dass Jayims Lektion sich als Irrtum erweist.*

*Wenn ich gewusst hätte, wie bald die nächste Zusammenkunft stattfindet,* dachte Tryss, *hätte ich Drilli niemals dieses Versprechen gegeben.*

Am Morgen nach dem Trei-Trei hatten die Sprecher erklärt, dass in vier Tagen eine Versammlung stattfinden werde. Drilli glaubte, dass die Sprecher sie alle vor den Vögeln warnen wollten, womit sie vermutlich richtig lag. Auf diese Weise blieb ihm jedoch nur wenig Zeit, sich auf die Vorführung seines Geschirrs vorzubereiten. Jetzt, da der Tag der Versammlung gekommen war, fielen ihm tausend Dinge ein, die noch getan werden mussten, und tausend weitere, die schiefgehen konnten.

Er hatte alles getan, was er in der kurzen Zeit hatte tun können. Er hatte sich jeden Tag in der Benutzung des Geschirrs und des Blasrohrs geübt, war seinen Pflichten daheim ausgewichen und hatte die Schelte dafür ertragen. Der Missbilligung seines Vaters fehlte es jedoch an echter Überzeugung, da Tryss jeden Tag Fleisch für ihr Abendessen mitbrachte.

Allerdings konnte er nicht alle Tiere mitbringen, die er getötet hatte. Damit hätte er zu früh zu große Aufmerksamkeit erregt. Obwohl es ihm gelungen war, ein weiteres Yern zu erlegen, hatte er es nicht gewagt, das Fleisch eines so großen Tieres nach Hause mitzunehmen. Ihm war nichts anderes übrig geblieben, als es den Aasfressern zu überlassen, was den Jubel über seinen Erfolg gedämpft hatte.

Um sein Geschirr vorzuführen, konnte er jedoch kein Yern erlegen. Die Tiere waren zu groß, um sie zu fangen und ins Dorf zu transportieren. Drilli hatte Brems vorgeschlagen. Sie waren klein, schnell und menschenscheu, was bedeutete, dass sie wahrscheinlich innerhalb des Halbkreises der versammelten Siyee bleiben würden, aber sie stellten dennoch eine ausreichende Herausforderung dar, so dass es die meisten Leute durchaus beeindrucken würde, wenn er sie mit Wurfgeschossen aus der Luft tötete.

Drilli hatte jeden Tag mehrere Brems gefangen, damit Tryss seine Jagdkünste an ihnen erproben konnte. Außerdem hatte sie das Geschirr mit leuchtend bunten Farben bemalt, so dass man es auch aus der Ferne sehen konnte. Er fühlte sich nicht wohl bei dem Gedanken, bei einer Versammlung allein im Zentrum der Aufmerksamkeit zu stehen, aber seit Drilli ihn darauf hingewiesen hatte, dass die Farbe die allgemeine Aufmerksamkeit eher auf das Geschirr als auf ihn lenken würde, fühlte er sich ein wenig besser.

Er hatte das Geschirr am Morgen aus der Höhle, in der er es versteckt hatte, geholt und in die Laube seiner Familie gebracht, wo es nun in einem großen Sack aus Fadenreisig verborgen lag. Auf Drillis Drängen hin hatte er seinen Eltern erklärt, was es war, und auch hinzugefügt, dass er es am Abend bei der Versammlung vorführen würde. Seine Eltern hatten unterschiedlich auf seine Enthüllung reagiert. Seine Mutter wollte nicht einsehen, warum gewöhnliche Jagdmethoden nicht gut genug waren, aber dennoch erfüllte der Gedanke, dass ihr Sohn seine Idee bei der Versammlung vorstellen würde, sie mit einiger Aufregung. Sein Vater war dagegen sehr beeindruckt von der Erfindung gewesen, hatte aber Angst, dass Tryss sich – und seine Familie – zum Narren machen würde.

*Und genau das wird vermutlich geschehen,* dachte Tryss gequält.

Er war bereit, dieses Risiko auf sich zu nehmen. Es war fast alles vorbereitet, so dass er nicht mehr zurückkonnte, was er jedoch ohnehin nicht gewollt hätte. Obwohl ihm die Vorstellung Angst machte, seine Erfindung vorzuführen, war Drillis Vertrauen in ihn doch ansteckend. Wann immer ihm Zweifel kamen, war sie voller Gewissheit. Er war bereit. Jetzt brauchte er nur noch die Sprecher um ein wenig Zeit zu bitten, um vor die Siyee hintreten zu dürfen.

Damit hatte er bis zum letzten Augenblick gewartet. Sobald er seine Bitte aussprach, würde sich die Nachricht verbreiten, dass er ein selbstgebautes Jagdgerät vorführen wollte. Und dann würden ihn nicht nur seine Vettern mit Fragen und Spott plagen.

Die Sonne stand bereits tief am Himmel, als er sich der Sprecherlaube näherte. Die Anführer der Siyee standen am Eingang, und mehrere von ihnen warfen ihm argwöhnische Blicke zu.

Mit rasendem Herzen und vor Nervosität flatterndem Magen fragte er: »Dürfte ich das Wort an Sprecherin Sirri richten?« Er spähte durch den Eingang der Laube, konnte aber in der Dunkelheit dahinter nichts erkennen. Dann bewegte sich ein Schatten in der Öffnung, und Sprecherin Sirri trat heraus.

»Tryss. Wir haben noch viele wichtige Dinge zu bereden, bevor die Versammlung beginnt. Kann das nicht bis morgen warten?«

»Eigentlich nicht«, sagte er und war sich dabei der missbilligenden Blicke der anderen Sprecher überdeutlich bewusst. »Ich werde mich beeilen.«

Sie nickte kurz. »Dann komm herein.«

Tryss' Herz setzte einen Schlag aus. Er war noch nie zuvor in der Sprecherlaube gewesen. Mit zitternden Beinen ging er an Sirri vorbei. Es dauerte einen Moment, bis seine Augen sich an die Dunkelheit gewöhnt hatten. Das Innere der Laube war schlicht und schmucklos, und in der Mitte befand sich ein Ring aus Hockern. Zu seiner Erleichterung hielten sich keine weiteren Siyee in dem Raum auf.

»Also, was gibt es, Tryss?«

Er drehte sich zur Sprecherin Sirri um und brachte zunächst einmal keinen Laut über die Lippen. Sie lächelte, bis die Haut um ihre Augen sich kräuselte, und ihm fiel plötzlich wieder ein, dass sie nur ein Mitglied seines eigenen Stammes war, gewählt von seinen eigenen Leuten, und dass er keinen Grund hatte, sie zu fürchten.

»Ich habe etwas gebaut«, erklärte er. »Heute Abend möchte ich es allen zeigen.«

»Dein Jagdgeschirr?«

Er sah sie überrascht an. Ihr Lächeln wurde breiter.

»Sreil hat mir davon erzählt. Er meinte, es sei durchaus ausbaufähig.«

»Das hat er gesagt?«, platzte Tryss heraus. Er dachte an den Tag vor einigen Monaten zurück, an dem er ein Yern mit in eine Droge getauchten Dornen erlegt hatte. Sreil hatte etwas dazu bemerkt … *»Netter Versuch.«* Tryss war davon ausgegangen, dass der Junge ihn verspottet hatte. Aber vielleicht hatte er seine Worte tatsächlich ernst gemeint.

»Ja«, antwortete Sirri. Ihr Lächeln verblasste. »Ich muss dich allerdings warnen. Es wird nicht leicht sein, die Leute zu überzeugen. Niemandem gefällt die Vorstellung, etwas Schweres tragen zu müssen oder …«

»Es ist nicht schwer«, unterbrach Tryss sie.

»… oder von irgendetwas behindert zu werden«, fuhr sie fort. »Bist du dir sicher, dass deine Erfindung funktioniert?«

Er schluckte heftig, dann nickte er.

»Also schön, ich werde dir zu Beginn der Versammlung Zeit geben, uns das Gerät vorzuführen. Das bedeutet, dass du noch eine Stunde Zeit hast, dich vorzubereiten. Ist das genug?«

Er nickte abermals.

»Dann geh jetzt.« Sie zeigte auf die Tür.

Tryss eilte hinaus. Als die anderen Sprecher sich zu ihm umwandten, wurde ihm bewusst, dass ein törichtes Grinsen auf seinen Zügen lag. Er zwang sich zu einer ausdruckslosen Miene und ging davon.

*Eine Stunde!*, ging es ihm durch den Kopf. *Ich dachte, ich würde bis zum Ende der Versammlung warten müssen. Ich sollte Drilli Bescheid sagen und dann das Geschirr holen.*

Sobald er den dichten Wald, der die Sprecherlaube umgab, hinter sich hatte, sprang er in die Höhe, um über das Dorf zu Drillis Familienlaube zu fliegen. Als er vor ihrem Haus landete, rief er ihren Namen. Sofort hörte er ärgerliche Stimmen aus dem Innern der Behausung. Kurz darauf trat sie durch den Türbehang, griff nach Tryss' Arm und zog ihn hastig davon. Als er sich umdrehte, sah er, dass ihre Mutter sie vom Eingang aus stirnrunzelnd beobachtete.

»Nun? Haben sie dir erlaubt, das Geschirr vorzuführen?«, fragte Drilli.

Tryss grinste. »Ja. Aber ich soll es gleich zu Anfang tun, nicht erst am Ende, wie wir gedacht hatten. Wir haben weniger als eine Stunde Zeit.«

Ihre Augen weiteten sich. »So bald schon?«

»Ja. Du kümmerst dich am besten um die Brems, während ich das Geschirr hole.«

»Nein, ich werde deine Hilfe brauchen, um sie zu transportieren. Wir holen zuerst das Geschirr.«

Sie eilten zu seiner Familienlaube. Zu Tryss' Überraschung war die Laube leer.

»Meine Eltern müssen frühzeitig aufgebrochen sein«, bemerkte er. »Sie haben gesagt, dass sie …«

Die Worte, die er hatte sprechen wollen, blieben ihm im Hals stecken, als er sah, was in der Mitte der Laube lag.

Überall auf dem Boden waren leuchtend bunte Holzstücke verstreut. Die Lederriemen und Därme, mit denen er das Geschirr zusammengehalten hatte, waren aufgeschlitzt worden. Das Blasrohr, das Drilli so sorgfältig bemalt hatte, war zerschmettert. Auch der Beutel, in dem die Pfeile gesteckt hatten, war zerstört worden, und selbst die Pfeile waren allesamt entzweigebrochen.

Tryss starrte die Überreste seiner Erfindung an und hatte das Gefühl, als breche auch sein Herz in Stücke.

»Wer hat das getan?«, hörte er sich mit einer erstaunten, ungläubigen Stimme sagen. »Wer tut so etwas?«

»Deine Vettern«, antwortete Drilli leise. Sie schüttelte den Kopf. »Es ist alles meine Schuld. Sie sind neidisch auf dich. Meinetwegen.«

Sie stieß einen erstickten Laut aus, und ihm wurde bewusst, dass sie weinte. Voller Staunen darüber, dass sie um seinetwillen so bekümmert war, machte er einen Schritt auf sie zu, dann legte er ihr zögernd einen Arm um die Schultern. Mit Tränen in den Augen wandte sie sich zu ihm um.

»Es tut mir leid.«

Er zog sie an sich. »Es ist nicht deine Schuld«, sagte er und strich ihr übers Haar. »Wenn du das glaubst, haben die beiden gewonnen.«

Sie schniefte leise, dann richtete sie sich auf und nickte. »Noch haben sie nicht gewonnen«, erklärte sie energisch und wischte sich die Tränen aus den Augen. »Wir werden es ihnen zeigen. Wir werden es ihnen allen zeigen. Nur … nicht heute Abend.«

Er betrachtete die Trümmer auf dem Boden, und seine Enttäuschung krampfte sich zu einem Knoten des Zorns tief in seinem Innern zusammen. »Nächstes Mal werde ich zwei Geschirre machen. Vielleicht sogar drei.«

»Und wir werden *meine* Vettern bitten, ein Auge auf Ziss und Trinn zu haben.«

»Ich habe eine noch bessere Idee; wir werden sie für den Abend irgendwo anbinden.«

Drilli brachte ein Lächeln zustande. »Sie an den Knöcheln aufhängen.«

»Neben einem Schwarm Tiwi-Bienen.«

»Mit Rebi-Saft beschmiert.«

»Nachdem wir ihnen die Kleider weggenommen haben.«

»Und ihnen die Haut abgezogen haben. Mit einem Flachsmesser.«

»Jetzt machst du mir wirklich Angst.«

Drillis Lächeln hatte etwas Wildes. Sie bückte sich und griff nach dem zersplitterten Blasrohr. »Brauchst du das noch, um ein anderes Rohr zu machen?«

»Nein.«

»Gut.« Sie nahm einen Korb von einem Haken, ging in die Hocke und machte sich daran, die Einzelteile einzusammeln.

»Was hast du damit vor?«

Sie verzog das Gesicht. »Einer von uns muss den Sprechern mitteilen, dass du dein Geschirr nicht vorführen kannst. Wenn ich zu ihnen gehe, werden sie wissen, dass jemand an dich glaubt. Außerdem kann ich sie mit diesen Beweisen davon überzeugen, dass du sie nicht zum Narren gehalten hast.«

Erst jetzt wurde Tryss die volle Bedeutung dessen bewusst, was seine Vettern getan hatten, und das Herz wurde ihm schwer. Die Sprecher wussten, woran er gearbeitet hatte. Die Leute würden argwöhnen, dass er anderen die Schuld am Misserfolg seiner Erfindung zugeschoben hatte – oder dass ihm der Mut fehlte, sie vorzuführen. Er würde …

»Du solltest jetzt besser nach deinen Eltern suchen und es ihnen erzählen.« Drilli richtete sich auf. »Mach kein großes Aufhebens darum und tu so, als sei alles normal.«

Sie zögerte kurz, dann trat sie vor ihn hin. Ihre Lippen verzogen sich zu einem Lächeln, und sie beugte sich vor, um ihn zu küssen. Er blinzelte überrascht, aber als er ihren Kuss erwiderte, zog sie sich zurück. Mit einem Zwinkern schob sie den Türbehang beiseite.

»Wir sehen uns später.«

Und dann war sie auch schon fort.

# 17

Auraya sah sich die Botschafter genau an und erkannte die Zeichen von Erschöpfung. Da sie klein von Wuchs waren, vertrugen sie Rauschgetränke nicht allzu gut. Wie Kinder bewegten sie sich energisch, ermüdeten aber schnell.

Dyara unterhielt sich leise mit Tireel. Auraya bekam Bruchstücke ihres Gespräches mit.

»…Mut, ein so großes, von Landgehern besiedeltes Gebiet zu überqueren, obwohl euer Volk allen Grund hat, uns zu fürchten.«

»Wir sind hoch geflogen und meistens bei Nacht«, erwiderte er. »Landgeher blicken nicht oft nach oben. Und wenn sie es doch einmal getan haben, glaubten sie wahrscheinlich, große Vögel zu sehen.«

Dyara nickte. »Bei eurer Rückkehr werdet ihr derartige Vorsichtsmaßnahmen nicht brauchen. Auraya wird nicht zulassen, dass euch ein Leid widerfährt.«

»Dafür sind wir sehr dankbar. Mir scheint, dass die Götter dieser Allianz gewogen sein müssen, sonst hätten sie niemals einem von euch die Macht gegeben, dem Sog der Erde zu widerstehen.«

Auraya lächelte. Die beiden Siyee bezeichneten ihre Gabe nicht als »fliegen«. Sie sahen keine Ähnlichkeit zwischen der Benutzung von Magie und dem Reiten der Winde. Dennoch glaubten sie, dass gerade sie von allen Landgehern das Volk von Si am besten verstand. Die Fähigkeit zu fliegen machte einen Großteil dessen aus, was sie waren, sowohl körperlich als auch kulturell.

Als Zeeriz gähnte, warf sie Juran einen vielsagenden Blick zu.

*Unsere Gäste sind an ihre Grenzen gestoßen,* erklärte Auraya dem Anführer der Weißen.

*Ich denke, du hast recht.*

Juran richtete sich auf, dann räusperte er sich. Aller Augen wandten sich ihm zu.

»Ich würde gern ein Gebet sprechen«, sagte er. »Und unseren Gästen ein letztes Mal eine gute Reise wünschen, bevor wir uns zurückziehen.« Er hielt inne und schloss die Augen. »Chaia, Huan, Lore, Yranna, Saru. Wir danken euch für alles, was ihr getan habt, um uns heute Abend zusammenzuführen, auf dass wir den Ländern von Ithania Frieden und Verständnis bringen mögen. Wir bitten euch, über Tireel vom Stamm des Grünen Sees zu wachen und über Zeeriz vom Stamm des Gegabelten Flusses sowie über Auraya von den Weißen, während sie sich auf den Weg in das Land von Si machen. Möget ihr sie leiten und beschützen.«

Er öffnete die Augen wieder, dann griff er nach seinem Glas. Sofort eilten einige Diener herbei, um ihnen allen ein wenig Tintra nachzuschenken. Auraya musste sich ein Lächeln verkneifen, als sie Zeeriz' erschrockene Miene sah.

»Ich wünsche euch eine sichere und angenehme Reise.« Juran blickte über den Rand seines Glases hinweg zuerst den einen Botschafter an, dann den anderen. Seine ernste Miene wich einem Lächeln. Er führte das Glas an die Lippen und nippte daran. Als die anderen seinem Beispiel folgten, bemerkte Auraya, dass Zeeriz sein Glas fast in einem einzigen Zug leerte, als wolle er die Angelegenheit möglichst schnell hinter sich bringen.

Tireel grinste. »Wir werden auf Auraya aufpassen«, versicherte er Juran.

»Man wird sie behandeln wie … wie …«, begann Zeeriz.

»Wie einen geehrten Gast«, vollendete Tireel seinen Satz.

»Ich danke euch«, sagte Juran. »Dann entlassen wir euch jetzt am besten in die Nacht, damit ihr noch ein wenig Schlaf bekommt, bevor ihr euren langen Flug antretet.«

Er schob seinen Stuhl zurück und stand auf. Auraya wandte sich zu dem Stuhl um, auf dem Zeeriz saß, und als sie ihn auf seinem Platz nicht entdecken konnte, senkte sie den Blick. Sie hatte eigens hohe Stühle anfertigen lassen, damit die Siyee auf gleicher Höhe mit ihnen am Esstisch sitzen konnten. Es überraschte sie jedes Mal aufs Neue, wenn sie ihre fremdländischen Gäste am Ende eines Mahls plötzlich doch wieder überragte.

Zeeriz hatte die Augen geschlossen. Er schwankte ein wenig, dann schlug er die Augen wieder auf und sah Auraya blinzelnd an.

»Es ist nicht gerecht, dass ihr Landgeher so viel trinken könnt«, murmelte er.

Sie kicherte. »Ich bringe dich zu deinem Quartier zurück.«

Er nickte und ließ sich von ihr in den Flur hinausführen. Sie hörte, dass Dyara und Tireel, die sich noch immer miteinander unterhielten, ihnen folgten. Die Botschafter wohnten in einem der mittleren Geschosse des Turms in der Nähe des Speisesaals. Auraya und Dyara wünschten ihren Gästen eine gute Nacht, dann machten sie sich auf den Weg in ihre eigenen Räume. Als sie die große Treppe erreichten, warf Dyara Auraya einen nachdenklichen Blick zu.

»Diese Reise scheint dir größere Sorgen zu machen als die letzte«, bemerkte sie.

Auraya sah Dyara an. »Das ist richtig«, gestand sie.

»Was glaubst du, woran das liegt?«

»Ich muss es allein schaffen.«

»Du kannst dich nach wie vor mit Juran oder mir beraten«,

erklärte Dyara. »Aber ich denke, es steckt noch mehr dahinter als das.«

Auraya nickte. »Vielleicht war es mir in Somrey nicht gar so wichtig, Erfolg zu haben. Es ist nicht so, als wäre es mir gleichgültig gewesen«, beeilte sie sich hinzuzufügen, »aber die Möglichkeit, bei den Siyee zu versagen und ihnen einen weiteren Grund zu geben, uns nicht zu mögen, macht mir zu schaffen. Ich nehme an, dass sie uns größeres Vertrauen entgegenbringen als die Somreyaner. Wenn ich scheitere, wird das so sein, als hätte ich ihr Vertrauen verraten.«

»Du hattest weniger Bedenken, ob du mit deinem Tun vielleicht das Vertrauen der Traumweber verrätst?«

Auraya zuckte die Achseln. »Sie haben uns von Anfang an nicht vertraut.«

»Das ist richtig«, erwiderte Dyara und blickte versonnen drein. »Aber dein Freund vertraut dir. Es war ein kühner Schritt, ihn zu deinem Ratgeber zu machen. Ich habe dieses Vorgehen seinerzeit für unklug gehalten, aber wie sich herausgestellt hat, hatte es beträchtliche Vorteile.«

Auraya sah Dyara erstaunt an. War das ein Lob? Von Dyara? Weil sie sich mit einem *Traumweber* befreundet hatte?

Dyara blieb an der Tür vor Aurayas Quartier stehen. »Gute Nacht, Auraya. Ich werde dich morgen noch sehen, wenn wir uns verabschieden.«

»Gute Nacht«, erwiderte Auraya. »Und … danke.«

Dyara lächelte, dann setzte sie ihren Weg die Treppe hinauf fort. Während Auraya ihre Räume betrat, dachte sie über Dyaras Worte nach.

*»Aber dein Freund vertraut dir.«*

Sie hatte während der letzten Tage keine Gelegenheit gehabt, mit Leiard zu sprechen. Morgen würde sie in aller Frühe aufbrechen. Es würde ihr keine Zeit bleiben, ihn ein letztes Mal zu sehen.

*Dann habe ich nur noch heute Nacht die Möglichkeit, mich von ihm zu verabschieden.*

Sie runzelte die Stirn. Es war spät. Zu spät, um nach ihm zu schicken. Sie konnte niemandem den Auftrag geben, ihn zu wecken und in den Turm zu bringen, nur um fünf Minuten mit ihm zusammen zu sein, bevor sie ihn wieder nach Hause schickte.

Würde er wirklich etwas dagegen haben? Sie schürzte die Lippen. Was war schlimmer: ihn mitten in der Nacht hierherzuschleppen oder ohne ein Wort des Abschieds aufzubrechen?

Mit einem Lächeln schloss sie die Augen und suchte nach dem Geist des Priesters, der unten im Turm seinen Nachtdienst versah. Nachdem sie ihm ihre Anweisungen gegeben hatte, setzte sie sich hin, um zu warten.

*Morgen um diese Zeit werde ich in irgendeinem Dorftempel schlafen.* Sie schaute sich im Raum um. Alles sah genauso aus wie immer. Kein Koffer stand bereit, nur ein kleines Bündel mit weißen Kleidern zum Wechseln und einigen Geschenken für die Siyee. Alles, was sie brauchte, würde sie von den Priestern und Priesterinnen der Tempel bekommen, in denen sie Quartier nahm.

Sobald sie in den Bergen war, würde es keine Tempel mehr geben. Die Siyee hatten ihr versichert, dass sie auch in ihrem Land alles Notwendige vorfinden würde. Sie würden sie mit allen Annehmlichkeiten einer zivilisierten Kultur versorgen, wie zum Beispiel Papier und Tinte, die sie selbst herstellten. Außerdem würde Auraya eine eigene »Laube« zugewiesen bekommen, um darin zu wohnen.

Schließlich stand sie auf, trat ans Fenster und blickte nach unten. Die Kuppel zeichnete sich als dunkler, von Laternen gesäumter Schemen vor dem Himmel ab. Einige Priester und Diener eilten umher. Die Stadt unter ihr war eine Ansammlung von Lichtern in einem Meer aus tiefer Schwärze.

Ein Tarn, in dem mehrere Heilerpriester saßen, fuhr in den Tempelbezirk ein. Auraya beobachtete die Ankunft zweier Plattans, dann beschleunigte sich ihr Herzschlag, als sie einen weiteren Wagen unter dem Torbogen hindurchfahren sah. Nur eine einzige Person saß darin. Selbst aus dieser Höhe erkannte sie Leiard mit seinem weißen Haar und seinem ebenso weißen Bart sofort.

Als der Plattan näher kam, blickte Leiard auf. Ein Lächeln glitt über Aurayas Züge, obwohl sie wusste, dass er sie nicht sehen konnte.

Sie trat von dem Fenster weg und begann, im Raum auf und ab zu gehen. Ob er es ihr übel nahm, dass sie ihn hatte rufen lassen? Plötzlich erschien es ihr töricht, dass sie ihn hergebeten hatte, nur um sich von ihm zu verabschieden. Sie hätte stattdessen einen Brief schicken können. Sie hätte ihn aufsuchen können … Nein, damit hätte sie die ganze Familie gestört, bei der er zurzeit wohnte.

*Nun, jetzt lässt es sich nicht mehr ändern,* befand sie. *Ich werde mich entschuldigen, auf Wiedersehen sagen und ihn dann heimschicken. Bis ich nach Jarime zurückkomme, wird er mir verziehen haben.*

Sie setzte ihr rastloses Auf und Ab im Raum fort. Warum brauchte er so lange? Vielleicht hatte sie sich geirrt. Sie ging wieder ans Fenster.

*Ich könnte den Priester befragen, der Dienst tut …*

Als sie ein leises Klopfen von der Tür hörte, erstarrte sie, dann atmete sie tief durch.

*Er ist hier.*

Sie strich ihren Zirk glatt, schritt zur Tür hinüber und öffnete sie. Leiard musterte sie mit erwartungsvoller Wachsamkeit.

»Leiard. Komm herein.« Sie hielt ihm die Tür auf. »Ich entschuldige mich für die späte Stunde. In den letzten Tagen hatte ich keinen Augenblick für mich allein und keine Zeit, mich wie versprochen mit dir zu treffen. Morgen werde ich aufbrechen, und ich konnte nicht fortgehen, ohne mich zu verabschieden.«

Er nickte langsam, und sie war erfreut zu sehen, dass er nicht verärgert war, sondern nur erleichtert. Jetzt erst wurde ihr bewusst, dass sie ihn beunruhigt haben musste, indem sie ihn so spät noch in den Turm bat. Warum hatte sie das nicht vorhergesehen?

»Wahrscheinlich hätte ich dir einfach eine Nachricht schicken sollen«, fügte sie kläglich hinzu. »Statt dich aufzuwecken.«

Ein leichtes Lächeln umspielte seine Lippen. »Es macht mir nichts aus.«

»Ich muss mich nicht nur von dir verabschieden, ich wollte mich auch bei dir bedanken.« Sie hielt kurz inne, dann griff sie nach seiner Hand. Als ihre Finger sich berührten, holte sie Luft, um etwas zu sagen, brach jedoch jäh ab, als sie in seine Augen sah. Sein Blick war angespannt und wachsam, als hätte er Mühe, irgendein Gefühl unter Kontrolle zu halten. Sie schaute näher hin. Seine Gedanken waren in Aufruhr. Ihre Berührung hatte ihn …

Eine Woge der Wärme schoss durch ihren Körper. Ihre Berührung hatte ihn erregt. Er kämpfte gegen sein Verlangen nach ihr.

*Ich habe nicht gewusst, dass seine Bewunderung so tief geht … aber wahrscheinlich war das bisher nicht so, sonst hätte ich es in seinen Gedanken gelesen. Dies ist etwas Neues. Dies ist erst heute Nacht geschehen. Gerade eben erst.*

Ihr Herz raste.

Ihr eigener Körper reagierte auf sein Verlangen. Sie spürte

ein Lächeln auf ihren Lippen. *Ich begehre ihn. Jetzt haben wir beide etwas herausgefunden.*

Sie war sich des angespannten Schweigens zwischen ihnen deutlich bewusst. Das einzige Geräusch im Raum war ihr Atem. Keiner von ihnen bewegte sich. *Wir sollten uns voneinander lösen und so tun, als sei dies nie geschehen.* Stattdessen streckte sie die Hand aus und strich über seine Wange, dann zeichnete sie mit dem Finger seine Lippen nach. Er zuckte nicht zurück, aber er erwiderte die Liebkosung auch nicht. Sie las Zögern in seinen Gedanken.

*Diese Entscheidung muss von mir kommen,* ging es ihr durch den Kopf. *Er kann nicht vergessen, wer wir sind. Nur ich kann diese Wahl treffen.*

Sie lächelte und hob ihre Lippen den seinen entgegen. Er erwiderte ihren Kuss mit einer sanften Zärtlichkeit, die ihr einen Schauer über den Rücken jagte. Dann lagen sie einander in den Armen. Sie küsste ihn energisch, und er antwortete mit dem gleichen Maß an Hunger und Leidenschaft. Ihre Körper berührten sich, und Auraya griff nach seinem Wams, um ihn näher an sich zu ziehen. Er ließ die Hände über ihren Rücken gleiten, aber unter dem dicken Stoff ihres Zirks konnte sie seine Berührung kaum spüren.

Wams. Zirk. Dinge, die sie daran erinnerten, wer sie waren. Aber Auraya wollte nicht erinnert werden. Nicht jetzt. Diese Dinge mussten verschwinden.

Sie lachte leise. *Das sieht mir gar nicht ähnlich,* dachte sie. Leiards Lippen lösten sich von ihrem Mund, und er begann, ihren Hals zu küssen. *Ihm sieht das auch nicht ähnlich.* Sie entdeckte eine Seite an ihm, von deren Existenz sie niemals auch nur etwas geahnt hatte.

*Und es gefällt mir.* Sie kicherte. Schließlich schlang sie die Arme um seine Taille und ging rückwärts auf die Tür zu ihren privaten Gemächern zu.

Emerahl lächelte und ließ die Hände über ihren Körper gleiten.

*Es hat funktioniert.*

Aber natürlich hatte es funktioniert. Sie hatte noch nie eine Verwandlung verpfuscht. Mirar hatte ihr vor langer Zeit erklärt, dass ihre Fähigkeit, ihren Körper zu verwandeln, eine angeborene Gabe sei. Er hatte die Theorie vertreten, dass alle Wilden eine Gabe besaßen, die ihnen auf natürliche Weise zufiel. So wie das Gefühl für Musik jenen zufiel, die wahrhaftes Talent besaßen. Ihre Gabe lag darin, ihr körperliches Alter zu verändern.

Als sie die Augen aufschlug, sah sie nur Dunkelheit. Die Luft um sie herum wurde zunehmend stickig. Sobald sie sich aus der Todestrance befreit hatte, hatte sie kleine Tunnel geschaffen, um Luft in die Kiste einzulassen. Inzwischen hatte sie den Zustand der Verlangsamung aller natürlichen Vorgänge im Körper, der für eine solche Verwandlung vonnöten war, beendet und atmete mit normaler Geschwindigkeit.

Sie verzog das Gesicht. Eine Todestrance war niemals angenehm, aber in diesem Fall war ihr nichts anderes übrig geblieben, denn sie hatte die Kinder täuschen und dafür sorgen müssen, dass sie unter der Erde überlebte. Sie wusste nicht, wie viele Tage vergangen waren, aber eines stand fest: Sie musste bald aus ihrem Sarg herauskommen, oder sie würde ersticken.

Sie war sich jedoch nicht sicher, wo die Kinder sie begraben hatten. Falls sie oder jemand anders sahen, wie sie sich aus ihrem Grab befreite, würde die Geschichte sich schneller verbreiten als ein Winterhusten und den Priester vielleicht auf die Veränderung ihres Aussehens aufmerksam machen. Sie würde sehr vorsichtig sein müssen.

Sie schloss die Augen, sandte ihren Geist aus und war sehr zufrieden, als es ihr gelang, die Gefühle der Menschen in unmittelbarer Nähe wahrzunehmen. Es war nicht leicht, sich Klarheit zu verschaffen, aber schließlich erkannte sie die schläfrigen Gedanken von Kindern. Sie fluchte unwillkürlich. Sie waren irgendwo ganz in der Nähe. Sie würde sehr leise sein müssen.

Langsam zog Emerahl Magie in sich hinein und benutzte sie, um direkt über ihrem Kopf den Deckel der Kiste aufzubrechen. Dann bewegte sie die Erde von dieser Stelle zum anderen Ende ihres Sargs hinunter. Früher als erwartet, wurde der bleiche Himmel der Morgendämmerung sichtbar.

*Sie hätten mich tiefer begraben sollen,* dachte sie. *Aber ihre Unwissenheit hat mir einige Mühe erspart.*

Sie vergrößerte das Loch, bis sie ihren Körper hindurchzwängen konnte. Kurze Zeit später sah sie, dass sie sich in dem kleinen Garten hinter dem ausgebrannten Haus befand, unter dem die Kinder lebten. Sie hielt inne, um nachzudenken.

*Ich könnte mich wieder eingraben und warten, bis sie alle für den Tag über fortgegangen sind.* Sie zögerte kurz. *Nein. Einige von ihnen bleiben immer zurück, um das Haus zu hüten. Es ist besser, wenn ich jetzt fortgehe, solange sie noch schlafen.*

Sie hob die Arme, schob sie durch das Loch und legte die Hände auf dessen Rand. Dann begann sie sich hochzuziehen. Sie musste mehrmals innehalten, um Atem zu schöpfen, und während sie langsam aus ihrem Grab aufstieg, begriff sie auch, warum das so war. Die Veränderung hatte einen großen Teil ihres Körperfetts aufgezehrt. Ihre Arme waren knochig und mager, und ihre Brüste waren praktisch zu nichts zusammengeschrumpft. Als sie die Erde von dem schmutzigen weißen Hemd abwischte, in dem die Kinder sie begraben hatten, spürte sie die Härte der hervortretenden Hüftknochen unter dem Stoff.

*Ich bin schwach und dürr,* überlegte sie. *Ein Skelett, das aus dem Schoß eines Sargs wiedergeboren wurde. Wenn mich heute jemand für ein unheiliges, grauenerregendes Geschöpf hielte, könnte ich es ihm nicht verübeln.*

Endlich gelang es ihr, sich zu erheben. Zu ihrer Erleichterung stellte sie fest, dass sie genug Kraft hatte, um zu stehen und, wie sie vermutete, auch um sich fortzubewegen. Sie trat aus ihrem Grab heraus, drehte sich um und betrachtete die Dinge, die Zeugnis von ihrer Auferstehung von den Toten ablegten.

*Das hier sollte ich besser in Ordnung bringen.*

Sie zog Magie in sich hinein und bearbeitete die Erde, bis das Loch wieder gefüllt und alle Spuren ihres Tuns verwischt waren. Mit einem traurigen Lächeln betrachtete sie die verwelkten Blumen, die auf dem Boden lagen. Sie wünschte, sie hätte mehr für die Kinder tun können, aber jetzt musste sie vor allem an ihr eigenes Überleben denken.

*Was nun?*

Sie blickte an sich hinab. Ihre Hände und Arme waren mit Erde bedeckt, und sie trug nur ein fleckiges Hemd am Leib. Das Haar hing ihr über die Schultern und war immer noch steif und weiß wie das einer alten Frau. Sie musste sich waschen, dann benötigte sie Kleider und Essen und irgendetwas, womit sie ihre Haare färben konnte.

Erst jetzt wurde ihr bewusst, dass die Börse, die sie am Leib festgeschnallt getragen hatte, verschwunden war. Sie war nicht überrascht; sie hatte gewusst, dass die Kinder sie wahrscheinlich finden würden. Schließlich konnte sie nicht *alles* in ihrem Leib verstecken.

Einen Moment lang erwog sie die Möglichkeit, sich ins Haus zu stehlen und nach der Börse zu suchen, aber dann verwarf sie den Gedanken wieder. Es war ein zu großes Risiko, und außerdem hatten die Kinder den größten Teil des Geldes wahrscheinlich bereits ausgegeben. Also kehrte sie ihrem »Grab« den Rücken zu und ging leise an dem Haus vorbei ins Armenviertel.

Das dünne graue Licht des Morgens wurde langsam heller. Die Straßen waren still, aber nicht menschenleer. Sie kam an zwei älteren Wäscherinnen vorbei, die sie voller Abscheu betrachteten, und kurz darauf blieb ein jüngerer Mann mit einem Holzbein vor ihr stehen, um sie lüstern anzustarren. Zum ersten Mal seit über hundert Jahren geriet sie in Verlegenheit.

*Und da fragen die Leute mich, warum ich, die so jung sein kann, wie sie will, mich dafür entscheide, alt zu sein?*, dachte Emerahl ironisch.

Aber andererseits hatte es eindeutig auch seine Vorzüge, wieder jung zu sein. In ihrer jüngeren Gestalt war sie für Männer stets anziehend gewesen. Manchmal auch für Frauen. Obwohl sie sich gegenwärtig in einem denkbar schlechten Zustand befand, war ein wenig von ihrer Schönheit noch immer zu erkennen. Sie brauchte nur einige regelmäßige, gesunde Mahlzeiten, um ihre Kurven zurückzugewinnen.

Aber Essen kostete Geld. Stirnrunzelnd dachte sie über die unmittelbare Zukunft nach. Nachdem sie ihre Börse und auch ihr Körperfett eingebüßt hatte, musste sie schnell eine Einkommensquelle auftun. Diebstahl war eine Möglichkeit, aber sie war seit Langem aus der Übung und hätte nicht die Kraft, wegzulaufen, falls sie ertappt wurde. Wenn man sie bei einem solchen Vergehen entdeckte, würde sie damit nur die Aufmerksamkeit der Priester auf sich ziehen.

Die Priester hielten Ausschau nach einer Frau, die Heilmittel verkaufte, daher blieb ihr auch dieser Weg versperrt. Sie ging weiter hügelabwärts, auf das Meer zu. Die Richtung, die sie gewählt hatte, erheiterte sie. Sie war am Ozean zur Welt gekommen und hatte sich in Notzeiten stets zum Wasser hingezogen gefühlt. Als der flache, flüssig erscheinende Horizont schließlich in Sicht kam, stieß sie einen Seufzer der Erleichterung aus und beschleunigte ihre Schritte.

Am Rand des Wassers angekommen, folgte sie der Straße am Ufer entlang und hielt Ausschau nach einer abgelegenen Stelle, um sich zu waschen. Die meisten der kleinen Buchten waren besetzt. Als sie zu einer Bucht mit nur einem einzigen Steg gelangte, blieb sie stehen. Zwei Fischer arbeiteten in ihrem Boot, ein junger und ein alter, die ihren Fang für den Markt zurechtlegten. Einen Moment lang betrachtete sie die beiden Männer, dann ging sie kühn den Steg hinunter.

»Sieht nach einem guten Fang aus«, sagte sie im Vorbeigehen.

Die beiden starrten sie an. Sie lächelte ihnen zu, dann wandte sie sich ab. Am Ende des Stegs sprang sie ins Meer.

Kaltes Wasser umschlang sie, und der Schreck trieb ihr alle Luft aus der Lunge. Sie spürte Sand unter ihren Füßen und stieß sich wieder hoch. Als sie die Oberfläche durchbrach, holte sie tief Luft und machte den ersten Schwimmzug.

»Meine Dame?«

Sie rollte sich herum und lachte über den besorgten Ausdruck der beiden Fischer.

»Keine Sorge«, sagte sie. »Ich wollte nur wieder sauber werden.«

»Du hast uns ziemlich erschreckt«, sagte der jüngere Mann tadelnd. »Ich dachte, du willst dich ertränken.«

»Tut mir leid.« Sie schwamm auf sie zu und bemerkte, dass der Blick der beiden von ihrem Gesicht zu jenen Teilen ihres Körpers wanderte, die unter der Oberfläche des Wassers zu sehen waren. Das Hemd war in seinem durchnässten Zustand fast durchsichtig. »Vielen Dank, dass ihr auf die Idee gekommen seid, mich zu retten.« Sie schwamm unter dem Steg hindurch.

Sie konnte die beiden Männer über die Bretter über ihr

gehen hören. Ihr Interesse war unverkennbar. Nachdenklich schürzte sie die Lippen. Eine Möglichkeit, wie sich ihr gegenwärtiges Dilemma lösen ließe, war ihr bereits durch den Kopf gegangen, und nun bot sich ihr eine erste Chance. Es war nicht so, als hätte sie dergleichen Arbeit noch nie getan. Tatsächlich war sie ihrer Meinung nach auf diesem Gebiet immer recht gut gewesen.

Als sie aufblickte, sah sie, dass die Planken des Stegs so dicht lagen, dass man nicht hindurchblicken konnte. Noch im Wasser schob sie eine Hand unter den Unterrock und versuchte dann, in sich etwas zu ertasten.

*Das ist einer der Gründe, warum manche Männer diesen Teil des Körpers einer Frau Hurenbörse nennen,* dachte sie, während sie einen kleinen Beutel hervorzog. Darin befanden sich unter anderem die Seeglocke, der Anhänger aus Dembar-Saft und einige Münzen. Von den Münzen würde sie nur wenige Mahlzeiten kaufen können, und kein Juwelier würde ihr auch nur den Bruchteil eines angemessenen Preises für eine solch wertvolle Seeglocke zahlen, solange sie so aussah wie jetzt. Nein, damit würde sie noch warten müssen. Sie schob den Beutel auf den schleimschmierigen Steg und kam dann wieder darunter hervor.

Sofort wandten sich die Fischer ihr wieder zu. Während sie sich langsam ihrem Boot näherte, gingen sie auf dem Steg neben ihr her.

»Ist das euer Boot?«, fragte sie.

»Es gehört meinem Vater«, sagte der junge Mann mit einem Blick auf seinen Begleiter.

»Habt ihr etwas dagegen, wenn ich an Bord komme, während ich mich trocknen lasse?«

Die beiden sahen einander kurz an, dann nickte der ältere Mann. »Warum nicht?«

Sie grinste ihnen zu und schwamm zu dem Boot hinüber.

Der jüngere Mann stieg in das Boot, beugte sich vor und griff nach ihrer Hand, um sie auf das Deck zu ziehen. Sie bemerkte, dass der Vater sich verstohlen umsah, um festzustellen, ob jemand sie beobachtete, und sie verkniff sich ein Lächeln. *Du denkst an deine Frau, wie?*

Als sie im Boot stand, zog sie Magie in sich hinein und sandte Wärme und Luft durch ihr Hemd. Der jüngere Mann trat einen Schritt zurück und betrachtete sie mit neuem Respekt. Obwohl sie wusste, dass sie in nassem Zustand wahrscheinlich aufregender aussah, sollten diese beiden möglichen Kunden doch wissen, dass es nicht leicht sein würde, sie um ihr Entgelt zu betrügen.

Als ihr Hemd trocken war, stieß sie einen Seufzer aus.

»Man sollte meinen, dass ich es mit all meinen Gaben nicht nötig gehabt hätte, als Hure zu enden.« Sie sah die beiden an und errötete. »Aber ich habe gerade erst angefangen. Und ich werde es auch nicht lange tun. Nur bis ich eine Arbeit gefunden habe.«

Die beiden Männer tauschten einen Blick, dann räusperte sich der Vater.

»Wie viel?«

Emerahl lächelte. »Nun, ich denke, dass zwei galante Männer, die eine Dame vor dem Ertrinken retten wollten, einen günstigen Preis bekommen sollten, meint ihr nicht auch?«

*Und das,* dachte sie ironisch, *ist der andere Grund, warum Männer diesen Teil eines Frauenkörpers Hurenbörse nennen.*

# Teil 2

# 18

Die Welt war eine gewaltige grüne Decke, durchzogen von den Farben des Herbstes und faltig, wo die Berge durch den Stoff brachen. Flüsse glitzerten wie silberne Bänder. Hie und da fanden sich winzige Gebäude, die wie verstreute Mosaikkacheln aussahen und durch braune Straßen verbunden waren. Wenn Auraya genauer hinschaute, konnte sie eine Vielzahl kleiner Tiere erkennen – und Menschen.

Auraya wäre gern dichter am Boden geflogen, aber Zeeriz zog es trotz ihrer Anwesenheit vor, reichlich Abstand zwischen sich und den Landgehern zu halten. Ihn kostete es einige Kraft, den ganzen Tag über in der Luft zu bleiben. Das Fliegen war nicht so mühelos, wie die Siyee es gern erscheinen ließen, und wenn sie in der Abenddämmerung auf dem Boden landeten, war Zeeriz am ganzen Körper steif und wund. Ob die Reise Tireel genauso schwerfiel, konnte Auraya nicht sagen: Er war vorausgeflogen, um den Siyee die Kunde von Aurayas Kommen zu überbringen.

Nach einigen Stunden verlor die Welt unter ihr ihren Reiz. Abgesehen von den bevorstehenden Verhandlungen mit den Siyee hatte sie nicht viel zu bedenken, und nach einer Weile wurde sie es müde, sich darüber den Kopf zu zerbrechen. Stattdessen lernte sie, die Bewegungen ihres Begleiters nachzuahmen – indem sie so tat, als hätten Wind, Geschwindigkeit und der Sog der Erde die gleiche Wirkung auf sie wie auf die Siyee. Auf diese Weise erfuhr sie mehr über die Grenzen, die ihre körperliche Gestalt ihnen auferlegte.

Außerdem hatte sie aus dem Geist des Botschafters viel

über sein Volk erfahren. Sie hatte in seinen Gedanken Furcht vor Landgehern, Hoffnungen für die Zukunft und Erinnerungen an die Kindheit gelesen. Am interessantesten war der unterdrückte Groll, den er empfand, wenn er sah, wie sie seinen Flug nachahmte. Er fragte sich, warum die Götter einer Landgeherin Zugang zur Luft gewährten, ohne sie den gleichen Beschränkungen zu unterwerfen, denen die Siyee ausgesetzt waren.

Dass die Siyee die Grenzen und Konsequenzen ihrer Schöpfung überwunden hatten, war ein Quell des Stolzes für ihn. Alle Siyee lernten von klein auf, dass ihre Vorfahren Schmerz, Deformierung und den frühen Tod in Kauf genommen hatten, damit die Göttin Huan ihre Rasse erschaffen konnte. Selbst heute noch zahlten sie den Preis dafür, aber die Anzahl der verkrüppelten Säuglinge war im Laufe der Jahrhunderte zurückgegangen. Ihre Bevölkerung war langsam gewachsen. Diese Entwicklung wurde einzig durch die torenischen Siedler gefährdet.

*Es muss etwas geschehen, was diese Siedler betrifft,* dachte Auraya. Es würde kein leichtes Unterfangen sein. Huan hatte verfügt, dass die Berge im Osten Torens den Siyee gehören sollten. Die torenischen Siedler hatten eine eigene Deutung für den Begriff »Berge«: In ihren Augen handelte es sich dabei um alles Land, das zu steil war, um es zu bebauen, und daher hatten sie die fruchtbaren Täler und Hänge langsam in Besitz genommen. Auraya bezweifelte, dass der König von Toren über das Tun seiner Untertanen informiert war, und falls er doch davon wusste, hatte er sicher nicht die Absicht, etwas dagegen zu unternehmen.

*Aber er wird es tun, wenn die Weißen darauf bestehen.*

Sie lächelte grimmig. Die Siyee brauchten diese Allianz mit den Weißen. Sie wollten die Allianz, befürchteten aber, dass sie nur wenig als Gegenleistung anzubieten hatten. Sie glaubten, sie seien weder stark noch geschickt genug, um im Falle eines Krieges von Nutzen zu sein. Außerdem verfügten sie über keinerlei Schätze, mit denen sie hätten Handel treiben können. Es war Aurayas Aufgabe, etwas zu finden, das sie den Weißen für ihren Schutz anbieten konnten – oder sie einfach davon zu überzeugen, dass das wenige, was sie zu bieten hatten, sei es im Krieg, im Handel oder in der Politik, genügen würde.

Sie blickte wieder zu Zeeriz hinüber. Er sah sie an und lächelte.

Es war nur wenig über das Volk der Siyee bekannt. Auraya hatte vieles von Tireel und Zeeriz erfahren, aber wenn sie die Anführer der Siyee kennenlernen und sie in ihrem Alltag beobachten konnte, würde sie die Geflügelten viel besser zu verstehen lernen. Dass die Weißen überhaupt die Anstrengung auf sich nahmen, ein Land zu besuchen, war für seine Bewohner stets ein Grund zur Freude. Die beiden Botschafter waren überglücklich, dass Auraya sich die Zeit nahm, sich ihr Heimatland anzusehen, und sie hoffte, dass die übrigen Siyee dieses Gefühl teilen würden. Wenn alles gut ging, würde es ihr während der nächsten Monate gelingen, ihren Respekt zu gewinnen und ihr Vertrauen in die Weißen zu stärken.

Als Auraya zu den dunklen Umrissen der Berge in der Ferne hinüberschaute, stieg Erregung in ihr auf. In Wahrheit freute sie sich ebenso auf den Besuch von Si, wie die Botschafter sich darüber freuten, sie dorthin begleiten zu dürfen. Sie würde einen Ort besuchen, an dem nur wenige Landgänger je gewesen waren, um Bekanntschaft mit einem einzigartigen Volk zu schließen.

*Ich könnte nicht glücklicher sein.*

Mit einem Mal nahm sie eine vertraute Unruhe in sich wahr. Es war kein Zweifel, der sich auf sie selbst bezog, oder Furcht vor einem Versagen. *Nein, es ist der Gedanke an das Durcheinander, das ich zurückgelassen habe.*

*»Du hast eine interessante Art, Auf Wiedersehen zu sagen«*, hatte Leiard bemerkt. Die Erinnerung an zerknüllte Laken am Fußende ihres Bettes blitzte in ihr auf, dann eine Erinnerung an nackte, ineinander verschlungene Gliedmaßen. Und dann kamen verlockende frühere Erinnerungen.

*Wer hätte das gedacht?*, überlegte sie, außer Stande, ein Lächeln zu unterdrücken. *Ich und Leiard. Eine Weiße und ein Traumweber.*

Bei diesem Gedanken verblasste ihr Lächeln, und ihre Stimmung verdüsterte sich. Halbherzig widersetzte sie sich dieser Regung. *Ich muss mich dem Geschehenen stellen. Und ich muss es jetzt tun. Sobald ich nach Si komme, werde ich zu viel zu tun haben, um über die Konsequenzen nachgrübeln zu können.* Seufzend stellte sie sich die Frage, der sie bisher ausgewichen war.

*Wie werden die anderen Weißen reagieren, wenn sie es herausfinden?*

Dyara war die Erste, die ihr in den Sinn kam. Die Frau knurrte beinahe vor Missbilligung, wann immer Leiard in der Nähe war. Dyara würde Leiard gewiss nicht ohne Weiteres als Aurayas Geliebten akzeptieren. Mairae dagegen würde vielleicht keinerlei Anstoß daran nehmen, obwohl sie es wahrscheinlich lieber gesehen hätte, hätte Auraya sich nicht ausgerechnet einen Traumweber für ihr Bett erwählt. Rian würde es nicht gefallen. Er hatte nie verlangt, dass die anderen Weißen sich für Enthaltsamkeit entschieden, so wie er es getan hatte, aber die Vorstellung, dass eine aus ihrer Mitte einen Heiden in ihr Bett nahm, würde ihm gewiss missfallen.

Und Juran? Auraya runzelte die Stirn. Sie konnte nicht erraten, wie seine Reaktion ausfallen würde. Er hatte Leiard als ihren Ratgeber akzeptiert. Würde er ihn auch als ihren Geliebten dulden?

*Nein, er wird mir erklären, dass das Volk es nicht akzeptieren wird. Dass es alles zerstören würde, was ich je gesagt oder getan habe, um die Toleranz den Traumwebern gegenüber zu fördern. Die Menschen werden glauben, meine Meinung sei auf Liebe gegründet – oder auf Begierde –, statt auf gesunden Menschenverstand, und sie werden sich daran erinnern, dass Mirar ein großer Verführer war. Sie werden denken, ich sei betrogen worden, und sie werden ihren Gefühlen Luft machen, indem sie Traumweber angreifen.*

Es war zu früh, um von ihnen zu erwarten, etwas Derartiges zu akzeptieren. Vielleicht war Zeit tatsächlich der Schlüssel dazu. Einen Moment lang kaute sie auf ihrer Unterlippe. Wenn sie ihre Affäre geheim hielt, gab sie damit den Weißen und den Menschen Zeit, sich an den Gedanken zu gewöhnen. Es war nicht so, als ginge sie mit jedem attraktiven, hochgeborenen männlichen Wesen in ganz Nordithania ins Bett. Wenn Mairae *damit* durchkam, dann sollte Auraya doch gewiss damit durchkommen können, mit nur einem einzigen Traumweber zu schlafen.

Sie seufzte erneut. *Ich wünschte, es wäre so. Welche Chancen habe ich, dieses Geheimnis zu bewahren? Jeder weiß Bescheid über Mairaes Affären, und wenn Dyara ihre auf tragische Weise keusche Beziehung zu Timare vor den restlichen Weißen nicht geheim halten kann, wie sollte mir dann so etwas gelingen?*

Glücklicherweise würde sie die nächsten Monate weit entfernt von Jarime verbringen. In dieser Zeit konnte eine Menge geschehen. Sie konnte wieder zur Vernunft kommen. Das Gleiche galt für Leiard.

*Und was war, wenn er bereits wieder zur Vernunft gekommen war? Was, wenn er nicht die Absicht hat, mich wiederzusehen. Was, wenn er seine Neugier befriedigt hat und nicht länger an mir interessiert ist?* Ihr Herz zog sich zusammen. *Nein! Er liebt mich! Ich habe es in seinem Geist gesehen.*

*Und ich liebe ihn.* Sie spürte ein warmes Leuchten von Glück, das sich in ihrem Körper ausbreitete. Angenehme Erinnerungen kamen zurück, wurden aber sauer, als ein Bild in ihr aufstieg, das Bild seiner Traumweberweste und ihres Zirks, die Seite an Seite auf dem Boden gelegen hatten. Das war ein ernüchternder Anblick gewesen. Irgendwie hatte es nach Götterlästerung gerochen.

*Die Götter müssen das wissen,* dachte sie.

Sie schüttelte den Kopf. *Wir können das nicht tun. Ich sollte ihn abweisen.* Aber sie wusste, dass sie es nicht tun würde. *Solange die Götter nicht ihre Gefühle offenbar gemacht haben, werde ich nicht versuchen zu erraten, was sie über Leiard und mich denken.*

Sie blickte über die Schultern. Jarime war schon vor Stunden hinter dem Horizont verschwunden. *Wie kann ich nur ein solches Durcheinander hinterlassen?* Sie konnte jedoch nicht kehrtmachen und zurückfliegen. Sie zwang sich, an die Siyee zu denken und daran, wie enttäuscht und gekränkt sie sein würden. Und sie dachte auch daran, wie sehr sie sich wünschte, ihr Land mit eigenen Augen sehen zu dürfen.

*Einige Monate,* sagte sie sich. *Bis ich zurückkehre, werde ich eine Entscheidung getroffen haben, wie wir weiter mit dieser Angelegenheit umgehen sollten.*

*Und hoffentlich habe ich bis dahin auch genug Mut gefasst, um diese Idee in die Tat umzusetzen.*

Regen prasselte auf den Baldachin. Als Danjin spürte, dass etwas auf seinem Kopf landete, blickte er auf. Ein Wassertropfen war irgendwie durch den dichten, geölten Stoff gedrungen. Er wich einem weiteren Tropfen aus, rutschte auf der Sitzbank des Plattans ein Stück zur Seite, dann griff er in seiner Tasche nach einem Tuch, um sich den Kopf abzuwischen.

Stattdessen stießen seine Finger auf ein Stück Pergament.

Danjin zog es heraus und seufzte, als er sah, dass es sich um eine Nachricht seines Vaters handelte.

> *Theran ist zurückgekehrt. Ich habe deine*
> *Brüder zum Abendessen eingeladen.*
> *Deine Anwesenheit ist erwünscht.*
> *Pa-Speer*

»Als ich sagte, es wäre schön, wieder ein wenig Zeit für mich zu haben, müssen die Götter wohl zugehört haben«, murmelte er und blickte zu dem Baldachin empor. »Großer Chaia, was habe ich getan, um das zu verdienen?«

»Deine Familie vernachlässigt?«, meinte Silava.

Danjin betrachtete die Frau, die ihm gegenübersaß. Das Licht der Laterne ließ die Fältchen auf ihrem Gesicht weicher erscheinen. Es waren größtenteils Fältchen, die von Gelächter rührten. *Größtenteils.* Es hatte auch weniger angenehme Zeiten gegeben. Geradeso viele, wie sie jene erlebten, die aus Liebe heirateten, wie er während der letzten Jahre begriffen hatte. Sie waren beide untreu gewesen und hatten beide gelernt, dass Aufrichtigkeit der härteste, aber auch der einzige Weg zur Vergebung war. Obwohl sie niemals leidenschaftlich ineinander verliebt gewesen waren, waren sie am Ende doch gute Freunde geworden.

»Welche Familie?«, fragte Danjin. »Meine oder unsere?«

Sie lächelte. »Das solltest du einen unvoreingenommenen Richter fragen, Danjin. Sorge nur dafür, dass unsere Familie sich stets den Wunsch bewahrt, dich häufiger zu sehen. Vor allem nachdem deine Enkelkinder auf der Welt sind.«

Enkelkinder. Der Gedanke, Großvater zu werden, war gleichzeitig schön und erschreckend. Es bedeutete, dass er alt wurde. Außerdem würde es seine Töchter glücklich machen. Sie waren in ihrer neuen Lebenssituation voll erblüht. Es erleichterte ihn, dass er gute Ehemänner für sie ausgewählt hatte, obwohl er in dieser Hinsicht im Wesentlichen Silavas Rat gefolgt war. Ein Jammer nur, dass man sich seine Eltern nicht aussuchen konnte.

»Wenn es die Familie meines Vaters ist, die du meinst, dann wirst du ebenfalls für mein Verhalten bestraft werden«, stellte er fest.

»Das ist wahr. Aber er pflegt mich bei solchen Gelegenheiten zu ignorieren. Du wirst seine Zielscheibe sein.«

Bei diesen Worten runzelte Danjin finster die Stirn. Silava beugte sich vor und klopfte ihm sanft aufs Knie.

»Ich habe dir eine Flasche Tintra auf den Tisch im Lesezimmer gestellt.«

Er lächelte erfreut. »Ich danke dir.«

Der Plattan wurde langsamer. Danjin spähte unter dem Baldachin hervor, und als sie vor dem Haus seines Vaters anhielten, spürte er das gewohnte flaue Gefühl im Magen. Dann fiel ihm der Ring an seinem Finger wieder ein. Das Wissen, dass die Auserwählten der Götter ihn nicht für einen Versager hielten, wie sein Vater es tat, gab ihm Kraft.

Er stieg aus dem Plattan und half anschließend seiner Frau aus dem Wagen. Es regnete heftig, und ihre Kapas waren schnell durchnässt. Als sie die Tür der Villa erreichten, stießen sie beide einen Seufzer der Erleichterung aus.

Ein hochgewachsener, dünner Mann mit herablassendem Gesichtsausdruck geleitete sie hinein. Danjin musterte Forin, den Ersten Diener, mit einem argwöhnischen Blick. Der Mann hatte die Neigung, Danjins Ankunft in einem entschuldigenden Tonfall anzukündigen, als sei sein Erscheinen eine Störung.

»Willkommen, Danjin Speer, Silava.« Forin neigte den Kopf.

»*Ratgeber* Danjin Speer«, korrigierte ihn Danjin. Er öffnete sein Kapas und hielt es dem Diener hin.

Forins Augen funkelten. Er öffnete den Mund, dann senkte er den Blick auf Danjins Kapas und zögerte. Danjin begriff, dass der Mann den weißen Ring an seinem Finger anstarrte.

»Natürlich. Verzeih mir.« Er nahm ihnen ihre Kapas ab und eilte davon.

Als sie den Gemeinschaftsraum betraten, sah Silava Danjin an. Sie lächelte nicht, aber er erkannte jenes vertraute Glitzern von Triumph in ihren Augen. Es war der Blick, der ihm normalerweise zuteilwurde, wenn *er* eine Auseinandersetzung verloren hatte.

Zwei von Danjins Brüdern standen neben Kohleöfen. Als er sie sah, schmolz Danjins Befriedigung über den kleinen Sieg dahin. Die Begrüßung seiner Geschwister fiel steif und unbeholfen aus. Ihre Ehefrauen hatten nur ein dünnes Lächeln für Silava übrig, dann wandten sie sich wieder ihrem Gespräch zu, ohne sie mit einzubeziehen. Der Regen fiel durch die Öffnung im Dach in ein Becken darunter. Mit Kissen und luxuriösen Decken ausgestattete Bänke zogen sich in perfekter Symmetrie an den Wänden des Raums entlang. Der Boden bestand aus poliertem Maserstein, und die Wände schmückten Fresken, die Schiffe und Handelswaren darstellten.

Ein Diener brachte gewärmten somreyanischen Ahm. Während Danjin den ersten Schluck nahm, dachte er über seine Familie nach. Theran wohnte zweifellos in der Villa und war bereits mit seinem Vater zusammen; Theran war der Liebling der Familie, und sein Besuch hier war der Anlass, warum sie alle eingeladen worden waren.

Alle Söhne von Pa-Speer waren mit unterschiedlichem Erfolg in die Handelsgeschäfte der Familie eingestiegen. Theran, der zweite Sohn, war ein geborener Kaufmann. Zwei der jüngeren Brüder waren vor zwanzig Jahren bei einem Schiffsunglück ums Leben gekommen. Ma-Speer, die sich nie ganz von Danjins Geburt erholt hatte, war kurze Zeit später krank geworden und gestorben. Vor einem Jahr war das Herz des ältesten Bruders stehen geblieben, so dass jetzt nur noch vier Söhne übrig waren: Theran, Nirem, Gohren und er selbst.

Von den sieben Söhnen war erwartet worden, dass sie das Speersche Handelsimperium weiter vergrößerten. Danjin hatte es versucht, es aber schon nach seiner ersten Seereise im Alter von sechzehn Jahren wieder aufgegeben. Zwei Tage nach seiner Ankunft in Genria hatte er sich mit einem entfernten Neffen des Königs befreundet und sich inmitten politischer Geschehnisse wiedergefunden, die ihm weit aufregender und bedeutungsvoller erschienen waren als die langen Reisen und die endlosen Rechnereien des Kaufmannsgewerbes. Solchermaßen abgelenkt, war er nicht zugegen gewesen, um das Getreide zu untersuchen, mit dem das Schiff beladen wurde, und als er nach Jarime zurückkehrte, war die Hälfte der Ladung von Ungeziefer verseucht gewesen.

Sein Vater hatte mit blankem Zorn reagiert.

»Danjin?«

Die leise Stimme seiner Frau ließ Danjin aufblicken. Zwei Männer kamen den Flur herunter, der zum Gemeinschaftsraum führte. Forin trat vor.

»Pa-Speer und Theran Speer«, verkündete er.

Das Gesicht des alten Mannes war von Runzeln bedeckt, und er bewegte sich mithilfe eines Gehstocks. Seine Augen waren scharf und kalt, während sein Blick von einem Gesicht zum anderen flackerte. Zu seiner Rechten ging Theran. Der ältere Bruder lächelte Nirem und Gohren zu, aber als er Danjin ansah, wurde seine Miene starr. Statt seinen jüngsten Bruder zu ignorieren, wie er es für gewöhnlich tat, zog Theran die Augenbrauen hoch.

»Danjin. Ich hatte nicht damit gerechnet, dass du kommen würdest. Vater sagt, dass du aufgrund deiner Verpflichtungen im Tempel an den meisten Familienzusammenkünften nicht teilnehmen würdest.«

»Heute Abend ist das anders«, erwiderte Danjin. *Und wie könnte ich mir die Gelegenheit entgehen lassen, geringschätzig ignoriert oder zur Zielscheibe deiner Scherze gemacht zu werden?*

Der alte Mann ging zu einer langen Bank und setzte sich. Die übrigen Familienmitglieder warteten, bis sie aufgefordert wurden, Platz zu nehmen. Pa-Speer machte eine knappe Handbewegung.

»Setzt euch. Setzt euch«, sagte er, als bringe ihre Förmlichkeit ihn in Verlegenheit. Aber Danjin wusste, dass jede Abweichung von dieser rituellen Zurschaustellung guten Benehmens seinen Vater stets in Wut brachte. Sie nahmen die Plätze ein, die die Familientradition schon vor langer Zeit festgelegt hatte: Theran zu Pa-Speers Rechter, Nirem und seine Frau zu seiner Linken, Gohren neben Theran und Danjin neben Nirems Frau, den Platz, der von dem seines Vaters am weitesten entfernt war.

Während die Dienerinnen eine Abfolge von Köstlichkeiten auftrugen, wandte sich das Gespräch dem Handel zu. Danjin zwang sich, zuzuhören, und bewahrte klugerweise Stillschweigen. Er hatte schon vor langer Zeit gelernt, eine Teilnahme an diesen Erörterungen zu vermeiden. Jede Bemerkung oder Frage von seiner Seite zu diesem Thema wurde genau beleuchtet, um festzustellen, ob er damit einmal mehr seine Unkenntnis in diesen Dingen unter Beweis gestellt hatte.

Doch wie still er sich auch verhalten mochte, sein Vater versäumte es niemals, die Rede auf Danjins Arbeit zu bringen. Nachdem Theran eine ausführliche Beschreibung eines erfolgreichen Geschäfts beendet hatte, wandte Pa-Speer sich seinem jüngsten Sohn zu.

»Ich habe bisher nicht bemerkt, dass unser Ratgeber bei den Weißen großen Nutzen aus seinem Dienst im Tempel gezogen hätte.« Pa-Speer deutete auf die Wände. »Wenn du für die Zirkler so wichtig bist, wie kommt es dann, dass ein bloßer Kaufmann besser lebt als du? Du musst um eine Erhöhung deines Lohns bitten, wenn du deine Arbeitgeberin das nächste Mal siehst. Wann wird das sein?«

»Auraya ist nach Si aufgebrochen, Vater«, antwortete Danjin. »Um eine Allianz auszuhandeln.«

Sein Vater zog die Augenbrauen hoch. »Du hast sie nicht begleitet?«

»Es ist für Landgeher nicht so einfach, die Berge von Si zu überqueren.«

»Landgeher?«

»So nennen die Siyee gewöhnliche Menschen.«

Sein Vater rümpfte die Nase. »Wie ungehobelt. Vielleicht ist es ein Glück, dass sie dich zurückgelassen hat. Wer weiß, welche unsauberen Gewohnheiten diese Leute haben?« Er schob sich einen Bissen von seinem Essen in den Mund, dann wischte er sich die Hände an einem Tuch ab, das eine junge Dienerin ihm hinhielt.

»Wenn die Siyee sich mit Hania verbünden, wird man mehr von ihnen hier sehen. Sie werden einen Botschafter einsetzen, und andere werden herkommen, um sich ausbilden zu lassen, der Priesterschaft beizutreten oder Handel zu treiben.«

Der Blick seines Vaters wurde schärfer. Er kaute, schluckte und nippte dann an seinem Wasserglas.

»Welche Handelsgüter haben sie denn anzubieten?«

Danjin lächelte. »Das ist eine der Fragen, die Auraya zu klären beabsichtigt.«

Pa-Speers Augen wurden schmal. »Das ist eine echte Chance, Sohn. Du magst zwar kein anständiges Einkommen haben, aber wenn du Chancen wie diese zu deinem Vorteil nutzt, wird dieser Umstand vielleicht nicht ins Gewicht fallen.«

Entrüstung stieg in Danjin auf. »Ich kann meine Stellung nicht benutzen, um mir Vorteile zu verschaffen, was den Handel betrifft.«

Sein Vater schnaubte. »Sei nicht so ein selbstgerechter Narr. Du wirst nicht für immer Ratgeber sein.«

»Nicht, wenn ich meine Privilegien missbrauche.« *Oder wenn ich in deine Fußstapfen trete,* fügte Danjin bei sich hinzu und dachte an die Feinde, die sein Vater sich im Laufe der Jahre geschaffen hatte. Mächtige Feinde, die ihn an gewissen Orten vom Handel ausschlossen.

*Warum erinnerst du ihn nicht daran?*

Als die Stimme in seinen Gedanken aufblitzte, zuckte Danjin zusammen.

*Auraya?*

*Ja, ich bin es. Tut mir leid, ich wollte nicht stören. Die Siyee schlafen, und ich ... nun ja ... ich langweile mich.*

Er wollte lächeln, besann sich jedoch hastig eines Besseren und bewahrte eine ernste Miene.

»... Ruhm und Ansehen werden vergehen«, sagte sein Vater gerade, »und dann wird man dich bald vergessen.«

Danjin öffnete den Mund zu einer Erwiderung.

*In einem Punkt hat dein Vater recht. Wir sollten dir mehr bezahlen.*

Er gab einen erstickten Laut von sich.

*Wie lange hörst du schon zu?*

Es folgte eine Pause.

*Ich habe vor einiger Zeit einmal hineingeschaut.*

*Hineingeschaut?*

*Um festzustellen, ob du beschäftigt bist.*

»Hörst du mir überhaupt zu?«, fragte Pa-Speer.

Danjin blickte auf und überlegte hastig, ob er erklären sollte, mit wem er soeben in Verbindung getreten war.

*Nur weiter,* drängte ihn Auraya.

*Ich will nicht respektlos sein,* erklärte ihr Danjin, *aber du kennst meine Familie nicht. Manche Töpfe lohnen nicht, dass man darin rührt.*

»Ich habe über deinen Rat nachgedacht, Vater«, antwortete Danjin.

Pa-Speer kniff die Augen zusammen, dann wandte er sich an Nirem. »Hast du Kapitän Raerig in letzter Zeit einmal gesehen?«

Nirem nickte und begann, von einer durchzechten Nacht in einer weit entfernten Stadt zu erzählen. Erleichtert, dass er endlich nicht mehr im Mittelpunkt der Aufmerksamkeit stand, ließ Danjin seine Gedanken schweifen, bis eine Bemerkung über den südlichen Kult ihn in die Gegenwart zurückholte.

»Er hat gesagt, diese Pentadrianer seien gute Kunden«, bemerkte Nirem. »Die Hälfte ihrer Priester sind Krieger. Er kauft dunwegische Waffen und verkauft sie auf dem südlichen Kontinent weiter. Er kann gar nicht genug davon beschaffen. Meinst du, wir sollten …?«

Zu Danjins Überraschung runzelte sein Vater die Stirn. »Vielleicht. Ich habe gehört, dass sie dort unten eine Armee aufstellen. Dein Urgroßvater sagte immer, der Krieg sei gut für den Handel, das Ganze hänge aber davon ab, wer gegen wen zu kämpfen plane.«

»Gegen wen planen sie denn zu kämpfen?«, fragte Danjin.

Sein Vater lächelte dünn. »Ich hätte doch gedacht, du würdest das wissen, Ratgeber der Weißen.«

»Vielleicht weiß ich es«, sagte Danjin leichthin. »Vielleicht auch nicht. Was glaubst *du*, gegen wen sie kämpfen werden?«

Sein Vater zuckte die Achseln und wandte den Blick ab. »Fürs Erste würde ich lieber für mich behalten, was ich weiß. Falls sich ein Vorteil aus diesen Ereignissen ziehen lässt, möchte ich nicht, dass ein unbedachtes Wort am falschen Ort unsere Chancen verdirbt.«

Ein Stich des Ärgers durchzuckte Danjin. Was ihn erbitterte, war nicht die verschleierte Kränkung, mit der sein Vater andeutete, er könnte Informationen durchsickern lassen, sondern der Umstand, dass sein Vater über Informationen verfügte, die Danjin benötigte. Informationen, die die Weißen benötigten.

Dann verflog sein Ärger. Wenn sein Vater nicht gewollt hätte, dass Danjin von der Armee der Pentadrianer erfuhr, weil er befürchtete, sein Sohn könnte ihm ein Geschäft verderben, hätte er das Thema erst gar nicht zur Sprache gebracht. Vielleicht wollte sein Vater ihm eine Warnung zukommen lassen, auch wenn er nicht bereit war, all sein Wissen an seinen jüngsten Sohn weiterzugeben.

*Hörst du zu, Auraya?*

Es kam keine Antwort. Danjin drehte den Ring an seinem Finger und überlegte, was er tun sollte. *Ich muss mehr über diese Dinge in Erfahrung bringen,* befand er. *Meine eigenen Nachforschungen anstellen.* Wenn er das nächste Mal durch den Ring mit Auraya sprach, würde er ihr Genaueres erzählen können.

# 19

Ein Gefühl, als schnüre ihm etwas den Atem ab, weckte Leiard. Er richtete sich nach Luft ringend auf und sah sich um. Es war dunkel im Raum, und er spürte, dass die Morgendämmerung nicht mehr lange auf sich warten lassen würde. An den Traum, der ihn geweckt hatte, konnte er sich nicht erinnern.

Er stand auf, wusch sich, zog sich an und schlüpfte aus seinem Zimmer. Er schuf einen winzigen Lichtfunken, durchquerte den Gemeinschaftsraum und stieg zum Dachgarten empor. Dort trat er in die kühle Nachtluft hinaus und nahm auf einer der Gartenbänke Platz, auf denen er Jayim seinen Unterricht erteilte.

Als er über seinen Traum nachdachte, stieß er nur auf ein Gefühl der Furcht. Er schloss die Augen und konzentrierte sich auf eine Übung, die eigens dazu ersonnen war, verlorene Träume wiederzugewinnen, aber nichts regte sich. Nur die Furcht blieb.

Die Träume, an die er sich erinnern konnte, drehten sich um Auraya. Einige waren angenehm, voller Glück und Leidenschaft. Er hatte keine derartig erregenden Träume mehr gehabt, seit … Es war so lange her, dass er sich nicht mehr darauf besinnen konnte. Unglücklicherweise waren einige der Träume jedoch voller unerfreulicher Konsequenzen, voller Anschuldigungen und Vergeltungsmaßnahmen und furchtbarer Strafen.

*Du hättest fortgehen sollen. Du hättest nicht vergessen dürfen, was sie ist,* sagte eine Stimme in seinem Innern.

*Ich habe es nicht vergessen.*

*Du hättest es dir noch viel deutlicher ins Gedächtnis rufen müssen.*

Diese andere Stimme in seinem Geist – die Gedanken, von denen Arleej glaubte, sie seien eine Manifestation von Mirars Netzerinnerungen – sprach jetzt immer häufiger zu Leiard. Wenn er mit sich rang, was Auraya betraf, war es nur folgerichtig, dass dieser illusionäre Mirar ihm davon abriet, sich mit den Weißen einzulassen. Schließlich hatte einer von ihnen Mirar getötet.

Er hatte sich flüchtig gefragt, ob Mirar ihn in jener Nacht in Aurayas Zimmer irgendwie beeinflusst haben könnte. Leiard war es jedoch müde, dieser zweiten Identität in seinem Wesen die Verantwortung für seine eigenen Taten zuzuschieben. Da war keine Stimme gewesen, die ihn ermuntert hatte, Auraya zu verführen. Mirar hatte bis zum nächsten Morgen geschwiegen und erst wieder zu sprechen begonnen, nachdem Leiard den Turm verlassen hatte.

Auraya hatte ihn zum Abschied geküsst und ihn dann gebeten, ihre Liebelei geheim zu halten. Eine vernünftige Bitte, wenn man bedachte, was er war. Was sie war. Hatte ihn jemand fortgehen sehen? Er hatte keine Diener bemerkt, sich jedoch trotzdem so benommen, als wäre sein Beisammensein mit Auraya nichts anderes gewesen als eine nächtliche Beratung.

Diener stellten sich gern vor, dass spät in der Nacht hinter geschlossenen Türen aufregendere Dinge vor sich gingen als politische Erörterungen, vor allem wenn eine solche Erörterung bis zum frühen Morgen dauerte. Und wenn die Diener tatsächlich argwöhnten, dass Auraya seine Geliebte geworden war, würden die anderen Weißen es aus ihren Gedanken gelesen haben. Wenn einer der Auserwählten der Götter dies bestätigen wollte, brauchte er lediglich Leiard rufen zu lassen und *seine* Gedanken zu lesen.

Aber es war kein solcher Ruf gekommen. Das, so hoffte er, bedeutete, dass sein Besuch bei Auraya unbemerkt geblieben war oder zumindest keinen Verdacht erregt hatte. Wenn er an die Konsequenzen für seine Leute dachte, sollte ein solcher Skandal bekannt werden, schauderte es ihn vor Angst. Doch wann immer er sich nicht mit solchen Dingen quälte, ertappte er sich dabei, dass er über Möglichkeiten nachsann, wie er sie nach ihrer Rückkehr heimlich würde besuchen können.

*Falls sie das überhaupt will. Vielleicht sieht sie in mir nicht mehr als ein nächtliches Vergnügen. Einen Geliebten, den sie beiseitestoßen wird, wenn ihr klar wird, wie unbequem es wäre, ihn weiter um sich zu haben. Wenn ich doch nur herausfinden könnte, was sie will.*

Eine Möglichkeit gab es, aber sie war gefährlich. Er konnte eine Traumvernetzung mit ihr durchführen.

*Sei kein Narr. Wenn sie dich meldet, wird man dich steinigen lassen.*

*Sie wird es niemandem erzählen.*

»Leiard?«

Er zuckte zusammen und blickte auf. Zu seiner Überraschung stand Jayim vor ihm. Über dem Garten lag jetzt das erste schwache Licht der Morgendämmerung. Er war so in seine Gedanken vertieft gewesen, dass er es nicht bemerkt hatte.

Der Junge nahm gähnend Leiard gegenüber Platz. Er hatte sich in eine Decke gehüllt. *Der Winter kommt,* ging es Leiard durch den Kopf. *Ich sollte ihn Mittel und Wege lehren, sich warm zu halten.*

»Werden wir noch einmal die Gedankenvernetzung üben?«, fragte Jayim.

Leiard betrachtete den Jungen. Seit dem Tag, an dem Jayim Leiards Zuneigung zu Auraya bemerkt hatte, hatten sie sich nicht mehr miteinander vernetzt. Der Vorfall hatte Leiard so sehr verstört, dass er weitere Lektionen in dieser Richtung aufgeschoben hatte.

Jetzt erfüllte ihn der Gedanke, sich mit seinem Schüler zu vernetzen, mit Furcht. Wenn er es tat, würde Jayim von Leiards Nacht mit Auraya erfahren. Außerdem würde er sehen, dass Leiard hoffte, die Affäre fortsetzen zu können. Wenn Jayim das wusste, würde es zwei Menschen in Jarime geben, in deren Gedanken die Weißen Leiards Geheimnis finden konnten.

»Nein«, erwiderte Leiard. »Es ist sehr kühl heute Morgen. Ich werde dir erklären, auf welche Weise der Körper unter der Kälte leidet, und dir Möglichkeiten zeigen, dem entgegenzuwirken.«

Der Hohepriester Ikaro blieb vor König Berros Audienzgemach stehen. Er holte tief Luft und betrat den Raum. Um den Thron versammelt standen Gefolgsleute, Ratgeber und Repräsentanten der größeren Handelshäuser. Der Thron selbst jedoch war leer. Der König stand vor einer riesigen Vase.

Sie war, wie Ikaro bemerkte, nach der neuesten Mode geschmückt. Der Künstler hatte die Vase mit einer schwarzen Tünche bemalt und dann Muster und Figuren aus dem Lack gekratzt, so dass der weiße Ton darunter sichtbar wurde. Der König blickte zu Ikaro hinüber, dann winkte er ihn heran.

»Gefällt sie dir, Hohepriester Ikaro? Sie stellt mich selbst dar, wie ich Cimro zu meinem Erben bestimme.«

»Die Vase ist sehr schön«, erwiderte Ikaro, nachdem er neben den König getreten war. »Diese Linien zeigen Anmut und Talent, und die Ausführung ist bis in alle Einzelheiten exquisit. Ihr erweist mir eine große Ehre, Euer Majestät.«

Der König runzelte die Stirn. »Indem ich dir diese Vase zeige? Ich habe die Absicht, sie hier aufzustellen. Du wirst sie sehen, wann immer du diesen Raum betrittst.«

»Aber ich werde keine Gelegenheit haben, lange zu verweilen, um sie zu bewundern, Euer Majestät. Meine Aufmerksamkeit wird stets wichtigeren Dingen gelten.«

Der König lächelte. »Das ist wahr.« Er wandte sich von der Vase ab und schlenderte zum Thron hinüber. »Ich wusste gar nicht, dass du so viel von Kunst verstehst.«

»Ich verstehe lediglich etwas von Schönheit.«

Berro kicherte. »Dann ist es eine große Ironie, dass du meine Stadt auf den Kopf gestellt hast, um nach einem hässlichen alten Weib zu suchen.« Der König ließ sich auf seinem Thron nieder. Seine Miene wurde ernst. »Wie lange willst du diese Suche noch fortsetzen lassen?«

Eine Falte erschien zwischen Ikaros Brauen. Er konnte nicht in den Gedanken des Königs lesen – diese Fähigkeit besaß er nur, wenn Huan zugegen war –, aber das war in diesem Fall auch nicht nötig. Der König versuchte gar nicht, seine Ungeduld zu verbergen. Diesmal würden die gewohnten Beteuerungen nicht ausreichen, um Berro zu beschwichtigen. Er war sich nicht sicher, was diesen Zweck erfüllen konnte, außer …

»Ich werde die Götter fragen.«

Die Augen des Königs weiteten sich. Die Männer und Frauen in der Audienzhalle tauschten zweifelnde Blicke.

»Jetzt?«

»Es sei denn, dies wäre ein ungünstiger Zeitpunkt«, fügte Ikaro hinzu. »Ich könnte den Palasttempel benutzen.«

»Nein, nein«, sagte Berro. »Sprich zu ihnen, wenn du glaubst, dass es das Richtige ist.«

Ikaro nickte, dann schloss er die Augen. »Stimmt mit mir ein Gebet an«, murmelte er und legte beide Hände zusammen, um einen Kreis zu bilden. Während er die vertrauten Worte des Lobpreises sprach, war er dankbar zu hören, dass viele Stimmen ihn leise begleiteten. Das machte ihm Mut.

Am Ende des Sprechgesangs hielt er inne, um tief Luft zu holen.

»Chaia, Huan, Lore, Yranna, Saru. Ich bitte darum, dass einer von euch zu mir sprechen möge, auf dass ich eure Weisung erfahre.«

Mit hämmerndem Herzen wartete er ab. Ein Schaudern überlief seine Haut, als die Luft sich mit Energie füllte.

*Hohepriester Ikaro.*

Ein Raunen breitete sich in der Halle aus. Ikaro öffnete die Augen und blickte sich um. Von der Besitzerin der Stimme war nichts zu sehen, aber an den Mienen aller Anwesenden im Raum konnte er ablesen, dass auch die anderen sie gehört hatten.

»Huan?«, fragte er.

*Ich bin es.*

Er neigte den Kopf. »Ich habe getan, was zu tun du mich geheißen hast, aber ich habe die Zauberin nicht gefunden. Soll ich die Suche fortsetzen? Gibt es eine andere Möglichkeit, wie ich sie aufspüren könnte?«

*Lass sie glauben, du hättest aufgegeben. Ruf die Leute, die nach ihr suchen, zurück. Hör auf, die Menschen am Hafen und am Haupttor zu überprüfen. Stattdessen solltest du diese Ausgänge von verkleideten Priestern beobachten lassen. Wenn sie glaubt, die Suche sei beendet worden, wird sie vielleicht die Gelegenheit ergreifen, die Stadt zu verlassen. Ich werde nach ihr Ausschau halten.*

Ikaro nickte. »Wenn man sie auf diese Weise finden kann, werde ich es tun«, erwiderte er mit großer Entschlossenheit.

Die Anwesenheit der Göttin verblasste. Ikaro blickte zum König auf, auf dessen Zügen ein nachdenklicher Ausdruck lag.

»Sprechen die Götter erst seit Kurzem auf diese Weise zu dir?«

»Ja«, gestand Ikaro.

Der König runzelte die Stirn. »Die Göttin weiß zweifellos, wie dankbar ich dafür bin, dass die Einschränkungen, die meiner Stadt auferlegt worden sind, gelockert werden, aber um ganz sicherzugehen, werde ich meinen Dank in meine Gebete einschließen. So wenig ich mir wünsche, dass eine gefährliche Zauberin frei in meiner Stadt umherwandert, mache ich mir doch Sorgen, dass mein Volk leiden wird, wenn dem Handel Beschränkungen auferlegt werden. Wirst du Hilfe brauchen, um die Anweisungen der Göttin in die Tat umzusetzen?«

Ikaro schüttelte den Kopf, dann zögerte er kurz. »Obwohl Ihr vielleicht die Wachen davon in Kenntnis setzen solltet, dass sie Bettler, die sich an den Toren herumtreiben, in Ruhe lassen sollen.«

»Bettler, wie?« Berro lächelte schief. »Eine originelle Verkleidung, in der Tat.«

Ikaro kicherte. »Und wenn es nicht zu viel verlangt ist, könnten auch einige Uniformen, wie die Wachen sie tragen, recht nützlich sein.«

Berro nickte. »Ich werde dafür sorgen, dass du sie erhältst.«

Während des ganzen vergangenen Tages und des größten Teils des Morgens waren Auraya und Zeeriz über beeindruckend zerklüftete Berge geflogen. Sie hatte den größten Teil ihrer Kindheit im Schatten der Bergkette verbracht, die Dunwegen von Hania trennte, aber jene Berge waren im Vergleich zu diesen hohen, gezackten Gipfeln nicht mehr als Hügel.

Sie waren von Jarime aus direkt nach Südosten geflogen und dann weiter nach Süden zwischen zwei Bergen hindurch. In der vergangenen Nacht hatten sie ihr Lager in einer Höhle aufgeschlagen, die mit einer Feuerstelle, einfachen Betten und getrocknetem Essen ausgestattet war. Am Morgen hatte der

Geruch von gebratenen Eiern Auraya geweckt, und sie hatte zu ihrer Überraschung festgestellt, dass Zeeriz zu früher Stunde weggeflogen war, um einige Nester zu plündern. Offensichtlich zauderten die Siyee nicht, andere geflügelte Geschöpfe zu essen.

Sie waren den ganzen Vormittag hindurch nach Süden geflogen. Jetzt, da die Sonne sich ihrem Zenit entgegenhob, richtete sich Aurayas Aufmerksamkeit auf eine lange, freie Felsfläche am Hang eines Berges.

»Das ist das Offene Dorf«, erklärte Zeeriz. »Unser Hauptwohnort und die Stelle, an der wir zusammenkommen.«

Sie nickte zum Zeichen, dass sie verstand.

*Juran?*

*Auraya.*

*Ich nähere mich meinem Ziel.*

*Ich werde den anderen Bescheid geben. Sie brennen darauf, es zu sehen.*

Auraya spürte ein wenig von seiner Erregung und lächelte. Selbst Juran, der normalerweise so ernsthaft war, konnte es kaum erwarten, die Heimat der Siyee zu sehen.

Nicht lange danach glitt ein Schatten über sie hinweg. Als sie aufblickte, bemerkte sie drei Siyee, die über ihr flogen. Fasziniert starrten die Geflügelten sie an. Sie rückte näher an Zeeriz heran.

»Soll ich innehalten und sie begrüßen?«

»Nein«, erwiderte er. »Wenn du jeden Siyee begrüßen würdest, der dich angafft, würden wir das Offene Dorf erst bei Einbruch der Nacht erreichen.« Er betrachtete die Neuankömmlinge und grinste. »Du wirst ziemlich viele Neugierige anziehen.«

Während sie weiterflogen, blickte Auraya gelegentlich auf, um den Siyee über ihr zuzulächeln. Schon bald gesellten sich weitere Siyee zu den ersten, und es kamen immer mehr hinzu, bis sie das Gefühl hatte, von einer gewaltigen, flügelschlagenden Wolke verfolgt zu werden. Als sie sich dem Offenen Dorf näherten, konnte sie einige Siyee auf dem felsigen Boden erkennen – und auch die Siyee bemerkten sie. Einige sprangen in die Höhe und stiegen auf, um den Dingen auf den Grund zu gehen. Andere blieben einfach auf dem steilen Hang stehen und beobachteten sie.

Auraya war sich ihrer fortgesetzten Verbindung zu Juran vollauf bewusst. Inzwischen hatten sich auch die anderen Weißen dieser Verbindung angeschlossen, und Auraya ließ sie sehen, was sie selbst sah. Die steile Felsfläche, die das Offene Dorf genannt wurde, war wie eine riesige Narbe in der Flanke des Berges. Das Dorf, das von Wäldern umgeben war, erstreckte sich über eine beträchtliche Länge. Die Bäume waren riesig und würden, vom Boden aus betrachtet, gewiss noch beeindruckender sein.

Der Felshang war unebenmäßig und wurde von drei Terrassen geteilt. Auf der mittleren standen in Reih und Glied einige erwachsene Siyee. Dies waren, wie Auraya vermutete, die Stammesführer: die Sprecher.

Unter ihr wurde ein Dröhnen laut, das ihre Aufmerksamkeit auf mehrere, zu beiden Seiten des Dorfes stehende Trommeln lenkte. Plötzlich schossen Siyee vor ihr durch die Luft. Als sie sah, dass sie alle noch jung waren und überdies gleich gekleidet, wurde ihr klar, dass es sich um eine akrobatische Vorführung handelte, mit der die Geflügelten sie beeindrucken wollten.

Ihre Bewegungen genau aufeinander abgestimmt, vollführten sie kunstvolle Drehungen in der Luft. Die Muster, die sie bildeten, waren kompliziert, und doch gelang es ihnen, parallel zu Auraya auf den Boden zuzuhalten, während sie und Zeeriz sich zu den wartenden Sprechern hinuntergleiten ließen.

Die Trommeln verstummten, und die Flieger entfernten sich in verschiedene Richtungen. Zeeriz landete leichtfüßig vor den Sprechern, und Auraya ließ sich neben ihm zu Boden sinken. Eine Frau trat vor; in einer Hand hielt sie einen hölzernen Becher und in der anderen etwas, das aussah wie ein kleiner Kuchen.

»Ich bin Sprecherin Sirri«, sagte die Siyee.

»Ich bin Auraya von den Weißen.«

Die Siyee bot Auraya den Becher und den Kuchen dar. Der Becher war gefüllt mit klarem, sauberem Wasser. Zeeriz hatte ihr von diesem Willkommensritual erzählt. Auraya aß den Kuchen, der süß und fest war, dann trank sie das Wasser, bevor sie der Sprecherin den Becher zurückgab. Worte des Dankes waren nicht vonnöten, wie Zeeriz ihr erklärt hatte. Die Siyee aller Stämme begrüßten Besucher mit Essen und Wasser, da kein Siyee viel Proviant transportieren konnte. Selbst Feinde mussten einander Erfrischungen anbieten, aber das gebotene Schweigen im Anschluss an diese Geste verhinderte, dass jemandem die Dankesworte im Hals stecken blieben.

Sirri trat zurück und breitete die Arme aus, so dass die Membranen ihrer Flügel sichtbar wurden. Dies, das las Auraya in den Gedanken der Frau, war ein Willkommen, das nur jene empfingen, denen die Siyee vertrauten. Die Siyee vertrauten den Göttern und übertrugen dieses Vertrauen auf die Auserwählten der Götter.

»Willkommen in Si, Auraya von den Weißen.«

Auraya lächelte und ahmte die Geste nach. »Ich freue mich, dass du und dein Volk mich so herzlich begrüßt habt.«

Sirris Miene wurde weicher. »Es ist uns eine Ehre, eine der Auserwählten der Götter empfangen zu dürfen.«

Auraya machte das Zeichen des Kreises. »Und mir ist es eine Ehre, von der wunderbarsten und schönsten Schöpfung der Götter willkommen geheißen zu werden.«

Sirris Augen weiteten sich, und eine leichte Röte trat in ihre Wangen. Auraya bemerkte, dass die anderen Sprecher Blicke tauschten. Hatte sie etwas Falsches gesagt? Sie konnte keine Kränkung bei den Siyee wahrnehmen, nur eine Mischung verschiedener Gedanken, und langsam begriff sie, dass ihre Gastgeber sich fragten, welchen Platz sie in der Welt bekleideten. Hatte ihre Existenz einen bestimmten Sinn? Oder war ihre Erschaffung nur einer vorübergehenden Laune entsprungen, ein Unterfangen, mit dem die Göttin Huan sich für eine Weile vergnügt hatte? Ihre Worte legten den Verdacht nahe, dass die Siyee lediglich zu dem Zweck erschaffen worden waren, Schönheit und Staunen zum Ausdruck zu bringen.

Was das betraf, würde sie große Vorsicht walten lassen müssen. Diese Leute konnten Bedeutungen in ihre Worte hineininterpretieren, die sie nicht beabsichtigte. Sie musste ihnen unbedingt klarmachen, dass sie, was die Ziele der Götter betraf, ebenso unwissend war wie die Siyee. Schließlich hatten die Götter seit der Auserwählungszeremonie nicht mehr zu ihr gesprochen.

»Wir haben eine Versammlung einberufen, um über die vorgeschlagene Allianz zu sprechen«, erklärte Sprecherin Sirri. »Es sind Boten zu allen Stämmen geschickt worden, um sie aufzufordern, ihre Sprecher oder Repräsentanten zu uns zu senden. Es wird zwei oder drei Tage dauern, bis sie alle angekommen sind. In der Zwischenzeit haben wir ein kleines Willkommensfest vorbereitet, das heute Abend bei Sonnenuntergang in der Sprecherlaube stattfinden soll.«

Auraya nickte. »Ich freue mich schon darauf.«

»Es bleiben noch viele Stunden, bevor die Sonne untergeht. Möchtest du dich ein wenig ausruhen oder dir das Offene Dorf ansehen?«

»Ich würde mich sehr freuen, wenn ihr mir mehr von eurer Heimat zeigen würdet.«

Sirri lächelte und deutete mit einer anmutigen Geste auf die Bäume neben ihr. »Es wäre mir eine Ehre, dich herumzuführen.«

# 20

Als das Wasser in der Schale ruhiger wurde, betrachtete Emerahl ihr Spiegelbild und neigte den Kopf, so dass sie ihren Schädel sehen konnte. Die natürliche Haarfarbe ihrer Jugend begann langsam wieder zutage zu treten, wenn auch nur bei genauem Hinsehen. Es war ein weniger lebhafter Rotton als die Farbe, die sie vor einigen Tagen angewandt hatte, aber wenn ihr Haar länger wurde, würde sie die Veränderung mit Hilfe einer schwächeren Farblösung kaschieren können.

Sie richtete sich auf und unterzog sich einer eingehenden Musterung. Eine junge Frau mit betörenden grünen Augen, einer hellen, leicht sommersprossigen Haut und Haaren von der Farbe eines Sonnenuntergangs blickte ihr entgegen. Ihre lange Tunika war von einem verblichenen Grün, das früher einmal zu ihren Augen gepasst haben mochte, aber der Ausschnitt war aufreizend – und würde es erst recht sein, sobald sie ein wenig zugenommen hatte.

Das schwache Lächeln, das das Mädchen im Spiegel zeigte, verschwand und wurde durch ein Stirnrunzeln ersetzt.

*Ja, ich muss eindeutig etwas tun, um meine Kurven wiederzugewinnen,* dachte sie. *Ich bin ein mageres kleines Ding.*

Unglücklicherweise hatte sie den geringen Lohn von ihren ersten Kunden fast zur Gänze ausgegeben, um für einige Nächte ein Zimmer zu mieten. Der Preis für ein Quartier war in den letzten hundert Jahren ein wenig gestiegen. Geradeso wie auch andere Dinge teurer geworden waren. Zu spät hatte sie erkannt, warum die Fischer nicht allzu inbrünstig gefeilscht hatten. Sie hatte vermutet, dass das Verlangen der

Männer sie milde gestimmt hatte, obwohl sie sich in Wahrheit zu einem äußerst niedrigen Preis verkauft hatte.

Das Wichtigste war jedoch zuerst ihre Kleidung gewesen. Ein Teil des Lohns, den sie von den Fischern verlangt hatte, war ein schmutziges altes Kapas gewesen, das sie in der Hütte gesehen hatte. Der Umhang hatte sie bedeckt, bis sie sich eine Tunika kaufen konnte und ein Zimmer gefunden hatte. In dieser Nacht hatte sie sich gründlich gewaschen und sich dann auf den Weg gemacht, um ihre Börse wieder aufzufüllen.

An jenem Abend hatten die Freier keinen allzu großen Gefallen an ihr gefunden, und sie hatte kaum genug Geld verdient, um Essen zu kaufen und die Miete für eine weitere Nacht bezahlen zu können. Am dritten Abend hatte der Mann, den sie in ihr Zimmer mitgenommen hatte, ihr weißes Haar angestarrt und sie mit äußerster Grobheit behandelt. Als er fortgegangen war, hatte er förmlich nach rachsüchtiger Befriedigung gestunken. Sie fragte sich, ob die Frau, die er hatte verletzen wollen, wohl wusste, wie sehr er sie hasste.

Sie hatte eine Mahlzeit ausfallen lassen, um sich das Färbemittel für ihr Haar zu kaufen. Am nächsten Abend hatte sie keine Mühe mehr gehabt, Kunden zu finden. Es gab nicht allzu viele rothaarige Frauen, die in den Straßen von Porin arbeiteten. Sie war etwas Neues.

Emerahl fuhr sich noch einmal mit dem Kamm durchs Haar und wandte sich der Tür zu. Im Stillen verfluchte sie den Priester, der sie aus ihrem Heim vertrieben hatte, dann drückte sie den Rücken durch und verließ den Raum.

Sie brauchte nicht weit zu gehen. Ihr Quartier befand sich in einer Gasse, die von der Hauptstraße am unteren Ende der Stadt abzweigte. Hier ließ sich alles kaufen oder arrangieren: Huren, Waren vom Schwarzmarkt, Gift, eine neue Identität, die Besitztümer eines anderen, das Leben eines anderen. Die

Konkurrenz war groß unter den Huren, und Emerahls Anwesenheit war schnell bemerkt und bemängelt worden. Als Emerahl ihren Platz an der Ecke der Gasse einnahm, hielt sie Ausschau nach inzwischen vertrauten feindseligen Gesichtern. Die dunkelhäutigen Zwillinge, die hinter der anderen Ecke der Gasse standen, hatten versucht, sie einzuschüchtern, um sie zu vertreiben, aber eine kleine Zurschaustellung ihrer Gaben hatte ihrem Treiben schnell ein Ende gemacht. Das junge Mädchen mit der spitzen Nase, das auf der anderen Seite der Straße stand, hatte versucht, sich mit ihr anzufreunden, aber Emerahl hatte sie abgewiesen. Sie würde nicht lange genug hier sein, um Freunde zu brauchen, und sie hatte nicht die Absicht, ihre Freier oder ihr Einkommen mit einer anderen Frau zu teilen.

Ein kühler Nieselregen setzte ein. Emerahl zog Magie in sich hinein und formte sie zu einer Barriere über ihrem Kopf. Sie bemerkte, dass die dunkelhäutigen Zwillinge unter einer Fenstermarkise Schutz suchten. Eine der Frauen wölbte die Hände, und ein rotes Licht sickerte zwischen ihren Fingern hervor. Die andere schlang die Hände um die ihrer Schwester.

Auf der Straße gegenüber wurde das spitznasige Mädchen schnell nass, und die Feuchtigkeit verwandelte sie von einer jungen Frau in ein zerzaustes Kind. Zu Emerahls Erheiterung lockten die durchnässten Kleider des Mädchens einen Freier an. Als die beiden kurz darauf verschwanden, nickte Emerahl zufrieden. Obwohl sie die Freundschaft des Mädchens nicht wollte, fühlte sie sich diesen Straßenhuren doch so weit verbunden, dass es sie bekümmerte, es mit ansehen zu müssen, wenn sie Krankheiten förmlich herausforderten.

Es regnete inzwischen heftiger. Die wenigen Fußgänger, die noch unterwegs waren, hatten kaum einen Blick für die Straßenmädchen übrig. Emerahl beobachtete, wie zwei junge

Männer breitbeinig auf der gegenüberliegenden Seite der Straße entlanggingen. Einer der beiden blickte zu ihr hinüber, dann stieß er seinem Gefährten in die Rippen. Jetzt schaute auch der andere in ihre Richtung, aber bevor er sie entdecken konnte, versperrte ihnen etwas die Sicht.

Emerahl musterte den geschlossenen Wagen, der vor ihr stehen geblieben war, mit einem Stirnrunzeln. Dann sah sie, dass der Mann sie durch eine Öffnung in den Vorhängen beobachtete. Nicht mehr ganz jung, stellte sie fest, aber gut gekleidet. Sie lächelte. »Sei mir gegrüßt«, sagte sie. »Suchst du nach etwas?«

Er kniff die Augen zusammen, und ein schiefes Lächeln spielte um seine Lippen. »Das tue ich in der Tat.«

Sie schlenderte zu dem Wagen hinüber. »Etwas, bei dem ich dir helfen kann?«, murmelte sie.

»Vielleicht«, erwiderte er. »Ich suche nach ein wenig Gesellschaft. Nach einem anregenden Gespräch.«

»Ich kann dir sowohl das eine als auch das andere bieten«, entgegnete sie.

Er lachte, dann wanderte sein Blick zu dem magischen Schild über ihr. »Eine nützliche Gabe.«

»Ich besitze viele nützlichen Gaben«, sagte sie verschlagen. »Einige sind nützlich für mich, andere könnten nützlich für dich sein.«

Seine Augen wurden schmal, obwohl sie nicht sicher war, ob sie dies als Warnung oder als Einladung auffassen sollte. »Wie heißt du?«

»Emmea.«

Die Öffnung in den Vorhängen des Plattans wurde breiter. »Steig ein, Emmea.«

»Das wird dich etwas kosten. Ich verlange mindestens …«

»Steig ein, und wir werden den Preis im Trockenen aushandeln.«

Sie zögerte kurz, dann zuckte sie die Achseln und kletterte in den Wagen. Wenn er ihr eine zu geringe Summe anbot oder Ärger zu machen drohte, konnte sie mühelos ihre Gaben benutzen, um sich zu befreien. Das Schlimmste, was ihr passieren konnte, war ein Spaziergang im Regen, und während sie sich neben ihm in die weichen Kissen auf der Sitzbank sinken ließ und die goldenen Ringe an den Fingern ihres Kunden betrachtete, wurde ihr klar, dass sich das Risiko lohnte.

Der Mann rief dem Fahrer etwas zu, und der Plattan setzte sich ruckartig in Bewegung. Emerahl musterte ihren Kunden, der ihren Blick gleichmütig erwiderte.

»Dreißig Ren«, sagte er. Ihr Herz setzte einen Schlag aus. Sehr großzügig. Vielleicht konnte sie den Preis noch weiter in die Höhe treiben. Sie heuchelte Geringschätzigkeit.

»Fünfzig.«

Er schürzte die Lippen. Sie begann, die Bänder ihrer Tunika zu lösen. Er verfolgte jede Bewegung ihrer Finger.

»Fünfunddreißig«, erhöhte er sein Angebot.

Sie schnaubte leise. »Fünfundvierzig.«

Lächelnd beobachtete er, wie sie das Tuch ihrer Tunika auseinanderzog und ihren Körper enthüllte. Sie lehnte sich in den Kissen zurück und sah, wie das Verlangen in seinen Augen sich vertiefte, während sie ihre Hände über ihren Leib gleiten ließ, von den kleinen Brüsten bis hinunter zu dem feinen Dreieck roter Haare an ihren Lenden.

Er atmete heftiger und schaute ihr in die Augen. »Heybrin wird dich nicht vor Krankheiten schützen.«

Der Geruch des Krauts war ihm also nicht entgangen. Sie lächelte dünn. »Ich weiß, aber die Männer glauben mir nicht, wenn ich ihnen erzähle, dass meine Gaben mich schützen können.«

Seine Mundwinkel zuckten. »Ich glaube dir. Wie klingen vierzig Ren?«

»Also gut, vierzig«, stimmte sie zu, bevor sie über die Sitzbank rutschte und nach dem Verschluss seiner elegant geschneiderten Hose griff.

Er beugte sich vor und strich ihr mit der Zungenspitze über den Hals bis zu den Brustwarzen hinunter, dann spürte sie die liebkosende Berührung seiner Finger in ihrem Schamhaar. Lächelnd tat sie so, als errege sie seine Zärtlichkeit; sie hoffte nur, dass er nicht glaubte, sie werde auf ihren Lohn verzichten, wenn auch er ihr ein wenig Vergnügen bereitete.

Sie wandte ihre Aufmerksamkeit seinem Körper zu, und schon bald interessierte er sich mehr für seine eigene Lust. Sobald er in ihr war, folgte sie den Instinkten ihres Körpers, um sich seinen Bewegungen anzuschließen, und konzentrierte ihren Geist gleichzeitig auf seinen. Gefühle, größtenteils Verlangen, wehten ihr entgegen wie Rauch. Sie wurde langsam besser darin, solche Regungen aufzufangen.

Seine Bewegungen wurden drängender, dann gab er sich seufzend seinem Höhepunkt hin. Wie die meisten Männer zog er sich nach nur einer winzigen Pause wieder zurück. Emerahl ließ sich in die Kissen sinken. *Das ist eindeutig besser als eine harte Steinmauer in meinem Rücken.*

Als sie zu ihm aufblickte, stellte sie fest, dass er sie neugierig betrachtete.

»Warum arbeitet eine schöne junge Frau wie du auf der Straße, Emmea?«

Mit Mühe gelang es ihr, ihre Züge zu beherrschen. »Geld.«

»Ja, natürlich. Aber was ist mit deinen Eltern?«

»Sie haben mich rausgeworfen.«

Er zog die Augenbrauen hoch. »Was hast du getan?«

»Du meinst, mit wem – ›mit wem habe ich es getan?‹«, antwortete sie leichthin. »Oder mit wem habe ich es nicht getan? Ich schätze, ich war von Anfang an für diese Arbeit bestimmt.«

»Gefällt es dir?«

Sie musterte ihn kühl. »Meistens«, log sie.

Er lächelte. »Wie kommt es, dass du über Heybrin Bescheid weißt?«

Sie zögerte kurz, um sich auf die Bewegungen des Plattans zu konzentrieren. Der Wagen fuhr noch immer ziemlich langsam. Sie konnten nicht weit gekommen sein, aber je länger der Mann redete, desto weiter würden sie sich von der Hauptstraße entfernen. Versuchte er, sie einzuschüchtern, damit sie auf ihren Lohn verzichtete, nur um ihm zu entkommen? Nun, das würde bei ihr nicht funktionieren.

»Ich … meine Großmutter wusste eine Menge über Kräuter und Magie. Sie hat mich diese Dinge gelehrt. Mutter sagte, sie hätte mir nicht beibringen dürfen, wie man Babys verhindert, bis ich verheiratet war, aber …« Emerahl lächelte schief. »Meine Oma kannte mich besser.«

»Meine Großmutter pflegte zu sagen, dass Menschen immer Laster haben werden und man geradeso gut davon profitieren könne.« Er runzelte die Stirn. »Mein Vater ist das genaue Gegenteil. Sehr moralisch. Ihn würde es abstoßen, mich jetzt zu sehen. Er hat unser Geld von ihren ›unmoralischen Geschäften‹ genommen und alles in die östlichen Berge gesteckt. Wir haben ein Vermögen mit seltenen Hölzern und Bergwerken verdient.«

Plötzlich verstand sie, was vorging. Er war die Art Freier, die gern redete. Nun, er hatte tatsächlich etwas von anregenden Gesprächen gesagt. Es konnte nicht schaden, wenn sie ihm den Gefallen tat. Auf diese Weise würde sie vielleicht etwas erfahren – und wenn sie sich als gute Zuhörerin erwies, bestand immerhin die Möglichkeit, dass er ihre Dienste regelmäßig in Anspruch nehmen würde.

»Das klingt so, als hätte er die richtige Entscheidung getroffen«, bemerkte sie.

Der Mann verzog das Gesicht. »Vielleicht. Vielleicht auch nicht. Durch die Durchsuchungen an den Toren wird der Verkehr aufgehalten, und wir haben dadurch Kundschaft verloren. Ich weiß nicht, warum sie sich diese Mühe machen. Wenn ein Priester mit der Gabe, Gedanken zu lesen, diese Zauberin nicht finden kann, wer sollte dann dazu in der Lage sein? Jetzt gehen Gerüchte um, dass die Weißen sich mit den Siyee verbünden werden, die Anspruch auf das Land erheben, das sich in unserem Besitz befindet.«

»Die Weißen?«

»Ja. Die Siyee haben Botschafter zum Weißen Turm geschickt. Anscheinend ist eine der Weißen zu einem Besuch in Si aufgebrochen. Die Jüngste von ihnen. Ich schätze, es besteht wenig Hoffnung, dass sie die Angelegenheit aus Unerfahrenheit verpfuschen wird.«

Emerahl schüttelte den Kopf. »Wer sind die Weißen?«

Er starrte sie an. »Das weißt du nicht? Wie ist es möglich, dass du das nicht weißt?«

Etwas in seinem Tonfall sagte ihr, dass sie Unkenntnis in einer Angelegenheit bewiesen hatte, über die alle anderen Menschen genau Bescheid wussten. Sie zuckte die Achseln. »Meine Heimat ist sehr weit von hier entfernt. Wir hatten nicht einmal einen Priester.«

Er zog die Augenbrauen hoch. »Aha. Kein Wunder, dass du weggelaufen bist.«

Weggelaufen? Das hatte sie nicht gesagt, aber vielleicht hatte er gespürt, dass sie log, und den Grund dafür erraten. Es war eine durchaus glaubwürdige Geschichte, wenn ein Straßenmädchen behauptete, weggelaufen zu sein.

»Die Weißen sind die höchsten Priester und Priesterinnen der Zirkler«, erklärte er. »Die Auserwählten der Götter. Juran ist der Erste, dann kommen Dyara, Mairae, Rian und jetzt Auraya.«

»Ah, die Auserwählten der Götter.« Emerahl hoffte, dass es ihr gelungen war, ihr Erschrecken zu verbergen. *Wie war es möglich, dass Juran noch lebte?* Die Antwort lag auf der Hand. *Weil die Götter es so wollen.* Sie nickte unmerklich. Höchstwahrscheinlich waren auch diese anderen Weißen recht langlebig. Und was war dieser Weiße Turm? Plötzlich fiel ihr der Traum von dem Turm ein, der ihr noch immer gelegentlich zu schaffen machte. War dies der Turm, von dem der Mann gesprochen hatte?

»Du siehst aus, als … Ergibt das einen Sinn für dich?«

Sie betrachtete den Mann an ihrer Seite und nickte. »Ja, deine Worte haben meinem Gedächtnis auf die Sprünge geholfen. Meine Oma hat mir etwas Derartiges beigebracht, aber ich hatte das meiste davon wieder vergessen.« Sie sah ihn an. »Kannst du mir mehr darüber erzählen?«

Er lächelte, dann schüttelte er traurig den Kopf. »Ich muss nach Hause zurückkehren. Aber zuerst werde ich dich wieder zu deinem Quartier bringen.« Er rief dem Fahrer seine Anweisungen zu, und der Plattan fuhr schneller. Nach einigen Minuten blieb der Wagen stehen.

Der Mann griff in seine Tunika, zog eine Börse hervor und zählte leise einige kleine Kupfermünzen ab.

»Fünfzig Ren«, sagte er und gab ihr das Geld.

Sie zögerte. »Aber …«

»Ich weiß. Wir hatten uns auf vierzig geeinigt. Aber du bist mehr wert, Emmea.«

Sie lächelte, dann beugte sie sich impulsiv vor und küsste ihn auf die Lippen. Ein Leuchten flammte in seinen Augen auf, und sie spürte seine Hand auf ihrer Taille, bevor sie aus dem Plattan stieg.

*Er wird zurückkommen,* dachte sie mit großer Zuversicht. *Ich wusste, dass ich nicht lange hier sein würde.*

Sie bemerkte, dass die Zwillinge verschwunden waren,

und drehte sich noch einmal um, um dem Plattan nachzuwinken. Dann, nachdem sie die fünfzig Ren in ihrer Börse verstaut hatte, eilte sie die Gasse hinunter zu ihrem Quartier.

Tryss wachte während der Nacht mehrmals auf, doch jedes Mal sah er nur Dunkelheit. Zu guter Letzt blinzelte er sich den Schlaf aus den Augen, gerade als das erste bleiche Licht der Morgendämmerung durch die Wände der Laube seiner Eltern drang.

Er stand auf, zog sich leise an und schnallte sich seine Werkzeuge um die Taille. Im Hinausgehen griff er rasch nach einem Stück Brot, und als er das Offene Dorf erreicht hatte, war nur noch die verbrannte Kruste übrig, die er wegwarf. Er reckte sich und wärmte sich sorgfältig auf. Wenn er heute sein neues Geschirr erproben wollte, durften keine Muskelkrämpfe seine Bewegungen behindern. Während er die verschiedenen Übungen durchlief, blickte er zum Nordrand des Dorfes hinüber, aber die Laube der Weißen Priesterin lag in den Schatten der Bäume verborgen.

Die Anwesenheit der Landgeherin hatte unter den Siyee Erregung und Argwohn wachgerufen. Alle sprachen über die Frau und die Allianz, die sie ihnen anbot. Tryss war des Themas herzlich müde, vor allem da die Leute, die die größte Faszination für diese Auserwählte der Götter zeigten, jene waren, die am lautesten gespottet hatten, als sie von seinem Geschirr erfuhren. Die Leute, die nicht glaubten, dass die Siyee den Weißen als Gegenleistung für ihren Schutz irgendetwas anzubieten hatten.

*Das liegt daran, dass sie die Dümmsten von uns sind,* hatte Drilli bemerkt, als er ihr diese Beobachtung mitgeteilt hatte.

Er lächelte bei der Erinnerung an ihr Gespräch, dann sprang er in die Höhe. Kalter Wind strich ihm übers Gesicht und über die Membran seiner Flügel. Der Winter kam immer näher. Schon bestäubte der erste Schnee die höchsten Gipfel. Viele der Bäume im Wald hatten ihre Blätter verloren, so dass die Tiere, auf die er Jagd zu machen gedachte, umso deutlicher zu sehen waren.

*Meine Familie wird in diesem Jahr nicht hungern,* sagte er sich.

Er brauchte eine Stunde, um die Höhle zu erreichen, in der er sein neues Geschirr jetzt verwahrte. Er war einen Umweg geflogen, von dem er hoffte, dass er jeden etwaigen Verfolger verwirren würde. Seine Vettern waren immer noch voller Häme über ihre gehässige Tat, aber keiner von beiden hatte ihn seither gequält. Sein Vater hatte etwas darüber gesagt, dass die beiden mit einer Aufgabe beschäftigt seien, die Sprecherin Sirri ihnen zugewiesen habe.

Nachdem er vor der Höhle gelandet war, eilte Tryss hinein. Wann immer er die Höhle aufsuchte und feststellte, dass seine Erfindung unversehrt war, überkam ihn eine Welle der Erleichterung.

Doch diesmal war es anders. Neben dem Geschirr stand jemand. Tryss erstarrte vor Schreck, dann verspürte er eine Mischung aus Erleichterung und Furcht, als er Sprecherin Sirri erkannte.

Die Anführerin seines Stammes lächelte ihn an. »Ist es fertig?«

Tryss blickte zu dem Geschirr hinüber. »Fast.«

Das Lächeln verblasste. »Dann hast du es also noch nicht ausprobiert.«

»Nein.«

Sie sah ihn nachdenklich an, dann winkte sie ihn zu sich. »Wir sollten uns setzen, Tryss. Ich möchte mit dir sprechen.«

Als Sirri sich auf den Boden hockte, trat Tryss auf die andere Seite des Geschirrs und setzte sich ebenfalls. Er beobachtete sie genau. Einen Moment lang stand ein geistesabwesender Ausdruck in ihren Augen, dann wandte sie sich zu ihm um.

»Glaubst du, dass du deine Erfindung bis morgen Abend fertig haben kannst?«

Morgen Abend sollte die große Versammlung stattfinden. Die Weiße Priesterin würde das Wort an sie richten. Tryss' Herzschlag beschleunigte sich.

»Vielleicht.«

»Ich brauche ein eindeutiges ›Ja‹ oder ›Nein‹.«

Er holte tief Luft. »Ja.«

Sie nickte. »Willst du es riskieren, dein Geschirr bei einer so wichtigen Versammlung vorzuführen?«

Sein Herz raste jetzt. »Ja.«

Sie nickte abermals. »Dann werde ich dafür sorgen, dass die Vorführung ein Teil der Versammlung sein wird. Sie sollte zu einem günstigen Zeitpunkt stattfinden, wenn du alle beeindrucken willst.«

»Ich wäre schon zufrieden, wenn ich nur einige wenige Leute überzeugen könnte«, murmelte er.

Sie lachte. »Ah, aber wir müssen alle überzeugen.«

»Einige Leute werden niemals daran glauben.«

Sie neigte den Kopf zur Seite. »Ist dir klar, dass einer der Gründe, warum sie sich gegen deine Erfindung sperren, die Furcht ist, du könntest recht haben?«

Er runzelte die Stirn. »Warum? Wenn ich recht habe, können sie jagen. Und kämpfen.«

»Und in den Krieg ziehen. Wenn wir in den Krieg ziehen, werden viele von uns niemals zurückkehren, selbst wenn der Sieg unser wäre. Wir sind nicht so zahlreich wie die Landgeher und bringen nicht so viele gesunde Kinder wie sie hervor. Ein Sieg für die Weißen könnte die endgültige Niederlage für die Siyee bedeuten.«

Als ihm die Bedeutung ihrer Worte langsam bewusst wurde, begann Tryss plötzlich zu frieren. Wenn seine Erfindung es den Siyee ermöglichte, in den Krieg zu ziehen, und dieser Umstand das Ende der Siyee herbeiführte, dann würde er für den Untergang seines Volkes verantwortlich sein.

»Aber wenn wir jagen und Land bebauen können, werden wir stärker werden«, sagte er langsam. »Wir werden mehr gesunde Kinder haben. Wenn wir uns gegen Eindringlinge verteidigen können, werden mehr von uns überleben, um Kinder zur Welt zu bringen. Wenn wir in den Krieg ziehen, müssen wir aus solcher Entfernung angreifen, dass die Pfeile der Feinde uns nicht erreichen können. Niemand von uns wird sterben müssen.«

Sirri lachte leise. »Wenn es doch nur so wäre. Wir haben zwei Wege vor uns. Beide haben einen Preis. Es könnte sein, dass der Preis in beiden Fällen derselbe ist.« Sie stand auf. »Komm heute in den späten Abendstunden in meine Laube, dann werden wir über den Zeitpunkt und die Form deiner Vorführung sprechen.«

»Ich werde da sein.« Er erhob sich. »Vielen Dank, Sprecherin Sirri.«

»Wenn dies hier funktioniert, werden alle Siyee dir danken, Tryss.« Sie zwinkerte ihm zu. »Nicht dass dich das irgendwie unter Druck setzen sollte.«

Dann verließ sie die Höhle und sprang in den Himmel hinauf, während Tryss mit dem nagenden Gefühl zurückblieb, dass sie ihm soeben einen Gefallen erwiesen hatte, den er vielleicht noch bedauern würde.

# 21

Als die in schwarze Kleider gehüllte, braunhäutige Landgeherin vorsichtig den Felsen hinunterkletterte, musste Yzzi sich ein Lachen verkneifen. Die Frau bewegte sich langsam und unbeholfen und wählte jede Stelle, an die sie ihre Füße oder Hände setzte, mit großer Sorgfalt. Dennoch lag eine Sicherheit in der Art, wie die Frau kletterte, die auf einige Übung schließen ließ. Sie erinnerte Yzzi an einen Jungen ihres Stamms, der ohne eine Membran zwischen seinen Armen und seinem Körper geboren worden war. Er konnte nicht fliegen, aber er konnte weiter gehen und höher springen als jeder normale Siyee. Zuerst waren seine Bemühungen komisch und mitleiderregend gewesen, aber dann hatten sie und die anderen Kinder bald einigen Respekt vor seiner Entschlossenheit entwickelt, so beweglich wie nur möglich zu sein.

Am unteren Ende des Hangs angekommen, hielt die Frau an einem schmalen Bach inne, um zu trinken. Sie musste tatsächlich im Klettern geübt sein, befand Yzzi, da sie zahlreiche Berge überwunden haben musste, um so weit in das Land der Siyee vorzustoßen.

Yzzi verlagerte ihr Gewicht von einem Bein aufs andere und hielt auf diese Weise mühelos das Gleichgewicht auf ihrem Zweig. Die Frau erhob sich, dann blickte sie auf … direkt in Yzzis Augen. Ein kalter Schauer überlief Yzzi, aber sie bewegte sich nicht von der Stelle. Es war möglich, dass die Frau sie nicht gesehen hatte. Möglich, dass sie durch das Blätterwerk verborgen wurde.

»Hallo«, rief die Fremde.

Yzzi blieb das Herz stehen. *Sie hat mich entdeckt! Was soll ich jetzt tun?*

»Hab keine Angst«, sagte die Frau. »Ich werde dir nichts tun.«

Es dauerte ein wenig, bis Yzzi die Worte begriffen hatte. Die Frau konnte die Sprache der Siyee nur stockend, und die Tonhöhe ihrer Pfiffe war ein wenig schief. Yzzi musterte die Fremde. Sollte sie mit der Frau reden? Ihr Vater hatte ihr erklärt, dass man Landgehern nicht trauen dürfe, hatte seine Meinung jedoch geändert, nachdem die Weiße Priesterin am Morgen bei ihrem Stamm gewesen war.

»Willst du nicht herunterkommen und mit mir sprechen?«

Yzzi verlagerte ihr Gewicht abermals auf das andere Bein, dann traf sie eine Entscheidung. Sie würde mit der Fremden reden, aber sie würde es von ihrem Baum aus tun.

»Ich bin Yzzi. Wer bist du?«

Das Lächeln der Frau wurde breiter. »Ich bin Genza.«

»Warum bist du in Si?«

»Um mir das Land anzuschauen. Warum kommst du nicht herunter? Ich kann dich kaum sehen.«

Wieder zögerte Yzzi. Die Landgeherin war so groß. Sie hielt Ausschau nach einem Platz, an dem sie der Frau näher sein würde, ohne die Möglichkeit einzubüßen, jederzeit davonzufliegen. Ein Vorsprung des steilen Felshangs, den die Frau soeben hinuntergeklettert war, schien für ihre Zwecke geeignet zu sein. Also ließ sie sich von dem Zweig gleiten und landete geschickt auf ihrem neuen Ausguck.

Dann drehte sie sich zu der Landgeherin um. Die Frau lächelte noch immer.

»Du bist so hübsch«, murmelte sie.

Ein warmes Gefühl der Freude stieg in Yzzi auf.

»Du bist eigenartig«, platzte sie heraus. »Aber auf eine gute Weise.«

Die Frau lachte. »Würdest du dem Anführer deines Stammes eine Nachricht von mir überbringen?«

Yzzi straffte sich. Das Weitergeben von Nachrichten war wichtig, und Kinder wurden nicht oft gebeten, wichtige Nachrichten weiterzugeben. »In Ordnung.«

Die Frau kam einige Schritte näher und blickte Yzzi tief in die Augen.

»Sag ihnen, es täte mir leid, dass die Vögel ihnen Schaden zugefügt haben. Das hätte nicht passieren sollen. Die Vögel haben versucht, mich zu beschützen, und mir ist erst zu spät klar geworden, was da geschah. Ich bin hierhergekommen, um festzustellen, ob wir Freunde werden könnten. Wirst du dir all das merken können, Yzzi?«

Yzzi nickte.

»Dann wiederhole es mir jetzt, damit ich feststellen kann, wie gut du …«

Ein Pfiff aus der Ferne lenkte Yzzis Aufmerksamkeit ab. Sie blickte auf und entdeckte eine große Gruppe von Siyee, die über sie hinwegflog. In ihrer Mitte befand sich eine weiß gekleidete Gestalt, die sich durch ihre Größe und ihre fehlenden Flügel von den anderen abhob.

*Die Weiße Priesterin,* dachte Yzzi. Dann drehte sie sich wieder zu Genza um, die unter den Blättern eines großen Felfea-Baums hockte. Der Gesichtsausdruck der Frau war schrecklich – eine Mischung aus Wut und Angst.

»Seit wann ist *sie* hier?«, fauchte sie.

»Seit einigen Tagen«, antwortete Yzzi. »Sie ist nett. Du solltest zu uns kommen und sie kennenlernen. Sie wird auch deine Freundin sein wollen.«

Genza richtete sich auf, und ihre Miene wurde weicher, als sie Yzzi ansah. Sie murmelte einige fremdartige Worte, die Yzzi nicht verstand, dann seufzte sie. »Kannst du dem Anführer deines Stammes noch etwas ausrichten, Yzzi?«

Yzzi nickte.

»Sag ihm Folgendes: Wenn die Siyee sich mit den heidnischen Zirklern verbünden, werden sie einen noch mächtigeren Feind gewinnen. Jetzt, da ich weiß, dass sie hier ist, werde ich nicht bleiben.«

»Du willst die Sprecher nicht kennenlernen?«

»Nicht solange sie hier ist.«

»Aber du bist so weit gereist! Es kann nicht leicht für dich gewesen sein.«

Genza verzog das Gesicht. »Nein.« Sie zögerte kurz, dann sah sie Yzzi hoffnungsvoll an. »Du kennst nicht zufällig einen leichteren Rückweg zur Küste?«

Yzzi grinste. »So weit fort bin ich noch nie gewesen, aber ich werde dir helfen, so gut ich kann.«

Genza schenkte ihr ein warmes, dankbares Lächeln. »Das ist sehr nett von dir, Yzzi. Ich hoffe, dass wir uns eines Tages wiedersehen werden und ich auch etwas für dich werde tun können.«

Als Danjin Aurayas Räume betrat, hörte er einen schrillen Freudenschrei.

»Daaaa-nin!«

Sofort zog er den Kopf ein und blickte auf. An der Decke war nichts zu sehen. Er hielt Ausschau nach dem Besitzer der Stimme. Ein grauer Nebel schoss durch den Raum und sprang ihm in die Arme.

»Hallo, Unfug«, sagte er.

Der Veez schaute zu Danjin auf und blinzelte ihn hingebungsvoll an. Unfug hatte inzwischen eine große Vorliebe für Danjin entwickelt, da er und Aurayas Diener die einzige Gesellschaft waren, abgesehen von den seltenen Besuchen von Mairae und Sternenstaub. Außerdem fand er es komisch, sich von der Decke auf Danjins Kopf fallen zu lassen, ein Kunststück, das für den Ratgeber kaum weniger beunruhigend war als die Aussicht aus den Fenstern.

Danjin kraulte den Veez am Kopf und unterhielt sich eine Weile mit ihm, aber schon bald kehrten seine Gedanken zu den Entdeckungen zurück, die er während der letzten Tage gemacht hatte. Er hatte Freunde und Bekannte überall in der Stadt besucht, in vornehmen und weniger vornehmen Bezirken. Was er gehört hatte, hatte seine schlimmsten Befürchtungen bestätigt. Die Pentadrianer des südlichen Kontinents stellten eine Armee auf.

Die militärische Ausbildung war ein Teil ihres Kults, und er hatte gehofft, dass sein Bruder und sein Vater zu den falschen Schlüssen gekommen waren, was den Handel mit Waffen betraf. Doch sowohl der alte Seemann, mit dem Danjin sich während seiner frühen Jahre auf Reisen angefreundet hatte, als auch der dunwegische Botschafter hatten ihm von einer aktiven Rekrutierung von Soldaten und Schmieden in Mur, Avven und Dekkar erzählt, den Ländern des südlichen Kontinents.

Unfug entwand sich Danjins Armen, offenkundig unzufrieden mit der geringen Aufmerksamkeit, die ihm zuteilwurde. Er sprang auf einen Stuhl und beobachtete Danjin, der jetzt rastlos im Raum auf und ab ging.

War Nordithania das Ziel der Pentadrianer? *Natürlich war es das.* Im Nordosten und im Westen lagen weitere Landmassen, aber sie waren so weit entfernt, dass sie beinahe in das Reich der Legenden gehörten. Wenn die Pentadrianer ein anderes Land erobern wollten, war der Kontinent nördlich von ihnen das nächstgelegene Ziel.

*Was ist los, Danjin?*

Er keuchte vor Erleichterung.

*Auraya! Endlich!*

*Es ist schön, vermisst zu werden, aber das ist offenkundig nicht der Grund für deine Sorgen. Was ist das für eine Geschichte, dass die Pentadrianer Ithania erobern wollen?*

Er berichtete schnell, was er in Erfahrung gebracht hatte.

*Ich verstehe. Das ist es also, was die Leute reden. Ich glaube nicht, dass die Möglichkeit eines Krieges noch sehr lange ein Geheimnis bleiben wird.*

*Du wusstest von alledem?*

*Ja und nein. Wir bekommen erst seit Kurzem verlässliche Berichte darüber, was sich im Süden zuträgt. Es handelt sich dabei um Beobachtungen von Menschen, die sich große Mühe geben, nicht entdeckt zu werden. Die Art von Informationen, die du aufgetan hast – Ankäufe von Materialien und eine Veränderung in ihrer militärischen Strategie –, ist mir neu. Erzähl Juran, was du herausgefunden hast. Es wird ihm helfen, das größere Bild zu sehen.*

*Das werde ich tun. Wie entwickelt sich deine Arbeit in Si?*

*Es ist ein faszinierendes Land. Ich kann es gar nicht erwarten, dir davon zu erzählen. Diese Leute sind von so sanftem Wesen. Ich hatte eine Art innerer Zerrissenheit erwartet – wie die uralten Fehden zwischen den dunwegischen Clans –, aber hier herrscht lediglich eine sanfte Rivalität zwischen den Stämmen, die sie in fliegerischen Wettbewerben ausleben. Sie streben Verbindungen zwischen jungen Männern und Frauen verschiedener Stämme an, und sie heiraten ziemlich jung, was bedeutet, dass die Siyee schnell heranwachsen. Hast du in der Zwischenzeit etwas von Leiard gehört?*

Der plötzliche Themenwechsel überraschte Danjin.

*Nein. Nicht mehr, seit du abgereist bist.*

*Könntest du … könntest du ihn besuchen? Nur um ihn wissen zu lassen, dass ich ihn nicht vollkommen vergessen habe.*

*Ich werde gleich morgen zu ihm gehen.*

*Danke. Und wie geht es … ah, da kommt Sprecherin Sirri. Ich werde mich bald wieder bei dir melden.*

Das Gefühl ihrer Anwesenheit verblasste, dann kehrte es plötzlich zurück.

*Und streichle Unfug von mir.*

*Das werde ich.*

Dann war sie fort. Danjin ging zu dem Stuhl hinüber, hockte sich hin und kraulte den Veez am Kopf.

»So, das ist von deiner Herrin.«

Unfug schloss die Augen, und sein spitzes Gesicht war ein Bild der Wonne.

Danjin seufzte. *Wenn man mich doch nur auch so leicht beruhigen könnte,* dachte er. *Auraya weiß von der Armee der Pentadrianer, aber das macht die Angelegenheit nicht weniger erschreckend. Ich kann nur hoffen, dass die Weißen alles in ihren Kräften Stehende tun werden, um einen Krieg zu verhindern – oder ihn zumindest zu gewinnen, falls er unvermeidlich sein sollte.*

»Tut mir leid, Unfug«, sagte er zu dem Veez. »Ich muss dich allein lassen. Ich muss Juran berichten, was ich weiß.«

Er kraulte Unfug ein letztes Mal, dann erhob er sich und eilte aus dem Raum.

Nachdem Sprecherin Sirri wieder gegangen war, schlenderte Auraya langsam durch die Laube, die die Siyee für sie gebaut hatten. Es war eine prächtige Behausung, so schlicht und gleichzeitig so schön. Ihre Laube war doppelt so groß wie eine gewöhnliche Laube, denn die Siyee hatten sie nach der Größe Gremmers bemessen, des Botschafters, der ihnen das Angebot einer Allianz überbracht hatte.

Sie legte ihren weißen Zirk ab und schlüpfte in die schlichte Tunika, in der sie schlief. Seit ihrer Abreise aus Jarime hatte sie sich nicht mehr die Mühe gemacht, ihr Haar nach der kunstvollen Mode Hanias zu frisieren, da das Fliegen all die harte Arbeit ohnehin schnell zunichtegemacht hätte. Stattdessen flocht sie ihr Haar zu einem einzigen Zopf, den sie nun löste.

Es gelang ihr, ohne allzu große Mühe in ihr bequemes Bett zu steigen. Nachdem sie sich die Kissen und Decken behaglich zurechtgelegt hatte, entspannte sie sich und ließ ihre Gedanken schweifen. Die Zeit verstrich, doch der Schlaf wollte nicht kommen. Sie hatte früher am Tag zu Juran Verbindung gehabt, und vor diesem Hintergrund beunruhigten Danjins Neuigkeiten sie umso mehr. Es wurde von Tag zu Tag wahrscheinlicher, dass Nordithania tatsächlich ein Krieg mit den Pentadrianern drohte. Und Juran hatte Mairae aus Somrey zurückgerufen, weil er befürchtete, dass sie dort von einem der schwarzen Zauberer angegriffen werden könnte.

*Und ich bin hier und versuche, die Siyee zu einer Allianz mit uns zu überreden. Wenn sie zustimmen und es zum Krieg kommt, werden sie an unserer Seite kämpfen müssen. Sie sind kein starkes oder robustes Volk. Wie kann ich sie darum bitten, zu kämpfen, wenn es sehr wahrscheinlich ist, dass viele von ihnen dabei ums Leben kommen werden?*

Sie seufzte und veränderte ihre Position ein wenig. Es wäre den Siyee gegenüber nicht recht, ihnen die Möglichkeit eines Krieges vorzuenthalten, bis sie ihre Entscheidung getroffen hatten. Wenn sie ihnen jetzt jedoch davon erzählte, würde sie das vielleicht von einer Allianz mit den Weißen abhalten. Sie würde ihnen klarmachen müssen, dass eine Ablehnung der Allianz und die Vermeidung einer Beteiligung an einem Krieg sie nicht vor den Pentadrianern retten würden. Wenn die torenischen Siedler eine Bedrohung für sie darstellten, galt das Gleiche für andere Eindringlinge.

Die Siyee würden sich vielleicht dazu entscheiden, dieses Risiko einzugehen. Schließlich würden die Pentadrianer am Ende vielleicht doch nicht in Nordithania einfallen. Andererseits konnte sie nicht darauf setzen, dass es nicht zu einem Krieg kommen würde und sie die Siyee daher nicht zu warnen brauchte. Es würde sie erbittern, wenn sie erfuhren, dass sie ihnen auch nur die *Möglichkeit* eines Krieges vorenthalten hatte.

*Es sieht beinahe so aus, als hätten die Pentadrianer die Nachricht, dass sie einen Krieg planen, bewusst ausgestreut, um die anderen Länder von einer Allianz mit den Weißen abzubringen,* dachte sie. Dann schüttelte sie den Kopf. *Das war zu raffiniert, um wahr sein zu können. Die Pentadrianer haben Si noch nicht einmal einen Besuch abgestattet. Sie haben mit nichts zu erkennen gegeben, dass sie die Siyee, die Huan huldigen, als Verbündete wollen.*

Sie verlagerte ihr Gewicht noch einmal, und die Bewegung ließ ihr Schlingenbett sanft schaukeln.

*Irgendwann werde ich den Siyee von dem drohenden Krieg erzählen müssen,* überlegte sie. *Wenn ich den richtigen Zeitpunkt wähle, kann ich sie vielleicht trotzdem davon überzeugen, dass die Allianz für sie von Nutzen wäre. Schließlich können wir mit den Göttern auf unserer Seite nicht verlieren.*

An diesem Gedanken hielt sie sich fest und konnte endlich dem Ruf des Schlafs folgen.

*Auraya.*

Die Stimme war nur ein Wispern in ihrem Geist.

*Auraya.*

Diesmal war es deutlicher zu hören. Sie tauchte mit Mühe aus dem Schlaf auf und sah sich blinzelnd in dem dunklen Raum um. Er war leer, und als sie nach Geistern in ihrer Nähe suchte, konnte sie keinen entdecken. War die Stimme ein Gedankenruf gewesen?

*Nein, es fühlte sich so an wie ein Traum,* befand sie. *Ich werde wohl geträumt haben, dass jemand nach mir gerufen hat.* Sie schloss die Augen. Die Zeit dehnte sich, und sie vergaß den Traum.

*Auraya.*

Sie spürte, wie sie langsam aus dem Schlummer auftauchte, geradeso, als triebe man der Oberfläche von Wasser entgegen. Der Geist des Besuchers verblasste in ihrem Bewusstsein. Sie schlug die Augen auf, machte sich aber nicht die Mühe, nach dem Sprecher Ausschau zu halten. Er war auf den Traum begrenzt.

*Er?* Ihr Herz setzte einen Schlag aus. Wer sonst als Leiard würde in einem Traum nach ihr rufen?

Mit einem Mal war Auraya hellwach, und ihr Herz raste. *Soll ich antworten? Wenn ich es täte, wäre das dann eine Traumvernetzung? Traumvernetzungen sind ein Verbrechen.*

*Genauso wie es ein Verbrechen ist, die Dienste eines Traumwebers in Anspruch zu nehmen,* dachte sie. *Ein lächerliches Gesetz. Ich will wissen, wie sich eine Traumvernetzung anfühlt. Welche Methode wäre da besser geeignet, als mich einer solchen Vernetzung anzuschließen?*

*Aber wenn ich an einer Traumvernetzung teilnehme, werde ich ein Gesetz brechen. Und er wird es ebenfalls tun.*

*Es ist nicht so, als wäre ich ein hilfloses Opfer. Ich könnte jederzeit dafür sorgen, dass er aufhört.*

*Oder könnte ich das vielleicht nicht?*

Eine Weile lag sie wach da. Ein Teil von ihr sehnte sich danach, mit Leiard zu sprechen, aber ein anderer Teil zögerte. Selbst wenn sie es gewollt hätte, jetzt war sie einfach zu *wach* – sie bezweifelte, dass sie ohne weiteres wieder einschlafen würde.

Einige Zeit später hörte sie ihren Namen rufen und wusste gleichzeitig, dass es ihr doch gelungen war, einzuschlafen, und dass sie mit Leiard reden *musste.*

*Leiard?*, fragte sie.

Das Bewusstsein einer anderen Person wurde stärker, floss um sie herum wie dichter, süßer Rauch. Es war Leiard, und in gewisser Weise war er es doch nicht. Es war der Mann, auf den sie während ihrer letzten Nacht in Jarime einen flüchtigen Blick erhascht hatte. Der warmherzige, leidenschaftliche Mann, der unter dem würdevollen Äußeren des Traumwebers verborgen war.

*In diesem Zustand kann ich nichts anderes sein als ich selbst,* erklärte er ihr.

*Ebenso wenig wie ich etwas anderes sein könnte, vermute ich,* erwiderte sie.

*Nein. Hier kannst du die Wahrheit zeigen oder sie verbergen, aber lügen kannst du nicht.*

*Dann ist dies also eine Traumvernetzung?*

*So ist es. Verzeihst du mir das? Ich hatte nur den Wunsch, auf irgendeine Weise mit dir zusammen zu sein.*

*Ich verzeihe dir. Aber verzeihst du mir?*

*Wofür?*

*Für jene Nacht, in der wir …*

Erinnerungen blitzten durch ihre Gedanken, lebhafter noch, als sie es taten, wenn sie wach war. Sie sah nicht nur ihre Gliedmaßen ineinander verwoben, sondern spürte auch die Berührung von Haut auf Haut. Von Leiard kamen Erheiterung und tiefe Zuneigung.

*Was gäbe es da zu verzeihen?*

Weitere Erinnerungen schlugen über ihr zusammen, diesmal von einer anderen Perspektive betrachtet. Was dies enthüllte, war verblüffend. Die Lust aus seiner Perspektive zu erleben …

*Wir wollten es beide. Ich denke, das war klar,* sagte er.

*Was geschieht hier?*, fragte sie. *Diese Erinnerungen sind so lebendig.*

*Das sind sie im Traum immer.*

*Ich kann berühren, schmecken …*

*Träume sind sehr machtvoll. Sie können den Trauernden Trost geben, den Schwachen Zuversicht …*

*Dem Missetäter Gerechtigkeit?*

*Früher einmal, ja, hatten Träume diese Aufgabe. Heute ist das nicht mehr so. Traumvernetzungen ermöglichen es Liebenden noch immer, zusammenzukommen, wenn sie voneinander getrennt sind. Sie sind für die Traumweber die Alternative zu dem Priesterring.*

*Ich hätte dir einen Ring gegeben, aber ich dachte, dass du ihn nicht annehmen würdest.*

*Nimmst du dies hier an? Wir brechen ein Gesetz.*

Sie hielt inne.

*Ja. Wir müssen reden. Was wir getan haben – so wunderschön es auch war –, wird Konsequenzen haben.*

*Ich weiß.*

*Ich hätte dich nicht einladen dürfen.*

*Ich hätte deine Einladung nicht annehmen dürfen.*

*Nicht dass ich es bedauere.*

*Ich ebenso wenig.*

*Aber wenn die Leute es herausfinden … Es würde mir nicht gefallen, wenn dies zu deinem Schaden wäre – oder dem deiner Leute.*

*Mir auch nicht.*

Sie zögerte, dann zwang sie sich zu sagen, was gesagt werden musste.

*Wir werden es nicht wieder tun.*

*Nein.*

Für eine Weile schwiegen sie beide.

*Du hast recht,* sagte sie. *Wir können an diesem Ort nicht lügen.*

Er streckte die Hand aus, um ihr Gesicht zu berühren.

*Aber wir können wir selbst sein.*

Sie erschauerte unter seiner Berührung. Sie weckte so viele Erinnerungen.

*Ich wünschte, du wärst hier.*

*Das tue ich auch. Aber zumindest in einer Form bin ich bei dir.*

*Wie ich schon sagte, Erinnerungen sind im Traumzustand lebendiger. Gibt es irgendwelche Erinnerungen, die du gern noch einmal durchleben würdest?*

Sie lächelte.

*Die eine oder andere.*

# 22

Die Sonne war eine leuchtende Kugel, deren Licht durch den Nebel, der die Stadt einhüllte, weicher erschien. Die wenigen Menschen, die unterwegs waren, zögerten, bevor sie an Leiard vorbeigingen; zweifellos fragten sie sich, was ein Traumweber an einem solchen Morgen in den Docks tat.

Was er tat, war einfach: Er dachte nach. Er erinnerte sich an Träume, in denen er sich erinnerte … und fühlte sich schuldig deswegen.

Er hatte vor einigen Tagen beschlossen, dass er nicht versuchen würde, Auraya in ihren Träumen zu erreichen, aber in der vergangenen Nacht hatte sein Unterbewusstsein etwas anderes beschlossen. Als er begriffen hatte, was er tat, war es bereits zu spät gewesen. Sie hatte ihm geantwortet.

Doch selbst dann noch hätte er die Willenskraft haben müssen aufzuhören, aber Auraya hatte die Traumvernetzung auf völlig natürliche Weise angenommen. Es war unmöglich, sie zurückzuweisen, und die Freuden der Nacht waren zu schön gewesen, um zu widerstehen.

*Sie hat eine ausgeprägte Fantasie, diese junge Frau,* murmelte eine Stimme in seinen Gedanken. *Es ist ein Jammer, dass sie ein Werkzeug der Götter ist.*

Leiard runzelte die Stirn. *Sie ist mehr als nur ein Werkzeug.*

*Ach ja? Glaubst du, dass sie sich weigern würde, wenn die Götter ihr den Befehl gäben, dich zu töten?*

*Ja.*

*Du bist ein Narr.*

Leiard blieb stehen und blickte auf das Wasser hinaus.

Schiffe, die im Nebel seltsam geisterhaft wirkten, wiegten sich sanft an ihren Anlegestellen.

*Ich bin ein Narr,* pflichtete er der Stimme in seinem Innern bei.

*Ich hätte es nicht tun dürfen,* dachte Leiard. *Wir haben das Gesetz gebrochen.*

*Ein dummes Gesetz.*

*Trotzdem ein Gesetz. Und wer dagegen verstößt, wird mit dem Tod bestraft.*

*Ich bezweifle, dass sie bestraft würde. Was dich betrifft ... Du warst klug genug, sicherzustellen, dass es ihre Entscheidung war. Wenn sie ein Gewissen hat, wird sie sich selbst dafür verantwortlich machen, dich ermutigt zu haben, dieses Gesetz zu brechen.*

*Es war nicht ihre Schuld.*

*Nein? Dann hältst du dich also für so unwiderstehlich, dass sie jeden eigenen Willen verloren und sich dir hingegeben hat?*

*Oh, sei still!* Leiard runzelte finster die Stirn und verschränkte die Arme vor der Brust. Das Ganze war einfach lächerlich. Er stritt mit einer Erinnerung Mirars. Was in letzter Zeit immer häufiger geschah. Er hatte die Vernetzung mit Jayim abgelehnt, weil er fürchtete, der Junge könnte von seiner Nacht mit Auraya erfahren, aber Arleej hatte gesagt, dass er sich bisweilen vernetzen müsse, um das Gefühl für seine Identität zurückzuerlangen. War das der Grund, warum Mirars Persönlichkeit sich so entwickelt hatte, warum es sich so anfühlte, als wolle er ... als wolle ...

*Dich beschützen? Weil ich weiß, dass ihr beiden, du und Auraya, euch gleich nach ihrer Rückkehr an verborgenen Orten in der Stadt treffen wollt, um euch bis zur Besinnungslosigkeit eurer Leidenschaft hinzugeben. Weil du ein Traumweber bist, und wenn deine Affäre entdeckt wird, werden meine Leute den Preis dafür zahlen.*

*Das wird nicht geschehen,* erwiderte Leiard. *Nicht wenn die anderen Weißen niemals die Gelegenheit bekommen, meine Ge-*

*danken zu lesen. Ich werde die Rolle des Ratgebers aufgeben müssen.*

*Womit du nur ihren Argwohn wecken wirst. Sie werden dich befragen wollen. Sie werden wissen wollen, warum du so handelst.*

*Ich werde ihnen eine Nachricht schicken und ihnen mitteilen, dass ich mehr Zeit brauche, um Jayim auszubilden.*

*Das klingt wirklich sehr glaubwürdig.*

*Sie werden keinen weiteren Gedanken auf mich verschwenden. Ich bin nur ein gewöhnlicher Traumweber. Wahrscheinlich werden sie erleichtert sein, mich loszuwerden. Sie werden …*

»Leiard?«

Die Stimme erklang ganz in seiner Nähe. Blinzelnd stellte Leiard fest, dass er sich am Ende eines Piers befand. Als er sich umwandte, stand Jayim hinter ihm.

»Jayim?«, fragte er. »Was tust du hier?«

Der Junge legte die Stirn in Falten. »Nach dir suchen.« Er sah sich um. »Mit wem hast du geredet?«

Leiard sah seinen Schüler an. Geredet? Er schluckte und stellte dabei fest, dass sich seine Kehle genauso anfühlte, als habe er eine ganze Weile gesprochen.

»Mit niemandem«, sagte er und hoffte, dass man ihm seine Beunruhigung nicht ansehen konnte. Er zuckte die Achseln. »Ich habe lediglich einige Formeln laut aufgesagt.«

Jayim akzeptierte Leiards Erklärung mit einem Nicken. »Wirst du mir heute Unterricht geben?«

Leiard schaute zu den Schiffen hinüber. Der Nebel war inzwischen schwächer geworden. Er konnte unmöglich feststellen, wie lange er hier gestanden hatte. Nach dem Stand der Sonne zu urteilen, seit einigen Stunden.

»Ja. Ich denke, wir werden uns weitere Heilmittel vornehmen. Man kann nie genug davon kennen.«

Jayim verzog das Gesicht. »Keine Vernetzung?«

Leiard schüttelte den Kopf. »Noch nicht.«

Ein beharrliches Hämmern zog Emerahl trotz ihres Widerstands aus den Tiefen des Schlafs empor. Benommen erkannte sie, worum es sich bei dem Geräusch handelte: Jemand schlug mit der Faust gegen die Tür. Sie öffnete die Augen und murmelte einen Fluch. Einen Vorteil hatte es, bis spät in die Nacht aufzubleiben und den ganzen Morgen zu verschlafen: Sie wurde auf diese Weise nicht von dem Turmtraum gequält. Allerdings kam gelegentlich die Vermieterin zu früher Stunde vorbei, um die Miete einzufordern.

»Ich höre dich«, rief sie. »Ich komme.«

Mit einiger Mühe richtete sie sich auf. Sofort spürte sie, wie die letzten Überreste des Schlafs ihren Halt verloren. Sie blinzelte und rieb sich die Augen, bis sie sie offen halten konnte, dann gähnte sie mehrmals, warf sich ihr schmutziges, altes Kapas über und ging zur Tür.

Sobald sich der Riegel mit einem Klicken geöffnet hatte, schwang die Tür nach innen auf. Emerahl taumelte rückwärts und sammelte hastig Magie, um einen unsichtbaren Schild zu formen. Der Eindringling war eine hochgewachsene Frau in mittleren Jahren, die vornehme Kleidung trug. Hinter ihr standen zwei breitschultrige Männer, die sie offensichtlich zu ihrem Schutz in Dienst genommen hatte.

Weder von der reichen Fremden noch von ihren Wachen schlug Emerahl etwas Böses oder Gewalttätiges entgegen, nur Neugier und die Arroganz von Menschen, die über Wohlstand oder Macht verfügten. Emerahl starrte die Frau an.

»Wer bist du?«, verlangte sie zu erfahren.

Die Frau ignorierte die Frage. Sie sah sich im Raum um, zog angewidert die Augenbrauen hoch und bedachte Emerahl dann mit einem abschätzenden Blick. »Du bist also die Hure, die Panilo entdeckt hat.« Sie schürzte die Lippen. »Zieh das Kapas aus.«

Emerahl machte keine Anstalten zu gehorchen. Sie sah ihr fest in die Augen. »Wer bist du?«, wiederholte sie.

Die Fremde verschränkte die Arme vor der Brust und schob ihren üppigen Busen vor. »Ich bin Rozea Peporan.«

Sie erwartete offensichtlich, dass der Name Emerahl etwas sagen würde. Nach einem kurzen Schweigen runzelte die Frau die Stirn, ließ die Arme sinken und stemmte stattdessen die Hände in die Hüften.

»Ich besitze und betreibe das reichste Bordell in Porin.«

*Ein Bordell? In Toren klopften – beziehungsweise hämmerten – die Chancen sehr schnell an die Tür.*

»Ist das so?«, erwiderte Emerahl.

»Ja.«

Emerahl legte einen Finger an die Lippen. »Panilo ist der Kaufmann, der während der letzten Nächte meine Dienste in Anspruch genommen hat.«

»Das ist richtig. Er ist ein Stammkunde. Zumindest war er das bis vor kurzer Zeit. Er hat einen Blick für Qualität, daher macht es mich immer misstrauisch, wenn meine Spione mir berichten, dass er die Hauptstraße besucht hat.«

»Dann bist du also hier, um mich meiner Wege zu schicken?«

Rozea lächelte, aber ihre Augen blieben kalt. »Das kommt darauf an. Zieh dein Kapas aus. *Und* dein Hemd.«

Emerahl schlüpfte aus ihren Kleidern und warf sie auf das Bett, dann straffte sie die Schulter und drehte sich um, um ihren nackten Körper zur Schau zu stellen. Sie brauchte sich nicht allzu sehr anzustrengen, um das Interesse der Wachen wahrzunehmen. Die Art, wie die Frau ihren Körper begutachtete, war unpersönlich und berechnend. Emerahl drehte sich einmal um die eigene Achse und warf den Kopf zurück.

»Mager«, erklärte Rozea. »Gute Knochen. Mit guten Knochen kann ich immer etwas anfangen. Keine Narben… was ist deine natürliche Haarfarbe?«

»Rot.«

»Warum färbst du dir dann die Haare?«

»Um sie röter zu machen. Damit ich auffalle.«

»Es sieht billig aus. Mein Etablissement ist nicht billig. Meine Mädchen dürfen sich das Haar in einem natürlichen Ton nachfärben. Hatten irgendwelche von deinen Kunden Krankheiten?«

»Nein.«

»Und du?«

»Nein.«

»Gut. Zieh dich an.«

Emerahl ging zu dem Stuhl, über den sie ihre grüne Tunika gehängt hatte, nachdem sie sie in der vergangenen Nacht gewaschen und getrocknet hatte. »Was bringt dich auf die Idee, ich würde in deinem Etablissement arbeiten wollen?«, fragte sie, während sie die Tunika überstreifte.

»Sicherheit. Ein sauberes Zimmer. Bessere Kunden. Besseres Geld.«

»Ich besitze Gaben. Ich kann mich selbst beschützen«, entgegnete sie. Sie sah Rozea von der Seite an. »Und was das Geld betrifft – über welche Summen reden wir?«

Rozea kicherte. »Fürs Erste wirst du nicht mehr als fünfzig Ren verdienen.«

Emerahl zuckte die Achseln. »Die habe ich von Panilo auch bekommen. Ich will hundert.«

»Sechzig und dazu neue Kleider und ein wenig Schmuck.«

»Achtzig.«

»Sechzig«, wiederholte Rozea energisch. »Mehr nicht.«

Emerahl setzte sich auf die Bettkante und tat so, als denke sie nach. »Keine groben Kunden. Ich höre, Leute wie du erlauben reichen Männern, unerfreuliche Dinge mit ihren Mädchen zu tun, wenn die Kunden genug Geld dafür bieten. Nicht mit mir. Ich besitze Gaben. Wenn sie irgendetwas versuchen sollten, werde ich sie töten.«

Die Frau kniff die Augen zusammen, dann zuckte sie die Achseln. »Also schön, keine groben Typen. Sind wir uns einig?«

»Und keine Kranken. Kein Geld ist es wert, krank zu werden.«

Rozea lächelte. »Ich tue mein Bestes, meine Mädchen zu schützen«, sagte sie stolz. »Die Kunden werden ermuntert, vorher ein Bad zu nehmen, was uns die Möglichkeit gibt, sie genauer zu betrachten. Kunden, von denen bekannt ist, dass sie krank sind, dürfen das Haus nicht betreten. Alle Mädchen bekommen reinigende Kräuter. Wenn deine Gaben groß genug sind, gibt es noch andere Methoden, die man dich lehren kann.« Sie bedachte Emerahl mit einem herablassenden Blick. »Wir stehen in dem Ruf, das sauberste Bordell in Porin zu betreiben.«

Emerahl nickte beeindruckt. »Das klingt vernünftig. Ich werde es versuchen.«

»Dann nimm deine Sachen. Ich habe einen Plattan vor dem Haus bereitstehen.«

Emerahl sah sich um. Ihre Börse befand sich in einer Tasche der Tunika, und die Seeglocke hatte sie in ihren Ärmel eingenäht. Sie erhob sich und ging zur Tür. Rozea warf einen Blick auf das Hemd und das Kapas, die sie hatte liegen lassen, dann lächelte sie und begleitete sie aus dem Haus.

»Wir erzählen unseren Kunden, dass unsere Mädchen aus guten Familien stammen, die harte Zeiten durchmachen«, sagte Rozea, während sie die Treppe hinunterstiegen. »Du hast eine altmodische Art zu reden, die diese Illusion unterstützen wird. Man wird dich alles lehren, was in der feinen Gesellschaft an Manieren verlangt wird. Wenn du dich als gelehrige Schülerin erweisen solltest, werde ich dir auch ein oder zwei fremde Sprachen beibringen.«

Emerahl lächelte schief. »Du wirst feststellen, dass ich eine schnelle Auffassungsgabe habe.«

»Gut. Kannst du lesen?«

»Ein wenig.« Sie hoffte, dass es sich tatsächlich so verhielt. Wenn sich die gesprochene Sprache im Laufe eines Jahrhunderts so sehr verändert hatte, wie sehr mochte sich dann die geschriebene Sprache verändert haben?

»Und schreiben?«

»Ein wenig.«

»Singen?«

»Gut genug, um die Vögel von den Feldern aufzuschrecken.«

Rozea lachte leise. »Dann also kein Gesang. Kannst du tanzen?«

»Nein.« Was wahrscheinlich der Wahrheit entsprach. Es war lange her, seit sie das letzte Mal getanzt hatte.

»Wie heißt du?«

»Emmea.«

»Jetzt nicht mehr. Dein neuer Name ist Jade.«

»Jade.« Emerahl zuckte die Achseln. »Die Augen, nicht wahr?«

»Natürlich. Sie sind im Moment das Schönste an dir. Meine Mädchen werden dir zeigen, wie du deine Vorzüge besser zur Geltung bringen und deine Mängel verbergen kannst, indem du die richtige Kleidung auswählst, an deiner Haltung arbeitest und, wenn alles andere nicht hilft, Farbe auflegst.«

Am Fuß der Treppe angekommen, trat Rozea durch die Tür. In der Gasse wartete ein Plattan. Die beiden Wachen stiegen auf die Sitzbank neben dem Fahrer. Rozea bedeutete Emerahl, sich zu ihr in den Wagen zu setzen. Bevor sie einstieg, blickte Emerahl sich schnell noch einmal um. Bis auf einige schlafende Bettler war die Hauptstraße verlassen. Niemand würde ihr »Verschwinden« bezeugen können. Nicht einmal ihre Vermieterin, was kein Nachteil war.

Auf einen knappen Befehl des Fahrers setzte das Arem, das den Plattan zog, sich in Bewegung und trug Emerahl davon. *Ein Bordell,* dachte sie. *Wird es für die Priester dadurch einfacher oder schwieriger, mich zu finden? Wahrscheinlich weder das eine noch das andere. Zumindest wird es dort behaglicher sein. Es könnte sich sogar als einträglich erweisen.*

# 23

Der Himmel war von dem bläulichen Schwarz des frühen Abends. Überall blinkten Sterne, aber den Grund für ihre Unruhe konnte man nur erkennen, wenn man nach Westen blickte, wo Hunderte geflügelter Gestalten vor einem Himmel zu sehen waren, der noch im Licht des Sonnenuntergangs leuchtete.

Diese Gestalten glitten zum Offenen Dorf hinab, zu dem flachen Bereich in der Mitte des felsigen Hangs. In einem großen Kreis waren Feuer entzündet worden, und ihr Licht tauchte die Gesichter der Siyee in einen warmen, roten Schimmer.

Inzwischen kannte Auraya viele dieser Gesichter. Sie hatte mit Siyee aller Altersklassen, Positionen und Stämme gesprochen. Nicht weit entfernt von ihr stand der Fallensteller des Stamms vom Schlangenfluss, der ihr erzählt hatte, dass torenische Siedler sein Volk aus seinen fruchtbaren Tälern vertrieben hatten. Dann war da die alte Matriarchin des Stamms von den Feuerbergen, die Auraya die Schmieden gezeigt hatte, die ihr Volk benutzte, um aus den überreichen Mineralvorkommen in ihrer Heimat Pfeilspitzen und Messer herzustellen. Soeben landeten drei junge Männer vom Tempelbergstamm, die sich bei ihr erkundigt hatten, was sie lernen müssten, um Priester zu werden.

»In meinem ganzen Leben hat es noch nie eine so große Versammlung gegeben«, murmelte Sprecher Dryss neben ihr, »und ich habe an allen teilgenommen.«

Sie drehte sich zu dem alten Mann um. »Sprecherin Sirri

hat mir erklärt, dass nur Sprecher oder jene, die zu ihren Stellvertretern bestimmt wurden, an einer Versammlung teilnehmen müssen. Es überrascht mich jedoch nicht, dass auch viele andere gekommen sind. Die Entscheidung, die ihr heute Abend treffen wollt, könnte euer ganzes Leben verändern. Wenn ich eine Siyee wäre, würde ich hier sein wollen, um die Entscheidung der Sprecher zu hören.«

»Das stimmt, aber ich bin davon überzeugt, dass einige nur deshalb hier sind, um einen Blick auf die Auserwählte der Götter zu erhaschen«, erwiderte er kichernd.

Sie lächelte. »Dein Volk hat mich sehr herzlich aufgenommen, Sprecher Dryss. Ich gestehe, ich habe mich in diesen Ort verliebt und wünschte, ich würde nicht fortgehen müssen.«

Er zog die Augenbrauen hoch. »Vermisst du denn nicht die Annehmlichkeiten deines Zuhauses?«

»Ein wenig«, gab sie zu. »Vor allem vermisse ich die heißen Bäder. Und meine Freunde.«

Er öffnete den Mund zu einer Antwort, aber in diesem Moment wandte Sprecherin Sirri sich der Reihe von Sprechern zu.

»Es wird Zeit, denke ich. Wenn wir auf Nachzügler warten, wird die Nacht zu Ende sein, bevor wir fertig sind.«

Die anderen nickten zustimmend. Als Sirri auf den Sprecherfelsen trat, brachen die Siyee ihre Gespräche ab und blickten erwartungsvoll empor.

Sirri hob die Arme. »Volk der Berge. Stämme der Siyee. Wir, die Sprecher, haben euch heute Abend hierhergerufen, um die Worte Aurayas von den Weißen zu hören, einer der Auserwählten der Götter. Wie ihr wisst, ist sie zu uns gekommen, um mit uns über eine Allianz zwischen den Siyee und den Zirklern zu reden. Heute Abend werden wir ihre Worte hören und unsere Gedanken zum Ausdruck bringen. In sieben Tagen werden wir wieder zusammenkommen, um unsere Entscheidung zu treffen.«

Sirri wandte sich zu Auraya um und winkte sie zu sich heran. Auraya trat neben die Frau und blickte auf das Volk von Si hinab. Seit ihrer Ankunft war es nicht notwendig gewesen, ihre Gedanken zu lesen, um sich ein Bild von ihren Zweifeln und Hoffnungen zu machen. Sie hatten sie offen ausgesprochen. Jetzt ließ Auraya ihren Geist über den der Siyee gleiten.

Sie waren zögerlich, davon überzeugt, dass eine Strafe ihrer harrte, ob sie einer Allianz nun zustimmten oder nicht. Sie waren ein furchtsames Volk, das nur selten Zuflucht zur Gewalt nahm. Außerdem waren sie ein stolzes Volk. Obwohl sie nicht in einen Krieg ziehen wollten, in dem wahrscheinlich viele von ihnen umkommen würden, wollten sie doch ihren Nutzen unter Beweis stellen. Dieser Stolz war es, an den sie jetzt anknüpfen musste.

»Volk von Si, Huans Schöpfung, ich bin auf eure Einladung hin in euer Land gekommen, um mehr über euch zu erfahren, um euch etwas von meinem eigenen Volk zu erzählen und die Möglichkeit einer Allianz zwischen uns zu erkunden. Ich habe viel über euch erfahren und euch für eure Zähigkeit und eure friedliebende Natur schätzen gelernt. Ich bin nicht länger unvoreingenommen – es ist mir ein Herzensanliegen, eine Verbindung zwischen meinem Volk und eurem herzustellen. Ich bin entsetzt über die große Zahl von Siyee, die durch die Hände von Landgehern gestorben sind. Außerdem kann ich viele Möglichkeiten erkennen, wie wir einander durch Handel und einen Austausch von Wissen bereichern können. Ich ertappe mich immer wieder bei dem eigensüchtigen Gedanken, dass eine Allianz ein wunderbarer Vorwand wäre, um meine Pflichten als Weiße zu vernachlässigen und häufiger als notwendig nach Si zu reisen.«

Diese Worte zauberten ein Lächeln auf viele Gesichter. Auraya hielt inne, dann wurde ihre Miene ernst.

»Eine Allianz erfordert eine Übereinkunft in verschiedenen Dingen, und das erste dieser Dinge, das ich ansprechen werde, ist der Krieg. Wenn wir, die Weißen, mit euch die Übereinkunft treffen, eure Länder zu schützen, können wir dem Eindringen von Siedlern ohne Blutvergießen ein Ende machen, indem wir vom torenischen König fordern, Maßnahmen zu ergreifen, die solche Dinge in Zukunft verhindern. Für eine solche Hilfe unsererseits erbitten wir von euch das Versprechen, uns ebenfalls zu helfen, sollten wir oder unsere Verbündeten durch Eindringlinge bedroht werden.«

Sie sah viele grimmige Gesichter und nickte. »Ich weiß, ihr glaubt nicht, dass ihr in einem Krieg von großem Nutzen sein könnt. Es wäre ebenso lächerlich, wollten die Siyee sich in einen Mann-gegen-Mann-Kampf gegen Landgeher einlassen, wie es lächerlich wäre, wenn ich etwas Derartiges tun wollte. Meine Stärke liegt in der Zauberei, eure im Flug. Eure Fähigkeit zu fliegen macht euch zu besseren Spähern, als wir sie bisher je gehabt haben. Ihr könnt über die Positionen und Bewegungen feindlicher Truppen Meldung machen und vor Fallen und Hinterhalten warnen. Ihr könnt kostbare, kleine Gegenstände tragen und abliefern – Heilmittel oder Verbände für die Verwundeten, Nachrichten an Kämpfer, die keinen Priester haben, der ihnen unsere Befehle übermitteln könnte.«

Inzwischen waren die Siyee fast alle eines Geistes. Sie hatten gut auf ihre Worte reagiert, einige mit Begeisterung, andere mit der vorsichtigen Anerkennung der Tatsache, dass sie recht hatte. Sie nickte leicht.

»Es ist schwer, etwas von euch zu verlangen, das euren Familien eines Tages Tod und Kummer bringen könnte, geradeso wie es schwer sein wird, sollte ich jemals die Söhne und

Väter meines eigenen Volkes bitten müssen, für unsere Verteidigung in den Kampf zu ziehen. Ich hoffe, dass ich den Tag niemals erleben werde, da eine Bedrohung von außen uns zu so schrecklichen Entscheidungen zwingen wird.

Dann mögt ihr euch noch die Frage stellen, wie diese Allianz eurem Volk in Zeiten des Friedens zugutekommen wird. Wir können euch Handel, Wissen und Zugang zu der zirklischen Priesterschaft anbieten. Viele von euch bezweifeln, dass ihr irgendetwas von Wert hättet, das sich verkaufen ließe. Das ist nicht wahr. Ihr stellt einzigartige Dinge her, die außerhalb von Si sowohl von praktischem als auch von künstlerischem Wert wären. Ihr habt Vorkommen von Mineralien, die abgebaut werden könnten. Ihr besitzt seltene Pflanzen, die heilende Eigenschaften haben. Selbst die weichen Decken in der Laube, die ihr für mich gebaut habt, würden in Jarime einen hohen Preis erzielen. Und das sind nur die Güter, die mir in den wenigen kurzen Wochen meines Aufenthalts hier aufgefallen sind. Ein erfahrener Händler würde noch viel mehr entdecken.

Dann wären da noch die Vorteile, die ein Austausch von Kultur und Wissen grundsätzlich mit sich bringt. Wir können viel voneinander lernen. Eure Methoden, zu herrschen und Konflikte zu lösen, sind einzigartig. Die Priesterschaft der Zirkler kann eine Ausbildung in der Heilkunst und der Zauberei anbieten. Als Gegenleistung können wir euch nur bitten, eure Kenntnisse auf dem Gebiet des Heilens mit uns zu teilen, damit wir unseren jeweiligen Völkern besser helfen können.«

Auraya hielt inne und ließ ihren Blick über die vielen Hundert Gesichter wandern. »Ich hoffe, dass unsere Länder sich in Freundschaft und Respekt und zum beiderseitigen Wohl vereinen werden. Vielen Dank, dass ihr mir zugehört habt, Männer und Frauen von Si.«

Sie trat vom Rand des Felsvorsprungs zurück und schaute zu Sirri hinüber. Die Sprecherin nickte lächelnd, dann hob sie abermals die Arme.

»Die Sprecher werden sich jetzt mit ihren Stämmen beraten.«

Auraya sah zu, wie sich die Sprecher einer nach dem anderen in die Luft erhoben und zu ihren Stämmen hinunterglitten.

Als nur noch sie auf dem Felsvorsprung zurückgeblieben war, suchte sie einmal mehr Zugang zu den Gedanken der Siyee. Obwohl ihre Worte sie berührt hatten, waren sie natürlich immer noch vorsichtig. Die Veränderungen, von denen sie gesprochen hatte, begeisterten sie, machten ihnen aber auch Angst.

*Sie sollten sich sehr genau überlegen, was sie wollen. Ihre Welt wird wahrscheinlich nie wieder dieselbe sein, auch wenn niemals Krieg ausbrechen sollte.* Es würden Landgeher hierherkommen und ihre Ideen zurücklassen – sowohl gute als auch schlechte. Sie würden eine Straße nach Siyee bauen wollen, um sich die Reise zu erleichtern. Die Siyee würden sehr vorsichtig sein müssen; möglicherweise würden sie eindringende Siedler gegen habgierige, skrupellose Kaufleute eintauschen – vor allem dann, wenn sie sich dazu entschlossen, weitere Bergwerke zu eröffnen.

*Ich werde dafür sorgen müssen, dass das niemals geschieht.*

Es überraschte sie, wie stark ihr Bedürfnis war, die Siyee zu beschützen. Seit ihrer Ankunft waren erst wenige Wochen verstrichen. Hatten diese Leute sie so sehr in ihren Bann geschlagen?

*Ja,* dachte sie. *Ich habe das Gefühl, hierherzugehören. Ich vergesse immer wieder, wie sehr ich mich von ihnen unterscheide, und ich wünsche mir beinahe, ich könnte auf die Hälfte meiner Größe zusammenschrumpfen und mir Flügel wachsen lassen.*

Sie schaute zu den gewaltigen Bäumen empor, fing jedoch plötzlich einen bruchstückhaften Gedanken auf und wandte hastig den Blick ab. Dort oben war jemand. Ein Junge, der voller Angst auf den Moment wartete, da er vor der Versammlung erscheinen sollte. Auraya hatte bereits genug von Sirris Gedanken aufgefangen, um zu wissen, dass die Sprecherin für einen späteren Zeitpunkt eine Überraschung plante.

*Irgendeine Art von Vorführung,* ging es Auraya durch den Kopf. *Etwas, von dem sie glaubt, es werde die Siyee dazu bringen, sich mit der Allianz einverstanden zu erklären.*

Sie widerstand der Versuchung, die Gedanken des Jungen zu lesen, und konzentrierte sich stattdessen auf die Siyee. Die Zeit verging, und die Sprecher verließen einer nach dem anderen ihre Stämme und kehrten zu ihren früheren Plätzen zurück. Als die letzten von ihnen gelandet waren, trat Sirri wieder auf den Felsvorsprung, und Stille legte sich über die Versammlung.

Die Sprecher ergriffen der Reihe nach das Wort und legten die Meinung ihres Stammes dar. Die meisten der Stämme hatten sich für eine Allianz ausgesprochen, doch einige wenige verweigerten ihre Zustimmung.

»Alle Stämme müssen sich in dieser Angelegenheit einig sein«, erklärte Sprecherin Sirri. »Wir konnten jedoch keine Einigkeit erzielen. Bevor ich diese Versammlung für beendet erkläre, bitte ich euch, mir zuzuhören. Ich glaube, dass wir unser Territorium den Landgehern deshalb nicht öffnen wollen, weil wir außerstande wären, gegen sie zu kämpfen. Warum sollten wir unser Leben im Krieg aufs Spiel setzen, wenn wir unseren Feinden keinen Schaden zufügen können? Warum sollten wir Landgehern Zutritt zu unseren Bergen gewähren, wenn wir sie nicht wieder vertreiben können, sollten sich ihre Absichten als böse erweisen?«

Auraya betrachtete die Sprecherin nachdenklich. Sie wusste, dass Sirri die Allianz wollte, aber diese beiden Punkte würden die Siyee nur gegen eine Allianz einnehmen.

Sirri hob die Arme. »Wir *können* kämpfen. Wir *können* uns verteidigen. Wie? Ich will es euch zeigen.«

Sie blickte zu dem Baum auf, in dem der Junge wartete, dann schaute sie zum Waldrand hinüber und nickte.

Von hoch oben in seinem Baum konnte Tryss die Stimmen der Leute unter ihm hören, aber er konnte ihre Worte nicht verstehen. Er hatte inzwischen aufgegeben, es zu versuchen, und hielt stattdessen in der Menge nach Drilli Ausschau. Schließlich entdeckte er sie neben ihren Eltern.

Er hatte seit über einer Woche nicht mehr mit ihr gesprochen. Ihr Vater hatte Tryss aufgesucht und ihm befohlen, sich von ihr fernzuhalten. Sie würde keinen Jungen aus einem anderen Stamm heiraten, hatte er erklärt, und gewiss nicht einen Jungen mit eigenartigen Ideen, der seine Zeit mit müßigen Tagträumen verschwendete. Sie konnte einen besseren Partner finden.

Seine Vettern hatten deutlich gemacht, wer Drillis Vater von ihrer gegenseitigen Zuneigung berichtet hatte, aber es war möglich, dass sie logen, nur um ihn zu ärgern. Jeder, der Tryss und Drilli beim Trei-Trei beobachtet hatte, musste Verdacht geschöpft haben, dass sie einander sehr nahestanden.

Tryss blickte auf seine Erfindung hinab. Würden Drillis Eltern ihre Meinung über ihn ändern, wenn er sich von seinen Erfindungen abwandte und sich mehr wie andere Jungen seines Volkes benahm? Würde er die Arbeit aufgeben, wenn dies die einzige Möglichkeit war, sich weiter mit Drilli zu treffen?

Die Frage quälte ihn. Er drängte sie beiseite, ertappte sich aber immer wieder dabei, dass er darüber nachdachte. Er blickte zu Drilli hinüber. Sie war schön und klug. Gewiss würde er alles tun …

Als er wieder Sprecherin Sirris Stimme hörte, riss er sich von Drillis Anblick los. Die Sprecherin schaute zu ihm auf, dann sah sie zu den Siyee hinab, die die Käfige mit Brems hielten, und nickte.

*Das Signal.* Tryss' Herz machte einen Satz und begann zu hämmern. Er hielt Ausschau nach Bewegungen auf dem Boden. *Dort!*

Er sprang. Entschlossen ignorierte er seine Zuschauer und konzentrierte sich einzig auf das kleine Tier, das er erspäht hatte. Er musste mit allen Sinnen bei der Sache sein. Sein Geschirr war neu und ein wenig steif; er hatte nur das Licht der Lampen, um die Tiere zu sehen, und Brems waren *schnell.*

Blätter zischten an seinen Ohren vorbei. Er breitete die Arme aus und tauchte zwischen den Zweigen des Baums hervor. Dann zog er einen Pfeil in sein Blasrohr, zielte und schoss.

Das Brem stieß ein schrilles Quieken aus, als der Pfeil sein Bein traf. Es humpelte weiter, aber das Gift würde es schon bald lähmen. Tryss hatte ein zweites Brem entdeckt und drehte bei, um ihm zu folgen. Diesmal bohrte sich der Pfeil in den Rücken des Tieres. Eine Welle des Triumphs stieg in ihm auf, und er schlug mit den Flügeln, um ein wenig Höhe zu gewinnen und nach weiteren Brems Ausschau zu halten.

Zwei Tiere kamen zu beiden Seiten des flachen Felsens aus der Menge gerannt. Das erste verfehlte er, aber beim zweiten hatte er Erfolg. Er flog eine Kurve und schoss einen weiteren Pfeil auf das erste Brem ab, das jedoch im letzten Moment einen Haken schlug, so dass der Pfeil zu Boden fiel. Das Tier verschwand zwischen den Beinen der umstehenden Siyee.

Enttäuscht stieg Tryss wieder höher auf. Er sah die beiden letzten Brem in das Offene Dorf huschen und drehte sich hastig um. Er flog auf sie zu und packte die Daumengurte der neuen Flügelvergrößerung, die er eingebaut hatte, noch fester. Er hatte nur wenige Stunden Zeit gehabt, um damit zu üben, und es war deutlich schwieriger, mit dieser Vorrichtung zu zielen.

Die beiden Brem hielten mitten im Dorf inne und nahmen nur die Siyee wahr, die um sie herumstanden. Tryss zielte, bog die Daumen durch und spürte, wie die Gelenke auseinandergingen. Zu spät wurde ihm klar, dass er unbeabsichtigt beide gelöst hatte. Kleine Pfeile schnellten durch die Luft. Einer bohrte sich in ein Brem, der andere rutschte über den Boden und verkeilte sich in der Wand des Felsvorsprungs …

Der jetzt unmittelbar vor ihm lag. Er drückte den Rücken durch und spürte, wie scharfe Steine über seine Hüfte kratzten, als es ihm mit knapper Not gelang, einen Zusammenprall zu vermeiden. Das Manöver hatte ihn jedoch einiges an Höhe gekostet, und er musste abrupt landen; er konnte nur hoffen, dass es für die anderen so aussah, als sei diese Landung beabsichtigt gewesen.

Tiefes Schweigen lag über den versammelten Siyee. Dann begann jemand in der Menge, begeistert zu pfeifen, wie die Zuschauer es bei den akrobatischen Wettbewerben des Trei-Trei taten. Andere fielen ein, bis der Applaus der Menge im ganzen Dorf widerhallte. Tryss blickte mit einem breiten Grinsen zu Sprecherin Sirri auf, die mit einem anerkennenden Nicken antwortete.

Die Sprecherin hob die Arme, und die Pfiffe verklangen.

»Volk der Berge. Stämme der Siyee. Ich glaube, ihr habt genau wie ich die Möglichkeiten dessen erkannt, was Tryss uns heute Abend gezeigt hat. Was er erfunden hat, ist eine Waffe. Nicht die Art Waffe, die für Landgeher geeignet wäre, die Art, die wir vor langer Zeit als nutzlos abgeschafft haben. Dies ist eine Waffe, die für *uns* geschaffen wurde. Sie ist nicht nur ein hervorragendes Jagdinstrument, sie ist auch eine Waffe, die es uns gestatten wird, voller Stolz erfolgreich zu kämpfen, sei es zu unserem eigenen Schutz oder dem unserer Verbündeten. Es ist heute Abend schon ein wenig spät, um die Möglichkeiten dieser Waffe zu erörtern und darüber zu reden, auf welche Weise ihre Existenz unsere Einstellung zu der vorgeschlagenen Allianz verändern könnte. Ich schlage vor, dass wir in sieben Tagen noch einmal zusammenkommen und dann unsere Entscheidung treffen. Seid ihr damit einverstanden?«

In der Menge wurden zustimmende Rufe laut. Sirri sah die anderen Sprecher an. Alle nickten.

»Dann soll es so sein. Diese Versammlung ist beendet. Möget ihr sicher in eure Lauben zurückkehren.«

Sofort flammten überall erregte Gespräche auf. Tryss blickte zu der Priesterin, denn er war plötzlich neugierig zu sehen, wie sie auf das Geschehene reagierte. Sie war jedoch ganz in die Beobachtung Sirris vertieft, die Stirn nachdenklich in Falten gelegt, ein Ausdruck, der jedoch schnell verschwand, als einer der anderen Sprecher sich ihr zuwandte.

Jemand zupfte an seinem Arm, und als Tryss sich umdrehte, stand Sreil mit einem breiten Grinsen vor ihm.

»Das war fantastisch! Warum machst du nicht bei den akrobatischen Wettbewerben bei den Trei-Treis mit?«

»Ich, ähm …«

Es blieb ihm erspart, auf die Frage antworten zu müssen, da ein anderer Siyee seine Aufmerksamkeit für sich beanspruchte. »Ist es schwer? Woraus ist es gemacht?«

Mit einem Mal war er umringt von Siyee, die alle den Wunsch hatten, das Geschirr näher in Augenschein zu nehmen. Ihre Fragen waren endlos und wurden oft wiederholt, aber Tryss zwang sich, stehen zu bleiben und sie zu beantworten.

*Es geht nicht nur darum, das Geschirr vorzuführen,* sagte er sich. *Ich muss sie dazu bringen, es selbst auszuprobieren.*

Aber er wünschte sich sehnlichst, endlich fortzukommen und nach Drilli suchen zu können. Wann immer sich eine Lücke zwischen den Zuschauern auftat, hielt er nach ihr Ausschau, doch vergeblich. Sie und ihre Familie waren bereits fort.

# 24

Nicht lange, nachdem Danjin Aurayas Quartier betreten hatte, klopfte es an der Tür. Unfug litt derzeit an einer häufig vorkommenden Veez-Krankheit, die ihm seine gewohnte Energie raubte, und lag schlafend auf Danjins Schoß. Er schob das Tier beiseite und durchquerte den Raum, um die Tür zu öffnen. Zu seiner Überraschung stand Rian vor ihm.

»Ratgeber Danjin Speer«, sagte der Weiße. »Ich möchte mit dir sprechen.«

Danjin machte das Zeichen des Kreises. »Möchtest du hier mit mir sprechen oder lieber anderswo, Rian von den Weißen?«

Rian nickte. »Wir können ruhig hierbleiben.«

Aus der Nähe betrachtet schien Rian nicht älter als zwanzig zu sein, und Danjin musste sich stets ins Gedächtnis rufen, dass das wahre Alter des Mannes näher an fünfzig lag. Es war jedoch nicht so leicht zu vergessen, *wer* Rian war. Seine ganze Haltung deutete darauf hin, dass er sich seiner Position bewusst und stolz darauf war, und im Gegensatz zu Auraya wirkte er stets ernst und förmlich. Seine Art, andere anzusehen – ohne einen Wimpernschlag –, war unheimlich.

»Es hat sich herausgestellt, dass die Beobachtungen deiner Familie, was den Verkauf von Waffen an die Pentadrianer betrifft, den Tatsachen entsprechen«, sagte Rian. »Glaubst du, dass deine Brüder vielleicht noch andere nützliche Informationen haben könnten?«

Danjin schürzte die Lippen. »Vielleicht.« *Aber ob sie sie mit mir teilen würden, das ist eine Frage, die ich nicht beantworten kann,* fügte er im Geiste hinzu.

Rian zog die Augenbrauen hoch. »Glaubst du, sie wären bereit, als Spione für die Weißen zu arbeiten?«

*Spione?* Danjin wurde bewusst, dass er Rian anstarrte, und er senkte hastig den Blick. *Würden sie das tun?* Er dachte darüber nach, wie sein Vater und seine Brüder auf einen solchen Vorschlag reagieren würden, und er schloss für einen Moment die Augen. *Natürlich würden sie es tun.* Sie wären begeistert über diese Bestätigung ihres Werts. Es würde ihnen gefallen, nicht nur mit Waren zu handeln, sondern auch mit Informationen.

»Ich glaube, sie wären dazu bereit.« *Aber du wirst deine Fähigkeiten im Gedankenlesen benutzen müssen, um sicherzugehen, dass sie dir auch alles erzählen, was sie wissen,* schoss es ihm unwillkürlich durch den Kopf. *Sie könnten Informationen für sich behalten, die sich zu Geld machen ließen; ebenso würden sie schweigen, wenn ihr Wissen ihre gegenwärtigen Geschäfte beeinträchtigen könnte.*

Rian nickte. »Dann werde ich ein Treffen mit ihnen verabreden. Möchtest du dabei zugegen sein?«

Danjin überlegte kurz, dann schüttelte er den Kopf. »Meine Anwesenheit würde die Angelegenheit nur unnötig komplizieren.«

»Also gut.« Rian wandte sich der Tür zu, dann hielt er noch einmal inne. »Was weißt du über Sennon, Ratgeber?«

»Sennon?« Danjin zuckte die Achseln. »Ich habe das Land mehrfach besucht. In der Regel bin ich übers Meer gefahren, aber zweimal habe ich auch die Wüste durchquert. Ich spreche Sennonisch und kenne einige Leute dort.«

»Der sennonische Kaiser hat gestern einen Bündnisvertrag mit den Pentadrianern unterzeichnet.«

Einmal mehr ertappte sich Danjin dabei, dass er Rian anstarrte, diesmal voller Entsetzen. Er erinnerte sich an Aurayas erste Begegnung mit dem Botschafter von Sennon. Der Mann hatte sie zu einem Besuch eingeladen. Es war lächerlich gewesen, zu erwarten, dass eine neue Weiße, die noch nicht ausgebildet war und sich mit ihrer Position noch nicht hatte vertraut machen können, den weiten Weg bis nach Sennon reisen würde. Vielleicht hätte einer der anderen Weißen das Land besuchen sollen. Möglicherweise hätte der Kaiser sich nicht mit den Pentadrianern verbündet, wenn man ihn rechtzeitig daran erinnert hätte, dass jenseits der Berge eine mächtige, von den Göttern unterstützte Allianz lag.

»Du denkst, wir hätten größere Anstrengungen unternehmen sollen, um uns den sennonischen Kaiser und sein Volk gewogen zu stimmen«, sagte Rian stirnrunzelnd.

Danjin lächelte gequält. »Ja, aber was könnt ihr tun? Ihr seid nur zu fünft – in letzter Zeit nur zu viert. Ihr habt euch gerade erst mit Somrey verbündet, und jetzt versucht Auraya, die Si zu einer Allianz zu bewegen. Ihr hattet weder die Zeit noch die Mittel, um auch Sennon auf eure Seite zu ziehen.«

Rians Mundwinkel zuckten. »Das ist richtig. Die Kontrolle über die Zeit gehört nicht zu den Gaben, die die Götter uns verliehen haben.«

»Vielleicht werden dem Kaiser seine neuen Freunde nicht gefallen, und er wird seine Meinung wieder ändern. Ich nehme an, er wird genauso begeistert sein wie die Torener, diese schwarzen Worns kennenzulernen.«

Rians Miene verdüsterte sich. »Es sei denn, er hätte gern ein eigenes Rudel, das er ausbilden kann. Er hat allen zirklischen Priestern empfohlen, das Land zu verlassen, angeblich um ihrer eigenen Sicherheit willen.«

Danjin verzog das Gesicht. »Oh.« Er schüttelte den Kopf. »Der Kaiser hat immer behauptet, dass er keiner Religion den Vorrang vor einer anderen einräume.« Plötzlich fielen Danjin die Traumweber ein, und sofort hatte er ein schlechtes Gewissen. Auraya hatte ihn gebeten, Leiard zu besuchen, aber er war zu sehr mit der Jagd nach Gerüchten über die Pentadrianer beschäftigt gewesen, um ihrem Wunsch nachzukommen. »Meinst du, ich sollte Traumweberratgeber Leiard warnen?«

Rian zuckte die Achseln. »Das überlasse ich dir. Allen Berichten zufolge, die ich bekommen habe, dulden die Pentadrianer die Anhänger kleiner heidnischer Kulte. Nur die Zirkler verachten sie, zweifellos, weil sie wissen, dass unsere Götter real sind.«

*Eifersüchtig, wie?* Danjin lächelte grimmig. Wenn dies alles zu einem Konflikt führte, hatten die Zirkler zumindest diesen einen Vorteil: Ihre Götter waren real und würden sie beschützen. Er fürchtete nur den Schaden, den die Pentadrianer im Laufe eines solchen Konflikts anrichten könnten. Im Krieg gab es immer Opfer.

Ein Leuchten war in Rians Augen getreten. Er musterte Danjin anerkennend. »Vielen Dank für deine Unterstützung, Ratgeber.«

Danjin neigte den Kopf und machte das Zeichen des Kreises. »Es freut mich, wenn ich helfen kann.«

Er folgte Rian zur Tür und öffnete sie. Der Weiße trat hindurch, dann blieb er noch einmal stehen und drehte sich um.

»Wenn ich mit deiner Familie spreche, werde ich nicht erwähnen, dass ich mich mit dir beraten habe.«

Danjin nickte dankbar. Als Rian gegangen war, schloss er die Tür. Unfug sah ihn schläfrig blinzelnd an.

»Das«, sagte er zu dem Veez, »war *sehr* interessant.«

Auraya öffnete die Augen. Im Raum war es dunkel, und sie konnte kaum die Wände um sie herum erkennen. Hatte irgendetwas sie geweckt?

*Nun, der Versuch war nicht sehr erfolgreich. Ich habe immer noch das Gefühl, eigentlich zu schlafen …*

Sie öffnete die Augen ein zweites Mal. Diesmal war die Dunkelheit absolut. Nur dass … eine vertraute Gestalt in Traumweberroben erschien.

*Leiard?*

*Hallo, Liebhaberin von Träumen; Träumerin von Liebe.*

Seine Lippen bewegten sich, als die Worte zu ihr herüberwehten.

*Ist … ist das eine Erinnerung? Es fühlt sich so an, als wärst du es, der jetzt zu mir spricht, und gleichzeitig ist es ganz anders.*

*Ja und nein. Ich bin es, der zu dir spricht, eingehüllt in deine Erinnerung an mich. Dein Geist gibt dem meinen eine Form. Du lernst schnell. Mir scheint, du hast eine natürliche Begabung dafür.*

*Vielleicht hätte ich Traumweberin werden sollen.*

*Aber dein Herz gehört den Göttern.*

*Meine Seele gehört den Göttern; mein Herz gehört dir.*

Leiard lächelte – ein hinterhältiges, heimlichtuerisches Lächeln. Es war ein Ausdruck, den sie noch nie zuvor in seinen Zügen gesehen hatte. War das nur ihr Verstand, der die Stimmung ausschmückte, die sie bei ihm wahrnahm?

*Ich hatte schon immer den Verdacht, dass Seelen etwas sind, das die Götter erfunden haben, um die Menschen dazu zu bringen, ihnen zu dienen. Tatsächlich habe ich einmal ein Gespräch mit einem Gott geführt, bei dem er zugegeben hat, dass …*

Sie war plötzlich hellwach und starrte zum Dach der Laube empor. Tageslicht drang durch die Wände.

»Auraya?«

Die Stimme kam vom Eingang. Auraya stand auf, legte sich eine Decke um die Schultern und trat in den Hauptraum. Dann schlug sie die Lasche zurück, die die Tür bedeckte, und stand im nächsten Moment Sprecherin Sirri gegenüber.

»Ja, Sprecherin?«

Die Frau lächelte. »Entschuldige bitte, dass ich dich so früh wecke. Wir haben soeben eine Nachricht bekommen, die wir dringend mit dir erörtern müssen.«

Auraya nickte. »Komm herein. Ich werde gleich bei dir sein.«

Sie eilte in ihr Zimmer und schloss den Vorhang, der die beiden Räume voneinander teilte. Dann zog sie sich aus, wusch sich flüchtig mit Wasser aus einer Holzschale und trocknete sich mithilfe von Magie eilends ab. Sobald sie wieder angezogen war, fuhr sie sich mit einem Kamm durchs Haar, das sie sich zu einem Zopf flocht, während sie in den Hauptraum zurückkehrte.

Sprecherin Sirri stand neben dem Eingang und klopfte mit dem Zeigefinger auf den Rahmen der Laube. Allein aus dem Gesichtsausdruck der Frau hätte Auraya niemals ihre Stimmung erahnen können, aber diese kleine Geste der Ungeduld brachte sie dazu, näher hinzusehen. Sofort spürte sie, dass die Sprecherin mit einem Gefühl wachsender Angst kämpfte: Sie hatte von einer Landgeherin erfahren, die in Si gesehen worden war. Sirri hatte Auraya von dem Angriff schwarzer Vögel auf einen der Stämme der Siyee erzählt, und die Landgeherin hatte sich für diesen Angriff entschuldigt.

»Es wird bei unserer Zusammenkunft etwas zu essen geben«, sagte Sirri, als Auraya aus der Laube trat.

Die Sprecherin erhob sich in die Luft, und Auraya folgte ihr bis zum Offenen Dorf, wo sie leichtfüßig landete. Der Wald war an dieser Stelle von Unterholz überwuchert, so dass die Laube vor neugierigen Blicken geschützt war.

Auraya hatte die Sprecherlaube bereits einige Male besucht, war sich aber sicher, dass man sie jedes Mal über einen anderen Waldweg dorthin geführt hatte. Sie widerstand der Versuchung, die Gedanken der Sprecherin zu lesen, denn sie spürte, dass Sirri warten wollte, bis die anderen Sprecher versammelt waren. Erst dann wollte sie den Inhalt der Botschaft offenbaren, die sie so sehr beunruhigt hatte.

*Ich vertraue ihr,* ging es Auraya durch den Kopf. *Ich weiß einfach, dass sie nichts vor mir verbirgt und ihre Gründe hat, warum sie warten will.*

An der Laube angekommen, trat Sirri wortlos in den Eingang. Die Sprecher der anderen vierzehn Stämme erwarteten sie schon. Jetzt standen sie auf, um Auraya zu begrüßen, und sie spürte eine neue Vorsicht in der Art, wie sie ihr gegenübertraten. Sirri führte sie zu einem der niedrigen Hocker, dann nahm sie ebenfalls Platz.

»Auraya von den Weißen«, begann sie schließlich. »Erinnerst du dich daran, dass ich dir von großen, schwarzen Vögeln erzählt habe, die vor einem Monat den Sonnengebirgsstamm angegriffen haben?«

»Ja. Einer der Jäger behauptete, es sei eine Landgeherin in der Nähe gewesen.«

Sirri nickte. »Die Vögel sind seither nicht mehr gesehen worden, obwohl einige von uns ängstlich nach ihnen Ausschau gehalten haben, aber die Frau ist vor kurzer Zeit wieder aufgetaucht.« Sie blickte zu dem Anführer des Zwillingsberge-Stamms hinüber. »Ein kleines Mädchen ist ihr begegnet. Wir haben keinen Grund, an der Geschichte dieses Mädchens zu zweifeln; sie neigt nicht dazu, sich fantastische Geschichten auszudenken. Sie sagt, sie sei der Frau in der Nähe ihres Dorfes begegnet. Die Frau habe sie gebeten, eine Botschaft zu überbringen; sie hat sich für den Angriff auf die Jäger entschuldigt. Allerdings behauptete sie, es sei ein Unfall gewesen, und sie habe zu spät begriffen, was ihre Vögel taten. In Wahrheit habe sie die Absicht gehabt, unsere Freundschaft zu erringen. Dann hat sie dich vorüberfliegen sehen« – Sirri schaute Auraya in die Augen –, »woraufhin sie ihre Meinung geändert hat. Sie hat beschlossen, Si zu verlassen, und dem Mädchen zuvor noch eine andere Botschaft für den Anführer ihres Stammes gegeben. Sie sagte, wenn die Siyee sich mit den Zirklern verbünden würden, würden sie einen noch mächtigeren Feind gewinnen.«

Auraya fröstelte. »Wie hat diese Landgeherin ausgesehen?«

»Ihre Haut war dunkel. Sie wirkte jung und stark.«

»Ihre Kleidung?«

»Sie war in Schwarz gewandet und trug eine Kette mit einem silbernen Anhänger.«

Aus dem Frösteln wurde ein Schauder, der Auraya kalt über den Rücken lief.

»Ah.«

»Hast du schon einmal von dieser Frau gehört?«

Auraya schüttelte den Kopf. »Nein, aber ich bin Leuten wie ihr begegnet. Sie könnte ein Mitglied eines Kults aus Südithania sein. Ich muss Juran darüber berichten.«

Sie schloss die Augen und rief Jurans Namen.

*Ja?*, erwiderte er.

*Ich glaube, dass eine Pentadrianerin in Si herumgeschnüffelt hat.* Sie erzählte ihm, was sie erfahren hatte.

*Eine Frau mit Vögeln, ein Mann mit Worns. Zu den fünf Anführern, die unsere Spione uns genannt haben, gehören auch zwei Frauen.*

*Ja. Was soll ich den Siyee erzählen?*

*Alles. Ganz Nordithania wird schon bald von diesen Zauberern erfahren. Dieser Zwischenfall könnte den letzten Ausschlag dafür geben, dass sie eine Allianz unterzeichnen.*

Auraya unterdrückte ein Seufzen und öffnete die Augen. *In was für eine Geschichte ziehe ich diese Leute hinein?*, fragte sie sich einmal mehr. Sie blickte in die ängstlichen Gesichter der Sprecher.

»Juran und ich glauben zu wissen, *was* sie ist, geradeso wie sie mich als das erkannt hat, was ich bin. Sie ist eine pentadrianische Zauberin«, erklärte sie den Sprechern. »Wir sind bereits zwei anderen von ihrer Art begegnet. Der erste ist mit einem Rudel Worns nach Toren eingedrungen. Die Tiere waren größer und von dunklerer Farbe als ihre wilden Vettern, und sie schienen den Gedankenbefehlen ihres Herrn zu gehorchen. Anscheinend ist ihr Herr nur deshalb nach Toren gekommen, um Angst und Tod zu verbreiten. Rian hat den Mann gefunden und sich ihm in den Weg gestellt, und als dem Zauberer klar wurde, dass er den Kampf nicht gewinnen konnte, ist er geflohen.

Der zweite Zauberer befand sich nicht in Begleitung von Worns«, fuhr sie fort. Die Erinnerung daran, wie sie durch die Magie des schwarzen Zauberers an eine Wand gepresst worden war, brachte einen Nachhall von Furcht mit sich. Auraya holte tief Luft und schob sowohl die Erinnerung selbst als auch das Entsetzen beiseite, das damit einherging. »Er hatte überhaupt keine Tiere bei sich, bis auf ein gewöhnliches Reyna. Soweit wir wissen, hat er niemandem Schaden zugefügt. Man hat mir den Auftrag gegeben, Dyara bei der Suche nach ihm zu helfen, aber auch er ist uns entkommen.«

»Was wollen diese Zauberer?«, fragte einer der Sprecher.

Auraya verzog das Gesicht. »Das weiß ich nicht. Aber eines steht fest, sie hassen die Zirkler. Sie nennen uns Heiden.«

»Wem huldigen sie?«

»Fünf Göttern, genau wie wir es tun, aber ihre Götter sind nicht real.«

»Vielleicht ist das der Grund, warum sie ihren Glauben mit solcher Grimmigkeit verteidigen«, murmelte Dryss.

»Warum ist diese Zauberin nach Si gekommen?«, fragte ein anderer Sprecher.

»Aus dem gleichen Grund wie Auraya: um ein Bündnis zu suchen«, antwortete ihm jemand.

»Indem sie uns *angreifen*?«

»Die Frau sagte, es sei ein Versehen gewesen. Sie sagte, sie habe die Absicht gehabt, unsere Freundschaft zu erringen.«

»Bis sie Auraya sah.«

Mehrere Sprecher blickten zu Auraya hinüber. Sie sah ihnen fest in die Augen und hoffte, dass sie mehr Zuversicht ausstrahlte, als sie empfand.

»Sie hat uns bedroht«, rief Dryss ihnen ins Gedächtnis. »Ich fürchte, wir sind gezwungen, uns zwischen zwei großen Mächten zu entscheiden. Ganz gleich, was wir tun, uns stehen Veränderungen bevor, denen wir nicht ausweichen können.«

»Ihr braucht euch für keine dieser Mächte zu entscheiden«, warf Auraya ein. »Ihr könnt euch dafür entscheiden, alles beim Alten zu belassen.«

»Und von diesen Siedlern der Landgeher langsam ausgehungert und gejagt zu werden, bis unser Volk ausgerottet ist?«, erwiderte ein Sprecher. »Das ist keine Alternative.«

»Jetzt können wir gegen die Eindringlinge kämpfen«, bemerkte ein junger Sprecher. »Indem wir diesen Pfeilwerfer benutzen. Wir brauchen uns mit niemandem zu verbünden!«

Zustimmendes Gemurmel wurde laut. Auraya hob die Hände, und die Sprecher verstummten wieder. »Wenn es euer Wunsch ist, werde ich Si verlassen. Sobald ich fort bin, könnt ihr diese Zauberin einladen, in euer Land zurückzukehren. Findet heraus, was sie von euch will und was sie als Gegenleistung anzubieten hat. Aber bitte, seid vorsichtig. Vielleicht hatte sie nicht die Absicht, euren Jägern Schaden zuzufügen, aber ich weiß, dass einer ihrer Gefährten ein grausamer Mann ist, der Tod und Schmerz bringt, einfach weil es ihm Vergnügen bereitet. Es wäre mir schrecklich, die Siyee unter seinen Händen leiden zu sehen.«

»Vielleicht war er ein Gesetzloser. Vielleicht ist er nach Nordithania gekommen, weil man ihn aus den Ländern der Pentadrianer verbannt hat«, wandte der junge Sprecher ein.

»Zumindest haben diese Pentadrianer uns niemals unser Land gestohlen«, murmelte ein anderer.

»Das könnte daran liegen, dass sie keine Grenze mit uns teilen«, bemerkte Sirri.

Auraya zuckte zusammen. »Jetzt haben sie eine.«

Die Sprecher sahen sie stirnrunzelnd an.

»Wie meinst du das?«, fragte Dryss.

»Der sennonische Kaiser hat gestern einen Allianzvertrag mit den Pentadrianern unterzeichnet. Und Sennon teilt eine Grenze mit euch, auch wenn es nur eine kleine ist.«

»Auf ihrer Seite gibt es nur Wüste.«

»Aber dort, wo die Wüste endet, beginnen die Berge.« Dies kam von einem Sprecher, der sich bisher nicht an der Unterredung beteiligt hatte. »Es gibt mehrere Siedlungen von Landgehern entlang der Küste.«

Die Sprecher verfielen in Schweigen und senkten den Blick zu Boden. Auraya durchzuckte jähes Mitgefühl, als sie spürte, wie sie mit ihren Ängsten rangen.

»Männer und Frauen von Si«, sagte sie leise. »Ich wünschte, es stünden euch nicht so harte Zeiten und so schwierige Entscheidungen bevor. Ich kann euch diese Entscheidungen nicht abnehmen. Ich kann euch nicht sagen, wem ihr vertrauen sollt. Ich würde niemals auch nur im Traum daran denken, euch eine Entscheidung aufzuzwingen. Als die Götter mich und die anderen Weißen baten, Allianzen mit allen Ländern Ithanias anzustreben, taten sie dies meiner Meinung nach nur aus dem Wunsch heraus, uns alle in Frieden geeint zu sehen. Vielleicht haben sie irgendeinen zukünftigen Konflikt vorausgesehen. Ich weiß es nicht. Was ich weiß, ist, dass es eine große Ehre für uns wäre, das Volk von Si an unserer

Seite zu wissen, sei es in Zeiten des Konflikts oder des Friedens.«

Sie erhob sich, nickte kurz und verließ dann den Raum. Als sie sich von der Laube entfernte, hörte sie gedämpfte Stimmen. Sie konnte keine einzelnen Worte verstehen, aber ihre Gaben sagten ihr, was gesprochen wurde.

*»Wir sitzen in dieser Angelegenheit – was auch immer dahinterstecken mag – in der Falle, ob es uns gefällt oder nicht. Ich sage, wir sollten uns für eine Seite entscheiden, denn auf uns allein gestellt werden wir gewiss umkommen.«*

Es folgte eine Pause, dann: *»Wenn wir entscheiden müssen, wem wir vertrauen können, wollen wir uns dann jemandem anschließen, der insgeheim in unser Land gekommen ist und gefährliche Vögel mitgebracht hat, oder jemandem, der gewartet hat, bis wir ihn eingeladen haben?«*

Und zu guter Letzt: *»Huan hat uns geschaffen. Huldigen diese Pentadrianer Huan? Nein. Ich entscheide mich für die Weißen.«*

# 25

In den Schatten um Leiard und Jayim konnte man nur die undeutlichen Schemen von Bäumen und Pflanzen erkennen. Sie hätten sich ebenso gut mitten in einem Wald befinden können. Es war das Fehlen vertrauter Geräusche, das die Illusion verdarb und Leiard unmissverständlich sagte, dass sie sich auf dem Dach des Hauses der Bäckers befanden.

*Ich vermisse den Wald*, ging es ihm plötzlich durch den Kopf. *Ich vermisse es, gelassen zu sein. Ich vermisse die Ruhe von Herz und Geist. Das Gefühl von Sicherheit.*

*Dann kehr in deinen Wald zurück, Narr.*

Leiard ignorierte die scharfen Worte in seinem Geist. *Diese Stimme in meinem Kopf ist lediglich das Echo eines lange verstorbenen Zauberers,* rief er sich ins Gedächtnis. *Wenn ich ihm keine Beachtung schenke, wird er fortgehen.* Er blickte zu Jayim hinüber. Der Junge, der an Leiards lange Pausen gewöhnt war, wartete geduldig.

»Magie kann in vielfältiger Weise zum Heilen benutzt werden«, sagte Leiard. »Die Gaben, die ich dich lehren werde, teilen sich in drei verschiedene Schwierigkeitsstufen. Die erste Stufe fordert simple Taten: das Abklemmen eines Blutgefäßes, um eine Blutung zu stillen; das Ausbrennen von Wunden; die Einrichtung von gebrochenen Knochen. Bei der zweiten Stufe geht es um kompliziertere Dinge: die Fähigkeit, den Blutfluss entweder zu fördern oder zu hemmen, Stimulierung und Leitung des Selbstheilungsprozesses des Körpers und das Ausblenden von Schmerz. Auf der dritten Stufe setzt man Gaben ein, die so schwierig sind, dass es Jahre dauert, sie zu erlernen, falls es überhaupt möglich ist – da nur ein oder zwei Traumweber in jeder Generation über die Fähigkeiten verfügen, diese Stufe zu erreichen. Diese Gaben erfordern eine Konzentrationstrance und sichere Kenntnisse über alle Vorgänge des Körpers. Wenn du sie erlernst, wirst du in der Lage sein, jedes Gewebe in einem Körper wieder zusammenzufügen. Du wirst außerdem eine Wunde verschwinden lassen können, ohne dass eine Narbe zurückbleibt. Du wirst einem Blinden das Augenlicht geben und eine unfruchtbare Frau fruchtbar machen können.«

»Kann ich auch Tote wiederbeleben?«

»Nein. Jedenfalls nicht solche, die wahrhaft tot sind.«

Jayim runzelte die Stirn. »Kann jemand tot sein, ohne wahrhaft tot zu sein?«

»Es gibt Möglichkeiten, um …«

Leiard brach ab und wandte sich zur Treppe um. Er konnte leise Schritte näher kommen hören. Die Schritte von zwei Personen. Eine Lampe erschien, und helles Licht strahlte auf das Dach hinaus. Tanara trat durch die Tür, gefolgt von einem vertrauten, gut gekleideten Mann.

»Leiard?«, rief Tanara zaghaft. »Du hast Besuch.«

»Danjin Speer.« Leiard stand auf. »Was führt dich …?«

»Bevor ihr euer Gespräch beginnt, kommt doch herein«, unterbrach ihn Tanara. »Es ist zu kalt, um hier draußen einen Gast zu empfangen.«

Leiard nickte. »Ja, du hast recht.«

Tanara geleitete sie die Treppe hinunter und in den Gemeinschaftsraum, wo Kohleöfen Wärme verströmten, dann ließ sie sie allein und nahm Jayim mit, damit er ihr half, heiße Getränke zuzubereiten. Danjin ließ sich mit einem Seufzer in einen Sessel sinken.

»Du siehst müde aus, Ratgeber«, bemerkte Leiard.

»Das bin ich auch«, gab Danjin zu. »Meine Frau und ich hatten gehofft, dass ich ein wenig mehr freie Zeit haben würde, solange Auraya in Si ist, aber ich fürchte, es ist genau das Gegenteil eingetreten. Wie ist es dir ergangen?«

»Ich verwende all meine Zeit darauf, Jayim zu unterrichten.«

*Nur des Nachts nicht, wenn du in verbotenen erotischen Traumvernetzungen mit einer der Weißen schwelgst,* wisperte Mirar. *Was er wohl davon halten würde? Die Frau, die er liebt wie eine Tochter, teilt das Bett mit einem Traumweber …*

Tanara kam mit zwei dampfenden Bechern mit heißem, gewürztem Tintra in den Raum zurück. Danjin nahm einen Schluck und lächelte.

»Ah, vielen Dank, Ma-Bäcker. Das tut gut. Es ist sehr kalt draußen.«

»Ja, nicht wahr?«, erwiderte sie und warf Leiard einen bedeutungsvollen Blick zu. »An einem Tag wie diesem sollte niemand draußen auf einem Dach sitzen.«

»Mutter!« Jayims Protest wehte durch die Tür. »Ich habe es dir schon hundertmal gesagt; er hat mir beigebracht, wie ich mich mit Magie warm halten kann.«

Sie rümpfte die Nase, dann wandte sie sich mit einem Lächeln an Danjin. »Ruf einfach nach mir, wenn du irgendetwas brauchst.«

Als die Tür sich hinter ihr geschlossen hatte, sah Leiard Danjin nachdenklich an. Mirars Bemerkung hatte ihn daran erinnert, dass er nur wenig darüber wusste, wie Aurayas Arbeit sich entwickelte. In ihren Traumvernetzungen hatten sie kaum über dieses Thema gesprochen. Ihre Aufmerksamkeit hatte … anderen Dingen gegolten.

»Also, wie geht es Auraya?«, fragte er.

Danjin lächelte. »Sie unterhält sich blendend. Ob sie bei ihrer Aufgabe Erfolg haben wird, steht noch nicht fest«, fügte er kopfschüttelnd hinzu. »Die Führer der Siyee, die Sprecher, wollen, dass alle Stämme einer Allianz zustimmen, bevor sie irgendetwas unterzeichnen, und während der ersten Versammlung haben sich einige Stämme gegen ein Bündnis ausgesprochen. Auraya hofft allerdings, dass sie ihre Meinung aufgrund einiger neuer Entwicklungen ändern werden. Die Gefahr eines Krieges ist eine dieser Entwicklungen, die andere ist ein glücklicher Zufall. Einer der Siyee hat eine neue Waffe erfunden, die es ihnen ermöglichen wird, Feinde von der Luft aus anzugreifen, was ihnen im Kampf einen entscheidenden Vorteil verschaffen würde. In einer Woche soll eine weitere Versammlung stattfinden, bei der darüber entschieden werden wird.«

*Was ist das für eine Waffe?*, fragte sich Leiard. Die Vorstellung, dass die Siyee sich zu einem kriegerischen Volk entwickeln könnten, entsetzte ihn. Es hatte ihm immer gutgetan zu wissen, dass es zumindest eine gewaltfreie Rasse auf der Welt gab.

*Ein gewaltfreies Volk, das von Huan geschaffen wurde. Also, wenn das keine Ironie ist,* murmelte Mirar.

»Sie hat mich gebeten, dich zu besuchen«, fügte Danjin hinzu, nachdem er seinen Becher geleert hatte.

Leiard lächelte. »Dann hat sie uns also noch nicht vergessen.«

»Nein.« Danjin lachte leise. »Ich habe den Verdacht, dass sie sich in Si niederlassen würde, wenn ihre Position es zuließe.«

»Sie hat sich in das Land verliebt«, sagte Leiard. »Das passiert manchmal, wenn Menschen das erste Mal auf Reisen gehen. Sie entdecken ein Land und glauben, dort sei alles so, wie es sein sollte. Irgendwann werden sie diesen Ort dann so sehen, wie er ist – mit seinen Vorzügen und seinen Nachteilen.«

Danjin musterte Leiard mit einem eigenartigen Gesichtsausdruck. Leiard spürte Überraschung und einen widerstrebenden Respekt. »In meinen frühen Jahren als Kaufmann und später als Höfling und Unterhändler habe ich das gleiche Phänomen wahrgenommen.« Danjin betrachtete den leeren Becher in seinen Händen und stellte ihn dann beiseite. »Ich muss langsam nach Hause gehen. Es ist schon spät, und meine Frau erwartet mich.« Er erhob sich. »Bitte danke Ma-Bäcker in meinem Namen für das heiße Getränk.«

»Das werde ich tun«, versicherte ihm Leiard.

Leiard begleitete Danjin zum Haupteingang. Als sie dort ankamen, zögerte Danjin, runzelte die Stirn und sah Leiard beinahe verstohlen an. Leiard spürte eine plötzliche Veränderung in der Stimmung des Mannes. Danjin wollte irgendetwas sagen. Vielleicht wollte er ihn warnen.

*Frag ihn, ob es noch irgendetwas anderes zu besprechen gibt,* sagte Mirar.

*Nein,* erwiderte Leiard. *Wenn er es mir erzählen könnte, hätte er es bereits getan.*

*Dessen kannst du dir nicht sicher sein. Wir wissen beide, dass seine Familie Traumweber schon immer gehasst hat. Wenn du ihn nicht fragst, werde ich es tun.*

Leiard spürte, wie ihm etwas entglitt; es fühlte sich an, als versuche er, einen fallenden Gegenstand rechtzeitig aufzufangen, nur um dann erleben zu müssen, dass er ihm im letzten Moment durch die Finger rutschte. Sein Mund öffnete sich, obwohl er ihm nicht den Befehl dazu gegeben hatte.

»Da ist noch etwas, nicht wahr?«

Danjin drehte sich überrascht zu Leiard um.

*Seine Überraschung ist bei weitem nicht so groß wie meine eigene!,* dachte Leiard. Er rang um Kontrolle über seinen Körper, etwas, das er noch nie zuvor hatte tun müssen, so dass er keine Ahnung hatte, wie er es anstellen sollte.

»Irgendetwas bekümmert dich«, erklärte Mirar und hielt

Danjins Blick mit Leiards Augen fest. »Etwas Wichtiges. Eine mögliche Bedrohung für meine Leute.«

Danjin schwieg einen Moment lang; er dachte offensichtlich darüber nach, was er sagen sollte. Schließlich stieß er einen leisen Seufzer aus und blickte auf.

»Wenn deine Leute Grund haben sollten, die Pentadrianer zu fürchten, würde ich an deiner Stelle die Traumweber dazu überreden, Sennon zu verlassen«, murmelte Danjin. »Das ist alles, was ich dazu sagen kann.«

Mirar nickte. »Ich danke dir. Für die Warnung und für deinen Besuch.«

Danjin hob die Schultern. »Ich wäre eher gekommen, wenn es mir möglich gewesen wäre.« Er neigte den Kopf. »Gute Nacht, Traumweberratgeber Leiard.«

Als Leiard seinen Namen hörte, spürte er, dass Mirar den Zugriff über seinen Körper verlor. Als er wieder die Kontrolle über sich hatte, taumelte er leicht. Danjin sah ihn erwartungsvoll an.

»Gute Nacht«, sagte er.

Leiard beobachtete, wie Aurayas Ratgeber zu einem geschlossenen Plattan ging und einstieg. Als sich der Wagen in Bewegung setzte, schloss Leiard die Tür. Er lehnte sich an die Wand und atmete tief durch. Sein Herz raste.

*Was ist da gerade passiert?*

Mirar erwiderte nichts.

*Ich habe soeben die Kontrolle über meinen Körper an ein Erinnerungsecho verloren,* beantwortete Leiard sich seine Frage selbst. *Kann so etwas noch einmal geschehen? Kann Mirar dauerhaft die Kontrolle über mich gewinnen?* Ihm wurde klar, dass er es nicht wusste. *Dann muss ich jemanden finden, der es weiß. Aber an wen könnte ich mich wenden?* Er lächelte grimmig. *Traumweberin Arleej. Wenn die Anführerin der Traumweber mir keine Antwort geben kann, dann kann es niemand.*

Eine Bewegung an der Tür ließ ihn zusammenzucken, aber es war nur Tanara. Sie musterte ihn besorgt.

»Geht es dir gut, Leiard?«

Er atmete tief durch. »Ja. Ich bin nur müde. Ich … ich werde jetzt zu Bett gehen.«

Sie nickte lächelnd. »Ich werde Jayim Bescheid sagen. Dann bleibt mir nur, dir angenehme Träume zu wünschen.«

Leiard erwartete eine freche Erwiderung von Mirar, aber die fremde Persönlichkeit in seinem Geist schwieg. Als er an Tanara vorbeiging, blieb er noch einmal kurz stehen.

»Danjin hat mich gebeten, dir für den Tintra zu danken«, sagte er.

Sie lächelte. »Er scheint ein netter Mensch zu sein. Ganz im Gegensatz zu den anderen Mitgliedern seiner Familie, über die ich nicht viel Gutes gehört habe.«

»Das ist richtig«, stimmte Leiard ihr zu.

»Gute Nacht.«

Er trat in sein Zimmer, zog sein Wams aus und legte sich aufs Bett.

Alle Traumweber lernten geistige Übungen, die den Übergang in den Traumzustand beschleunigten. Trotzdem dauerte es eine ganze Stunde, bis die Traumweberälteste auf seinen Ruf antwortete. Er vermutete, dass sie gerade erst eingeschlafen war.

*Leiard?*

*Ja. Erinnerst du dich an mich?*

*Natürlich. Man vergisst keinen Traumweber, der so viele von Mirars Erinnerungen in sich trägt.*

*Nein, das tut man wohl nicht. Ich wünschte mir allerdings langsam, es wäre anders.*

*Warum?*

Er erklärte ihr, was geschehen war, und spürte ihre wachsende Sorge.

*Wie oft hast du dich mit deinem Schüler vernetzt?*

*Ein- oder zweimal,* antwortete er ausweichend. *Es ist noch ein wenig zu früh dafür.*

*Du vermeidest es bewusst, dich mit ihm zu vernetzen,* erklärte sie. Er hatte sie mit seiner Ausrede nicht täuschen können.

*Ja,* gab er zu. *Ich habe … ich habe Kenntnis von einem Geheimnis erhalten, das ich ihm nicht zu enthüllen wage.*

*Ich verstehe. Dann musst du jemand anderen finden, dem du das Geheimnis enthüllen kannst. Jemanden, dem du vertraust. Wenn du es nicht tust, befürchte ich, dass du deine Identität verlieren wirst. Du wirst weder du selbst sein noch diese Manifestation Mirars, sondern eine halb wahnsinnige Mischung von beidem.*

*Ich kenne niemanden …*

*Es gibt noch andere Traumweber in Jarime. Würde einer von ihnen deinen Zwecken genügen?*

*Vielleicht.* Er hielt einen Moment lang inne. *Da wäre noch etwas, von dem ich dir erzählen sollte. Ich habe heute Abend mit Danjin Speer gesprochen. Er hat mir eine Warnung zukommen lassen, dass die Traumweber in Sennon vielleicht nicht mehr sicher sein werden.*

*Er spricht von der Allianz zwischen Sennon und den Pentadrianern.*

*Ah!*

*Ja. Wir haben von den Pentadrianern nichts zu befürchten. Sie haben die Traumweber immer gut behandelt. Wenn du das nächste Mal mit diesem Ratgeber sprichst, bitte ihn, die Weißen daran zu erinnern, dass wir Traumweber in einem Krieg neutral zu bleiben pflegen. Falls es zu Kämpfen kommen sollte, werden wir uns um die Verwundeten aller Nationen kümmern, wie wir es immer getan haben.*

*Ich werde es ausrichten. Wird es denn einen Krieg geben?*

*Je mehr ich von diesen Pentadrianern erfahre, umso mehr befürchte ich, dass ein Krieg unvermeidlich ist.* Sie zögerte kurz, dann fügte sie hinzu: *Was weißt du über sie?*

*Ich habe keine Netzerinnerungen, was dieses Thema betrifft,* antwortete Leiard. *Was ich weiß, beruht auf Bemerkungen von Auraya und den Gerüchten, die in Jarime die Runde machen. Sind ihre Götter real?*

*Das weiß niemand. Die Zirkler streiten es natürlich ab. Selbst wenn sie recht haben sollten, wären die Pentadrianer deswegen kaum ungefährlicher.*

*Das ist zumindest etwas.*

*Ja. Ich muss jetzt Schluss machen. Es warten noch andere Traumweber darauf, sich mit mir in Verbindung zu setzen. Gib auf dich Acht, Leiard. Denk darüber nach, was ich gesagt habe.*

Die Vernetzung endete, als Arleej ihren Geist anderen Dingen zuwandte. Nachdem die Verbindung abgebrochen war, trieb Leiard im Nichts, wohl wissend, dass sie ihm einen klugen Rat gegeben hatte. Aber er fürchtete die Konsequenzen: Wenn er einen anderen Traumweber in sein Geheimnis einweihte, dann würde der nächste Traumweber, mit dem er oder sie sich verband, die Wahrheit entdecken. Schon bald würden alle Traumweber davon wissen …

*Leiard?*

Sein Herz tat einen Freudensprung, als er Aurayas Gedankenstimme hörte, und er eilte ihr voller Eifer entgegen.

*Was wir getan haben, lässt sich nicht mehr ungeschehen machen,* dachte er. *Wir können es genauso gut genießen, solange es uns möglich ist.*

Als Emerahl in ihr Zimmer zurückkehrte, warm und entspannt nach einem langen Bad in heißem Wasser, ging ihr durch den Kopf, dass ihre Situation sich um einiges verbessert hatte. Sie war nach wie vor eine Hure, aber zumindest eine wohlgenährte, und sie hatte weit bessere Kunden als zuvor. Außerdem verdiente sie mehr Geld, obwohl Rozea darauf bestand, den größten Teil davon für sie zu verwalten.

Obwohl sie bereits zweimal in ihrem langen Leben eine Prostituierte gespielt hatte, war es keine Rolle, die ihr besonders gefiel. Sie erinnerte sich an das erste Mal vor mehr als fünfhundert Jahren und verzog das Gesicht. Eine Triade mächtiger Zauberer hatte sie kreuz und quer durch Ithania gejagt, entschlossen, ihr das Geheimnis der Unsterblichkeit abzupressen, auch wenn die Zauberer selbst zu schwach waren, um dieses Wissen nutzen zu können. Einzeln hatten sie ihr keine Mühe bereitet, aber vereint waren sie ein mächtiger Feind. In ihrer Verzweiflung hatte sie ihr Äußeres verändert und eine Rolle angenommen, die die Zauberer ihr niemals zugetraut hatten, weil sie glaubten, sie sei zu stolz, um eine derartige Möglichkeit auch nur in Erwägung zu ziehen.

Sie hatten recht gehabt. Ihr Stolz hatte unter der Berührung eines jeden Freiers gelitten. Wie konnte sie, eine der Unsterblichen, ihren Körper an Männer verkaufen, die in ihr nur ein flüchtiges Vergnügen sahen?

Die drei Zauberer hatten sich schließlich zerstritten, und einer von ihnen hatte die beiden anderen getötet. Es waren zwei Jahre vergangen, bis sie davon erfahren hatte. Zwei Jahre selbst auferlegter Demütigung, die sie nicht hätte zu ertragen brauchen. *Was hätte ich anderes tun können? Die Menschen auf den Straßen interessieren sich nicht für fremdländische Zauberer. Diese Art von Neuigkeiten verbreitet sich nur langsam.*

Sie seufzte. Die Menschen glaubten oft, sie müsse über ein großes Wissen verfügen, nur weil sie unsterblich war. Sie erwarteten von ihr, dass sie umwälzende historische Ereignisse beschreiben konnte, als sei sie dabei zugegen gewesen. Den größten Teil ihres Lebens hatte sie sich von jedweden Machtspielen und den Menschen, die sie spielten, ferngehalten.

Und genauso wollte sie leben. Ruhm und Macht hatten während der ersten hundert Jahre ihrer Existenz ihren Reiz für sie verloren. Sie hatte sich zum zweiten Mal der Prostitution zugewandt, um beiden zu entkommen. Sie war in ein entlegenes Dorf gezogen und hatte dort die Menschen geheilt, wie sie es immer getan hatte. Anfangs waren nur wenige Menschen zu ihr gekommen, bis die Heilerzauberin eine wahre Flut von Kranken anzog und das Dorf reich wurde. Zuerst hatte ihr die Aufmerksamkeit geschmeichelt, und sie hatte sich eingeredet, dass sie auf diese Weise mehr Menschen Gutes tun konnte. Ihre Behauptung, lediglich ein altes Weib zu sein, hatte ihr einen liebevollen Spitznamen eingetragen: das Weib.

Einige Menschen hatten ihr angeboten, Unterkünfte für ihre Besucher bereitzustellen. Schon bald hatten sie Geld von den Kranken verlangt. Emerahl war ihrer Habgier und ihres Fanatismus überdrüssig geworden und hatte sich davongestohlen. Allerdings hatte sie den Ruhm, den sie erworben hatte, unterschätzt. Selbst an den entlegensten Orten hatten die Menschen von dem Weib gehört. Ihre Anhänger hatten überall nach ihr Ausschau gehalten, und wann immer sie irgendwo entdeckt worden war, hatte sich die Neuigkeit in Windeseile verbreitet.

Es war die Anonymität der Prostitution, die sie ein zweites Mal zu dem Gewerbe hingezogen hatte, aber sie war nicht lange Hure geblieben. Mirar hatte sie gefunden. Sie lächelte bei der Erinnerung, wie beliebt er bei den Mädchen gewesen war und wie sehr es ihn überrascht hatte, sie, Emerahl, dort zu finden. Obwohl er verstanden hatte, warum sie sich auf diese Art und Weise von der Menschheit zurückgezogen hatte, ließ er sich nicht von dem Gedanken abbringen, dass diese Arbeit ihr nicht guttue. Er brachte sie in die Wilden Territorien, lange bevor das Gebiet von den Siyee besiedelt wurde. Sie waren sowohl Liebende als auch Freunde gewesen, aber sie war seinem Zauber niemals wirklich erlegen …

»Jade«, erklang eine atemlose Stimme.

Sie blickte auf. Am Ende des Flurs standen zwei Frauen. Eine war Blatt, eine freundliche Frau in mittleren Jahren, die den Betrieb für Rozea regelte; sie war es auch, die Emerahl nach ihrer Ankunft durch das Bordell geführt hatte. Die andere Frau war die Favoritin des Bordells, Mondschein, eine kurvenreiche Schönheit mit dunklem Haar, blasser Haut und klaren, violetten Augen. Sie musterte Emerahl von Kopf bis Fuß, die fein gemeißelte Nase angewidert gerümpft.

»Panilo ist gerade angekommen«, sagte Blatt, als Emerahl zu den beiden Frauen trat. »Er hat nach dir gefragt.«

Mondschein zog die Augenbrauen hoch. »Das ist also die Straßenhure, die es Panilo angetan hat.« Sie sah Emerahl in die Augen. »Gewöhn dich nur nicht allzu sehr an ihn. Kein Mädchen kann seine Aufmerksamkeit lange fesseln.« Die Frau verströmte ein Gefühl von Bitterkeit.

»Du sprichst aus Erfahrung, wie?«, fragte Emerahl sanft.

Ärger blitzte in Mondscheins Augen auf. »Panilos Freundlichkeit ist der einzige Teil meiner frühen Jahre, den ich mit dir gemein habe.«

Emerahl lächelte. Es erheiterte sie, dass diese Frau so schnell gekränkt war. »Ich bezweifle, dass deine frühen Jahre auch nur die entfernteste Ähnlichkeit mit meinen hatten«, erwiderte sie. »Entschuldige mich bitte, aber ich…« Sie hielt inne. Ihre Sinne sagten ihr noch etwas anderes über diese Frau. Sie konzentrierte sich auf Mondscheins Bauch. Etwas regte sich darin.

»Ich muss mich um einen Freier kümmern«, beendete sie ihren Satz. Dann wandte sie sich ab und kehrte in ihr Zimmer zurück. Bevor sie durch die Tür trat, drehte sie sich noch einmal um. Mondschein hatte sich zu Blatt vorgebeugt und flüsterte ihr etwas ins Ohr. Eine Hand ruhte auf ihrem Bauch, und ihr Gesicht war angespannt vor Sorge.

*Sie ist also schwanger,* überlegte Emerahl. *Das könnte ich be-*

*nutzen, um ihr Vertrauen zu gewinnen oder um ihre Position zu schwächen, sollte sie sich als Problem für mich erweisen.* Sie schüttelte den Kopf. *Am besten, ich ignoriere sie. Ich will keine allzu große Aufmerksamkeit auf mich lenken.*

Als sie wieder in ihrem Zimmer war, sah sie, dass die beiden Frauen, mit denen sie sich den Raum teilte, inzwischen aufgewacht waren.

»Sieh nur, Jade. Die Flut ist da«, sagte Brand und zeigte auf die andere Frau.

Flut verdrehte die Augen über ihren Scherz. »Wirst du jemals damit aufhören? Es ist nicht mehr witzig.«

Emerahl kicherte und schlenderte an den Betten vorbei zu einer Reihe femininer Tuniken, die an Haken an der hinteren Seite des Raumes hingen. Sie nahm eine neue grüne Tunika herunter. Sie war aus einem Stoff gefertigt, der irgendwann vor einem Jahrhundert erfunden worden war und aussah wie poliertes Metall, sich aber wunderbar weich anfühlte.

»Panilo ist wieder da?«, fragte Flut.

»Ja.«

Brand schnitt eine Grimasse und warf sich wieder auf das Bett. Ihr leuchtend gelbes Haar ergoss sich über das Kissen. »Ich habe gehört, dass er recht nett sein soll, aber für meinen Geschmack taucht er immer viel zu früh hier auf.«

Emerahl zog ihren Morgenmantel aus und schlüpfte in die Tunika. »Ich bin es nicht gewohnt, tagsüber zu schlafen und die ganze Nacht aufzubleiben, daher kann es mir nur recht sein.«

Flut trat einen Schritt vor, um einen Faden von der Tunika zu zupfen. »Sieh zu, dass du ihn dir so lange wie möglich warmhältst«, riet sie ihr. »Er ist nett *und* reich.«

»Ich werde mein Bestes tun.« Sie ging zur Tür, dann blieb sie noch einmal stehen und drehte sich um. »Ist mein Haar in Ordnung?«

»Es ist prachtvoll«, antwortete Brand. »Verschwinde, Jade, bevor ihm ein anderes Mädchen ins Auge sticht.«

Emerahl grinste, dann eilte sie den Flur hinunter. Sie ging durch einige weitere Flure und eine Treppe hinunter, bis sie in einen großen, üppig ausgestatteten Gemeinschaftsraum kam. Die hohe Decke und die geschmackvollen Verzierungen von Wänden und Säulen verliehen dem Raum eine respektable Förmlichkeit. Durch die Öffnung im Dach konnte man den blauen Himmel sehen, der sich darüber hinaus auch in dem Wasserbecken darunter spiegelte. Die Gemälde an den Wänden zeigten Männer und Frauen beim Liebesspiel. Emerahl hatte nur selten Zeit, sich genau umzuschauen, aber bei jedem ihrer Besuche waren ihr andere faszinierende Bilder aufgefallen, darunter einige, die ziemlich ungehörig waren.

Sobald sie eingetreten war, blickte Panilo auf und erhob sich lächelnd von seinem Stuhl.

»Emmea.«

»Jade«, verbesserte sie ihn und legte einen Finger auf seine Lippen.

»Also schön, Jade«, sagte er. »Mir hat Emmea besser gefallen.«

Sie sah zu den beiden anderen Männern im Raum hinüber. Einer lümmelte sich mit einer erwartungsvollen Miene auf einer der Bänke. Der andere war umringt von jungen Mädchen, die geschickt mit ihm flirteten. Beide Männer hatten sich von den anderen Frauen abgewandt, um Emerahl anzustarren.

Ihre unverhohlene Bewunderung jagte ihr einen Schauer über den Rücken. *Vielleicht sollte ich mir ein weniger auffallendes Äußeres geben,* dachte sie. *Ich darf keine allzu große Aufmerksamkeit erregen …*

»Lass dich von den beiden nicht einschüchtern«, murmelte

Panilo. »Galero könnte sich dich gar nicht leisten, und Yarro will nur das Beste, was das Haus zu bieten hat, eine Position, die du zu meinem Glück noch nicht erreicht hast.«

Sie lächelte ihn an, um sich für das Kompliment zu bedanken, und fragte sich gleichzeitig, wie viel Rozea ihm berechnen mochte. »Lass uns von hier verschwinden, damit ich dich ganz für mich allein haben kann.«

Sie zog ihn durch eine Tür in eine angrenzende Zimmerflucht. Blatt hatte ihr den Rat gegeben, eine der luxuriösen Suiten zu benutzen, wann immer sie mit Panilo zusammen war, und ein kleines, bescheideneres Zimmer, wenn sie andere Freier hatte. Emerahl fragte sich, wie hoch die Position in der torenischen Gesellschaft sein mochte, die Panilo bekleidete.

»Ein Bad?«, fragte sie. Jede der üppigen Zimmerfluchten verfügte über einen großen Badezuber.

Er schüttelte den Kopf. »Nachher.« Dann streckte er die Hand aus und strich ihr übers Haar, während er sie forschend betrachtete. »Du bist so schön, Emmea. Ich bin froh, dass Rozea dich hierhergebracht hat, auch wenn ich jetzt das Doppelte bezahlen muss, um dich zu bekommen.«

Sie lächelte und zog ihn zum Bett hinüber. »Ich bin auch froh, dass sie es getan hat. Dies ist doch bei Weitem bequemer als eine Holzbank in einem Plattan. Hier kann ich mir Zeit lassen …« Sie machte sich daran, mit übertrieben langsamen Bewegungen die Bänder ihrer Tunika zu lösen.

Er lachte leise. »Aber nicht allzu viel Zeit«, sagte er, während er eine Hand hob, um ihr beim Auskleiden zu helfen. »Auf mich wartet noch eine andere Zusammenkunft.«

*Eine andere Zusammenkunft?* Emerahl zügelte ihre Neugier und versuchte, sich auf ihre Arbeit zu konzentrieren. Seine Bemerkung blieb jedoch in ihrem Gedächtnis haften. Er hatte sie seit seiner Ankunft in dem Bordell fast jede Nacht besucht, und jedes Mal hatte er eine Zusammenkunft erwähnt. Inzwischen war sie überzeugt davon, dass etwas Wichtiges in der Stadt vor sich ging – etwas, von dem nur hochrangige Adlige und die Huren wussten, die sich um ihre Bedürfnisse kümmerten. Sie hatte sich in der letzten Zeit ständig in Gedankenlesen geübt und diese Fähigkeit sowohl an Freiern als auch an anderen Huren erprobt, so dass sie inzwischen wieder gut in der Lage war, Gefühle wahrzunehmen. Die vorherrschenden Regungen, die sie in der Nähe des Bordells aufgefangen hatte, waren Furcht und gespannte Erwartung.

Sie war davon überzeugt, dass Panilo wusste, was vorging. Es war an der Zeit, dass sie ihn zum Sprechen brachte.

Als er sich später im Bad entspannte, sann sie darüber nach, wie sie ihm die Informationen am besten entlocken konnte. Er mochte keine Wortspiele, und er zog Ehrlichkeit jeder List vor. Eine direkte Frage war vielleicht alles, was vonnöten war.

»Also, was hat die Stadt in solchen Aufruhr versetzt?«, fragte sie leichthin.

Er sah sie erschrocken an, und sie begann sich zu entschuldigen, aber er brachte sie mit einer knappen Handbewegung zum Schweigen.

»Ich bin nicht verärgert über deine Frage, aber …« Er seufzte. »Es ist kein angenehmes Thema. Diese letzte Woche …« Er sah plötzlich müde aus.

»Es tut mir leid«, murmelte Emerahl. »Ich habe dir den Abend verdorben – indem ich dich an die Dinge erinnert habe, die dir Sorgen machen. Hier.« Sie trat hinter ihn und machte sich daran, seine Schultern zu massieren.

»Du hast mir nicht den Abend verdorben«, erwiderte er. »Das wird erst geschehen, wenn ich dich verlassen habe.« Er hielt inne, dann zuckte er die Achseln. »Ich nehme an, du wirst es ohnehin irgendwann erfahren. Versprichst du mir, das hier für dich zu behalten?«

»Natürlich – aber du brauchst es mir nicht zu erzählen, wenn du nicht willst«, sagte sie.

»Ich möchte darüber sprechen. Ich muss es irgendjemandem erzählen, und meine Gemahlin ist nicht die Art Frau, die zuhört.«

*Eine Gemahlin, wie?* »Dann sollte ich dich vielleicht warnen.«

»Weshalb?«, fragte er scharf.

»Ich denke, die Hälfte der Mädchen hier musste schwören, dasselbe Geheimnis zu wahren.«

Er lachte. »Das bezweifle ich nicht.« Er stieß einen wohligen Seufzer aus. »Das tut gut.« Es folgte eine lange Pause, dann spürte sie, dass sich die Muskeln in seinen Schultern verspannten.

»Die Weißen haben uns gebeten, unsere Armee für einen Krieg zu rüsten«, erklärte er schließlich.

»Für einen Krieg?« Eine Mischung aus Entsetzen und Hoffnung stieg in ihr auf. Kriege brachten Gefahren mit sich, aber auch Chancen. Vielleicht würde sich auf diese Weise eine Möglichkeit für sie bieten, aus der Stadt zu fliehen. »Mit wem?«

»Mit den Pentadrianern.«

Sie zögerte. Es hatte ihn erstaunt, dass sie nicht wusste, wer die Weißen waren. Sollte sie zugeben, dass sie auch keine Ahnung hatte, wer diese Pentadrianer waren?

»Du fragst dich, wer sie sind, nicht wahr?«, bemerkte er. »Nun, genau kann ich es dir nicht sagen. Ich weiß nur, dass sie einem Kult angehören, dessen Wurzeln auf dem südlichen Kontinent liegen. Es ist ihnen gelungen, Sennon zu einem Bündnis zu überreden.«

»Sie haben vor, in Toren einzufallen?«, fragte sie.

»Sie haben vor, in ganz Nordithania einzufallen. Um sich aller Zirkler zu entledigen. Sie hassen die Zirkler.«

»Warum?«

»Das weiß ich nicht. Ich glaube nicht, dass irgendjemand es weiß.«

*Mir würden ein paar Gründe einfallen,* dachte Emerahl. *Sie haben den so genannten »Heiden« allen Grund gegeben, sie zu hassen. Wer weiß, was sie diesen Pentadrianern angetan haben.*

»Es sieht also so aus, als würde ich in einigen Wochen in einen Krieg ziehen«, fuhr Panilo fort. »Mit einem Trupp meiner eigenen Männer, über die ich das Kommando führen muss. Was ich über Kriege weiß? Nichts.«

*Du weißt alles, was man wissen muss,* dachte sie traurig. *Armer Panilo. Es sieht so aus, als würde mein bester Kunde für eine Weile fort sein – und vielleicht nie mehr zurückkehren.*

»Du wirst wahrscheinlich nicht mehr tun müssen, als Befehle an deine Männer weiterzugeben«, sagte Emerahl beruhigend. »Der König wird alle Entscheidungen für Toren treffen.«

Panilo nickte. »Und er wird die Anweisungen der Weißen befolgen.«

*Die Weißen. Natürlich. Alle Priester und Priesterinnen werden den Befehl erhalten, in den Kampf zu ziehen. Die Wache bei den Toren wird abberufen werden. Es wird mir freistehen, die Stadt zu verlassen. Nur noch ein paar Wochen.*

Panilo richtete sich auf. »Wie können wir scheitern, wenn wir die Götter auf unserer Seite haben? Diese Pentadrianer sind schließlich nur Heiden.«

»Das ist wahr.« Sie lächelte, dann schlang sie die Arme um seine Brust. »Wenn du zurückkommst, kannst du mir davon erzählen.«

# 26

Seit der Vorführung seines Geschirrs war Tryss jeden Morgen früh erwacht. Manchmal stand er leise auf und stahl sich davon, um zu jagen; dann wieder blieb er einfach im Bett und lauschte, während seine Familie langsam ihr Tagewerk begann. Heute hatte er beschlossen, im Bett zu bleiben. Er war erst spät zur Ruhe gekommen, und er wollte einfach noch ein wenig dösen.

Seine Gedanken wanderten zu den Gesprächen des vergangenen Abends. Sreil, Sprecherin Sirris Sohn, hatte Tryss erzählt, dass die jungen Männer anderer Stämme begierig darauf warteten, seine Erfindung ausprobieren zu können, aber ihre Sprecher hatten ihnen befohlen, Tryss in Ruhe zu lassen. Sie wollten sicherstellen, dass kein Stamm einem anderen vorgezogen wurde. Sprecherin Sirri hatte den Vorschlag gemacht, dass ein Mann aus jedem Stamm ausgewählt werden sollte, um eine erste Gruppe zu bilden, die Tryss unterrichten sollte. Diese Männer würden dann das Gelernte an ihren Stamm weitergeben.

Tryss war sich nicht sicher, ob das eine gute Idee war. Es war gewiss nicht die schnellste Methode, andere zu unterrichten, und wahrscheinlich auch nicht die verlässlichste. Wenn einer dieser Männer ihn nicht richtig verstand, würde er seine Irrtümer vielleicht weitergeben.

Aber es würde ohnehin nichts passieren, bevor die Allianz mit den Weißen unterzeichnet war. Am vergangenen Abend hatten die Siyee eine zweite Versammlung abgehalten. Diesmal hatten alle Stämme sich für eine Allianz mit den Weißen ausgesprochen. Die Stimmung war eher düster gewesen als begeistert. Obwohl die meisten Siyee mit der Entscheidung zufrieden waren, hatten einige offenkundig das Gefühl, dazu gezwungen worden zu sein, zwischen den Weißen und den Feinden der Weißen zu wählen, um sich vor den Siedlern zu schützen. Als trüge die Priesterin die Schuld an der Situation der Siyee.

*So ist es nicht,* hatte Tryss befunden. *Die Weißen tragen ebenso wenig die Verantwortung dafür, dass sie einen Feind haben, wie man den Siyee die Schuld daran geben kann, dass Eindringlinge ihnen ihr Land stehlen.* Es erschien ihm richtig, dass die Weißen und die Siyee einander jetzt halfen.

Ein leises Geräusch erregte Tryss' Aufmerksamkeit. Er lauschte kurz, dann wurde ihm klar, dass es seine Mutter war, die im Hauptraum wahrscheinlich gerade das Morgenmahl vorbereitete.

*Ich könnte aufstehen und ihr helfen,* dachte er. *Es sieht nicht so aus, als würde ich wieder einschlafen.*

Er schwang sich aus dem Bett und wusch sich, bevor er sich ankleidete. Schließlich ging er in den Hauptraum und begrüßte seine Mutter mit einem fröhlichen Grinsen. Sie lächelte ihn an, dann wandte sie ihre Aufmerksamkeit wieder einer steinernen Schale zu.

»Du bist spät dran.«

Er zuckte die Achseln. »Es war eine lange Nacht.«

»Ich habe dich mit Sreil reden sehen«, sagte sie anerkennend. »Er ist ein kluger Junge.«

»Ja.«

Das Wasser in der Schale begann zu dampfen. Seine Mutter warf Nusspaste und getrocknete Früchte hinein, und die Flüssigkeit hörte auf zu kochen. Tryss beobachtete seine Mutter, während sie in dem Brei rührte, bis die Flüssigkeit von Neuem zu kochen begann. *Wenn die Siyee über größere Gaben verfügten, hätten wir das Geschirr vielleicht nie benötigt,* ging es ihm durch den Kopf. Die meisten Siyee konnten Speisen erhitzen, wie seine Mutter es tat, aber darüber hinaus waren ihre magischen Fähigkeiten sehr begrenzt. Nach allem, was er gehört hatte, besaßen auch die Landgeher kleine Gaben.

»Ich habe Ziss und Trinn in letzter Zeit kaum gesehen.«

»Ich auch nicht«, erwiderte er. »Dank sei Huan.«

Sie blickte ihn an. »Du solltest nicht zulassen, dass dieser kleine Streich eure Freundschaft zerstört.«

»Es war kein *kleiner* Streich«, gab er zurück. »Und die beiden waren niemals meine Freunde.«

Seine Mutter zog eine Augenbraue hoch. »Gib nur Acht, wie du sie jetzt behandelst. Man wird dir eine Menge Aufmerksamkeit schenken, und die beiden werden dir das verübeln. Es ist immer besser, sich keine Feinde zu schaffen …«

»Hallo? Ist schon jemand wach?«

Die Worte waren leise gesprochen worden und kamen von jenseits der Laube. Tryss erkannte Sprecherin Sirris Stimme und tauschte hastig einen Blick mit seiner Mutter.

»Ja. Komm herein, Sprecherin Sirri«, rief seine Mutter.

Die Türlasche wurde beiseitegezogen, und die ältere Frau trat ein. Sie begrüßte Tryss' Mutter mit einem respektvollen Nicken und schenkte Tryss ein Lächeln.

»Die Sprecher werden heute Morgen zusammenkommen, um die Unterzeichnung der Allianz zu bezeugen. Ich möchte, dass auch Tryss zugegen ist.«

Seine Mutter wirkte erstaunt. »Wirklich? Nun, ich wüsste nicht, was dagegen spräche. Hat er noch genug Zeit, etwas zu essen?«

Sirri zuckte die Achseln. »Ja, wenn er nicht zu lange braucht.«

»Und du?«

Die ältere Frau blinzelte überrascht. »Ich?«

»Möchtest du eine Portion Nussbrei? Er ist schon fertig, und ich habe mehr als genug.«

Sirri betrachtete die Schale. »Nun, wenn es keine Mühe macht …«

Tryss' Mutter antwortete mit einem Lächeln und löffelte den heißen Brei in vier Schalen. Sirri setzte sich, um zu essen. Der Erleichterung in ihren Zügen entnahm Tryss, dass die Sprecherin vermutlich noch keine Zeit gefunden hatte, etwas zu sich zu nehmen. Der Vorhang vor der Tür zum Zimmer seiner Eltern wurde aufgezogen, und sein Vater, dem das Haar in alle Richtungen vom Kopf abstand, trat hindurch. Er sah Sirri überrascht an.

»Sprecherin«, sagte er.

»Tiss«, erwiderte sie.

»Ist das das Frühstück, das ich da rieche?«, fragte er, an Tryss' Mutter gewandt.

»Ja«, erwiderte sie und reichte ihm eine Schale.

»Ihr müsst sehr stolz auf Tryss sein«, sagte Sirri.

Tryss' Herz schwoll an vor Freude, als seine Eltern nickten. »Er war schon immer ein kluger Junge«, erklärte seine Mutter. »Ich dachte, dass er einen guten Beruf erlernen und vielleicht Bogenmacher oder Pfeilschmied werden würde. Ich hätte es nie für möglich gehalten, dass er helfen würde, solche Veränderungen für unser Volk herbeizuführen.«

»So, wie es war, konnte es nicht bleiben«, ergänzte sein Vater. »Mein Großvater hat immer gesagt, die größte Stärke der Siyee liege darin, Veränderungen willkommen zu heißen und sich entsprechend anzupassen.«

»Dein Großvater war ein weiser Mann«, erwiderte Sirri.

Tryss' Mutter nickte zustimmend, dann sah sie zu ihrem Sohn hinüber. »Ich fürchte nur, was jede Mutter fürchtet: dass solche Veränderungen einen furchtbaren Preis fordern.«

Sirri verzog das Gesicht. »Diese Furcht kenne ich gut. Wenn

wir mit den Weißen in den Krieg ziehen, wie ich es vermute, bezweifle ich, dass ich Sreil hier halten kann. Was ich auch nicht tun sollte. Es wird eine schwierige Zeit werden.«

Tryss' Eltern nickten abermals. Sie verzehrten schweigend ihr Frühstück, dann stellte Sirri ihre leere Schale beiseite und sah Tryss an.

»Veränderungen warten auf niemanden, aber die Unterzeichnung der Allianz kann ohne die Erste Sprecherin nicht vonstattengehen. Wir müssen aufbrechen. Vielen Dank für das Essen, Trilli. Es hat mir gutgetan.«

Tryss' Mutter sammelte die leeren Schalen ein und begleitete Tryss und Sirri hinaus. Als sie ins Sonnenlicht traten, bemerkte Tryss eine Bewegung vor der benachbarten Laube. Ein Gefühl des Jubels stieg in ihm auf, als Drilli herauskam. Sie sah ihn und grinste, aber das Lächeln verblasste, als ihr Vater neben ihr erschien. Er bedachte Tryss mit einem warnenden Blick, dann schritt er davon, und Drilli folgte ihm.

Seufzend drehte Tryss sich wieder zu Sirri um, die ihn beobachtet hatte.

»Deine Nachbarn haben viel Zeit mit den Vertretern des Stamms vom Gegabelten Fluss verbracht. Ich habe mir nichts Besonderes dabei gedacht, bis mir wieder eingefallen ist, dass eine Familie von ihrem eigenen Stamm sich mit den Leuten vom Gegabelten Fluss zusammengetan hat. Ich vermute, Zyll hofft, seine Tochter dazu überreden zu können, in diese andere Familie vom Schlangenfluss einzuheiraten. Es ist ihm sehr wichtig, zu verhindern, dass der Schlangenflussstamm in anderen Stämmen aufgeht.«

Tryss hatte das Gefühl, als verwelke ihm das Herz im Leib. Als Sirri ihn ansah, zuckte er nur die Achseln, weil er befürchtete, dass seine Stimme seine Gefühle verraten würde, wenn er auch nur ein Wort sagte.

»Er kann sie natürlich nicht dazu zwingen, wenn sie bereits einem anderen versprochen sein sollte.« Sie schüttelte den Kopf. »Ich fand dieses Gesetz schon immer töricht. Es zwingt junge Menschen, zu früh einen Partner zu wählen. Genauso wenig gefällt mir der Gedanke, dass Väter ihre Töchter zu jung an Männer verheiraten, die sie kaum kennen.« Wieder musterte sie Tryss. »Lass uns gehen.«

Gemeinsam rannten sie los, schwangen sich mit einem Sprung in die Luft und breiteten die Arme weit aus. Als Sirris Flügel den Wind einfingen und sie gen Himmel flog, folgte Tryss ihr. Während sie zum oberen Teil des Offenen Dorfs flogen, gingen ihre Worte ihm wieder und wieder durch den Kopf.

*»Er kann sie natürlich nicht dazu zwingen, wenn sie bereits einem anderen versprochen sein sollte.«*

Wusste sie, dass er und Drilli häufig zusammen gewesen waren, bis Drillis Vater eingegriffen hatte? Offensichtlich missbilligte sie, was Zyll tat. Wollte sie mit ihrer Bemerkung andeuten, dass er und Drilli einander ein Eheversprechen geben sollten?

Es könnte die einzige Möglichkeit sein, Drilli wiederzusehen.

Aber … *Ehe.* Das klang so erwachsen. Er würde aus der Laube seiner Eltern ausziehen müssen. Der Stamm würde ihnen eine eigene Laube bauen. Er dachte darüber nach, wie es wohl sein würde, mit Drilli zu leben.

Er lächelte. Es würde schön sein. Eine Laube nur für sie beide. Gemeinsame Zeit. Ungestörtheit.

War sie das richtige Mädchen für ihn? Er dachte an die anderen Mädchen, die er kannte. Diejenigen in seinem Stamm, mit denen er aufgewachsen war, waren wie Familienmitglieder für ihn. Einige waren freundlich, aber sie konnten Drilli nicht das Wasser reichen. Sie war … etwas Besonderes.

Sirri landete vor ihm und hielt inne, um auf ihn zu warten.

Er ließ sich neben ihr zu Boden fallen, dann folgte er ihr zu der Sprecherlaube. Alle Gedanken an Drilli waren verflogen, als ihm klar wurde, dass er gleich an einem Ereignis teilhaben würde, das wahrscheinlich in die Geschichte der Siyee eingehen würde.

»Was … was werde ich tun müssen?«, fragte er.

»Nichts. Setz dich einfach nach hinten und schweige, bis man dich anspricht«, erklärte ihm Sirri.

Plötzlich war sein Mund trocken. Sein Magen begann beunruhigend zu flattern. Sirri schritt auf den Eingang zu und zog den Vorhang beiseite. Als sie hindurchtrat, schluckte Tryss und folgte ihr.

In dem Raum drängten sich dicht an dicht die Siyee. Alle hatten aufgeblickt, als Sirri eintrat, und nun betrachteten sie Tryss mit einigem Interesse. Die Priesterin war ebenfalls zugegen und wirkte in dem engen Raum größer denn je. Sie sah ihm in die Augen und lächelte, und er spürte, wie ihm das Blut ins Gesicht schoss.

Sirri trat zu einem freien Hocker. Als sie sich setzte, blickte sich Tryss im Raum um. Weitere Hocker gab es nicht. Er setzte sich auf den Boden, wo er Sirri zwischen zweien der Sprecher sehen konnte.

»Gestern Abend hat jeder Stamm noch einmal den Vorschlag der Weißen zu einer Allianz erwogen«, sagte Sirri. »Gestern Abend haben alle Stämme eine Entscheidung getroffen, und die Entscheidungen sind alle gleich ausgefallen. Wir, die Siyee, werden diesen Pakt mit den Weißen schließen. Wir werden uns mit den Zirklern verbünden. Wir haben bis spät in die Nacht über den genauen Wortlaut des Vertrages debattiert.« Sie sah Auraya an. »Heute Morgen hat Auraya von den Weißen diese Worte in den Sprachen sowohl von Si als auch von Hania auf Pergament geschrieben. Diese beiden Schriftrollen sind von allen begutachtet worden.«

Die Weiße Priesterin hielt zwei Schriftrollen hoch. Tryss bemerkte, dass die hölzernen Stäbe an den Enden der Pergamentrolle mit Siyee-Schnitzereien verziert waren.

»Jetzt muss nur noch ein jeder von uns im Namen seines Stammes unterzeichnen«, beendete Sirri ihre Erklärungen.

Sie griff hinter ihren Hocker und holte ein flaches Brett hervor. Ein kleiner Behälter mit schwarzer Farbe stand in einer Vertiefung auf dem Brett, und in einer anderen lag ein Pinsel. Sirri legte sich das Brett auf die Knie.

Die Weiße Priesterin hielt die Schriftrollen vor sie hin. Dann schloss sie die Augen.

»Chaia, Huan, Lore, Yranna, Saru. Heute kommt euer Wunsch, Nordithania in Frieden geeint zu sehen, seiner Verwirklichung einen Schritt näher. Wisset, dass das Volk, das Huan schuf, die Siyee, sich mit den Menschen verbünden will, die ihr zu euren Repräsentanten in dieser Welt auserwählt habt, den Weißen. Wir tun dies mit Freude und mit großen Hoffnungen für die Zukunft.«

Ein leiser Schauder strich über Tryss' Rücken. Er hatte jedoch keine Zeit, sich darüber zu wundern, denn Auraya schlug bereits wieder die Augen auf und reichte Sirri eine der Schriftrollen. Die Sprecherin entrollte das Pergament, griff nach dem Pinsel und tauchte ihn in die Farbe.

Während sich die Pinselspitze über die Schriftrolle bewegte, herrschte tiefes Schweigen in der Laube. Tryss beobachtete, wie Sirri auf die zweite Rolle ihr Namenszeichen und ihr Stammeszeichen malte, dann gab sie das Brett an den nächsten Sprecher weiter.

Tryss wurde bewusst, dass dies kein Ritual war, das sich in langen Jahrhunderten durch stete Wiederholung gebildet hatte. Die Siyee kannten keine Zeremonie für ein solches Ereignis: Sie hatten noch nie zuvor eine Allianz unterzeichnet. Dies war ein neues Ritual, begonnen am heutigen Tag.

Die Stille hielt weiter an, während die Schriftrolle von einem Sprecher zum nächsten weitergereicht wurde. Die Weiße Priesterin beobachtete sie alle mit großer Geduld. Tryss bemerkte, dass bisweilen ein geistesabwesender Ausdruck in ihre Augen trat, als lausche sie auf etwas, das er nicht hören konnte. Einmal lächelte sie schwach, aber er konnte nichts im Raum entdecken, das ihre Erheiterung hätte erklären können.

Schließlich gab der letzte Sprecher ihr die Schriftrolle zurück. Sie unterzeichnete langsam; sie war es offensichtlich nicht gewohnt, mit einem Pinsel zu schreiben. Als sie fertig war, gab sie das Brett und eine der Schriftrollen Sirri zurück. Die Sprecherin legte das Brett beiseite, behielt die Schriftrolle jedoch in der Hand.

»Heute haben unsere Völker sich in Freundschaft und zur gegenseitigen Unterstützung an Händen und Herzen verbunden«, sagte Sirri. »Mögen alle Siyee, gegenwärtige wie kommende, diese Allianz respektieren.« Sie sah Auraya an.

»Heute haben die Weißen einen Verbündeten gewonnen, den wir bis in alle Ewigkeit schätzen werden«, erwiderte Auraya. »In Übereinstimmung mit der Vereinbarung, die wir soeben getroffen haben, wird unsere erste Tat darin bestehen, die torenischen Siedler in ihr Heimatland zurückzuführen. Dies wird einige Zeit benötigen, wenn es ohne Blutvergießen geschehen soll, aber wir sind entschlossen, unser Ziel innerhalb der nächsten zwei Jahre zu erreichen.«

Ein triumphierendes Lächeln erschien auf den Gesichtern der Sprecher. Die förmliche Atmosphäre war durchbrochen, als einer der Sprecher Auraya fragte, wie sich dies bewältigen ließe, ohne zukünftige Handelsbeziehungen zu Toren zu beeinträchtigen. Die Sprecher begannen, miteinander zu reden, und einige von ihnen standen auf und traten neben Sirri, um die Schriftrolle zu betrachten.

Tryss beobachtete das Geschehen schweigend, aber es dauerte nicht lange, bis einer der Sprecher ihn bemerkte. Als der alte Mann begann, ihm Fragen nach seinem Geschirr zu stellen, fielen andere ein, und schon bald war Tryss nicht mehr in der Lage, eine Frage zu beantworten, bevor die nächste laut wurde.

»Meine lieben Freunde, habt ein wenig Mitleid mit dem armen Jungen.« Sirris Stimme erhob sich über die anderen. Sie schob sich in den Kreis von Männern und Frauen, die Tryss umringten. »Ihr wollt im Grunde alle dasselbe wissen: Wann werden eure Stämme ihre eigenen Geschirre bekommen und wann werden sie in ihrer Benutzung unterwiesen.« Sie sah Tryss an. »Was meinst du, Tryss?«

Er ließ seinen Blick über die Sprecher wandern, dann holte er tief Luft und sagte: »Zuerst werden die Geschirre angefertigt werden müssen. Ich kann zwei Männer von jedem Stamm unterrichten, so dass einer den anderen korrigieren kann, falls es zu Fehlern kommen sollte. Ich werde mit dem Unterricht anfangen, sobald die Männer hier sind.«

»Wie hört sich das an?« Sirri drehte sich zu den Sprechern um.

Die Männer und Frauen nickten.

»Gut.« Sirri klopfte Tryss auf die Schulter. »Und nun erzähl uns, was sie mitbringen sollen.«

Während Tryss die Werkzeuge und Materialien auflistete, die er zur Fertigung seines Geschirrs benötigt hatte, machte sich ein Gefühl des Staunens in ihm breit. Er hatte es geschafft. Dank Sirri war es ihm gelungen, sie zu überzeugen. Sie hatte ihm zugehört, als er das Geschirr zum ersten Mal hatte vorführen wollen. Sie hatte die Möglichkeiten seiner Erfindung gesehen. Sie hatte ihm eine Chance gegeben. Er blickte die Sprecherin an, und eine Woge der Dankbarkeit stieg in ihm auf. Sie hatte sich sogar mitfühlend gezeigt, was Drilli betraf –

und ihm einen Weg gewesen, wie sie wieder zusammen sein konnten.

Er schuldete ihr eine Menge. Eines Tages, so hoffte er, würde er diese Schuld begleichen können. Für den Augenblick konnte er ihr seinen Dank am besten zeigen, indem er anderen Siyee zeigte, wie sie jagen und kämpfen konnten.

Obwohl er, wie ihm jetzt einfiel, das Geschirr noch nie im Kampf benutzt hatte. Einzig seine Fantasie sagte ihm, dass es eine wirkungsvolle Waffe sein würde.

*Es ist noch nicht vorbei,* dachte er. *Selbst ich habe noch viel zu lernen.*

Seit sie davon gehört hatte, dass sie vor einigen Wochen direkt über die pentadrianische Zauberin hinweggeflogen war, schenkte Auraya dem Wald unter ihr größere Beachtung, wann immer sie flog. Glücklicherweise hatte sie keine schwarzgekleideten Landgeher gesehen, nur eine Fülle wilder Tiere und viele Bäume.

Die Zauberin war längst fort – zumindest glaubten das die Siyee. Auraya blickte zu den Bergen empor. Große, verschneite Felstürme erhoben sich zu allen Seiten. Ihre steilen Hänge waren mit Wäldern überzogen. In den Tälern und Schluchten unter ihr glitzerten Wasserläufe, die sich in Richtung Meer schlängelten.

*Prachtvoll,* dachte sie.

Sie fühlte sich durch und durch lebendig. Leichter als Luft. Es war nicht nur ihre eigenartige Gabe, es war eine Stimmung, die sich seit ihrer Ankunft in Si eingestellt und ihren Gipfel an diesem Morgen erreicht hatte, als es ihr gelungen war, ihre Aufgabe zu erfüllen und die Siyee und die Weißen zu einen.

Aber das war noch nicht alles. An diesem Morgen war sie aus Träumen von Leiard aufgewacht, die so voller Liebe und

Leidenschaft gewesen waren, dass sie eigentlich überhaupt nicht hatte aufwachen wollen. Sie sehnte sich danach, nach Jarime zurückzukehren, und doch fragte sie sich manchmal, ob sich die Wirklichkeit im Vergleich zu ihren geteilten Träumen nicht vielleicht als enttäuschend erweisen würde.

*Nein, es wird noch besser sein,* sagte sie sich.

Sirri veränderte ihre Flugrichtung ein wenig, und Auraya passte sich ihr entsprechend an. Die Sprecherin hatte während der letzten Stunde allmählich an Höhe gewonnen, und die Luft war inzwischen eiskalt. Auraya zog beständig Magie in sich hinein, um sich warm zu halten. Den Siyee schien die Kälte nichts auszumachen.

Sie waren den größten Teil des Tages geflogen, und die Sonne neigte sich bereits dem Horizont zu. Auraya sah, dass sie auf einen Berggipfel zuflogen, der etwas niedriger war als die anderen. Sie hatte in den Gedanken der Frau flüchtige Bilder von ihrem Bestimmungsort gesehen und daraus entnommen, dass sie auf diesem Gipfel einen Tempel vorfinden würden.

Auraya war fasziniert gewesen, als sie erfuhr, dass die Siyee einen eigenen Tempel besaßen. Obwohl sie Huan huldigten, waren sie doch keine wahren Zirkler. Sie folgten den Ritualen und Traditionen nicht, die die Landgeher ersonnen hatten, um ihrer Huldigung der fünf Götter Ausdruck zu verleihen. Genau genommen kannten die Siyee diese Traditionen nicht einmal.

Sie hatte den Tempel besuchen wollen, aber das Gesetz der Siyee untersagte es jedem, sich zu nähern, es sei denn, die Göttin hätte ihn eingeladen oder er käme in Begleitung eines Wächters; die Siyee hatten keine Priester oder Priesterinnen, doch die Wächter kamen dieser Funktion am nächsten. An diesem Morgen hatte Sirri eine solche Einladung ausgesprochen. Seither verspürte Auraya ein aufgeregtes Prickeln in ihrem Magen. Bedeutete das, dass sie endlich zu ihr sprechen würden?

*Wenn sie hier sind, warum sprechen sie nicht einfach zu mir? Warum diese Einladung, die sie durch andere übermitteln lassen?*, fragte sich Auraya nicht zum ersten Mal. *Vielleicht wollen sie, dass die Siyee es erfahren. Hätten die Götter einfach in meine Gedanken hineingesprochen, hätten die Siyee nichts davon bemerkt, oder aber sie hätten darauf vertrauen müssen, dass ich die Wahrheit sage. Und wenn die Götter in Anwesenheit der Siyee erschienen wären, würde das dem Tempel ein wenig von seiner Heiligkeit nehmen, da dies der einzige Ort ist, an dem sie mit Huan in Verbindung treten können.*

Je näher sie dem Gipfel kamen, desto deutlicher konnte Auraya Einzelheiten erkennen. Die höchste Stelle war seltsam geformt – zylindrisch mit rundem Abschluss. Plötzlich ergab das, was sie in Sirris Geist gesehen hatte, einen Sinn. Aus dem steinernen Gipfel war ein kleiner Pavillontempel herausgehauen worden.

Sie fragte sich, wie er erbaut worden war. Unter dem runden Sockel befand sich zu allen Seiten ein fast lotrechter Abgrund. Wenn man allerdings eine Höhle in den Fels gehauen hatte, hätte man danach den Rest von innen wegschlagen können. Niemand außer den Siyee konnte jedoch einen derart hochgelegenen, unzugänglichen Ort erreicht haben. Sie hatte nicht gewusst, dass die Steinmetze der Siyee so begabt waren. Als sie näher kam, konnte sie sehen, dass es sich um ein schlichtes, schmuckloses Gebäude handelte. Fünf Säulen trugen ein Kuppeldach. Die Proportionen waren makellos, und die Oberfläche war blank poliert.

Sirri schlug mit den Flügeln, um ein wenig an Höhe zu gewinnen, dann legte sie sie schräg, so dass sie geschickt zwischen zwei Säulen landete. Auraya gab den Versuch auf, so zu tun, als sei sie ebenfalls den Kräften des Windes und dem

Sog der Erde unterworfen. Sie richtete sich auf und hielt mitten in der Luft inne, bevor sie sich vorwärtsbewegte, bis ihre Füße den Boden des Tempels berührten.

Erst jetzt fiel ihr auf, dass der Tempel sich von seinen Maßen eher an der Größe der Landgeher orientierte als an der Größe der Siyee. Sie konnte aufrecht stehen, ohne den Kopf einziehen zu müssen.

»Das ist der Tempel«, sagte Sirri leise. »Er ist schon immer hier gewesen. In unseren Unterlagen heißt es, er habe hier gestanden, lange bevor die Siyee geschaffen wurden.«

»Die Siyee haben den Tempel nicht erbaut?«

Sirri schüttelte den Kopf. »Nein.«

»Wer dann?«

»Das weiß niemand. Vielleicht Huan.«

Auraya nickte, obwohl sie nach wie vor vor einem Rätsel stand. Die Götter konnten auf diese Welt nur durch Menschen einwirken, was bedeutete, dass zumindest ein Mensch an der Erbauung des Tempels beteiligt gewesen sein musste. Vielleicht hatte Huan einem Steinmetz die Fähigkeit des Fliegens geschenkt, um diesen Ort erschaffen zu lassen.

»Dies ist ein heiliger Ort. Selbst die Mitglieder des Tempelbergstamms, die über den Tempel wachen, kommen nur selten hierher.« Sirri schenkte Auraya ein schnelles Lächeln. »Wir wollen Huan nicht unnötig von ihrer Arbeit ablenken.«

Auraya strich mit der Hand über eine Säule. Nichts in ihrer Beschaffenheit ließ auf hohes Alter schließen. »Es ist erstaunlich.«

»Ich habe eine Frage, bevor ich aufbreche«, sagte Sirri. »Die Sprecher möchten wissen, wann du nach Borra abreisen willst?«

»Wann ich abreisen *will*? Niemals.« Auraya seufzte. »Aber ich muss es tun – und zwar bald. Ich muss versuchen, die Elai zu überreden, sich uns anzuschließen.«

Sirri lächelte. »Dann wünsche ich dir viel Glück. Die Elai begegnen Fremden mit großem Misstrauen.«

Auraya nickte. »Das hast du mir bereits erzählt. Trotzdem treiben sie mit euch Handel.«

»Wir Schöpfungen Huans bleiben gern miteinander in Verbindung. Der Sandstamm treibt Handel mit den Elai. Du solltest dich mit ihrem Sprecher treffen, bevor du abreist. Er kann dir sicher mehr über das Meeresvolk erzählen als ich.«

»Das werde ich tun.«

Mit einem Mal wurde die Miene der Sprecherin ernst. »Und jetzt, Auraya von den Weißen, muss ich dich allein lassen.« Sie trat an den Rand des Tempels und deutete in die Tiefe. »Siehst du diesen Fluss?«

Auraya trat neben Sirri und blickte hinab. Der Himmel spiegelte sich in dem schmalen Band des Wasserlaufs tief unten in der engen Schlucht wider.

»Ja.«

»Wenn du fertig bist, flieg dort hinunter. Der Tempelbergstamm lebt in Höhlen entlang der Schlucht.« Sie drehte sich mit einem Lächeln zu Auraya um, dann beugte sie sich über den Rand und schwebte davon.

*Auraya.*

Sie hatte das Gefühl, als höre ihr Herz zu schlagen auf. Die Stimme war in ihren Gedanken erklungen, und sie war eindeutig weiblich.

*Huan?*

*Ja.*

Die Luft vor ihr wurde heller. Auraya trat mit hämmerndem Herzen zurück, als sich vor ihr eine Gestalt aus Licht bildete. Sie ließ sich auf die Knie fallen und legte sich dann vor der Göttin nieder.

*Erhebe dich, Auraya.*

Während Auraya gehorchte, erzitterte sie in einer Mischung

aus Freude und Furcht. Sie stand ganz allein vor einer Göttin. *Auch wenn ich eine ihrer Auserwählten bin, bin ich vor ihr doch nur ein gewöhnlicher Mensch.*

Huan lächelte.

*Du bist kein gewöhnlicher Mensch, Auraya. Wir erwählen keine gewöhnlichen Menschen. Wir erwählen jene mit herausragenden Talenten, und davon hast du gewiss mehr, als wir ursprünglich wahrnehmen konnten.*

Der Tonfall der Göttin war anerkennend, und doch spürte Auraya einen Anflug von Ironie darin. Sie hatte allerdings keine Zeit, sich über die Bedeutung von Huans Worten den Kopf zu zerbrechen, da die Göttin bereits weitersprach.

*Wir sind sehr zufrieden mit deinen bisherigen Bemühungen, Nordithania zu einen. Mich freut es besonders, die Siyee mit den Weißen verbunden zu sehen. Allerdings wirst du feststellen, dass von meinen beiden Rassen die Siyee diejenigen sind, deren Freundschaft man leichter erringen kann. Deine Fähigkeit zu fliegen wird die Elai nicht beeindrucken. Sie werden eine größere Herausforderung für dich darstellen.*

*Wie kann ich sie beeindrucken?*

*Das musst du selbst herausfinden, Auraya. Die Entscheidung muss ihre eigene sein, daher werden wir uns nicht einmischen, indem wir dir Anweisungen oder den Elai Ratschläge geben.*

*Ich verstehe.*

Huans Lippen verzogen sich zu einem schiefen Lächeln.

*Das bezweifle ich. Du bist jung und hast noch viel zu lernen – vor allem in Angelegenheiten des Herzens. Ich habe nichts dagegen, dass du dich mit dem Traumweber vergnügst, Auraya. Es ist die Aufgabe der anderen Weißen, darüber zu befinden, was für die Menschen annehmbar ist oder nicht. Lass dir jedoch ein Wort der Warnung gesagt sein. Aus dieser Art von Liebe kann nur Schmerz erwachsen. Sei darauf vorbereitet. Dein Volk braucht eine starke Vertreterin in dir. Gerätst du ins Wanken, werden die Menschen vielleicht leiden.*

Aurayas Gesicht wurde heiß, als Überraschung von Verlegenheit verdrängt wurde.

*Ich werde deinen Rat beherzigen*, war alles, was ihr zu sagen einfiel.

Huan nickte. Die Gestalt löste sich in einer Säule aus Licht auf, dann schrumpfte sie zusammen, verblasste und verschwand.

Kimyala, der Hohepriester der Anhänger des Gareilem, legte langsam sein aus vielen Schichten bestehendes Oktavestim an und befolgte dabei das uralte Ritual seiner Vorfahren mit großer Sorgfalt. Während er jedes Kleidungsstück arrangierte und gürtete, murmelte er Gebete an seinen Gott. Es war wichtig, jedes Stadium des Rituals und jedes Ritual des Tages genau zu befolgen.

Er hatte seinen Meister, den ehemaligen Hohepriester, gefragt, warum das so sein müsse. Der große Shamila hatte lediglich erwidert, dass es wichtig sei, sich zu erinnern.

Kimyala hatte ihn damals nicht verstanden. Er vermutete, dass er es aufgrund seiner jugendlichen Ungeduld mit den endlosen, komplizierten Ritualen einfach nicht hatte verstehen *wollen*. Jetzt verstand er es besser. Es war wichtig, sich zu erinnern, denn es gab zu wenige von ihnen, die es taten.

Zu wenige glaubten. Die Zirkler hielten Gareilem für tot und verachteten seine Anhänger. Die Pentadrianer glaubten das Gleiche und bemitleideten Kimyala. Die Traumweber gaben Zirklern wie Pentadrianern recht, aber sie behandelten ihn zumindest mit Respekt.

In einem Punkt war Kimyala sich jedoch sicher: Götter können nicht sterben. Dies war eins der alten Geheimnisse der Anhänger des Gareilem. Sollten andere ruhig zweifeln, aber er und sein Volk kannten die Wahrheit. Die Götter waren Wesen aus Magie und Weisheit. Sie existierten, solange die

Magie existierte, also musste auch Gareilem irgendwo noch existieren, in irgendeiner Form. Vielleicht würde er eines Tages zurückkehren. Sein Schweigen konnte sogar eine Prüfung ihres Glaubens sein. Er ließ es zu, dass die Schar seiner Anhänger immer kleiner wurde, bis nur noch die Treuesten verblieben waren.

Nachdem das Ankleideritual beendet war, verließ Kimyala sein Zimmer und stieg zu dem Dach des alten Tempels hinauf. Gareilem war der Gott von Stein, Sand und Erde. Seine Tempel waren stets hoch oben auf den Hängen von Bergen erbaut worden. Hier, in der Nähe der Südküste von Sennon, gab es nur wenige Hügel. Der Tempel lag auf einem kleinen Felsvorsprung inmitten eines Dünenmeeres, aber da der Salzbusch die höchste Pflanze war, die in dieser Gegend wuchs, hatte man von hier aus einen ungehinderten Blick auf das umliegende Land.

Auf dem Dach des Tempels angekommen, ließ Kimyala seinen Blick über die Dünen wandern. Die Sonne hing direkt über dem Horizont und verlangte damit seine Aufmerksamkeit. Der rituelle Gesang für das Ende des Tages ging ihm durch den Kopf, aber es war noch ein wenig zu früh dafür. Im Westen gab es nicht viel zu sehen. Nur einige sanft gewellte Hügel entlang der Küste. Vor ihm erstreckte sich blaugrau der Golf des Grams. Ein wenig weiter zur Linken konnte er die Landenge von Grya sehen, die sich nach dem südlichen Kontinent ausstreckte. An seinem unteren Ende war ein dunkler Fleck zu erkennen: die Stadt Diamyane.

Die Stadt war nahe genug, um das Gewirr von Straßen und die langgezogenen, niedrigen Häuser dazwischen zu erkennen. An einem klaren Tag konnte er sogar ohne die Benutzung eines Fernrohrs die Bürger der Stadt ausmachen. Heute hatte ein leichter, aber beharrlicher Wind so viel Staub aufgewirbelt, dass die Umrisse der Stadt verwischt waren. Es gab nichts Interessantes zu sehen. Außer … Als er über die Stadtgrenzen hinausblickte, fiel ihm etwas Ungewöhnliches auf.

»Jedire!«, brüllte er. »Bring mir mein Fernrohr! Schnell!«

Er hörte hastige Schritte, als sein Akolyth, der im Raum unter ihm studierte, herbeigelaufen kam. Kimyala schaute zur Sonne hinüber und schätzte, dass ihm noch einige Minuten blieben, bevor sie den Horizont berührte. Schon bald würde alles Licht fort sein, und das Land würde in Dunkelheit versinken.

Das Klatschen von Sandalen auf den steinernen Treppenstufen kündete von der Ankunft Jedires. Kurz darauf war der Junge oben angekommen und reichte Kimyala das Fernrohr. Der Hohepriester hielt es sich ans Auge.

Er suchte die Stadt ab und fand von dort aus die Landenge. Der dunkle Fleck, den er gesehen hatte, nahm klare Formen an. Kolonnen von Gestalten marschierten auf Sennon zu, einige mit Bannern in Händen. In der Mitte eines jeden schwarzen Tuchs war ein weißer, fünfzackiger Stern zu sehen.

»Pentadrianer«, sagte er angewidert und gab seinem Akolythen das Fernrohr zurück.

Der Junge hielt sich das Rohr ans Auge. »Was tun sie da?«

»Keine Ahnung. Vielleicht eine Pilgerreise.«

»Sie haben Waffen bei sich«, sagte der Junge mit gedämpftem Tonfall. »Sie ziehen in den Krieg.«

Kimyala entriss dem Jungen das Fernrohr und drehte sich zu der Stadt um. Wieder hielt er Ausschau nach den Pentadrianern und betrachtete die Marschkolonnen genauer. Und tatsächlich, einige trugen Rüstungen. Mitten unter ihnen bewegten sich schwer beladene Karren. Im nächsten Moment hatte die Spitze der schwarzen Kolonne die Stadt erreicht.

Er murmelte einen Fluch. Er hatte bereits zwei Jungen an die Pentadrianer verloren. Es war nicht leicht, sie zu halten, wenn die Pentadrianer ständig in der Nähe waren und mit ihren Reichtümern und ihrer Macht protzten. Und als wenn das nicht genug gewesen wäre, um junge Männer wegzulocken, waren da immer noch die Gerüchte über Fruchtbarkeitsriten. Es hieß, sie hielten Orgien ab, in denen alle Teilnehmer maskiert waren und dass manchmal auch ihre Götter an den Orgien teilnahmen.

»Es ist eine Armee, nicht wahr?«, fragte Jedire. »Sind sie hergekommen, um Sennon unter ihre Gewalt zu bringen?«

Kimyala schüttelte den Kopf. »Ich weiß es nicht. Niemand versucht, sie aufzuhalten.«

»Wenn sie nicht hier sind, um uns zu überfallen, wen wollen sie dann überfallen?«

Er drehte sich zu Jedire um. Die Augen des Jungen leuchteten vor Erregung.

»Setz dir keine törichten Ideen in den Kopf, von wegen weglaufen und dich Ewarli und Gilare anschließen zu wollen«, warnte ihn Kimyala. »Jungen sterben in Schlachten. Sie sterben einen grausamen Tod, unter schrecklichen Schmerzen. Und jetzt bring dieses Fernrohr schnell nach unten. Ich habe ein Ritual zu vollziehen.«

Als der Junge davongeeilt war, wandte Kimyala seine Aufmerksamkeit wieder der Sonne zu. Die feurig rote Scheibe würde nun gleich den Horizont berühren. Es war an der Zeit, die unheilverkündende Anwesenheit der Armee zu ignorieren und mit dem Ritual zu beginnen.

# 27

*Das Fenster stand offen. Danjin verfluchte die Diener. Wie hatte das geschehen können? Unfug hätte hinausgelangen können – es war durchaus möglich, dass er sich bereits auf der Außenseite der Mauer befand, ohne um die Gefahr zu wissen.*

*Er sollte die Diener rufen und es jemand anderem überlassen, die Angelegenheit zu regeln, aber etwas zwang ihn, auf das Fenster zuzugehen. Kalte Luft hüllte ihn ein. Er trat an den Rand der Öffnung und spürte, wie sich seine Zehen um das Fenstersims krümmten.*

*Ich stehe am Abgrund, dachte er. Dann runzelte er die Stirn. Warum trage ich keine Schuhe?*

*Er blickte über seine Füße hinaus auf den Boden, der so tief unter ihm lag, und die Welt um ihn herum begann sich zu drehen.*

*Mit einem Mal stand er am Fuß des Weißen Turms und blickte empor. Jetzt, da er sich auf festem Boden befand, hätte er sich eigentlich besser fühlen müssen, aber seine Angst war noch größer als zuvor. Der Turm ragte über ihm auf, kam ihm langsam entgegen. Zu spät bemerkte er die Risse, die sich im Mauerwerk gebildet hatten.*

*Er sah den Turm einstürzen, sah Trümmer, die auf ihn flogen. Er konnte sich nicht bewegen. Schutt prasselte auf ihn nieder, riss ihn zu Boden, bedeckte ihn, erstickte ihn. Er kämpfte gegen das Entsetzen. Zwang sich, still zu liegen …*

»Danjin.«

*Hoffnung regte sich in ihm. Wenn er jemanden hören konnte, war er vielleicht so nah an der Oberfläche, dass man ihn ausgraben konnte. Seine Kehle war trocken und voller Staub, und er konnte keinen Laut von sich geben.*

*Geduld. Es gibt keinen schnellen Ausweg aus dieser Lage.*

*Aber er musste sich auch beeilen. Er musste entscheiden, wie er seine verbleibende Kraft am besten nutzen konnte …*

»Danjin. Wach auf.«

*Eine Hand umfasste seinen Arm. Rettung!*

*»Danjin!«*

Er schreckte hoch und nahm sein Schlafzimmer wahr, die Decken, die er sich fest um den Körper – aber nicht um die Füße – geschlungen hatte, und seine Frau, die auf ihn herabblickte.

»Was ist?«

Silava richtete sich auf und stemmte die Hände in die Hüften. »Draußen ist eine Armee.«

Eine Armee? Er befreite sich aus den Decken und folgte ihr zu einem der Fenster. Von dieser Seite seines Hauses aus hatte man einen Blick auf die Hauptstraßen der Stadt. Danjin sah hinaus und riss erstaunt die Augen auf, als er in Reih und Glied marschierende Soldaten entdeckte.

Das Bild hatte etwas eigenartig Erregendes. In der Stadt waren ständig hanianische Soldaten zu sehen, sowohl in den sauberen Straßen der adligen Familien wie auch in den schäbigeren Vierteln, aber niemals fand man so viele Soldaten an einer Stelle vereint. Das rhythmische Geräusch ihrer Sandalen auf dem Pflaster klang so zuversichtlich und *organisiert*.

»Sie verschwenden keine Zeit«, murmelte er vor sich hin.

»Womit?«

»Bei der Versammlung gestern Abend hat Juran uns mitgeteilt, dass die pentadrianische Armee Sennon erreicht und ihre Absicht erklärt habe, die Welt von den Zirklern zu befreien«, antwortete er. »Es ist so lange her, seit Hania das letzte Mal vor einer militärischen Bedrohung gestanden hat. Einige Adlige haben Zweifel geäußert, ob unsere Armee einer solchen Auseinandersetzung gewachsen sein wird. Dies wird sie eines Besseren belehren.«

Silava blickte auf die Soldaten hinab. »Wohin gehen sie?«

Er überlegte kurz. »Wahrscheinlich in den Tempel, um den Segen der Götter zu erbitten.«

»Alle gleichzeitig?«

»Gemeinsam mit den Priestern werden sie ein solches Spektakel bieten, dass unsere jungen Männer in Scharen herbeiströmen werden, um sich der Armee anzuschließen und an dem großen Abenteuer teilhaben zu können. In den anderen Ländern wird das Gleiche passieren, da sie im Grunde gar nicht anders können. Die Bedingungen ihrer Bündnisverträge mit den Weißen lassen ihnen keine Wahl.«

Sie musterte ihn nachdenklich. »Dann ist es dir jetzt also gestattet, mir all das zu erzählen?«

»Ja. Seit gestern Abend ist es allgemein bekannt.«

»Als du nach Hause gekommen bist, hast du nichts davon gesagt.«

»Du hast bereits geschlafen.«

»Neuigkeiten von solcher Wichtigkeit sind es wert, dafür geweckt zu werden.«

»Wenn man selbst so wenig Schlaf bekommt, widerstrebt es einem, einen anderen im Schlaf zu stören.«

Sie bedachte ihn mit einem vernichtenden Blick.

Er breitete die Arme aus. »Hätte es einen Unterschied gemacht, wenn du fünf Stunden früher davon erfahren hättest?«

Sie runzelte die Stirn. »Ja. Ich hätte wahrscheinlich überhaupt nicht geschlafen.« Sie seufzte. »Das heißt wahrscheinlich, dass du Auraya bei diesem großen Abenteuer begleiten wirst?«

Er blickte auf die vorbeimarschierenden Soldaten hinab. »Davon gehe ich aus, obwohl ich kein militärischer Experte bin und auch kein Soldat. Wahrscheinlich werde ich in etwa dieselben Aufgaben erfüllen wie jetzt – ein Umstand, auf den hinzuweisen mein Vater gestern Abend nicht müde geworden ist.«

Sie kicherte. »Das kann ich mir vorstellen. Hast du ihm erzählt, dass du weißt, dass sie alle für die Weißen spionieren?«

»Nein. Ich habe meine Meinung geändert. Er war so unerträglich selbstgefällig. Auraya und ich finden es amüsanter, ihn glauben zu lassen, ich wüsste nicht darüber Bescheid.«

Silava zog die Augenbrauen hoch. »Sie ist wieder da?«

Er schüttelte den Kopf, dann tippte er sich mit dem Finger an die Stirn. »Sie wollte die Reaktion der anderen Adligen und Botschafter sehen. Sie sind viel offener, wenn sie glauben, dass keiner der Weißen anwesend ist.«

Sie zögerte kurz. »Ist sie auch jetzt in deinem Kopf?«

»Nein.« Er griff nach ihrer Hand; er wusste, wie sehr es sie beunruhigte, dass Auraya durch seine Augen sehen konnte. »So ist es keineswegs. Sie übernimmt nicht die Kontrolle über meine Gedanken. Ich bin immer noch ich. Sie kann lediglich hören, was ich höre, und sehen, was ich sehe.«

Silava entzog ihm ihre Hand. »Das verstehe ich. Oder zumindest glaube ich, dass ich es verstehe. Aber es gefällt mir einfach nicht. Woher soll ich wissen, ob sie mich gerade beobachtet oder nicht?«

Er kicherte. »Sie ist sehr diskret.«

»Das klingt so, als sei sie deine Geliebte.«

»Bist du etwa *eifersüchtig?«*

Sie rückte von ihm ab und vermied es, ihm in die Augen zu sehen. »Bilde dir nur nichts ein.«

Er folgte ihr lächelnd aus dem Raum. »Ich denke, mein Gefühl trügt mich nicht. Meine Frau ist tatsächlich eifersüchtig auf Auraya von den Weißen.«

»Ich … sie verbringt mehr Zeit mit dir als ich.«

Er nickte. »Das ist wahr. Sie bekommt all die trockenen Informationen über Gebräuche, Politik und juristische Angelegenheiten, von denen ich weiß, dass du sie so faszinierend findest. Ist es das, was du vermisst? Soll ich dir von den Gesetzen erzählen, die der König von Genria vor fünfzig Jahren erlassen hat? Oder möchtest du etwas über die vielen Traditionen und Rituale wissen, mit denen die hohen Gesellschaftskreise von Sennon dem Teho huldigen?«

»*Diese* Dinge interessieren dich wahrhaftig mehr als alles andere«, erwiderte sie.

Er hielt sie an der Hand fest und drehte sie zu sich herum. »Das mag die Wahrheit sein, aber alles andere, was ich habe, gehört dir. Meine Freundschaft, mein Respekt, meine Kinder, sogar mein Körper – obwohl du in dieser traurigen, vernachlässigten Gestalt wahrscheinlich nicht viel Lohnendes entdecken kannst.«

Ihre Lippen wurden schmal, aber an den feinen Fältchen, die sich um ihre Augen herum bildeten, konnte er erkennen, dass seine Worte sie freuten.

»Wenn ich nicht den Verdacht hätte, dass du mich soeben vom Gegenteil überzeugen wolltest, wäre ich ein größerer Narr als du«, sagte sie.

Er grinste. »Könntest du nicht meinetwegen wenigstens so tun, als seist du eine Närrin?«

Sie löste sich von ihm und ging auf die Tür zu. »*Ich* habe keine Zeit dafür, und mein Mann hat wahrscheinlich noch eine Menge weiterer trockener Informationen, die er eilends seiner *Herrin* übermitteln muss.«

Er seufzte laut. »Wie soll ich nur damit leben, dass die Welt solche Dinge von mir denkt?«

Als sie die Tür erreicht hatte, drehte sie sich noch einmal um und lächelte. »Ich bin davon überzeugt, es wird dir gelingen.«

Wenn Auraya nicht gewusst hätte, dass es nur ein kleiner Teil der Bevölkerung von Si war, der jetzt im Offenen Dorf auf sie wartete, hätte sie geglaubt, das ganze Volk sei zusammengekommen, um sie zu verabschieden. Die meisten von ihnen hatten sich unter dem Felsvorsprung versammelt, auf dem die Sprecher während der beiden Versammlungen gestanden hatten. Andere hockten in den Zweigen der riesigen Bäume zu beiden Seiten. Wieder andere zogen am Himmel ihre Kreise und warfen durch ihre ständigen Bewegungen verwirrende Schatten auf den Boden.

Als Auraya zwischen den Bäumen hervortrat, wandten sich ihr alle Gesichter zu, und ein schrilles Pfeifen setzte ein. Das war ihre Art, ihren Beifall zu bekunden. Sie lächelte ihnen allen zu.

»Ihr seid ein so freundliches Volk«, sagte sie zu Sirri. »Ich wünschte, ich hätte noch ein Weilchen länger bleiben können.«

Die Sprecherin lachte leise. »Sei vorsichtig, Auraya. Obwohl wir dich gern bei uns behalten würden, wissen wir doch, wie wichtig du für Nordithania und für unsere eigene Zukunft bist. Wenn es dir hier zu gut gefiele, müssten wir vielleicht aufhören, so nett zu dir zu sein.«

»Es würde eine Menge dazugehören, meine Meinung über dich und dein Volk zu ändern«, erwiderte Auraya.

Sirri sah Auraya nachdenklich an. »Wir haben dich auf unsere Seite gezogen, nicht wahr?«

»Ich war noch nie so glücklich wie hier.«

»Du bist die einzige Landgeherin, bei der ich ständig vergesse, dass sie eine Landgeherin ist.« Sirri runzelte die Stirn. »Klingt das vernünftig?«

Auraya lachte. »Ja, das tut es. Ich vergesse ebenfalls immer wieder, dass ich eine Landgeherin bin.«

Sie hatten inzwischen die ersten Sprecher erreicht, die in

einer Reihe am Rand des Felsvorsprungs standen. Auraya richtete das Wort an einen jeden von ihnen, dankte denen für ihre Gastfreundschaft, deren Stämme sie besucht hatte, und versprach den anderen, einen solchen Besuch zu einem späteren Zeitpunkt nachzuholen. Der Sprecher am Ende der Reihe war der Anführer des Sandstamms, Tyrli. Der ernste alte Mann und die wenigen Mitglieder seines Stammes, die zu der Versammlung in das Offene Dorf gereist waren, würden ihr den Weg bis zur Küste weisen.

»Ich freue mich, dass du mich auf meiner Reise begleiten wirst und ich auf diese Weise Gelegenheit haben werde, deine Heimat zu sehen, Sprecher Tyrli«, sagte sie.

Er nickte. »Ich fühle mich geehrt, einer der Auserwählten der Götter behilflich sein zu können.«

Sie spürte, dass er ein wenig überwältigt war, und trat neben Sprecherin Sirri, die sich jetzt der Menge zugewandt hatte.

»Volk der Berge. Stämme der Siyee. Wir, die Sprecher, haben euch hierhergerufen, um einer Besucherin unseres Landes Lebewohl zu sagen. Sie ist, wie ihr alle wisst, keine gewöhnliche Besucherin. Sie ist Auraya, eine der Auserwählten der Götter und unsere Verbündete.« Sie drehte sich zu Auraya um. »Fliege hoch, fliege schnell, fliege wohl, Auraya von den Weißen.«

Die Menge wiederholte die Worte. Auraya lächelte und trat vor.

»Volk von Si, ich danke euch für eure herzliche Gastfreundschaft. Ich habe jeden Augenblick meines Aufenthalts bei euch genossen. Es bekümmert mich, euch verlassen zu müssen, und ich weiß, sobald ich von hier fortgegangen bin, werde ich ungeduldig auf eine Möglichkeit zur Rückkehr warten. Ich wünsche euch alles Gute. Mögen die Götter über euch wachen.«

Sie machte mit beiden Händen das Zeichen des Kreises. Einige der Kinder in der Menge ahmten ihre Geste nach, und wieder wurden begeisterte Pfiffe laut. Tyrli stellte sich neben sie.

»Wir sollten jetzt aufbrechen«, murmelte er.

Er beugte sich vor, breitete die Arme weit aus und sprang von dem Felsen. Der Wind trug ihn empor. Als Auraya seinem Beispiel folgte, flogen die Siyee aus den Bäumen auf und gesellten sich unter lautem Pfeifen zu ihr. Lachend winkte sie dieser jungen Eskorte zu, die spielerisch um sie herumschwirrte.

Als sie sich ein gutes Stück vom Offenen Dorf entfernt hatten, ließen sich die ersten Siyee zurückfallen, bis schließlich nur noch Tyrli und sein Stamm bei ihr waren.

Die Zeit schien plötzlich langsamer zu vergehen. Während des Fluges schwiegen die Siyee meistens, und wenn sie sich doch miteinander in Verbindung setzten, dann handelte es sich um einfache Befehle oder Richtungsangaben, und dafür benutzten sie schon lange keine Wörter mehr, sondern eine Vielzahl unterschiedlicher Pfiffe.

Daher war Auraya sehr überrascht, als Tyrli sein Tempo verlangsamte und neben ihr herflog, um mit ihr zu reden.

»Es war dein Wunsch, mehr über die Elai zu erfahren«, begann er.

Sie nickte.

»Sie werden von einem König regiert«, erklärte er. »Von einem Anführer, statt von vielen.«

»Gibt es verschiedene Stämme unter den Elai?«

»Nein. Früher einmal war das anders; es gab einen Stamm für jede Insel. Inzwischen leben die meisten von ihnen auf der Hauptinsel. In ihrer Stadt.«

»Woran liegt das?«

»Die Landgeher haben sie über viele Jahre hinweg immer

wieder angegriffen. Das Leben auf den äußeren Inseln ist nicht mehr sicher.« Er sah sie mit ernster Miene an. »Aus diesem Grund mögen die Elai die Landgeher nicht.«

Auraya runzelte die Stirn. »Warum haben diese Landgeher sie angegriffen?«

»Um sie zu bestehlen.«

»Dann waren es also Plünderer.«

»Ja. Die Elai befinden sich in einer viel schlimmeren Situation als die Siyee. Diese Landgeher haben viele von ihnen getötet. Es gibt viele Tausend Siyee, aber von den Elai sind nur noch wenige Tausend übrig geblieben.«

»Und sie leben alle in dieser Stadt. Hast du die Stadt jemals gesehen?«

Er blickte beinahe sehnsüchtig drein. »Niemand außer den Elai kennt die Stadt. Nur sie können dorthin gelangen. Die Stadt ist eine große Höhle, die man durch Tunnel unter der Wasseroberfläche erreicht. Es heißt, sie sei wunderschön.«

»Eine Unterwasserstadt. Dort sollten sie eigentlich sicher vor Plünderern sein.« Wie sollte sie mit den Elai reden, wenn sie unter Wasser lebten? Würden die Götter ihr auch die Gabe verleihen, unter Wasser zu atmen?

»Ganz so ist es nicht«, entgegnete Tyrli, und Auraya hatte beinahe den Eindruck, dass er lächelte. »Die Elai mögen im Wasser leben, aber sie atmen dennoch Luft. Sie können allerdings lange Zeit den Atem anhalten.«

Sie sah ihn überrascht an. »Dann sind die Legenden in diesem Punkt also falsch? Sind die Elai mit Schuppen bedeckt? Haben sie einen Fischschwanz anstelle von Beinen?«

Er lachte. »Nein, nein.« Sie fing eine schemenhafte Gestalt in seinen Gedanken auf: einen fast nackten, unbehaarten Mann mit dunkler, leuchtender Haut und einem massigen Brustkorb. »Huan hat ihnen eine so dicke Haut gegeben, dass sie für viele Stunden im Wasser bleiben können, und außerdem große Lungen, damit sie über lange Zeit hinweg den Atem anhalten können. Darüber hinaus hat sie ihnen Flossen gegeben – aber sie sind nicht wie die Flossen von Fischen. Die Flossen der Elai haben mit Fischflossen so viel gemein wie unsere Flügel mit den Flügeln von Vögeln. Wenn du sie siehst, wirst du verstehen, was ich meine.«

Sie nickte. »Hat jemals irgendein Landgeher ihre Freundschaft gewonnen?«

Er dachte kurz nach. »Einer. Vor langer Zeit. Er hat auch uns oft besucht. Ich habe gehört, dass er einen geheimen Weg nach Si kannte, obwohl nicht einmal die Siyee heute noch wissen, wo dieser Weg liegt. Viele haben ihn sehr gemocht. Er war ein Heiler mit großen Gaben. Er konnte Flügel heilen, die hoffnungslos beschädigt waren.«

»Er muss ein mächtiger Zauberer gewesen sein. Wie war sein Name?«

Tyrli dachte kurz nach, dann nickte er. »Sein Name war Mirar.«

Sie drehte den Kopf und starrte ihn an. »*Mirar?* Der Begründer der Traumweber?«

Wieder nickte Tyrli. »Er war ein Traumweber, ja.«

Auraya wandte den Blick ab, nahm aber kaum noch etwas von der Landschaft wahr, während sie über diese Enthüllung nachsann. War es wirklich so überraschend, dass Mirar vor langer Zeit durch diese Berge gestreift war? Dann fiel es ihr wieder ein: Leiard hatte ihr erzählt, dass er Erinnerungen an die Siyee besaß. Waren es Mirars Erinnerungen? Und wenn es so war, hatte Leiard dann auch Erinnerungen an die Elai?

Sie schürzte die Lippen. Wenn er heute Nacht in einer Traumvernetzung zu ihr sprach, würde sie ihn nach dem Meeresvolk fragen. Obwohl es so klang, als bedürften die Elai der Hilfe der Weißen noch mehr als die Siyee, vermutete sie doch, dass ihr Groll allen Landgehern gegenüber Verhandlungen mit ihnen schwierig machen würde. Vielleicht wusste Leiard am besten, wie man ihr Vertrauen gewinnen konnte. Sie brauchte alle Informationen, die sie bekommen konnte.

Schließlich drehte sie sich wieder zu Tyrli um und lächelte. »Also, wie lange treibt dein Stamm schon Handel mit den Elai?«

Drilli seufzte und folgte ihren Eltern aus der Laube. Sie waren wieder einmal auf dem Weg zu einem Treffen mit dem Schlangenflussstamm. Die Familien, die unter den anderen Stämmen lebten, nutzten die Versammlungen als Möglichkeit, an einem Ort zusammenzukommen und Pläne für die Zukunft zu schmieden. Sie blickte zu Tryss' Familienlaube hinüber, obwohl sie wusste, dass er nicht zu Hause war, sondern andere Siyee in der Benutzung des Geschirrs unterwies. Nicht einmal seine Vettern waren in der Nähe.

Als sie sich wieder umdrehte, fing ihr Vater ihren Blick auf und runzelte missbilligend die Stirn. Obwohl sie sich versucht fühlte, ihn wütend anzufunkeln, wandte sie den Blick ab und folgte ihm gehorsam einen Waldweg hinunter.

*Wie kann er mir das antun?*

Monatelang waren sie umeinander herumgetanzt. Zu Anfang war es ein unbefangenes Spiel gewesen. Er hatte sie nach ihrer Meinung über einige junge Männer gefragt, und sie hatte ihm jedes Mal eine höfliche, aber abschätzige Antwort gegeben. Am Ende solcher Gespräche hatte er immer zustimmend genickt und es dabei belassen.

Dann war sie Tryss begegnet. Er war nicht stärker oder von besserer Herkunft als die möglichen Partner, die ihr Vater vorgeschlagen hatte, aber er war *interessant*. Die meisten jungen Männer ihres Stammes langweilten sie bis zur Bewusstlosigkeit. Was im Übrigen auch für die meisten der älteren

Männer galt. Bis auf ihren Großvater … Aber er war während des Überfalls auf ihre Heimat getötet worden.

Genau wie ihr Großvater war Tryss ausgesprochen klug. Er dachte über Dinge nach. Er dachte *wirklich* nach, und er erging sich nicht in törichten Prahlereien, um ihre Aufmerksamkeit zu gewinnen. Er sah sie nur mit diesen ernsten, unergründlichen Augen an …

Ihr Vater hatte jede Geduld mit ihr verloren, als er erfuhr, dass sie so viel Zeit mit Tryss verbrachte. Er konnte keinen einzigen guten Grund für seine Missbilligung nennen, nur dass Tryss nicht dem Schlangenflussstamm angehörte.

Zyll wollte unbedingt verhindern, dass sein Stamm in anderen aufging, und dieser Wunsch war ihm wichtiger als alles andere – selbst als das Glück seiner Tochter, wie sie hatte herausfinden müssen. Er hatte ihr verboten, mit Tryss zu sprechen, und jetzt nutzte er diese Treffen, um nach einem Ehemann für sie Ausschau zu halten.

Es gab nichts, was sie dagegen tun konnte. Das Gesetz der Siyee verfügte, dass Eltern über die erste Ehe ihrer Nachkommen bestimmen durften. In der Vergangenheit war eine frühe Eheschließung von größter Bedeutung gewesen, um die Chancen auf mehr gesunde Kinder zu vergrößern.

*Ich kann immer noch auf einer Scheidung bestehen,* dachte sie. *Wir brauchen nur für zwei Jahre zusammenzubleiben.* Das kam ihr wie eine Ewigkeit vor. *Bis dahin könnte Tryss jemand anderen gefunden haben. Und ich könnte Kinder haben.*

Sie verzog das Gesicht. *Ich weiß nicht einmal, ob Tryss heiraten will. Das Problem mit diesen stillen Typen ist, dass sie sich nicht darauf verstehen, einen wissen zu lassen, was sie wollen.* Sie zweifelte nicht daran, dass er sie sehr mochte und dass er sich zu ihr hingezogen fühlte – sie war davon überzeugt!

Ein flackernder Lichtschein erregte ihre Aufmerksamkeit, und sie sah, dass am Rande einer Lichtung mehrere Lampen aufgestellt worden waren. Obwohl noch heller Nachmittag war, standen die Bäume an dieser Stelle so dicht beieinander, dass nur wenig Sonnenlicht auf den Waldboden fiel.

Eine Lampe stand in der Mitte der Lichtung. Mehrere Männer und Frauen saßen im Kreis darum versammelt. Drilli erkannte Styll, den Sprecher ihres Stammes. Neben ihm saß der Junge, den ihr Vater zuletzt als geeigneten Verehrer für sie vorgeschlagen hatte, Sveel. Er lächelte sie an, und Gewissensbisse durchzuckten sie. Sveel war absolut begeistert von der Aussicht auf eine Heirat mit ihr.

Sie blickte in die Runde und sah zu ihrer Überraschung, dass Sprecherin Sirri und ihr Sohn, Sreil, bei ihrem Stamm saßen. Ein verrückter Gedanke durchzuckte sie. Vielleicht hielt auch Sirri Ausschau nach einer Frau für ihren Sohn. Vielleicht würden Sreil und Sveel um sie kämpfen müssen. Drilli musste sich ein Lachen verkneifen. *Pech gehabt, Sreil. Mein Vater wird niemanden akzeptieren, der außerhalb des Stamms vom Schlangenfluss geboren ist, nicht einmal den Sohn der Anführerin aller Siyee.*

Ihre Familie gesellte sich zu den anderen, und es gelang ihrem Vater, sie zu dem Platz neben Sveel zu dirigieren. Sie zwang sich, mit dem Jungen zu reden. Es hatte keinen Sinn, unhöflich zu sein. Wenn sie ihn denn heiraten musste, konnte sie ebenso gut versuchen, mit ihm auszukommen. Er war durchaus ein liebenswürdiger Kerl; er war einfach nur nicht interessant oder besonders klug.

»Also, warum bist du heute zu uns gekommen, Sprecherin Sirri?«, fragte ihr Vater. »Ich habe gehört, dass du etwas gegen unsere Ehetraditionen hast.«

Sirri lächelte. »Ich habe keineswegs etwas gegen eure Traditionen, Zyll, aber ich halte es für töricht, dass die Siyee so jung heiraten. Mit vierzehn Jahren haben sie ihre Persönlichkeit noch lange nicht voll entwickelt.«

»Und genau deshalb ist es am besten, wenn ihre Eltern den Partner auswählen.«

Sie schüttelte den Kopf. »Ich wünschte, es wäre so. Ich habe Eltern genauso oft schlechte Entscheidungen wie gute treffen sehen. Selbst wenn sie sich noch so große Mühe geben, werden sie doch durch die Tatsache behindert, dass ihre Söhne und Töchter noch nicht zu den Menschen geworden sind, die sie einmal sein werden. Wie können sie entscheiden, wer ein geeigneter Partner für ihre Kinder sein wird, wenn diese ihren Charakter noch nicht voll entwickelt haben?«

Zyll blickte finster drein. »Es geht nicht nur um den Charakter. Es geht um Blutlinien und Stammesverbindungen.«

Sirri runzelte die Stirn. »Huan hat vor mehr als einem Jahrhundert die Gesetze aufgehoben, die es uns verboten haben, außerhalb unseres Stammes zu heiraten.«

»Und doch wollen wir nicht in einen Zustand zurückfallen, in dem die Hälfte unserer Kinder bei der Geburt …«

»Diese Gefahr dürfte jetzt kaum noch bestehen«, unterbrach ihn Sirri. Plötzlich lag ein kalter Ausdruck in ihren Augen, und Drilli erinnerte sich daran, gehört zu haben, dass das erste Kind der Sprecherin flügellos und verkümmert geboren und noch als Säugling gestorben war. »Wir sind inzwischen so zahlreich, dass solche Dinge kaum noch vorkommen.«

»Ich spreche nicht von Verbindungen zwischen den Stämmen«, sagte Zyll. »Ich spreche von Verbindungen innerhalb eines Stammes. Mein Stamm ist in alle Himmelsrichtungen verstreut. Wenn wir nicht Acht geben, wird er in einigen Jahren verschwunden sein.«

Etwas in Sirris Miene veränderte sich unmerklich, und ihre Züge wirkten jetzt gleichzeitig nachdenklich und gefährlich. »Darüber brauchst du dir keine Sorgen mehr zu machen. Die Weißen werden euch euer Land zurückgeben, und jetzt habt ihr dank des jungen Tryss eine wirkungsvolle Möglichkeit, es zu verteidigen.«

Als Tryss' Name fiel, verhärtete sich Zylls Miene. »Trotzdem, wir müssen die Bande zwischen unseren Familien stärken, oder wir werden einander irgendwann fremd werden.«

Sie zog die Augenbrauen hoch, dann nickte sie respektvoll. »Wenn ihr so weit gehen müsst, um euch eurer selbst zu versichern, dann bleibt mir nichts mehr zu sagen übrig. Ich werde eure Familie hier im Offenen Dorf vermissen.« Sie sah zu Sveel hinüber. »Du hast an der Ausbildung der Krieger teilgenommen, nicht wahr? Wie gefällt es dir?«

Sveel richtete sich auf. »Es ist hart, aber ich übe jeden Tag.«

Sie nickte. »Gut. Du wirst diese Fähigkeiten benötigen, um dein Land zu verteidigen, wenn ihr dorthin zurückgekehrt seid. Und genau das ist es, worüber ich mit euch allen reden wollte.« Sie hielt einen Moment lang inne, dann wandte sie sich zu ihrem Sohn um. »Sreil, hast du diesen Korb mitgebracht?«

Der Junge blinzelte, dann weiteten sich seine Augen. »Nein, das habe ich vergessen. Tut mir leid.«

Sie schüttelte seufzend den Kopf. »Nun, dann geh ihn holen. Und bring auch etwas Wasser mit.«

»Wie soll ich das alles tragen?«

»Nimm Drilli mit.«

Drilli blinzelte überrascht, dann sah sie ihren Vater an. Er nickte zustimmend, obwohl er nicht allzu glücklich über den Gang der Ereignisse zu sein schien. Sie stand auf und eilte Sreil nach.

Sprecherin Sirris Sohn gab ein schnelles Tempo vor, und schon bald konnte sie die Stimmen ihres Stammes nicht länger hören. Er drehte sich kurz um, dann wurde er langsamer, so dass sie ihn einholen konnte.

»Du sollst verheiratet werden«, sagte er.

Sie zuckte die Achseln. »Sieht so aus.«

»Du klingst nicht allzu begeistert.«

»Ach nein?«, fragte sie trocken.

»Nein. Du magst Sveel nicht, oder?«

»Er ist ganz in Ordnung.«

»Aber du möchtest ihn nicht heiraten, hab ich recht?«

Sie musterte ihn stirnrunzelnd. »Warum fragst du?«

Er lächelte. »Bei dem Trei-Trei war ziemlich offenkundig, wen du bevorzugst, Drilli. Also, warum heiratest du nicht einfach Tryss? Er ist berühmter als die Gründer unseres Volkes.«

Ihr Magen verkrampfte sich. »Ich heirate ihn nicht, weil ich keine Wahl habe.«

»Natürlich hast du die Wahl.«

Sie sah ihn finster an. »Ach ja? Ich habe seit Wochen nicht mehr mit Tryss gesprochen. Er hat nicht einmal versucht, mit mir zu reden. Ich weiß nicht einmal, ob er überhaupt heiraten will.«

»Ich könnte es für dich herausfinden.«

Ihr Herz setzte einen Schlag aus. »Das würdest du tun?«

»Natürlich.« Er lächelte, dann schnalzte er selbstzufrieden mit der Zunge. Sofort stieg Argwohn in ihr auf. Sie blieb stehen und verschränkte die Arme vor der Brust.

»Was hättest du davon, Sreil? Warum solltest du uns helfen wollen?«

Immer noch lächelnd drehte er sich zu ihr um. »Weil …« Er hielt inne und begann, auf seiner Unterlippe zu kauen. »Das sollte ich wohl lieber nicht sagen.«

Sie funkelte ihn mit schmalen Augen an.

»Nun ja …« Er verzog das Gesicht. »Also schön. Dein Vater trägt die Nase etwas hoch, was seinen Stamm betrifft. Es geht nicht nur darum, dass er nicht einmal darüber nachdenkt, dich jemanden heiraten zu lassen, dessen Erfindung unser Volk retten und deinem Vater sein Land zurückbringen könnte – obwohl das so ziemlich der Gipfel ist –, es geht auch um andere Dinge, die er seit seiner Ankunft hier gesagt und getan hat.« Jetzt trat ein entschuldigender Ausdruck in seine Züge, der den Ärger verdrängte. »Tut mir leid.«

Sie nickte. Was er gesagt hatte, war zutreffend, obwohl es sie ein wenig kränkte zu erfahren, dass man so über ihre Familie dachte. Nach allem, was sie durchgemacht hatten …

»Mutter denkt außerdem, dass du wahrscheinlich zu Tryss' Erfolg beigetragen hast«, fügte er hinzu. »Er könnte dich auf irgendeine Art und Weise brauchen, daher wäre es töricht, dich ihm wegzunehmen.«

Sie blinzelte überrascht und wollte es gerade abstreiten, als ihr wieder einfiel, dass sie diejenige gewesen war, die ihm gezeigt hatte, wie man Blasrohre benutzte. Er war auf die Idee gekommen, sie als Teil des Geschirrs zu verwenden, aber wenn sie nicht gewesen wäre …

»Frag ihn«, sagte sie. »Aber erzähl ihm nicht, warum du fragst. Ich möchte nicht, dass er mich nur deshalb heiratet, um es mir zu ersparen, einen anderen heiraten zu müssen. Er muss mich heiraten wollen, weil es sein Wunsch ist.«

Sreil grinste. »Ich werde mich wieder mit dir in Verbindung setzen.«

# 28

Millo Bäcker war ein stiller Mensch. Jayims Vater wusste, dass Zufriedenheit mehr zählte als Glück, das hatte Leiard inzwischen herausgefunden. Millo mochte nicht überglücklich sein mit seinem Leben, aber er war auch nicht unglücklich damit.

Er nahm das Morgenmahl nur selten mit seiner Frau, seinem Sohn und seinem Gast ein. Heute hatte ihn jedoch ein Anfall der üblichen winterlichen Kopfinfektion gezwungen, sich Ruhe zu gönnen. Er hatte Leiard mit ungewohnter Redseligkeit überrascht und ihnen von den Neuigkeiten, seien sie nun offizieller Natur oder reine Spekulation, erzählt, die ihm zu Ohren gekommen waren. Das Heilmittel, das Leiard ihm verabreicht hatte, hatte bisweilen diese Wirkung auf einen Kranken.

»Bist du mal im Tempel gewesen?«, fragte er Leiard.

»Nicht mehr, seit Auraya fort ist.«

Millo schüttelte den Kopf. »Ich habe noch nie zuvor so viele Soldaten gesehen. Das muss eine ganze Armee sein. Ich hatte ja keine Ahnung, dass der Tempel so groß ist. Die Schlangen von Männern – und Frauen –, die der Armee beitreten wollen, sind so lang, dass sie zwei Häuserblocks weit die Hauptstraße hinunterreichen.«

Tanara runzelte die Stirn und sah Jayim an. »Nur gut, dass sie keine Traumweber nehmen.«

Jayim blickte sie mit verschlossener Miene an. Leiard spürte, dass der Junge eine Mischung aus Erleichterung, Schuldgefühlen und Ärger empfand.

»Was weißt du über diese Pentadrianer, Leiard?«, fragte Millo.

Leiard zuckte die Achseln. »Nicht viel. Nur das, was andere Traumweber mir erzählt haben. Die Pentadrianer sind noch ein junger Kult, höchstens einige Hundert Jahre alt. Sie huldigen fünf Göttern, wie es die Zirkler tun.«

»Realen Göttern oder toten?«, fragte Millo weiter.

»Das weiß ich nicht.«

»Wie lauten ihre Namen?«

»Sheyr, Ranah, Alor, Sraal und Hrun.«

»Vielleicht sind es alte, tote Götter, die auf dem südlichen Kontinent andere Namen hatten«, meinte Jayim.

»Vielleicht«, stimmte Leiard zu, erfreut darüber, dass Jayim auf diesen Gedanken gekommen war.

Die Augen des Jungen leuchteten auf. »Oder es sind dieselben Götter, denen die Zirkler folgen, nur dass sie unter anderen Namen bekannt sind.«

»Das ergäbe keinen Sinn«, bemerkte Tanara. »Dann würden sie ihre eigenen Anhänger in den Kampf gegen weitere ihrer Anhänger schicken.«

Leiard musterte sie nachdenklich, dann schüttelte er den Kopf. »Nein, ich kann mir nicht vorstellen, was ihnen das einbringen sollte.«

Sie runzelte die Stirn. »Du meinst, sie würden so etwas tun, wenn es ihnen etwas einbrächte?«

»Wahrscheinlich.«

»Aber das wäre unaussprechlich grausam.«

»Die Götter sind nicht so nobel und gerecht, wie die Zirkler uns glauben machen wollen«, erklärte Leiard zu seiner eigenen Überraschung. »Wir Traumweber erinnern uns daran, was sie in der Vergangenheit getan haben, bevor diese Scharade der Sorge um die Sterblichen begann. Wir wissen, wozu sie fähig sind.«

Tanara starrte ihn entsetzt an.

*Mirar,* dachte Leiard streng. *Ich habe dir doch gesagt, du sollst das lassen.*

*Ja, das hast du. Aber was kannst du tun, um mich daran zu hindern?*, erwiderte die andere Stimme.

Leiard ignorierte die Frage. *Was wolltest du damit erreichen, ihr Angst zu machen?*

*Jetzt kennt noch jemand die Wahrheit.*

*Und welchen Nutzen soll das für Tanara haben?*

Mirar antwortete nicht. Tanara wandte den Blick ab. »Dann hoffen wir am besten, dass sie die Scharade aufrechterhalten wollen«, murmelte sie.

Jayim beobachtete Leiard mit schmalen Augen. »Was erzählen dir deine Erinnerungen über die Pentadrianer?«

»Meine Erinnerungen erzählen mir nichts. Was ich weiß, habe ich von Traumwebern in Sennon erfahren.«

»Durch Traumvernetzungen?«

»Ja.«

Jayim runzelte die Stirn. Er öffnete den Mund, um etwas zu sagen, seufzte dann jedoch nur und schüttelte den Kopf. »Wie denken die Sennoner über sie?«

»Sie sind der Meinung, dass Traumweber nichts von den Pentadrianern zu befürchten haben. Der südliche Kult betrachtet uns mit Mitleid, nicht mit Furcht oder Abneigung. Was ein Beweis dafür ist, dass ihre Götter nicht dieselben sind wie die der Zirkler«, fügte er hinzu.

»Werden wir in diesen Krieg eintreten?«, fragte der Junge.

»Die Traumweber kämpfen nicht«, antwortete Leiard.

»Das weiß ich, aber werden wir uns als Heiler daran beteiligen?«

»Wahrscheinlich.«

Tanaras Augen weiteten sich. Sie sah ihren Sohn an und biss sich auf die Unterlippe. Millo runzelte die Stirn.

»Wir werden nicht in allzu großer Gefahr sein«, versicherte Leiard ihnen. »Den Pentadrianern ist klar, dass wir uns um alle Verwundeten kümmern, ganz gleich, welcher Rasse oder Religion sie angehören. Unsere Gaben werden uns vor Unfällen und Missverständnissen schützen.« Er sah Jayim an. »Es wird eine gute Möglichkeit für Jayim sein, seine Fähigkeiten als Heiler zu …«

Ein Klopfen unterbrach sie. Sie blickten einander an, dann stand Millo auf und ging zur Tür.

Leiard leerte seinen Becher, bevor auch er sich vom Tisch erhob. Jayim war schon lange mit dem Essen fertig. Wie die meisten Jungen seines Alters hatte er ständig Hunger. Er stand auf und folgte Leiard zu der Treppe, die zum Dachgarten hinaufführte.

»Wartet, ihr beiden«, rief Millo.

Er trat von der Tür weg. Eine Frau ging an ihm vorbei, und als Leiard die Traumweberroben und das vertraute Gesicht sah, blinzelte er überrascht.

»Traumweberälteste Arleej«, sagte er und berührte Herz, Mund und Stirn.

Sie lächelte und erwiderte die Geste. »Traumweberratgeber Leiard.«

»Es ist schön, dich wiederzusehen. Geht es dir gut?«

Sie zuckte die Achseln. »Ich bin nur ein wenig müde, da ich gerade erst angekommen bin.«

»Dann möchtest du sicher etwas zu essen und ein heißes Getränk«, sagte Tanara. »Setz dich.«

Tanara geleitete Arleej zu einem Stuhl, dann verließ sie emsig den Raum. Leiard setzte sich neben die Traumweberälteste und bedeutete Jayim, der unsicher an der Treppe stehen geblieben war, sich zu ihnen zu gesellen. Millo schlurfte in sein Zimmer davon.

»Was führt dich nach Jarime?«, fragte Leiard.

Arleej lächelte schief. »Hast du es noch nicht gehört? Es wird Krieg geben. Du und Auraya, ihr habt uns anscheinend gerade rechtzeitig zu einem Bündnis überredet.«

Leiards Mundwinkel zuckten. Es hatte kein Groll in ihrer Stimme gelegen, nur Ironie. »Kein Wunder, dass du müde bist. Hast du dir mit Hunderten von Soldaten ein Schiff geteilt, oder ist es den somreyanischen Traumwebern gelungen, ein Schiff für sich zu fordern?«

Sie schüttelte den Kopf. »Wir reisen in kleinen Gruppen auf Handelsschiffen, die vor oder nach dem Eintreffen der somreyanischen Armee ankommen. Die Erinnerungen an die Massaker unter Traumwebern auf dem Festland sind noch sehr stark. Auf diese Weise werden wir weniger Aufmerksamkeit auf uns lenken.«

»Ich glaube nicht, dass euch Gefahr gedroht hätte, wenn ihr mit den somreyanischen Truppen gekommen wärt.«

»Du hast vermutlich recht. Der Anblick von Truppen eines anderen Landes, das Traumweber schätzt, könnte die Hanianer zum Nachdenken bringen. Alte Gewohnheiten und Ängste haben jedoch tiefe Wurzeln, besonders bei uns.« Arleej sah ihn an, und ihr direkter Blick brachte ihn ein wenig aus dem Gleichgewicht. »Wie geht es dir, Leiard? Haben die Vernetzungen mit Jayim dir geholfen, Kontrolle über deine Netzerinnerungen zu gewinnen?«

Leiard spürte Jayims Überraschung und auch sein Erschrecken. »Ich habe einige Fortschritte gemacht, was meine …«

»Er vernetzt sich nicht mit mir«, unterbrach ihn Jayim. »Er bringt mir alles bei, bis auf Gedanken- oder Traumvernetzungen.«

Arleej blickte stirnrunzelnd zwischen Jayim und Leiard hin und her.

»Und ständig murmelt er vor sich hin«, fügte Jayim mit gepresster Stimme hinzu. »Manchmal ist es so, als nehme er mich gar nicht wahr. Dann spricht er mit der Stimme eines Fremden und sagt ganz eigenartige Dinge.«

»Leiard«, begann Arleej leise, aber mit unterdrücktem Erschrecken. »Weißt du …? Bist du …?« Sie schüttelte den Kopf. »Ich weiß, dass dir klar ist, was du da riskierst. Ist dein Geheimnis so gewaltig, dass du dafür deine Identität opfern würdest – und deinen Verstand?«

Er schauderte. *Meinen Verstand. Vielleicht habe ich ihn bereits verloren. Ich höre Stimmen – zumindest eine Stimme.*

*Du denkst, dass* du *verrückt wirst?*, warf Mirar ein. *In deinem Kopf leben zu müssen, ist genug, um jeden in den Wahnsinn zu treiben.*

*Wenn es dir nicht gefällt, dann geh doch.*

»Leiard?«

Er blickte auf. Arleej musterte ihn mit besorgter Miene. Er seufzte und schüttelte den Kopf.

»Ich kann mich nicht mit Jayim vernetzen.« Er wandte sich zu seinem Schüler um. »Es tut mir leid. Du solltest dir einen anderen Lehrer suchen. Einer der Somreyaner wird sich gewiss …«

»Nein!«, entfuhr es Jayim. »Wenn das, was Ar … Traumweberälteste Arleej sagt, wahr ist, wirst du ohne meine Hilfe den Verstand verlieren.« Er hielt inne, um Atem zu schöpfen. »Was auch immer dein Geheimnis sein mag, ich werde es bewahren. Ich werde niemandem davon erzählen.«

»Du verstehst nicht«, sagte Leiard sanft. »Wenn ich dir dieses Geheimnis anvertraue, darfst du dich nie mehr mit einem anderen Traumweber vernetzen. Ich möchte deine Zukunft nicht auf diese Weise behindern.«

»Wenn es das ist, was ich tun muss, um dich zu retten, dann werde ich es tun.«

Leiard sah Jayim überrascht an. Zu welchem Zeitpunkt während der vergangenen Monate hatte dieser Junge eine solche Treue ihm gegenüber entwickelt?

Arleej gab einen erstickten Laut von sich, dann atmete sie hörbar aus. »Ich weiß nicht, Jayim. Das ist ein hoher Preis, den du da zu zahlen bereit bist.« Sie wandte sich mit gequälter Miene zu Leiard um. »Wie … wie lange würde Jayim dieses Geheimnis hüten müssen?«

*Für immer.* Leiard schüttelte den Kopf. Es war nicht gerecht, aber er konnte die Vergangenheit nicht ungeschehen machen.

*Du weißt, dass diese Affäre nicht von Dauer sein kann,* wisperte Mirar. *Man wird irgendwann dahinterkommen, daher kannst du Jayim genauso gut davon erzählen.*

*Warum willst du, dass ich meine Beziehung zu Auraya beende? Ich hatte den Eindruck, dass du die Traumvernetzungen mit ihr genießt.*

*Sie ist eine der Schachfiguren der Götter. Ich genieße die Ironie des Ganzen. Tatsächlich werde ich beim nächsten Mal vielleicht selbst ein wenig mit ihr spielen.*

Leiards Magen krampfte sich zusammen. Konnte Mirar sich in die Traumvernetzung einmischen?

*Ich könnte dir einige Dinge zeigen, von denen du dachtest, du wüsstest sie nicht.*

*Das würdest du nicht wagen. Wenn Auraya wüsste, dass du eine solche Kontrolle über mich hast …«*

*Dann würde sie was tun? Mich töten? Aber das würde bedeuten, dass sie auch dich töten müsste. Ich nehme an, gar so schwer würde ihr das nicht fallen, wenn sie wüsste, dass ihr Geliebter sich zu einem höchst unpassenden Zeitpunkt in den verhassten Mirar verwandeln kann.*

Leiard seufzte. *Was willst du von mir? Was soll ich tun?*

*Verlass Jarime. Such dir irgendwo einen entlegenen Ort, an dem Auraya dich nicht finden wird. Unterweise Jayim in der Gedankenvernetzung.*

*Wenn Arleej recht hat, wird das das Ende deiner Existenz bedeuten.*

*Ich will nicht existieren. Dies ist das Zeitalter der Fünf. Meine Zeit ist die Vergangenheit, als es eine Vielzahl von Göttern gab und die Unsterblichen frei umherstreifen konnten – jene Epoche, die man jetzt das Zeitalter der Vielen nennt –, und vielleicht die Zukunft, aber nicht die Gegenwart.*

Dieses Eingeständnis erstaunte Leiard. Wenn dieser Schatten Mirars nicht existieren wollte, warum war er dann so besorgt um Leiards Sicherheit?

Die andere Stimme antwortete nicht.

*Also schön,* dachte er. *Aber zuerst werde ich mich den Traumwebern anschließen, die in den Krieg ziehen.*

Er erwartete, dass Mirar protestieren würde, denn wenn er der Armee folgte, würde er den Weißen – und Auraya – nahe sein, aber Mirars Stimme blieb still. Erleichtert blickte er zu Arleej auf.

»Ich kann das nur tun, wenn Jayim und ich Jarime verlassen«, sagte er zu ihr. »Nach dem Krieg werde ich mich um die Verwundeten kümmern, und danach werden wir für eine Weile verschwinden. Später, wenn keine Gefahr mehr droht, werden wir uns mit anderen Traumwebern treffen.« Er drehte sich zu Jayim um. »Du darfst niemals in die Nähe der Weißen kommen. Sie verstehen sich besser als jeder Zauberer darauf, Gedanken zu lesen.«

Jayim runzelte die Stirn. »Wenn sie dazu in der Lage sind, können sie dein Geheimnis dann nicht auch aus deinen Gedanken lesen?«

»Ja.«

»Aber du bist der Traumweberratgeber.«

»Nicht mehr lange. Ich werde zurücktreten, sobald ich bereit bin, fortzugehen.«

»Warum nicht jetzt schon?«

»Sie könnten versuchen, ein Treffen mit mir herbeizuführen, um den Grund zu erfahren. Ich möchte bereits fort sein, wenn sie meine Nachricht erhalten.«

Jayims Augen weiteten sich. »Das muss ein ziemlich wichtiges Geheimnis sein.«

Arleej lächelte grimmig. »Ja. Ich hoffe, es ist all diese Mühe wert.«

»Welche Mühe?«

Tanara war mit einem Tablett in der Tür erschienen. Als Arleej ihr die Situation erklärte, fühlte Leiard sich mit einem Mal schuldig. Er würde Jayim seiner Familie wegnehmen, und der Junge würde wahrscheinlich nie mehr zurückkehren. Dann kam ihm ein anderer Gedanke, und er stöhnte leise.

»Was ist los?«, fragte Arleej.

Er sah sie entschuldigend an. »Die Weißen könnten von dir und den Bäckers erfahren, dass ich fortgegangen bin, weil ich ein Geheimnis habe, das ich vor ihnen verbergen will.«

Sie verzog das Gesicht. »Was Grund genug wäre, um dich suchen und zurückbringen zu lassen.« Sie zuckte die Achseln. »Ich habe ohnehin nicht die Absicht, in ihre Nähe zu kommen.« Sie schaute Tanara an. »Ich bezweifle, dass die Weißen dich und deinen Mann aufsuchen werden. Sie sind zu beschäftigt damit, einen Krieg vorzubereiten. Aber nur für den Fall des Falles, könntet ihr für einige Wochen weggehen? Wenn ihr Geld für ein Quartier braucht, können wir es euch geben.«

»Millo hat einen Bruder oben im Norden«, erklärte Tanara. »Wir haben ihn schon seit einiger Zeit nicht mehr besucht.«

»Dann fahrt zu ihm«, sagte Arleej. »Ich denke, ich kann mich von den Weißen fernhalten, solange sie noch einen Traumweberratgeber haben, mit dem sie sich besprechen können.« Sie wandte sich an Leiard. »Hast du jemanden im Sinn, der diese Rolle übernehmen könnte?«

Er schüttelte den Kopf. »Das wäre deine Entscheidung oder die von Auraya.«

Sie schürzte die Lippen, dann kniff sie die Augen zusammen. »Da Auraya nicht in der Stadt ist und die anderen Weißen mit Kriegsvorbereitungen beschäftigt sind, wird man die Angelegenheit wahrscheinlich bis zu ihrer Rückkehr verschieben – es sei denn, ich könnte einige Kandidaten benennen. Hm, das ist ein Problem, das zu lösen einige Zeit erfordern wird.« Sie trommelte mit den Fingern auf den Tisch und dachte nach. »Meine Leute werden vor der Armee aufbrechen. Wir werden immer einen guten Tagesritt von den Zirklern entfernt sein. Die Weißen werden nicht wissen, dass du bei uns bist, und selbst wenn sie es herausfinden, werden sie zu viel zu tun haben, um nach dir zu suchen. Ich würde gern in der Nähe bleiben, während du deine Vorbereitungen triffst. Du könntest meine Hilfe brauchen.«

Leiard neigte den Kopf. »Vielen Dank. Ich hoffe, das wird nicht nötig sein.«

Der östliche Horizont wurde stetig heller und warf ein schwaches, kühles Licht auf das Meer.

Als Auraya mit Tyrli den Strand entlangging, dachte sie über ihre ersten Eindrücke von der Heimat des Sandstamms nach. Sie hatte die Siyee mit hohen Bergen und Wäldern in Verbindung gebracht, aber nachdem sie am vergangenen Tag ihre Lauben inmitten der baumlosen Dünen gesehen hatte, hatte sie ihr Bild korrigieren müssen. Sie lebten recht gut hier an den Stränden von Si, was nur noch deutlicher machte, was sie verloren hatten, als die torenischen Siedler ihnen die fruchtbaren Täler ihrer Heimat gestohlen hatten.

»Hast du alles, was du brauchst?«, fragte Tyrli.

»Alles, bis auf genug Zeit«, antwortete sie. *Oder Leiards Empfehlungen,* fügte sie bei sich hinzu. Er hatte seit Tagen keine Traumvernetzungen mit ihr gesucht, was es ihr erleichtert hatte, am Morgen vor Aufgang der Sonne aufzustehen. An den beiden vorangegangenen Tagen war sie früh erwacht und hatte sich über den Grund für sein Schweigen den Kopf zerbrochen.

»Wenn du mehr Zeit hättest, könnte ich dich mit den Elai bekannt machen, die mit uns Handel treiben, aber es wird noch fast ein Monat vergehen, bevor sie sich das nächste Mal bei uns melden werden.«

»Ich wäre gern länger geblieben, und sei es auch nur, um deinen Stamm besser kennenzulernen«, erklärte sie aufrichtig. Sie hatte nur wenig davon gesehen, wie sein Volk lebte, und sie hätte gern mehr über diese Leute erfahren. »Juran drängt mich, mich sobald wie möglich mit den Elai zu treffen.«

»Es wird sich später eine Möglichkeit dazu finden lassen«, erwiderte er.

»Dafür werde ich auf jeden Fall sorgen.« Sie sah ihn an. »Ich werde in etwa zehn Tagen in das Offene Dorf zurückkehren.«

Er nickte. »Wir werden bereit sein.«

Sie reagierte auf seine grimmige Zuversicht mit einem Lächeln. Er hatte Boten in das Offene Dorf zurückgeschickt, die den Siyee dort von dem Eindringen der Pentadrianer und von Jurans Bitte berichtet hatten, die Weißen in den bevorstehenden Kämpfen zu unterstützen. Auraya seufzte und blickte über das Wasser.

»Du solltest gegen Mittag dort eintreffen«, bemerkte er.

»Wie finde ich den Weg dorthin?«, fragte sie.

Er wandte sich den Bergen zu und streckte die Hand aus. »Siehst du den Berg mit dem doppelten Gipfel?«

»Ja.«

»Nimm die Strecke von dort hierher zu uns und fliege diesen Kurs weg von dem Berg. Du wirst rechts von dir die Küste sehen, und wenn du sie nach einigen Stunden nicht mehr sehen kannst, halte dich rechts, bis du die Küste wieder erkennen kannst. Folge ihr bis zum Ende der Halbinsel, dann flieg direkt nach Süden. Es gibt eine Menge kleiner Inselchen rund um Elai. Wenn du mehr als eine Stunde geflogen bist, ohne eine dieser Inseln zu sehen, hast du dein Ziel verfehlt und solltest dich wieder in Richtung Norden wenden.«

Sie nickte. »Ich danke dir für alles, Tyrli.«

Er neigte den Kopf. »Viel Glück, Auraya von den Weißen. Fliege hoch, fliege schnell, fliege wohl.«

»Mögen die Götter dich leiten und beschützen«, erwiderte sie.

Auraya wandte sich wieder dem Meer zu, zog Magie in sich hinein und ließ sich emportreiben. Der Strand blieb unter ihr zurück, bis Tyrli nur noch ein kleiner Punkt in einer großen, geschwungenen Fläche aus Sand war. Sie blickte über die Berge hinaus und prägte sich die Position des doppelten Gipfels ein, bevor sie in die entgegengesetzte Richtung flog.

Während der letzten Monate hatte sie sich daran gewöhnt, die Bewegungen der Siyee nachzuahmen. Jetzt, da sie allein war, erschien es ihr nicht länger notwendig, so zu tun, als sei sie dem Sog der Erde unterworfen. Sie begann zu experimentieren. Die Siyee konnten nur so schnell fliegen, wie der Wind und ihre Ausdauer es zuließen. Auraya hatte keine Ahnung, wie schnell sie sich bewegen konnte, daher beschleunigte sie ihr Tempo.

Der Wind war jetzt schon ein Problem, und sie vermutete, dass es dieser Faktor sein würde, der ihr Einschränkungen auferlegte. Er peitschte ihr ins Gesicht, trocknete ihre Augen aus und ließ sie frieren. Sie konnte Magie benutzen, um sich zu wärmen, aber als sie schneller flog, stellte sie fest, dass sie den Zugriff auf diese Wärme rasch verlor. Seltsamerweise fiel es ihr auch immer schwerer zu atmen.

Sie schuf einen magischen Schild vor sich, der ihr Tempo abrupt verlangsamte, wie ein Ruder, das man durchs Wasser zog. Aber sie brauchte kein Ruder, sie brauchte … eine Pfeilspitze. Von dieser Erkenntnis getrieben, veränderte sie die Form ihres Schildes, so dass er jetzt mühelos die Luft durchschnitt. Der Schild lenkte den Wind ab, und Auraya konnte wieder atmen.

Mittlerweile bewegte sie sich schneller, als sie es je zuvor getan hatte, sei es zu Land oder am Himmel, aber diesen Umstand konnte sie nur daran erkennen, dass der Wind rasend schnell an ihr vorbeiströmte.

Nach einer Weile konnte sie einen Schatten am Horizont ausmachen – die Küste, von der Tyrli gesprochen hatte. Wie berauscht flog sie weiter.

Borra war noch immer zu weit entfernt, als dass sie es hätte sehen können, aber bisher war sie gut vorangekommen. Nach einigen Minuten kamen bereits die ersten Inseln in Sicht. Schon bald folgten weitere, dann konnte sie größere Inseln vor sich erkennen. Während die kleineren Inseln wie Sanddünen aussahen, auf denen die Flut Pflanzen angespült hatte, wirkten die größeren Inseln wie halb versunkene Berge.

Tyrli hatte ihr geraten, auf den Stränden der größten Insel nach Elai Ausschau zu halten. Sie kam zu dem Schluss, dass er damit wohl die halbmondförmige Insel gemeint haben musste, die rechts von ihr aufragte, und flog darauf zu. Als sie dem Boden nahe genug war, um die kümmerlichen Pflanzen in der Nähe der Küste erkennen zu können, sah sie sich nach den Meeresmenschen um.

Es dauerte nicht lange, bis sie sie entdeckte. Auf allen Stränden wanderten dunkelhäutige Männer und Frauen umher. Sie legten Streifen leuchtender Algen auf dem Sand aus, und Auraya erblickte unter Wasser die Umrisse von Leuten, die weitere Algen schnitten.

Die meisten von ihnen versahen mit großer Konzentration ihre Arbeit, obwohl es in jeder Gruppe einen Elai zu geben schien, der den anderen Anweisungen erteilte. Einige der Elai waren auf Anhöhen gestiegen und schauten auf das Meer hinaus. Einer sah sie direkt an, und sie spürte sein Erstaunen. Er winkte nicht, und er machte auch die anderen nicht auf Murayas Anwesenheit aufmerksam. Aus seinen Gedanken entnahm sie, dass er nicht glaubte, was er sah.

Dann erklang plötzlich ein wütendes Brüllen, und der Beobachter zuckte zusammen und blickte auf den Strand vor ihm hinab. Der Anführer der arbeitenden Elai drohte ihm mit der Faust. Der Beobachter zeigte auf Auraya, woraufhin der andere Mann nach oben blickte und dann überrascht einen Schritt rückwärts machte.

*Es wird Zeit, dass ich mich vorstelle,* dachte Auraya mit einem Anflug von Ironie.

Nun hatten die anderen Elai die Unaufmerksamkeit ihres Anführers bemerkt und blickten zum Himmel auf, um festzustellen, was sein Interesse erregt hatte. Auraya stieg langsam hinunter, da sie jetzt sowohl Angst als auch Ehrfurcht bei den Elai wahrnahm. Obwohl sie mehrere Schritte entfernt von ihnen landete, zogen sie sich hastig noch weiter zurück.

Plötzlich warfen sie sich auf den Sand, und Auraya tauchte überrascht in ihre Gedanken ein. Sie erkannte sofort, welchen Grund ihre Reaktion hatte. Sie glaubten, sie sei Huan.

»Volk von Borra«, sagte sie langsam in der Sprache der Elai, die sie aus ihren Gedanken geschöpft hatte. »Ihr braucht euch nicht vor mir zu erniedrigen. Ich bin nicht die Göttin Huan, sondern eine ihrer Dienerinnen.«

Die Elai tauschten fragende Blicke, dann erhoben sie sich langsam. Jetzt konnte Auraya sie deutlicher sehen. Sie waren nur geringfügig kleiner als Landgeher und vollkommen unbehaart. Ihre Haut war glatt, glänzend und von einem bläulichen Schwarz, ähnlich der Haut der Meeres-Ner, die bei ihrer Rückreise aus Somrey neben den Schiffen hergeschwommen waren. Ihre Oberkörper waren breit und ihre Hände und Füße groß und flach, mit Membranen zwischen Fingern und Zehen. Während sie sie anstarrten, fiel ihr auf, dass ihre Augen hellrot gerändert waren. Wenn sie blinzelten, konnte sie erkennen, dass diese Röte ebenfalls eine Membran war und sich wie ein zweites Lid über ihre Augen wölbte.

Alle Elai starrten sie an, und sie filterte ihre Gedanken. Einige von ihnen hatten sich sehr schnell eine Meinung gebildet: Wenn sie keine Göttin und offenkundig auch keine Siyee war, dann musste sie eine Landgeherin sein, und man durfte ihr nicht trauen. Diese Elai betrachteten sie mit unverhohlenem Argwohn und einem Anflug von siedendem Hass. Die anderen waren noch immer verwirrt, und ihre Gedanken waren unklar. Bei ihnen handelte es sich um die niedersten Mitglieder der Gesellschaft der Elai, vermutete sie. Die Langsamen oder die Glücklosen. Sie verrichteten diese harte Arbeit, weil sie kaum etwas anderes zu tun vermochten. Auraya sah ihren Anführer an. Er war nicht klüger als die anderen, aber seine herrische Natur hatte ihm diese höhere Position eingetragen.

Als sie ihm in die Augen blickte, drückte der Mann die Schultern durch. »Wer bist du?«, fragte er scharf.

»Ich bin Auraya von den Weißen«, antwortete sie. »Eine der Auserwählten der Götter. Ich bin im Auftrag der Götter hier, um mit dem Oberhaupt aller Elai zu sprechen – mit König Ais.«

Der Anführer kniff die Augen zusammen. »Warum?«

»Um …«

Es war schwer, die richtigen Worte zu finden, da die Gedanken der Arbeiter voller Ausdrücke waren, die sie mit den Landgehern in Verbindung brachten – Mord, Vergewaltigung, Diebstahl. Die Worte für Frieden, Verhandlungen oder Allianz konnte sie in ihren Köpfen nicht finden, daher entschied sie sich für eine andere Taktik. Der Anführer erwartete nicht, dass sie ihre Gründe nannte.

»Dies ist nur für die Ohren des Königs bestimmt«, sagte sie.

Der Mann nickte.

»Wirst du einen deiner Leute für mich zum König schicken?«, fragte sie.

Er runzelte die Stirn. »Warum?«

»Ich möchte eure Stadt nicht ohne Erlaubnis betreten«, erwiderte sie.

Er hielt inne, dann sah er seine Arbeiter an. Er deutete auf den Mann, der sie als Erster entdeckt hatte – auf den Beobachter. Die Schultern des Mannes hingen herab, und seine Haut wirkte stumpf. Sie las Unbehagen aus seinen Gedanken und begriff, dass er zu lange außerhalb des Meeres gewesen war und unter Wassermangel litt. Als er seinen Befehl bekam, frohlockte er innerlich bei der Aussicht, endlich wieder schwimmen zu können.

»Geh und sag Ree Bescheid«, rief der Anführer. »Er wird jemanden in den Palast schicken.«

Während der Mann spritzend ins Wasser eintauchte, wandte sich der Anführer wieder Auraya zu. »Es wird einige Zeit dauern. Im Palast schenkt man den Erntearbeitern keine große Aufmerksamkeit. Wir müssen jetzt weitermachen. Wenn du willst, kannst du hier warten.«

Sie nickte. Mehr sagte er nicht, sondern hob die Stimme und trieb die anderen Elai wieder zur Arbeit an. Auraya beobachtete sie eine Weile, aber dann las sie bei mehreren Elai Groll in ihren Gedanken, weil sie sie so anstarrte, und entfernte sich ein wenig von ihnen, um sich den Anschein zu geben, als konzentriere sie sich auf andere Dinge.

Die Sonne stieg am Himmel auf und senkte sich dann langsam wieder dem Horizont entgegen. Die Elai machten keine Pause, obwohl sie ab und zu innehielten, um ihre Haut zu befeuchten. Aus ihren Gedanken erfuhr Auraya mehr über die Sitten und Gebräuche der Elai.

Ihre Stadt war übervölkert, und die meisten Elai lebten in winzigen Räumen. Durch diese Umstände hatten sie es gelernt, einander Respekt entgegenzubringen. Es gab starke Tabus, die es ihnen untersagten, einander zu berühren oder in die Augen zu blicken, und diese Gesetze fußten auf einer strengen gesellschaftlichen Hierarchie.

Einen größeren Unterschied zu den Siyee hätte es nicht geben können.

Trotz dieser Unterteilung in Klassen herrschte unter den Elai ein ausgeprägtes Pflichtgefühl. Diese Männer und Frauen kamen bereitwillig aus der Stadt, um Algen zu ernten. Sie ließen sich von Männern wie ihrem Anführer schikanieren und gingen das Risiko ein, von Plünderern angegriffen zu werden, nur um die Ernährung ihres Volkes zu sichern. Bei vielen von ihnen fing sie Sorge um einen Arbeiter auf, der krank war und dem sie Essen gebracht hatten.

Selbst die Wohlhabenden und Mächtigen trugen zur Sicherheit der Stadt bei. Wenn der König wusste, dass sein Volk hungerte, ließ er Nahrungsmittel verteilen. Viermal im Jahr hielt er ein Festmahl ab, zu dem alle Elai eingeladen waren. Er versah sogar seinen Dienst bei der Bemannung des Ausgucks über der Stadt und stieg die lange Treppe hinauf, um nach Plünderern Ausschau zu halten.

*Eine Treppe? Über der Stadt?* Auraya lächelte. *Es gibt also doch einen Weg über Land in die Stadt.* Dies war eine interessante Information, die sie jedoch nicht zu benutzen gedachte.

Wenn sie das tat, würde sie niemals das Vertrauen der Elai gewinnen. Aus den Gedanken der Leute am Strand hatte sie erfahren, wie schrecklich die Plünderer unter ihnen gewütet hatten. Es war nicht überraschend, dass sie Landgehern mit tiefem Abscheu begegneten. Als Repräsentantin der Götter würde sie vielleicht eine Audienz beim König bekommen, aber mehr würde ihr diese Tatsache nicht einbringen. Sie würde sich als vertrauenswürdig erweisen müssen.

Sie seufzte. *Und gerade dafür habe ich keine Zeit.*

»Landgeherin.«

Der Klang einer schroffen Stimme ließ sie zusammenzucken, und sie drehte sich um. Der Anführer des Arbeitstrupps kam auf sie zu. Sie stand auf und ging ihm entgegen.

»Der König hat eine Antwort auf deine Nachricht geschickt«, sagte er zögernd. Mit einigem Entsetzen begriff sie, dass er all seinen Mut zusammennehmen musste. Er erwartete, dass sie zornig sein würde, und er hatte Angst davor, wie dieser Zorn sich ausdrücken würde. »Er hat gesagt: ›Der König von Elai hat nicht die Absicht, mit der Landgeherin zu reden, die behauptet, für die Götter zu sprechen. Landgeher sind hier nicht willkommen – wir wollen sie nicht einmal auf der kleinsten Insel sehen. Geh nach Hause.‹«

Sie nickte langsam. In seinem Geist war keine Spur von Betrug zu erkennen. Er mochte den Wortlaut der Nachricht ein wenig verändert haben, aber nicht die grundsätzliche Bedeutung. Der Mann musterte sie wachsam, dann eilte er davon.

*Juran?*

*Auraya?*, antwortete Juran sofort.

*Der König von Elai hat mein Audienzgesuch abgelehnt. Ich denke, er glaubt nicht, dass ich bin, was ich zu sein behaupte.* Sie wiederholte die Nachricht. *Das ist noch nicht alles. Der Hass dieser Leute auf die Landgeher ist sehr stark. Ich denke, wir werden uns als vertrauenswürdig erweisen müssen. Ich wünschte, wir könnten etwas tun, was diese Plünderer betrifft …*

*Damit würden wir ihnen einen machtvollen Anreiz für ein Bündnis mit uns nehmen.*

*Ich glaube nicht, dass es sie auch nur im Geringsten beeindrucken wird, wenn wir ihnen versprechen, sie zu einem späteren Zeitpunkt von den Plünderern zu befreien. Anders als bei den Siyee werden wir hier helfen müssen, bevor wir uns mit ihnen verbünden, nicht danach.*

*Dessen kannst du dir erst sicher sein, wenn du dem König begegnet bist. Sei beharrlich. Kehre morgen zurück und an jedem der nächsten Tage. Du kannst sie zumindest mit deiner Entschlossenheit beeindrucken.*

Sie lächelte. *Das werde ich tun.*

Sie blickte auf die Arbeiter hinab und sah, dass sie sich jetzt große Bündel Seegras auf den Rücken schnallten. Einige wateten ins Wasser und schwammen davon. Auraya fing bruchstückhafte Gedanken auf, die besagten, dass sie früher als sonst aufbrachen, und einige argwöhnten, dies geschehe, weil die Anwesenheit der Landgeherin ihrem Anführer Angst machte.

Sie seufzte. Wie sollte sie die Elai jemals auf ihre Seite ziehen, wenn ihre bloße Anwesenheit am Strand eine solche Wirkung auf diese Leute hatte?

*Huan hat gesagt, dass dieses Unterfangen eine echte Herausforderung werden würde,* rief sie sich ins Gedächtnis.

Mit einem schiefen Lächeln sammelte sie ihre Magie und erhob sich gen Himmel.

# 29

Während sie langsam aus der dunklen Umarmung des Schlafs auftauchte, drangen Stimmen in Emerahls Bewusstsein.

»Jade. Wach auf.«

»Das ist wahrscheinlich nicht ihr richtiger Name.«

»Ich kenne ihren richtigen Namen nicht. Du vielleicht?«

»Nein, sie wollte es mir nicht sagen.«

»Du hast sie *gefragt*?«

»Du nicht?«

»Nein. Das ist unhöflich.«

»Ich kannte mal ein Mädchen namens Jade.«

»Es ist ein hübscher Name. Anders als Brand. Wer würde seine Tochter schon Brand nennen? Ich hasse meinen Namen.«

*Wer sind diese Frauen?* Während sie die letzten Reste des Schlafs abschüttelte, kehrte Emerahls Erinnerung zurück. *Es sind nur die Frauen, die sich mit mir ein Zimmer teilen.* Sie runzelte die Stirn. *Sie sind vor mir wach geworden? Das ist ungewöhnlich …*

»Wer würde seine Tochter Flut nennen? Oder *Mond*schein?«, fragte Flut.

Brand kicherte. »Mein kleiner Bruder hatte früher einen zahmen Moohook namens Mondschein.«

Flut lachte leise. »Mondschein. Diamant. Unschuld. Namen, die am besten zu Huren oder Haustieren passen. Nur ein Narr würde sein Kind mit solchen Namen verfluchen. Jade ist nicht allzu schlimm, denke ich. Sieh mal, sie ist endlich wach.«

Emerahl musterte die beiden hübschen jungen Frauen, dann gähnte sie und richtete sich auf.

»Weshalb seid ihr beiden schon so früh auf den Beinen?«

Brand lächelte kläglich. »Rozea hat eine Versammlung einberufen. Du solltest dich besser schnell anziehen.«

Emerahl streifte ihre Decken ab und reckte sich. Die beiden anderen Mädchen trugen alte Tuniken statt ihrer besten Gewänder. Emerahl entschied sich für die abgetragene, schlichte Tunika, die Blatt ihr für die Zeit außerhalb ihrer Dienststunden und den Unterricht gegeben hatte.

Während sie sich ankleidete, sah sie andere Mädchen den Flur hinuntergehen. Brand und Flut wartete geduldig im Raum, aber sie konnte ihre Erregung spüren.

»Also, worum geht es bei dieser Versammlung?«, fragte sie, während sie sich schnell das Haar kämmte.

»Keine Ahnung«, antwortete Brand.

»Es hat wahrscheinlich mit dem Krieg zu tun.«

»Beeil dich, umso eher werden wir es herausfinden«, drängte Brand sie.

Emerahl lächelte, und kurz darauf gingen sie, angeführt von Brand, den Flur hinunter. Emerahl merkte sich die Stellen, an denen sie abbogen, und nachdem sie die dritte Treppe hinaufgestiegen waren, vermutete sie, dass sich der Versammlungsort im oberen Stockwerk des Bordells befand.

Nach einigen weiteren Schritten folgte sie ihren Begleiterinnen durch eine große, offene Doppeltür in einen riesigen Raum. Die gegenüberliegenden Wände waren von Fenstern durchsetzt, und auf einem erhöhten Podest am Ende des Raums standen auf einer Staffelei mehrere Bilder mit erotischen Szenen.

Emerahl war überrascht, dass sich so viele Mädchen in dem Raum befanden. Einigen war sie seit ihrer Ankunft im Bordell nur kurz begegnet, andere hatten sich ihr vorgestellt und sie herzlich willkommen geheißen. Einige Mädchen hatte sie noch nie gesehen. Dann stach ihr ein eindeutig männlich wirkendes Gesicht ins Auge, und ihr wurde klar, dass sich neben den Frauen auch junge Männer im Raum befanden. Männlichen Huren war sie in dem Bordell bisher nicht begegnet.

»Das ist der Tanzsaal«, murmelte Flut. »Rozea veranstaltet hier jedes Jahr zwei oder drei große Feste. Manchmal kommt sogar der König her. Im letzten Jahr hat er …«

Ihre Worte gingen im Läuten einer Glocke unter, und alle Gesichter wandten sich dem Podest zu. Rozea war erschienen. Die Bordellbesitzerin wartete, bis Stille eingekehrt war, bevor sie Blatt eine große, goldene Glocke reichte.

»Es ist schön, euch wieder einmal alle zusammenzuhaben«, sagte sie lächelnd. »So viele hübsche Gesichter in einem einzigen Raum versammelt.« Sie blickte kurz in die Runde, dann wurde ihre Miene ernster.

»Ihr werdet mittlerweile alle gehört haben, dass die torenische Armee in einer Woche aufbrechen wird, um sich an den Kämpfen gegen die pentadrianischen Eindringlinge zu beteiligen. Viele unserer Kunden werden in den Krieg ziehen und für uns ihr Leben aufs Spiel setzen.« Sie zögerte kurz, dann lächelte sie abermals. »Und wir werden sie begleiten.«

Diese Nachricht traf Emerahl wie ein Schlag. Sie wollte auf keinen Fall hinter ebenden Priestern herlaufen, die nach ihr suchten, was bedeutete, dass sie das Bordell würde verlassen müssen.

»Nun, nicht wir alle«, verbesserte sich Rozea. »Einige von euch werden hierbleiben. Die Entscheidung darüber überlasse ich euch. Wir werden so bequem wie nur möglich reisen. Ich habe bereits veranlasst, dass Tarns und Zelte für uns angefertigt werden. Unsere Kunden werden nach wie vor wohlhabende Männer sein, und sie erwarten für ihr Geld ein gewisses Maß an Luxus.«

Sie gab ihnen einen Moment Zeit, das Gehörte zu verarbeiten, dann fuhr sie fort: »Für einige von euch wird dies eine seltene Gelegenheit sein, Reisen außerhalb von Porin zu unternehmen. Außerdem werdet ihr Zeugen eines großen Ereignisses werden. Es kommt nicht alle Tage vor, dass ihr die Möglichkeit habt, die Weißen in der Schlacht zu sehen. Wenn ihr Glück habt, werdet ihr vielleicht sogar einem von ihnen persönlich begegnen.«

Emerahl verkniff sich ein Lächeln. So, wie Rozea es schilderte, war es ein wunderbares Abenteuer, einer Armee zu folgen. In Wirklichkeit bedeutete das Unternehmen viel Arbeit unter primitiven und gefährlichen Bedingungen. Gewiss ließ sich niemand unter diesen Mädchen – und Jungen – von Rozeas hübscher Ansprache täuschen.

Ihre Sinne sagten ihr jedoch, dass die Menschen im Raum das Gehörte voller Erregung überdachten. Emerahl seufzte. *Diese jungen Männer und Frauen wissen nichts über Kriege,* rief sie sich ins Gedächtnis. *Nach allem, was ich gehört habe, hat es seit mehr als hundert Jahren keinen Krieg mehr gegeben.*

Eines der Gesichter um sie herum leuchtete jedoch nicht vor Erregung. Mondschein stand mit hochmütiger Miene ein wenig abseits. Emerahl spürte einen Anflug von Neid bei der Frau. Rozeas Stimme nahm wieder einen geschäftsmäßigen Tonfall an.

»Jene von euch, die die Armee begleiten wollen, treten jetzt vor. Wer zurückbleiben möchte, geht nach hinten. Nur zu. Wie ihr euch auch entscheidet, es ist keine Schande. Ich brauche Leute, die mitkommen, und Leute, die bleiben.«

Brand machte zuversichtlich einen Schritt nach vorn, und nach kurzem Zögern folgte ihr Flut. Emerahl blieb, wo sie war, im hinteren Teil des Raums. Während sich alle Anwesenden nach und nach entschieden, ließ Rozea den Blick über die Gesichter derjenigen wandern, die ihr am nächsten standen. Sie runzelte die Stirn, dann blickte sie zur gegenüberliegenden Wand. Als sie Emerahl sah, wurden ihre Lippen schmal vor Enttäuschung. Emerahls Magen krampfte sich zusammen. Sie fragte sich, aus welchem Grund Rozea ihre Begleitung wünschen mochte, aber sie fand keine Antwort.

Schließlich richtete Rozea die Aufmerksamkeit auf die kleine Gruppe derer, die direkt vor ihr standen.

»Vielen Dank. Bleibt hier, damit Blatt eure Namen aufschreiben kann. Wenn ihr wollt, dürft ihr euch alle einen Tag freinehmen, um vor unserer Abreise eure Familien zu besuchen. Und noch einmal, vielen Dank.«

Sie trat von dem Podest herunter und schritt auf eine Tür zu. Als sie sie erreichte, blieb sie stehen und blickte zu Emerahl hinüber.

»Jade. Komm mit mir. Ich möchte mit dir sprechen.«

Emerahl unterdrückte einen Seufzer und folgte Rozea in einen großen Raum, in dem ein gewaltiges Bett stand. Ein Bett, das für einen König passend gewesen wäre. *Tatsächlich,* ging es ihr durch den Kopf, *ist es wahrscheinlich für den König gedacht.* Die Frau schloss leise die Tür, dann wandte sie sich zu ihr um.

»Warum willst du uns nicht begleiten, Emerahl?«

Emerahl wich ihrem Blick aus. »Ich bin gerade erst hier angekommen. Ich fühle mich hier wohl und sicher, und das zum ersten Mal seit … nun ja, seit einer langen Zeit.«

Rozea lächelte. »Ich verstehe. Was wäre, wenn ich dir sagte, dass ich Pläne für dich habe? Was, wenn ich dir erzählte, dass du, wenn du nach Porin zurückkehrst, das reichste und begehrteste Freudenmädchen von ganz Toren sein wirst?«

»Wie meinst du das?«

Rozeas Lächeln wurde breiter. Sie griff nach Emerahls Arm und zog sie sacht zu dem Bett hinüber, wo sie sich beide setzten. »Mondschein ist schwanger. Ich kann sie nicht mitnehmen, und außerdem werde ich ohnehin bald eine neue Favoritin benötigen. Was ich von den Freiern über dich gehört habe, hat meine Meinung über dich bestätigt. Du verstehst dich sehr gut auf deine Arbeit. Du hast etwas an dir, das die Männer fasziniert. Ich möchte, dass du die neue Favoritin wirst. Da dies jedoch eine Position ist, die man sich verdienen muss, wirst du mit den Mädchen aufbrechen und deine neue Rolle übernehmen, wenn wir …«

»Ich möchte nicht die neue Favoritin sein«, unterbrach Emerahl sie.

Rozea zog die Augenbrauen hoch. »Warum nicht? Du wirst weniger Freier haben und dann nur die besten von ihnen. Du wirst zehnmal so viel verdienen wie jetzt.«

»Aber Panilo …«

»Wenn er einen besonderen Platz in deinem Herzen einnimmt, darfst du ihn weiterhin sehen.«

»Ich möchte Porin nicht verlassen.«

Rozea richtete sich auf und verschränkte die Arme vor der Brust. »Ich werde dir ein paar Tage Zeit geben, um darüber nachzudenken. Aber ich muss dich warnen, Jade. Die Bequemlichkeit und die Sicherheit, die du hier hast, müssen wohlverdient sein. Ich erwarte, dass du mich begleitest, ob als Favoritin oder nicht.« Sie deutete mit dem Kopf auf die Tür. »Geh jetzt.«

Emerahl verbeugte sich knapp und verließ den Raum. Der Krampf in ihrem Magen war zu einem harten Knoten der Angst geworden. Sie betrachtete die anderen Huren, die sich aufgeregt miteinander unterhielten, und seufzte. *Ich dachte, ich hätte einen Ort gefunden, an dem ich mich verbergen kann. Stattdessen soll ich die bekannteste Hure der Stadt werden. So viel zur*

*Anonymität der Prostitution!* Sie dachte über ihre Möglichkeiten nach. Sie könnte das Bordell jetzt verlassen und allein und schutzlos mit einer begrenzten Menge an Geld im halbleeren Porin zurückbleiben. *Falls Rozea mich überhaupt bezahlt.* Emerahl biss sich auf die Unterlippe. *Oder ich könnte mit Rozea und den Mädchen die Stadt verlassen.*

Rozea würde wahrscheinlich ganz am Ende des Truppenzugs reisen, noch nach den Vorratswagen. Die Priester würden die Armee anführen, so dass ihre Aufmerksamkeit anderen Dingen gelten würde. Aber der Priester, der nach ihr suchte, könnte durchaus erraten, dass sie diese Chance nutzte, um die Stadt zu verlassen. Er würde vielleicht zurückbleiben, um nach ihr Ausschau zu halten. *Es ist wirklich zermürbend. Ich weiß nicht einmal, ob der Priester noch an den Toren nach mir suchen lässt.* Es gefiel ihr nicht, auch nur die kleinsten Risiken einzugehen. Ein winziger Fehler konnte ihren Tod bedeuten. Sie hatte lange gelebt, und je länger sie lebte, umso mehr hing sie am Leben.

*Entweder das, oder ich bin einfach zu einem noch größeren Feigling geworden.*

*Dann muss ich meine Feigheit überwinden. Manchmal muss man Risiken eingehen, oder man sitzt irgendwo erbärmlich in der Falle. Also, welches Risiko ist das schlimmere?*

Es war vielleicht ungefährlicher, die Stadt mit den Huren zu verlassen als ganz allein. Wenn sie nur eine Frau unter vielen war, würden die Priester möglicherweise nicht so genau hinsehen. Andererseits würde sie vielleicht auffallen, weil sie die Einzige war, deren Gedanken sie nicht lesen konnten.

*Es sei denn natürlich, sie glaubten, es gebe einen guten Grund für meinen Mangel an Gedanken. Einen guten Grund … Ich könnte zum Beispiel tot sein … oder bewusstlos.*

Ein kalter Schauer überlief sie. Sie wollte sich nicht noch einmal tot stellen, wenn es sich irgendwie vermeiden ließ.

Aber wenn sie sich in einen Zustand der Bewusstlosigkeit versetzte … Es gab viele Möglichkeiten, das zu tun, und sie waren nicht alle unangenehm.

»Was ist los, Jade?«

Emerahl drehte sich um und sah Brand hinter sich stehen. »Rozea hat mir befohlen, mich der Armee anzuschließen.«

Brand schnaubte. »So viel zu ihrem Gerede, sie würde uns die Wahl lassen. Wirst du deine Familie besuchen, bevor du aufbrichst?«

»Nein, und du?«

Das Mädchen zuckte die Achseln. »Wahrscheinlich. Ich mag sie nicht besonders, aber die Chance, für einen Tag aus dem Bordell fortzukommen, möchte ich mir nicht entgehen lassen.«

Emerahl runzelte die Stirn. Sie bezweifelte, dass Rozea ihr gestatten würde fortzugehen. Wie sollte sie an die Substanzen kommen, die sie in Bewusstlosigkeit versetzen konnten?

Dann ging ihr die naheliegende Lösung auf. Sie senkte die Stimme. »Könntest du mir einen Gefallen tun, Brand?«

Das Mädchen lächelte. »Kommt darauf an, was es ist.«

»Ich werde wahrscheinlich eine Kleinigkeit brauchen, um mich auf dieser Reise zu entspannen. Könntest du, wenn du das Bordell verlässt, etwas für mich kaufen?«

Brand zog die Augenbrauen hoch, dann grinste sie. »Aber sicher.«

Der warme Aufwind von der Schlucht trug den jungen Mann vom Stamm des grünen Sees empor. Er legte die Flügel schräg und landete leichtfüßig auf dem Felsen. Sein Gesicht war gerötet vor Verlegenheit und Ärger.

»Es ist nicht leicht, nicht wahr?«, fragte Tryss den Mann mit einem schiefen Lächeln. »Denk daran, wie es war, als du gelernt hast, einen Bogen zu benutzen. Dies ist noch schwieriger. Sowohl du als auch dein Ziel sind in Bewegung. Aber wenn du den Eifer hattest, die Benutzung des Bogens zu erlernen, dann kannst du auch dies hier lernen.«

Die Miene des Mannes wurde ein wenig versöhnlicher. Tryss wandte sich dem nächsten jungen Krieger zu, einem verdrossenen Burschen, und runzelte die Stirn.

»Dein Geschirr sitzt zu locker.«

Der Mann blickte finster drein. »Es ist unbequem.«

Tryss sah ihm fest in die Augen. »Das überrascht mich nicht. Wenn es richtig angelegt ist, sollte es sich im Einklang mit dir bewegen. Aber wenn es schlaff herunterhängt, behindert es dich nur. Als du zum ersten Mal einen Bogen getragen hast, musst du sein Gewicht deutlich gespürt haben. Man wird dich gelehrt haben, dass du den Bogen fest an deinen Körper schnallen musst, weil er sonst im Flug eine Gefahr darstellen könnte. Das Gleiche gilt für dieses Geschirr. Du wirst dich schnell daran gewöhnen. Leg es richtig an, dann werde ich ...«

Ein lauter Freudenschrei und Gelächter übertönten seine Worte. Tryss drehte sich gerade rechtzeitig um, um eine Gruppe von Jungen unter der Führung von Sreil in der Nähe landen zu sehen. Sie hatten sich kleine Bündel auf den Rücken geschnallt. Bei ihrem Anblick stieß Tryss einen Seufzer der Erleichterung aus. Die Bündel waren mit Ersatzspitzen und Pfeilen für die Geschirre bepackt. Die Siyee, die zu jung oder zu alt für den Kampf waren, fertigten diese Dinge in großer Zahl an. Er wusste, dass die Männer des Stamms vom grünen See größere Begeisterung für ihr Tun würden aufbringen können, wenn die Aussicht bestand, tatsächlich Tiere zu erlegen.

Während die Jungen die Spitzen und Pfeile verteilten, erklärte Tryss, wie man sie an dem Geschirr befestigte. Ihm fiel auf, dass der verdrossene Mann, mit dem er kurz zuvor gesprochen hatte, die Riemen seines Geschirrs als Letzter anlegte. Sreil schickte die Jungen nach Hause, dann trat er neben Tryss.

»Könnte ich dich kurz sprechen?«

Tryss nickte und wandte sich zu den Kriegern um. »Sucht mir etwas, das zu jagen sich lohnt«, sagte er. »Ich werde später nachkommen.«

Einige der Männer grinsten, bevor sie sich umdrehten und sich in die Luft schwangen. Tryss beobachtete sie, um sich davon zu überzeugen, dass alle Geschirre richtig funktionierten. Vor drei Tagen hatte sich ein schlecht gefertigtes Geschirr verfangen. Sein Besitzer war nicht weit über dem Boden gewesen, hatte sich bei dem Sturz aber dennoch beide Beine gebrochen. Seither legte Tryss den Männern nahe, ihre Geschirre jeden Tag von einem Angehörigen ihres Stammes untersuchen zu lassen, der etwas von der Sache verstand.

»Ich habe noch einmal mit Drilli gesprochen«, sagte Sreil.

Tryss' Herz setzte einen Schlag aus, und er sah Sreil erwartungsvoll an.

»Und?«

»Es war nicht leicht«, erklärte Sreil. »Ihr Vater hält sie inzwischen praktisch in ihrer Laube fest. Ich glaube, er hat Verdacht geschöpft. Meine Mutter hat sich an dem Tag, an dem wir mit dem Schlangenflussstamm zusammengekommen sind, nicht allzu raffiniert ausgedrückt. Es würde mich nicht überraschen, wenn …«

»Sreil! Was hat sie gesagt?«

Der Junge grinste. »Du bist heute aber wirklich angespannt. Man könnte direkt glauben, du stündest kurz davor, dich zu verheiraten.«

Tryss verschränkte die Arme vor der Brust und funkelte Sreil wütend an. Seit Tryss begonnen hatte, den Sohn der Sprecherin auszubilden, hatte er zu seiner Freude festgestellt, dass er gut mit dem Jungen auskam. Nichts konnte Sreils Laune trüben. Er entdeckte an jeder Situation etwas Komisches. Manchmal war sein Sinn für Humor erfrischend düster, dann wieder konnte er einen bis aufs Blut reizen. So wie jetzt.

Sreil hob die Hand, als wolle er einen Schlag abwehren. »Hör auf, mich so anzustarren. Du machst mir Angst.«

Tryss hatte nicht die Absicht, etwas an seinem Verhalten zu ändern.

»Also schön. Sie hat Ja gesagt.«

Zwei Gefühle zuckten gleichzeitig in Tryss auf: Erleichterung und eine geradezu schwindelerregende Furcht. Drilli wollte ihn heiraten. Sie war bereit, ihrem Vater zu trotzen und ihren Stamm zu verlassen, um seine Frau zu werden.

Er würde heiraten.

*Es ist ja nicht so, als könnten wir unsere Meinung in einigen Jahren nicht wieder ändern*, sagte er sich. *Falls sie zu dem Schluss kommt, dass sie mich doch nicht mag.*

Trotzdem, es bedeutete das Ende ihrer Kindheit. Sie würden Erwachsene sein und einen vollen Beitrag zum Leben des Stammes leisten müssen. Es würde nicht mehr nur um die einfachen Aufgaben gehen, die er jeden Tag für seine Eltern verrichtete; stattdessen würde er Nahrung sammeln, Bögen anfertigen und kämpfen müssen.

*Was ich ohnehin bereits tue. Statt zu meinen Eltern nach Hause zu gehen, werde ich zu Drilli heimkehren … und in ein oder zwei Jahren vielleicht auch zu einem Kind.*

Lächelnd stellte er sich vor, wie er mit seinem kleinen Sohn oder seiner Tochter spielte. Der Gedanke hatte tatsächlich etwas Reizvolles. All die Dinge, die er sie würde lehren können …

*Ich muss nur zuerst diesen Krieg überleben – und sie muss die Geburt der Kinder überleben.*

Er verbannte diese Überlegung aus seinen Gedanken. Er konnte nicht durchs Leben gehen und sich stets vor dem Schlimmsten fürchten. Man musste sich den Dingen stellen, wenn sie einem begegneten. Für den Augenblick brauchte er sich nur um zwei Dinge zu kümmern: Er musste die Krieger ausbilden und Drilli von ihrem Vater fortholen, damit eine Heiratszeremonie stattfinden konnte. Und dafür brauchte er Sreils Hilfe.

»Wer wird das Ritual vollziehen?«, fragte er. »Deine Mutter?«

Sreil grinste. »Nein«, antwortete er. »Sie hat nichts dagegen, wenn die Leute vermuten, dass sie dabei ihre Finger im Spiel hat, aber sie möchte nicht, dass sie es mit Sicherheit wissen. Wenn sie das Ritual vollzöge, wäre es offenkundig, dass sie eure Verbindung geplant hat. Sobald wir Drilli bei uns haben, werde ich einen der anderen Sprecher holen. Das Oberhaupt des Tempelbergstamms hält sich noch immer im Offenen Dorf auf. Ich wette, er hat keine Ahnung, was vorgeht.«

»Was ist, wenn er sich weigert?«

»Das kann er nicht. Er muss es tun. So will es das Gesetz.«

Tryss holte tief Luft. »Wann?«

Sreil verzog das Gesicht. »Das hängt von Drillis Vater ab. Wir werden warten müssen, bis er und ihre Mutter sie in der Laube allein lassen.«

»Können wir nicht irgendetwas arrangieren? Ihnen einen Grund geben, die Laube zu verlassen?«

Sreil lächelte. »Natürlich. Ja, genau das werden wir tun.« Er rieb sich begeistert die Hände. »Das wird ein Riesenspaß.«

»Für dich vielleicht«, erwiderte Tryss. »Ich werde vor Nervosität sterben.« Dann grinste er. »Es freut mich, dass es dir Spaß macht, uns zu helfen, Sreil.«

Der andere Junge zuckte die Achseln. »Ich gehe dann besser mal und fange an, Pläne zu schmieden. Ich denke, deine Schüler haben etwas gefunden, das zu jagen sich lohnt.«

Tryss suchte den Himmel ab, bis er die Krieger des Stamms vom grünen See erblickte. Die Männer drehten ihre Kreise, bis plötzlich einer von ihnen in die Bäume hinabstieß.

»Ich sollte besser dafür sorgen, dass sie vorsichtig sind.« Er nickte Sreil zu, dann sprang er von dem Felsen und flog auf seine jüngste Gruppe angehender Krieger zu.

# 30

Danjins neue Kleider – die Uniform eines Ratgebers – waren steif und eng. Bisher hatte er es nicht für möglich gehalten, dass etwas unbequemer sein konnte als die elegante Gewandung eines Adligen, die zu tragen man in der Öffentlichkeit von ihm erwartete. Das dicke lederne Wams der Uniform, das den Eindruck einer Rüstung erwecken sollte, schmiegte sich viel zu eng an die dazugehörige weiße Tunika, die wie eine klägliche Version eines Priesterzirks aussah. Wer auch immer die Uniformen gemacht hatte, hatte sich offensichtlich nicht entscheiden können, ob Ratgeber dem Militär oder dem Priesterstand angehörten, und deshalb verband die Uniform Elemente beider Kleidungsstile.

Die Tür zu seinem Schlafzimmer wurde geöffnet, und Silava trat ein.

»Grässlich, nicht wahr?«

Sie nickte. »Wenn du die Wahl hast, solltest du eher das Wams verlieren als die Tunika. Nur mit der Tunika bekleidet wirst du wahrscheinlich einen recht guten Eindruck machen, aber für das Wams allein hast du einfach nicht die richtige Figur.«

Er klopfte auf seinen Oberkörper und seinen Bauch. »Was soll das heißen? Bin ich nicht männlich genug?«

Sie grinste. »Darauf antworte ich nicht. Wenn du dich sowohl des Wamses als auch der Tunika entledigst, solltest du unbedingt den richtigen Zeitpunkt dafür wählen. All die weiße Haut wird deinen Gegner wahrscheinlich blind machen. Oder er wird derart lachen müssen, dass er sein Schwert fallen lässt. So oder so, es könnte dir die Chance geben, wegzulaufen.«

Danjin schnaubte entrüstet. »Ich? Weglaufen?«

Er erwartete einen Seitenhieb, was seine körperliche Verfassung betraf, aber stattdessen wurde ihre Miene ernst.

»Ja«, sagte sie. Dann trat sie vor ihn hin und sah ihm in die Augen. »Lauf weg. Ich bin noch zu jung, um Witwe zu werden.«

»Ich werde nicht… Einen Moment mal. Um *was* zu werden?«

Sie kniff ihn in den Arm, und trotz des dicken Stoffs gelang es ihr irgendwie, ihm wehzutun.

»Au!«

»Das hast du verdient. Ich versuche gerade, dir zu sagen, wie sehr ich mich um dich sorgen werde.«

Ihm kamen mehrere freche Antworten in den Sinn, die er jedoch beiseiteschob. Er legte ihr sanft die Arme um die Schultern. Der Stoff des Wamses widersetzte sich der Bewegung, und ein Stich des Grolls durchzuckte ihn, als ihm klar wurde, dass er in dieser lächerlichen Gewandung nicht einmal dazu in der Lage war, seine Frau richtig zu umarmen.

Silava gab einen erstickten Laut von sich, und er trat überrascht einen Schritt zurück. Sie wischte sich die Tränen von den Wangen und wandte sich verlegen ab.

»Du wirst… du wirst doch vorsichtig sein?«, fragte sie leise.

»Natürlich.«

»Versprich es mir.«

»Ich verspreche, dass ich vorsichtig sein werde.«

»Ich werde dich beim Wort nehmen.«

Sie hörten Schritte, die sich der Tür näherten, und wandten sich um. Im nächsten Moment erschien ihr Diener.

»Pa-Speer ist eingetroffen«, sagte er schwer atmend.

Danjin nickte. »Ich werde gleich runterkommen.« Er drehte sich wieder zu seiner Frau um und küsste sie. »Leb wohl fürs Erste, Silava.«

Ihre Augen glänzten, aber sie erwiderte mit ihrer normalen Stimme: »Leb wohl fürs Erste.«

Es widerstrebte ihm, sie allein zu lassen, wenn sie so aufgewühlt war, aber sie winkte ungeduldig ab.

»Geh nur. Lass deinen Vater nicht warten.«

»Nein, das wäre undenkbar.«

Sie brachte ein schwaches Lächeln zustande. Er zwinkerte ihr zu, dann verließ er den Raum. Als er die Treppe zum unteren Stockwerk erreichte, holte er tief Luft und wappnete sich gegen die Verachtung seines Vaters.

Draußen war es trotz des hellen Morgenlichts ziemlich kalt. Pa-Speer wartete in einem geschlossenen Plattan. Danjin trat aus seinem Haus und stieg in den Wagen.

»Vater«, begrüßte er Pa-Speer.

»Danjin«, erwiderte sein Vater. »Was für ein schöner Tag, um in den Krieg zu ziehen, wie? Ich frage mich, ob die Götter das so arrangiert haben.«

»Ob sie nun dafür verantwortlich sind oder nicht, wir werden gewiss jeden regenfreien Tag zu schätzen wissen«, entgegnete Danjin.

Sein Vater lehnte sich auf seinem Platz zurück und gab dem Fahrer das Zeichen zum Aufbruch. Als der Plattan sich ruckartig in Bewegung setzte, bedachte Pa-Speer Danjin mit einem seiner typischen, berechnenden Blicke.

»Du musst heute sehr stolz sein.«

»Stolz?«

»Du setzt dein Leben für dein Land aufs Spiel. Das ist doch etwas, worauf man stolz sein kann.«

Danjin zuckte die Achseln. »Ich werde wohl kaum in große Gefahr geraten, Vater. Es ist jedenfalls kein Vergleich zu dem, was meine Brüder kürzlich erlebt haben. Es bedarf eines mutigeren Mannes, als ich einer bin, sich in dieser Zeit in den Süden zu wagen.«

Die Augen seines Vaters leuchteten auf. »Du hast recht, ihre Arbeit verlangt große Risiken von ihnen.«

Danjin lachte leise. »Ja. Obwohl es mich nicht überrascht hat, als Rian bemerkte, dass Theran die Neigung habe, unnötige Risiken einzugehen.«

»Das hat Rian gesagt?«

»Ja. Er meinte auch, Theran halte nicht allzu viel davon, Befehle auszuführen, aber einem Mann, der es gewohnt ist, alle Entscheidungen selbst zu treffen, dürfte das wohl schwerfallen, nehme ich an.«

Pa-Speer musterte Danjin mit schmalen Augen. »Was weißt du über Therans Reisen?«

Danjin zuckte die Achseln. »Alles, was er zu berichten sich die Mühe gemacht hat. Nirem und Gohren waren da viel verlässlicher. Und vorsichtiger.«

»Du … du hast es von Anfang an gewusst.«

»Natürlich habe ich es gewusst.«

Pa-Speer starrte Danjin an, und sein Gesichtsausdruck verriet weder Billigung noch Missfallen. »War es deine Idee?«

»Nein«, antwortete Danjin aufrichtig. »Selbst wenn mir der Gedanke gekommen wäre, hätte ich es nicht vorgeschlagen. Ich hätte niemals wissentlich Mitglieder meiner Familie in eine gefährliche Lage gebracht. Rian hat im Voraus mit mir darüber gesprochen und mich über das Tun meiner Brüder auf dem Laufenden gehalten.«

»Ich verstehe. Warum hast du uns nicht erzählt, dass du Bescheid wusstest?«

Danjin lächelte. »Es war nicht notwendig. Solche Dinge bleiben am besten unausgesprochen. Zum Wohle aller Beteiligten.«

»Warum erzählst du es mir dann jetzt?«

»Weil Rian und seine Leute zu beschäftigt mit Kriegsvorbereitungen sind, um dir von den jüngsten Neuigkeiten zu berichten; deshalb habe ich mich erboten, das selbst zu übernehmen.« Danjin hielt inne. »Theran ist tatsächlich gefangen genommen worden, wie wir vermutet hatten, aber unseren Leuten ist es gelungen, ihn zu retten. Er, Nirem und Gohren sind auf dem Heimweg.«

Sein Vater nickte, und die Erleichterung stand ihm deutlich ins Gesicht geschrieben. Danjin hatte die Neuigkeiten mit der gleichen Erleichterung aufgenommen. Auch wenn er sich mit seinen Brüdern nicht allzu gut verstand, wollte er doch nicht, dass einer von ihnen versklavt oder getötet wurde.

Dann holte er tief Luft und zwang sich, weiterzusprechen. »Da ist noch etwas, das du wissen solltest, Vater. Als man Theran gefangen nahm, hat man ihn gefoltert. Er hat viele Namen preisgegeben, darunter die von Nirem und Gohren. Deswegen werden weder Theran noch Nirem oder Gohren gefahrlos weiter in südliche Gewässer segeln können. Die Weißen haben sie von ihren Pflichten entbunden. Ich empfehle dir, sie nicht mehr …«

»Nein!« Pa-Speers Augen blitzten. »Theran würde niemals …!«

»Er hat es getan«, sagte Danjin entschieden. »Niemand kann im Voraus wissen, wie er unter Folter reagieren wird. Den Weißen ist das klar, und sie verurteilen ihn nicht. Sie sind dankbar für all das, was er ertragen hat, um uns Informationen über die Pentadrianer liefern zu können.«

Sein Vater wandte den Blick ab, und auf seiner Stirn stand eine steile Falte. *Wie versöhnlich wirst du sein, Vater?*, dachte Danjin. *Du hattest niemals auch nur das geringste Verständnis für Schwäche, erst recht nicht bei deinen Söhnen.*

Den Rest der Fahrt hüllte Pa-Speer sich in Schweigen. Das

Tempelgelände, das früher einmal aus säuberlich geschnittenem Gras bestanden hatte, war jetzt nur noch eine aufgerissene Fläche von Schlamm, in dem Zelte, Karren, Soldaten und Tiere standen. Entlang der Straße zum Turm hatte sich eine lange Reihe von Plattans gebildet. Nachdem die Fahrgäste eines jeden Wagens ausgestiegen waren, wurden die Plattans zu einem Wartebereich hinter den Hauptgebäuden des Tempels gefahren.

Als ihr Plattan schließlich vor dem Turm Halt machte, wartete Danjin darauf, dass sein Vater als Oberhaupt ihrer Familie zuerst ausstieg, aber der alte Mann rührte sich nicht. Er sah Danjin nur mit ernster Miene an.

»Pass auf dich auf, Danjin«, sagte er leise. »Du magst nicht mein Lieblingssohn sein, aber du *bist* mein Sohn, und ich möchte dich nicht verlieren.«

Danjin musterte seinen Vater voller Überraschung, während der alte Mann sich nun erhob und aus dem Plattan stieg. Kopfschüttelnd folgte er ihm.

*Das ist es also, womit ich seine Zuneigung erringen kann. Nun, ich habe nicht die Absicht, jedes Mal in den Krieg zu ziehen, wenn ich mir wünsche, dass er mir auch nur die kleinste Anerkennung entgegenbringt.*

»Ich muss meinen Platz einnehmen«, sagte Danjin, als der Plattan davonfuhr. »Gib auf dich acht, Vater. Und auf meine Brüder.«

»Ich werde das nächste Jahr wahrscheinlich damit zubringen, meine Verluste wettzumachen, die mir durch die fehlenden Geschäfte mit Sennon entstanden sind«, brummte Pa-Speer leise. »Wie dem auch sei, geh jetzt. Nimm deinen Platz in diesem wenig gewinnträchtigen, aber notwendigen Krieg ein.«

Danjin lächelte. *Er ist wieder ganz der Alte, schroff wie eh und je.* Er nickte höflich, dann wandte er sich ab, um nach den anderen Ratgebern Ausschau zu halten.

Die Ratgeber der Weißen würden gemeinsam in einem Tarn abreisen, sobald die Parade die Stadt verlassen hatte. Man hatte Danjin nicht gesagt, wo er sie treffen würde, aber er hatte eine gute Vorstellung davon, wie er sie finden konnte. Nachdem er einige Minuten gesucht hatte, entdeckte er eine kleine Gruppe von Männern und Frauen, die die gleiche Uniform trugen wie er selbst. Sie schienen sich mit ihren neuen Kleidern ungefähr genauso wohlzufühlen wie er, stellte er fest.

Sie standen im Kreis neben dem Podest versammelt, das errichtet worden war, damit die Weißen das Wort an die Armee richten konnten. Ihre Aufmerksamkeit galt irgendetwas oder irgendjemandem in ihrer Mitte. Als Danjin sie erreichte, sah er, dass Rian zu ihnen sprach. Er trat in eine Lücke in den Kreis.

»Ratgeber Danjin Speer.« Rian sah ihn kurz an, dann wandte er sich wieder der ganzen Gruppe zu. »Jetzt, da ihr alle hier seid, möchte ich euch jemanden vorstellen.«

Rian blickte über die Schulter, dann trat er zurück. Zu Danjins Überraschung stand, ein wenig abseits von der Gruppe, eine Traumweberin. Rian winkte sie zu sich, und sie kam mit wachsamer Miene näher.

»Traumweberratgeberin Raeli. Sie tritt an die Stelle von Traumweber Leiard, der von seinem Amt zurückgetreten ist, um sich der Ausbildung seines Schülers zu widmen.«

Die Ratgeber nickten höflich, aber die Frau erwiderte die Geste nicht. Sie sah Danjin an, und ihm wurde bewusst, dass er sie überrascht angestarrt hatte.

»Dann wünsche ich ihm alles Gute«, sagte Danjin zu ihr. »Er war ein hilfreicher und verlässlicher Ratgeber.«

Die Frau reagierte auf diese Bemerkung mit einem flüchtigen Nicken, dann wandte sie den Blick ab. Danjin sah Rian an. Wusste Auraya von dieser Wendung der Ereignisse? Sie hatte gestern Abend, als sie durch den Ring zu ihm gesprochen hatte, nichts davon erwähnt. Er überlegte, ob er Rian danach fragen sollte, aber der Weiße hatte sich abrupt abgewandt und schaute jetzt zu dem Podest hinüber. Davor hatte sich eine große Gruppe Hohepriester und -priesterinnen versammelt. Hinter ihnen standen die übrigen Mitglieder der Priesterschaft und dahinter die Armee. Danjin konnte die Federbüsche auf ihren Helmen sehen – blau für die Hanianer und rot und orange für die Somreyaner.

»Ich muss euch jetzt verlassen«, erklärte Rian. »Wir werden jeden Augenblick beginnen.«

Er machte mit einer Hand das Zeichen des Kreises, eine Geste, die alle Ratgeber mit Ausnahme der Traumweberin erwiderten, dann eilte er davon, um sich zu Juran, Dyara und Mairae zu gesellen. Nach einer kurzen Unterredung stiegen die vier Weißen die Treppenstufen zum Podest hinauf.

Sofort senkte sich Stille über die Menge. Die Weißen stellten sich in einer Reihe auf. Als die Drittstärkste unter ihnen hätte Auraya normalerweise in der Mitte der Reihe gestanden, ging es Danjin durch den Kopf. Ob sie wohl zusah?

*Natürlich tut sie das,* dachte Danjin. *Aber sie wird sich mit den anderen Weißen vernetzen. Sie haben von dort oben den besten Blick. Es muss ein beeindruckendes Bild sein.*

Juran trat vor und hob die Arme. Als die letzten wenigen Stimmen zu einem Murmeln verklungen waren, ließ er die Arme wieder sinken. »Männer und Frauen von Hania und Somrey. Treue Freunde und Verbündete. Ich danke euch allen, dass ihr meinem Ruf zu den Waffen gefolgt seid. Heute werden wir uns auf den Weg zu den Goldebenen machen. Dort werden wir uns mit den Truppen aus Genria, Toren und Si vereinen, um eine einzige gewaltige Armee zu bilden. Es wird ein Ehrfurcht gebietender Anblick sein. Noch nie zuvor waren so viele Völker Nordithanias für ein gemeinsames Ziel vereint. Es wird gleichfalls ein schreckliches Bild sein, denn was uns zusammenführt, ist ein Krieg – und zwar kein Krieg, den wir selbst verursacht hätten. Es ist ein Krieg, den die Pentadrianer, ein törichtes und barbarisches Volk, über uns gebracht haben.« Er hielt inne. Seine Stimme war dunkel vor Verachtung gewesen, als er den Namen des heidnischen Kults ausgesprochen hatte.

»Ich will euch erzählen, was ich über diese Pentadrianer weiß. Sie behaupten, fünf Göttern zu huldigen, genau wie wir es tun. Aber diese Götter sind falsch. Die Pentadrianer müssen Männer und Frauen versklaven und verführen, damit sie diesen Göttern huldigen, und sie haben sich auf den Weg nach Nordithania gemacht, um uns dazu zu zwingen, das Gleiche zu tun. Aber wir werden ihnen nicht nachgeben!« Seine Stimme wehte stark und wütend über den Platz.

Mehrere Menschen in der Menge bekundeten lautstark ihre Zustimmung.

»Wir werden *unsere* Götter nicht gegen diese verderbten Zaubererpriester eintauschen!«, fuhr Juran fort.

»*Nein!*«, kam die Antwort.

»Wir werden sie in ihre heidnischen Tempel zurücktreiben.«

»*Ja!*«

»Wir werden ihnen zeigen, was es heißt, realen Göttern mit realer Macht zu huldigen.«

Die Menge brach in Jubel aus. Juran lächelte und ließ den Menschen Zeit, ihre Begeisterung herauszuschreien, bevor er abermals das Wort ergriff.

»Die Götter haben uns, den Weißen, große Macht anvertraut, damit wir euch schützen können. Wir haben eine eigene Armee zusammengerufen. Wir Zirkler sind nicht gewalttätig. Wir finden keinen Gefallen an Blutvergießen. Aber wir *werden* uns verteidigen. Wir *werden* einander verteidigen. Wir *werden* unser Recht verteidigen, dem Zirkel der Götter zu huldigen. Und wir *werden* siegen!«

Er hob den Arm und schüttelte drohend die Faust. Die Reaktion der Menge war ohrenbetäubend. Danjin verkniff sich ein Lächeln. Im hellen Sonnenschein und mit Jurans Zuversicht, die sie alle ansteckte, war es schwer, sich vorzustellen, dass sie diese Schlacht verlieren würden. *Nicht dass ich mir überhaupt vorstellen könnte, die Schlacht zu verlieren,* ging es ihm durch den Kopf. *Wie könnten wir auch scheitern, wenn wir die Götter auf unserer Seite haben?*

»Folgt uns jetzt«, übertönte Juran die Jubelrufe. »Folgt uns in den Krieg!«

Er trat von dem Podest und stieg auf seinen Träger. Die anderen Weißen folgten seinem Beispiel. Sie trieben ihre prächtigen, weißen Reyna in die Menge. Die Hohepriester traten zurück, um ihre Anführer passieren zu lassen.

Nach und nach schlossen sich alle anderen an. Danjin bewegte sich auf das Podest zu und ging einige Stufen hinauf, um die gewaltige Menschenmenge zu beobachten, die in einer Marschkolonne den Tempel verließ. Als er fernen Jubel hörte, blickte er über die Köpfe der Menschen hinweg. Die Weißen waren soeben durch den Bogengang in die Stadt gezogen. Er stieg noch eine weitere Stufe hinauf und sah, dass die Straßen von Zuschauern gesäumt waren.

Die Treppe vibrierte unter dem Schritt eines anderen. Danjin drehte sich um; Lanren Liedmacher, einer der militärischen Ratgeber, kam auf ihn zu.

»Wir sollten ihnen folgen«, murmelte der Mann. »Ich bezweifle, dass die Armee auf uns warten wird, wenn wir uns nicht den Priestern anschließen.«

»Ja«, pflichtete Danjin ihm bei. Er ging die Stufen hinunter und gesellte sich zu den anderen Ratgebern. Als die letzten Priester und Priesterinnen sich der Kolonne anschlossen, wies Lanren sie an, ihre Plätze einzunehmen.

Auraya betrachtete die Überreste ihres gestrigen Abendessens und verzog das Gesicht. Sie mochte Fisch, aber die einzige Art, die sie am vergangenen Abend hatte fangen können, waren Holzfische. Diese waren bekanntermaßen fade, und sie hatte keine Gewürze oder Kräuter gefunden, die ihrem Mahl etwas Aroma hätten verleihen können. Sie hatte sich mit dieser geschmacklosen Kost abgefunden, nur um von Eindrücken des wunderbaren Festmahls gequält zu werden, an dem Danjin sich zur gleichen Zeit während ihrer gedanklichen Unterredung erfreut hatte.

*Wenn ich gewusst hätte, dass ich tagelang auf einer unbewohnten Klippe lagern würde, hätte ich mir etwas zu essen mitgenommen. Und ein Stück Seife.*

Sie hatte sich soeben in einem kleinen Teich mit Regenwasser gewaschen, den sie am Tag zuvor entdeckt hatte. Ihr einstmals blendend weißer Zirk war mittlerweile ein wenig schmuddelig, obwohl sie jeden Tag ihre Gaben benutzte, um Schmutz und Flecken zu entfernen. Manchmal kam es ihr so vor, als seien diese alltäglichen Aufgaben die einzige Verwendung für Magie, die sie hatte.

*Nun ja, abgesehen vom Fliegen und von der Fähigkeit, die Gedanken anderer Menschen zu lesen,* überlegte sie.

Schließlich trat sie an den Rand der Klippe und blickte zu den Inseln von Borra hinab. Sie war seit vier Tagen jeden Tag hierher zurückgekehrt. Und jedes Mal hatte der König ihr Audienzgesuch abgelehnt. Gestern war die Nachricht, die der Höfling sich eingeprägt hatte, jedoch anders ausgefallen.

*»Sag ihr, dass ich sie nur dann empfangen werde, wenn sie in den Palast kommt.«*

Befürchtete er, dass sie versuchen würde, ihn mit einer List dazu zu bringen, die Sicherheit seiner Unterwasserstadt zu verlassen? Gewiss hatten die Elai, die sie gesehen hatten, ihm berichtet, dass sie immer allein kam. Oder hatte er diese Bedingung aus reiner Bosheit gestellt, weil er glaubte, sie könne die Stadt nicht erreichen oder würde bei dem Versuch ertrinken?

Lächelnd erhob sie sich von dem Felsen. Obwohl sie die Stadt mühelos über den geheimen Weg zu dem Ausguck erreichen könnte, würde sie damit das Vertrauen der Elai nicht gewinnen. Wenn sie auf die Herausforderung des Königs eingehen wollte, musste sie den Palast über den unterseeischen Weg erreichen. Ihre Ankunft würde ebenso viel Neugier wie Furcht wecken. Die Elai würden wissen wollen, wie es ihr gelungen war, ihre Stadt zu erreichen, ohne zu ertrinken, und gleichzeitig würde es ihnen Angst machen, dass eine Fremde in ihre Heimat vorgedrungen war.

Sie hatte in den vergangenen Tagen reichlich Zeit gehabt, darüber nachzudenken, wie sie in den Palast kommen könnte. Sie hatte beobachtet, wie schnell diese fremdartigen Meeresmenschen schwimmen konnten und wie lange sie den Atem anzuhalten vermochten. Und diese Zeit war kürzer, als sie erwartet hatte. Sie konnten nur etwa drei- oder viermal so lange unter Wasser bleiben wie ein Landgeher, waren allerdings in der Lage, bemerkenswert schnell zu schwimmen. Sie selbst hatte kaum Erfahrung mit diesem Element, da sie als Kind nur gelegentlich in einer stillen Biegung des Flusses in der Nähe ihres Dorfes herumgeplanscht hatte. Aber das sollte kein Problem sein. Sie hatte nicht die Absicht zu schwimmen.

Die Luft war an diesem Tag sehr feucht. Der Wind spielte mit den Wellen und ließ weiße Gischt aufschäumen. Die kräftigen Böen zwangen sie, ihr Tempo zu verlangsamen, so dass sie eine Stunde später als an den vergangenen Tagen ankam.

Sobald sie die Inseln erkennen konnte, hielt sie auf diejenige mit den zwei Gipfeln zu. Sie stieg langsam hinab und bemerkte, dass die Strände dieser Insel verlassen waren. Ohne lange zu zögern, sandte sie ihren Geist aus und entdeckte mehrere Elai, die paarweise auf dem höchsten Gipfel und im Wasser Wache hielten. Als sie auf dem Sand landete, fing sie einen Gedankenfaden von den Wächtern auf. Sie war gesehen worden. Lächelnd ging sie aufs Wasser zu.

Kurz bevor sie die Wellen erreichte, blieb sie stehen und schuf einen magischen Schild um sich herum, bevor sie sich, immer noch aufrecht, ein wenig über den Boden erhob und vortrat. Als sie über tieferem Wasser angelangt war, ließ sie sich langsam hinabsinken. Der Schild tauchte ins Wasser, das sich seinem Eindringen widersetzte, aber sie hatte diese Prozedur inzwischen viele Male geübt. Die Luftblase um sie herum strebte der Oberfläche entgegen, was sie jedoch nicht zuließ. Sie stärkte ihren Schild, stieg weiter in die Tiefe hinab und drang in eine geisterhafte Welt vor.

Überall um sie herum schuf flitterndes Sonnenlicht eine Illusion von Bewegung. Die vom Wind aufgepeitschten Wellen wühlten den Meeresboden auf, und in den Sandschwaden unter ihr konnte Auraya bizarre Gestalten ausmachen. Gebilde, die die Form von Bäumen, Pilzen oder riesigen, gemusterten Eiern hatten, umgaben sie, und alle waren eingehüllt von Seegräsern und Algen, die von den Wellen hin und her getrieben wurden. Auch Fische verbargen sich in diesem eigenartigen Meeresgarten. Auraya vermutete, dass es sich um die gleichen Fischarten handelte, die sie bei ihren Versuchen, sich unter Wasser zu bewegen, verwirrt hatten, aber in dem schummrigen Licht wirkten ihre Farben trüb und gedämpft.

Plötzlich hatte sie das Ende dieses fantastischen Unterwasserwalds erreicht. Sie bewegte sich über den Rand eines Kliffs und blickte in endlose Finsternis hinab. Der Meeresboden konnte ebenso gut einige Hundert wie mehrere Tausend Schritte entfernt sein. Schaudernd stieg sie in die Tiefe hinunter. Den Gedanken der Elai hatte sie entnommen, dass ihr Bestimmungsort nicht mehr allzu weit entfernt war.

Als sie tiefer sank, stieß sie auf eine dunkle Gestalt, die sie umkreiste und dann innehielt. Die Elai – es war eine Frau – starrte sie an. Auraya lächelte, was die Frau jedoch nur aus ihrem Schockzustand herausriss und in die Flucht trieb.

Weitere Elai erschienen. Auch sie starrten sie nur an und huschten davon. Schwache Lichter zogen Auraya zu einem großen Loch in der Klippenwand. Etliche Elai benutzten diese Öffnung von beiden Seiten, aber als sie sie entdeckten, versiegte der Strom der Unterwassermenschen jäh. Einige schwammen um sie herum, bevor sie sich entfernten, andere machten bei ihrem Anblick sofort kehrt und verschwanden in dem Loch.

Das Licht kam, wie Auraya bemerkte, von den hässlichsten Fischen, die sie je gesehen hatte und die in kleinen Käfigen gefangen waren. Die Käfige waren paarweise aufgestellt, und die Tiere darin schienen vollkommen fasziniert voneinander zu sein. Als Auraya durch das Loch schwamm, kam sie an zweien dieser Fische vorbei. Der eine schoss blitzschnell auf den anderen zu, aber der Käfig sorgte dafür, dass seine scharfen Zähne sich nicht in das Fleisch des anderen Fisches graben konnten.

Die Luft in ihrem Schild war inzwischen ein wenig schal geworden. Sie widerstand der Versuchung, sich schneller zu bewegen, denn sie wollte die Elai nicht noch mehr ängstigen. Es kam ihr so vor, als sei sie eine Ewigkeit den langsam absteigenden Tunnel hinuntergeschwebt, bis sie endlich die erste Lufttasche erreichte.

Sie war ziemlich flach, aber doch breit genug, um mehreren Elai Platz zu bieten, die dort Atem schöpfen konnten. Sie wusste von den Elai, dass schmale Risse und Klüfte in den Felsen die Luft frisch hielten.

Sie öffnete ihren Schild, um die frische, kühle Luft einzulassen. Dann versiegelte sie den Schild wieder und stieg von Neuem in die Tiefe.

Obwohl sie sie nicht sehen konnte, nahm sie die Gedanken von Elai um sich herum wahr. Wenn sie gewollt hätten, hätten sie fliehen können. Stattdessen waren sie in der Nähe geblieben, um sie zu beobachten. *Das ist gut,* befand sie. *Sie sind nicht so scheu, wie man auf den ersten Blick meinen könnte. Außerdem haben sie offensichtlich bessere Augen als ich.*

Sie hielt noch achtmal inne, um Luft in ihren Schild einzulassen, dann wurden die Wände des Tunnels jäh breiter, und zahlreiche Lichter erschienen über der Oberfläche. Auraya bewegte sich aufwärts. Als ihr Schild die Wasseroberfläche durchbrach, stellte sie fest, dass sie sich am Rand einer riesigen Höhle befand.

In die Wände waren Tausende von Löchern eingemeißelt, und durch mehr als die Hälfte von ihnen fiel Licht. Auf der anderen Seite des Sees befand sich ein breiter Bogengang. Der Boden der Höhle wölbte sich wie eine gewaltige Rampe aus dem Wasser nach oben, und am Rand des Wassers gingen etliche Elai umher, die Auraya anstarrten.

Ein Horn erklang und füllte die Höhle mit Echos. Die Elai eilten zu beiden Seiten der Rampe davon. Hinter ihnen erschien jetzt eine Gruppe von Männern, die mit stolzer Miene Speere trugen. Am Rand des Wassers blieben sie stehen und bildeten eine Abwehrlinie.

Auraya bewegte sich langsam auf sie zu, bis sie direkt vor ihnen schwebte.

»Ich bin Auraya von den Weißen. Wie der König es verlangt hat, bin ich in die Stadt der Elai gekommen, um mich hier mit ihm zu treffen.«

Die Krieger rührten sich nicht, aber einige von ihnen runzelten die Stirn. Dann erklang eine Stimme von der Seite.

»Das habe ich verlangt, ja. Dann komm. Diese Männer werden dich in den Palast begleiten.«

Auraya sah sich um, konnte aber den Sprecher nirgendwo entdecken; ebenso wenig war sie in der Lage, seinen Geist zu erspüren. Fasziniert trat sie einige Schritte vor und setzte die Füße auf den Boden. Die Krieger bildeten links und rechts von ihr eine Doppelreihe. Sie zog ihren Schild dicht an sich und folgte ihrer Eskorte in die unterirdische Stadt des Meeresvolkes.

# 31

Leiard blickte auf den Schnee hinab, der sich auf den zotteligen Ohren und den kurzen Hörnern der Arems vor ihm ansammelte. Der wiegende Gang der großen, fleckigen Tiere, die den vierrädrigen Tarn zogen, war beruhigend. Arems waren starke, friedfertige Geschöpfe, die gut geeignet waren, um Wagen oder Pflüge zu ziehen. Er konnte sich daran erinnern, Schnitzereien von Arems in den Ruinen lange vergangener Zeitalter gesehen zu haben. Auch diese Tiere hatten Karren gezogen, daher wusste er, dass sie vor Tausenden von Jahren gezähmt worden waren. Man konnte sie auch reiten, aber sie bewegten sich nur langsam und reagierten träge auf Befehle; außerdem waren sie im Rücken zu breit, um bequem darauf sitzen zu können. Kein Adliger hätte sich jemals dazu herabgelassen, ein Arem zu reiten. Die feinknochigen, launischen Reyna, die die Adligen ritten, gingen jedoch nicht gut im Geschirr, obwohl man sie dazu ausbilden konnte, Plattans zu ziehen, die für Rennen benutzt wurden.

Im Gegensatz zu anderen Tieren schienen Arems keine magischen Gaben zu haben. Die meisten Tiere und Pflanzen benutzten in kleinem Umfang Magie, die ihnen half, Nahrung zu finden, sich zu verteidigen oder nach einem Gefährten für die Paarung zu suchen. Wenn Arems überhaupt eine magische Gabe besaßen, so war es vermutlich die Fähigkeit, den Gedanken ihres Fahrers den Bestimmungsort zu entnehmen. Sie hatten ein beeindruckendes Gedächtnis für die Straßen und Orte, an denen sie einmal gewesen waren, und es gab viele Geschichten, in denen sie Fahrer, die aufgrund von Krankheit oder zu viel Wein eingenickt waren, nach Hause gebracht hatten. Oder in die Häuser ihrer Geliebten.

Die Traumweber lenkten abwechselnd die drei vierrädrigen Tarns, die sie in Jarime für den Transport von Essen, Zelten und Vorräten gekauft hatten. Einige von ihnen gingen voraus, um den Schnee, wo er die Straße versperrte, zu schmelzen oder wegzukehren. Alles, was Leiard von dem Wagen vor ihm sah, war das geölte Tuch, das die großen Vorratsbündel bedeckte. Es hatte keinen Sinn zurückzublicken; sein gleichermaßen voll beladener Tarn versperrte die Sicht. Allerdings konnte er die Stimmen der Traumweber hören, die in Arleejs Gruppe reisten.

»Glaubst du, die Armee wird uns einholen?«, fragte Jayim.

Leiard sah zuerst den jungen Mann an seiner Seite an, dann wieder die Arems.

»Nein. Die meisten Soldaten reisen zu Fuß.«

»Warum?«, wollte Jayim wissen.

Leiard lachte leise. »Es gibt in Hania nicht einmal genug ausgebildete Reyna für die Hälfte der Armee, geschweige denn für die Somreyaner.«

Jayim kaute auf seiner Unterlippe. »Wir kommen kaum schneller voran als jemand, der zu Fuß geht, und wegen des Schnees müssen wir immer wieder Halt machen, daher werden wir wohl keinen großen Vorsprung gewinnen.«

»Möglicherweise doch. Vergiss nicht, wir brauchen keine Armee zu befehligen. Stell dir vor, wie viel Zeit und Mühe sie jeden Abend aufwenden müssen, um ihr Lager zu errichten, die Verteilung von Essen und Holz für die Feuer zu regeln, Streitigkeiten zu schlichten, morgens alle Männer wieder aufzuwecken und in Marsch zu setzen. Selbst wenn die Schneefälle aufhören sollten und das Wetter wieder besser wird, gibt es einfach zu viel zu tun.«

Jayim machte ein nachdenkliches Gesicht. »Es wäre interessant, das zu beobachten. Ich wünschte beinahe, wir würden mit ihnen reisen, obwohl ich verstehe, warum wir das nicht tun.«

Leiard nickte. Vor einigen Tagen hatte er Jayim bei einer Gedankenvernetzung einige Erinnerungen an frühere Kriege gezeigt. Da Traumweber grundsätzlich für keine Seite Partei ergriffen und Kranke und Verletzte behandelten, ungeachtet der Frage, welcher Nationalität oder welchem Glaubensbekenntnis ihr Patient angehörte, stießen sie häufig auf Ablehnung. In der Vergangenheit waren nicht wenige Traumweber dafür getötet worden, dass sie »dem Feind geholfen« hatten.

Traumweber reisten grundsätzlich nicht mit den Armeen. Sie bildeten in kleinen Gruppen entweder die Vorhut oder das Schlusslicht. Während des Wahnsinns einer Schlacht warteten sie in einiger Entfernung, um später auf das Schlachtfeld und in die Lager beider Armeen zu gehen und ihre Hilfe anzubieten. Jayim sah Leiard kurz an, dann wandte er den Blick hastig wieder ab.

»Was hast du?«, fragte Leiard.

»Nichts.«

Leiard wartete lächelnd ab. Es war ungewöhnlich, dass Jayim zu sprechen zögerte. Nach einigen Minuten wandte der Junge sich Leiard wieder zu.

»Glaubst du … glaubst du, dass du irgendwann Auraya begegnen wirst?«

Bei der Erwähnung ihres Namens durchzuckte Leiard ein erregendes Gefühl von Hoffnung. Er holte tief Luft und rief sich ins Gedächtnis, warum er hier bei Arleej war.

»Ihr würdet euch heimlich treffen müssen, nicht wahr?«, hakte Jayim nach.

»Nicht unbedingt.«

»Ich nehme an, es wird dir nichts passieren, solange die

anderen Weißen nicht in der Nähe sind und deine Gedanken lesen.«

»Ja.«

»Glaubst du, ihr werdet … zusammenkommen? Ein letztes Mal?«, fragte Jayim.

Leiard sah Jayim an. Der Junge grinste.

»Das hier ist keine Kleinigkeit, Jayim. Ich habe uns in große Gefahr gebracht. Begreifst du das nicht?«

*Sei nicht so pedantisch. Der arme Jayim ist noch Jungfrau. Was er in deiner Erinnerung gesehen hat, war interessanter als alles, was er sich je vorgestellt hat.*

Beim Klang der vertrauten Stimme in seinem Kopf runzelte Leiard die Stirn. *Du bist immer noch nicht ganz weg, nicht wahr, Mirar?*

*Du wirst mehr brauchen als nur einige Gedankenvernetzungen, um mich loszuwerden. Erheblich mehr.*

»Natürlich verstehe ich das«, antwortete Jayim mit ernster Miene. Dann grinste er abermals. »Aber du musst auch die komische Seite sehen. Unter allen Frauen, die du hättest wählen können, hast du dich ausgerechnet für sie entschieden. Es ist wie in einem dieser Theaterstücke, die die Adligen so lieben. Skandalöse Affären und tragische Liebe, wo man hinschaut.«

»Und deren Folgen«, ergänzte Leiard.

*Mir gefällt die Einstellung des Jungen,* bemerkte Mirar. *Er hat einen ausgeprägten Sinn für Humor. Im Gegensatz zu dem Mann, in dem ich festsitze …*

»Manchmal kommen die Liebenden damit durch«, stellte Jayim fest.

»Ein glückliches Ende solcher Affären ist ein Luxus, den man nur in Romanen und Theaterstücken findet«, entgegnete Leiard.

Jayim zuckte die Achseln. »Das ist wahr. Ich habe mir vorgestellt, was das für ein Geheimnis sein könnte, das du hütest. Ich hatte nicht erwartet, dass es etwas sein würde, das so … so …«

»So gewagt ist?«, beendete Leiard seinen Satz.

Jayim kicherte. »Ja. Es war eine Überraschung. Ich weiß nicht, warum, aber ich dachte, die Weißen würden nicht … ähm … ich dachte, sie leben keusch. Aber wahrscheinlich wäre das ein wenig zu viel verlangt von jemandem, der unsterblich ist. Vielleicht ist das der Grund, warum Mirar war, wie er war.«

Leiard unterdrückte ein Lachen. *Also? War das der Grund, warum du dich so schlecht benommen hast?*

*Ich weiß es nicht. Vielleicht. Weiß irgendjemand, warum er die Dinge tut, die er tut?*

*Du hattest reichlich Zeit, es herauszufinden.*

*Manche Antworten kann man nicht finden, selbst wenn man alle Zeit der Welt hätte. Unsterblichkeit macht einen nicht unbedingt allwissend.*

»Ich frage mich, ob alle Weißen so sind«, überlegte Jayim laut. »Wenn die Unsterblichkeit sie dazu verleitet, sich so zu benehmen, so … du weißt schon. Gewiss hätten die Leute doch davon erfahren, wenn die anderen Weißen mit jedem ins Bett gingen, der ihnen über den Weg läuft.«

Leiard blickte entrüstet drein. »Auraya ist nicht mit jedem ins Bett gegangen, der ihr über den Weg gelaufen ist.«

»Es wäre durchaus möglich, dass sie es tut. Woher willst du das wissen?«

»Jetzt aber genug mit diesem Gerede«, sagte Leiard energisch. »Wenn du Zeit hast zu schwatzen, hast du auch Zeit für deinen Unterricht.«

Jayim schnalzte enttäuscht mit der Zunge. »Während wir unterwegs sind?«

»Ja. Du wirst während der nächsten Jahre noch viel auf

Reisen sein, daher gewöhnst du dich am besten gleich daran, deine Ausbildung auf der Straße zu erhalten.«

Der Junge seufzte. Er drehte sich um, um über seine Schulter zu blicken, änderte dann aber seine Meinung.

»Ich kann mir nicht vorstellen, dass ich nach alledem nicht nach Hause zurückkehren werde«, murmelte er, und seine Stimme war so leise, dass man sie kaum hören konnte. Dann richtete er sich auf und sah Leiard an. »Also, was werde ich heute lernen?«

*Irgendetwas ist passiert,* befand Imi, während sie Teiti, ihrer Tante und Lehrerin, durch den Flur folgte. Zuerst war da der vor Anstrengung keuchende Bote gewesen, der sich Teiti hastig genähert und der alten Frau etwas ins Ohr geflüstert hatte, bevor er davongehumpelt war. Dann hatte Teiti ihr befohlen, den Teich und die anderen Kinder zu verlassen, und sie, ohne auf ihren Protest zu achten, nach Hause geschleppt.

Sie waren über einen der geheimen Wege gegangen, ein Umstand, der sofort Imis Argwohn geweckt hatte. Als sie am Palast angekommen waren, hatten die Wachen ihr nicht zugelächelt, wie sie das normalerweise taten. Sie hatten sie vollkommen ignoriert und ernst und unnahbar gewirkt. Die Wachen, die stets an den Türen ihres Zimmers standen, hatten zwar gelächelt, aber auch sie hatten den Eindruck gemacht, als seien sie seltsam nervös.

»Was geht hier vor?«, fragte sie Teiti, als die Türen sich hinter ihnen schlossen.

Teiti blickte auf Imi herab und runzelte die Stirn. »Ich habe es dir bereits gesagt, Prinzessin, ich weiß es nicht.«

»Dann finde es heraus«, befahl Imi.

Teiti verschränkte die Arme vor der Brust und machte ein missbilligendes Gesicht. Im Gegensatz zu den übrigen Palastdienern ließ Teiti sich nicht leicht einschüchtern. Sie war kein

Lakai, sondern ein Familienmitglied, und stand im Rang nur geringfügig unter Imi. Doch die erwartete Schelte blieb aus. Der missbilligende Ausdruck in Teitis Zügen verwandelte sich in Sorge.

»Heilige Huan«, murmelte sie. »Warte hier. Ich werde gehen und feststellen, ob ich etwas in Erfahrung bringen kann.«

Imi lächelte und legte die Hände zusammen. »Vielen Dank! Bitte, beeil dich!«

Die alte Frau kehrte zu den Türen zurück, legte eine Hand auf den Griff und drehte sich dann noch einmal mit argwöhnischer Miene zu Imi um.

»Sei ein braves Mädchen, Imi. Geh nirgendwohin. Um deiner eigenen Sicherheit willen, bleib hier.«

»Ich verspreche es.«

»Wenn du bei meiner Rückkehr nicht mehr hier bist, werde ich dir nichts erzählen«, warnte sie ihre Nichte.

»Ich habe es doch schon gesagt, ich werde hierbleiben.«

Teiti kniff die Augen zusammen, dann wandte sie sich um und verließ den Raum. Als die Türen sich hinter der alten Frau schlossen, stürzte Imi in ihr Schlafzimmer. Sie lief zu einer Schnitzerei an einer der Wände und schob die Hand dahinter. Es dauerte nicht lange, bis sie den Riegel gefunden hatte. Sie schob ihn zurück, woraufhin die Schnitzerei lautlos aufschwang wie eine Tür.

Dahinter befand sich eine Öffnung. Ihr Vater hatte ihr dieses Loch vor vielen Jahren gezeigt. Falls irgendwelche bösen Menschen in den Palast eindringen sollten, so hatte er ihr erklärt, sollte sie durch das Loch kriechen und warten, bis sie fort waren.

Er hatte ihr nicht erzählt, dass dieses Loch der Eingang zu einem Tunnel war. Diesen Umstand hatte sie eines Abends entdeckt, als die Langeweile stärker geworden war als ihre

Furcht, sich an einen unbekannten, dunklen Ort zu wagen. Mit einer Kerze in der Hand hatte sie sich kriechend ein kleines Stück vorwärtsbewegt, bevor sie auf eine Mauer aus Stein und Mörtel gestoßen war.

Das Hindernis war jedoch nicht vollkommen unüberwindlich. Der Erwachsene, der es gemacht hatte, hatte offensichtlich zu wenig Platz gehabt, um sich zu bewegen, und war nicht gründlich genug zu Werke gegangen. Imi hatte Stimmen hören können, die durch Risse und Löcher in der Wand gedrungen waren. Stimmen, die sie nicht ganz deutlich verstehen konnte.

Also war sie einen Monat lang jeden Abend, nachdem sie eigentlich längst hätte im Bett liegen müssen, in das Loch geschlüpft und hatte das Hindernis nach und nach abgetragen. Den Staub und die kleinen Mörtelbröckchen hatte sie in die Latrine gekippt und die größeren Steine in ihrer Kleidung nach draußen geschmuggelt.

Als sie jetzt in das Loch hinaufstieg, gratulierte sich Imi abermals zu ihrer Entdeckung. Nach der Entfernung des Hindernisses war sie weitergekrochen und hatte eine kleine Tür entdeckt, die auf der Tunnelseite verriegelt gewesen war. Als sie die Tür geöffnet hatte, war sie in einen kleinen Schrank gelangt. Dahinter lag ein mit Rohren gesäumter Raum.

Sie hatte sofort erraten, worum es sich handelte. Ihr Vater hatte ihr erzählt, dass er eine Möglichkeit habe, mit Menschen in anderen Teilen der Stadt zu sprechen, und er hatte ihr von den Röhren erzählt, die Geräusche weitertrugen.

Er hatte keine Ahnung, dass sie wusste, wo sich dieser Raum befand, oder dass sie ihn ebenfalls benutzte.

Es war ein wunderbarer Spaß, hierherzukommen. Bevor sie spätabends durch den Tunnel kroch, versicherte sie sich immer, dass ihr Vater andernorts zu tun hatte. Dann legte sie den Kopf an die ohrenförmigen Öffnungen in den Rohren und lauschte Gesprächen zwischen wichtigen Persönlichkeiten, Streitigkeiten unter den Dienern und dem Austausch von Zärtlichkeiten zwischen heimlichen Liebenden. Sie kannte alle Gerüchte der Stadt – und auch die Wahrheit.

Als sie jetzt die hölzerne Tür erreichte, lauschte Imi auf Stimmen, bevor sie hindurchtrat. Dann eilte sie zu dem Rohr, von dem sie wusste, dass es in den königlichen Audienzsaal führte, und drückte ihr Ohr an die Öffnung.

»... die Vorteile des Handels. Die Kunstwerke, die ich in diesem Raum sehe, und der Schmuck, den du trägst, sagen mir, dass du hier begabte Künstler hast. Diese Künstler könnten Dinge herstellen, um sie außerhalb von Borra zu verkaufen. Als Gegenleistung könntest du dich an einigen Annehmlichkeiten meines Volkes erfreuen, wie zum Beispiel an den schönen Stoffen, die in Genria hergestellt werden und die glänzen wie Sterne, oder an den leuchtend roten Feuersteinen von Toren.«

Die Stimme gehörte einer Frau und hatte einen eigenartigen Akzent. Die Frau sprach langsam und stockend, als müsse sie über jedes einzelne Wort nachdenken. Bei der Beschreibung von glänzendem Stoff und brennenden Steinen hielt Imi den Atem an. Diese Dinge klangen wunderbar, und sie hoffte, dass ihr Vater sie kaufen würde.

»Außerdem gibt es eine Vielzahl von Gewürzen, Kräutern und exotischen Speisen, die du vielleicht gern kosten würdest, und ich weiß, dass im Norden ein Volk lebt, das ein Vermögen für die Gelegenheit gäbe, neue Produkte aus Borra kennen zu lernen. Aber glaube nicht, wir hätten nur Luxuswaren anzubieten. Mein Volk verfügt über wirksame Heilmittel, um alle möglichen Krankheiten zu kurieren, und es würde mich nicht überraschen, zu entdecken, dass ihr Heilmittel kennt, denen wir noch nie begegnet sind. Es gibt so vieles, was wir einander geben könnten, mein König.«

»Ja, das ist wahr.« Imis Herzschlag beschleunigte sich, als die Stimme ihres Vaters erklang. »Es ist eine schöne Ansprache, die du da gehalten hast, aber wir haben diese Dinge schon früher gehört. In der Vergangenheit sind Landgeher hierhergekommen und haben behauptet, sie wollten nur Handel mit uns treiben. Stattdessen haben sie uns bestohlen; sie haben aus ebendiesem Raum heilige Gegenstände entwendet. Wir haben diese Leute gejagt und unser Eigentum zurückgeholt, und wir haben geschworen, den Landgehern nie wieder zu vertrauen. Warum sollten wir dieses Gelübde brechen und dir vertrauen?«

*Landgeher?*, dachte Imi. *Diese Frau ist eine Landgeherin! Wie ist sie in die Stadt gekommen?*

»Ich verstehe deinen Ärger und deine Vorsicht«, sagte die Frau. »Ich würde genauso handeln, wenn ich auf solche Weise betrogen worden wäre. Falls du deine Türen Kaufleuten öffnest, würde ich dich drängen, diese Vorsicht beizubehalten. Sie sind nicht immer die ehrlichsten Menschen. Aber ich bin kein Kaufmann. Ich bin eine Hohepriesterin der Götter. Eine der fünf Auserwählten, die sie in dieser Welt repräsentieren. Ich kann die Falschheit der Welt ebenso wenig eindämmen wie du, aber ich kann versuchen, dergleichen vorzubeugen oder sicherzustellen, dass ein solches Verhalten bestraft wird. Eine Allianz mit uns würde die Abmachung einschließen, dass wir einander verteidigen. Wir würden euch helfen, euer Land vor Eindringlingen zu schützen, wenn ihr euch als Gegenleistung dazu verpflichten würdet, auch uns zu helfen.«

*Das klingt ein wenig töricht*, ging es Imi durch den Kopf. *Es gibt nur wenige von uns und so viele Landgeher …*

»Was könnten wir dir, einer Zauberin von großer Stärke, die den Befehl über gewaltige Armeen von Landgehern hat, anbieten?«

»Was immer an Hilfe ihr leisten könntet, mein König«, antwortete sie gelassen. »Die Siyee haben soeben ein solches Abkommen mit uns getroffen. Sie mögen körperlich weder groß noch stark sein, aber es gibt viele Wege, wie sie uns helfen können.«

Stille folgte. Imi konnte hören, wie ihr Vater mit der Zunge schnalzte, was er immer tat, wenn er konzentriert nachdachte.

»Wenn du bist, was du zu sein behauptest«, sagte er plötzlich, »dann solltest du in der Lage sein, Huan jetzt zu uns zu rufen. Tu das, damit ich sie fragen kann, ob du die Wahrheit sprichst.«

Die Frau gab ein leises Geräusch von sich, das wie ein ersticktes Lachen klang. »Ich mag zwar einer ihrer Repräsentanten sein, aber das gibt mir noch nicht das Recht, eine Göttin herumzukommandieren.« Sie hielt inne, und ihre Stimme war jetzt so leise, dass Imi sie kaum noch verstehen konnte. »Ich habe jedoch erst kürzlich mit ihr über dein Volk gesprochen. Sie sagte, die Entscheidung liege bei euch. Sie werde sich nicht einmischen.«

Wieder trat Stille ein.

»Das wusstest du bereits, nicht wahr?«, fügte sie in einem Tonfall gelinder Überraschung hinzu.

»Die Göttin hat etwas in der Art zu unseren Priestern gesagt«, gab der König zu. »Wir sollen in dieser Angelegenheit selbst entscheiden. Ich werte das als ein Zeichen dafür, dass sie meinem Urteil vertraut.«

»So sieht es aus«, stimmte die Frau ihm zu.

»Mein Urteil lautet wie folgt: Ich weiß nicht genug über dich, Landgeherin. Ich sehe keinen Grund, warum wir unser Leben für einige Kinkerlitzchen aufs Spiel setzen sollten. Dein Angebot, uns zu schützen, ist verführerisch, was du gewiss selbst weißt, aber wie kannst du uns verteidigen, wenn du auf der anderen Seite des Kontinents lebst?«

»Wir werden diese Plünderer finden und sie bestrafen«, erwiderte die Frau. »Jede weitere Bedrohung kann mithilfe von Schiffen abgewendet werden, die wir aus Porin schicken würden.«

»Diese Schiffe würden niemals rechtzeitig hier ankommen. Als Nächstes wirst du vorschlagen, ein Schiff hier vor Anker gehen zu lassen. Dann wirst du eine Siedlung für die Mannschaft fordern. Das kommt nicht infrage.«

»Ich verstehe. Man wird eine Alternative finden. Wenn wir diese Angelegenheit besprechen …«

»Nein.« Imi erkannte die halsstarrige Härte, die sich in die Stimme ihres Vaters schlich, wenn er eine Entscheidung getroffen hatte. Sie runzelte missbilligend die Stirn. Es hatte so aufregend geklungen, all dieses Gerede von Handelsgütern. Es war doch gewiss die einfachste Methode, die Plünderer loszuwerden, indem man andere dafür bezahlte, dass sie diese Mühe auf sich nahmen.

»Imi!«

Beim Klang der Stimme zuckte sie zusammen. Es war Teiti, und ihre Stimme kam nicht aus dem Rohr. Sie kam von dem Loch im Schrank. Ihre Lehrerin war zurückgekehrt. Imi blieb das Herz fast stehen. Der einzige Grund, warum Imi die Frau hören konnte, war der, dass sie die Schnitzerei – die Tür vor dem Loch – offen gelassen hatte! Wenn Teiti das Loch fand, würden Imis Besuche in dem Raum mit den Rohren ein jähes Ende nehmen.

Imi kletterte blitzschnell in den Schrank. Sie zog die Tür hinter sich zu, dann stieg sie in das Loch. Die hölzerne Tür zu schließen war schwieriger; Imi war in der letzten Zeit ein wenig gewachsen und hatte nicht mehr genug Platz, um den Griff hinter sich zuzuziehen.

Sie kroch, so schnell sie konnte, weiter, hielt dann direkt vor der Öffnung inne und blickte hinaus. Teiti lief im Zimmer nebenan umher. Als die Frau unter einen Stuhl sah, musste Imi ein Lachen unterdrücken. Teiti glaubte, sie verstecke sich.

»Imi, das ist sehr unartig. Komm jetzt raus!«

Teiti ging auf das Schlafzimmer zu, und Imi erstarrte, als ihre Tante in einen Schrank schaute. Hastig streckte sie die Hand aus und zog die Schnitzerei wieder über das Loch.

Sie lauschte, während Teiti im Schlafzimmer umherging und mit zittriger Stimme nach ihr rief. Imi runzelte die Stirn. War Teiti wütend? Oder nur aufgeregt? Die Stimme verblasste, als die alte Frau in den Hauptraum zurückkehrte. Dann hörte Imi ein leises Schniefen, und das schlechte Gewissen trieb ihr die Röte ins Gesicht. Teiti weinte!

Also schob sie die Schnitzerei beiseite, schlüpfte so geräuschlos wie möglich aus dem Loch und verriegelte die Schnitzerei wieder, bevor sie ins Nebenzimmer lief.

»Es tut mir leid, Teiti«, rief sie.

Die Frau blickte auf, dann stieß sie einen Seufzer der Erleichterung aus.

»Imi! Das war nicht witzig!«

Es war nicht schwer, einen schuldbewussten Eindruck zu machen. Teiti mochte eine strenge Lehrerin sein, aber sie konnte auch lustig und großzügig sein. Imi spielte ihren Freunden gern Streiche, brachte sie damit aber nur zum Lachen. Sie wollte niemandem wehtun.

»Das muss eine ernste Angelegenheit sein«, sagte sie.

Teiti wischte sich die Augen trocken und lächelte. »Ja. Es ist eine Landgeherin im Palast. Ich weiß nicht, wie sie hierhergekommen ist oder warum, aber für den Fall, dass es Ärger gibt, sollten wir besser bleiben, wo wir sind.« Teiti runzelte die Stirn. »Nicht dass ich dächte, du wärst in Gefahr, Prinzessin. Sie weiß ja nicht einmal, dass es dich gibt, daher glaube ich, du bist hier ziemlich sicher.«

Imi dachte an die Frau, die sie soeben beim Gespräch mit ihrem Vater belauscht hatte. Eine Zauberin und Priesterin der Götter, die die Elai und ihr eigenes Volk als Verbündete sehen wollte – was ein anderes Wort für Freunde war. Sie klang nicht wie jemand, den man fürchten musste.

Imi nickte. »Das glaube ich auch, Teiti.«

Die Mondsichel war wie ein fröhliches, weißes Lächeln. Als Tryss sie das erste Mal gesehen hatte, hatte er unwillkürlich denken müssen, dass es ein gutes Omen sei. Jetzt, mehrere Stunden später, wirkte die bleiche Sichel eher wie ein höhnisches Grinsen.

*Oder eine mörderische Klinge,* dachte er. Er stieß den Atem aus, dann schüttelte er den Kopf. *Abergläubischer Unsinn. Es ist bloß ein großer Felsen in dem gefrorenen Wasser des oberen Himmels. Nicht mehr, nicht weniger.*

»Ich glaube es nicht. Er geht die ganze Zeit auf und ab. Der ruhige, ernste Tryss läuft auf und ab.«

Tryss zuckte zusammen, als er die Stimme hörte. »Sreil!«, flüsterte er. »Was ist passiert?«

»Nichts«, antwortete der ältere Junge. »Ich habe nur ein wenig länger als erwartet gebraucht, um durch die Wand zu kommen.«

Zwei Gestalten traten aus dem Schatten, und ihre Schritte klangen gedämpft von dem Schnee. Der Mondschein erhellte beide Gesichter, aber Tryss sah nur eines. Drilli, eingewickelt in einen Yern-Pelz. Sein Herz frohlockte, als er ihr Gesicht sah. Ihre Augen waren groß. Ihre Miene … zögerlich. Ängstlich.

»Bist du dir sicher …«

»… dass du das willst?«

Sie hatten dieselben Worte gemeinsam gesprochen. Drilli grinste, und Tryss stellte fest, dass er das Gleiche tat. Er trat vor und griff nach ihren Händen, dann berührte er ihr Gesicht. Sie schloss für einen Moment seliger Wonne die Augen. Er drückte seine Lippen auf ihre. Der Kuss, mit dem sie antwortete, war stark und zuversichtlich. Eine Hitzewoge durchflutete seinen ganzen Körper. Die winterliche Kühle schien sich von ihnen zurückzuziehen. Als sie sich voneinander lösten, hämmerte sein Herz, und alle Zweifel hatten sich zerstreut.

*Oder ich habe vollkommen den Verstand verloren,* fügte er im Geiste hinzu. *Das erzählt man sich schließlich von jungen Männern.*

Er wandte sich zu Sreil um. »Wohin jetzt?«

Sreil kicherte. »Wir haben es wohl eilig, wie? Ich finde immer noch, dass Ryliss der beste Mann dafür ist. Er hat sein Lager ein wenig weiter vom Offenen Dorf entfernt aufgeschlagen als alle anderen. Du weißt ja, wie diese Leute vom Tempelbergstamm sind. Furchtbar ernst und einsiedlerisch. Folgt mir.«

Tryss nahm Drillis Hand, und sie gingen hinter Sreil her durch den Wald. Es war ein weiter Weg; sie mussten um den oberen Teil des Offenen Dorfs herumwandern. Die dunklen Schatten der Bäume verschlangen das Mondlicht, und überall lag Schnee. Tryss und Drilli gerieten immer wieder ins Stolpern.

Drilli stöhnte leise.

»Was ist los?«, flüsterte er.

»Meine Füße tun weh.«

»Meine auch.«

»Hätten wir nicht fliegen können?«

»Wenn das möglich gewesen wäre, hätte Sreil es sicher vorgeschlagen.«

»Ihm tun die Füße wahrscheinlich genauso weh wie uns.«

Sie verfiel in Schweigen, und einige Minuten später drückte sie seine Hand.

»Tut mir leid. Wie romantisch von mir, mich in meiner Hochzeitsnacht über schmerzende Füße zu beklagen.«

Er lachte leise. »Wenn du willst, werde ich dir später eine höchst romantische Fußmassage zuteilwerden lassen.«

»Hmh. Ja, das würde mir gefallen.«

Als zwischen den Bäumen vor ihnen eine Laube sichtbar wurde, schlug eine Woge der Erleichterung über Tryss zusammen. Sreil wies sie an zu warten, während er feststellen wollte, ob Sprecher Ryliss allein war. Während Sreil auf den Eingang der Laube zuging, wurde Tryss langsam flau im Magen. Dann erschien ein Schatten in der Tür. Der Vorhang wurde beiseitegezogen, und Sreil drehte sich um und winkte sie zu sich.

Drilli hielt seine Hand fest umschlungen, während sie auf die Laube zueilten. Direkt vor der Tür blieben sie stehen. Sprecher Ryliss, dessen Augen von buschigen grauen Brauen überschattet waren, musterte sie nachdenklich, bevor er die Hand hob.

»Kommt herein.«

Sie folgten ihm in den Raum. Auf einer Seite brannte ein Feuer, dessen Rauch zu einem Loch im Dach aufstieg. Die Wärme war ihnen höchst willkommen. Ryliss deutete auf einige zu Sitzbänken gestaltete Holzscheite, und sie nahmen Platz, während er sich in einem Hängemattenstuhl niederließ.

»Ihr beide wollt heute Abend also heiraten«, sagte er. »Das ist keine Kleinigkeit. Seid ihr euch wirklich sicher?«

Tryss blickte zu Drilli hinüber, dann nickte er. Sie lächelte und murmelte ein »Ja«.

»Wenn ich recht verstehe, verstößt diese Heirat gegen die Wünsche eurer Eltern.«

»Gegen die von Drillis Eltern«, erwiderte Tryss. »Meine hätten nichts dagegen.«

Der alte Mann musterte sie ernst. »Ihr solltet beide wissen, welche Folgen ein solcher Schritt hätte: Ihr könnt euch zwar dafür entscheiden, ohne die Zustimmung eurer Eltern zu heiraten, aber in dem Fall ist euer Stamm nicht verpflichtet, ein Festmahl für euch zu geben oder euch etwas zu schenken. Eure Eltern sind nicht verpflichtet, euch in ihrer Laube Quartier zu geben.«

»Das ist uns bewusst«, erwiderte Drilli.

Der Sprecher nickte. »Ich kann euch diesen Ritus nicht verwehren, wenn ihr in aller Form darum bittet.«

Tryss erhob sich, und Drilli trat neben ihn. »Ich bin Tryss vom Stamm des kahlen Bergs. Ich habe mich aus freien Stücken dafür entschieden, Drilli vom Schlangenflussstamm zu heiraten. Wirst du den Ritus für uns vollziehen?«

»Ich bin Drilli vom Schlangenflussstamm. Ich habe mich aus freien Stücken dafür entschieden, Tryss vom Stamm des kahlen Bergs zu heiraten. Wirst du den Ritus für uns vollziehen?«

Ryliss nickte. »Das Gesetz verlangt von mir, eurer Bitte nachzukommen. Tryss muss sich jetzt hinter Drilli stellen. Bitte, fasst einander bei den Händen.«

Drilli lächelte, während sie taten wie geheißen. Mit leuchtenden Augen blickte sie ihn über ihre Schulter an. Sie wirkte gleichzeitig erregt und ein wenig verängstigt.

»Das ist die letzte Chance, aus der Sache rauszukommen«, flüsterte sie.

Er erwiderte ihr Lächeln und drückte ihre Hände ein wenig fester. »Nur wenn du es schaffst freizukommen.«

»Ruhe, bitte«, befahl Ryliss und sah sie beide stirnrunzelnd an. »Dies ist eine ernste Angelegenheit. Ihr müsst für die nächsten zwei Jahre zusammenbleiben, selbst wenn ihr eure Entscheidung bereuen solltet. Hebt die Arme.«

Er öffnete einen kleinen Beutel, den er um die Taille gegürtet trug – den Beutel, den alle Sprecher bei sich führten –, und nahm zwei leuchtend bunte, dünne Seile heraus, die er um ihre Hände schlang.

»Ich bin Ryliss vom Tempelbergstamm. Hiermit verbinde ich Tryss vom Stamm des kahlen Bergs und Drilli vom Schlangenflussstamm als Mann und Frau. Flieget vom heutigen Tag an Seite an Seite.«

Er trat auf ihre andere Seite und griff nach ihren freien Händen. »Ich bin Ryliss vom Tempelbergstamm. Hiermit verbinde ich Drilli vom Schlangenflussstamm und Tryss vom Stamm des kahlen Bergs als Mann und Frau. Flieget vom heutigen Tag an Seite an Seite.«

Tryss blickte auf ihre Hände. Wenn sie so nahe nebeneinander hergeflogen wären, hätten sie beide jede Bewegung des anderen wahrgenommen.

*Ich schätze, genau darum geht es.*

Ryliss trat zurück und verschränkte die Arme vor der Brust.

»Indem ihr euch dafür entschieden habt, euch aneinander zu binden, habt ihr euch zu einer Partnerschaft verpflichtet. Ihr seid für die Gesundheit und das Glück des anderen verantwortlich und für die Erziehung aller Kinder, die aus eurer Verbindung hervorgehen werden. Da dies eure erste Ehe ist, habt ihr hiermit auch den Schritt in die Verantwortung und die Pflichten eines Erwachsenen getan. Man wird von euch beiden erwarten, zum Wohlergehen des Stammes beizutragen, bei dem ihr in Zukunft leben werdet.« Er hielt inne, dann nickte er. »Ich erkläre euch für verheiratet.«

*Es ist geschehen,* dachte Tryss und sah Drilli an. Sie lächelte. Er schlang die Arme um sie und zog sie fest an sich.

Sreil räusperte sich. »Jetzt bleibt nur noch ein letzter Schritt zu tun.«

Tryss blickte erschrocken zu Sreil auf. Was konnte das sein …?

»Das ist wahr.« Ryliss' Mundwinkel zuckten, die erste Regung an diesem Abend, die einem Lächeln nahe kam. Er sah zuerst Tryss an, dann Drilli. »Ich werde morgen früh wieder da sein. Macht bitte keine Unordnung.«

Mit diesen Worten verließ er die Laube und verschwand. Tryss warf Sreil einen verwirrten Blick zu.

»Von welchem Schritt hat er geredet?«

Sreils Grinsen wurde noch breiter. »Ich kann nicht fassen, dass du das fragst.«

»Oh!« Tryss spürte, wie ihm die Wärme ins Gesicht schoss, als ihm klar wurde, was Sreil gemeint hatte. Drilli kicherte.

»Manchmal frage ich mich, wie jemand, der so klug ist, so dumm sein kann«, sagte sie.

»Ich auch«, stimmte Sreil ihr zu. »Also dann. Ihr werdet sicher keine Schwierigkeiten haben, das Ritual zu vollenden. Meine Hilfe braucht ihr jedenfalls nicht, daher mache ich mich jetzt auf den Rückweg.«

»Vielen Dank, Sreil«, sagte Drilli.

»Ja. Ich stehe in deiner Schuld«, fügte Tryss hinzu.

Sreil heuchelte Arglosigkeit. »Ich hatte mit alledem nichts zu tun.«

»Überhaupt nichts«, erwiderte Tryss. »Also dann, bis bald. Wir werden kein Wort sagen.«

Sreil lachte leise, dann trat er aus der Laube nach draußen und zog den Vorhang zu.

# 32

Die Karawane des Bordells bot ein beeindruckendes Bild. Zwölf Tarns, ein jeder von zwei Arems gezogen, standen vor dem Gebäude. Die ersten sechs Tarns waren leuchtend bunt bemalt, und auf den Seiten stand Rozeas Name. Die kräftigen Behänge waren mit den passenden Farben gesäumt. Die letzten sechs Wagen waren schlichter, und einige Diener waren davor zu sehen. Die Frauen standen neben einem der Tarns, während die Männer einen anderen mit Säcken und Kisten beluden.

Brand und Flut, deren Atem wie weiße Wolken in der Luft hing, schnalzten anerkennend mit der Zunge. Zusammen mit Emerahl und drei anderen Mädchen gingen sie auf den vierten Wagen zu. Als sie eine Stunde zuvor im Tanzsaal gewartet hatten, waren sie aufgefordert worden, sich in Gruppen von sechs Frauen zusammenzufinden, und danach hatte Rozea Wagennummern für sie ausgewählt, indem sie nummerierte Scheiben aus einer Tasche genommen hatte.

*Unsere Arbeitgeberin gibt sich gern den Anschein, äußerst gerecht zu sein*, überlegte Emerahl. *Ich frage mich, ob Mondschein mir da zustimmen würde. Weiß sie, dass Rozea beabsichtigt, mich als Favoritin in das Bordell zurückkehren zu lassen? Hasst sie mich? Oder ist sie froh, diese Stellung an eine andere abgeben zu können?*

Es spielte keine Rolle. Emerahl hatte nicht die Absicht, zurückzukehren. Sie wollte sich, sobald sie die Stadt hinter sich hatten, von der Karawane davonschleichen.

*Das heißt, sofern ich unbemerkt aus der Stadt herauskomme*, räumte sie in Gedanken ein.

Sie widerstand der Versuchung, mit den Fingern über den Saum ihres Ärmels zu streichen. Darin eingenäht waren kleine Klumpen Formtane. In dieser Form eingenommen, entfaltete sich die Wirkung der Droge nur langsam und hielt ungefähr eine Stunde an.

Es war keine unbekannte Droge in Porin. Normalerweise nahm man sie als Tee ein oder rauchte sie in einer Pfeife. Sie schenkte wunderbare Ruhe und vertrieb Übelkeit, und eine starke Dosis förderte den Schlaf.

Schlaf war nicht genug für Emerahl. Sie brauchte etwas, das sie bewusstlos machte.

Ihr Magen krampfte sich zusammen, als sie über das Risiko nachdachte, das sie einging. Wenn ihr Plan nicht aufging – wenn der Priester, der an den Stadttoren Wache hielt, bemerkte, dass er nicht in den Geist einer der Huren eindringen konnte, Verdacht schöpfte und die Karawane aufhielt, bis Emerahl erwacht war –, dann würde ihr unnatürlich langes Leben ein jähes Ende finden.

Damit sie nicht auffiel, wenn sie die Droge einnahm, hatte sie mehrere Bröckchen Formtane vorbereitet, die sie den anderen Mädchen geben würde. Diese enthielten eine schwächere Dosis, so dass die Mädchen nur die wunderbar angenehme, beruhigende Wirkung erfahren würden. Ein Tarn voller bewusstloser Frauen würde erst recht Argwohn erregen.

Emerahl war die Letzte, die in den Wagen stieg. Sie waren alle mit schweren Kapas bekleidet und trugen Decken bei sich. Die Plane des Tarns würde sie vor dem Regen schützen, aber nicht vor der Kälte. Der Winter war noch keineswegs vorüber und würde auf dem Weg nach Norden noch härter werden.

Es war sehr eng in dem Tarn, da sich sechs Frauen auf die Bänke zwängen mussten.

»Von außen sehen sie geräumiger aus«, murrte Brand. »Pass auf, wohin du deine Schuhe stellst, Stern.«

»Es stinkt wie geräucherter Ner«, jammerte Barmherzigkeit.

»Ich bezweifle, dass Rozea die Wagen neu gekauft hat.« Vogel zog die Füße zurück, und ihre Fersen schlugen gegen ein Hindernis. »Da liegt etwas unter dem Sitz.«

Emerahl spähte unter die Bank gegenüber. »Kisten. Ich glaube, einige unserer Vorräte sind hier im Wagen. Unsere Sitze stehen dichter beieinander, als es notwendig wäre. Es würde mich nicht überraschen, wenn dahinter Fächer eingebaut wären.«

»Wozu sollten diese Fächer dienen?«, fragte Flut. »Ist Rozea zu geizig, um genug Tarns zu kaufen?«

»Nein«, sagte Brand. »Ich wette, es sind Geheimfächer, in denen man einige Dinge verstecken kann für den Fall, dass wir ausgeraubt werden.«

Die anderen verstummten und sahen sie an.

»Ein Räuber würde denken, die Vorratskarren seien alles, was wir haben«, erklärte Brand. »Wenn er hier hineinschauen würde, würde er nur uns sehen und sonst nichts.«

»Es wird uns niemand überfallen«, widersprach Stern. »Wir reisen mit der Armee.«

»Aber wir könnten hinter dem Trupp zurückfallen«, bemerkte Vogel mit gepresster Stimme. »Oder von ihm getrennt werden.«

»Das wird nicht passieren«, versicherte ihr Stern. »Rozea wird es nicht zulassen.«

Draußen erklang ein schriller Pfiff. Die Mädchen tauschten nervöse Blicke und schwiegen, bis der Tarn sich ruckartig in Bewegung setzte.

»Jetzt ist es zu spät, um unsere Meinung zu ändern«, murmelte Flut.

»Wir könnten alle rausspringen und ins Haus zurücklaufen«, schlug Barmherzigkeit halb im Scherz vor.

Emerahl schnaubte. »Rozea würde dir jemanden hinterherschicken, der dich zurückschleift. Ich dachte, außer mir seien alle ganz erpicht auf dieses wunderbare Abenteuer.«

Die anderen Mädchen zuckten die Achseln.

»Du möchtest nicht fortgehen, Jade?«, fragte Stern. »Warum nicht?«

Emerahl wandte den Blick ab. »Ich denke, Räuber werden unser geringstes Problem sein. Es sind die Soldaten, vor denen wir uns in Acht nehmen müssen. Sie werden glauben, ihr Einsatz im Kampf berechtige sie, in unser Bett zu kommen, wann immer sie wollen, und wir haben nicht genug von unseren eigenen Wachen dabei, um sie daran zu hindern. Dies wird eine unerfreuliche, schmutzige Arbeit werden.«

Barmherzigkeit verzog das Gesicht. »Lasst uns nicht länger darüber reden. Ich möchte mir lieber vormachen, dass wir in ein herrliches Abenteuer ziehen, bei dem wir große Dinge miterleben werden. Dinge, von denen ich meinen Enkelkindern erzählen kann.«

»Nur gut, dass es Großmüttern gestattet ist, die schlechten Teile auszulassen«, meinte Brand kichernd. »Und die guten auszuschmücken. Die Soldaten werden tapfer sein, die Generäle attraktiv und die Priester tugendhaft und noch attraktiver …«

Bei der Erwähnung von Priestern zog sich der Knoten in Emerahls Magen noch fester zusammen. Sie beugte sich über Fluts Schoß und hob die Türlasche an. Sie befanden sich bereits auf halbem Weg zu den Toren. Ihr Mund wurde trocken. Sie widerstand dem Drang, nach dem Formtane zu greifen. *Bald.*

»Hast du jemals einen Priester als Freier gehabt?«, fragte Flut Brand.

»Nicht nur einen.«

»Ich nicht. Was ist mit dir, Stern? Barmherzigkeit?«

Stern zuckte die Achseln. »Einmal. Und er war nicht attraktiv. Er war fett. Und schnell, Yranna sei gedankt.«

»Ich habe einige gehabt«, gestand Barmherzigkeit mit einem Grinsen. »Ich glaube, sie mögen mich wegen meines Namens. Dann können sie sagen, sie hätten den Abend mit Werken der Barmherzigkeit verbracht.«

Brand brach in Gelächter aus. »Rozea versteht sich eindeutig darauf, geeignete Namen auszuwählen. Was ist mit dir, Jade?«

»Mit mir?«

»Hast du jemals einen Priester als Freier gehabt?«

Emerahl schüttelte den Kopf. »Noch nie.«

»Dann wirst du das auf dieser Reise vielleicht nachholen können.«

»Vielleicht.«

Brand wackelte vielsagend mit den Augenbrauen. »Sie sind angeblich ziemlich gut im Bett.«

»Ungefähr so gut wie jede Rasse oder jeder Kult, dem man genau das nachsagt, vermute ich.«

»Du bist viel zu ernst, Jade – und warum schaust du ständig nach draußen?«

Emerahl ließ die Türlasche sinken. Sie seufzte und schüttelte den Kopf. »Vom Reisen wird mir immer übel.«

Stern stöhnte wenig mitfühlend auf. »Du wirst dich doch nicht etwa übergeben, oder?«

Emerahl schnitt eine Grimasse. »Wenn ich es tue, werde ich mich auf jeden Fall in deine Richtung beugen.«

»Du bist verrückt. Hier.« Flut stand auf. »Setz dich ans Fenster. Wenn dir übel wird, kannst du die Lasche öffnen und etwas frische Luft einlassen.«

»Vielen Dank.« Emerahl brachte ein Lächeln zustande und

schob sich über die Bank. Flut nahm in der Mitte Platz und tätschelte mitleidig Emerahls Knie.

Als Emerahl das nächste Mal hinausschaute, schätzte sie, dass sie nicht mehr weit von den Stadttoren entfernt waren. Sie ließ die Lasche sinken und wandte sich den anderen Frauen zu.

»Ich habe etwas mitgebracht«, erklärte sie. »Etwas gegen die Übelkeit. Es wäre nicht richtig, wenn ich es nicht mit euch teilen würde.«

Brand lächelte wissend. »Das Formtane?«

»Formtane!«, rief Stern. »Wo hast du das her?«

»Ich habe auf dem Weg zu meiner Familie einen kleinen Ausflug auf den Markt gemacht«, erzählte Brand ihnen.

Emerahl streckte den linken Arm aus und zog das erste Bröckchen Formtane aus dem Saum ihres Ärmels. Sie schob es sich in den Mund und schluckte, dann förderte sie den nächsten kleinen Klumpen zutage.

»Also, wer möchte etwas haben?«

Die anderen beugten sich eifrig vor.

»Ich habe es noch nie probiert«, gestand Flut.

»Es ist wunderbar«, flüsterte Barmherzigkeit. »Die Zeit scheint plötzlich langsamer zu vergehen, und man fühlt sich ganz leicht, als würde man schweben.« Sie nahm ihr Bröckchen Formtane entgegen. »Vielen Dank, Jade.«

Eine Woge des Schwindels schlug über Emerahl zusammen. Sie pflückte ein weiteres Bröckchen aus ihrem Ärmel und gab es Brand. Dann brauchte sie ihre ganze Konzentration, um drei weitere Bröckchen für Flut, Vogel und Stern aus ihrem Ärmel zu holen. Anschließend ließ sie sich gegen die Rückenlehne der Sitzbank sinken.

»Hast du noch mehr?«, fragte Stern träumerisch.

Emerahl, die ihrer Stimme nicht mehr traute, schüttelte nur den Kopf. Sie erwog nachzusehen, wie nahe sie dem Tor inzwischen waren, konnte sich aber nicht dazu durchringen.

Die anderen Frauen lächelten selig. Wie töricht sie aussahen. Emerahl spürte, wie ein Lachen in ihr aufstieg.

»Was ist so komisch?«

»Ihr seht alle so glücklich aus«, lallte sie.

Flut kicherte, dann brachen sie alle in träges, atemloses Gelächter aus.

»Fühlst du dich jetzt besser, Jade?«, fragte Brand.

Emerahl lachte abermals, dann beugte sie sich vor. Sie schwankte, und ihr Blick trübte sich.

»Meins war war zu viel …«

Mit diesen Worten entglitt sie in eine wohlige, angenehme Schwärze.

Die Zeit blieb stehen, aber Emerahl war zu träge, um sich dafür zu interessieren. Sie überließ sich mit allen Sinnen der sicheren, warmen Dunkelheit. Aus der Dunkelheit heraus erschien ein Turm. Der Anblick verstörte sie. Ein Anflug von Ärger stieg in ihr auf.

*O nein. Nicht schon wieder.*

Der Turm erstreckte sich in unmögliche Höhen und riss sogar die Wolken auf. Sie konnte nicht aufhören, ihn anzustarren. Er fesselte ihre gesamte Aufmerksamkeit.

*Wo ist dieser Ort?*

Plötzlich war der Turm fort. Emerahl senkte den Blick. Ein anderes Gebäude stand an seiner Stelle. Das alte Traumweberhaus in Jarime. Das Haus, unter dem Mirar begraben worden war, nachdem Juran, Hohepriester des Zirkels der Götter, ihn getötet hatte.

*Ich träume. Das ist nicht gut. Ich sollte bewusstlos sein …*

Sie versuchte, sich aus dem Trugbild zu befreien, aber der Traum ließ sie nicht los. Plötzlich ragte wieder der hohe weiße Turm über ihr auf, noch bedrohlicher als zuvor. Sie wollte fliehen, konnte sich aber nicht bewegen. Wieder wusste sie, dass man sie sehen würde, wenn sie blieb. Sie konnte den Blick nicht abwenden. Sie brauchten sie nur zu sehen, und …

*»Was ist los mit ihr?«*

… Und sie würden wissen, wer sie war …

*»Sie hat Formtane genommen. Ihr wird übel, wenn sie reist. Ich glaube, ihre Dosis war ein wenig zu stark.«*

… Und wenn sie es herausfanden …

*»Das ist wohl eindeutig. Sie sollte bewusstlos sein, aber stattdessen ist sie in einem Traum gefangen.«*

… Dann würden sie sie töten …

*»Gefangen? Das kannst du sehen?«*

*»Ja, ich bin ein Priester.«*

*»In der Uniform eines Wachsoldaten?«*

*»Ja.«*

*»Wird sie aufwachen?«*

… Der Turm ragte über ihr auf. Er schien sich vorzubeugen. Angst durchzuckte sie, als die ersten Risse über seine Oberfläche liefen …

*»Ja. Wenn die Droge ihre Wirkung verliert, wird sie sich aus dem Traum befreien.«*

… Und der Turm begann, auf sie herabzufallen …

*»Vielen Dank, Priester …?«*

*»Ikaro.«*

Emerahl nahm die Stimmen kaum wahr. Der Traum war zu real. Vielleicht waren die Stimmen ein Traum, und der Traum war Wirklichkeit. Sie hörte das Krachen des einstürzenden Turms, spürte den Schmerz in ihren zerschmetterten Gliedern und in ihrer Lunge, während sie langsam erstickte. Es ging immer weiter und weiter, eine Ewigkeit, die nur aus Schmerz bestand.

*»Jade?«*

*Mir gefällt diese Wirklichkeit nicht,* dachte Emerahl. *Ich will den Traum. Wenn ich mir einrede, dass der Traum real ist, kann ich diesem Schmerz vielleicht entkommen.* Sie versuchte krampfhaft, die Stimme besser zu hören, konzentrierte sich auf die Worte. Der Schmerz ebbte ab.

*»Jade. Wach auf.«*

Jemand drückte ihr die Lider auf. Sie erkannte Gesichter. Spürte Sorge aus dem Geist vertrauter Menschen strömen. Klammerte sich daran fest und zog sich aus dem Traum empor.

Sie sog mit tiefen Zügen die herrlich klare Luft in ihre Lunge und sah die fünf jungen Frauen an, die sich über sie beugten. Ihre Namen gingen ihr durch den Sinn. Sie konnte die Bewegung des Tarns spüren. Sie lag auf einer Bank. *Der Turmtraum,* dachte sie. *Er ist wiedergekommen. Diesmal waren Stimmen da. Ein weiterer Traum innerhalb des Traums.*

»Was ist passiert?«

Die Erleichterung in den Zügen der Mädchen war rührend. Sie hatten gute Herzen, befand Emerahl. Sie würde sie vermissen, wenn sie fortging.

»Du hast zu viel Formtane genommen«, erklärte Brand. »Du bist bewusstlos geworden.«

»Ein Priester, der an den Toren postiert war, ist zu uns gekommen, um nachzusehen«, ergänzte Barmherzigkeit. »Ich weiß nicht, woher er es gewusst hat.«

Furcht regte sich in Emerahl, und sie richtete sich auf. Ein Priester! Also war der Traum innerhalb des Traums Wirklichkeit gewesen? »Was hat er gesagt?«

Flut lächelte. »Er hat einen Blick auf dich geworfen und gemeint, es sei alles in Ordnung mit dir, du würdest nur träumen.«

»Ich denke, er konnte Gedanken lesen«, fügte Stern hinzu.

*Er konnte sehen, dass ich geträumt habe?* Sie runzelte die Stirn. *Ich muss unvorsichtig gewesen sein.*

»Wir haben uns Sorgen gemacht, dass dir ein Fehler mit der Dosis unterlaufen sein könnte«, bemerkte Brand. »Oder dass du versucht hättest, dich umzubringen.«

»Du hast doch nicht versucht, dich umzubringen, oder?«, fragte Flut ängstlich.

»Nein.« Emerahl zuckte die Achseln. »Ich dachte nur, es würde länger anhalten, wenn ich mehr nehme.«

»Dummes Mädchen«, tadelte Brand sie. »Diesen Fehler wirst du nicht noch einmal machen.«

Emerahl schüttelte kläglich den Kopf, dann schwang sie die Beine über die Kante der Bank. Brand setzte sich neben sie.

»Du siehst immer noch ein wenig verträumt aus«, sagte Brand. »Lehn dich an mich und schlaf ein bisschen – falls du bei dieser Schaukelei ein Auge zutun kannst.«

Emerahl lächelte dankbar. Sie lehnte den Kopf an die Schulter des größeren Mädchens und schloss die Augen.

*Der Priester hat also meine Gedanken gelesen,* ging es ihr durch den Kopf. *Und er hat alles, was er darin gesehen hat, als Traum abgetan.* Sie dachte an die Angst, entdeckt zu werden, die in dem Turm immer auf sie lauerte. Eine Angst, die ihrer eigenen Angst vor Entdeckung sehr ähnlich war. Im Stillen dankte sie dem Traumweber, der diese Träume aussandte. Er oder sie hatte ihr wahrscheinlich das Leben gerettet.

Als Auraya erwachte, wurde ihr bewusst, dass sie nicht von Leiard geträumt hatte, und sie stieß einen Seufzer der Enttäuschung aus.

Seit ihrer Abreise aus Si hatte er sie in ihren Träumen nicht mehr besucht. Sie hatte die schwache Hoffnung gehegt, es könnte etwas damit zu tun haben, dass sie auf Reisen und deshalb schwer zu finden war und dass er sich wieder mit ihr vernetzen würde, wenn sie in das Offene Dorf zurückkehrte, aber in der vergangenen Nacht hatte nichts ihren Schlaf gestört.

*Das war nur eine einzige Nacht,* dachte sie. *Er wird nicht wissen, dass ich schon zurückgekehrt bin, und jetzt muss ich wieder aufbrechen.*

Sie stand auf und begann sich zu waschen. *Gewiss überprüft er jede Nacht, ob ich zurückgekehrt bin. Vielleicht hat er einfach zu viel zu tun – oder die Traumvernetzung ist zu anstrengend, um sie jede Nacht durchzuführen.*

*Ich sollte überhaupt nicht darüber nachdenken. Ich sollte darüber nachdenken, die Siyee in den Krieg zu führen.*

Es hatte eine Menge vorzubereiten gegeben. Sie hatte gestern bis spät in die Nacht mit den Sprechern erörtert, was sie mitnehmen mussten und in welchen Dingen sie sich auf die Vorräte der Landgeherarmee würden stützen müssen. Die Siyee konnten nicht viel Gewicht mit sich tragen. Sie würden ihre Waffen und genug Nahrung mitnehmen müssen, um bis zu den Goldebenen zu kommen, mehr jedoch nicht. Auraya hatte sich bei Juran versichert, dass die Siyee zu essen bekommen würden, sobald sie sich der Armee angeschlossen hatten.

Auraya unterzog ihre Kleidung einer genauen Musterung und machte sich mithilfe von Magie daran, so viele Flecken wie nur möglich zu entfernen. Sie kämmte sich die Knoten aus ihrem Haar, die sich während des Fluges gestern angesammelt hatten. *Die Siyee haben eindeutig recht damit, ihr Haar kurz zu halten,* überlegte sie. *Ich frage mich, wie ich mit kurzem Haar aussehen würde …*

Sie flocht die Haare zu einem langen Zopf, dann ging sie in den Hauptraum der Laube. Eine Siyee hatte ihr am Abend zuvor einen kleinen Korb mit einigen Speisen gebracht. Auraya trank ein wenig Wasser, dann begann sie zu essen.

*Dies könnte für viele Monate meine letzte Nacht hier sein. Nach dem Krieg wird Juran wollen, dass ich nach Jarime zurückkehre.* Der Gedanke machte sie traurig. Sie wollte nicht fortgehen. Aber gleichzeitig regte sich auch Neugier in ihr. *Was wird meine nächste Herausforderung sein? Eine weitere Allianz, die ich aushandeln muss? Werde ich nach Borra zurückkehren, um dem König von Elai noch einmal meine Bitte vorzutragen?*

Es würde mehr dazu gehören als Worte, König Ais dazu zu bewegen, eine Allianz in Erwägung zu ziehen. Sie hatte in den Gedanken des Elai viel Argwohn und Hass auf die Landgeher gesehen. Wenn sie die Plünderer in die Schranken wiesen, würde das vielleicht helfen, das Vertrauen des Meeresvolkes zu gewinnen. Wenn nicht, würde es zumindest den Hauptgrund dafür beseitigen, warum die Elai die Landgeher hassten. In einigen Generationen würde ihr Hass sich vielleicht so weit verringert haben, dass sie einen Kontakt mit der Außenwelt nicht mehr für allzu gefährlich halten würden. Etwas in der Art hatte sie auch zu Juran gesagt, und er hatte ihr recht gegeben.

Wenn ihre nächste Aufgabe nicht die Elai waren, was dann? Sie erwog die möglichen Konsequenzen des Krieges. Sennon unterstützte die Pentadrianer. Wenn die Götter noch immer wünschten, dass Sennon sich friedlich mit dem Rest von Nordithania verbündete, würde es dort nach dem Krieg einiges an Arbeit geben; nicht zuletzt würden sie die übrigen Verbündeten der Weißen zur Versöhnlichkeit überreden müssen. Indem sie sich mit dem Feind zusammentaten, würden die Sennoner den Tod vieler Bewohner Nordithanias verursachen. Viele Menschen würden Sennon bestraft sehen wollen, aber damit würden sie nur zusätzlichen Groll und weiteren Hass schüren.

Sie runzelte die Stirn. Juran war am besten geeignet, die Sennoner zur Unterzeichnung einer Allianz zu bewegen. Sie und die anderen Weißen würden wahrscheinlich daran arbeiten, die Zirkler dazu zu bringen, das zu akzeptieren, aber damit würde sie nicht voll ausgelastet sein.

*Da wären immer noch die Traumweber.*

Bei dem Gedanken krampfte sich ihr Magen zusammen. Seit Monaten hatte sie kaum mehr über ihre Ideen nachgedacht, wie sich die Heilkenntnisse der Zirkler verbessern ließen, um zu verhindern, dass junge Leute Traumweber werden wollten.

*Ich will den Traumwebern ja nicht schaden,* sagte sie sich. *Ich will nur die Seelen derer retten, die den Reihen der Traumweber noch nicht beigetreten sind.*

»Auraya von den Weißen. Darf ich hereinkommen?«

Dankbar für die Ablenkung blickte sie zur Tür hinüber.

»Ja, Sprecherin Sirri. Komm herein.«

Der Vorhang vor der Tür wurde beiseitegezogen, und die Siyee trat ein. Sirri trug ein Gewand, das Auraya noch bei keinem Siyee gesehen hatte. Ihre Brust und ihre Schenkel waren bedeckt mit einem Wams und einer Schürze aus hartem Leder, die kreuz und quer von Riemen durchzogen waren. Um die Brust geschnallt trug sie einen der neuen Pfeilwerfer, und auf ihrem Rücken waren ein Bogen und ein Köcher mit Pfeilen befestigt. An ihrer Hüfte hingen ein Beutel und zwei Messer.

»Du siehst nun wirklich für einen Kampf gerüstet aus«, rief Auraya.

Sirri lächelte. »Das ist gut. Mein Volk muss denken, dass seine Anführerin bereit ist, an seiner Seite zu kämpfen.«

»Das bist du gewiss«, sagte Auraya. »Wenn ich ein Pentadrianer wäre, würde ich sofort die Flucht ergreifen.«

Sirris Lächeln nahm einen grimmigen Ausdruck an. »Viel wahrscheinlicher ist, dass du in Gelächter ausbrechen würdest. Um die Wahrheit zu sagen, ich denke, wir werden eine Menge aus diesem Krieg lernen.«

Aurayas Grinsen verblasste. »Ich werde nicht so tun, als würde es keinen Preis zu zahlen geben«, erwiderte sie. »Ich hoffe allerdings, es wird kein allzu hoher Preis sein. Ich verspreche, ich werde versuchen, es zu verhindern.«

Sirri nahm Aurayas Versprechen mit einem Nicken zur Kenntnis. »Wir wissen, was uns bevorsteht. Bist du bereit?«

Auraya nickte. »Habt ihr euch schon versammelt?«

»Es ist alles aufgeladen, und wir sind bereit zu fliegen. Es müssen nur noch ein oder zwei Ansprachen gehalten werden.«

Auraya stellte ihren leeren Becher beiseite, stand auf und sah sich ein letztes Mal im Raum um, dann griff sie nach dem kleinen Bündel, das sie nach Si mitgebracht hatte, und folgte Sirri hinaus. Lange bevor sie die versammelten Siyee sah, konnte sie sie bereits hören: das Gewirr vieler Stimmen und dazu der Klang von Wasser, das über die Felsen stürzte. Als sie und Sirri sich dem Felsvorsprung über der Menge näherten, war die Luft von Pfiffen erfüllt. Auraya lächelte auf die größte Ansammlung von Siyee hinab, die sie bisher gesehen hatte.

Die Stämme waren von unterschiedlicher Größe: Einige von ihnen bestanden nur aus ein paar Dutzend Familien, andere brachten es auf tausend Personen. Von den Tausenden von Siyee hatte sich mehr als die Hälfte dieser Armee angeschlossen. Aber es waren nicht alles Krieger. Von drei Siyee waren jeweils nur zwei als Kämpfer gekleidet. Jeder Stamm brachte seine eigenen Heiler und häusliche Helfer mit, die tragbare Lauben und so viel Essen wie möglich transportierten.

Sirris Erscheinung war das Stichwort für die anderen Sprecher, nun ebenfalls vorzutreten und eine Reihe zu bilden. Auraya nahm ihren Platz ein – einige Schritte vom Ende dieser Reihe entfernt – und beobachtete, wie Sirri auf den Sprecherfelsen trat und die Arme ausbreitete.

»Volk der Berge. Stämme der Siyee. Schaut euch an!« Sirri grinste. »Was für ein kämpferisches Bild wir abgeben!«

Die Siyee schrien und pfiffen zur Antwort. Sirri nickte und hob die Arme noch ein wenig höher.

»Heute verlassen wir unsere Heimat und fliegen in den Krieg. Wir tun das, um ein Versprechen zu halten. Was war das für ein Versprechen? Wir wollten einem Freund helfen. Unsere Verbündeten unter den Landgehern benötigen unsere Unterstützung. Sie brauchen uns, die Siyee, damit wir ihnen helfen, sich gegen Eindringlinge zu verteidigen. Wir wissen, was das für ein Gefühl ist.« Sirris Gesichtszüge verhärteten sich. »Wir kennen den Schmerz, Land und Leben an Eindringlinge zu verlieren. Doch das wird jetzt ein Ende haben, denn unsere neuen Verbündeten halten ebenfalls ihre Versprechen. Gestern Abend hat mir Auraya von den Weißen die gute Nachricht überbracht, dass der König von Toren seinem Volk befohlen hat, unser Land zu verlassen.«

Die Pfiffe, die dieser Ankündigung folgten, waren ohrenbetäubend. Der Lärm wollte einfach nicht mehr enden. Sirri winkte Auraya zu sich. Als Auraya neben die Sprecherin trat, kehrte langsam wieder Ruhe ein.

»Volk von Si, ich danke euch«, sagte sie. »Indem ihr meinem Volk eure Unterstützung schenkt, helft ihr uns, uns gegen einen schrecklichen Feind zu verteidigen. Seit vielen Jahren hören wir Gerüchte über diese barbarischen Völker des südlichen Kontinents, aber sie waren zu weit entfernt, um uns wirklich Sorgen zu bereiten. Wir haben gehört, dass sie Männer und Frauen versklaven und dass die Anhänger des pentadrianischen Kults ihrem Volk eigenartige und widernatürliche Riten aufzwingen. Wir wissen, dass sie dem Krieg um der bloßen Gewalt wegen huldigen. Jetzt sind diese Pentadrianer ausgezogen, um ihre verderbten Sitten zu verbreiten. Sie wollen mein Volk vernichten und ganz Ithania versklaven.«

Sie hielt inne. Die Menge schwieg jetzt, und Auraya spürte die aufkeimende Angst.

»Sie werden scheitern!«, erklärte sie. »Denn Männer und Frauen, die dem Krieg um der Gewalt willen huldigen, sind keine wahren Krieger, wie wir es sind. Männer und Frauen, die ein anderes Land überfallen, werden nicht von der Leidenschaft geleitet, ihre Heimat zu verteidigen, wie es bei *uns* der Fall ist. Und das Wichtigste, Männer und Frauen, die heidnischen Kulten folgen, genießen nicht den Schutz der wahren Götter …« Sie wartete einen Moment, dann sprach sie leise, aber entschieden weiter: »… so wie wir es tun.«

Sie legte die Hände zusammen, um das Zeichen des Kreises zu formen. »Als eine der Weißen bin ich eure Verbindung zu den Göttern. Ich werde eure Übersetzerin und Dolmetscherin sein. Ich bin stolz darauf, das Bindeglied zwischen einem solchen Volk und den Göttern zu sein. Ich bin stolz darauf, eine Armee wie diese begleiten zu dürfen.«

*Und ich bin stolz darauf, ein solches Volk geschaffen zu haben.*

In den Gesichtszügen der Menschen unter Auraya ging eine jähe Veränderung vor. Ihre Augen weiteten sich, und sie öffneten den Mund. Auraya spürte ihre Ehrfurcht wie einen Windstoß, und gleichzeitig nahm sie die Göttin an ihrer Seite wahr. Während sie sich Huan zuwandte, ließen die Siyee sich ausnahmslos zu Boden fallen. Huan hob die Hand und bedeutete Auraya, stehen zu bleiben.

*Erhebt euch, Männer und Frauen von Si,* sagte Huan.

Langsam standen die Siyee auf und blickten voller Ehrfurcht zu der Göttin empor.

*Es freut mich zu sehen, dass ihr heute hier zusammengekommen seid. Ihr seid stark und zahlreich geworden. Ihr seid bereit, euren Platz unter den Völkern Nordithanias einzunehmen. Ihr habt große Klugheit bei der Wahl eurer Verbündeten bewiesen. Und in Auraya werdet ihr nicht nur eine Verbündete haben, sondern auch eine treue*

*Freundin. Sie liebt euch mehr, als es die Pflicht von ihr verlangt. Alle Weißen werden euch schützen, so gut sie können. Aber eure Zähigkeit als Volk ist es, die euer Überleben in der Zukunft sichern wird, nicht Auraya oder ich. Seid stark, aber seid auch weise, Volk von Si. Wisset um eure Stärken und eure Schwächen und haltet aus.*

Die Göttin lächelte, dann verblasste ihre leuchtende Gestalt und verschwand. Sirri sah mit immer noch geweiteten Augen zuerst Auraya an, dann die versammelten Siyee.

»Wir haben die Worte der Göttin Huan gehört. Lasst uns nicht länger warten. Lasst uns in den Krieg fliegen!«

Sie nickte den Sprechern zu, die unverzüglich an den Rand des Felsvorsprungs traten und zu ihren Stämmen hinunterflogen. Dann drehte sich Sirri wieder zu Auraya um.

»Ich hatte eine flammende Abschiedsrede geplant, aber jetzt habe ich vollkommen vergessen, was ich sagen wollte«, gestand sie leise.

Auraya lächelte und zuckte die Achseln. »Ein Besuch der Götter kann durchaus eine solche Wirkung haben.«

»Es spielt keine Rolle. Wichtig ist nur, dass wir voller Zuversicht in den Kampf ziehen, und gerade diese Zuversicht hat Huan uns eben vermittelt. Also, es sieht so aus, als würde mein Stamm darauf brennen, endlich in die Luft zu kommen. Möchtest du mit uns fliegen?«

Auraya nickte. »Sehr gern, vielen Dank.«

Sirri lächelte und gab ihr ein Zeichen, dann sprangen sie beide vom Felsvorsprung. Der Stamm der Sprecherin gesellte sich unverzüglich zu ihnen, und ein Stamm nach dem anderen folgte ihrem Beispiel. Auraya betrachtete die Wolke fliegender Geschöpfe, und Staunen machte sich in ihr breit.

Aber dem Staunen folgte ein Stich der Sorge. *Dies wird ihr erster Krieg sein,* dachte sie. *Sie können unmöglich wirklich auf das vorbereitet sein, was ihnen bevorsteht.* Sie seufzte. *Und für mich gilt dasselbe.*

# Teil 3

# 33

*Ebenen sollten doch eigentlich flaches Land sein, nicht wahr?,* dachte Danjin, als er den Hügel erklomm. Die Goldebenen ließen sich am besten mit dem Ausdruck »gewellt« beschreiben. Im westlichen Teil war die Landschaft weniger hügelig, aber hier im Osten konnte man sie nur im Vergleich zu den zerklüfteten Bergen am Rand der Ebene als flach bezeichnen.

Auch dem anderen Teil ihres Namens wurde die Landschaft nicht gerecht. Die Ebenen waren nur im Sommer golden, wenn die Gräser gelb wurden. Jetzt, direkt nach dem Winter, konnte man eine Mischung gesunder grüner neuer Setzlinge unter den alten, dunkleren Pflanzen sprießen sehen.

Auf dem Kamm des Hügels angekommen, blieb Danjin stehen. Sein schwerer Atem klang seltsam laut an diesem ruhigen Ort. Er drehte sich um, und sein Unbehagen war schlagartig vergessen. Unter ihm erstreckte sich das größte Armeelager, das er je gesehen hatte.

*Das* einzige *Armeelager, das ich je gesehen habe,* korrigierte er sich. *Aber dieses hier ist gewiss größer als jedes Lager, von dem ich je gelesen habe.*

In einem großen, von niedrigen Hügeln gesäumten Tal konnte er Männer, Frauen, Tiere, Tarns, Plattans und Zelte erkennen. Das Gras, das den Ebenen ihren hübschen Namen eingetragen hatte, war inzwischen zu Schlamm zertrampelt. Das Licht der späten Nachmittagssonne berührte eine braune Linie, die auf der einen Seite in das Tal führte und sich auf der anderen in die Berge fortsetzte. Ein breiterer Streifen zertretenen Grases am westlichen Rand dieser Straße verriet, aus welcher Richtung die Armee gekommen war. In der Mitte des Tals stand ein großes Zelt, das, obwohl es jeden Abend neben der schlammigen Hauptdurchgangsstraße des Lagers aufgeschlagen worden war, seine weiße Farbe bewahrt hatte. Dies war der Ort, an dem der Kriegsrat der Weißen zu tagen pflegte.

Es war schwer, sich vorzustellen, dass irgendeine Armee dieser hier etwas entgegenzusetzen haben könnte. Danjin betrachtete die Berge im Osten. Selbst aus dieser Entfernung wirkten sie wild und unpassierbar. Er war zu weit entfernt, um die Straße sehen zu können, die sich den Pass hinaufschlängelte. Aber irgendwo jenseits dieser Gipfel befand sich eine weitere Armee, und nach allen Berichten war sie noch größer als die, die er vor sich hatte.

Er schöpfte einen gewissen Trost aus der Tatsache, dass sich das Heer der Zirkler noch nicht zur Gänze versammelt hatte. Bisher bestand es nur aus drei Nationen: Hania, Somrey und Genria – wobei Letztere sich der Truppe einige Tagesreisen von Jarime entfernt angeschlossen hatte. Die torenische Armee sollte ebenfalls in einigen Tagen zu ihnen stoßen, die Dunweger waren nicht viel weiter entfernt, und die Siyee … die Siyee wurden jeden Augenblick erwartet. Danjin wandte der Armee den Rücken zu und schaute nach Süden. Der Himmel war wolkenlos, abgesehen von einem dunklen Fleck in der Nähe des Horizonts. *Sie hat gesagt, sie hätten die Ebenen erreicht,* dachte er. *Also, wo sind sie?*

Er starrte in den Himmel, bis das grelle Licht ihm Tränen in die Augen trieb. Schließlich wandte er den Blick ab und wischte sich mit dem Ärmel übers Gesicht. Leise Schritte holten ihn jäh in seine Umgebung zurück, und als er sich umdrehte, sah er einen Soldaten näher kommen. Es war einer der vielen Wachposten, die in den Hügeln rund um das Lager unterwegs waren.

»Ist alles in Ordnung?«, fragte der Mann.

»Ja, danke«, antwortete Danjin. »Es ist nur das grelle Licht des Himmels.«

Der Mann schaute nach Süden und beschattete die Augen mit der Hand. »Würdest du dir einmal diese Wolke ansehen?«

Danjin folgte dem Blick des Mannes. Der dunkle Fleck war größer geworden und… zersplitterte sich jetzt in viele winzige Punkte. Sein Herz setzte einen Schlag aus.

»Sie sind es«, murmelte er.

Danjin ließ den verwirrten Soldaten stehen und eilte den Hügel hinunter. Als er die ersten Zelte erreichte, verlangsamte er seinen Schritt. Einige Soldaten beobachteten ihn; sie hielten stets Ausschau nach Anzeichen von Nervosität bei den Führern der Armee und ihren Ratgebern.

Als er an die Hauptdurchgangsstraße kam, sah Danjin, dass Juran, Dyara, Rian und Mairae bereits vor dem weißen Zelt standen, den Blick zum Himmel gerichtet. Der alte genrianische König, Guire, stand bei seinem Gefolge. Meeran, der Vermittler des somreyanischen Rats, war zu dem Ältesten der Zirkler, Haleed, getreten. Ein dunwegischer Botschafter, Jen von Rommel, hatte sich zu dem dunwegischen Priester gesellt, der ihn stets begleitete und dessen hauptsächliche Rolle anscheinend darin bestand, den Weißen eine Möglichkeit zu geben, sich mit den abwesenden dunwegischen Führern in Verbindung zu setzen.

Danjin ging auf die kleine Gruppe von Ratgebern zu. Ihm fiel auf, dass die neue Traumweberratgeberin zugegen war. Raeli nahm nur selten an den Zusammenkünften des Kriegsrats teil, und wenn sie es doch einmal tat, wirkte sie unnahbar und desinteressiert. Als sie seinen Blick spürte, drehte sie sich zu ihm um, und er nickte höflich. Sie wandte sich ab. Danjin unterdrückte einen Seufzer.

*Ich glaube, ich vermisse Leiard tatsächlich. Er war nicht viel redseliger als diese Frau, aber er war … was genau? Er war zumindest zugänglich.*

Raeli hatte ihre Aufmerksamkeit auf den Himmel gerichtet. Er drehte sich gerade rechtzeitig um, um die ersten Siyee über dem Hügel auftauchen zu sehen, den er soeben erklommen hatte. Zwei von ihnen kreisten einmal über dem Tal, dann ergoss sich plötzlich eine große Zahl der Geflügelten über den Kamm des Hügels. Als Tausende von Siyee über dem Tal niedergingen, hörte Danjin überall um sich herum Ausrufe des Erstaunens. Auch sein eigenes Herz schlug schneller vor Aufregung. Die Siyee zogen ein paar Kreise, dann ließen sie sich langsam zu Boden sinken. Das Schlagen ihrer Flügel klang wie ein plötzlich aufkommender Wind, und der Aufprall vieler Tausend Füße auf dem Boden erinnerte an das Klatschen von schwerem Regen.

Sobald sie gelandet waren, stach ihre Kleinwüchsigkeit plötzlich ins Auge. Ihr kindliches Aussehen wurde jedoch von ihrer Kleidung und ihren Waffen gemildert. Im Gegensatz zu den beiden Boten, die nach Jarime gekommen waren, hatten diese Siyee Bögen, Köcher mit Pfeilen und Messer, und außerdem trugen sie, über ihre ledernen Wämser und Hosen geschnallt, etwas, das wie Blasrohre aussah. Männer wie Frauen hatten kurzes Haar, muskulöse Körper und eine stolze Ausstrahlung. Dies waren Krieger, klein, aber kämpferisch.

»Interessant. Sehr interessant.«

Danjin sah sich nach dem Sprecher um. Es war Lanren Liedmacher, der militärische Ratgeber, den die Weißen inzwischen den anderen vorzogen. Der Mann schaute zu Danjin hinüber und lächelte grimmig.

»Ich verstehe, welchen Nutzen diese Leute für uns haben könnten.«

»Auraya ist jedenfalls davon überzeugt«, erwiderte Danjin.

»Da kommt sie!«

Danjin drehte sich gerade rechtzeitig um, um zu sehen, wie Auraya vor den Weißen zu Boden schwebte. Eine Siyee landete neben ihr.

Auraya lächelte. »Dies ist Sirri, die Sprecherin des Stamms vom kahlen Berg und Oberste Sprecherin der Siyee.«

Juran trat vor und machte mit beiden Händen das Zeichen des Kreises. »Willkommen, Sprecherin Sirri, willkommen, ihr anderen Siyee. Wir sind froh und dankbar, dass ihr einen so weiten Weg auf euch genommen habt, um uns bei der Verteidigung unseres Landes zu helfen.«

Auraya wandte sich der anderen Frau zu und stieß eine Abfolge von Pfiffen und eigenartigen Lauten aus. *Sie übersetzt,* ging es Danjin durch den Sinn.

Als Sirri antwortete, übersetzte Auraya für die Zuhörer. Danjin betrachtete die Gesichter der Menschen um ihn herum. Die meisten starrten die Siyee an. Einige wirkten fasziniert, andere erheitert. Die Traumweberratgeberin schien so desinteressiert wie immer, während Lanren Liedmacher seine Aufregung nur mühsam unterdrücken konnte.

Die Siyee reagierten auf diese Musterung in unterschiedlicher Weise. Einige beäugten die Menschen wachsam, andere hielten den Blick fest auf ihre Anführerin und die Weißen gerichtet. Danjin bemerkte die Ähnlichkeiten und die Unterschiede in ihrer Gewandung und auch den Umstand, dass sie sich zu Gruppen zusammengefunden hatten – wahrscheinlich nach Stämmen geordnet.

Das Gespräch endete, als Juran die Stimme hob, um die Siyee in ihrer eigenen Sprache anzusprechen. Danjin lächelte schief. Es ärgerte ihn beinahe, dass eine simple, von den Göttern geschenkte Gabe Kenntnisse überflüssig machen konnte, auf deren Erlernung er hätte Jahre verwenden müssen.

Als die Siyee sich mit ihrer Anführerin über die Durchgangsstraße entfernten, um ihr Lager aufzuschlagen, trat Auraya zu den Weißen. Sie sah zu Raeli hinüber, die ihren Blick ausdruckslos erwiderte, dann wandte sie sich in Danjins Richtung und lächelte.

*Hallo, Danjin Speer.*

*Willkommen zurück,* erwiderte er.

*Danke. Wir haben einander eine Menge zu erzählen.*

*Das haben wir allerdings. Ich muss dich warnen, Juran hat die Neigung zu vergessen, dass Sterbliche Nahrung und Schlaf brauchen. Es könnte schwierig sein, Zeit für ein solches Gespräch zu finden.*

*Dann werde ich ihn eben an diese Bedürfnisse der Sterblichen erinnern müssen.*

Sobald die Siyee davongegangen waren, um ihr Lager aufzuschlagen, lud Juran sie alle in das Zelt ein. Lanren Liedmacher beobachtete, wie die strenge Hierarchie der Macht einmal mehr ihren Niederschlag fand. Der Anführer der Weißen sah zuerst den König von Genria an, da der Mann der einzige Anwesende von königlicher Abstammung war. Als Nächstes traten die Somreyaner ein, denn der Vermittler bekleidete in seinem Land die Rolle des Herrschers. Die beiden Dunweger folgten als Repräsentanten ihrer Heimat. Lanren war neugierig zu sehen, welchen Platz der König von Toren einnehmen würde, da die beiden Könige die gleiche Position bekleideten. Guire war ein vernünftiger Monarch, aber von Berro war bekannt, dass er unhöflich und schwierig war.

Anschließend gingen die Ratgeber in das Zelt, wobei keine

bestimmte Reihenfolge eingehalten wurde. Die Weißen wollten nicht, dass einer sich wichtiger vorkam als ein anderer, dennoch hielt Lanren es für klug, den persönlichen Ratgebern der Weißen den Vortritt zu lassen. Sie standen den Weißen viel näher und arbeiteten schon sehr viel länger für sie.

Er folgte Danjin Speer zum Eingang des Zelts. Lanren hatte festgestellt, dass der jüngste der Gebrüder Speer ein intelligenter, gebildeter und besonnener Mann war – vor allem in diesem letzten Punkt unterschied er sich sehr von seinen Brüdern. Bisher hatte Danjin einen etwas verlorenen Eindruck gemacht, wahrscheinlich weil Auraya nicht da war und der Ratgeber nicht mehr Wissen über Kriege anzubieten hatte, als man in den Geschichtsbüchern finden konnte.

In Fragen der Strategie und des Kampfes war Lanren der »Experte«. Er fühlte sich zwar keineswegs sicher auf diesem Gebiet, aber außer ihm waren nur wenige andere infrage gekommen. Niemand konnte ein Experte in Kriegsbelangen sein, da es während der letzten hundert Jahre in Nordithania kaum mehr als einige wenige geringfügige bewaffnete Auseinandersetzungen gegeben hatte. Lanren hatte von Kindesbeinen an Kriege und Strategien studiert und die meisten der kleinen Scharmützel oder Aufstände beobachtet, die es während der letzten fünfzig Jahre gegeben hatte. Einige Jahre hatte er auch in Dunwegen verbracht, um die Kriegerkultur des Landes zu studieren, und vor mehr als einem Jahrzehnt war er einige Monate in Avven gewesen, wo sich ihm die Möglichkeit geboten hatte, den militärischen Kult der Pentadrianer zu beobachten – wenn auch nur aus der Ferne.

Als er das Zelt betrat, fiel ihm auf, dass alles genauso angeordnet war wie an jedem der vergangenen Abende. Mehrere Stühle, alle gleich groß und gleich schmucklos, bildeten einen Kreis. In der Mitte stand ein großer Tisch mit fünf Seiten, auf dem eine wunderschöne Karte lag. Es war eine prächtige Arbeit – das Beste, was er je gesehen hatte –, in kräftigen Farben auf Pergament gemalt.

Juran sah Auraya an. »Die dunwegischen Truppen haben die Südgrenze ihres Landes erreicht und warten auf unsere Entscheidung. Vor deiner Ankunft haben wir darüber gesprochen, was sie tun sollen: zu uns stoßen oder in Dunwegen bleiben.«

Sie blickte auf die Karte hinab. »Über diese Frage habe ich während meiner Reise ebenfalls nachgedacht. Beide Möglichkeiten bergen ein Risiko.« Sie schaute zu dem dunwegischen Botschafter hinüber. »Ich verstehe die Angelegenheit folgendermaßen, Jen von Rommel: Wenn die Dunweger auf dieser Seite der Berge zu uns stoßen, wird Dunwegen einem Angriff relativ wehrlos ausgesetzt sein, sollte die Armee der Pentadrianer nach Norden abschwenken. Es scheint mir nicht recht, dein Volk zu bitten, seine Grenzen ungeschützt zu lassen, um uns zu helfen. Allen Berichten zufolge ist die pentadrianische Armee gewaltig. Die dunwegischen Kämpfer sind berühmt für ihre Fähigkeiten in der Schlacht, aber unsere Spione haben gemeldet, dass die Kriegersekten der Pentadrianer ebenfalls herausragende Soldaten hervorbringen. Aus unseren Begegnungen mit den schwarzen Zauberern wissen wir, dass sie mächtiger sind als alle Zauberer in Dunwegen. Selbst wenn sämtliche dunwegischen Kämpfer zum Schutz ihrer Heimat zurückblieben, befürchte ich, würde das Land dennoch fallen.«

Der dunwegische Botschafter runzelte die Stirn, dann nickte er zustimmend.

»Wenn sie tatsächlich zu Hause blieben«, sprach Auraya weiter, »und die Pentadrianer würden nicht gegen sie kämpfen, sondern ihren Weg durch die Berge fortsetzen, besteht die Möglichkeit, dass unsere Armee den gut ausgebildeten pentadrianischen Kriegern nichts entgegenzusetzen hätte. Ich muss diese Frage stellen: Sollte diese Armee fallen, wie lange könnte Dunwegen standhalten?«

»Dann willst du also, dass wir die Berge überqueren?«

Auraya nickte. »Ja, aber …« Sie hielt inne und sah Juran an. »Vielleicht nicht alle Truppen. Vielleicht sollten einige Dunweger in ihrer Heimat bleiben. Falls die Pentadrianer in Dunwegen einfallen, können eure Krieger ihr Fortkommen verlangsamen und uns auf diese Weise Zeit verschaffen, um die Berge zu überqueren und uns dem Feind entgegenzustellen.«

*Diese Leute werden keinen Unterschied machen,* dachte Lanren. *Aber … ich glaube, sie weiß das. Sie möchte den Dunwegern lediglich ein gewisses Gefühl von Sicherheit geben. Es wird jedoch nicht funktionieren. Sie kennen sich zu gut in militärischen Fragen aus, um sich von einer solchen Illusion in Sicherheit wiegen zu lassen.*

Juran wandte sich zu Lanren um und schüttelte den Kopf. »Einige wenige Kämpfer würden eine Armee von der Größe, wie unsere Feinde sie aufgestellt haben, nicht verlangsamen können.«

»Er hat recht«, stimmte der dunwegische Botschafter zu.

»Darf ich einen Vorschlag machen?«, warf Lanren ein.

Juran nickte.

»Wir wissen, dass die Pentadrianer sich nicht weit von den Bergen entfernt befinden«, sagte Lanren. »Je mehr Zeit wir haben, um unsere Position auf dem Pass zu erreichen und zu befestigen, desto besser. Sollten die dunwegischen Krieger durch die Berge kommen, könnten sie Fallen aufstellen, um das Fortkommen der Pentadrianer zu verlangsamen.« *Und sie werden ihren Spaß dabei haben,* fügte Lanren in Gedanken hinzu.

Juran lächelte. »Das wäre durchaus möglich.« Er sah die anderen Weißen an, die ihm alle mit einem kurzen Nicken antworteten. Dann wandte er sich wieder an den dunwegischen Botschafter. »Bitte, übermittle I-Portak unsere Einschätzung der Lage und unsere Vorschläge. Teile ihm mit, dass es uns lieber wäre, wenn er hier zu uns stoßen würde, aber offenbare ihm auch das Risiko, das ein solcher Schritt birgt. Wir werden die Entscheidung ihm überlassen.«

Der Botschafter nickte. »Ich werde deinem Wunsch Folge leisten.«

Juran schaute auf die Karte hinab, schürzte die Lippen und straffte sich dann. »Die Berichte des heutigen Abends über die Position der Pentadrianer sind noch nicht eingetroffen. Lasst uns zeitig essen und dann wieder herkommen, um unsere Reise zum Pass zu erörtern. Ich würde gern auch die Siyee an diesem Gespräch beteiligen.«

Viele der Anwesenden im Zelt wirkten erleichtert. Lanren unterdrückte ein Lächeln. Obwohl keiner von ihnen seit ihrem Aufbruch aus Jarime mehr als einige wenige Schritte zu Fuß getan hatte, waren sie alle müde. Sie hatten in den Nächten kaum Schlaf gefunden, da ihre Erörterungen im Allgemeinen bis weit nach Mitternacht dauerten. Lanren war nicht der Einzige, der sich daran gewöhnt hatte, aufrecht sitzend in einem schaukelnden Tarn zu schlafen.

Wie immer blieb Lanren hinter den anderen zurück und beobachtete, wer mit wem das Zelt verließ. Er sah, wie Auraya Danjin Speers Blick suchte. Der Mann wirkte bereits nicht mehr gar so verloren. Dann kam plötzlich etwas Kleines in das Zelt gesprungen und stürzte sich auf Auraya.

»Owaya! Owaya!«

Ein kleines, graues Geschöpf lief Aurayas Zirk hinauf und auf ihren Rücken. Dann begann der Veez, keuchend vor Anstrengung, von einer ihrer Schultern auf die andere zu hüpfen.

»Hallo, Unfug«, sagte Auraya mit vor Erheiterung leuchtenden Augen. »Ich freue mich ebenfalls, dich zu sehen. Komm, lass dich – ich möchte dich nur –, *wirst* du endlich für einen Moment still halten?«

Er wich ihrer Hand aus, dann hielt er inne, um ihr die Ohren zu lecken.

»Ah! Unfug! Hör auf damit!«, rief sie. Sie zuckte leicht zusammen, nahm ihn von ihrer Schulter und hielt ihn dann mit einer Hand fest an sich gedrückt, während sie ihm mit der anderen den Kopf kraulte. Die kleine Kreatur blickte hingebungsvoll zu ihr auf.

»Owaya zu Hause.«

»Ja, und ich habe Hunger«, erklärte sie ihm. Dann sah sie Danjin an. »Und was ist mit dir?«

»Ich auch«, antwortete Danjin.

Ihr Lächeln wurde breiter. »Dann wollen wir doch mal sehen, was wir an Essbarem auftreiben können. Du kannst mir erzählen, was Unfug getrieben hat, während ich fort war.«

»Eine Menge«, erwiderte Danjin trocken.

Als sie das Zelt verließen, verspürte Lanren eine vertraute Regung, die sich in seinen Gedanken festsetzte. Es war ein Gefühl, das ihn immer überkam, wenn er etwas gesehen hatte, das sich vielleicht als wichtig erweisen könnte. Und es hing mit diesem kurzen Zwischenspiel zusammen, das er soeben beobachtet hatte.

Oder waren es einfach die verschiedenen Möglichkeiten, die dem Veez selbst zu eigen waren, die seine Aufmerksamkeit fesselten? Diese Tiere konnten sehr nützlich als Späher oder Kuriere sein.

Sein Magen knurrte. Kopfschüttelnd schob Lanren den Gedanken beiseite und machte sich auf den Weg, um etwas zu essen.

Noch lange nach Mitternacht ging Auraya in ihrem Zelt auf und ab. Der Kriegsrat hatte sich über etliche Stunden erstreckt. Zuerst war die Zeit wie im Flug vergangen, aber im Laufe der Stunden hatte die Anwesenheit der neuen Traumweberratgeberin Auraya immer deutlicher an die Fragen erinnert, die sie Leiard stellen wollte.

Aus Raelis Gedanken wusste sie, dass die Frau keine Ahnung hatte, warum Leiard von dem Posten zurückgetreten war. Die Antwort darauf konnte Auraya mühelos erraten. Jeder der anderen Weißen hätte nur seine Gedanken zu lesen brauchen, um von ihrer Affäre zu erfahren. Leiard musste zurückgetreten sein, um das zu verhindern.

Ihr Gewissen regte sich. Wenn ihr in jener Nacht, als sie ihn in ihr Bett genommen hatte, die Konsequenzen ihres Tuns klar gewesen wären … Aber in Augenblicken der Leidenschaft dachte man nicht wirklich nach. So hieß es jedenfalls in den Märchen, die von Liebe und Heldentum erzählten. Und selbst in diesen Geschichten hatte verbotene Liebe immer einen Preis. Offensichtlich war auch Leiard nicht bewusst gewesen, welche Probleme sie sich einhandeln würden. Selbst wenn sie sich in jener Nacht zurückgehalten hätten, wäre die Offenbarung ihrer Liebe zueinander nicht zu leugnen gewesen. Das zumindest hätten die Weißen aus seinen Gedanken lesen können.

*Besteht die Chance, dass sie meine Wahl eines Geliebten akzeptieren könnten? Ich bezweifle, dass sie glücklich darüber wären, aber mit der Zeit würden sie vielleicht sogar einen gewissen Nutzen in unserer Verbindung sehen. Wir könnten zu einem Symbol der Einheit zwischen Zirklern und Traumwebern werden.*

Es war schön und gut, von etwas Derartigem zu träumen, solange sie nicht wusste, wo er war oder – bei diesem Gedanken krampfte sich ihr Magen zusammen – ob er noch immer genauso für sie empfand. Während des Essens hatte sie Danjin gefragt, ob er Leiard gesehen habe. Er hatte keine Ahnung, wo sich Leiard oder die anderen Traumweber aufhielten. Sie wusste, dass sie es vorzogen, nicht mit Armeen zu reisen oder bei kriegerischen Auseinandersetzungen für eine Seite Partei zu ergreifen, aber sie konnten nicht allzu weit entfernt sein. Ihr Bestimmungsort war derselbe wie der beider Armeen: das Schlachtfeld.

Sie hätte eigentlich schlafen sollen, wusste aber, dass sie kein Auge würde zutun können. Morgen würde Juran von ihr erwarten, dass sie die Armee zusammen mit den anderen Weißen in den Krieg führte. Diese wenigen Nachtstunden waren ihre einzige Gelegenheit, um nach Leiard zu suchen.

Als sie den Eingang des Zelts erreichte, hörte sie eine leise, gedämpfte Stimme.

»Owaya gehen?«

Sie sah zu dem Korb hinüber, den Unfug als sein Bett erwählt hatte. Zwischen den Decken erschienen ein kleiner Kopf und zwei leuchtende Augen.

»Ja«, sagte sie. »Unfug bleiben.«

»Unfug Owaya gehen.«

Auraya hielt inne, da sie sich nicht sicher war, was der Veez mit diesen Worten meinte. Das Tier sprang aus dem Korb und hüpfte an ihr vorbei. Einige Schritte von ihr entfernt blieb der Veez stehen und drehte sich zu ihr um.

»Unfug Owaya gehen«, wiederholte er.

Er wollte sie begleiten. Sie lächelte, dann schüttelte sie den Kopf.

»Auraya fliegen«, erklärte sie ihm.

Er blickte zu ihr auf. »Unfug Owaya fliegen.«

Verstand er wirklich, was sie sagte? Sie konzentrierte sich auf seine Gedanken und sah eine leuchtende Mischung aus Bewunderung und Eifer. Sie versuchte, dem Tier ein Gefühl davon zu vermitteln, was es hieß, sich über den Boden zu erheben. Der Veez zitterte vor Erregung, dann quiekte er und lief über ihren Körper zu ihrer Schulter hinauf.

Ob er wirklich verstand, wusste sie nicht. Wenn sie sich ein wenig in die Luft erhob, würde er es vielleicht mit der Angst bekommen und herunterspringen. Dann würde er die Bedeutung des Wortes »fliegen« verstehen und wissen, dass er nicht mit ihr kommen konnte.

Sie trat hinaus und ließ sich langsam emporschweben. Der Veez grub seine Krallen fester in ihre Schulter, aber sie fing keine Furcht von ihm auf. *Natürlich nicht,* überlegte sie. *Er klettert ständig Wände hinauf und huscht an der Decke entlang.*

Um seine Zuversicht auf die Probe zu stellen, stieg sie höher auf. Die einzige Veränderung in seiner Stimmung war eine wachsende Spannung. Als sie unter sich die Zelte sehen konnte, bewegte sie sich langsam vorwärts. Unfug schmiegte sich an sie und genoss den Luftzug, der seinen Pelz zerzauste.

*Es gefällt ihm,* staunte sie. *Wer hätte das gedacht? Ich hoffe nur, dass seine Vorstellung von Höhe ihm auch sagt, wann er zu hoch ist, um noch ohne Gefahr hinunterspringen zu können …*

Sie hatte mittlerweile den Rand des Lagers erreicht und folgte der Wölbung eines Hügels weiter nach oben. Über der Kuppe hielt sie inne, um sich umzusehen.

Dann machte sie sich auf die Suche nach Leiard.

# 34

Tryss betrachtete die vielen Hundert Lagerfeuer unter ihm und lächelte. Aus der Ferne war es ein Leichtes, sich diesen Landgehern überlegen zu fühlen. Er und Drilli hatten am vergangenen Abend darüber gesprochen. Zum einen blickten diese Leute kaum je einmal auf. Wahrscheinlich hatten sie das bisher auch nur selten nötig gehabt. Wenn die Pentadrianer die gleiche Schwäche hatten, wäre das ein großer Vorteil bei der bevorstehenden Schlacht.

Ein weiterer Schwachpunkt der Landgeher war ihre *Langsamkeit*. Die Siyee konnten in ein oder zwei Stunden die Strecke zurücklegen, für die der Rest der Armee zu Fuß einen ganzen Tag benötigte. Es war schnell offenbar geworden, dass die Siyee der zirklischen Armee nicht zum Schlachtfeld *folgen* würden. Es hatte keinen Sinn, im Kreis zu fliegen, während die Landgeher über die Ebenen marschierten, daher hatte Sirri angeboten, mit den Siyee vorauszufliegen, um der Armee einen günstigen Lagerplatz für die kommende Nacht zu suchen. Juran hatte ihren Vorschlag angenommen.

Es hatte keinen Grund zur Eile gegeben, daher hatten sie sich reichlich Zeit gelassen, um sich das Gelände anzusehen. Die Ebenen waren eine für sie völlig unvertraute Landschaft. Sie waren tief darüber hinweggeflogen und hatten dabei Vogelschwärme und Herden von kleinen, feinknochigen Tieren aufgeschreckt, die die Landgeher Lyrim nannten. Diese Geschöpfe boten ihnen eine hervorragende Möglichkeit, den Umgang mit Geschirr und Blasrohr zu üben. Tryss und Drilli hatten einen der vielen Jägertrupps angeführt. Am Ende des

Tages hatten sie mehr Tiere erlegt, als sie essen konnten. Das restliche Fleisch hatten sie gekocht und am Abend der Landgeherarmee überlassen.

Diese Geste hatte ihnen große Beliebtheit bei der Armee eingetragen. Die Landgeher hatten ihnen mit ihren Bechern zugeprostet und ihre Weinration nach der Mahlzeit den Siyee gewidmet. Dies war auch einer dieser Bräuche, der die Siyee erheiterte.

Bei einer kleinen Gruppe von Landgehern, die früh am nächsten Morgen erschienen, hatte die Jagd ihnen jedoch keine gute Meinung eingetragen. Anscheinend hatten diese Lyrim-Herden ihnen gehört. Juran hatte diesen Männern Beutel mit Metallmünzen gegeben, die die Landgeher als Geld benutzten, und als die Lyrim-Hirten wieder aufgebrochen waren, hatten sie zwar grimmig dreingeblickt, waren aber zumindest nicht mehr wütend gewesen.

Wann immer er sich unter den Landgehern bewegte, verschwanden jedoch alle Gefühle von Überlegenheit. Ihre Größe genügte, um jeden Siyee einzuschüchtern, aber wahrhaft ernüchternd war es, sie zu beobachten, wenn sie sich im Umgang mit ihren Waffen übten. Viele dieser Kämpfer waren recht überheblich. Einmal hatte einer von ihnen Tryss und einige andere Siyee offen verhöhnt. Als Auraya später von dem Zwischenfall gehört hatte, war sie sehr ärgerlich gewesen. Sie hatte ihnen erklärt, dass einige Landgeher es für unehrenhaft und feige hielten, einen Menschen aus der Ferne zu töten, statt im Kampf Mann gegen Mann. Das war auch der Grund, warum sie den Bogenschützen der Landgeher Verachtung entgegenbrachten. Aber diese Leute waren groß und stark, hatte Auraya weiter erklärt, und für sie sei der Kampf Mann gegen Mann genau das Richtige. Nur könnte die Armee nicht bloß aus großen, starken Kerlen bestehen, dann brächte man nämlich nur einen denkbar kleinen Haufen zusammen. Und an der Meinung solcher Dummköpfe sollten sich die Siyee gar nicht stören.

»Tryss!«

Jäh aus seinen Gedanken aufgeschreckt, sah Tryss sich um. Sprecherin Sirri kam mit einem Aufwind auf ihn zugeflogen. Kurz darauf landete sie neben ihm auf dem Hügel.

»Der Kriegsrat wird gleich beginnen«, rief sie. »Ich möchte, dass du mich begleitest.«

»Ich?«, rief er aus.

»Ja. Ich darf wahrscheinlich einige Begleiter mitbringen, aber ich bezweifle, dass man mir gestatten würde, alle vierzehn Sprecher mitzunehmen. Ich möchte lieber keine Wahl zwischen ihnen treffen, deshalb werde ich stattdessen jemand anderen mitnehmen.«

Sein Herz raste. »Ich weiß nichts darüber, wie man einen Krieg plant!«

Sie lachte. »Ich auch nicht! Aber eines weiß ich. Du bist klug. Und du denkst anders als ich. Es hätte keinen Sinn, jemanden mitzunehmen, der genauso denkt wie ich, denn der Betreffende würde wahrscheinlich nur die gleichen Probleme sehen und die gleichen Ideen haben wie ich. Ich brauche einen Begleiter, der versteht, was ich *nicht* verstehe.«

»Es wäre möglich, dass ich überhaupt nichts verstehe.«

»Das bezweifle ich. Also, kommst du mit?«

Er grinste. »Ja!«

»Gut!«

Sie erhob sich in die Luft, und er folgte ihr. Gemeinsam glitten sie auf das weiße Zelt zu, wo sich eine kleine Gruppe von Landgehern versammelt hatte. Nur einer der Männer schaute nach oben und sah Tryss und Sirri näher kommen. Als sie landeten, stießen die Übrigen überraschte Rufe aus und drehten sich zu ihnen um. Der Mann, der sie bemerkt hatte, trat vor und legte eine Hand auf die Brust.

»Lanren Liedmacher«, sagte er. Dann öffnete er die Hand und deutete auf Sirri. »Die Sprecherin Sirri?«

Sirri nickte. Sie sah Tryss an und nannte seinen Namen. Der Landgeher zog die Augenbrauen hoch, dann strich er sich mit dem Finger über die Brust und machte eine Bewegung, als schieße er einen Pfeil ab. Sirri nickte abermals. Der Landgeher zeigte auf seinen Kopf und machte mit dem Daumen ein Zeichen, das ein wenig töricht wirkte, aber Zustimmung zu bedeuten schien.

Tryss lächelte und nickte, um anzudeuten, dass er verstand. Eigentlich hätte es ihm peinlich sein müssen, in der Öffentlichkeit solchermaßen gelobt zu werden, aber stattdessen empfand er nur wachsendes Unbehagen. Diese Landgeher beherrschten die Sprache der Siyee nicht, und er beherrschte ihre Sprache nicht. Wie sollte er Sirri helfen, wenn er während des Kriegsrats kein Wort verstand?

Der Mann, der sich Liedmacher nannte, drehte sich um und stellte die anderen vor. Trotz der Sprachschwierigkeiten gelang es ihm, sich verständlich zu machen. Indem er »die Sprecher« sagte und auf einen der anderen Landgeher deutete, erklärte er ihnen, dass der Betreffende ein Anführer war. Bei einigen der anwesenden Personen deutete der Landgeher zuerst auf seinen Kopf, dann auf seinen Mund, um ihnen klarzumachen, dass die jeweilige Person anwesend sei, um den Anführern Gedanken und Worte zu übermitteln.

*Ratgeber,* dachte Tryss. *Genau wie ich.*

Eine in sich gekehrte Frau in einem vielfarbigen Wams lächelte schwach, als sie ihm vorgestellt wurde. Sirri erklärte Tryss leise, dass dies eine der sagenumwobenen Traumweberinnen sei. Liedmacher deutete abermals auf Kopf und Mund. *Sie ist auch eine Ratgeberin,* schlussfolgerte Tryss.

Anschließend deutete Liedmacher auf sich selbst, bevor er

auf die Scheide an seiner Hüfte und dann auf seinen Kopf zeigte.

*Also ist er sowohl ein Krieger als auch ein Ratgeber. Es wäre sicher nützlich, während eines Krieges mit diesem Mann befreundet zu sein … Wenn da nur nicht das Sprachproblem wäre. Ich frage mich, wie lange es dauern würde, ihre Sprache zu erlernen.* Die Sprache der Siyee hatte sich aus der eines Landgehers entwickelt, daher würde das Unterfangen vielleicht nicht allzu schwierig sein. Einige Wörter waren vielleicht dieselben oder wiesen zumindest eine gewisse Ähnlichkeit auf.

Plötzlich wandten die Landgeher sich von ihm und Sirri ab. Tryss konnte jedoch nicht an ihnen vorbeischauen, um den Grund für ihre Unaufmerksamkeit zu erkennen. Dann traten Anführer wie Ratgeber gleichermaßen zurück, und die Weißen erschienen.

Es waren beeindruckende Gestalten. Fünf gutaussehende Männer und Frauen, alle in Weiß gekleidet. Der Mann, der jetzt das Wort an die Menge richtete – Juran –, begrüßte sie mit ernster, aber freundlicher Stimme. Auraya fing Tryss' Blick auf und lächelte.

Juran wandte sich an Sirri. »Willkommen, Sprecherin Sirri – und dies ist Tryss, der Erfinder, nicht wahr?«, sagte er in der Sprache der Siyee.

Tryss spürte, wie ihm die Hitze ins Gesicht schoss. Er war sich nicht sicher, was er diesem mächtigen, ehrfurchteinflößenden Mann erwidern sollte. Auraya lachte leise.

»Ja, das ist Jäger Tryss.« Sie fügte einige Worte in der Sprache der Landgeher hinzu, und Tryss begriff, dass sie übersetzte. Er seufzte vor Erleichterung, als ihm klar wurde, dass seine Ängste unbegründet waren. Wenn Juran und Auraya alles übersetzten, würde der Kriegsrat nicht vollkommen unverständlich für ihn sein.

Er beobachtete, wie die Weißen die Anführer und ihre Ratgeber in das Zelt geleiteten. Der Mann, der Vermittler Meeran genannt wurde, blieb unmittelbar vor dem Eingang stehen. Auraya winkte Sirri zu sich, die hinter Vermittler Meeran in das Zelt trat. Tryss vermutete, dass dies irgendeine Bedeutung haben musste. Falls sich die Gelegenheit bot, würde er Auraya später danach fragen.

Im Zelt befand sich ein großer Tisch, der zu hoch war, als dass Tryss hätte erkennen können, was sich darauf befand. Alle bis auf die Weißen gingen zu den Stühlen, die im Kreis entlang der Wände des Zelts standen. Zwei dieser Stühle waren leer. Als Auraya ihnen bedeutete, dort Platz zu nehmen, runzelte Tryss die Stirn. Die Stühle waren für die Körpergröße von Landgehern gefertigt worden, und die Sitzflächen reichten Tryss bis zur Brust.

*Sie hätten kleinere Stühle für uns bereitstellen sollen,* überlegte er verstimmt. *Es wirkt ein wenig unhöflich …*

Sirri beklagte sich jedoch nicht. Sie trat vor einen der Stühle und sprang mühelos auf die Sitzfläche. Als Tryss ihrem Beispiel folgte, war er sich der vielen Blicke bewusst, die auf ihm ruhten. Nachdem er Platz genommen hatte, stellte er fest, dass er jetzt die Oberfläche des Tisches sehen konnte.

*Ah, deshalb haben sie keine kleineren Stühle für uns beschafft.*

Auf dem Tisch lag ein großes Laken aus einem dünnen Stoff, auf das eine bunte, ringsum von Blau umgebene Form gemalt war. Als Tryss näher hinschaute, wuchs seine Erregung. Dies war eine Landkarte – und er hatte noch nie eine Landkarte gesehen, die so detailliert oder so groß gewesen war. Die Karte zeigte den gesamten Kontinent Nordithania.

Als Nächstes versuchte er herauszufinden, wo Si lag. Schließlich begriff er, dass die Linien, die wie ein auf dem Kopf stehendes V ausahen, Berge sein sollten.

Der Anführer der Weißen, Juran, begann zu sprechen, und Auraya schob sich zwischen Tryss' und Sirris Stuhl.

»Er sagt, dass wir zuerst darüber reden werden, auf welche Weise die Siyee uns vor und während der Schlacht unterstützen können«, murmelte sie. »Da er im Wesentlichen zu euch sprechen wird, wird er sich nach bestem Vermögen eurer Sprache bedienen, und Dyara wird für die anderen übersetzen.«

Sirri nickte. Juran wandte sich ihr zu.

»Willkommen bei der Kriegsversammlung, Oberste Sprecherin Sirri«, sagte er, wobei er die Worte langsam und bedächtig bildete. Die Frau, Dyara, übersetzte derweil leise für die anderen Anwesenden.

»Ich danke dir, Juran, Anführer der Weißen«, erwiderte Sirri. »Ich bin bestrebt zu helfen, so gut ich nur kann.«

Er lächelte. »Genau darüber wollen wir heute Abend sprechen. Wie möchtest du deine Leute am liebsten einsetzen?«

Sirri dachte kurz nach. »Als Bogenschützen aus der Luft«, antwortete sie. »Als Augen am Himmel.«

»In der Tat, es ist auch meine Meinung, dass sie uns so am nützlichsten wären«, stimmte Juran ihr zu. »Ich halte es für unklug, euch während der Schlacht zu willkürlichen Angriffen auf unseren Feind auszuschicken. Das wäre gefährlich und würde euren Fähigkeiten nicht gerecht werden. Wir sollten jede Gelegenheit nutzen, den Feind zu überraschen, und zu Land wie in der Luft möglichst vorteilhaft zusammenarbeiten.«

»Wie könnte das erreicht werden?«, fragte Sirri.

»Unser Kriegsratgeber, Lanren Liedmacher, hat viele Vorschläge zu diesem Thema.«

Sirri sah den Mann an, der sie begrüßt hatte. »Ich freue mich darauf, sie zu hören.«

»Dann wird er seine Vorschläge jetzt darlegen. Lanren?«

Der freundliche Landgeher erhob sich von seinem Platz. Auf ein Nicken von Juran hin begann er zu sprechen. Auraya übersetzte. Tryss hörte fasziniert zu, während Liedmacher mögliche Begegnungen mit dem Feind schilderte und erklärte, auf welche Weise die Siyee dabei helfen könnten. Tryss hatte sich vorgestellt, dass die beiden Armeen in einer einzigen gewaltigen Schlacht aufeinanderprallen würden; diese sorgfältig geplanten, komplizierten Strategeme und Taktiken erstaunten ihn über die Maßen.

Der Mann hatte überraschend klare Vorstellungen von den Beschränkungen, denen die Siyee im Flug unterworfen waren. Tryss war offenkundig nicht der Einzige, der die Stärken und Schwächen seiner Verbündeten beobachtet und abgeschätzt hatte. Allerdings unterlief dem Kriegsratgeber auch ein Schnitzer, denn er ging davon aus, dass die Windverhältnisse in den Bergen die gleichen sein würden wie über den Ebenen. Ohne lange nachzudenken, unterbrach Tryss den Mann. Zu spät wurde ihm klar, was er getan hatte, und während ihm die Röte ins Gesicht stieg, verstummte er jäh.

»Sprich weiter, Tryss«, murmelte Auraya. »Nur zu. Genau deshalb sind wir hier: um einander zu korrigieren, wenn einem von uns ein Irrtum unterläuft. Besser jetzt als später, nachdem solche Irrtümer Tote auf dem Schlachtfeld gefordert haben.«

Er sah zuerst sie an, dann Sirri. Die Sprecherin nickte ermutigend, und Tryss schluckte.

»In den Bergen bewegt sich die Luft anders«, sagte er. »Manchmal ist es zu unserem Vorteil, manchmal nicht.«

Auraya übersetzte, dann ergriff Lanren Liedmacher wieder das Wort.

»Könnt ihr voraussehen, wie diese Winde sich bewegen werden?«

»Wir können nur allgemeine Schätzungen abgeben. Erst wenn wir an Ort und Stelle sind, werden wir wissen, ob die Luft sich so verhält, wie wir es erwartet haben.«

Von diesem Zeitpunkt an drehte sich die Diskussion um konkrete Einzelheiten. Sirri beteiligte sich an dem Gespräch, blickte aber oft zu Tryss hinüber, wenn die Szenarien, die Liedmacher beschrieb, sehr kompliziert wurden. Der Kriegsratgeber war voller Begeisterung, aber nach einer Weile hielt er inne und wandte sich an Juran. Auraya übersetzte.

»Wir könnten noch stunden- oder sogar tagelang darüber reden. Darf ich vorschlagen, dass wir die Erörterung in meinem Zelt fortsetzen? Jeder, der an den näheren Einzelheiten interessiert ist, wäre mir willkommen.«

»Ja«, stimmte Juran ihm zu. »Zuvor möchte ich aber gern darüber reden, auf welche Weise die Siyee uns vor der Schlacht als unsere ›Augen am Himmel‹ von Nutzen sein könnten.« Er sah Sirri an und verfiel dann wieder in die Sprache der Siyee. »Wir haben keine Spione bei der pentadrianischen Armee. Die Zauberer, die sie führen, sind in der Lage, Gedanken zu lesen, und sie haben unsere Spione, die sich in ihre Truppe eingeschmuggelt haben, bereits entdeckt. Was ihre Position betrifft, haben wir lediglich Berichte von Spähern, die die Armee aus einiger Entfernung beobachten, und nach unseren jüngsten Informationen befinden sich die Pentadrianer jetzt in den Wäldern der Vorhügel. Wärst du bereit, einige von deinen Leuten über die Berge zu schicken, um Näheres in Erfahrung zu bringen?«

Sirri nickte. »Natürlich.«

»Wie lange würden sie brauchen, um die Berge zu überqueren und zurückzukehren?«

Sie zuckte die Achseln. »Einen Tag, vielleicht zwei, um hinüberzufliegen, und die gleiche Zeit für die Rückkehr. Wie lange sie für die Ausführung ihres Auftrags benötigen, hängt davon ab, wie viele Siyee ich ausschicke und wie schwierig es ist, in diesem Wald etwas zu erkennen. Wie groß ist das Gebiet, das sie absuchen müssten?«

Juran zeigte auf einen der Gebirgszüge auf der Karte.

»Ich werde zwanzig Paare schicken. Dann werden sie nicht länger als einen Tag brauchen, um das Gebiet abzusuchen.«

Juran nickte. »Können sie heute Nacht noch aufbrechen?«

»Wir haben keinen Mond heute Nacht. Es ist gefährlich, in Zeiten solcher Dunkelheit durch die Berge zu fliegen. Sie können jedoch vor Sonnenaufgang aufbrechen. Bis sie die Berge erreicht haben, wäre es dann hell genug.«

Juran lächelte. »Also müssen wir warten. Vielen Dank, Sprecherin Sirri.«

Sirri kicherte. »Ich sollte *dir* danken, Juran von den Weißen. Ich habe viel zu viele energiegeladene junge Männer bei mir, die auf Aufregung und Abenteuer brennen. Dies wird zumindest einigen von ihnen etwas zu tun geben.«

Die Landgeher lächelten, als Dyara diese Bemerkung übersetzte.

»Vielleicht solltest du die Vernünftigeren unter ihnen auswählen«, meinte Auraya. »Leute, die sich nur dann offenbaren, wenn es unbedingt sein muss. Wir hoffen, dass ihr Siyee eine böse Überraschung für den Feind darstellen werdet.«

Sirri nickte. »Du hast recht. Ich werde sehr vorsichtig bei der Auswahl meiner Späher sein müssen.«

»Gibt es noch irgendwelche Veränderungen, die wir zu eurem Wohl vornehmen könnten?«, fragte Juran. »Sind deine Leute mit den bisherigen Vorkehrungen zufrieden?«

»Ja«, antwortete Sirri. »Bei dieser Gelegenheit möchte ich mich noch einmal dafür entschuldigen, dass wir die Lyrim gejagt haben. Wenn wir gewusst hätten …«

»Du brauchst dich nicht zu entschuldigen«, sagte Juran besänftigend. »Wenn wir diesen Herden begegnet wären, hätte ich selbst den Befehl gegeben, die Tiere zu erlegen. Hirten und Bauern wissen, dass dergleichen Dinge in Zeiten des Krieges häufig vorkommen. Wenn sie es nicht wüssten, hätten sie niemals den Mut gehabt, zu mir zu kommen und um eine Entschädigung zu bitten.«

»Ich verstehe.« Sirri machte ein nachdenkliches Gesicht. »Sollen wir dann auch in Zukunft jagen?«

Juran lächelte. »Wenn ihr es wollt, tut es, aber nehmt nur die Hälfte einer jeden Herde, auf die ihr trefft, und verschont die männlichen Tiere und die tragenden Weibchen, damit die Lyrim sich auch weiterhin möglichst schnell vermehren können.«

Sirri grinste. »Das werden wir tun.«

»Gibt es sonst noch etwas, über das ihr gern sprechen möchtet?«

Sie schüttelte den Kopf. Juran sah sich im Raum um, dann richtete er das Wort an die anderen Landgeher.

»Er fragt, ob irgendjemand noch Fragen hat«, übersetzte Auraya.

Keiner der Landgeher sagte etwas, obwohl einige von ihnen so aussahen, als würden sie es gern tun. Als das Gespräch sich anderen Themen zuwandte und er nicht mehr im Zentrum der Aufmerksamkeit stand, entspannte sich Tryss langsam. Jetzt würde er endlich mehr darüber erfahren, wie die Landgeher diesen Krieg führen wollten.

Ein junger hanianischer Soldat starrte in sein Lagerfeuer. In den Flammen sah er die Gestalten grimmiger Krieger und großer Zauberer. *Wie wird es werden?*, fragte er sich. *Ich bin der Armee erst letztes Jahr beigetreten. Meine Ausbildung ist doch gewiss noch lange nicht ausreichend, oder? Aber der Hauptmann sagt, ein disziplinierter Kampfgeist sei alles, was ich brauchen werde.*

*Und eine große Portion Glück,* fügte Jayim hinzu.

*Geh weiter,* befahl Leiard seinem Schüler. *Du schaust in die Flammen, um zu lernen, aber wenn du dort verweilst, um dich zu unterhalten, missbrauchst du deine Gabe.*

Jayim lernte schnell. Am Abend zuvor hatte er den Zustand der Trance erreicht, der vonnöten war, um Gedanken abzuschöpfen, aber er war nicht in der Lage gewesen, sich gleichzeitig auf das Gespräch mit Leiard zu konzentrieren. Diesmal machte er seine Sache besser.

Der nächste Geist war lebhafter. Es handelte sich um einen Siyee, dessen Gedanken von Tintra verzehrt wurden. Er und zwei andere Männer seines Stammes hatten einige somreyanische Soldaten in ihre Laube eingeladen. Sie waren nicht darauf gefasst gewesen, welche Wirkung der Alkohol auf ihre kleinen Körper hatte.

*Ich hoffe, die Somreyaner nutzen diese Situation nicht aus,* bemerkte Jayim besorgt.

*Vielleicht tun sie's, vielleicht nicht. Du kannst ihnen nicht helfen, ohne zu offenbaren, dass du in ihren Geist eingedrungen bist. Sie werden nicht verstehen, warum wir das tun. Geh weiter.*

Die Gedanken, die sie als Nächstes auffingen, waren eher körperlicher Natur. Die Aufmerksamkeit dieser Siyee galt ihrem Partner und den Zärtlichkeiten, die sie mit ihm austauschte. Sie dachte weder an das Kämpfen noch an die bevorstehende Schlacht. Jayim fand das alles sehr, sehr interessant.

*Geh weiter.*

Sein Zögern war Jayim ausgesprochen peinlich. Hastig wandte er seine Aufmerksamkeit von den Liebenden ab.

*Die Siyee haben auch weibliche Kämpfer, und das Gleiche gilt für die Dunweger. Warum lassen die Hanianer Frauen in ihrer Armee nicht zu?*

*Was meinst du?*

*Weil unsere Frauen schwächer sind?*

*Sie könnten genauso stark sein wie die Dunwegerinnen, wenn sie es wollten. Es bedarf nur der richtigen Ausbildung.*

*Weil sich jemand um die Kinder und die Häuser kümmern muss?*

*Was ist mit den Kindern und den Häusern der Siyee? Aus den vielen Geistern, die wir berührt haben, weißt du, dass sie ihre Kinder in der Obhut der älteren Siyee lassen.*

*Dann finde ich keine Antwort auf meine Frage… Vielleicht haben die Hanianer es nicht nötig, Frauen in den Krieg mit einzubeziehen. Wir haben genug Männer, die für uns kämpfen.*

*Oder zumindest hoffen wir das.*

*Es hätte keinen Sinn, Frauen mitzunehmen, wenn sie keine Ausbildung haben. Frauen haben keine Zeit für eine solche Ausbildung, wenn sie jung heiraten und Kinder bekommen.*

*Die Siyee heiraten ebenfalls jung.*

*Also, woran liegt es dann?*

*Ich weiß es nicht mit Bestimmtheit. Wir können die Gedanken eines Volkes nicht so lesen, wie wir heute Abend die Gedanken einzelner Menschen lesen. Sitten und Gebräuche entwickeln sich über einen langen Zeitraum und trotzen Veränderungen. Erst wenn eine Veränderung unbedingt erforderlich ist, kann sich die Art, wie ein Volk lebt, in eine andere Richtung entwickeln. Dasselbe gilt für das moralische Empfinden.*

*Wenn wir also nicht genug Männer für den Kampf hätten, würden auch Frauen zu kämpfen lernen?*

*Wahrscheinlich. Es gibt nur ein Problem: Wenn die Situation die Frauen dazu zwingt, in die Schlacht zu ziehen, wird keine Zeit mehr bleiben, um sie auszubilden. Und nun such dir einen anderen Geist.*

Leiard folgte Jayim. Der Junge berührte die Geister der Traumweber, die um ihr Zelt herum lagerten. Bei einer von ihnen nahmen sie jähe Angst wahr, aber der Grund dafür war nicht die Berührung. Es war etwas anderes. Eine Gestalt in der Dunkelheit jenseits des Lagers …

*Warte. Geh zurück.*

Jayim hielt inne, dann wandte er sich wieder dem Geist der erschrockenen Traumweberin zu. Durch ihre Augen sah er eine Gestalt aus der Dunkelheit heraustreten. Eine Priesterin. Eine Hohepriesterin. Als die Frau näher kam, erkannte die Traumweberin sie, und eine gewisse Erleichterung stieg in ihr auf. *Es ist die Weiße, die uns freundlich gesinnt ist. Auraya.*

*Auraya.* Freude und Furcht strichen gleichzeitig durch Leiards Körper. *Sie ist gekommen, um nach mir zu suchen.*

*Sieht so aus, als würden meine Lektionen heute Abend früh enden,* bemerkte Jayim selbstgefällig.

*Wir werden die verlorene Zeit morgen nachholen,* erwiderte Leiard.

*Dann erwarte ich von dir, dass du dafür sorgst, dass sich mein Opfer auch lohnt.*

Leiard seufzte. Der Junge war genauso schlimm wie Mirar.

*Genug, Jayim. Versichere dich deiner Identität.*

Während Jayim das Ritual vollzog, konzentrierte sich Leiard ebenfalls auf das Gefühl seiner selbst. *Ich bin Leiard, Traumw …*

*Und ein Narr,* unterbrach ihn eine Stimme in seinen Gedanken. *Du wusstest, dass sie zu der Armee stoßen würde, und trotzdem bist du zusammen mit den anderen Traumwebern gereist, obwohl du eigentlich in die andere Richtung hättest laufen müssen.*

*Mirar.* Leiard seufzte. *Wann werde ich dich endlich los?*

*Wenn du wieder zu Verstand gekommen bist. Es ist nicht deine Identität, mit der du Probleme hast, es sind deine Lenden.*

*Ich bin nicht hier, um Auraya zu treffen,* dachte Leiard entschieden. *Ich bin ein Traumweber. Es ist meine Pflicht, die Opfer dieses Krieges zu versorgen.*

*Lügner. Es ist deine Pflicht, deine Leute zu schützen,* entgegnete Mirar. *Wenn diese Zirkler, die du glaubst versorgen zu müssen, herausfinden, dass du ihre Hohepriesterin verführt hast, werden sie nach ihren Schwertern greifen und jeden Traumweber töten, den sie finden können. Es wird eine hübsche kleine Aufwärmübung für die Schlacht mit den Pentadrianern sein.*

*Ich kann nicht einfach verschwinden,* protestierte Leiard. *Ich muss ihr erklären, warum ich fortgehen muss.*

*Das weiß sie bereits.*

*Aber ich muss mit ihr reden, um ihr …*

*Und was willst du ihr sagen? Dass du einen schönen, entlegenen Ort kennst, der wie geschaffen ist für eine kleine Liebelei? Das kannst du ihr in einem Traum sagen, und bei der gleichen Gelegenheit kannst du ihr erklären, warum du …*

»Leiard?«

Es war Jayim. Leiard öffnete die Augen. Der Junge starrte ihn an.

»Es ist nicht besser geworden, nicht wahr?«

Leiard erhob sich. »Ich habe seit Wochen nicht mehr die Kontrolle an ihn verloren. Das ist durchaus eine Verbesserung. Ich nehme an, es wird seine Zeit dauern.«

»Falls ich irgendetwas …«

»Hallo? Leiard?«

Beim Klang dieser Stimme überlief Leiard ein Schauder. Es war Aurayas Stimme. Er hatte sie seit Monaten nicht mehr gehört, und sie brachte Erinnerungen an Träume mit sich, die sie geteilt hatten, Echos jener ersten gemeinsamen Nacht. Sein Herz begann zu rasen.

Er brauchte sie lediglich hereinzubitten. Er holte Luft, um zu sprechen, und wartete auf Mirars Protest, aber der Geist, der sich in dem seinen eingenistet hatte, blieb still. Vielleicht aus Vorsicht. Wenn Mirar sprach, würde Auraya ihn hören und …

»Leiard?«

»Ich bin hier. Komm herein, Auraya.«

Die Lasche wurde geöffnet, und Auraya trat ein. Leiard wurde eng um die Brust, und als er begriff, dass er die Luft angehalten hatte, stieß er den Atem langsam wieder aus. Sie hatte sich das Haar zu einem Zopf im Nacken geflochten, aber der Wind hatte – wahrscheinlich während des Fluges – einige Strähnen gelöst, die ihr jetzt ins Gesicht fielen. So war sie noch schöner, ging es ihm durch den Kopf. Zerzaust wie nach einer Nacht voller …

»Sei mir gegrüßt, Auraya von den Weißen«, sagte Jayim.

Sie sah den Jungen an und lächelte. »Sei mir gegrüßt, Jayim Bäcker. Wie kommst du mit deiner Ausbildung voran?«

»Gut«, antwortete der Junge.

Ihr Lächeln war sehr herzlich, verblasste jedoch ein wenig, als sie sich Leiard zuwandte. »Ich habe gehört, dass du von deinem Amt zurückgetreten bist.«

Leiard nickte.

»Es war schön, dich wiederzusehen, Auraya«, warf Jayim ein. »Aber jetzt gehe ich wohl besser.«

Sie sah ihm nach, während er das Zelt verließ, dann drehte sie sich wieder zu Leiard um. »Er weiß Bescheid.«

»Ja. Ein Nachteil unserer Methoden, die Gedankenvernetzung zu lehren. Ich vertraue ihm.«

Sie zuckte die Achseln. »Dann tue ich es auch.« Sie machte einen Schritt auf ihn zu. »Ich verstehe, warum du zurückgetreten bist. Zumindest glaube ich, es zu verstehen. Du musstest es tun, für den Fall, dass man unsere Beziehung entdecken und verurteilen würde.«

»Ich bin nicht nur zurückgetreten, um die Traumweber zu schützen«, erwiderte er, und der Nachdruck, mit dem er sprach, überraschte ihn selbst. »Ich habe es auch getan, damit wir … damit wir uns auch in Zukunft treffen können.«

Ihre Augen weiteten sich, dann lächelte sie, und ihre Wangen röteten sich. »Ich muss zugeben, dass ich ein wenig beunruhigt war. Die Traumvernetzungen haben aufgehört, und ich habe zwei Nächte gebraucht, um dich zu finden.«

Er ging auf sie zu und griff nach ihren Händen. Ihre Haut war so weich. Sie blickte zu ihm auf, und ein kleines, sinnliches Lächeln umspielte ihre Lippen. Ihr Duft war verführerisch schwach und weckte in ihm den Wunsch, tief einzuatmen.

*Was soll ich sagen?* Er blinzelte und versuchte sich zu erinnern. *Ah, ja.*

»Ich musste einige Entscheidungen treffen«, erklärte er. »Entscheidungen, die man am besten allein trifft.« Er konnte durch ihre Hände ihre Anspannung spüren.

»Und wie sieht deine Entscheidung aus?«

»Ich habe mich dafür entschieden …« Er hielt inne. Bis zu diesem Augenblick hatte er nicht begriffen, wie nahe er daran gewesen war, Mirar nachzugeben. Das Leben wäre leichter gewesen, wenn er einfach fortgelaufen wäre. Jetzt, da er wieder mit Auraya zusammen war – sie sah, sie berührte –, wusste er, dass er nicht vor ihr davonlaufen konnte. Sie würde ihn Tag und Nacht verfolgen.

»Ich habe entschieden, dass nur eins zählt: Wir müssen sein, wer wir sind«, sagte er. »Du bist eine der Weißen. Ich bin ein Traumweber. Wir sind Liebende. Wenn wir das leugneten, würden wir leugnen, wer wir sind. Es wäre falsch, zuzulassen, dass andere durch unsere Liebe Schaden nehmen. Das wissen wir beide. Also …«

»Also?«

»Wir können uns nur in aller Heimlichkeit treffen.«

»Wo?«

»Weit fort von Jarime. Mir schwebt da ein bestimmter Ort vor. Ich werde dir in einem Traum die Beschreibung des Weges dorthin schicken.«

Ihre Mundwinkel zuckten. »Nur die Beschreibung des Weges? Sonst nichts?«

Er lachte leise. »Du findest ein wenig zu viel Gefallen an

diesen Träumen, Auraya. Ich hatte schon Angst, dass du sie mir vorziehen würdest.«

Sie umfasste seine Hände ein wenig fester. »Nein, ich ziehe die Wirklichkeit immer noch vor. Oder … zumindest glaube ich, dass ich das tue.« Sie blickte über seine Schulter hinweg zum Bett. »Vielleicht sollte ich mich davon überzeugen, dass es wirklich so ist.«

Er schaute zur Zeltlasche hinüber. Jayim hatte sie sorgfältig verschlossen, wie er bemerkte. Es gab keine Ritzen.

»Keine Sorge«, murmelte Auraya. »Niemand wird etwas hören. Dafür habe ich bereits gesorgt.«

Als sie ihn zum Bett hinüberzog, konnte sich Leiard der Ironie der Situation nicht ganz entziehen. Was mochten die Götter davon halten, dass eine ihrer bevorzugten Priesterinnen ihre Gaben benutzte, um ihre heimliche Affäre mit einem Traumweber zu verbergen?

Dann wurde er plötzlich wieder ernst. Es bestand kaum eine Chance, dass sie nicht bereits davon wussten. Wenn sie ihre Beziehung missbilligten, hätten sie schon vor langer Zeit etwas dagegen unternommen.

Dann küsste Auraya ihn, und alle Gedanken an die Götter lösten sich in nichts auf.

# 35

Emerahl zog den Pelzkragen ihres Kapas fester um sich. Sie wandte sich dem Eingang des Zeltes zu, stieß einen tiefen Seufzer aus, drückte dann den Rücken durch und ging hinaus.

Sofort spürte sie die Blicke der Männer. Es waren die Soldaten, die die Aufgabe hatten, über sie zu wachen. Angeblich sollten sie ihre Beschützer sein, aber in Wirklichkeit waren sie eher Gefängniswärter. Seit dem Tag, an dem sie mit den anderen Prostituierten aus Porin aufgebrochen war, hatte sie die höfliche Aufmerksamkeit dieser Männer ertragen.

Als Rozea von Emerahls »Unfall« mit dem Formtane erfahren hatte, hatte sie erklärt, dass Emerahl ihre neue Favoritin sei. Auf diese Weise hatte sie weiteren »törichten und selbstzerstörerischen Angewohnheiten« vorbeugen wollen. Seither reiste Emerahl in Rozeas Tarn und bekam von allem nur das Beste – einschließlich ihrer persönlichen Wachposten.

Die anderen Huren standen etwas weiter entfernt. Seit ihrem Aufbruch aus Porin hatte Emerahl kaum mit ihnen gesprochen. Aus kurzen Gesprächen mit Flut wusste sie, dass die Frauen glaubten, sie habe ihren kleinen »Unfall« mit dem Formtane geplant, um Rozea dazu zu bewegen, ihr eine höhere Position zu geben.

Es machte die Sache nicht besser, dass Rozea Emerahl nicht erlaubte, Flut oder Brand zu besuchen. Sie wusste, dass Brand das Formtane für Emerahl gekauft hatte, und sie war sich nicht sicher, ob Emerahls Freundinnen ihr nicht auch andere Dinge zustecken würden.

Einen zweifelhaften Vorteil hatte ihre neue Position. Ihre Kunden waren stets die reichsten Adligen der Armee. Die wenigen Priester, die die Zelte des Bordells besuchten, konnten sich die Dienste der Favoritin nicht leisten. Zumindest bisher nicht.

Emerahl wünschte beinahe, sie hätte Rozea nicht gesagt, dass sie diese Reise nicht machen wollte. Rozea befürchtete jetzt, dass die Angst ihrer Favoritin vor dem Krieg die Oberhand über ihre Vernunft gewinnen könnte, daher wurden die Zelte jeden Abend so aufgestellt, dass man Emerahl aus allen Richtungen beobachten konnte. Man gestattete ihr keine scharfen Werkzeuge, und ihre Kunden wurden gebeten, alle Waffen abzulegen, bevor sie zu ihr gingen. Rozea liebte fantastische Abenteuergeschichten und wusste, dass ein gestohlenes Messer und ein lautloser Schnitt in eine unbewachte Zeltwand den Heldinnen vieler Geschichten die Möglichkeit gegeben hatte, ihren Wärtern zu entfliehen.

Es war jedoch keine dieser Vorsichtsmaßnahmen, die Emerahl davon abhielt, fortzugehen.

*Es sind weder die Wachen noch die Zeltwände,* dachte sie, während einige Diener geschickt die Zeltpfosten aus dem Boden zogen und das ganze Gebilde in sich zusammenbrach. *Es sind die Nachbarn gewesen.*

Sie betrachtete das leere Feld, auf dem sie gelagert hatten. Die Überreste des bereits geernteten Getreides waren zertrampelt worden – zuerst von der Armee und jetzt von Rozeas Karawane. Ein Stich der Erregung durchzuckte sie. Bisher war es ihnen gelungen, mit der torenischen Armee Schritt zu halten. Tagsüber verschwanden die Truppen häufig in der Ferne, aber am Abend holte die Bordellkarawane sie immer wieder ein.

Nur am letzten Abend war es anders gewesen. Eine kleine Gruppe wohlhabender Freier war zurückgeritten, um sie aufzusuchen, und hatte sie in den frühen Morgenstunden wieder verlassen. Emerahls Freier, ein Vetter zweiten Grades des Königs, hatte ihr erzählt, dass die Armee die Männer jetzt so schnell wie möglich vorantrieb, damit sie rechtzeitig zur Schlacht zu der zirklischen Armee stoßen konnten.

Bisher hatte das Bordell jeden Abend auf dem gleichen Gelände gelagert wie die Truppen. Jeden Abend gingen Priester zwischen den Soldaten umher, sprachen ihnen Mut zu und sorgten dafür, dass sie in ihrem Eifer nicht erlahmten. Das war es, was Emerahl daran gehindert hatte, fortzugehen. Jede Auseinandersetzung zwischen ihr und ihren Wächtern würde unweigerlich Aufmerksamkeit erregen. Selbst wenn es ihr gelang, sich unbemerkt davonzustehlen, würde es sich schnell herumsprechen, dass Rozeas Favoritin davongelaufen war. Es war nicht schwer zu erraten, was passieren würde: In den Köpfen vieler Soldaten würde sich sofort der Gedanke an ein kostenloses Schäferstündchen mit einer begehrten Schönheit festsetzen – und die Aussicht auf eine Belohnung, wenn sie sie zurückbrachten. Sie könnte sich mühelos verteidigen, aber auch damit würde sie gerade die Aufmerksamkeit erregen, die sie unbedingt vermeiden wollte.

Jetzt, da die Armee schneller marschierte, bestand diese Gefahr nicht länger. Schon bald würde das Bordell zu weit zurückliegen, als dass die Adligen es bei Nacht aufsuchen konnten. Sie brauchte lediglich eine Ablenkung für ihre Wachen zu arrangieren und davonzuschlüpfen, und da sie keinen Kunden mehr die ganze Nacht in ihrem Bett haben würde, würde ihre Abwesenheit wahrscheinlich bis zum Morgen unbemerkt bleiben.

»Jade.«

Emerahl blickte auf. Rozea, deren hohe Stiefel schlammverkrustet waren, kam auf sie zu. Das Leben auf Reisen gefiel der Frau offensichtlich, und sie verbrachte jeden Morgen damit, im Lager umherzustapfen und Befehle zu erteilen.

»Ja?«, erwiderte Emerahl.

»Wie geht es dir?«

Emerahl zuckte die Achseln. »Recht gut, danke.«

»Dann komm mit.«

Rozea begleitete sie zu dem Tarn, der ihren Zug anführte, und schob sie hinein. Eine Dienerin reichte ihnen Kelche mit gewärmtem Gewürzwasser. Emerahl leerte ihren Kelch mit wenigen Zügen, weil sie die Absicht hatte, sich bald niederzulegen und zu schlafen. Sie war heute nicht in Stimmung für ein Gespräch mit Rozea, und wenn sich ihr in der Nacht die Gelegenheit zur Flucht bot, wollte sie so ausgeruht sein wie nur möglich.

»Du bist heute Morgen so still«, bemerkte Rozea. »Es ist wohl noch zu früh für dich?«

Emerahl nickte.

»Wir müssen zeitig aufbrechen, wenn wir heute Abend zu der Armee aufschließen wollen.«

»Glaubst du, dass wir es schaffen werden?«

Rozea schürzte die Lippen. »Vielleicht. Wenn nicht, werden wir uns zumindest vor Kremos Karawane setzen.«

Kremo war einer von Rozeas Rivalen. Die Karawane des Mannes war größer als ihre, und er bediente alle Soldaten bis auf die ärmsten unter ihnen, die sich nur die allein reisenden, kränklichen Huren leisten konnten, die wie Aasfliegen hinter der Armee herzockelten.

»Dann sollte ich besser zusehen, dass ich ein wenig Schlaf finde«, sagte Emerahl.

Rozea nickte. Emerahl legte sich auf die Sitzbank und schlief sofort ein. Nur als der Tarn sich ruckartig in Bewegung setzte, wachte sie noch einmal kurz auf. Als sie das nächste Mal wieder erwachte, war der Tarn stehen geblieben. Sie blickte auf und stellte fest, dass Rozea fort war.

Nach einer Weile nickte sie wieder ein, bis laute Männerstimmen sie aufschreckten. Irgendwo hinter dem Tarn erklangen Schreie.

Emerahl fuhr hoch und riss die Türlasche des Tarns auf. Die Straße war von Bäumen gesäumt, und Männer, die sie nicht kannte, kamen durch die Bäume auf die Karawane zugestürmt. Irgendwo weiter vorn hörte Emerahl Rozea den Wachen Befehle zubrüllen, doch die Männer waren den Angreifern bereits entgegengerannt.

Emerahl stellte fest, dass sie die Rüstung torenischer Soldaten trugen und die gleichen Schwerter und Speere schwangen wie die Truppen dieses Landes. Einen der Männer besah sie sich genauer. Seine Gefühle waren eine Mischung aus Habgier, Verlangen und Jubel darüber, endlich frei von Befehlen und Einschränkungen zu sein.

*Deserteure,* vermutete Emerahl. *Wahrscheinlich sind sie zu Dieben und Gesetzlosen geworden.*

Mit hämmerndem Herzen blickte sie sich um. Die Anzahl der Angreifer schien nicht allzu groß zu sein, aber es war durchaus möglich, dass sich weitere Männer zwischen den Bäumen versteckten. Dann stach ihr der herabgestürzte Baum ins Auge, der vor Rozeas Tarn lag. Jemand hatte den Stamm mit einem Beil bearbeitet; dies war kein natürliches Hindernis.

Plötzlich trat ein Fremder vor sie hin. Erschrocken zog sie sich in den Tarn zurück. Der Mann grinste sie an und riss die Lasche beiseite. Als er in den Tarn zu steigen versuchte, fasste Emerahl sich rasch. Sie zog Magie in sich hinein, dann zögerte sie. Es war das Beste, es wie einen körperlichen Schlag aussehen zu lassen. Sie schleuderte ihm die geballte Wucht eines Zaubers ins Gesicht.

Sein Kopf wurde zurückgerissen, und er keuchte überrascht auf. Blut rann aus seiner Nase. Der Mann stieß ein wütendes Knurren aus und hievte sich in den Tarn.

*Zäher Bastard,* dachte sie. *Und dumm obendrein.* Sie sammelte abermals Magie und richtete sie direkt auf seine Brust. Der Schlag katapultierte ihn rückwärts aus dem Tarn hinaus. Als er zu Boden fiel, schlug sein Kopf mit einem hörbaren Krachen gegen einen Baumstamm.

Emerahl schob sich zur Tür hinüber. Als eine weitere Gestalt in Sicht kam, zuckte sie zusammen, entspannte sich dann jedoch, als sie das Gesicht eines der Wachmänner des Bordells erkannte. Er bückte sich, dann hörte sie ein dumpfes Geräusch.

»Er wird dich nicht noch einmal belästigen«, sagte der Wachmann wohlgelaunt.

»Vielen Dank«, erwiderte sie trocken.

»Jetzt sieh zu, dass niemand dich bemerkt. Kiro und Stillo brauchen ein wenig Hilfe.«

Die Schreie der Huren hatten sich inzwischen in ein entsetztes Kreischen verwandelt. Als der Wachmann davoneilte, ignorierte Emerahl seinen Befehl und spähte zur Tür hinaus.

Drei der Deserteure standen mit dem Rücken vor einem der Tarns. Sie kämpften gegen zwei Wachleute – drei, als Emerahls Retter sich zu seinen Kameraden gesellte. Die Mädchen in dem Wagen klangen hysterisch. Im nächsten Moment landete ein magerer, schwindsüchtig aussehender Angreifer einen Treffer – er bewegte sich schneller, als man es ihm zugetraut hätte –, und der Wachposten, der gegen ihn gekämpft hatte, sackte zu Boden.

Der magere Mann blickte zu seinen beiden Kameraden hinüber. Statt ihnen im Kampf beizustehen, trat er jedoch hinter sie, fuhr herum und schlug auf die Plane des Tarns ein. Der Rahmen des Aufbaus barst, und die Plane fiel in sich zusammen. Die Mädchen begannen von Neuem zu schreien.

Gleichzeitig stürzte einer der beiden anderen Deserteure zu Boden. Der magere Mann griff in den Tarn. Emerahl hielt den Atem an, dann krampfte sich ihr Magen zusammen, als ein schlanker Frauenarm in Sicht kam. Der Mann zerrte daran, und Stern fiel aus dem Wagen.

Er deutete mit der Schwertspitze auf ihren Bauch.

»Tretet zurück, oder sie stirbt!«

Die Kämpfer hielten inne. Der letzte Deserteur blutete stark aus einer Verletzung am Bein.

»So ist es richtig. Und jetzt gebt uns euer Geld.«

Die beiden Wachen tauschten einen Blick.

»Gebt uns euer Geld!«

Emerahl schüttelte traurig den Kopf. *Es gibt nur eine einzige Möglichkeit, wie dies hier enden kann. Wenn die Wachen seine Forderungen missachten, wird er Stern töten. Wenn sie nachgeben, wird er sie trotzdem mitnehmen, als Sicherheit für den Fall, dass die Wachen ihm folgen, um das Geld des Bordells zurückzuholen. Höchstwahrscheinlich wird er Stern töten, sobald er das Gefühl hat, den Männern entkommen zu sein.*

*Es sei denn, ich greife ein. Aber das kann ich nicht. Nicht ohne zu offenbaren, dass ich über mächtige Gaben verfüge.*

Aber würde sie damit wirklich ein Geheimnis verraten? Rozea wusste bereits, dass ihre Favoritin über einige Gaben verfügte. Wenn Emerahl lediglich elementare Magie benutzte – zum Beispiel nur einen schwachen Schlag, um dem Mann das Schwert aus der Hand zu reißen –, würden ihre Zuschauer schlimmstenfalls ein wenig überrascht sein. Sie würde einen Augenblick abpassen müssen, in dem der Deserteur abgelenkt war. Bei dem leisesten Hinweis auf einen magischen Angriff würde er Stern sein Schwert in den Leib rammen.

Emerahl zog Magie in sich hinein und hielt sie bereit.

»Du wirst nicht eine Münze von uns bekommen, du feiger Haufen Arem-Dung.« Rozea trat zwischen zwei Tarns hervor.

Der verletzte Deserteur wählte diesen Moment, um zusammenzubrechen. Der Mann, der Stern bedrohte, gönnte seinem Gefährten nicht einen Blick. Er drückte Stern sein Schwert noch ein wenig fester in den Bauch. Das Mädchen schrie auf. »Einen Schritt weiter, und ich werde sie töten.«

»Nur zu, Deserteur«, rief Rozea trotzig. »Ich habe jede Menge Mädchen wie sie.« Sie nickte den Wachen zu. »Tötet ihn.«

Die Miene der Wachsoldaten verhärtete sich. Als sie die Schwerter hoben, sandte Emerahl ihren Zauber aus, aber es war zu spät; der Deserteur hatte Stern sein Schwert bereits in den Bauch gestoßen.

Stern schrie gequält auf. Emerahls Zauber riss dem Mann im selben Augenblick das Schwert aus der Hand, in dem sich die Klinge eines der Wachsoldaten in seinen Hals bohrte. Stern schrie abermals und presste sich die Hände auf den Leib. Emerahl stellte entsetzt fest, dass der Zauber, mit dem sie das Schwert aus dem Körper des Mädchens herausgerissen hatte, noch größeren Schaden angerichtet hatte. Blut quoll aus der Wunde.

Mit einem heftigen Fluch sprang Emerahl aus dem Tarn. Die Wachen starrten sie an, als sie an ihnen vorbeieilte und neben Stern niederkniete. Sie hörte, dass Rozea mit scharfer Stimme ihren Namen rief, kümmerte sich jedoch nicht weiter darum.

Emerahl drückte mit einer Hand fest auf die Wunde des verletzten Mädchens. Stern schrie auf.

»Ich weiß, es tut weh«, sagte Emerahl leise. »Wir müssen verhindern, dass das Blut deinem Körper entweicht.« Mit Druck allein ließ sich die Blutung jedoch nicht eindämmen. Sie zog Magie in sich hinein und formte sie zu einer Barriere unter ihren Händen.

Dann sah sie zu den Wachen auf. »Sucht nach irgendetwas, auf dem wir sie in meinen Tarn tragen können.«

»Aber sie …«

»Tut es einfach«, blaffte sie die Männer an.

Sie eilten davon. Emerahl blickte sich um. Rozea stand noch immer einige Schritte entfernt.

»Hast du eine Tasche mit Heilmitteln und Kräutern dabei?«, fragte Emerahl.

Die Bordellwirtin zuckte die Achseln. »Ja, aber es hat keinen Sinn, sie zu verschwenden. Sie wird ohnehin nicht überleben.«

*Kaltherziges Miststück.* Emerahl biss sich auf die Zunge. »Sei dir da nicht so sicher. Ich habe schon schlimmere Verletzungen gesehen, die von Traumwebern geheilt wurden.«

»Ach ja?« Rozea zog die Augenbrauen hoch. »Du wirst mit jedem Tag interessanter, Jade. Wann hatte ein armes Mädchen wie du, das von zu Hause weggelaufen ist, die Gelegenheit, Traumweber bei der Arbeit zu beobachten? Was bringt dich auf die Idee, du könntest tun, wozu sie eine jahrelange Ausbildung brauchen?«

Emerahl sah Rozea fest in die Augen. »Vielleicht werde ich es dir eines Tages erzählen – *falls* du mir die Tasche und etwas Wasser bringst. Und Verbandszeug. Viel Verbandszeug.«

Rozea rief nach den Dienern. Die Türlasche des letzten Tarns wurde geöffnet, und ängstliche Gesichter kamen in Sicht, dann erschien ein Diener und eilte auf Rozea zu. Die Wachen kehrten mit einem schmalen Brett zurück. Emerahl drehte Stern auf die Seite. Das Mädchen gab keinen Laut von sich. Sie war bewusstlos geworden. Die Wachen schoben das Brett unter ihren Körper, dann trugen sie die primitive Bahre zu Rozeas Tarn hinüber.

Rozea folgte ihnen. »Ihr werdet sie nicht in den Wagen legen. Du kannst sie genauso gut hier draußen behandeln.«

*Je schneller ich von dieser Frau wegkomme, umso besser,* ging es Emerahl durch den Kopf. »Wenn ich ihre Wunde genäht habe, darf sie nicht mehr bewegt werden, daher müssen wir sie zuerst irgendwo hinbringen, wo sie es warm und bequem hat.« Sie sah die Wachen an. »Legt sie in den Wagen.«

Die Männer gehorchten ihr. Als sie wieder herauskamen, trat Rozea in die Tür. Emerahl hielt sie am Arm fest.

»Nein«, sagte sie. »Ich arbeite allein.«

»Ich werde nicht zulassen, dass du …«

»O doch, das wirst du«, knurrte Emerahl. »Der letzte Mensch, den sie wird sehen wollen, wenn sie aufwacht, bist *du.*«

Rozea zuckte zusammen. »Sie wäre so oder so gestorben.«

»Ich weiß, aber sie wird Zeit brauchen, um das zu akzeptieren. Für den Augenblick würdest du sie nur aufregen, und das würde ihr schaden.«

Rozea runzelte die Stirn, dann trat sie beiseite. Emerahl stieg in den Wagen und ging neben Stern in die Hocke. Kurz darauf brachten die Diener eine große Schale mit Wasser und Stoffstreifen herbei und legten dann einen jämmerlich kleinen Lederbeutel in die Nähe des Eingangs.

Emerahl rührte nichts davon an. Stattdessen legte sie die Hände wieder auf Sterns Verletzung.

»Niemand darf mich stören«, rief sie. »Hast du mich gehört?«

»Ja«, antwortete Rozea.

Emerahl schloss die Augen, verlangsamte ihre Atmung und richtete ihre Aufmerksamkeit nach innen.

Es dauerte nicht lange, bis sie sich in Trance versetzt hatte. Diese Heiltechnik ähnelte ihrer eigenen Methode, ihr Äußeres zu verändern, kostete aber weniger Zeit und Magie. Ihr Geist musste seine Denkweise verändern, um die Welt von Fleisch und Knochen zu erfassen. In diesem Bewusstseinszustand war alles – Fleisch, Stein, Luft – wie ein gewaltiges, aus einer Vielzahl einzelner Teile bestehendes Mosaik. Diese Teile bildeten Muster. Sie taten es praktisch aus eigenem Antrieb. Wenn sie heilte, brauchte sie die Teile nur grob zu dem richtigen Muster zusammenzufügen, dann stellte sich der ursprüngliche Zustand von selbst wieder her.

Zumindest war das die Art, wie sie am liebsten arbeitete. Mirar hatte versucht, sie dazu zu bringen, ihre Fähigkeiten über das Notwendige hinaus zu verfeinern. Er hatte diese Heilmethode zur Kunst erhoben und das Ziel verfolgt, die Patienten vollkommen wiederherzustellen, ohne dass Narben – welcher Art auch immer – zurückblieben und möglichst so, dass keine weitere Zeit mehr für die Genesung benötigt wurde. Emerahl hatte keinen Sinn darin gesehen, so viel Zeit und Mühe auf reine Äußerlichkeiten zu vergeuden. In diesem Fall gab es noch einen anderen Grund zu bedenken: Wenn Stern keine Narbe davontrug, würde den anderen klar werden, dass Emerahl etwas Außerordentliches getan hatte. Die Geschichten über ihre Arbeit würden gewiss die Aufmerksamkeit der Priester erregen.

Langsam fügte sich das zerrissene Gewebe der Wunde wieder zusammen. Die Körperflüssigkeiten drangen nicht länger nach außen, sondern flossen durch die dafür vorgesehenen Bahnen. Als nichts mehr übrig war außer einer flachen Wunde, öffnete Emerahl die Augen.

Schließlich griff sie nach dem Wasser und dem Verbandszeug, erwärmte Ersteres und benutzte Letzteres, um die Wunde zu reinigen. Aus dem Beutel nahm sie eine Nadel und Faden. Mithilfe von ein klein wenig Magie erwärmte sie die Nadel, wie Mirar es sie gelehrt hatte, um einer Entzündung vorzubeugen. Der Faden roch nach einem Kräuteröl, das gegen eine Vereiterung von Verletzungen eingesetzt wurde. Der Beutel mochte klein sein, aber sein Inhalt war von guter Qualität.

Als Emerahl sich wieder umdrehte, sah Stern sie mit weit aufgerissenen Augen an.

»Du bist nicht das, was du zu sein scheinst, nicht wahr, Jade?«, flüsterte das Mädchen.

Emerahl musterte sie wachsam. »Warum sagst du das?«

»Du hast mich soeben mit Magie geheilt. Ich konnte es fühlen.«

»Das liegt nur an den Heilmitteln, die ich dir zur Stärkung gegeben habe.«

Stern schüttelte den Kopf. »Ich habe dich beobachtet. Du hast nichts anderes getan, als mit geschlossenen Augen dazusitzen, während ich spüren konnte, wie sich etwas in mir bewegte. Der Schmerz ist schwächer geworden, obwohl er eigentlich hätte schlimmer werden müssen.«

Emerahl betrachtete Stern eingehend. Sie bezweifelte, dass das Mädchen ihr glauben würde, wenn sie alles leugnete.

»Ja. Ich habe einen kleinen magischen Trick benutzt, den ich von einem Traumweber gelernt habe. Glaub nur nicht, du seist vollkommen geheilt. Wenn du nicht aufpasst, könnte die Wunde wieder aufreißen. Damit das nicht passiert, muss ich dich jetzt nähen. Möchtest du eine Medizin, damit du das Bewusstsein verlierst?«

Stern besah sich die Nadel und erbleichte. »Ich … ich denke, du solltest mir besser etwas geben.«

Emerahl legte die Nadel beiseite und unterzog den Inhalt des Beutels einer genauen Musterung. Sie fand eine Phiole, auf deren Etikett die Worte »um Schlaf zu erzwingen – drei Tropfen« zu lesen waren. Die Flüssigkeit roch nach Formtane und einigen anderen Beruhigungsmitteln.

»Dies hier dürfte den Zweck erfüllen.« Emerahl sah Stern an und seufzte. »Wirst du mir etwas versprechen?«

Stern zögerte kurz, dann nickte sie. »Es soll niemand erfahren, dass du Magie benutzt hast.«

»Rozea weiß bereits, dass ich über einige Gaben verfüge.

Ich möchte nicht, dass sie erfährt, wie groß diese Gaben sind, sonst wird sie von mir verlangen, mit den Kunden Dinge zu tun, die ich nicht tun will. Also lass uns vorgeben, du wärst nicht so schwer verletzt gewesen, wie es den Anschein hatte, und ich hätte meine Magie lediglich dazu benutzt, den Blutfluss zu stillen und das Gewebe zusammenzuhalten, während ich dich genäht habe.«

Stern nickte. »So werde ich es erzählen.«

»Du versprichst mir, nicht mehr zu sagen?«

»Ich verspreche es.«

Emerahl lächelte. »Danke. Ich vermisse euch alle sehr. Es ist so langweilig, mit Rozea allein im Wagen zu sitzen. Sie erlaubt nicht einmal Brand, mich zu besuchen.«

»Jetzt hast du ja mich zum Reden«, erwiderte Stern lächelnd.

*Nicht wenn ich heute Nacht fortgehe,* dachte Emerahl.

Sie hob eine Hand über Sterns Kopf, so dass sie dem Mädchen einige Tropfen von der Medizin in den Mund schütten konnte. Stern schluckte, verzog das Gesicht und sprach dann weiter.

»Du hattest recht, diese Reise ist wirklich gefährlich. Wir sind jetzt so weit hinter der Armee zurückgeblieben. Wie viele unserer Wachen sind tot?«

»Das kann ich dir nicht sagen.«

»Einige sind tot. Das weiß ich. Was ist, wenn so etwas noch einmal passiert?« Stern sah Emerahl an, und ihre Augen wurden langsam glasig. »Ich bin so froh, dass du bei uns bist. Du kannst helfen, uns zu beschütz …«

Emerahl wandte den Blick ab und richtete ihre Aufmerksamkeit auf das Einfädeln der Nadel. Von den Wachen, die sie hatte kämpfen sehen, waren am Ende nur noch zwei am Leben gewesen. Es war möglich, dass einige andere Soldaten außerhalb ihrer Sichtweite Wache gestanden hatten, doch wenn das nicht der Fall war, war die Karawane jetzt nur noch höchst unzureichend geschützt.

*Und zwei Männer genügen nicht, um mich zu bewachen.*

Sie machte sich daran, die Ränder der Wunde zusammenzunähen. Zuerst gab Stern noch ein leises Wimmern von sich, dann verlangsamte sich ihre Atmung, und sie wurde ruhiger.

*Stern hat recht. Die Huren brauchen Schutz,* überlegte Emerahl. *Vor allem wenn es Tage dauern wird, bis die Karawane wieder zu der Armee aufschließt.*

Tage, in denen sie nicht zu fürchten brauchte, dass sie von Priestern entdeckt wurde.

Sie murmelte einen Fluch. Als sie mit der Wunde fertig war, legte sie die Nadel und die Garnspule wieder in den Beutel. Dann rief sie Rozeas Namen.

Die Bordellbesitzerin spähte in den Tarn. Sie warf einen Blick auf Stern und zog die Augenbrauen hoch.

»Sie lebt?«

»Im Moment, ja.«

»Gut gemacht.« Rozea stieg in den Wagen und setzte sich dem schlafenden Mädchen gegenüber. »Eine saubere Arbeit. Du steckst voller Überraschungen, Jade.«

»Ja«, erwiderte Emerahl. »Und ich habe noch eine Überraschung für dich. Ich gehe fort. Ich will das Geld, das du mir schuldest.«

Rozea reagierte nicht sofort. Emerahl spürte, wie die Entrüstung der Frau sich langsam in Ärger verwandelte, als ihr klar wurde, dass sie ihre Lieblingshure nicht an einer Flucht hindern konnte. »Wenn du jetzt fortgehst, verlässt du mich ohne eine Münze.«

Emerahl zuckte die Achseln. »Also schön. Aber erwarte nicht, dass du mich jemals wiedersehen wirst.«

Rozea zögerte. »Ich nehme an, ich könnte dir etwas zu essen und einige Münzen geben. Genug für dich, um nach Porin zurückzureisen. Wenn ich wieder in der Stadt bin, reden wir über den Rest. Wie hört sich das an?«

»Vernünftig«, log Emerahl.

»Gut – aber bevor du gehst, erzähl mir, warum du glaubst, uns verlassen zu müssen. Liegt es an den unerfreulichen Ereignissen dieses Tages? Wir hatten Pech, aber wenn du mit uns zusammen reist, dürfte das immer noch sicherer sein, als sich allein durchzuschlagen. Du kennst die Huren, die ohne Schutz hinter der Armee hertrotten, und du weißt, wie krank und zerschunden sie aussehen.«

»Ich habe nicht die Absicht, meinen Körper zu verkaufen. Ich kann mir eine Arbeit als Heilerin suchen.«

»Du? Warum sollten die Leute dich bezahlen, wenn sie unentgeltlich die Dienste eines Priesters oder eines Traumwebers in Anspruch nehmen könnten?«

»Wenn die Menschen keine Wahl haben, nehmen sie jede Hilfe, die sich ihnen bietet. Zwischen hier und Porin können nicht mehr viele Traumweber oder Priester zurückgeblieben sein. Sie haben sich alle der Armee angeschlossen.«

»Da irrst du dich. Viele Heiler, die zu alt zum Reisen sind, sind zurückgeblieben.« Die Stimme der Frau wurde weicher. »Bist du dir wirklich sicher, dass du das tun willst, Jade? Es wäre schrecklich für mich, wenn dir etwas Schlimmes zustoßen würde. Du denkst, einige Gaben würden dir Sicherheit gewähren, aber da draußen gibt es Männer, die von Natur aus grausam sind und über stärkere Kräfte verfügen.«

Emerahl senkte den Blick.

»Wie stehen die Chancen, dass ein Mädchen von deinem Aussehen keine unerwünschte Aufmerksamkeit auf sich lenkt, wenn es allein reist? Hier bei uns bist du sicherer. Sobald wir die Armee eingeholt haben, werde ich neue Wachen in Dienst nehmen. Was hältst du davon?«

»Ich könnte vielleicht…« Emerahl biss sich auf die Unterlippe.

Rozea beugte sich vor. »Ja? Sprich.«

»Ich möchte einen Kunden ablehnen können, wenn er mir nicht gefällt«, sagte Emerahl und sah Rozea in die Augen. »Ich will jeden dritten Abend freihaben.«

»Solange du nicht alle Kunden zurückweist, wäre das wohl eine annehmbare Regelung für eine Favoritin, aber die Forderung, jeden dritten Abend freizuhaben, ist unvernünftig. Wie wäre es mit jedem sechsten Abend?«

»Jedem vierten.«

»Jedem fünften, und ich werde dein Honorar erhöhen.«

»Welchen Sinn hätte das? Du wirst mich ohnehin nicht bezahlen.«

»Ich werde dir das Geld geben, wenn du es brauchst – und ich habe genug, um neue Wachen zu bezahlen.« Die Frau hielt inne. »Also gut«, sagte sie langsam. »Ich werde deine Forderungen akzeptieren.« Sie lehnte sich auf ihrem Sitz zurück und lächelte. »Solange du mir dein Wort gibst, dass du während des nächsten Jahres bei mir bleiben wirst.«

Emerahl öffnete den Mund, um das Angebot anzunehmen, dann zögerte sie. Sie sollte nicht allzu leicht nachgeben.

»Sechs Monate.«

»Acht?«

Emerahl seufzte und nickte. Rozea beugte sich vor und tätschelte ihr das Knie. »Wunderbar. Und jetzt bleib hier, während ich feststelle, ob es den Männern bereits gelungen ist, diesen Baum aus dem Weg zu schaffen.«

Als Rozea aus dem Wagen stieg, sah Emerahl Stern an und lächelte grimmig. Sie hatte nicht die Absicht, ihr Wort zu halten. Sobald die Karawane sich der Armee näherte und die Mädchen in Sicherheit waren, würde sie gehen. Die Bedingungen, die sie gestellt hatte, würden ihr bis dahin als Schutz dienen.

*Und vielleicht kann ich es irgendwie einrichten, dass wir zu weit hinter die Armee zurückfallen, um den Adligen und Priestern die Möglichkeit zu geben, unser Lager aufzusuchen,* dachte sie.

Sobald Aurayas Füße den Boden berührten, sprang Unfug von ihrer Schulter und lief in ihr Zelt. Auraya folgte ihm langsam. Als sie sich dem Lager genähert hatte, hatte sie das Licht im Innern des Zeltes gesehen. Sie konnte jedoch keinen menschlichen Geist dort wahrnehmen, daher wusste sie, dass einer der Weißen auf sie warten musste.

»Mrae! Mrae!«

»Hallo, Unfug.«

Auraya entspannte sich ein wenig, obwohl sie nicht recht wusste, warum sie lieber mit Mairae sprechen wollte als mit einem der anderen Weißen. Wahrscheinlich lag es daran, dass Mairae selbst so viele Geliebte gehabt hatte. Von allen Weißen war sie diejenige, die es am wenigsten stören würde, dass Auraya nun ebenfalls einen Geliebten hatte.

Die Zeltlasche war nicht verschlossen. Auraya spähte hinein und sah Mairae auf einem der Stühle sitzen. Im Licht der Lampen wirkte sie noch jünger und schöner als sonst. Sie blickte Auraya an und lächelte.

»Hallo, Auraya.«

Auraya trat in das Zelt. »Ist etwas passiert?«

»Nichts Neues.« Mairae zuckte die Achseln. Ihr Lächeln nahm mit einem Mal etwas Gezwungenes an. »Ich konnte nicht schlafen, daher habe ich beschlossen, dich zu besuchen. Es scheint, als hätte ich überhaupt keine Gelegenheit mehr, mit jemandem zu reden. Immer geht es nur um Krieg und Politik, und normale Gespräche zwischen zwei Menschen sind praktisch unmöglich geworden.«

Auraya vermutete jedoch, dass noch mehr hinter Mairaes Besuch steckte. Irgendetwas machte der anderen Frau zu schaffen. Auraya brauchte ihre Gedanken nicht zu lesen, um das zu begreifen. Sie ging zu der Truhe hinüber, die Danjin für sie gepackt hatte. Sie öffnete den Deckel und nahm zwei Kelche und eine Flasche Tintra heraus.

»Etwas zu trinken?«

Mairae grinste. »Sehr gern.«

Auraya füllte die Kelche. Mairae nahm den ihren entgegen und trank.

»Also, wo bist du heute Abend gewesen? Bist du nur ein wenig umhergeflogen?«

Auraya zuckte die Achseln. »Ja.«

»Juran scheint erpicht darauf zu sein, den Pentadrianern endlich gegenüberzutreten. Ist dir das auch aufgefallen?«

»Ich hätte nicht gesagt, dass er ›erpicht‹ darauf ist. Eher ... nun ja, wenn er etwas tut, will er seine Sache gut machen. Wie stehst du dazu?«

»Ich ... ich habe Angst davor«, gestand Mairae und zog eine Grimasse. »Und du?«

»Ich freue mich jedenfalls nicht darauf.« Auraya lächelte schief. »Allerdings habe ich keine Zweifel. Wir werden siegen. Dafür werden schon die Götter sorgen.«

Mairae seufzte und nahm noch einen Schluck Tintra. »Es ist nicht die Möglichkeit einer Niederlage, die mir zu schaffen macht. Mir graut vor dem Töten ... vor dem Blutvergießen.«

Auraya nickte.

»Aber du wirkst keineswegs besorgt«, bemerkte Mairae.

»Oh, der Schein trügt. Wann immer meine Gedanken zu diesem Thema wandern, versuche ich, mich auf etwas anderes zu konzentrieren. Es wird schrecklich werden. Dessen können wir gewiss sein. Aber es hat keinen Sinn, mich jetzt schon damit zu quälen, dass ich mir ausmale, *wie* schrecklich es werden wird. Es wird schlimm genug sein, wenn es geschieht.«

Mairae musterte Auraya nachdenklich. »Ist das der Grund, warum du während der letzten Nächte umhergeflogen bist? Versuchst du, dich abzulenken?«

»Wahrscheinlich.«

Mairae zog vielsagend die Augenbrauen hoch. »Ist diese Ablenkung ein ›er‹?«

Auraya blinzelte überrascht, dann lachte sie. »Wenn es doch nur so wäre!« Sie füllte Mairaes Kelch wieder auf und beugte sich vor. »Meinst du, ich könnte Juran dazu überreden, das Gesetz zu widerrufen, das verbietet, die Dienste eines Traumwebers zu benutzen?«

Mairae sah sie fragend an. »Es überrascht mich, dass du es nicht bereits versucht hast.«

»Wenn ich nicht in Si gewesen wäre, hätte ich es getan.« Auraya hielt Mairaes Blick fest. »Glaubst du, er würde es widerrufen?«

»Vielleicht.« Mairae runzelte die Stirn. »Wenn ihm der Gedanke widerstrebt, schlag ihm vor, das Verbot nach der Schlacht für eine bestimmte Zeit auszusetzen.«

»Das werde ich tun. Ich würde ein wenig besser schlafen, wenn ich wüsste, dass diejenigen, die die Schlacht überleben, nicht an ihren Verletzungen sterben werden.«

»Ich glaube nicht, dass es mir helfen würde, besser zu schlafen«, bemerkte Mairae düster.

Auraya lächelte. »Das klingt ganz so, als müsstest *du* dir eine Ablenkung suchen, Mairae. Gewiss sollte es in der größten Armee, die Nordithania je gesehen hat, doch ein oder zwei Männer geben, die deine Aufmerksamkeit erregt haben.«

Mairaes Miene hellte sich auf. »Da wäre tatsächlich der eine oder andere, aber da auch so viele meiner ehemaligen Geliebten hier sind, muss ich mich von meiner besten Seite zeigen. Es würde nicht angehen, wenn ich einen Verbündeten einem anderen vorzöge.« Sie hielt inne, dann legte sich ein nachdenklicher Ausdruck über ihre Züge. »Obwohl es ein Volk gibt, das ich noch nicht ausprobiert habe …«

Ein Stich des Entsetzens durchzuckte Auraya, als ihr klar wurde, woran Mairae dachte.

»Nein!«

Mairae grinste. »Warum nicht? Sie mögen klein sein, aber …«

»Es ist verboten«, erklärte Auraya energisch. »Von Huan. Aus der Paarung mit Landgehern entspringen missgebildete Kinder.«

»Ich werde kein Kind empfangen.«

»Nein, aber wenn du einen von ihnen dazu verleitest, eins ihrer ernstesten Gesetze zu brechen, würdest du diese neue Freundschaft zwischen den Siyee und den Landgehern besudeln und vielleicht sogar zerstören.«

Mairae seufzte. »Ich fand die Idee ohnehin nicht allzu verlockend.« Sie setzte ihren Kelch an die Lippen, dann zögerte sie. »Glaubst du, irgendjemand hätte etwas dagegen, wenn ich mir einen Mann suchte, der nicht dem Adel entspringt? In der genrianischen Armee gibt es einen sehr gutaussehenden Mann, der einen Kriegsplattan fährt. Ein Krieger, wie er im Buche steht.«

Auraya unterdrückte einen Seufzer. Es würde eine lange Nacht werden.

# 36

Nicht lange, nachdem Danjin eingeschlafen war, wurde er von einer Berührung an seinen Beinen wieder geweckt. Er öffnete die Augen und stellte fest, dass Unfug sich auf seinen Oberschenkeln zusammengerollt hatte.

Seufzend schüttelte er den Kopf. Wie sorgfältig er den Käfig des Veez auch verschließen mochte, es gelang dem Tier stets, zu entkommen. Er hätte Unfug zurückbringen sollen, aber der Käfig stand unter der gegenüberliegenden Bank, hinter den Beinen von Lanren Liedmacher. Der Militärratgeber lag in tiefem Schlaf, und Danjin wollte ihn nicht stören.

Außerdem war der Veez eine willkommene Wärmequelle. *Wäre mein Vater nicht begeistert, wenn er mich jetzt sehen könnte? Ich bin aufgrund meiner Intelligenz und meines Wissens über die Welt eingestellt worden, aber bisher bestand mein einziger Nutzen darin, auf ein Schoßtier aufzupassen.*

Er sah sich in dem Tarn um. Alle anderen, die hier Quartier genommen hatten, schliefen, selbst die neue Traumweberratgeberin, Raeli. Ihr Gesicht hatte viel von seiner starren Wachsamkeit verloren. Sie war keine schöne Frau, aber ohne die Sorgenfalten, die normalerweise zwischen ihren Brauen standen, wirkte sie auch keineswegs unattraktiv.

Während des Essens am vergangenen Abend hatte Auraya ihm erklärt, dass Raelis herablassende Art ihren Grund in Furcht und Argwohn hatte. Die Frau hatte Angst davor, schlecht behandelt zu werden und Fehler zu machen, die ihren Leuten schaden könnten. Sie wagte es nicht, sich mit jemandem anzufreunden, weil die Möglichkeit bestand, dass derjenige sie verraten würde. Auraya hatte ihm versichert, dass Raeli für jede freundliche Geste ihr gegenüber durchaus dankbar war. Außerdem hatte sie durchblicken lassen, dass er es leichter haben würde, sich mit der Traumweberin anzufreunden, als sie selbst, da sie eine der Weißen war. Er hatte den verborgenen Fingerzeig verstanden; sie wollte, dass er sich für sie mit Raeli anfreundete.

Es würde nicht einfach sein. Raeli beantwortete die meisten Fragen so knapp wie möglich. Als er an diesem Morgen mit Unfug in den Tarn gekommen war, hatte er einen Anflug von Wärme in Raelis Blick wahrgenommen und darüber nachgedacht, ob der Veez vielleicht eine Brücke zwischen ihm und der Traumweberin darstellen könnte. Sie kam aus Somrey, und in ihrem Land war die Haltung von Veez als Haustieren weit verbreitet. Obwohl er nicht die leiseste Ahnung hatte, wann er die Zeit finden sollte, sich mit ihr anzufreunden, da jeder Augenblick seines Tages voll ausgefüllt war und es außerdem eine unausgesprochene Vorschrift gab, die Gespräche im Tarn der Ratgeber untersagte.

Danjin schloss die Augen und seufzte. *Es wäre alles so viel leichter, wenn Leiard nicht zurückgetreten wäre.* Seit dem Tag, an dem er den Traumweber in Jarime aufgesucht hatte, hatte er Leiard nicht mehr gesehen. Gestern hatte Auraya ihm erzählt, dass sie in der Nacht zuvor Leiard in einem Traumweberlager in einiger Entfernung gefunden und mit ihm gesprochen hatte.

*Das muss nach dem Kriegsrat gewesen sein. Braucht sie denn überhaupt keinen Schlaf?*

Er gähnte. *Vielleicht braucht sie keinen, aber für mich gilt das nicht.*

Eine Weile wanderten seine Gedanken ziellos umher. Obwohl es ausgesprochen unbequem war, im Sitzen zu schlafen, während der Wagen über die Straße holperte, nickte er schließlich ein. Dann versetzte ihm etwas einen Tritt, so dass er zunächst einmal nur Dankbarkeit für das schwere Lederwams verspürte, das seine Lenden schützte. Fluchend schreckte er hoch und sah gerade noch den Veez unter der Wagenlasche verschwinden. Als Nächstes fiel ihm auf, dass mehrere Ratgeber ihn vorwurfsvoll musterten. Er schüttelte den letzten Rest Schläfrigkeit ab, sprang auf und machte sich an die Verfolgung des kleinen Tieres.

Draußen regnete es. Die Armee war ein langer Zug von Männern, Frauen, Tieren und Wagen.

Er konnte keine Spur von Unfug entdecken, wusste aber aus Erfahrung, dass er am besten dort suchte, wo sich Auraya gerade aufhielt. *Wenn ich doch nur noch ihren Ring hätte,* dachte er. *Dann könnte ich sie fragen.* Sie hatte ihm den Ring abgenommen, um ihn dem Anführer der Späher aus Si zu geben. Es war sehr wichtig zu erfahren, was die Himmelsleute sahen; dagegen war es von minderer Bedeutung, dass der Ring es ihm ermöglichte, ihr launisches Schoßtier ein wenig schneller zu finden.

*Ah, aber erst nachdem ich den Ring wieder abgegeben hatte, ist mir klar geworden, wie nützlich er war.*

Stirnrunzelnd überlegte er, was er tun sollte. Wenn Auraya bereits von ihrem Erkundungsflug mit den Siyee zurück war, war sie wahrscheinlich bei den anderen Weißen. Er machte sich im Laufschritt auf den Weg zu dem weißen Tarn.

Als er näher kam, sah er, dass Juran auf einem der berühmten Träger neben dem Wagen herritt. Der Anführer der Weißen verbrachte fast den ganzen Tag im Sattel. Er war immer irgendwo in der langen Kolonne unterwegs und unterhielt sich mit den Menschen. Danjin hatte einige Stallburschen bemerkt, die sich um die anderen vier Träger kümmerten, aber abgesehen von Juran waren Dyara und Rian die einzigen anderen Weißen, die er bisher hatte reiten sehen. Mairae schien die Annehmlichkeiten des Tarns zu bevorzugen, und Auraya hatte, wie er wusste, niemals reiten gelernt. Danjin war sich nicht sicher, warum man überhaupt einen Träger für sie mitgenommen hatte. Das Fliegen war inzwischen ihre bevorzugte Art zu reisen. Gestern war sie zusammen mit den Siyee der Armee weit vorausgeflogen, einerseits, um sie zu schützen, andererseits, um mit den Hirten zu sprechen, falls diese zurückschlagen sollten, wenn die Siyee Jagd auf ihre Herden machten. Außerdem sorgte sie so dafür, dass die Weißen eine Verbindung zu dem Himmelsvolk hatten, da es unter den Siyee keine Priester gab, die Nachrichten auf telepathischem Wege übermitteln konnten.

Danjin wusste, dass es Juran anfangs widerstrebt hatte, Auraya zu erlauben, sich so weit von den anderen Weißen zu entfernen. Als sie ihm jedoch demonstriert hatte, wie schnell sie zu der Armee zurückkehren konnte, hatte Juran seine Meinung geändert. Ihre Fähigkeit zu fliegen ermöglichte es ihr, sich mit unglaublicher Geschwindigkeit fortzubewegen.

Danjin dagegen war eindeutig außer Atem, als er sich dem weißen Tarn näherte. Zu seiner Erleichterung entdeckte er Mairae und Auraya darin. Juran drehte sich zu ihm um.

»Ratgeber Speer.«

»Ist Unfug …?«, stieß Danjin hervor.

»Ja, er ist hier.«

Danjin blieb vor dem Tarn stehen. Auraya lächelte ihn an.

»Ah, Danjin.« Sie kicherte. »Du hättest einen der Diener schicken können, damit er ihn holt. Steig ein. Er wird sich gleich beruhigen, dann kannst du ihn wieder mit zurücknehmen.«

Danjin folgte Aurayas Einladung. Mairae saß mit untergeschlagenen Beinen auf einer der Bänke. Unfug hockte auf Aurayas Schoß, und Danjin stellte fest, dass der Veez eine Vielzahl kleiner Pfotenabdrücke auf ihrem Zirk hinterlassen hatte.

»Fliegen!«, sagte Unfug beharrlich. Als Danjin sich neben Auraya setzte, sah das Tier ihn argwöhnisch an. »Nicht Käfig.«

»Nicht fliegen«, erwiderte Auraya. »Später fliegen.«

Der Veez sank in sich zusammen, stieß einen tiefen Seufzer aus und wandte den Blick ab.

»Hallo, Danjin.« Mairae lächelte mitfühlend. »Er hält dich ganz schön auf Trab, aber mach dir keine Sorgen. Solange du ihn fütterst, wird er dich nicht als Gegner betrachten.«

Danjin öffnete den Mund zu einer Antwort, zögerte jedoch, als er einen Träger mit hohem Tempo herankommen sah. Dyara saß im Sattel. Mairae blickte über die Schulter zu der Frau hinüber, dann drehte sie sich wieder zu Auraya um.

»Ich sehe einfach keinen Sinn darin«, murmelte sie. »Was kannst du in den nächsten Tagen schon in Erfahrung bringen?«

Auraya zuckte die Achseln. »Vielleicht etwas Nützliches. Zumindest werde ich ein wenig Übung bekommen, was die Schlacht betrifft.«

Mairae wandte sich an Juran. »Du hast selbst gesagt, dass Auraya nichts geschehen kann, solange sie deiner Führung folgt. Sie wird nicht allein versuchen, es mit einem dieser schwarzen Zauberer aufzunehmen. Nicht nach dem, was vorgefallen ist.«

Juran schüttelte den Kopf. »Sollte Auraya von uns getrennt werden – was durchaus möglich ist, da sie sich so häufig den Siyee anschließt –, könnte einer dieser Zauberer sie in die Enge treiben. Dann sind es vielleicht eher ihre besonderen Fähigkeiten als ihre Stärke, die sie retten.« Er blickte zu Dyaras Träger hinüber, der den Tarn inzwischen erreicht hatte. »Hallo, Dyara. Ist Guire einverstanden?«

Die Frau lächelte dünn. »Ja. Er ist immer vernünftig, aber

wie lange das so bleiben wird, hängt von Berro ab. Sobald die Torener hier sind, dürfte es interessant werden.« Sie sah Danjin an und nickte höflich, dann richtete sie ihre Aufmerksamkeit auf Auraya. »Ich dachte, wir könnten vielleicht in Richtung Norden gehen und eine gewisse Entfernung zwischen uns und die Armee legen.«

Auraya lächelte. »Das wäre in jedem Fall klug. Wir wollen niemanden ängstigen und auch nichts kaputt machen.« Sie sah Juran an. »Du wirst über meinen Vorschlag nachdenken?«

Juran nickte. »Ja. Wie du gesagt hast, die Kämpfer werden es uns verübeln, wenn wir ihnen keine Wahl lassen.«

Auraya stand auf und legte Danjin den Veez auf den Schoß. Er blickte zwischen ihr und Juran hin und her und fragte sich, wovon die beiden sprachen.

»Fliegen?«, sagte Unfug hoffnungsvoll.

»Nicht fliegen«, antwortete Auraya energisch. »Bleib bei Danjin. Benimm dich, und wir werden später fliegen.« Der Veez verdrehte den Kopf, wie kaum ein anderes Geschöpf es vermocht hätte, um Auraya nachzuschauen, als diese aus dem Tarn stieg.

Dyara saß ab. Ein Stallbursche kam herbeigeeilt, um ihr das Halfter abzunehmen. Als sie und Auraya sich von der Straße entfernten, spürte Danjin, dass Unfug einen tiefen Seufzer ausstieß.

Juran blickte jäh über seine Schulter, dann lächelte er. »Meine Anwesenheit wird andernorts benötigt.«

»Dann geh.« Mairae lachte leise. »Und amüsier dich nicht allzu gut.« Als Juran davonritt, drehte sie sich zu Danjin um. »Es wäre nicht recht, dich zu bitten, hierzubleiben und mir Gesellschaft zu leisten. Du siehst aus, als müsstest du unbedingt einmal eine Nacht ordentlich schlafen. Was im Übrigen auch für Auraya gilt.«

Er lächelte schief. »Ich habe langsam schon gedacht, dass die Weißen überhaupt keinen Schlaf brauchen.«

Sie sah ihn kläglich an. »Wir brauchen genauso viel Schlaf wie die Sterblichen, obwohl unsere Gaben uns die Möglichkeit geben, für eine Weile darauf zu verzichten. Im Augenblick ist es nicht leicht, Zeit zum Schlafen zu finden. Und falls einer von uns doch einmal die Zeit dazu hat, will der Schlaf einfach nicht kommen.«

Danjin musterte sie überrascht. Keiner der Weißen hatte bisher auch nur die geringsten Anzeichen von Besorgnis verraten, aber vielleicht verstanden sie sich einfach nur gut darauf, ihre Gefühle zu verbergen. Es war gleichzeitig beunruhigend und tröstlich gewesen, wie Juran und Mairae in aller Gelassenheit über Aurayas Chancen gesprochen hatten, eine Auseinandersetzung mit einem der feindlichen Zauberer zu überleben.

Mairae zuckte die Achseln. »Jeder von uns hat seine eigene Art, mit seinen Ängsten umzugehen. Juran bleibt die ganze Nacht auf und schmiedet Pläne. Rian betet. Auraya fliegt umher.« Plötzlich lächelte Mairae kokett. »Oder zumindest behauptet sie das.« Sie sah Danjin aus den Augenwinkeln an. »Ich habe mich allerdings gefragt, ob sie eine andere Art der Ablenkung gefunden hat. Vielleicht verbringt sie ihre Zeit mit jemandem, der ihrem Herzen nähersteht.«

Danjin runzelte die Stirn. Dann wurde ihm klar, worauf Mairae anspielte, und er empfand eine Mischung aus Verlegenheit und Erschrecken. Auraya sollte sich einen *Geliebten* genommen haben? Das war natürlich möglich. Aber in diesem Fall hätte sie ihm doch gewiss davon erzählt. Sie vertraute ihm … Aber wenn sie es vor den anderen Weißen verborgen halten wollte, konnte sie ihn in ihr Geheimnis nicht einweihen.

Er schüttelte den Kopf. »Wie soll ich jetzt noch schlafen? Ich werde den ganzen Tag darüber nachdenken.«

Mairae lachte. »Es tut mir leid, Danjin Speer. Ich wollte deinen Schlaf nicht noch zusätzlich beeinträchtigen. Geh jetzt. Du solltest besser in deinen Tarn zurückkehren, bevor ich dir noch mehr beunruhigende Ideen in den Kopf setze.«

Er stand auf, machte das Zeichen des Kreises und stieg dann aus dem Tarn. Unfug hockte sich auf seine Schulter. Der Veez schien Auraya vergessen zu haben. Danjin kraulte das kleine Tier unter dem Kinn, wie er es Leiard hatte tun sehen.

*Leiard!*

Danjin blieb jäh stehen. Als Auraya zwei Nächte zuvor »umhergeflogen« war, hatte sie das Lager der Traumweber gefunden. War sie gestern Nacht dort gewesen? Steckte mehr hinter ihren Besuchen als das Bedürfnis, mit einem alten Freund zu plaudern?

Gewiss nicht. Er wusste, dass sie in Leiard ebenso einen Freund wie einen Ratgeber gesehen hatte… aber was war, wenn ihre Gefühle für ihn mehr waren als bloße Freundschaft?

*Das würde die Heimlichtuerei erklären,* dachte er.

*Welche Heimlichtuerei?* Danjin schüttelte den Kopf und ging weiter. *Ich weiß nur, dass Auraya Leiard ein einziges Mal besucht hat und dass sie des Nachts umherfliegt. Das ist noch lange kein Beweis dafür, dass sie einen Geliebten hat, geschweige denn, dass dieser Geliebte Leiard ist.*

Als er sich seinem Ziel näherte, blieb er stehen und drehte sich noch einmal zu dem weißen Tarn um.

*Außerdem,* dachte er, *ist Auraya keine Närrin. Sie würde niemals alles, was sie erreicht hat, aufs Spiel setzen, indem sie sich einen Traumweber als Geliebten nimmt.*

Die Sonne stand tief am Himmel, als Dyara und Auraya zur Straße zurückgingen.

»Also, wie mache ich mich?«, fragte Auraya.

Dyara sah sie an und lächelte grimmig. »Recht gut. Du hast eine natürliche Begabung für Magie, aber das ist keine Überraschung. Anderenfalls hätten die Götter dich nicht auserwählt.«

»Ich dachte, es läge an meinem Charme.«

Zu Aurayas Überraschung lachte Dyara leise. »Ich bin davon überzeugt, dass sie dich auch deshalb gewählt haben. Aber mit Charme allein wirst du diesen Krieg nicht überleben, Auraya – und ich weiß, dass dir das klar ist.«

Auraya nickte. »Wir haben fast alles noch einmal durchgenommen, was ich seit meiner Erwählung gelernt habe. Was werden wir morgen machen?«

Dyara runzelte die Stirn. »Ich habe über verschiedene Möglichkeiten nachgedacht, wie du deine Fähigkeit zu fliegen zu deinem Vorteil nutzen könntest. Wenn du eine große Menge Magie in dich hineinziehst, verringerst du, wie du weißt, die Magie in der Welt unmittelbar um dich herum. Frische Magie fließt herein, um zu ersetzen, was gebraucht wurde, aber dieser Prozess ist zu langsam, wenn du sehr schnell weitere Macht benötigst. Um diesen Umstand auszugleichen, musst du Magie aus einiger Entfernung von dir holen, was mehr Anstrengung kostet, oder du musst dich zu einem Ort bewegen, an dem noch größere Vorräte an Magie zu finden sind.«

»Und ich muss es vermeiden, dort hinzugehen, wo mein Feind gestanden hat.«

»Ja. Im Gegensatz zu uns bist du nicht darauf beschränkt, dich über Land bewegen zu müssen. Dir steht auch der gesamte Himmel zur Verfügung. Deine Magiequellen werden immer frisch sein, solange du in der Luft bleibst und dich bewegst.«

Ein leiser Schauer der Erregung überlief Auraya. »Ich verstehe. Daran hatte ich noch gar nicht gedacht.«

»Das Problem ist, dass Juran dich an unserer Seite haben will, da es auf diese Weise einfacher sein wird …«

*Auraya? Beobachtest du uns gerade?*

Auraya hielt inne. Der Gedankenruf war schwach und zögerlich, aber klar genug, um zu erkennen, von wem er kam. Tireel, der Botschafter der Siyee, der nach Jarime gekommen war, hatte sich freiwillig erboten, die Späher über die Berge zu führen. Sie hatte ihm ihren Verbindungsring gegeben, damit er sie an seinen Gedanken und Sinneseindrücken teilhaben lassen konnte, sobald sie angekommen waren.

*Tireel. Wo bist du?*

*Auf der anderen Seite der Berge. Wir haben die Pentadrianer gefunden. Sie sind erheblich näher, als du gesagt hast.*

Sie konnte Erregung und Angst bei ihm spüren. Ohne lange zu zögern, griff sie mit ihrer Magie nach Dyara, Juran, Mairae und Rian, erzählte ihnen, was geschehen war, und leitete Tireels Botschaften an sie weiter.

*Wie nah sind sie? Zeig mir, was du siehst.*

Er brauchte einige Versuche, bevor er in der Lage war, ein klares Bild von seiner Umgebung zu übermitteln. Es war ein enges, von hoch oben betrachtetes Tal, durch das sich zwei Flüsse schlängelten, einer blau, einer schwarz. Dann wurde Auraya klar, dass der schwarze Fluss ein Strom von Menschen war, nicht von Wasser.

Die pentadrianische Armee.

Der Anblick war zwar keine Überraschung, aber war dennoch ein Schock. Bis jetzt hatte sie lediglich durch Berichte vom Feind gehört, und sie war ihm nur in der Gestalt eines einzelnen schwarzen Zauberers begegnet. Als sie jetzt diese endlose Kolonne sah, die sich stetig auf den Pass und auf ihre Heimat zubewegte, wurde die Gefahr einer Invasion plötzlich real und beängstigend.

*Kannst du näher herankommen?*, fragte Juran.

*Ich werde einige Kreise ziehen und mich, wenn ich die Sonne im Rücken habe, langsam hinabsinken lassen.*

Tireel gab einigen der anderen Siyee den Auftrag, die Nachbartäler zu erkunden, dann wies er die Übrigen an, sich außer Sichtweite der Armee zu begeben. Falls irgendwelche Pentadrianer zufällig zum Himmel aufschauten, würden sie glauben, einen großen Raubvogel zu sehen. Raubvögel traten jedoch nicht in Schwärmen auf, sondern allein. Mehrere große Vögel würden Aufmerksamkeit erregen, und es würde nicht lange dauern, bis jemand begriff, dass es sich möglicherweise nicht um Vögel handelte, sondern um Menschen.

Als er sich davon überzeugt hatte, dass seine Anweisungen ausgeführt wurden, ließ Tireel sich langsam hinabsinken, wobei er die Bewegungsabläufe von Raubvögeln nachahmte. Das Bild der pentadrianischen Armee vervollständigte sich. Auraya bemerkte, dass die Kolonne in fünf Abteilungen unterteilt war. Eine jede wurde von einem einzelnen Reiter angeführt, während die Vorratswagen am Ende des Zuges fuhren.

*Sind diese Anführer die fünf Zauberer und Zauberinnen, von denen man uns erzählt hat?*, wollte Juran wissen.

*Ich werde versuchen, näher heranzufliegen und einen von ihnen genauer in Augenschein zu nehmen,* erbot sich Tireel.

Tireel glitt tiefer hinab, bis Auraya sehen konnte, dass einer der Anführer eine Frau war. Auf dem Arm der Frau hockte ein riesiger schwarzer Vogel. Im Gegensatz zu den Jagdvögeln des genrianischen Adels trug dieser hier keine Haube. Er drehte sich hin und her und betrachtete die Bäume zu beiden Seiten der Straße. Dann legte er plötzlich den Kopf schräg und breitete die Flügel aus. Seine schrillen Schreie hallten durch das Tal.

Die Frau hob ruckartig den Kopf und streckte den Arm aus. Der schwarze Vogel schwang sich unter kräftigem Flügelschlagen in die Luft.

*Zieh dich zurück*, drängte Auraya.

Tireel entfernte sich kreisend. Als er sich umdrehte, erblickte er mehrere weitere Vögel, die sich zwischen den Reihen der Pentadrianer erhoben hatten. Die Angst verlieh ihm zusätzliche Kraft.

*Glaubst du, sie hat ihn als das erkannt, was er ist?*, fragte Mairae.

*Wenn sie die einzige Pentadrianerin mit Vögeln ist, dann ist sie wahrscheinlich diejenige, die auch in Si war*, antwortete Auraya. *Das heißt, sie hat schon früher Siyee gesehen.*

*Wir sollten davon ausgehen, dass unsere Hoffnungen, sie zu überraschen, damit zunichtegemacht worden sind.* Jurans Gedanke war so leise, dass nur die anderen Weißen ihn hören konnten.

*Ich bezweifle ohnehin, dass wir sie überrascht hätten*, erwiderte Dyara. *Diese Frau hat Auraya bei den Siyee gesehen. Es wird ihr klar sein, dass die Siyee sich uns möglicherweise angeschlossen haben.*

*Dann sind das also die schwarzen Vögel, die ...?*

Plötzlich überlagerten Schock und Schmerz Mairaes Frage. Verworrene Gedanken und Gefühle folgten. Tireel konnte sich nur benommen fragen, was geschehen war. Sein Kopf und seine Schultern waren mit einem Mal wund und zerschunden, und er hatte das Gefühl, als sei er gegen einen Felsen geflogen, obwohl er sich noch immer in der Luft befand. Er stürzte auch nicht, sondern lag auf irgendetwas. Als er hinabblickte, sah er nichts als den Boden unter ihm.

Die pentadrianische Armee hatte Halt gemacht. Hunderte von Augenpaaren beobachteten ihn. Die Zauberin hatte den Arm in seine Richtung erhoben. Schwarze Vögel kreisten unter ihm.

Auraya spürte, wie ihr Magen sich zusammenschnürte.

*Die Zauberin hat ihn gefangen.* Dyara war entsetzt.

*Das ist nicht gut,* murmelte Juran.

Die Barriere, die Tireel festgehalten hatte, verschwand, und er fiel. Mit ausgebreiteten Flügeln versuchte er, seinen Sturz zu bremsen, was ihm jedoch erst gelang, als er die Vögel erreichte.

Sie schossen auf ihn zu und hackten mit den Schnäbeln auf ihn ein. Er zog instinktiv die Arme an den Körper, um seine Flügel zu schützen, dann fiel er wie ein Stein zu Boden. Im nächsten Augenblick wurde ihm klar, dass dies vielleicht eine Möglichkeit war, ihnen zu entkommen.

Hoffnung stieg in Auraya auf.

Die Vögel folgten Tireel, während der Boden immer näher kam. Er breitete die Arme wieder aus.

Sofort stießen die Vögel auf ihn herab. Mit zusammengebissenen Zähnen kämpfte er gegen den Schmerz und widerstand dem Drang, sich zu schützen. Der Boden war jetzt nicht mehr allzu weit entfernt.

*Flieh,* flüsterte Auraya, obwohl sie wusste, dass es kein Entkommen für ihn gab.

Tireel blickte hinab und sah den Feind. Hunderte von Gesichtern, die ihn beobachteten. Dann zerrissen scharfe Krallen seine Flügel. Er schrie gequält auf und stürzte. Das Wissen, dass er nie wieder fliegen würde, war wie eine zusätzliche Last, die ihn in die Tiefe zerrte. Er schloss die Augen und betete, dass der Tod schnell kommen würde.

Aber so war es nicht. Der Boden gab unter ihm nach, und in diesem Moment regte sich unwillkürlich Hoffnung in ihm. Er lebte. Seine Flügel mochten zerrissen sein, aber er lebte …

Dann öffnete er die Augen und sah den Ring schwarz gewandeter Männer und Frauen um sich herum.

*Das ist nicht gut,* wiederholte Juran.

*Nein*, pflichtete Dyara ihm bei. *Sie werden von ihm viel über uns erfahren.*

*Was können wir tun?*, fragte Mairae.

*Nichts.*

*Vielleicht werden die anderen Siyee ihn töten.*

*Wenn sie es versuchen, werden sie ebenfalls gefangen*, erwiderte Auraya unglücklich. *Es ist meine Schuld. Ich hätte sie begleiten sollen. Ich hätte an ihrer Stelle fliegen sollen …*

*Nein, Auraya*, widersprach Juran energisch. *Wenn du hingeflogen wärst, hätten wir anstelle von Tireel eine Weiße verloren.*

*Er hat recht, Auraya*, fügte Mairae hinzu.

*Wir wussten nicht, dass diese Vögel dort sein würden oder dass sie Tireel sehen und in der Lage sein würden, die Zauberin auf ihn aufmerksam zu machen*, warf Dyara ein.

*Ich weiß, es ist schwer mit anzusehen, aber wir müssen in Erfahrung bringen, was Tireel preisgibt*, sagte Rian. *Halte die Verbindung aufrecht, Auraya.*

Sie konzentrierte sich auf Tireels Geist. Seine Sicht war verschwommen, und er verlor viel Blut. Die Zauberin stand neben ihm. Sie nahm seine Hand und zog daran. Durch die Bewegung wurde seine Flügelmembran gedehnt, und eine neue Welle des Schmerzes schlug über ihm zusammen. Er spürte, wie etwas von seinem Finger glitt.

*Der Ring!*, rief Dyara erschrocken. *Sie nimmt ihm den Ring ab.*

*Das ist ein Verlust, an dem wir nichts ändern können*, murmelte Juran. *Aber vielleicht lohnt es sich, wenn wir einen Blick in ihre Gedanken werfen …*

Nachdem die Zauberin Tireel den Ring vom Finger gezogen hatte, brach die Verbindung zu seinem Geist ab. An seine Stelle trat ein Gefühl von Bedauern, das durchmischt war von einer skrupellosen Entschlossenheit. *Die Siyee haben sich dafür entschieden, sich mit den Heiden zu verbünden,* dachte die Frau. *Das sollte ich nicht vergessen. Was ist das für ein Ring? Ein hübscher Tand oder mehr? Vielleicht ist es ein magischer Gegenstand. Was wäre, wenn ich …? Nein!*

Die Verbindung zu ihren Gedanken brach jäh ab, als sie den Ring wegwarf. Auraya öffnete die Augen. Einen Moment lang starrte sie orientierungslos auf die grasbewachsenen Hügel um sie herum. Dyara stand neben ihr.

*Haben wir etwas Nützliches erfahren?*, fragte Mairae hoffnungsvoll.

*Nein,* antwortete Juran müde. *Zumindest nicht von ihr. Tireel hat uns vieles gezeigt, was wir nicht wussten. Die Größe ihrer Armee. Wie nahe sie dem Pass bereits sind. Wir werden uns beeilen müssen, wenn wir ihnen dort entgegentreten wollen. Dann wäre da noch die neue Bedrohung, die von diesen Vögeln ausgeht und die vor allem für die Siyee eine Gefahr darstellt. Wir haben heute Abend viel zu besprechen. Ich werde dir deinen Träger schicken, Dyara. Und was ist mit dir, Auraya?*

*Ich werde fliegen.*

*Dann werden wir uns in Kürze treffen.*

Als der andere Weiße seine Verbindung zu ihr abbrach, blickte Auraya zu dem Gebirge im Osten hinüber und seufzte.

»Ich hätte nicht gedacht, dass das erste Opfer ein Siyee sein würde«, murmelte Dyara.

»Nein.«

»Möchtest du, dass ich es Sprecherin Sirri sage?«

Auraya sah Dyara kurz an, dann schüttelte sie den Kopf. »Nein, ich werde das tun.«

Dyara nickte. »Dann geh. Ich komme allein zurecht. Um die Wahrheit zu sagen, es wird mir guttun, ein wenig allein zu sein. Und Juran wird sicher nichts dagegen haben, wenn auch du dir Zeit lässt.«

Ihre Blicke trafen sich, und plötzlich wurde Auraya klar,

dass Dyara nicht so hart war, wie sie sich gab. Sie war kalt, aber nicht ohne Mitgefühl. Das Schicksal Tireels hatte sie sehr mitgenommen.

Auraya trat beiseite, holte tief Luft und ließ sich in den Himmel hinaufschweben.

# 37

Als Tryss erwachte, lag er mit dem Gesicht direkt an der Membran seiner tragbaren Laube. Gedämpfte Stimmen drangen durch die dünnen Wände. Er drehte sich um und spürte einen warmen Körper hinter sich.

»Hm, du bist aufgewacht«, bemerkte Drilli. »Ich hatte schon erwartet, dass ich dich würde schütteln müssen. Du bist gestern Abend so spät zurückgekommen.«

Er lächelte, schob sich näher an sie heran und legte eine Hand auf ihre nackte Taille. »Ich wache immer früh auf, wenn du neben mir liegst.«

Als seine Finger zu ihrer Brust hinaufwanderten, hielt sie seine Hand fest. Er zog einen Schmollmund, und sie lachte. »*So* früh ist es nun auch wieder nicht«, sagte sie. »Es überrascht mich, dass Sirri nicht schon hier war, um festzustellen, warum wir noch nicht gepackt haben.« Sie küsste ihn, dann richtete sie sich auf und rieb sich den Bauch.

»Ist dir wieder übel?«, fragte er.

»Ein wenig«, gab sie zu. »Es ist nur das Essen. Zu viel Fleisch und Brot. Nicht genug Obst und Gemüse.« Sie sah sich in der Laube um, die kaum groß genug war, um aufrecht darin zu sitzen. Aber ihre Aufmerksamkeit galt den Geräuschen außerhalb der Wände.

»Es muss irgendetwas passiert sein, das alle aufgeschreckt hat.«

Draußen erklang jetzt ein Ausruf des Entsetzens. Irgendwo vor dem Zelt führten zwei Siyee ein hektisches Gespräch. Tryss konnte die einzelnen Worte nicht verstehen.

»Wir sollten uns anziehen und es herausfinden.«

Drilli hatte bereits nach ihren Kleidern gegriffen. Sie schlüpften hastig in ihre Wämser und Hosen, dann schnallten sie sich Geschirre und Waffen an den Leib. Drilli war als Erste fertig, aber sie wartete auf Tryss, bevor sie sich aus der Laube hinausschob.

Die Siyee standen in kleinen Gruppen beisammen, und an ihren Mienen erriet Tryss, dass etwas Ernstes geschehen sein musste. Einige von ihnen wirkten verängstigt, andere wütend.

»Tryss, Drilli«, rief eine vertraute Stimme.

Als er sich umdrehte, kam Sirri auf ihn zu, und er ging ihr mit Drilli entgegen.

»Was ist passiert?«, fragte Drilli.

»Die Späher haben die pentadrianische Armee gefunden. Ihr Anführer, Tireel vom Stamm des grünen Sees, ist gefangen genommen worden.«

Tryss' Herz verkrampfte sich. »Wie?«

»Er ist zu dicht an sie herangeflogen. Es war bereits zu spät, als er sah, dass die Zauberin mit den schwarzen Vögeln – den Vögeln, die die Männer des Sonnengebirgsstamms angegriffen haben – diesen Teil der Armee anführte. Die Vögel haben ihn entdeckt, und die Zauberin hat ihn heruntergeholt.«

»Ist er tot?«, fragte Drilli leise.

Sirri verzog das Gesicht. »Das wissen wir nicht. Er ist bei dem Sturz nicht ums Leben gekommen, war aber in einer sehr schlechten Verfassung, als Aurayas Verbindung zu ihm abbrach.«

»Falls eine Chance besteht, dass er noch lebt, sollten wir es herausfinden.« Hoffnung glomm in Tryss auf. »Wir müssen ihn retten.«

Die Sprecherin seufzte und schüttelte den Kopf. »Wenn das doch nur möglich wäre, Tryss. Er befindet sich in den Händen der pentadrianischen Armee und wird von Zauberern gefangen gehalten. Wir würden nur selbst in Gefangenschaft geraten.«

»Natürlich.« Tryss' Wangen röteten sich. Die Lösung war offenkundig. »Auraya wird ihn retten.«

»Nein.« Sirri legte Tryss die Hand auf die Schulter. »Sie würde gegen fünf mächtige pentadrianische Zauberer und all ihre Priester und Priesterinnen kämpfen müssen. Allein würde auch sie nicht überleben. Wenn wir einen Siyee weniger haben, können wir diesen Krieg vielleicht gewinnen, aber ich bezweifle, dass wir eine Chance hätten, wenn wir auf eine Weiße verzichten müssten.«

Tryss starrte sie ungläubig an. »Dann geben wir also einfach auf?« Zorn wallte in ihm auf. »Es hätte mich treffen können. Ich wollte die Späher anführen, aber du hast gesagt, ich wäre hier, bei der Arbeit mit Liedmacher, nützlicher.«

»Tryss …«, murmelte Drilli.

»Und das ist auch richtig«, erklärte Sirri entschieden. »Ich trauere genauso wie du, Tryss, aber ich bin trotzdem froh, dass du nicht an Tireels Stelle geflogen bist. Ich brauche dich hier. Tireel hat möglicherweise viele von uns gerettet. Wir wissen jetzt über die schwarzen Vögel Bescheid. Wir haben Zeit, Dinge zu erfinden, mit denen wir sie bekämpfen können.«

Er sah sie scharf an. Etwas an der Art, wie sie das Wort »erfinden« ausgesprochen hatte, weckte in ihm den Verdacht, dass sie den Ausdruck bewusst gewählt hatte, um ihn abzulenken. *Natürlich hat sie das getan*, sagte er sich. *Sie versucht, meine Aufmerksamkeit von Tireels Schicksal auf etwas Wichtigeres zu lenken – auf unser aller Sicherheit.*

Er brachte ein schwaches Lächeln zustande. »Dann sollten wir besser anfangen, Pläne zu schmieden.«

Sie klopfte ihm ermutigend auf die Schulter. »Genau deshalb habe ich eine Versammlung einberufen. Die Landgeher können heute ohne uns aufbrechen. Wir werden sie später einholen, nachdem wir diese Angelegenheit unter uns besprochen haben. Heute Abend werden wir beide dem Kriegsrat unsere Pläne vorlegen.« Sie wandte sich von ihm ab und blickte mit schmalen Augen über seine Schulter. »Da ist Sprecher Vreez. Ich muss jetzt gehen. Ich hoffe, du wirst einige Ideen entwickeln, die ich meinem Stamm vorlegen kann, Tryss.«

»Das werde ich«, versprach er.

Nachdem sie gegangen war, spürte Tryss Drillis Hand in seiner. »Wenn ich mich noch einmal darüber beklage, dass du die ganze Nacht hindurch mit Liedmacher geredet hast, gib mir einen Tritt«, flüsterte sie.

Als der letzte gewaltige Baumstamm über die Straße gesenkt wurde, hörte Kar Schritte hinter sich.

»Die gefällt mir bisher am besten.«

Kar drehte sich zu dem Mann hinter ihm um. Fin, Lem der Tarrep-Krieger, war recht groß für einen Dunweger. Er war ein gutaussehender Bursche und trug seinen Bart kurz geschnitten. Die Tätowierungen auf seinem Gesicht betonten leicht schräg stehende Augen und einen intelligenten Blick.

»Ich sehe, dass das versteckte Pfeilbienennest das eigentliche Hindernis ist. Aber warum hast du zu beiden Seiten Feuer entzündet?«, fragte Fin.

»Rauch macht Pfeilbienen benommen«, erklärte Kar. »Bei dem Holz handelt es sich um Myttenholz. Es brennt langsam und produziert, wenn es noch grün ist, viel Rauch. Der Rauch wird die Bienen in ihrem Stock festhalten, bis man die Holzscheite bewegt.«

»Und auf diese Weise verringert sich die Gefahr, dass einige vereinzelte Pfeilbienen ihren Stamm vor der Falle warnen.« Fin nickte. »Ich verstehe.«

Er rief den Feuerkriegern und den Mitgliedern seines Clans

einige Anweisungen zu, dann wandte er sich ab. Kar folgte seinem Anführer die Straße zum Pass hinauf. Die übrigen Männer schlossen sich ihnen schweigend an, wobei die letzten in einem offenen Tarn saßen, in dem das Werkzeug für ihre Fallen transportiert wurde.

Der Weg war gewunden und an manchen Stellen ziemlich steil. Kar hielt konzentriert Ausschau nach geeigneten Stellen für seine Fallen. Er hatte noch immer einige Ideen, die er ausprobieren wollte, brauchte dafür jedoch das richtige Gelände. Nachdem sie eine Stunde marschiert waren, kamen sie um eine Biegung des Passwegs, und Kar blieb stehen.

»Ah.«

Fin lächelte. »Ich dachte mir schon, dass dir das gefallen würde.«

Die Straße führte steil zwischen zwei Felswänden hindurch. Die Felsen neigten sich nach innen, so dass sie einander beinahe berührten. Zwischen ihnen eingekeilt befand sich ein riesiger Felsbrocken.

Kar strich sich über den Bart, dann setzte er sich wieder in Bewegung, um die Felswände näher in Augenschein zu nehmen. Sie wiesen zahlreiche Spalten auf, die bis zur Höhe des eingekeilten Felsbrockens sichtbar waren. Er setzte die Inspektion der Wände fort; am Ende der Passage wichen sie voneinander zurück und bildeten die Flanken einer engen Schlucht, die mit Felsen und gewaltigen Steinen übersät war. Die Straße verlief dort gewunden weiter.

Schließlich drehte er sich um und ging zurück. Als er aus der Passage trat, entdeckte er, worauf er gehofft hatte.

Direkt über der Biegung, dort, von wo er den eingeklemmten Felsbrocken zuerst gesehen hatte, befand sich ein breiter Felssims. Mit einem zufriedenen Seufzen winkte er die Feuerkrieger zu sich heran und erklärte ihnen, was sie tun sollten.

In weniger als einer Stunde waren sie fertig. Die Feuerkrieger wirkten müde. Ihre Aufgabe hatte stete Konzentration erfordert, und trotz der Kälte glänzten Schweißperlen auf ihren Gesichtern, und ihre goldenen Stirnbänder waren stumpf von Staub. Er hoffte, dass sie nicht zu erschöpft für ihre nächste Aufgabe sein würden.

Über sich konnte er gerade noch die beiden dünnen Seile erkennen, die durch kleine, in den Fels eingelassene Eisenringe in den Spalten der Felswände nach oben führten. Sie endeten an sandgefüllten Säcken auf dem Felssims, die einen sorgfältig aufgeschichteten Haufen von Felsbrocken hielten.

Dann schnitt er die Seilzüge entlang der Felswand ab. Sein Gehilfe folgte ihm durch die enge Passage. Dem Felsblock über ihm schenkte er dabei nicht die geringste Beachtung. Am Ende der Passage traf er auf Fin, der dort auf ihn wartete.

Der Clanführer runzelte die Stirn, sagte jedoch nichts, als Kar den Zaubererkriegern befahl, den nächstgelegenen der großen Steinbrocken vor den Eingang der Passage zu rollen. Fin verfolgte mit angespanntem Schweigen, wie kleine Eisenringe in die Oberfläche des Steins eingelassen und die Seilzüge hindurchgeführt und am letzten davon befestigt wurden. Erst als Kar die Arbeit an der Falle für beendet erklärte, bat er ihn um einige Erläuterungen.

»Du hast von dem eingekeilten Felsblock keinen Gebrauch gemacht.«

»Oh, doch«, versicherte ihm Kar. »Er dient zur Ablenkung.«

»Wie das?«

»Die Feinde werden sich um diesen Felsblock große Sorgen machen, weil sie fürchten, er könnte eine Falle sein. Dadurch werden sie die Seilzüge nicht bemerken.«

Fin nickte langsam. »Und wenn die Zauberer des Feindes diesen Felsblock hier unten aus dem Weg räumen, werden sie ein Stück hinter sich an der Biegung die kleine Felslawine auslösen. Diesmal ist dein Ziel nicht das Haupt, es sind die Eingeweide der feindlichen Armee.«

»Sie werden ihre Feuerkrieger an die Spitze ihrer Armee setzen, damit sie sie vor Fallen schützen und Hindernisse entfernen.«

Fin lachte leise. »Ich frage mich, was dir als Nächstes einfallen wird.«

Kar lächelte. »Wir haben die Säure noch nicht benutzt.« Er sah die Feuerkrieger an. »Diese Aufgabe bedarf eines wachsamen, ausgeruhten Geistes, sonst bringen wir uns in Gefahr.«

»Ja. Wir alle brauchen Ruhe. Lasst uns einen Lagerplatz suchen.« Fin gab dem Mann, der den Tarn fuhr, ein Zeichen. »Bring uns etwas zu essen und Wasser.«

Während die Männer sich auf den Steinen niederließen, um zu rasten, betrachtete Kar die vor ihnen liegende Straße. Der Pass und Hania waren noch immer einen mehrstündigen Fußmarsch entfernt. Er, Fin und ihre Gehilfen waren weit hinter den Rest der dunwegischen Armee zurückgefallen, würden sie jedoch bald einholen. In ein oder zwei Tagen würden sie den Pass erreichen und sich der zirklischen Armee anschließen.

Er lächelte. Danach würden sie sich an der größten Schlacht zwischen Sterblichen beteiligen, die in Nordithania jemals ausgefochten werden würde.

Die Goldebenen waren durchzogen von Straßen. Die Wege, die die Traumweber genommen hatten, waren schmaler und in schlechterem Zustand als die von Ost nach West führende Straße, der die Armee folgte. Obwohl sie im Allgemeinen mühelos mit dem Tempo der Soldaten Schritt halten konnten, hatten sie heute einen beschwerlichen Weg nehmen müssen, der sie weit von der Armee weggeführt hatte. Arleej machte sich deswegen jedoch keine Sorgen. Die Bauern aus der Gegend hatten ihnen versichert, dass sie, wenn sie in dieser Richtung weiterfuhren, schon bald wieder auf die Ostweststraße stoßen würden. Danach würden die Traumweber der Armee in vorsichtigem Abstand folgen.

Leiard sah seinen Schüler an. Jayim beobachtete den Boden vor dem Arem, eine steile Falte zwischen den Augenbrauen. Er konnte inzwischen deutlich besser mit dem Tarn umgehen, musste sich aber immer noch auf das Fahren konzentrieren. Es wäre zu viel verlangt gewesen, dem Jungen gleichzeitig auch noch Unterricht zu geben.

Jayim hatte inzwischen die Neigung entwickelt, von den Lektionen abzuweichen und sich in Spekulationen über Auraya und den bevorstehenden Krieg zu ergehen. Wenn Leiard es müde wurde, die Fragen des Jungen abzuwehren, übergab er ihm einfach die Zügel.

»Ich habe eine Frage«, sagte Jayim plötzlich.

*Nun ja, meistens funktioniert es,* dachte Leiard ironisch.

»Ja?«

»Du hast mir hier praktisch die gleichen Dinge beigebracht wie in Jarime – abgesehen von der Gedankenvernetzung. Ich hätte eigentlich erwartet, dass du mich darin unterweisen würdest, wie man mit Magie heilt. Schließlich ist das der Grund, warum wir hier sind.«

Leiard lächelte. »Der Unterricht in magischer Heilkunst stellt uns immer vor ein Dilemma. Wie kann ich dir beibringen zu heilen, wenn es keine Verletzungen gibt, an denen du üben kannst? Wir Traumweber fügen weder anderen noch uns selbst Schaden zu, um unseren Schülern ein Betätigungsfeld zu verschaffen.«

Der Junge schwieg einen Moment lang. »Dann werde ich das Heilen also erst lernen, wenn wir auf das Schlachtfeld kommen?«

»Genau.«

»Ich hatte erwartet… ich dachte, ich würde… nun ja, ich dachte, ich würde bereit sein, wenn es so weit ist.«

»Niemand ist jemals bereit, das erste Mal auf ein Schlachtfeld zu ziehen.« Leiard sah den Jungen an und lachte leise. »Wenn es so weit ist, wirst du sehr schnell eine Menge lernen. Fürchte dich nicht davor. Ich werde dich anleiten.«

Jayim schüttelte den Kopf. »Es hat keinen Sinn, sich vor etwas zu ängstigen, das man nicht verhindern kann; wenn es geschieht, ist immer noch genug Zeit, sich Sorgen zu machen.«

Leiard musterte Jayim überrascht. »Das ist ein altes Sprichwort.«

Der Junge zuckte die Achseln. »Meine Mutter sagt so etwas ständig.«

»Ah. Ich nehme an, du hast ihr viele Gründe dafür geliefert…«

Der Tarn vor ihnen bremste ab. Während Jayim den Arem zügelte, schaute Leiard an dem Wagen vor ihnen vorbei. Ein anderer Tarn versperrte ihm den Weg, und daneben standen vier Traumweber, die Leiard nicht kannte.

»Sieht so aus, als hätte sich unsere Zahl soeben ein wenig vermehrt«, bemerkte Leiard. »Bleib hier. Ich werde die Neuankömmlinge begrüßen.«

Er stieg aus dem Tarn und ging auf die Fremden zu. Arleej unterhielt sich mit einem der Neuankömmlinge, einem untersetzten Traumweber mit hellem Haar. Als sie Leiard sah, winkte sie ihn zu sich.

»Das ist Traumweber Leiard, der frühere Traumweberratgeber der Weißen«, sagte sie. »Leiard, das ist Traumweber Wil.«

Der Mann war ein Dunweger, bemerkte Leiard. Als Arleej ihn auf Leiards frühere Position hinwies, zog er die Augenbrauen hoch.

»Ratgeber der Weißen«, sagte er. »Etwas Derartiges war mir bereits zu Ohren gekommen.« Er hielt kurz inne, dann schnaubte er. »Ich sollte dir besser gleich mitteilen, dass ich die Klugheit eines solchen Tuns in Zweifel ziehe. Diese Weißen sind Gedankenleser. Sie könnten uns viel von unserem Wissen stehlen.«

»Sie interessieren sich nur für solche Dinge, die für sie wertvoll und akzeptabel sind«, erwiderte Arleej. »Was herzlich wenig ist, wenn du dir ins Gedächtnis rufst, dass sie unsere Verwendung von Kräutern für drollig halten und unsere Gedankenvernetzungen für sie tabu sind.«

Wil schüttelte den Kopf. »Man kann seine Meinung ändern.«

»Und zu unserem Glück haben sie genau das jetzt getan.« Sie lächelte. »Auraya von den Weißen wird dich überraschen, Wil. Sie besucht uns jeden Abend. Sie und Leiard waren schon vor ihrer Auserwählung alte Freunde.«

Wil sah Leiard kurz an, dann zuckte er die Achseln. »Ich freue mich darauf, sie kennenzulernen.«

»Wir kehren jetzt am besten zu unserem Tarn zurück«, sagte Arleej entschieden. »Wir haben noch einen weiten Weg vor uns, bevor wir wieder zur Armee stoßen.«

Wil nickte, dann ging er auf den ersten der drei Wagen zu, in denen seine Gruppe reiste. Als Leiard sich abwandte, rief Arleej ihn zurück und deutete auf ihren Tarn.

»Willst du mir für eine Weile Gesellschaft leisten?«

Er stieg zu ihr auf die Sitzbank, während die Neuankömmlinge warteten, bis ihr Arem sich an die Spitze des Zuges setzte. Nach einigen Minuten wandte sich Arleej mit einem Lächeln zu Leiard um.

»Die Weißen haben Raeli eine erfreuliche Mitteilung gemacht: Das Gesetz, das den Menschen verbietet, unsere Dienste in Anspruch zu nehmen, wird nach der Schlacht für einen Tag aufgehoben.«

»Das sind gute Neuigkeiten.«

»Ja. Anscheinend ist aus deiner Freundschaft mit Auraya tatsächlich etwas Gutes erwachsen.«

Er nickte.

»Ich nehme an, dass sie dir nichts von den Plänen der Weißen für die Armee erzählt hat?«

Leiard schüttelte den Kopf. »Nichts, was wir nicht bereits gewusst hätten.«

»Hat sie die neue Traumweberratgeberin erwähnt?«

»Ja, aber nur ein einziges Mal.« Er verzog das Gesicht. »Sie findet Raelis herablassende Art enttäuschend, versteht aber den Grund dafür. Sie hofft, dass sie sich später, nach dem Krieg, mit Raeli wird anfreunden können – oder dass sie zumindest ihren Respekt erringt.«

»Ich verstehe. Worüber spricht sie sonst noch mit dir?«

*Über nichts, was du jetzt wiederholen könntest,* murmelte Mirar.

*Still,* dachte Leiard streng.

»Sie erzählt manchmal von Dingen, die sie erlebt hat.« Er zuckte die Achseln. »Von ihren Besuchen in Si und Borra.«

*Lügner.*

»Weiß sie um das Problem, das du mit Mirars Netzerinnerungen hast? Dass sie in deinen Gedanken eine eigene Persönlichkeit entwickeln?«

Er runzelte die Stirn und wandte den Blick ab. »Ich bin mir nicht sicher. Sie hat es nicht erwähnt.«

*Weil du mich, wenn du mit ihr zusammen bist, so gründlich aussperrst,* knurrte Mirar. *Wenn ein Mann die volle Kontrolle über seinen Körper übernehmen will, geht eben nichts über pure Begierde.*

*Dann ist sie der Schlüssel, um dich loszuwerden!*

*Nein. Du kannst nicht* ständig *mit ihr zusammen sein.*

In Mirars letzten Worten lag eine unausgesprochene Drohung. Leiard spürte, wie er die Kontrolle über sich verlor.

»Ich muss ein Geständnis machen«, sagte er zu seiner eigenen Überraschung. »Dieser Narr von einem Traumweber hat…«

*Nein!* Leiard rang Mirars Stimme nieder. Arleej sah ihn verwirrt an.

»Was ist los?«

Leiard schüttelte den Kopf. Er wagte es nicht zu sprechen, weil er befürchtete, dass die Worte, die über seine Lippen kämen, nicht seine eigenen wären.

»Es ist Mirar, nicht wahr?«

Er nickte.

Ihre Augen weiteten sich, als sie verstand, dann runzelte sie besorgt die Stirn. »Jayim hat mir erzählt, dass sich die Lage seiner Meinung nach in der letzten Zeit verschlimmert habe. Er hat gesagt, es hätte angefangen, nachdem Auraya dich das erste Mal besucht hat.«

Leiard blickte sie erschrocken an.

»Keine Bange, er hat sein Versprechen gehalten. Obwohl er seine Sorge um dich nicht verbergen konnte.«

Arleej griff nach seiner Hand und hielt sie fest, als er versuchte, sie wegzuziehen.

»Es steckt noch mehr hinter dieser Geschichte, mehr, als du zu offenbaren bereit bist. Ich würde dir normalerweise deine Geheimnisse lassen, aber ich habe den Verdacht, dass sie dich zerstören. Sprich mit mir, Leiard. Es ist offensichtlich auch Mirars Wunsch, dass du das tust.«

Er schüttelte den Kopf.

»Ich gehe bereits den Weißen aus dem Weg, damit sie nicht erfahren, dass du etwas vor ihnen verborgen hältst. Da das nun schon einmal so ist, kannst du mir geradeso gut die ganze Wahrheit sagen.«

Er wandte den Blick ab. Arleej schwieg, dann seufzte sie.

»Mirar.«

Der Name klang wie ein Befehl. Ein Ruf. Leiard spürte, wie er die Kontrolle verlor.

»Endlich.«

Seine Stimme klang anders: höher und mit einem Unterton von Autorität und Arroganz, wie sie ihm vollkommen fremd waren. Unwillkürlich richtete er sich auf und wandte sich zu Arleej um.

Sie musterte ihn, und er sah einen Anflug von Furcht in ihren Zügen.

»Warum tust du Leiard das an?«

»Zu seinem eigenen Wohl. Er darf diese Affäre mit Auraya nicht fortsetzen. Sie wird nicht nur ihn zerstören, sondern auch meine Leute.«

Ihre Augen weiteten sich. »Eine Affäre?«

»Er liebt sie. Sie liebt ihn wahrscheinlich ebenfalls. Es ist jäm … äh, niedlich. Aber gefährlich.«

»Ich verstehe.« Mit ernster Miene dachte sie über das Gehörte nach. »Ich glaube nicht, dass Leiard irgendetwas tun würde, das unseren Leuten schaden könnte«, sagte sie langsam. »Er muss glauben, dass keine Gefahr besteht.«

»Er irrt sich.«

»Wieso? Wenn dieses Geheimnis verborgen bleibt, besteht keine unmittelbare …«

»Selbst wenn diese Beziehung nicht durch einen Zufall offenbar wird, kannst du dir sicher sein, dass die Götter davon wissen.«

Sie schauderte. »Offensichtlich haben sie nichts dagegen, sonst hätten sie dem schon lange ein Ende gemacht.«

»Sie werden es tun, wenn es für sie am vorteilhaftesten ist.

Du kannst jedenfalls sicher sein, dass es nicht zu unserem Nutzen sein wird. Glaube niemals, dass sie uns nicht hassen. Wir bewahren Erinnerungen an dunklere Zeiten, Zeiten, da sie nicht so mildtätig waren. Sie wollen nicht, dass ihre Anhänger erfahren, wozu sie fähig sind.«

Arleej war erbleicht, dann schüttelte sie den Kopf. »Leiard, Leiard. Was tust du?«

Plötzlich hatte Leiard wieder die Kontrolle über sich. Er rang nach Luft und schlug die zitternden Hände vors Gesicht.

»Du bist zurück!«, rief Arleej. »Ich habe seinen Namen gesagt«, fügte sie nachdenklich hinzu.

»Wenn das so funktioniert, dann bitte ich dich, seinen Namen nicht noch einmal auszusprechen«, stieß Leiard mit erstickter Stimme hervor.

Sie tätschelte ihm entschuldigend das Knie. »Das verspreche ich dir, und ich entschuldige mich.« Sie hielt kurz inne. »Aber was *tust* du, Leiard? Die Risiken, die du eingehst …«

»Sind gering«, beendete er ihren Satz und nahm dann die Hände vom Gesicht. »Wenn dieser Krieg vorüber ist, werde ich mich an einen abgelegenen Ort zurückziehen. Niemand wird je von uns erfahren müssen.«

»Niemand? Mirar hat recht. Die Götter müssen es wissen. Er könnte auch recht damit haben, dass sie auf den richtigen Zeitpunkt warten, um zurückzuschlagen. Du … du hast die Pflicht, deine Leute zu schützen. Du solltest diese Affäre beenden, Leiard.«

Leiard wandte den Blick ab. »Ich weiß. Aber wenn ich mit ihr zusammen bin, kann ich nicht einmal daran denken.«

Langsam wurde Arleejs Miene weicher. Sie lehnte sich auf ihrem Sitz zurück und seufzte. »Oh, das ist tatsächlich Liebe, ja.«

Eine tiefe Falte stand zwischen ihren Brauen. Leiard beobachtete sie eingehend. Was würde sie tun? Würde sie Auraya zur Rede stellen? Würde sie ihm befehlen, sich nicht länger mit Auraya zu treffen?

*Würdest du ihr gehorchen?*, fragte Mirar.

*Wahrscheinlich nicht*, gab Leiard zu. *Wenn sie will, dass ich jetzt fortgehe, werde ich es tun.*

»Ich weiß nicht, was ich mit dir machen soll«, sagte Arleej leise und ohne ihn anzusehen. »Ich muss für eine Weile darüber nachdenken. Von jetzt an werden wir unser Lager nicht mehr so nahe bei der Armee aufschlagen, wie wir es bisher getan haben. Es wäre mir lieber, wenn es für die Weißen eine beträchtliche Unannehmlichkeit wäre, uns zu besuchen. Wenn Auraya kommt … ich werde mich nicht einmischen. Ich werde alles in meiner Macht Stehende tun, um dafür zu sorgen, dass dieses Geheimnis unentdeckt bleibt.«

»Danke«, murmelte Leiard.

Sie sah ihm in die Augen. »Wenn ich über diese Angelegenheit nachdenke, möchte ich lieber allein sein.«

Er nickte, dann stieg er wie ein gescholtenes Kind aus dem Tarn und ging zurück zu Jayim.

# 38

Auraya band ihren Zirk zu und kehrte zu Leiard zurück, der immer noch in Decken eingerollt auf dem Boden lag. Sie blickte lächelnd auf ihn hinab. Er erwiderte ihr Lächeln und legte eine Hand um ihren Knöchel.

Seine Gedanken waren voller Sehnsucht. Er wünschte, sie hätte länger bleiben können – wünschte, sie hätte hier sein können, wenn er am Morgen aufwachte. Aber er wusste, dass sie dieses Risiko nicht eingehen durften.

*Alle glauben, diese kurzen Besuche mitten in der Nacht hätten ausschließlich mit unserer Arbeit zu tun,* hörte sie ihn denken. *Sie glauben, Auraya kommt nur deshalb so spät, weil sie tagsüber so viel zu tun hat oder die neue Ratgeberin nicht wissen lassen möchte, dass sie sich noch immer mit mir bespricht.* Er seufzte und dachte an Arleej. *Alle glauben das, bis auf zwei Personen.*

Auraya runzelte die Stirn. Sein Lächeln verblasste, als ihm bewusst wurde, dass sie seine Gedanken gelesen hatte. Er ließ ihren Knöchel los.

»Arleej weiß über uns Bescheid«, sagte sie.

»Ja.«

Auraya biss sich auf die Unterlippe. Dies könnte sich als Problem erweisen. Jemand, der in Somrey und unter den Traumwebern eine so hohe Position bekleidete, würde irgendwann auf einen der anderen Weißen treffen. Ein einziger unbesonnener Gedanke von Arleej, und ihre Affäre würde entdeckt werden.

»Wir können darauf vertrauen, dass sie nichts sagen wird.«

Auraya sah ihn forschend an. »Aber ganz sicher bist du dir nicht.«

Er richtete sich stirnrunzelnd auf, und die Decken glitten von seinen nackten Schultern. »Sie ist beunruhigt wegen Mirars Anwesenheit in meinem Geist.«

»Die Netzerinnerungen?« Auraya zuckte die Achseln. »Warum?«

Er zögerte. »Es ist dir noch nicht aufgefallen …« Er wandte den Blick ab. »Wenn du hier bist, schweigt er.«

Auraya schüttelte den Kopf. Leiards Worte ergaben keinen Sinn für sie. »Er?«

»Mirar oder das Echo seiner Persönlichkeit in meinen Gedanken. Manchmal spricht er zu mir. Gelegentlich hat er auch … durch mich gesprochen.«

Langsam begriff sie. Die Tatsache, dass diese Manifestation Mirars mit seiner Stimme sprach, beunruhigte ihn verständlicherweise. Er hatte Angst, dass sie sich davon abgestoßen fühlen könnte.

»Es ist mir immer gelungen, die Kontrolle zurückzugewinnen«, versicherte er ihr.

»Ich verstehe. Ich kann nachvollziehen, warum dich das quält, aber warum macht es auch Arleej Sorgen? Ich hatte gedacht, dass sie sich über diese Verbindung zu eurem früheren Oberhaupt freuen würde.«

»Es ist nur …« Er hielt inne. »Es stört dich nicht?«, fragte er zögernd.

Auraya zuckte die Achseln. »Es sind doch nur Erinnerungen. Und genau betrachtet waren sie mir durchaus nützlich. Was du mir über die Siyee erzählt hast, war von unschätzbarem Wert.«

Er wandte den Blick ab, und sie spürte, dass er keineswegs beruhigt war.

»Es stört mich«, sagte er. »*Er* sieht uns nicht gern zusammen. Er sagt, wir würden meine Leute in Gefahr bringen.«

Eine leichte Kränkung stieg in Auraya auf. Ein Teil von ihm wollte sie nicht. *Das entspricht nicht ganz der Wahrheit*, sagte sie sich. *Diese Netzerinnerungen stammen von einem Mann, der die Götter gehasst und gefürchtet hat, einem Mann, den Juran auf Geheiß der Götter getötet hat. Natürlich entfache ich in seinem Geist ein Echo von Angst.*

»Ich bin nicht seiner Meinung«, sagte Leiard.

»Dann streitest du dich also mit ihm?«

Er sah sie überrascht an. »Ja. Aber … nicht, wenn du hier bist.«

Sie lächelte erleichtert. »Das heißt, ich tue dir gut.«

Seine Mundwinkel zuckten. »Ja.«

Dennoch spürte sie sein Zögern. Sie sah genauer hin und verstand. Es würde ihm Frieden schenken, dieser anderen Persönlichkeit nachzugeben. Manchmal war es ausgesprochen verführerisch. Sie setzte sich und schlang die Arme um ihn.

»Dann werden wir gemeinsam gegen ihn kämpfen. Ich werde dir helfen, wo ich nur kann. Wenn der Krieg vorüber ist«, fügte sie hinzu. »Kannst du so lange warten?«

Er fuhr mit den Fingern durch ihr Haar. »Ich würde Jahrhunderte auf einen einzigen Augenblick mit dir warten.«

Sie grinste. »Du wirst schon wieder so romantisch. Du wirst nicht Jahrhunderte warten müssen, sondern nur einen Tag. Ich werde morgen Abend wieder hier sein.«

Sie beugte sich vor und küsste ihn. Seine Lippen waren warm. Angenehme Erinnerungen erwachten. Sie wollte ihn berühren, aber sie widerstand diesem Verlangen. Stattdessen löste sie sich von ihm und stand auf.

»Du solltest dich besser anziehen und mich hinausbegleiten.«

Er spitzte enttäuscht die Lippen, dann lächelte er und streifte die Decken ab. Sie beobachtete ihn, während er sich ankleidete, eine Prozedur, die ebenso faszinierend wie ernüchternd war. Als legte er zusammen mit den Kleidern eine Identität an. Als er fertig war, geleitete er sie wie ein aufmerksamer Gastgeber zum Eingang.

»Es war mir eine Freude, dich wiederzusehen, Auraya von den Weißen«, sagte er förmlich.

Sie nickte. »Wie immer, hoffe ich. Richte Traumweberin Arleej meine Grüße aus.«

»Das werde ich tun.«

Er hielt die Zeltlasche auf, und sie trat in die Dunkelheit des Lagers hinaus. Sie blickte zum Himmel auf und konzentrierte sich auf die Welt um sie herum. Es war inzwischen so einfach. Sie zog Magie in sich hinein und bewegte sich aufwärts.

Als sie höher stieg, sah sie in der Ferne Lichter. Das Armeelager.

Bildete sie sich das nur ein, oder waren da mehr Lichter als gewöhnlich?

Es dauerte nicht lange, bis ihr Verdacht bestätigt wurde. Sie konnte etliche Reihen von Fackeln erkennen, die sich zwischen den Zelten hindurchbewegten.

*Neuankömmlinge. Das muss die torenische Armee sein.*

Als sie näher kam, sah sie vier bleiche Gestalten vor dem Zelt des Kriegsrats stehen. Eine kleine Menschenmenge hatte sich um sie herum versammelt, Adlige oder andere wichtige Persönlichkeiten, wie sie vermutete. Eine der Gestalten stand einige Schritte von den übrigen entfernt.

*Berro. Der torenische König. Warum hat Juran mich nicht sofort von seiner Ankunft verständigt?*

Einen Moment lang schwebte sie über der Versammlung. Die Stimme des Königs wehte zu ihr empor. Da sie es für unhöflich gehalten hätte, ihn zu unterbrechen, suchte sie in Gedanken die Verbindung zu Juran.

*Juran? Soll ich zu euch stoßen?*

Er machte eine schwache, überraschte Bewegung, dann sah er zum Himmel auf.

*Ja,* erwiderte er. *Wenn ich dir ein Zeichen gebe.*

Sie hörte ihn etwas sagen, dann winkte er sie zu sich heran. Sie ließ sich neben Mairae zu Boden sinken.

Der König musterte sie erstaunt. Dann schaute er nach oben, als erwarte er festzustellen, dass sie von irgendeinem Gebäude gesprungen war.

»Auraya«, sagte Juran. »Ich glaube, du bist König Berro gleich nach deiner Auserwählung einmal begegnet?«

»Ja«, sagte sie. »Es ist mir eine Freude, dich wiederzusehen, mein König.«

Der König holte tief Luft und riss sich zusammen. »Die Freude ist ganz meinerseits, Auraya von den Weißen. Du hast dich mit beeindruckender Schnelligkeit und großer Sicherheit in deine neue Position eingefügt. Ich hatte bereits von deiner Gabe des Fluges gehört, konnte es aber bis jetzt nicht recht glauben.«

Sie lächelte und machte das Zeichen des Kreises. »Die Götter geben uns, was wir benötigen, um ihre Befehle auszuführen.«

Sein Blick flackerte, und sie stellte erfreut fest, dass seine Gedanken sich den Siyee zuwandten. Durch ihren Hinweis darauf, dass die Götter ihr die Gabe des Fluges geschenkt hatten, hatte sie angedeutet, dass sie das vielleicht getan hatten, um ihr eine Möglichkeit zu geben, die Siyee als Verbündete für die Weißen zu gewinnen. Hoffentlich würde Berro es sich gut überlegen, bevor er gegen die Entfernung der torenischen Siedler aus Si Einspruch erhob. Kein Monarch wagte es, den Göttern zu trotzen.

Jetzt wandte der König sich wieder Juran zu. »Ich bin mit meinen Truppen so schnell wie möglich hierhergereist, um mich euch rechtzeitig anschließen zu können. Wenn ich mit meiner Schätzung richtigliege, sind wir noch zwei Tagesreisen vom Pass entfernt. Werden wir Zeit haben, um uns auszuruhen?«

Juran runzelte die Stirn. »Ich kann euch nur die Möglichkeit anbieten, morgen nicht einen allzu weiten Marsch zurückzulegen. Aber sobald wir den Pass erreicht haben, werden deine Truppen vielleicht mehr Zeit haben, um sich zu erholen.«

»Das wird genügen.«

»Auch du bist müde«, erklärte Juran. »Es ist schon zu spät, um Kriegspläne zu erörtern. Wenn du einverstanden bist, werde ich morgen mit dir reisen, um dir alles mitzuteilen, was wir bisher besprochen und beschlossen haben.«

Berro lächelte erleichtert. »Das wäre mir sehr recht. Vielen Dank.«

Juran nickte und machte das formelle Zeichen des Kreises. »Dann werden wir uns morgen früh wiedersehen.«

Der König erwiderte die Geste und zog sich dann zusammen mit seinem Gefolge zurück. Auraya drehte sich wieder zu den anderen Weißen um. Juran wirkte erleichtert, Dyara resigniert. Rian und Mairae schienen sehr zufrieden mit der Begegnung zu sein.

»Zumindest sind sie endlich hier«, murmelte Dyara. »Die Dunweger sind auf dem Pass und stellen Fallen auf. Wenn sie zu uns stoßen, werden wir ein Heer von beträchtlicher Größe haben.«

»So ist es«, erwiderte Juran. »Und jetzt sollten wir alle ein wenig schlafen.«

Die anderen nickten. Mairae und Rian gingen davon, und Dyara machte sich auf den Weg zu dem Lager der genrianischen Armee. Juran dagegen blieb stehen, und Auraya trat auf ihn zu. Er sah sie an.

»Was ist los?«

»Es überrascht mich, dass du mich nicht gerufen hast«, erklärte sie.

»Mairae sagte, du seist zu einer Luftpatrouille aufgebrochen. Sie meinte, du hättest das Gleiche während der vergangenen Nächte getan, und ich solle dich nicht stören. Tatsächlich überrascht es mich, dass du mir nichts davon erzählt hast.«

Auraya zuckte die Achseln. »Es ist einfach meine Art, ein wenig zu fliegen, wenn ich nicht schlafen kann. Aber jetzt sollte ich wohl zu Bett gehen.« Sie hielt inne. »Und du auch.«

Er seufzte. »Ja. Du hast recht.«

Sie machte sich auf den Weg zu ihrem Zelt. Als sie hinter sich ein leises Gähnen hörte, drehte sie sich noch einmal um und sah, dass Juran sich eine Hand vor den Mund hielt. Vielleicht, dachte sie, würde er jetzt, da die Torener angekommen waren, ein wenig mehr Ruhe finden können.

Emerahl schreckte jäh aus dem Schlaf hoch. Einen Moment lang stieg Panik in ihr auf. Wurde die Karawane angegriffen? Dann erinnerte sie sich plötzlich an das Gefühl zu ersticken, und der Traum kehrte zu ihr zurück.

Der Turmtraum. Ärger flammte in ihr auf. Würde das denn niemals enden?

»Ist alles in Ordnung mit dir, Jade?«

Emerahl sah Stern an. Man hatte eine Matratze für das Mädchen in Rozeas Tarn gelegt. Es gelang Stern recht gut, so zu tun, als sei ihre Verletzung ernst gewesen, wenn auch nicht lebensbedrohlich. Die Tatsache, dass sie fast wieder genesen war, bedeutete jedoch unglücklicherweise, dass es sie langweilte, den ganzen Tag liegen zu müssen. Manchmal tat Emerahl so, als ob sie schliefe, um dem Geplapper des Mädchens zu entgehen. Jetzt sah Stern Emerahl besorgt an.

»Es war nur ein Traum, mehr nicht«, erwiderte Emerahl.

»Wovon hast du denn geträumt? Es ging nicht zufällig um einen Turm, der eingestürzt ist, oder?«

Emerahl blinzelte überrascht. »Warum fragst du?«

Stern zuckte die Achseln. »Einige meiner Kunden haben mir davon erzählt. Sie haben gesagt, dass sie viele Male den gleichen Traum gehabt hätten.«

»Wie viele?«

»Das weiß ich nicht. Sie haben nicht davon gesprochen, wie oft sie den Traum hatten.«

Emerahl schüttelte den Kopf. »Ich meine, wie viele Kunden haben dir von dem Traum erzählt?«

Stern dachte nach. »Drei oder vier.« Dann sah sie Emerahl forschend an. »Also hast du auch diesen Traum gehabt?«

Emerahl nickte. »Ja.«

»War es das erste Mal?«

»Nein, ich hatte diesen Traum schon häufiger.«

»Worum geht es denn eigentlich dabei?«

»Um einen Turm. Er stürzt ein.«

Stern grinste. »Ich meine, warum haben verschiedene Menschen den gleichen Traum? Was bedeutet das?«

»›Die Bedeutung eines Traums hängt von dem Träumer ab‹«, zitierte Emerahl. Sie runzelte die Stirn und dachte noch einmal über ihre Theorie nach, dass der Traum vom Tod Mirars handelte. Aber irgendetwas passte da nicht recht zusammen.

»Unter einem Gebäude begraben zu werden…« Stern schauderte. »Eine abscheuliche Art zu sterben.«

Emerahl nickte geistesabwesend. Wenn der Träumer vom Tod Mirars träumte, durchlebte er nicht seine eigenen Erfahrungen noch einmal, sondern die von Mirar. Das ließ sich nur damit erklären, dass der Betreffende Netzerinnerungen an Mirars Tod hatte, was wiederum bedeutete, dass irgendjemand mit Mirar vernetzt gewesen sein musste, als dieser starb.

Das war sehr ungewöhnlich, und bei dem Gedanken daran lief ihr ein kalter Schauer den Rücken hinunter. Kein Wunder, dass der Träumer nicht aufhören konnte, wieder und wieder mit dem Traum zu experimentieren.

»Vielleicht bedeutet es, dass die Weißen scheitern werden.«

»Träume sind keine Prophezeiungen, Stern«, entgegnete Emerahl.

Jedenfalls nicht dieser. Dieser Traum war historisch. Mirars Todeserfahrung musste während des vergangenen Jahrhunderts von einem Traumweber zum nächsten weitergegeben worden sein. Jetzt, da er sich im Geist eines mächtigen Traumwebers befand, wurde er an jeden Mann und jede Frau ausgesandt, deren Gaben groß genug waren, um Träume zu empfangen.

*Ich frage mich, ob das vorsätzlich geschieht. Versucht jemand, die Welt daran zu erinnern, wer Mirar getötet hat?*

»Jade?«

Emerahl hob die Hand und schüttelte den Kopf. *Die Götter haben Mirar zu einem Märtyrer gemacht. Dieser Traum berührt zweifellos auch den Geist von Priestern und Priesterinnen. Gewiss versuchen die Götter bereits, dem ein Ende zu machen.*

»Ich muss dir etwas erzählen«, sagte Stern mit leiser Stimme. »Ich habe Rozea …«

*Vielleicht können sie nichts dagegen unternehmen. Vielleicht wird dieser Träumer geschützt. Von wem? Von jemandem, der große Macht besitzt. Von einem Feind der Götter. Den Pentadrianern! Vielleicht …*

»… Ich habe Rozea erzählt, dass du mich mit Magie geheilt hast.«

Emerahl starrte Stern an. »Du hast *was* getan?«, fuhr sie das Mädchen an.

Stern wich zurück. »Es tut mir leid«, wimmerte sie. »Sie hat es mit einer List aus mir herausgeholt.«

Sie wirkte völlig verängstigt, und Emerahl bereute ihre scharfe Reaktion.

»Natürlich«, sagte sie in sanfterem Tonfall. »Rozea ist schlau genug, um einem Kaufmann sein Schiff abzuschwatzen. Ich hatte mich schon gefragt, warum sie plötzlich so nett zu mir ist.«

»Ich war nie gut darin, Geheimnisse zu hüten«, gestand Stern.

Emerahl musterte Stern forschend. Sie spürte, dass es wahrlich nicht schwer gewesen sein konnte, das Mädchen zu überlisten. *Was soll ich jetzt tun?*

*Ich sollte fortgehen.*

Emerahl lächelte. Nun, da Rozea wusste, dass sie eine Zauberin war, gab es keinen Grund mehr, diese Tatsache zu verbergen. Es stand ihr frei, das Geld zu nehmen, das Rozea ihr schuldete, wenn nötig mit Gewalt. Andererseits würde Rozea, sobald die Karawane die Armee erreicht hatte, von der Zauberin erzählen, die sie beraubt hatte. Ihre Geschichte würde vielleicht die Aufmerksamkeit der Priester erregen. *Nein, ich sollte einfach fortgehen. Das Geld ist das Risiko nicht wert.*

Trotzdem verspürte Emerahl noch immer die törichte Verpflichtung, die Mädchen so lange wie möglich zu beschützen. Sobald die Karawane in der Nähe der Armee war und Rozea neue Wachen einstellte, würden die Mädchen relativ sicher sein.

Und dann? Emerahl dachte noch einmal über ihre Theorie nach, dass der Träumer von Pentadrianern geschützt wurde. Sie hatte bisher keine besonderen Pläne geschmiedet, weil sie vollauf damit beschäftigt gewesen war, zuerst dem Priester, dann Porin und jetzt dem Bordell zu entfliehen. Vielleicht würde sie nach diesem Träumer suchen. Vielleicht konnte er oder sie Emerahl Schutz vor den Göttern und ihren Dienern bieten.

Wenn das bedeutete, dass sie sich den Pentadrianern anschließen musste, dann sollte es eben so sein. Nach allem, was sie wusste, war es durchaus möglich, dass die Pentadrianer diesen Krieg gewannen.

# 39

Im Laufe des Nachmittags gelangten sie über die Ostweststraße zu einem breiten, steinigen Fluss. Das stete Getöse des Wassers, das über die Felsen strömte, übertönte die meisten Geräusche, und man konnte nur gelegentlich erhobene Stimmen, das Wiehern eines Arem oder den Ruf eines Reyna hören. Die Straße führte schließlich in ein weites Tal und vorbei an kleinen Dörfern, wo die Armee von lächelnden Erwachsenen und aufgeregten Kindern begrüßt wurde. Als dann die letzten Sonnenstrahlen am Horizont verschwanden, erreichten sie das Ende des Tals, und Juran gab den Befehl, an dieser Stelle das Lager aufzuschlagen.

*Das bedeutet wahrscheinlich, dass wir die Ebenen hinter uns haben und jetzt bald in die Berge kommen,* dachte Danjin, als er in das Zelt des Kriegsrats trat. *Von jetzt an wird es bergauf gehen.* Er betrachtete die anderen Personen im Zelt, die hochmütige Miene König Berros, die steife Haltung von Sprecherin Sirri und die mitfühlenden Blicke, mit denen König Guire die Anführerin der Siyee bedachte.

Während er wartete, herrschte im Zelt ungewöhnliche Stille, bis schließlich Auraya und die Späher der Siyee eintrafen.

Auraya machte das Zeichen des Kreises. »Seid mir gegrüßt. Dies sind Sveel vom Schlangenflussstamm und Zeeriz vom Stamm des gegabelten Flusses. Sie sind die ersten Siyee, die von ihren Erkundungsflügen zurückgekehrt sind.«

Juran trat vor. Als er die beiden Siyee in ihrer Sprache anredete, übersetzte Dyara seine Worte.

»Ich danke euch, Sveel vom Schlangenflussstamm und Zeeriz vom Stamm des gegabelten Flusses, dass ihr diese gefährliche Reise auf euch genommen habt. Ohne eure Hilfe wüssten wir erheblich weniger über unseren Feind. Es bekümmert mich jedoch, dass diese Informationen uns das Leben eines Siyee gekostet haben.«

Die beiden Siyee-Krieger nickten. Danjin fiel auf, dass sie sehr erschöpft wirkten.

»Von Auraya weiß ich, dass ihr in aller Eile zurückgekehrt seid, um etwas zu berichten, von dem ihr glaubt, es könnte wichtig sein. Worum handelt es sich?«

Der Siyee namens Zeeriz straffte sich. »Nachdem Tireel gefangen genommen wurde, haben wir versucht, in der Nähe zu bleiben, um zu sehen, was geschah, aber die Vögel haben uns angegriffen, so dass wir uns in Sicherheit bringen mussten. Sie haben uns bis zum Abend von der Armee ferngehalten, dann sind sie endlich verschwunden, so dass wir uns auf die Suche nach Tireel machen konnten. Wir haben ihn am Straßenrand gefunden. Tot.«

Er hielt inne und schluckte hörbar. Danjin bemerkte, dass Sirri den Kopf gesenkt und die Augen geschlossen hatte. Bewunderung für die Anführerin der Siyee stieg in ihm auf. *Ich kann mir nicht vorstellen, dass der torenische König auch nur eine Träne um einen toten Späher vergießen würde.*

»Man hat mich ausgewählt, an seiner statt den Spähtrupp anzuführen«, fuhr Zeeriz fort. »Ich habe vier Männer zurückgelassen, um Tireel zu begraben, während ich mich mit den übrigen Spähern an die Verfolgung der Armee machte. Wir konnten sie nicht finden. Sie waren nicht länger der Straße gefolgt, und wir konnten sie auch in dem umliegenden Land nirgends entdecken.«

Juran runzelte die Stirn. »Keine Spuren?«

»Keine, die wir hätten finden können, aber wir sind ein

Volk des Himmels und der Luft und verfügen nur über geringe Fähigkeiten als Fährtensucher. Das Land dort ist steinig und hart, so dass kaum Fußabdrücke zurückbleiben.«

»Vielleicht sind sie schneller marschiert, als ihr erwartet hattet«, sagte Dyara.

Zeeriz schüttelte den Kopf. »Wir sind über einem großen Gebiet gekreist. Weiter können sie unmöglich binnen eines einzigen Tages gekommen sein. Als wir sie nicht finden konnten, habe ich beschlossen, bei Anbruch der Dämmerung zurückzukehren.«

König Berro beugte sich vor. »Es war Nacht, als ihr gesucht habt, nicht wahr?«

Nachdem diese Frage übersetzt worden war, sah der Siyee den Monarchen an und nickte.

»Dann ist offenkundig, was geschehen sein muss. Sie wussten, dass ihr nach ihnen suchen würdet, daher sind sie ohne Fackeln marschiert. Wahrscheinlich hattet ihr sie direkt unter eurer Nase, ohne sie zu sehen.«

»Große Gruppen von Landgehern machen eine Menge Lärm«, warf Sprecherin Sirri ein. »Selbst wenn meine Späher sie nicht gesehen hätten, hätten sie sie doch gehört.«

»Es sei denn, die Truppen hatten den Befehl, leise zu sein«, konterte Berro.

Zeeriz straffte sich. »Ich bin davon überzeugt, dass ich sie gehört hätte, wenn sie dort gewesen wären. Eine Armee dieser Größe kann sich nicht leise fortbewegen.«

»Ach?« Berro zog ungläubig die Augenbrauen hoch. »Woher willst du das wissen? Wie vielen Armeen dieser Größe bist du bisher begegnet?«

»Deine Armee haben wir schon einen halben Tag vor ihrer Ankunft gehört«, entgegnete Sirri spitz. »Selbst wenn deine Männer den Mund gehalten hätten, hätten wir sie trotzdem hören können.«

König Berro wollte gerade etwas erwidern, als ein anderer der Anwesenden das Wort ergriff.

»Es ist möglich, dass die Pentadrianer während der Nacht Zuflucht in den alten Minen gesucht haben«, sagte Jen von Rommel, der dunwegische Botschafter, mit sanftem Tonfall.

Danjin hörte, wie jemand ganz in seiner Nähe den Atem einsog. Als er sich umdrehte, sah er, dass Lanren Liedmacher die Augen weit aufgerissen hatte; offensichtlich war ihm die Bedeutung von Jens' Worten klar.

»Minen?« Juran runzelte die Stirn. »Du sprichst von den alten Minen von Rejurik?«

Jen zuckte die Achseln. »Vielleicht. Ich vermute allerdings, dass es auch Minen jüngeren Datums gibt. Sie sind genauso weit verzweigt wie ihre berühmten Vorläufer, aber die Wahrscheinlichkeit, dass sie einstürzen, ist geringer. Manche Höhlen sind groß genug, um eine Armee darin zu verbergen. Aber warum jemand das tun sollte ...« Er breitete die Hände aus. »Die Belüftung ist schlecht, so dass man auf Feuer und warmes Essen verzichten müsste. Wenn sie sich in den Minen versteckt haben, haben sie eine kalte Nacht hinter sich.«

»Wäre es möglich, dass sie durch die Berge nach Hania marschiert sind?«, wollte Lanren Liedmacher wissen.

Jen schüttelte den Kopf. »Auf keinen Fall. So weit haben die Minen niemals gereicht.«

»Die Pentadrianer verfügen über eine große Zahl von Zauberern. Sie könnten die Minen mit Magie ausdehnen.«

»Nein«, widersprach Juran. »Es würde Monate, wenn nicht gar Jahre dauern, um einen Tunnel von solcher Größe auszuheben. Die Trümmer und das Geröll müssten abtransportiert werden. Außerdem müsste man Belüftungsschächte anlegen und Zauberer postieren, die Luft in die Höhlen ziehen, denn die natürliche Zirkulation würde für die Versorgung so vieler Menschen und Tiere nicht ausreichen.«

Als Zeeriz das hörte, wirkte er erleichtert. Danjin hatte Mitgefühl mit dem jungen Mann, der eilends von seiner Mission zurückgekehrt war, nur um erleben zu müssen, dass der torenische König seine Fähigkeiten auf derart geringschätzige Weise in Zweifel zog.

»Es klingt tatsächlich so, als hätten sie für die Nacht in den Minen Zuflucht gesucht«, sagte Berro und deutete dabei mit der Hand auf Zeeriz. »Vielleicht haben sie einen Angriff von unseren kleinen Spionen befürchtet.«

*Kleine* Spione. Danjin unterdrückte einen Seufzer. Berro war bekannt für seine Neigung, die Genrianer gegen sich aufzubringen. Es sah so aus, als sei er fest entschlossen, auch die Siyee zu beleidigen.

»Wenn die Armee morgen wieder auftaucht, werden wir davon erfahren, sobald unsere Späher zurückkehren«, erklärte Sirri.

»Falls sie sie gesehen haben.«

»Eine Armee dieser Größe ist aus der Luft schwer zu verfehlen«, warf Auraya ein. »Selbst wenn sie nicht der Straße folgen, werden sie zu guter Letzt auf diesen Weg zurückkehren müssen, um sich dem Pass zu nähern. Es gibt nur eine einzige Straße, die durch die Berge führt.«

Berro nickte respektvoll. »Das ist wahr, Auraya von den Weißen.«

Die Tatsache, dass er ihre Worte ohne Widerspruch hinnahm, hob seine verletzende Haltung den Siyee gegenüber nur umso deutlicher hervor, fand Danjin. Auraya sah Juran an, der ihren Blick auffing und nickte.

»Hat jemand noch weitere Fragen an Sveel vom Schlangenflussstamm und Zeeriz vom Stamm des gegabelten Flusses?«, erkundigte sich Juran.

Schweigen folgte. Auraya wandte sich zu den beiden Spähern um. »Vielen Dank, dass ihr hergekommen seid und uns

Bericht erstattet habt. Ihr seid müde und hungrig. Erlaubt mir, euch zu eurem Volk zurückzubegleiten.«

Als Auraya ging, wurde Danjin bewusst, dass Mairae ihn beobachtete. Er lächelte und neigte den Kopf. Ihre Mundwinkel zuckten, und in ihren Zügen lag ein unverkennbar nachdenklicher Ausdruck. Dann drehte sie sich um, um Auraya nachzuschauen.

Sofort fiel ihm wieder das Gespräch ein, das er am vergangenen Tag mit der Weißen geführt hatte. Als sie ihn das nächste Mal mit fragend hochgezogenen Augenbrauen ansah, war ihm klar, was sie von ihm wissen wollte. *Ich habe keine Ahnung, ob sie einen Geliebten hat,* dachte er. *Du vielleicht?*

Sie lächelte und nickte.

Er blinzelte überrascht.

*Wer ist es?*

Sie zuckte die Achseln.

Er wandte, gleichzeitig beunruhigt und neugierig, den Blick ab. Ihm war unbehaglich bei dem Gedanken daran, dass Auraya das Bett mit einem Mann teilte – genauso erging es ihm jedes Mal, wenn er sich seine Töchter mit ihren Ehemännern vorstellte. Andererseits wollte er auch wissen, wer Aurayas Aufmerksamkeit erregt hatte.

Er betrachtete die Männer im Zelt, aber von ihnen konnte es keiner sein. Mairae konnte ihre Gedanken lesen, daher würde sie es wissen, wenn einer von ihnen Aurayas Geliebter war. Also konnte es nur jemand sein, dessen Gedanken sie nicht zu lesen vermochte – oder jemand, dem sie noch nicht begegnet war.

Soweit er wusste, konnte kein Weißer die Gedanken eines anderen Weißen lesen. Er sah Mairae an. Also war es möglich …

Mairaes Augen weiteten sich entsetzt. Sie schüttelte den

Kopf, und ein leichter Schauder schien sie zu überlaufen. Er lächelte. Offensichtlich fand sie die Idee, mit einem anderen Weißen das Bett zu teilen, abstoßend, was jedoch nicht bedeutete, dass Auraya der gleichen Meinung war. Da er Mairae nicht in Verlegenheit bringen wollte, verbannte er diese Möglichkeit aus seinen Gedanken.

Wenn Aurayas Geliebter keiner der Weißen war und sie ihn dennoch regelmäßig besuchte, musste er in der Armee sein.

Zu seiner Überraschung schüttelte Mairae abermals den Kopf. Wie konnte sie sich da so sicher sein? Sie lächelte. *Es ist also jemand außerhalb der Armee,* dachte er. *Aber er muss in der Nähe sein, sonst könnte Auraya ihn nicht besuchen.*

Sein Magen krampfte sich zusammen, als ihm eine mögliche Antwort auf diese Frage in den Sinn kam.

*Die Traumweber. Leiard.*

*Nein,* sagte er sich energisch. *Sie sind Freunde. Mehr nicht.*

Es ergab durchaus einen Sinn, dass Auraya Leiard besuchte. Mairae musste annehmen, dass noch mehr hinter Aurayas nächtlichen Ausflügen steckte. Er sah Mairae an. Sie runzelte die Stirn, aber als sie seinen Blick auffing, lächelte sie und nickte.

Dann erklärte Juran, dass sie eine Pause machen würden, um etwas zu essen, und Danjin seufzte vor Erleichterung. Er hatte halb befürchtet, dass Auraya zurückkehren und ihn dabei ertappen würde, wie er Spekulationen über ihr Privatleben anstellte. Wenn er sie wiedersah, würden seine Gedanken hoffentlich mit etwas anderem beschäftigt sein.

Es war ein langer Tag gewesen, aber jetzt, da Auraya dem Kriegsrat endlich entkommen war, wurde ihre Erschöpfung durch eine wachsende Erregung abgelöst. Schon bald würde sie wieder mit Leiard zusammen sein. Einzig Unfugs Verschwinden trübte ihre Laune. Als sie in ihr Zelt zurückgekehrt war, hatte sein Käfig offen gestanden. Zweifellos hielt der Veez gerade einen der Diener mit einer Jagd quer über den Lagerplatz in Atem.

Sie wagte es nicht, ohne Unfug aufzubrechen, denn es war durchaus möglich, dass das kleine Tier einen Diener direkt zum Lager der Traumweber führte. Das zu erklären könnte sich als schwierig erweisen.

»Auraya?«

Als sie Danjins Stimme erkannte, trat sie in den Eingang des Zelts. Zu ihrer Erleichterung sah sie ein zappelndes Pelzbündel in seinen Armen.

»Vielen Dank, Danjin.« Sie bedeutete ihm einzutreten. »Und nun zu dir, Unfug. Wo hast du gesteckt?«

»Owaya. Owaya. Böser Mann. Bringen Unfug weg. Böse.«

Sie sah Danjin bestürzt an. Er verzog das Gesicht und ließ den widerspenstigen Veez los, so dass er in Aurayas Arme hüpfen konnte. Unfug rollte sich um ihren Hals.

»Nicht so fest«, stieß sie hervor, dann wandte sie sich wieder an Danjin. »Was ist passiert?«

Seine Miene verriet eine Mischung aus Sorge und schlechtem Gewissen. »Beim Essen ist ein Diener zu mir gekommen und hat mir erzählt, dass Unfug verschwunden sei. Ich habe Stunden gebraucht, um ihn zu finden. Genau genommen hat er mich gefunden.« Danjin seufzte. »Er hat wieder und wieder die Worte ›böser Mann‹ gesagt. Ich fürchte, dass jemand ihn von hier fortgeholt hat.«

Auraya konnte spüren, wie das Herz des Veez raste. Sie begann ihn zu streicheln und ertastete mit großer Sanftheit seinen Geist. Erinnerungen blitzten in seinen Gedanken auf. Ein menschliches Gesicht, dessen untere Hälfte von irgendetwas verdeckt wurde. Der Käfig, der geöffnet wurde, und eine Hand, die den Veez am Hals packte. Kratzen, beißen, der

Geschmack von Blut. Ein Gefängnis, in dem er in der Falle saß und das er mit den Zähnen zerbissen hatte. Schließlich die Erleichterung der Freiheit.

*Böser Mann!*, sagte er in ihre Gedanken hinein. Sie zuckte zusammen. Er hatte sich noch nie telepathisch mit ihr in Verbindung gesetzt.

»Ich denke, du hast recht, Danjin«, sagte sie. Sie sah ihn an und spürte abermals Schuldgefühle bei ihm. Gewiss war *er* doch nicht derjenige gewesen …

Sie schaute genauer hin und war erleichtert, die wahre Quelle seiner Schuldgefühle zu entdecken. Mairae hatte ihn vor einigen Tagen gefragt, ob sie einen Geliebten hätte, und er hatte das Gespräch vergessen, bis sie das Thema an diesem Abend wieder aufgebracht hatte. Er schämte sich, weil er Spekulationen über ihr Privatleben angestellt hatte. Dann blitzte Leiards Name in seinen Gedanken auf, und ihre Erleichterung verflog. Danjin glaubte, dass sie Leiard lediglich aus Freundschaft besuchte, aber er hatte den Verdacht, dass Mairae mehr dahinter vermutete.

Ihr ganzer Körper wurde kalt. Sie wusste, dass Mairae dazu neigte, über dergleichen Dinge nachzugrübeln, aber sie hatte nicht geglaubt, dass die Frau so weit gehen würde, ihren Ratgeber zu Spekulationen über mögliche Geliebte zu verleiten. Wenn Mairae das tat, wie weit würde sie dann noch gehen, um ihre Neugier zu befriedigen? Es würde sie nur einen Ritt von wenigen Stunden kosten, um sich eine Antwort zu verschaffen. Aurayas Herz begann zu hämmern. Vielleicht war Mairae in ebendiesem Augenblick bereits auf dem Weg zum Lager der Traumweber.

*Dieses Risiko kann ich nicht eingehen. Leiard muss sofort abreisen. Noch heute Nacht.*

Auraya nahm Unfug von ihrer Schulter und reichte ihn an Danjin zurück.

»Bleib hier. Leiste ihm Gesellschaft. Er hat einen üblen Schrecken erlitten. Ich möchte so viel wie möglich über die Angelegenheit in Erfahrung bringen. Welcher Diener hat dir den Hinweis gegeben, dass du nach ihm suchen sollst?«

»Belaya.«

Sie nickte, dann verließ sie das Zelt, um sich draußen sowohl mit den Augen als auch mit dem Geist umzusehen, aber sie konnte keine Beobachter wahrnehmen. Schließlich zog sie Magie in sich hinein und ließ sich zum Himmel emporschweben.

Das Lager der Traumweber war weiter von der Armee entfernt als zuvor, aber sie hatte es binnen weniger Augenblicke erreicht. In Leiards Zelt brannte eine Lampe. Sie landete auf dem Boden davor und ging zu der Türlasche hinüber.

»Traumweber Leiard?«

Die Lasche wurde geöffnet, aber nicht von menschlicher Hand. Auraya schaute in das Zelt hinein, und ihr Herz setzte einen Schlag aus. Juran stand hinter dem Eingang.

*Er weiß Bescheid.* Diese Erkenntnis traf sie wie ein kalter Windstoß. Sie sah den Zorn in Jurans Zügen. Sein ganzer Körper war angespannt, und er hatte die Hände zu Fäusten geballt.

Sie hatte ihn noch nie so wütend gesehen.

»Komm herein, Auraya«, sagte er mit leiser, gepresster Stimme.

Zu ihrer Überraschung machte sein Zorn ihr keine Angst. Stattdessen stieg eine Welle der Zuneigung in ihr auf. Sie kannte ihn gut genug, um sicher zu sein, dass seine Vernunft immer die Oberhand über seinen Ärger behielt. Er war kein Freund von Gewalttätigkeiten. Bei den wenigen Gelegenheiten, bei denen er vom Tod Mirars gesprochen hatte, hatte er stets auch sein Bedauern darüber geäußert, dass dieser Schritt notwendig gewesen war.

*Ich vertraue ihm*, dachte sie. *Ich vertraue sogar darauf, dass er Leiard niemals etwas antun würde, auch wenn er jetzt Bescheid weiß.*

Aber Leiard befand sich nicht mit Juran im Zelt, und auch der Beutel, den er ständig bei sich trug, fehlte.

»Juran«, sagte sie ruhig. »Wo ist Leiard?«

Er holte tief Luft, dann stieß er den Atem langsam wieder aus.

»Ich habe ihn weggeschickt.«

Sie sah ihn an. »Warum?«

»Warum?« Juran kniff die Augen zusammen. »Glaubst du, ich hätte nichts von eurer Affäre gewusst? Oder denkst du, ich hätte euch einfach so weitermachen lassen?«

Auraya verschränkte die Arme vor der Brust. »Das heißt also, dass ich deine Billigung brauche, wenn ich mir einen Geliebten suche?«

Sein Blick flackerte. »Als ich von … von dieser Angelegenheit … erfahren habe, habe ich mir die gleiche Frage gestellt. Die Antwort ist einfach: Meine erste Pflicht gilt unserem Volk. Und das Gleiche gilt für dich.« Er schüttelte den Kopf. »Wie konntest du das tun, Auraya, obwohl dir die Konsequenzen im Falle einer Entdeckung doch klar gewesen sein müssen?«

Sie machte einen Schritt auf ihn zu. »Ich kann akzeptieren, dass unser Volk Veränderungen nur langsam annimmt, dass eine Weiterentwicklung sich über Generationen hinzieht. Ich hatte die Absicht, unsere Affäre geheim zu halten, um die Toleranz der Menschen auf keine allzu harte Probe zu stellen. Mir war klar, dass ich unsere Beziehung nicht für immer vor dir verborgen halten konnte. Und ich wollte es auch nicht. Du magst die Traumweber nicht, und ich wusste nicht, wie lange ich warten sollte, bevor ich dir davon erzähle. Ich bezweifle, dass du all deine Vorurteile überwunden hast. Wie lange hätte ich warten sollen? Jahre? Jahrzehnte? Jahrhunderte? Ich liebe *jetzt*, Juran. Leiard wird älter. Er wird eines Tages sterben. Ich kann nicht warten, bis du dich an den Gedanken gewöhnt hast, dass ein Traumweber meiner würdig sein könnte.«

Er musterte sie eindringlich. »Meine Meinung steht hier nicht zur Debatte, Auraya. Du bist eine der Weißen. Deine erste Pflicht besteht darin, das Volk zu leiten und zu schützen. Du darfst Geliebte haben, aber sie dürfen nicht zwischen dir und dem Volk stehen. Wenn das doch einmal geschieht, musst du den Betreffenden aufgeben.«

»Er wird nicht …«

»Er wird. Er hat es bereits getan. Ich habe es in seinen Gedanken gesehen. Du hast das Gesetz gegen die Traumvernetzung gebrochen. Was kommt als Nächstes?«

»Ich hatte die Heilkünste der Traumweber schon vorher akzeptiert, Juran. Auch dagegen gibt es ein gleichermaßen lächerliches Gesetz. Du bist nicht töricht genug, um dies als Hinweis zu werten, dass ich die Gesetze im Allgemeinen nicht achte.«

»Du musst nach außen hin absolut gesetzestreu erscheinen«, erwiderte er. »Sonst wirst du den Respekt der Menschen verlieren. Du würdest in ihren Augen an Ansehen verlieren, sobald sie von deiner Affäre erfahren.«

»Nicht in dem Maße, wie du es glaubst. Nicht alle Menschen verabscheuen die Traumweber.«

»Die Mehrheit misstraut ihnen.« Er seufzte. »Auraya, ich wünschte, ich müsste das nicht von dir verlangen. Ich möchte dir nicht wehtun. Aber du musst Leiard aufgeben.«

Auraya schüttelte den Kopf. »Das kann ich nicht, Juran.«

»Oh, doch«, sagte er mit Nachdruck. »Irgendwann wirst du zurückblicken und erkennen, dass du richtig gehandelt hast, auch wenn es jetzt schmerzhaft sein mag. Du musst mir in dieser Sache vertrauen.«

*Vertrauen? Dies hier hat nichts mit Vertrauen zu tun. Alles, was er gesagt hat, entspringt der Furcht. Furcht, dass ein Traumweber einen zu großen Einfluss auf mich gewinnen könnte. Furcht, dass ich, wenn ich auch nur einen einzigen voreingenommenen Zirkler vor den Kopf stoße, alle anderen gegen uns aufbringen könnte. Vor allem aber fürchtet er jede Veränderung.*

Sie brachte ein Lächeln zustande. »Ich vertraue dir, Juran. Und ich gehe davon aus, dass das auf Gegenseitigkeit beruht. Ich werde nicht zulassen, dass sich Leiard zwischen mich und das Volk stellt. Die Menschen werden kaum von seiner Existenz Notiz nehmen.«

Sie wandte sich ab und ging auf die Türlasche zu.

»Auraya.«

Als sie den Eingang erreichte, drehte sie sich noch einmal um.

»Er kann nicht zurückkommen«, erklärte Juran. »Ich habe ihm einen Befehl gegeben, und ich traue es nicht einmal ihm zu, sich mir zu widersetzen.«

Sie lächelte. »Nein. Das würde er nicht tun. Sagt dir das denn gar nichts, Juran? Sagt dir das nicht, dass man ihn nicht zu fürchten braucht?«

Ohne auf eine Antwort zu warten, trat sie hinaus und schwang sich in die Luft.

# 40

Von Norden her zogen langsam Wolken über den Himmel und verdeckten nach und nach die Sterne. Bellin gähnte, dann wandte er seine Aufmerksamkeit wieder den Gauts zu. Die meisten hatten ihre langen, spindeldürren Beine unter den Körper geschoben und dösten vor sich hin. Einige wenige Tiere waren hellwach geblieben und bewegten die schlanken Köpfe hin und her, um die Herde gegen Räuber zu sichern.

Es waren kluge Tiere. Sie duldeten ihn als eine zusätzliche Art von Schutz, und sie gestatteten ihm im Gegenzug, ihre Milch zu nehmen. Dennoch verloren sie niemals etwas von ihrer natürlichen Wachsamkeit. Trotz seiner Anwesenheit wechselten sie sich des Nachts als Wachen ab.

*Was nur gut ist,* dachte er. *Ich kann es nicht verhindern, dass ich ab und zu einschlafe oder meine Aufmerksamkeit durch irgendetwas anderes abgelenkt wird.*

Er lehnte sich wieder an die Felswand und zog ein wenig Magie in sich hinein, die er in Licht umwandelte und zu verschiedenen Gestalten formte.

Als Erstes schuf er eine Gaut. Das war einfach; er verbrachte all seine Zeit mit den Tieren, daher wusste er, wie sie aussahen. Schwieriger war es dagegen, die Gaut zu bewegen. Er brachte sie dazu, zu gehen, zu laufen und schließlich von Felsen zu Felsen zu springen.

Als ihn das zu langweilen begann, fügte er seine Magie zu einer anderen vertrauten Gestalt zusammen. Der alte Lim. Das runzelige Gesicht kam ihm richtig vor, aber der Körper war zu gerade. Der alte Lim war gebeugt wie ein vom Wind verkrümmter Baum.

*Ah. So ist es besser.* Bellin ließ die Figur sich am Hintern kratzen – etwas, das der alte Lim ständig tat. Er kicherte, dann hatte er plötzlich ein schlechtes Gewissen. Er sollte sich nicht über den alten Lim lustig machen. Der Mann hatte ihn als Säugling in den Bergen gefunden und großgezogen. Lim wusste nicht, wer Bellins leibliche Eltern waren. Bellin sah nicht einmal so aus wie die meisten Menschen, die in dieser Gegend lebten. Der einzige Hinweis, den er auf seine Vergangenheit hatte, war ein Stück Stoff mit einem darauf gestickten Symbol. Der Stoff stammte von der Decke, in die er eingehüllt gewesen war, als der alte Lim ihn gefunden hatte. Es war auch ein goldenes Amulett bei seinen Sachen gewesen, aber das hatte Lim verkauft, um Essen und Kleider für Bellin bezahlen zu können.

Bellin fragte sich bisweilen, woher er kam, und spielte sogar mit dem Gedanken, sich auf eine aufregende Reise zu begeben, um nach seinen Eltern zu suchen. Aber es gefiel ihm hier. Er brauchte nicht hart zu arbeiten, sondern musste lediglich die Gauts bewachen und ihre Wolle sammeln, wenn sie in die Mauser kamen. Wenn Lim starb, würde er für die Sicherheit dieser Tiere verantwortlich sein. Er konnte sie nicht schutzlos zurücklassen.

Bellin seufzte und überlegte, was er als Nächstes machen könnte. Der alte Lim hatte ihm beigebracht, wie man aus dem Licht Bilder formte. Diese Bilder dienten zum einen dem Zweck, Raubtiere fernzuhalten, zum anderen hielten sie Bellin wach.

Die Bilder waren nicht die einzige Gabe, die der alte Mann Bellin gelehrt hatte. Wenn Fanrin oder Leramer kühn oder verzweifelt genug waren, um sich den Gauts zu nähern, verjagte er sie mit kleinen Feuerbällen.

»Ihr habt Glück, dass ihr mich habt«, erklärte Bellin den Gauts. Beim Klang seiner Stimme schreckten mehrere Gauts aus dem Schlaf hoch. Was recht eigenartig war. Sie waren an seine Stimme gewöhnt.

»Der alte Lim kann ihnen kaum mehr als einen leichten Schlag versetzen, aber ich könnte Fanrin oder Leramer töten, wenn ich es wollte«, sagte er in besänftigendem Tonfall, um sie zu beruhigen. »Ich könnte …«

Er hielt inne, dann runzelte er die Stirn. Sein Rücken fühlte sich seltsam an. Die Felswand, an der er lehnte, bebte.

Als er sich vorbeugte, stellte er fest, dass er die gleichen Vibrationen unter seinen Schenkeln und Füßen spüren konnte. Die Gauts rappelten sich hoch. Ihre schmalen Ohren zuckten angstvoll.

Bellin stand langsam auf, drehte sich um und legte die Hände auf die Felswand. Die Vibrationen schienen jetzt stärker zu sein. Irgendetwas traf ihn am Kopf. Er schrie überrascht auf und blickte empor. Erde und kleine Steine prasselten herunter. Er trat hastig von dem Felsen weg.

Nachdem er sich einige Schritte entfernt hatte, konnte er einen Riss weiter oben in der Wand erkennen, und dieser Riss wurde zusehends breiter. Langsam dämmerte ihm, dass der Felsen nicht barst; die Erde, die sich in dem Riss angesammelt hatte, quoll heraus und bildete an der Stelle, an der er soeben noch gesessen hatte, einen wachsenden Hügel.

Die Vibrationen unter seinen Füßen wurden stärker. Dann nahm auch er Erschütterungen in der Luft wahr. Eine Wolke von Staub und Steinen ergoss sich aus dem Spalt. Er duckte sich und schützte den Kopf mit den Armen, während überall ringsum Steine niederprasselten.

Das Prasseln erstarb, dann erklang ein Pfeifen. Er sah, wie das Gras auf dem Felsen sich dem Spalt zuneigte. Luft schien in die Öffnung zu strömen.

Der Boden hatte aufgehört zu beben. Bellin schaute hinter sich, und das Blut gefror ihm in den Adern.

Die Gauts waren verschwunden.

Ohne noch länger über das beunruhigende Verhalten des Berges und das seltsame Pfeifen der Luft nachzudenken, die in den Spalt gesogen wurde, schuf er einen Ball aus Licht und machte sich auf die Suche nach den Spuren seiner geliebten Gauts.

Leiard drehte sich zu Jayim um, und ein Stich des Mitgefühls durchzuckte ihn, eines Mitgefühls, in das sich Gewissensbisse mischten. Der Junge war blass und fühlte sich offenkundig unwohl. Arems waren nicht gerade die angenehmsten Reittiere, erst recht nicht ohne Sattel. Jetzt, da sie kein Geschirr trugen und zu einer schnelleren Gangart angetrieben wurden, hatten sie ein Tempo angeschlagen, das sie stundenlang aufrechterhalten konnten, bei dem ihre Reiter jedoch arg durchgeschüttelt wurden.

Aber es ließ sich nicht ändern. Juran hatte ihnen befohlen, unverzüglich aufzubrechen, und er war im Lager zurückgeblieben, um sicherzustellen, dass sie seiner Anweisung Folge leisteten. Sie hatten sich etwas zu essen eingepackt und ihre Beutel an sich genommen, aber es war offenkundig gewesen, dass Juran ihnen nicht erlauben würde, das Zelt abzubauen, den Tarn zu packen und die Arems anzuschirren.

Auch in diesem Punkt hatte Leiard ein schlechtes Gewissen. Die Arems gehörten Arleej. Sie hatte außerdem einige zusätzliche Arems gekauft, falls eins der Tiere krank oder lahm wurde, so dass sie nicht gezwungen sein würde, den Tarn stehen zu lassen.

Er hatte keine Zeit gehabt, sie aufzusuchen oder auch nur einen Brief zurückzulassen, in dem er ihr sein plötzliches Verschwinden hätte erklären können. Einige Leute im Lager der

Traumweber mussten Jurans Ankunft bemerkt und wahrscheinlich auch beobachtet haben, dass er kurz nach Leiard und Jayim wieder aufgebrochen war. Arleej würde erraten, was geschehen war. Sie würde sich Sorgen machen. *Das tue ich auch,* gestand er sich ein. *Was wird das für den Rest der Traumweber bedeuten? Wird ihnen jetzt Gefahr drohen?*

*Eines steht fest,* dachte er. *Juran wird nicht bekanntmachen wollen, dass eine der Weißen ihr Bett mit einem Traumweber geteilt hat, daher wird er dieses Geheimnis wohl zu hüten wissen.*

Es überraschte Leiard, dass Juran nur ihn fortgeschickt hatte und nicht alle Traumweber, und sei es auch nur, um die Tatsache zu verbergen, dass sich sein Zorn gegen einen Einzelnen richtete. Vielleicht begriff sogar Juran, dass er die Traumweber nach der Schlacht benötigen würde. Die Armee war riesig. Obwohl die Zirkler die Heilkünste der Traumweber eigentlich verschmähen sollten, geschah das in Notfällen doch nur selten. Nach der Schlacht würde es zu viele verletzte Soldaten geben, als dass die Priesterheiler allein mit ihnen fertigwerden würden.

*Jayim wird eine großartige Gelegenheit entgehen, seine Ausbildung zu vervollständigen,* dachte er. Er sah den Jungen schuldbewusst an. Jurans Ärger hatte Jayim zutiefst erschreckt. Dem Jungen war nur allzu deutlich bewusst gewesen, dass der Mann, der seinen Lehrer zur Rede stellte, derjenige war, der Mirar getötet hatte. Jayims Erleichterung, als Juran sie fortgeschickt hatte, war unübersehbar gewesen.

*Wenn die Furcht sich legt, wird er wütend sein,* ging es Leiard durch den Kopf. *Er wird fragen, welches Recht Juran hat, uns wegzuschicken, obwohl mein einziges Verbrechen darin besteht, Auraya zu lieben.*

*Er wird dir die Schuld geben,* machte sich eine vertraute Stimme bemerkbar. *Er wird sich fragen, warum du ihn überhaupt in diese Situation gebracht hast. Er wird sich fragen, warum du es so weit hast kommen lassen, obwohl dir die Konsequenzen doch klar waren. Wenn offenbar wird, dass du dich auch weiterhin mit Auraya treffen willst, wird er sich fragen, ob dir überhaupt an deinen Leuten gelegen ist.*

*Mirar,* dachte Leiard müde. *Diese Wendung der Ereignisse muss dich sehr glücklich machen.*

*Glücklich? Nein. Genau das ist es, was ich befürchtet hatte. Glaubst du wirklich, Juran wird sich damit zufriedengeben, dich fortzuschicken? Du hast ihn an die Dinge erinnert, die er an uns Traumwebern am meisten hasst. Unseren Einfluss auf die Menschen. Unsere Fähigkeiten. Ich war als großer Verführer bekannt. Du wirst in seinen Augen an meine Stelle treten. Wenn du die Affäre mit Auraya fortsetzst, wird er davon erfahren. Er wird andere Möglichkeiten finden, dich zu bestrafen: Er wird dich treffen, indem er unseren Leuten Schaden zufügt.*

Leiard schauderte. *Nein. Auraya wird das nicht zulassen.*

*Er ist ihr Anführer. Sie ist eine Dienerin der Götter. Wenn die Götter ihr befehlen, ihm zu gehorchen, wird sie es tun. Das weißt du.*

*Sie wird alles tun, um zu verhindern, dass den Traumwebern Schaden zugefügt wird.*

*Alles? Würde sie die Weißen verlassen? Würde sie Macht und Unsterblichkeit aufgeben? Würde sie den Göttern, die sie liebt, trotzen? Du weißt, dass sie ihnen niemals den Gehorsam verweigern würde.*

Leiard schüttelte den Kopf, aber ihm war klar, dass Mirar in dem letzten Punkt recht hatte. Die Luft wurde schwer und kalt, und es überraschte ihn nicht, als es zu regnen begann. Er ließ sich von den Tropfen benetzen, und schon bald waren seine Kleider durchnässt.

Weit vor sich konnte er Lichter ausmachen. Er zügelte sein Arem und kniff die Augen zusammen. Er war der Straße jetzt seit mehreren Stunden gefolgt. Die Armee lag weit hinter ihnen. Wer waren diese Leute? Hatte Juran seine Meinung geändert? Hatte er Priester ausgeschickt, die hier warteten, um ihn abzufangen?

Plötzlich hörte er vor sich Hufgetrappel. Als der Reiter näher kam, öffnete Leiard die Hand und schuf ein kleines Licht. Der Fremde trug die Uniform eines hochrangigen Mitglieds der torenischen Armee und grinste ihn an, als er vorbeiritt. Seine selbstgefällige Zufriedenheit berührte Leiards Sinne wie eine Woge starken Parfüms.

Jetzt wurde Leiard klar, dass die Lichter von einem reisenden Bordell stammen mussten. Er seufzte vor Erleichterung und trieb sein Arem wieder an.

*Auraya liebt dich,* wisperte Mirar. *Und du liebst sie.*

Leiard runzelte die Stirn, erstaunt über diesen plötzlichen Gesinnungswandel Mirars.

*Du sagst, sie würde alles aufgeben, um unsere Leute zu schützen. Ich glaube dir nicht, aber falls es doch der Wahrheit entsprechen sollte, bedenke Folgendes: Solltest du das von ihr verlangen? Solltest du sie bitten, aufzugeben, was sie hat?*

*So weit wird es vielleicht nicht kommen.*

*Oh, doch. Ich kenne Juran. Er wird von ihr verlangen, dass sie eine Wahl trifft. Glaubst du, du wärst ein guter Tausch für die Götter, die sie so sehr liebt? Kannst du ihr geben, was sie ihr geben?*

Leiard schüttelte den Kopf.

*Möchtest du sie alt werden und sterben sehen und wissen, dass es deine Schuld ist?*

Jedes von Mirars Worten fühlte sich an wie ein Messerstich.

*Die Liebe ist berauschend, insbesondere die verbotene Liebe, aber Leidenschaft verblasst und wird zur Gewohnheit. Und Gewohnheit wird zur Langeweile. Wenn der Rausch der Verliebtheit abgeklungen ist, glaubst du, dass sie niemals auf das zurückblicken wird, was sie war und was sie hätte sein können, glaubst du, dass sie sich niemals wünschen wird, dir nie begegnet zu sein?*

Leiards Kehle war jetzt wie zugeschnürt. Er wollte einwenden, dass es so gewiss nicht sein würde, aber er war sich nicht sicher.

*Wenn du sie liebst,* fuhr Mirar drängend fort, *dann gib sie frei. Um ihrer selbst willen. Lass sie weiterleben, damit sie wieder und wieder lieben kann.*

*Und wenn sie nicht freigegeben werden will?*

*Dann musst du sie davon überzeugen, dass es das Richtige ist. Sag ihr, dass du sie nicht wiedersehen willst.*

*Sie wird mir nicht glauben. Vergiss nicht, sie kann meine Gedanken lesen.*

Mirar schwieg für einen Moment. Die Lichter vor ihnen waren jetzt heller.

*Dann lass mich es tun.*

Leiard schauderte. Er fror entsetzlich, und er wusste, dass es nicht nur an dem Regen lag, der seine Kleider durchnässte.

*Sie wird heute Nacht nach dir suchen. Ich werde nur lange genug bleiben, um sie zu überreden, dich zu verlassen.*

Er war so müde. Müde der Gefahren und der Heimlichtuerei. Er blickte in den dunklen Himmel auf, und der Regen peitschte ihm ins Gesicht.

*Es tut mir leid, Auraya,* dachte er. *Unsere Liebe kann kein glückliches Ende nehmen. Mirar hat recht: Je länger diese Beziehung dauert, umso größeren Schaden wird sie anrichten.*

Er holte tief Luft, dann flüsterte er: »Mirar.«

Als die ersten Strahlen der Morgendämmerung den östlichen Himmel erhellten, schwanden Aurayas Hoffnungen langsam. Sie war, so weit ein Reiter an einem Tag reisen konnte, vom Lager der Traumweber aus in jede Richtung geflogen, sie war in die Goldebenen zurückgekehrt und hatte die Vorhügel der Berge abgesucht. Anschließend war sie der Straße fast den ganzen Weg bis zum Pass gefolgt.

Sie hatte keine Spur von Leiard entdecken können.

Während sie geflogen war, hatte sie ihre Sinne offen für menschliche Gedanken gehalten. Sie hatte den Geist von Soldaten und Dörflern, von Hirten und Prostituierten wahrgenommen, aber Leiard schien wie vom Erdboden verschluckt zu sein.

*Wie die Pentadrianer,* dachte sie.

Jetzt schwebte sie hoch über dem Boden, unschlüssig, was sie als Nächstes tun sollte.

*Vielleicht habe ich etwas übersehen. Ich könnte in das Lager der Traumweber zurückkehren und noch einmal von vorn anfangen. Diesmal werde ich in Kreisen fliegen und mich langsam von meinem Ausgangspunkt entfernen …*

Sie tat, was sie sich vorgenommen hatte, doch als sie den Lagerplatz der Traumweber erreichte, waren diese bereits fort. Sie konnte sie in einiger Entfernung sehen und bemerkte auch, dass ein einzelner Reiter ihnen folgte. Kurz darauf fing sie müde Gedanken und eine vertraute Persönlichkeit auf.

*Jayim.*

Der Junge näherte sich einer Anhöhe und zügelte sein Arem. Als er weit voraus die Traumweber sah, stieg Erleichterung in ihm auf. Diesem Gefühl folgten Gewissensbisse und Unsicherheit. Er blickte über seine Schulter nach Südosten.

*Ich hätte ihn nicht allein lassen dürfen … Aber er wollte nicht auf mich hören. Die Art, wie er gesprochen hat … Irgendetwas stimmt da nicht. Ich muss Hilfe holen.*

Er trieb das Arem wieder an; wenn er die anderen rechtzeitig einholte, so überlegte er, würde Arleej in das Lager des Bordells zurückkehren können, bevor Leiard weiterzog. Auraya sah ihm mit wachsendem Unbehagen nach.

Das Lager des *Bordells?*

Sie war über einige dieser Lagerstätten hinweggeflogen. Es wurde allgemein akzeptiert, dass Prostituierte eine große Armee begleiteten. Auraya hatte gemischte Gefühle, was diese Frauen betraf. Obwohl sie verstand, dass einige Stunden im Bett einer Hure einem Soldaten neue Zuversicht und Kraft gaben, bestand doch immer die Gefahr, dass sich auf diese Weise Krankheiten ausbreiteten. Außerdem gefiel es ihr nicht, dass die Männer glaubten, sie würden ihren Ehefrauen nicht untreu werden, indem sie während eines Krieges mit einer Hure schliefen.

Das war der Grund, warum sie die Gedanken der Menschen in diesen Lagern bisher nicht allzu gründlich erkundet hatte. Und genau deshalb waren die Bordelle wie geschaffen dafür, sich vor ihr zu verstecken. Musste sie daraus den Schluss ziehen, dass Leiard sich vor ihr versteckte?

*Nein. Er versteckt sich vor Juran.*

Sie flog zu dem nächsten Lager, das ihr während der vergangenen Nacht aufgefallen war, doch Leiard befand sich weder in dem ersten Lager noch in den beiden darauffolgenden. Dann fiel ihr wieder ein, in welche Richtung Jayim geblickt hatte, und sie flog weiter nach Südosten. Etwa einen halben Tagesritt von der Armee entfernt stieß sie auf ein weiteres Bordell. Als sie den Geist der Menschen dort erforschte, sah sie in den Gedanken einer der Huren Leiards Gesicht.

Und prallte zurück, als sie die Gedanken las, die mit diesem Bild einhergingen.

*… Dieser Hintern. Und ich habe ihn gestern Nacht für knochig gehalten. Das war eindeutig ein Irrtum. Wenn es nach mir ginge, könnte er diese Nacht umsonst bekommen. Wer hätte gedacht, dass ein Traumweber so gut im Bett ist …*

Auraya unterbrach die Verbindung zu der Frau. Während sie weiter über dem Bordell schwebte, starrte sie ungläubig auf die Zelte hinab.

*Ich muss mich irren. Das Mädchen muss an einen anderen Traumweber gedacht haben. An einen, der so aussieht wie Leiard.*

Sie blickte abermals in die Gedanken der Menschen unter ihr. Diesmal hielt sie Ausschau nach einem männlichen Geist. Als sie Leiard fand, brauchte sie einen Augenblick, um ihn zu erkennen.

Seine Gedanken waren nicht die eines Mannes, der von seiner Geliebten getrennt wurde. Es waren die eines Mannes, der eine unerwartete Freiheit auskostete.

*Es ist nicht so, dass ich Auraya nicht für attraktiv oder liebenswert hielte,* sagte er sich. *Aber sie ist all diesen Ärger nicht wert. Am besten, wir stehlen uns ohne große Erklärungen davon.*

Wie ausgelöscht waren die Zuneigung und der Respekt, die sie immer in seinem Geist gesehen hatte. Sie konnte nicht einmal einen schwachen Widerschein der Liebe finden, die er für sie empfunden hatte. Stattdessen betrachtete er sie mit einem milden Bedauern.

Sie keuchte und zuckte zurück, aber dem Schmerz, der sie zerriss, konnte sie nicht entrinnen. *So fühlt es sich also an, wenn einem das Herz gebrochen wird,* ging es ihr durch den Kopf. *Als hätte jemand einem ein Messer in den Leib gerammt und die Klinge umgedreht. Nein, es ist so, als hätte jemand mich ausgeweidet und zum Sterben liegen lassen.*

Tränen schossen ihr in die Augen, aber sie kämpfte dagegen an. Er *hatte* sie geliebt. Das wusste sie. Jetzt liebte er sie nicht mehr. Nur einige wenige Worte von Juran hatten seine Gefühle für sie getötet.

*Wie kann das sein? Wie kann etwas, das so stark war, so leicht getötet werden? Ich verstehe es nicht.* Sie wollte noch einmal hinschauen, wollte nach einer Erklärung suchen, konnte sich aber nicht dazu überwinden. Stattdessen ließ sie sich langsam höher in den Himmel steigen. Einmal mehr fing sie die Gedanken der Hure auf. Leiard hatte sich soeben den Bart abrasiert. Das Mädchen fand, dass er dadurch viel jünger und attraktiver aussah. Sie sprach ihren Gedanken aus und sagte auch, dass er jederzeit in ihrem Zelt willkommen sei. Ob er heute Nacht zurückkehren werde? Nein. Aber vielleicht würde er sie besuchen, wenn er irgendwann nach Porin käme …

Einige Menschen traten jetzt aus den Zelten unter ihr. Auraya stieg noch ein wenig höher auf, denn ihr war bewusst, dass jeder, der zum Himmel aufblickte, sie entdecken konnte. Sie stieg immer höher, bis das Lager nur noch ein winziger Fleck in der Landschaft unter ihr war. Als sie die Wolken erreichte, verschwand die Welt hinter einer nassen, kalten weißen Decke.

# 41

Emerahl hob die geflickte Türlasche des Tarns an und spähte hinaus. Dem Kunden zufolge, um den sie sich in der letzten Nacht gekümmert hatte, war die Armee ihnen nur einen Ritt von wenigen Stunden voraus. Als sie der Hoffnung Ausdruck verliehen hatte, dass sie die Soldaten bald einholen würden, hatte der Mann den Kopf geschüttelt. Die Armee reiste in schnellem Tempo, hatte er ihr erklärt. Sie würde den Pass vor dem Bordell erreichen. Außerdem wäre es ohnehin sicherer für sie, einen gewissen Abstand zu wahren. Wer konnte schließlich wissen, welche Gefahren in den Bergen lauerten?

Danach hatte er versucht, sie zu trösten und zu beruhigen. Er war der Typ Mann gewesen, der eine schwache Frau brauchte, um sich selbst stark und männlich zu fühlen. Er war kein Mensch, der sich in der Nähe tatkräftiger, fähiger Frauen wohlfühlte, daher war es am Morgen ein Leichtes gewesen, ihn loszuwerden, indem sie selbstbewusst durch das Zelt geschritten war und ihn in ein intelligentes Gespräch verstrickt hatte. Seine Frau tat ihr leid. Männer, die schwache, dumme Frauen brauchten, konnten sehr unangenehm sein, wenn sie den Eindruck gewannen, dass die natürliche Ordnung der Dinge durcheinandergebracht worden war.

»Was kannst du sehen, Jade?«

Sie blickte Stern an, dann zuckte sie die Achseln. »Felsen. Und Bäume. Und noch mehr Felsen. Oh, schau nur, da ist noch ein Baum«, fügte sie trocken hinzu.

Die Mädchen lächelten. Rozea hatte am vergangenen Abend

erklärt, dass Stern nun hinreichend genesen sei, um mit den anderen zu reisen, obwohl Emerahl davon überzeugt war, dass die Entscheidung mehr mit dem Wunsch zu tun hatte, sich nicht noch einen Tag ihr unablässiges Geplapper anhören zu müssen. Emerahl hatte darauf bestanden, Stern zu begleiten, für den Fall, dass die Anstrengung doch zu viel für sie sein würde. Dies gab ihr zumindest die Möglichkeit, mit Brand und Flut zu reden.

Inzwischen hatten alle Mädchen ihr anscheinend verziehen, dass Rozea sie zu ihrer Favoritin gemacht hatte. Möglicherweise hatten sie begriffen, dass ihr Groll lächerlich war, aber Emerahl bezweifelte das. Sie vermutete, dass es die Heilung Sterns war, die hinter ihrem veränderten Verhalten steckte.

»Ich habe eine ausgesprochen erstaunliche Nacht hinter mir«, bemerkte Barmherzigkeit.

Brand, Flut und Vogel stöhnten. »Müssen wir das jetzt alles noch einmal durchkauen?«, jammerte Brand.

Barmherzigkeit deutete auf Stern. »Sie hat es noch nicht gehört.«

Brand seufzte. »Na schön, dann erzähl.«

Barmherzigkeits Augen leuchteten, als sie sich zu Stern vorbeugte. »Letzte Nacht ist ein Traumweber vorbeigekommen. Es war schon spät, und die meisten Mädchen haben ihn gar nicht bemerkt. Er sah nicht schlecht aus, daher habe ich mich gefreut, als er sich für mich entschied.« Sie hielt inne und grinste breit. »Wenn alle Traumweber im Bett so sind wie er, werde ich nie wieder einen verschmähen.«

Stern zog die Augenbrauen hoch. »So gut war er?«

»Oh, du würdest es mir nicht glauben, wenn ich es dir erzählte.«

Stern grinste. »Erzähl es trotzdem.«

Emerahl war so fasziniert, dass sie in Barmherzigkeits Gedanken nach einem Anflug von Betrug forschte. Sie konnte jedoch nicht mehr entdecken als Sehnsucht, Dankbarkeit und – vor allem – Selbstgefälligkeit.

Es war selten, kam aber bisweilen durchaus vor, dass ein Kunde sich nicht nur zum Schein bemühte, auch einer Hure Vergnügen zu bereiten. Während Barmherzigkeit weitersprach, stieg eine leichte Traurigkeit in Emerahl auf. Die Freuden dieser Nacht erinnerten sie an einige Nächte, die sie selbst erlebt hatte, vor langer Zeit und mit einem anderen Traumweber. Mit *dem* Traumweber. Lächelnd stellte sie sich vor, was die Mädchen sagen würden, wenn sie ihnen von *dieser* Affäre erzählte.

»Wann immer er sich in mein Zelt schleichen möchte, kann er die Nacht umsonst haben«, erzählte Barmherzigkeit ihnen.

»Man nennt sie schließlich nicht umsonst Barmherzigkeit«, sagte Brand und verdrehte die Augen.

»Wie hat er denn ausgesehen?«, fragte Stern.

»Groß. Mager. Zuerst dachte ich ja, er sei ein wenig knochig. Sehr helles blondes Haar. Fast weiß. Er hatte einen Bart, aber den hat er sich am nächsten Tag abrasiert. Und er sah viel besser aus ohne ihn.«

Emerahl wandte ihren Geist von dem Geplapper des Mädchens ab. Die Gedanken an Mirar führten sie zurück zu den Plänen, die sie geschmiedet hatte: Sie wollte die Quelle des Turmtraums finden. Es schien ein kurioses Unterfangen zu sein, Jagd nach einem Träumer zu machen, und das aus keinem anderen Grund als Neugier. Andererseits – was sollte sie sonst tun, um sich zu beschäftigen? Während der letzten hundert Jahre hatte sich die Zahl der Priester und Priesterinnen in Nordithania um ein Vielfaches vermehrt. Was bedeutete, dass es praktisch nichts gab, was sie tun konnte.

Sie war zunehmend davon überzeugt, dass sich der Träumer auf der anderen Seite der Berge befinden musste. Je näher sie dem Gebirge kam, umso stärker und lebhafter wurde der Traum. Wenn das hieß, dass er oder sie unter den Pentadrianern zu finden war, dann sollte es eben so sein.

»Du hattest recht, was die Geheimfächer betrifft«, flüsterte Flut Emerahl ins Ohr, so dass sie heftig zusammenzuckte.

Sie drehte sich zu der jungen Frau um. »Fächer?«

»Unter den Sitzen«, sagte Flut und tippte mit der Ferse leicht gegen die Unterseite ihrer Bank. »Ich habe vor einer Woche Rozea etwas hineinlegen sehen. Sie tut das immer frühmorgens, wenn wir alle noch schlafen. Aber neulich bin ich aufgewacht und habe sie durch ein Loch in unserem Zelt beobachtet.«

Emerahl lächelte. »Du bist wirklich ein kluges Mädchen.«

Flut grinste. »Ich bin nicht dumm genug, etwas wegzunehmen.«

»Nein, das wäre töricht«, stimmte Emerahl ihr zu.

*Töricht für jeden, der im Bordell bleiben musste oder in der Welt draußen nicht allein zurechtkäme,* überlegte sie weiter. In wenigen Tagen würden die Zirkler auf die Pentadrianer stoßen. Sie würde warten und die Augen offen halten, und wenn der richtige Moment kam, würde sie ihr Geld nehmen und sich auf den Weg zum Pass machen.

Und sie würde die Hurerei, die Priester und Nordithania hinter sich lassen.

Als die letzte Verstrebung sich an ihren Platz fügte, stand Tryss auf und unterzog die Laube einer letzten kritischen Musterung.

»Sie ist gut«, sagte Drilli. Sie stand vom Boden auf und reichte Tryss die Keule einer gerösteten Gaut. »Also, wer waren diese neuen Soldaten?«

Er sah sie überrascht an. Es war leicht zu vergessen, dass

die Informationen über das Geschehen nicht zu allen durchsickerten. Sie waren gemeinsam geflogen, als die Soldaten, die vom Pass kamen, entdeckt wurden. Sirri hatte ihn zu den Weißen geschickt, und obwohl er schon einige Stunden zuvor zurückgekehrt war, war er erst seit Kurzem wieder bei Drilli.

»Es sind Dunweger«, antwortete er. »Sie leben auf der anderen Seite der Berge, aber weiter oben im Norden. Die Männer, die zu uns gestoßen sind, sind Stammesführer, Kriegsplaner und Priester. Der größte Teil ihrer Armee erwartet uns auf dem Pass.«

Sie nickte und kaute mit nachdenklicher Miene langsam einen Bissen Fleisch. »Hast du Auraya gesehen?«

Er schüttelte den Kopf. »Liedmacher sagt, sie sei den größten Teil des Tages damit beschäftigt, sich mit Dyara in magischen Kampftechniken zu üben.«

»Normalerweise verbringt sie trotzdem jeden Tag einige Zeit mit uns. Aber seit gestern hat niemand sie mehr gesehen.«

Tryss nahm einen Bissen Gaut-Fleisch. Es war interessant, aber nicht überraschend, dass sich die Informationen über die Dunweger unter den Siyee nicht allzu schnell verbreitet hatten, während sie jeden von Aurayas Schritten wahrnahmen.

»Sie ist sicher mit etwas Wichtigem beschäftigt. Vielleicht werde ich heute Abend erfahren, was es ist.«

Drilli schnalzte widerwillig mit der Zunge. »Noch ein Kriegsrat? Werde ich dich jemals eine ganze Nacht für mich haben – ohne dass du sie verschläfst?«

Er grinste. »Schon bald.«

»Das sagst du immer.«

»Ich dachte, du wärst müde.«

»Ja, das bin ich auch.« Sie seufzte und hockte sich neben

das Feuer. »Ich bin vollkommen erschöpft. Das ist auch der Grund für meine schlechte Laune.« Das Licht des Feuers tauchte ihre Haut in einen warmen orangefarbenen Schimmer und betonte ihre Wangenknochen und ihren schlanken Körper.

*Sie ist so schön,* dachte er. *Ich bin der glücklichste Siyee auf Erden.*

»Vater weigert sich noch immer, mit mir zu reden«, sagte sie düster.

Er trat hinter sie und massierte ihr die Schultern. »Hast du es wieder versucht?«

»Ja. Ich weiß, es ist noch zu früh, aber ich muss es einfach versuchen. Ich wünschte, Mutter wäre hier. Sie würde mit mir reden.«

»Vielleicht würde sie es auch nicht tun. Dann würdest du dich noch elender fühlen.«

»Nein«, widersprach sie ihm mit Überzeugung. »Sie würde mit mir reden. Sie weiß, dass es Dinge gibt, die wichtiger sein können als … als …«

»Was für Dinge?«, fragte er geistesabwesend.

»Einfach … Dinge. Ah, da kommt Sirri.«

Als er sich umdrehte, sah er Sprecherin Sirri auf einem Felsvorsprung über ihrem Lagerplatz landen. Sie lächelte.

»Hallo, Drilli. Das riecht ja köstlich.«

Drilli erhob sich. »Hallo, Sirri. Du lässt doch nicht wieder deine Mahlzeiten aus, oder?«

Sirri lachte. »Ich habe vorhin etwas gegessen.«

»Hier.« Drilli warf Sirri etwas zu.

Die Sprecherin fing es geschickt auf. »Ein Gewürzkuchen. Vielen Dank.«

»Ihre Kuchen sind immer ziemlich scharf«, warnte Tryss die Sprecherin.

Sirri nahm einen Bissen, kaute und zuckte dann zusammen.

»Das stimmt. Nun, wir sollten jetzt losfliegen, sonst fängt die Versammlung ohne uns an.«

Tryss nickte. Als Sirri sich in die Luft schwang, erhob er sich, hielt dann jedoch inne, als er Drillis Arme um seinen Leib spürte. Er drehte sich zu ihr um. Ihr Kuss war warm und verlockend, und er löste sich nur widerstrebend von ihr.

»Bald«, versprach er.

»Dann geh«, erwiderte sie. »Bevor sie zurückkommt und nach dir sucht.«

Grinsend wandte er sich ab und flog Sirri hinterher.

Sie lagerten auf einem kleinen Felsvorsprung mit Blick auf die Straße. Die meisten der Siyee hatten ihre Lauben in luftiger Höhe errichtet, während die Landgeher auf der Straße lagerten, da sie keine Möglichkeit hatten, in die Anhöhen hinaufzugelangen. Aus der Luft betrachtet wirkten die vielen Lampen und Feuer der Landgeher wie riesige Larven von Leuchtwürmern.

Tryss eilte Sirri mit kräftigen Flügelschlägen hinterher, und als er sie fast erreicht hatte, drehte sie sich zu ihm um. »Wie entwickeln sich deine Treffen mit Liedmacher?«

»Ich lerne schneller als er. Er hat mir gegenüber einen großen Nachteil, wie du dir denken kannst. Unsere gesprochene Sprache ähnelt seiner, aber unsere Pfeiflaute sind vollkommen neu für ihn.«

»Wie viel hast du inzwischen von der Sprache der Landgeher gelernt?«

Er zuckte bedauernd die Achseln. »Ich habe noch einen weiten Weg vor mir. Manchmal erkenne ich einige Wörter und kann ihnen zumindest entnehmen, wovon sie reden.«

»Das könnte nützlich sein.«

An einer Biegung der Straße wurde das weiße Zelt sichtbar, und sie schwebten darauf zu. Von den Menschen, die normalerweise dort standen, war nichts zu sehen. Als sie landeten, hörten sie Stimmen aus dem Innern des Zelts.

»Nun, besser spät als gar nicht«, murmelte Sirri.

Er folgte ihr in das Zelt, wo das Gespräch bei ihrem Eintreten verstummte.

»Bitte, verzeiht uns unsere späte Ankunft«, sagte Sirri.

»Ihr braucht euch nicht zu entschuldigen«, erwiderte Juran. »Wir haben uns gerade erst miteinander bekannt gemacht.« Er deutete auf die vier Dunweger, auf die Tryss bisher nur einen flüchtigen Blick hatte werfen können. Sie waren relativ klein für Landgeher, aber ihre Muskeln weckten den Eindruck von beträchtlicher Stärke, und die Muster, die auf ihre Gesichter gezeichnet waren, verliehen ihnen eine zusätzliche Wildheit. Als Juran sie vorstellte, schoss Tryss der Gedanke durch den Kopf, dass es wahrscheinlich ein glücklicher Umstand war, dass Dunwegen nicht in direkter Nachbarschaft zu Si lag. Wenn diese Leute jemals das Bedürfnis nach zusätzlichem Land entwickelten, bezweifelte er, dass man sie mit vergifteten Pfeilen würde aufhalten können.

Als alle miteinander bekannt gemacht waren, ging Sirri zu ihrem gewohnten Platz hinüber. Tryss setzte sich auf den Hocker neben ihrem und sah sich im Raum um. Bis auf Auraya waren alle Weißen zugegen. Als Juran nun wieder in die Sprache der Landgeher verfiel, trat Dyara zwischen Tryss und Sirri, um leise zu übersetzen.

»Mil, Talm von Larrik, hat berichtet, dass die dunwegische Streitmacht sich an einer für die Verteidigung gut geeigneten Stelle im Pass niedergelassen hat«, sagte Juran. »Es sind Hunderte von Fallen entlang der Straße aufgestellt worden, um den Feind aufzuhalten und zu schwächen. Die Späher melden, dass die Pentadrianer bisher noch nicht zu den ersten Fallen vorgestoßen sind. Anscheinend ist der Feind weit zurückgefallen.« Juran hielt inne. »Unerwartet weit.« Er wandte sich zu Mil um. »Gibt es irgendwelche Neuigkeiten?«

Mil sah einen Priester an, der in seiner Nähe stand und offenkundig demselben Volk angehörte. Der Mann schüttelte den Kopf.

»Unsere Späher haben noch nichts von ihnen gesehen.«

»Es weist auch nichts darauf hin, dass die Armee nach Norden abgeschwenkt ist«, fügte Mil hinzu.

Nach Norden? Tryss runzelte die Stirn, dann begriff er plötzlich. Die Dunweger befürchteten, dass die Pentadrianer sich nach Norden wenden könnten, um sie anzugreifen. Ihre Truppen befanden sich schließlich im Pass statt zu Hause, um dort ihr Land zu verteidigen.

»Man hat überhaupt nichts mehr von der Armee gesehen«, fügte der Priester hinzu. »Die Siyee waren die Letzten, die sie beobachtet haben.«

Es folgte eine Pause, und viele der Anwesenden blickten besorgt drein.

»Sie können sich doch nicht immer noch in den Minen aufhalten«, bemerkte Guire.

»Vielleicht warten sie auf etwas«, murmelte der somreyanische Anführer. »Aber worauf?« Er wandte sich an Juran. »Bist du dir sicher, dass sie keine Tunnel durch die Berge graben können.«

Juran nickte lächelnd. »Ganz sicher.«

Mil hob die Hände. »Ich mache mir eher Sorgen, dass die Pentadrianer einen anderen Weg *über* die Berge nehmen könnten.«

Juran runzelte die Stirn. »Gibt es denn einen solchen Weg?«

»Es gibt keine Straße«, antwortete Mil. »Allerdings sind die Berge durchzogen von schmalen Pfaden, die die Gaut-Hirten benutzen. Der Weg über diese Pfade wäre lang und schwierig, aber nicht unmöglich.«

»Wir müssen wissen, was sie tun«, erklärte Juran entschieden. »Wenn die Pentadrianer auf den Ebenen auftauchen, während wir auf dem Pass sind, werden wir sie quer durch Hania und über die Landesgrenzen hinaus jagen müssen.«

»Falls sie die Berge überqueren, wird mein Volk sie finden«, sagte Sirri.

Juran drehte sich zu ihr um. »Das wäre gefährlich – gefährlicher als zuvor.«

Sie zuckte die Achseln. »Wir wissen jetzt über die schwarzen Vögel Bescheid. Wir werden vorsichtig sein. Ich werde um Freiwillige bitten – und diesmal werden sie bewaffnet sein.«

Juran zögerte, dann nickte er. »Vielen Dank.«

Sirri lächelte. »Sie werden mit dem ersten Tageslicht aufbrechen. Möchtest du, dass einer von ihnen einen Verbindungsring trägt?«

Juran tauschte einen schnellen Blick mit Dyara. »Ja. Man wird dem Anführer deiner Freiwilligen einen Ring bringen, bevor er aufbricht.« Er hielt inne, dann sah er sich im Raum um. »Gibt es sonst noch etwas, über das wir sprechen müssen?«

Der Themenwechsel kam Tryss ein wenig abrupt vor, aber vielleicht bildete er sich das nur ein. Er musterte die vier Weißen eingehend, wobei er sich besonders auf Mairae und Rian konzentrierte. Rian wirkte heute Abend … nun ja … *unglücklich.* Gelegentlich blickte er durch den Zelteingang hinaus und machte dabei ein Gesicht, als ärgere er sich über irgendetwas. Oder als sei er enttäuscht.

Ihm war schon früher aufgefallen, dass Mairae eher dazu neigte, etwas von ihren Gefühlen preiszugeben. Jetzt trat ein geistesabwesender Ausdruck in ihre Züge, und sie runzelte die Stirn. Tryss biss sich auf die Unterlippe. Vielleicht waren sie alle nervös wegen der bevorstehenden Schlacht und des Verschwindens der pentadrianischen Armee. Er konnte jedoch nicht umhin, sich über Aurayas Abwesenheit zu wundern. Es war seltsam, dass niemand ein Wort darüber verloren hatte, wo sie war.

Dann begriff er plötzlich.

*Natürlich! Auraya fehlt, weil sie sich bereits auf die Suche nach der pentadrianischen Armee gemacht hat!* Mairae machte sich Sorgen um sie. Rian war verärgert, weil … vielleicht hatte er an ihrer Stelle die Suche übernehmen wollen. Oder vielleicht hielt er das ganze Unterfangen für zu gefährlich.

So oder so, das musste der Grund für Aurayas Abwesenheit sein. Seine Freude darüber, dem Rätsel auf die Spur gekommen zu sein, verblasste jedoch schnell, als ihm klar wurde, welches Risiko sie einging. Wenn sie allein über diese pentadrianischen Zauberer stolperte, wäre sie in einer heiklen Lage. Was war, wenn sie getötet wurde? Was sollten die Siyee ohne sie anfangen? Kein anderer Landgeher verstand sie so gut, wie Auraya es tat.

*Gib auf dich Acht, Auraya,* dachte er. *Wir brauchen dich.*

# 42

Der Diener, der Aurayas Zelt abbaute, löste ein Seil nach dem anderen. Als das Zelt zu Boden sackte, stieß Danjin einen tiefen Seufzer aus.

*Sie ist jetzt schon seit zwei Tagen fort,* dachte er. *Es ist alles meine Schuld.* Er schüttelte den Kopf, um die düstere Stimmung zu vertreiben, die sich seiner bemächtigt hatte. *Ich kann mir dessen nicht sicher sein. Vielleicht ist sie aus gutem Grund verschwunden.*

Aber er glaubte es nicht. Die Weißen benahmen sich, als sei Aurayas Abwesenheit nicht weiter erstaunlich. Sie hatten keinen Grund dafür genannt, und falls jemand Vermutungen diesbezüglich hatte, wagte er es nicht, sie auszusprechen. Danjin kannte die Weißen jedoch gut genug, um die kleinen Zeichen deuten zu können, die Sorge oder Ärger verrieten.

Was auch der Grund war, warum er versucht hatte, mit ihnen zu reden. Danjin hielt es für klüger, sich nicht an Juran zu wenden, da der Anführer der Weißen Anzeichen von Ärger erkennen ließ, wann immer die Rede auf Auraya kam. Dyaras Reaktion auf seine Fragen war ebenso eindeutig gewesen: Sie hatte jedes Mal irgendetwas gefunden, womit sie ihn beschäftigen konnte. Rian zuckte lediglich die Achseln und erklärte, es sei ein ungünstiger Augenblick, um darüber zu sprechen.

Und Mairae? Sie ging Danjin bewusst und mit großem Geschick aus dem Weg.

Er blickte auf den Käfig neben sich hinab. Nicht einmal Unfug stand der Sinn nach Reden. Er war ohne Protest in seinen

Käfig spaziert, als hoffte er, mit gutem Benehmen seine Herrin zurückholen zu können.

Oder hatte seine Entführung ihm solche Angst gemacht, dass er es jetzt nicht mehr wagte, im Lager umherzuspazieren? Ein Stich des Mitgefühls mit dem Veez durchzuckte Danjin. Nachdem Auraya gegangen war, hatte Unfug sich auf Danjins Schoß zusammengerollt. Er hatte jedoch nicht geschlafen, sondern nur stundenlang dort gelegen und seine Umgebung beobachtet, und selbst das kleinste Geräusch hatte ihn aufgeschreckt.

»Kannst du ein Geheimnis für dich behalten?«

Beim Klang der leisen, vertrauten Stimme hinter ihm zuckte Danjin zusammen. Er drehte sich zu Mairae um, die ernster wirkte, als er sie je zuvor gesehen hatte.

»Hätte Dyara mich in Dienst genommen, wenn ich nicht verschwiegen wäre?«, antwortete er.

Sie trat neben ihn und blickte auf Unfug hinab. »Es war nicht nett von uns, ihn entführen zu lassen, aber wir hatten keine Zeit, uns etwas anderes auszudenken«, murmelte Mairae. »Ich kann nur sagen, dass es nicht meine Idee war.«

Danjin starrte sie an. »Unfug? Sein Verschwinden war ein Ablenkungsmanöver, nicht wahr? Um mich davon abzuhalten, an dem Kriegsrat teilzunehmen.«

Sie zuckte nichtssagend die Achseln. *Vielleicht steckt ja auch noch mehr dahinter.*

»Und Auraya. Es ging darum, mich von Auraya fernzuhalten.«

Sie antwortete mit einem kaum wahrnehmbaren Nicken.

*Warum?* Er hatte einen Verdacht, was das betraf, suchte aber dennoch nach weiteren Gründen. *Entweder, sie wollten etwas vor mir verborgen halten, oder sie wollten mich daran hindern, Auraya etwas mitzuteilen. Wenn Ersteres der Fall war, hätte es eines solchen Manövers nicht bedurft. Sie hätten mich lediglich auf-*

*zufordern brauchen, den Kriegsrat zu verlassen. Es wäre nicht nötig gewesen, Unfug entführen zu lassen.*

*Also wollten sie mich wahrscheinlich daran hindern, Auraya etwas zu erzählen. Oder sie wollten verhindern, dass Auraya meine Gedanken las. Und was mich zu dem Zeitpunkt am meisten beschäftigt hat, war Mairaes Andeutung, dass Auraya einen Geliebten habe.*

Er holte tief Luft. »Also ist es wahr? Hatte ich recht mit meinem Verdacht?«

Mairae lächelte schief. »Ich dachte, du glaubst, die beiden wären lediglich Freunde?«

»Dann war das also ein Irrtum?«

Ihr Lächeln verblasste. »So ist es. Aber du musst mir schwören, dass du das niemals irgendjemandem erzählen wirst.«

»Ich schwöre es.«

*Auraya und Leiard. Warum habe ich das nicht bemerkt? War es so wichtig für mich zu glauben, ihr Urteil sei über jeden Tadel erhaben, dass ich nicht sehen konnte, was ich nicht sehen wollte?*

Mairae wandte den Blick ab und seufzte. »Sie tut mir leid. Man kann das Herz nicht dazu zwingen, eine kluge Wahl zu treffen. Es hat die Neigung, selbst zu wählen. Juran hat Leiard weggeschickt. Ich denke, es wird eine Weile dauern, bis sie Juran verzeiht.«

»Wo ist sie?«

»Das wissen wir nicht. Sie weigert sich, unsere Rufe zu beantworten. Ich glaube, dass sie nicht allzu weit entfernt ist. Spätestens wenn der Krieg beginnt, wird sie zurückkehren.«

»Natürlich«, pflichtete er ihr bei. Aus irgendeinem Grund half es ihm, das laut auszusprechen. Sie würde zurückkommen. Vielleicht erst im letzten Augenblick, vielleicht voller Groll, aber sie würde zurückkommen.

Mairae lachte leise. »Mach dir keine Vorwürfe, Danjin Speer. Wenn jemanden die Schuld an alledem trifft, bin ich es, nicht zuletzt, weil ich dich gedrängt habe, darüber nachzudenken, wen Auraya wohl besuchen könnte. Du wirst mir wahrscheinlich recht geben, dass es das Beste war, die beiden zu trennen. Das Beste für sie *und* für Nordithania.«

Er nickte. Mairae hatte recht, obwohl er eine gewisse väterliche Enttäuschung um Aurayas willen empfand. Sie hätte sich unter allen Männern auf der Welt keinen unpassenderen Geliebten aussuchen können. Auch Leiard hätte die Konsequenzen ihrer Affäre erkennen und das Ganze frühzeitig beenden müssen.

Sein Respekt vor dem Traumweber hatte Schaden genommen. *Anscheinend können selbst weise heidnische Heiler im Angesicht der Liebe zu Narren werden,* dachte er ironisch.

Der Diener packte gerade die letzten Teile von Aurayas Zelt und ihre Besitztümer auf einen Tarn. Als der Mann sich mit erwartungsvoller Miene zu ihnen umdrehte, trat Mairae einen Schritt beiseite.

»Ich bin froh, dass wir darüber gesprochen haben«, sagte sie. »Pass gut auf Unfug auf. Wir werden heute Abend wahrscheinlich den Pass erreichen; ich sehe dich dann im Zelt des Kriegsrats.«

Er machte das Zeichen des Kreises, dann sah er ihr nach, während sie davonging. Als sie außer Sicht war, nahm er Unfugs Käfig und machte sich auf den Weg zum Tarn der Ratgeber.

Auraya ging unruhig auf und ab.

Sie befand sich auf einem steinigen Felsvorsprung, der an der steilen Flanke eines Tals entlanglief. Das Tal verlief parallel zu demjenigen, durch das die Ost-West-Straße zum Pass führte. Sie stellte sich Entdecker längst vergangener Zeiten vor, wie sie ihre Tage damit vergeudeten, diesem Tal zu folgen, weil sie hofften, das Gebirge so überqueren zu können.

Wie groß musste ihre Enttäuschung gewesen sein, wenn sie die steilen Felswände und das unwegsame Gelände am Ende des Tals erreichten. Einem Bergsteiger wäre es vielleicht gelungen, von hier aus das Gebirge zu durchqueren, aber für einen gewöhnlichen Reisenden war es unmöglich, insbesondere wenn er mit einem Plattan oder einem Tarn unterwegs war.

Sie hätte nicht hier sein sollen, sondern in dem benachbarten Tal.

*Warum kann ich mich nicht dazu überwinden, zurückzukehren? Juran ist nicht verantwortlich für Leiards Treulosigkeit. Und selbst wenn er es wäre, könnte ich nicht ganz Nordithania für sein Verhalten bestrafen.*

Trotzdem widerstrebte es ihr zutiefst, sich wieder der Armee anzuschließen. Zuerst war es ihr einfach vernünftig erschienen, einige Stunden allein zu verbringen. Ihr Geist war aufgewühlt von Zorn, Schmerz und Schuldgefühlen, und sie hatte Angst vor ihrer Reaktion, wenn sie zu den anderen zurückkehrte: Sie würde entweder ihren Ärger über Juran herausschreien oder in Tränen ausbrechen. Zuerst musste sie ihre Fassung zurückgewinnen.

Aus den wenigen Stunden war jedoch ein Tag geworden, und aus dem einen Tag schließlich drei. Wann immer sie glaubte, sich einigermaßen gefasst zu haben, und auf den Pass zuflog, schwenkte sie in letzter Minute doch wieder ab. Beim ersten Mal war es der Anblick des Traumweberlagers in der Ferne gewesen, das sie zur Umkehr veranlasst hatte, dann war es eine Karawane von Huren gewesen, die sie abgeschreckt hatte. Gestern Abend hatte der bloße Gedanke an eine Begegnung mit Juran genügt. All diese Dinge weckten Gefühle in ihr, von denen sie nicht sicher war, ob sie sie würde verbergen können.

*Heute Abend werden sie den Pass erreichen,* dachte sie. *Dann werde ich wieder zu ihnen stoßen. Vielleicht werde ich einfach dort sein, wenn sie ankommen. Ja, sie werden zu erleichtert darüber sein, ihr Ziel erreicht zu haben, um mir große Aufmerksamkeit zu schenken.*

Sie seufzte und schüttelte den Kopf. *Dies hätte nicht geschehen dürfen. Es wäre auch nicht geschehen, wäre Juran nicht gewesen.* Vielleicht sollte sie ihm dankbar sein, da sein Eingreifen ihr die Augen für Leiards wahre Natur geöffnet hatte.

*Es war, als würde ich in die Gedanken eines anderen Menschen blicken,* überlegte sie weiter. *Ich glaubte, ihn so gut zu kennen. Ich glaubte, die Gabe, Gedanken zu lesen, bedeute, dass niemand mich würde täuschen können. Das war offensichtlich ein Irrtum.*

Sie hatte schon immer etwas Rätselhaftes an Leiard wahrgenommen. Er hatte verborgene Tiefen, hatte sie sich gesagt. Leiards Geist unterschied sich von dem gewöhnlicher Menschen oder anderer Traumweber, ein Umstand, den sie auf seine Netzerinnerungen zurückgeführt hatte. Jetzt wusste sie, dass noch mehr dahintersteckte. Sie wusste, dass er imstande war, einen Teil seiner selbst vor ihr verborgen zu halten.

Leiard hatte ihr erklärt, dass seine Netzerinnerungen sich manchmal in Gestalt eines anderen Geistes in seinen eigenen Gedanken zeigten. Er hatte ihr sogar erzählt, dass dieser Schatten Mirars sie nicht mochte, aber sie hatte diese andere Persönlichkeit in ihm nie wahrgenommen. Ebenso wenig wie sie sie hatte sprechen hören.

Sie musste akzeptieren, dass sie dazu vielleicht nicht imstande gewesen war. Aber wenn Leiard in der Lage war, einen Teil seiner selbst zu verbergen, war er vielleicht auch fähig, sie zu belügen. Möglicherweise war diese Vorstellung einer anderen Persönlichkeit in seinen Gedanken lediglich eine Erklärung, mit der er sie zu täuschen gehofft hatte, falls sie jemals seine wahren Gefühle entdeckte.

Sie stöhnte. *Das führt nirgendwohin! Ich quäle mich schon seit Tagen mit diesen Überlegungen. Wenn ich doch nur etwas anderes denken könnte …*

Einem jähen Impuls gehorchend, schaute sie sich ihre Umgebung näher an. Der Felssims setzte sich sowohl zu ihrer Linken als auch zu ihrer Rechten fort. Irgendwann in ferner Vergangenheit hatte es einen großen Hangrutsch gegeben, der blanken Fels zurückgelassen hatte und einen breiten Felssims, der zum Talgrund hinunter-, und einen, der in entgegengesetzter Richtung zu den hohen Gipfeln der Berge hinaufführte.

Der größte Teil dieses Simses lag hinter Bäumen und Büschen verborgen, aber wenn man ihn von allem Bewuchs befreite und die Oberfläche glättete, könnte man ohne weiteres eine schmale Straße darauf anlegen.

Vielleicht war es eine verlassene alte Straße. Eine Straße wohin? Plötzlich neugierig geworden, beschloss sie, dem Pfad zu folgen. Sie schob sich durch die Bäume und das Unterholz, das auf dem Felsen wucherte. Nach einigen Hundert Schritten endete der Weg mit einem steilen Abriss zum Tal hin. Dort sah sie rechts von sich vor der Felswand ein Durcheinander von Felsbrocken, die von üppigem Gras halb verdeckt waren.

Sie drehte sich um, um über denselben Weg zurückzugehen, und hielt dann mitten in der Bewegung überrascht inne.

Einige Schritte von ihr entfernt stand eine leuchtende Gestalt. Hochgewachsen und stark, war der Gott der Inbegriff kraftvoller Männlichkeit. Seine perfekt gezeichneten Lippen waren zu einem Lächeln verzogen.

*Auraya.*

»Chaia!«

Mit hämmerndem Herzen ließ sie sich zu Boden sinken. *Ich habe zu lange gewartet. Ich hätte früher zurückkehren sollen.* Plötzlich erschien ihr ihr Selbstmitleid ungeheuer töricht, und sie schämte sich. Sie hatte ihre Pflicht den Göttern gegenüber vergessen, und jetzt hatten die Götter die Geduld mit ihr verloren…

*Noch nicht, Auraya. Aber es ist an der Zeit, dass du dir selbst und den anderen Weißen verzeihst. Erhebe dich und sieh mich an.*

Sie stand auf, hielt den Blick jedoch gesenkt.

*Du brauchst dich nicht für deine Gefühle zu schämen. Du bist nur ein Mensch und noch dazu ein junger Mensch. Du hast großes Mitgefühl mit jenen, die anders sind als du. Es ist nur natürlich, dass sich aus deinem Mitgefühl bisweilen Liebe entwickelt.*

Er kam näher, dann streckte er die Hand nach ihrem Gesicht aus. Als seine Finger über ihre Wange strichen, durchlief sie ein seltsames Kribbeln. Chaia war körperlos. Seine Berührung war die Berührung purer Magie.

*Wir wissen, dass du dein Volk nicht im Stich gelassen hast. Trotzdem solltest du nicht länger allein hier verweilen. Du bist in Gefahr, und ich möchte nicht, dass dir etwas Böses widerfährt.*

Nun stand er unmittelbar vor ihr. Sie blickte zu ihm auf und spürte, wie Kummer und Ärger von ihr abfielen. Jetzt war in ihren Gefühlen nur noch Raum für Ehrfurcht. Er lächelte, wie ein Vater ein Kind anlächeln mochte, mit Zuneigung und Nachsicht. Dann beugte er sich vor und strich mit den Lippen über ihre.

Und verschwand.

Keuchend machte sie zwei Schritte rückwärts. *Er hat mich geküsst! Chaia hat mich geküsst!* Sie berührte ihre Lippen. Die Erinnerung an das Gefühl war ungeheuer stark. *Was hat das zu bedeuten?*

Der Kuss eines Gottes konnte nicht das Gleiche sein wie der Kuss eines Sterblichen. Und er hatte sie angelächelt, wie ein Vater es tun mochte, der sich über ein Kind amüsierte. Denn genau das musste er in ihr sehen. Ein Kind.

*Und Eltern küssen ihre Kinder nicht, wenn sie wütend sind,* rief sie sich ins Gedächtnis. *Sie küssen sie, um sie zu trösten und ihrer Liebe zu versichern. So muss es sein.*

Lächelnd trat sie an das Ende des Felsvorsprungs. Es war Zeit zu gehen. Zeit, zu der Armee zurückzukehren. Sie zog Magie in sich hinein und schwebte in den Himmel hinauf. Das Tal schrumpfte unter ihr zusammen, während sie in die Richtung flog, in der der Pass lag.

Ein dumpfes Dröhnen ließ sie zu Boden blicken. Von den Felsen unter ihr wogte Staub auf. Dann kam Bewegung in das Gras, die Erde und die Felsen. Chaias Worte wehten durch ihre Gedanken.

*Trotzdem solltest du nicht länger allein hier verweilen. Du bist in Gefahr …*

Wenn sie in Gefahr war, dann mussten die bevorstehenden Ereignisse schwerwiegend genug sein, um selbst eine mächtige Zauberin zu bedrohen. Furcht blitzte in ihr auf, aber dann stellte sich schnell eine nicht minder starke Neugier ein. Sie verharrte in der Luft und blickte hinab. Die Steine rollten jetzt zu Tal und zogen Wolken von Staub und Schmutz hinter sich her. Es sah so aus, als würde irgendetwas – oder irgendjemand – aus dem Innern der Erde aufsteigen.

Sie hatte Geschichten von Bergen gehört, die explodierten und geschmolzenes Gestein ausspien und große Zerstörung verursachten. Falls etwas Derartiges bevorstand, war sie nicht gut beraten, direkt über diesem Felsen zu schweben. Sie sollte so schnell wie möglich davonfliegen.

Die Fläche, die von dem seltsamen Geschehen unter ihr betroffen war, war jedoch recht klein. Die Berge um sie herum waren davon unberührt. Was immer dort unten geschah, es geschah nur an der Stelle, an der sie noch kurz zuvor gestanden hatte.

*Chaia hat nicht gesagt, dass ich zu der Armee zurückkehren müs-*

*se, nur dass ich nicht länger allein hier verweilen solle. Würde mir auch Gefahr drohen, wenn ich das Geschehen von der anderen Seite des Tals aus verfolgte?*

Sie flog zu einer Felsformation auf dem gegenüberliegenden Bergkamm und blickte zurück. Geschichten von gewaltigen Ungeheuern, die in Höhlen unter den Bergen lebten, gingen ihr durch den Sinn. Wenn man bedachte, wie übertrieben die Geschichten über die Siyee waren – die man als wunderschöne menschliche Geschöpfe mit am Rückgrat befestigten Vogelflügeln beschrieb –, war es durchaus wahrscheinlich, dass die Berichte über Ungeheuer genauso wenig Wahrheit enthielten. Aber falls tatsächlich eine solche Bestie erscheinen würde, wollte sie sie sehen.

*Ich sollte allerdings dafür sorgen, dass das Ungeheuer mich nicht sieht.*

Sie suchte die Felsformation nach möglichen Verstecken ab, dann ließ sie sich in einer dunklen Gesteinsspalte nieder. Die Spalte war kaum groß genug, um sich hineinzuzwängen, und die Luft war feucht und kalt, aber sie konnte sich dort verbergen und gleichzeitig das Tal im Auge behalten.

Ein Donnern lenkte ihre Aufmerksamkeit wieder auf den Hang gegenüber. Gestein und Erde quollen aus der Höhle. Eine tiefe Stille folgte. Alle Pflanzen rund um den Felsvorsprung waren verschwunden. Was übrig geblieben war, war offenkundig von Menschenhand geschaffen worden.

Sie sah, dass die Felsen, von denen sie geglaubt hatte, sie seien natürlichen Ursprungs, in Wirklichkeit Teile einer Mauer waren. Jetzt war dahinter der weit aufklaffende Eingang zu einem Bergwerksstollen sichtbar geworden. Sie konnte sogar das bergmännische Emblem auf dem breiten Sturz über der Stollenöffnung erkennen: Schaufel und Picke.

Mit Entsetzen erinnerte sie sich daran, dass man die Möglichkeit, die Pentadrianer könnten das Gebirge über die Minen durchqueren, im Kriegsrat erörtert und verworfen hatte. Dem dunwegischen Botschafter zufolge reichten die Minen nicht bis nach Hania hinein.

Was offenkundig ein Irrtum war. Als eine schwarz gewandete Gestalt aus der Dunkelheit auftauchte, mit einem sternförmigen, leuchtenden Anhänger auf der Brust, dämmerte ihr langsam, wie sehr sie und die anderen Weißen ihren Feind unterschätzt hatten. Der Zauberer legte den Kopf in den Nacken, um das Sonnenlicht zu begrüßen, und Auraya gefror das Blut in den Adern. Es war der Mann, der sie vor einigen Monaten angegriffen und besiegt hatte. Kuar.

Sie suchte nach einem vertrauten Geist.

*Juran?*

Die Antwort kam sofort.

*Auraya! Wo bist du?*

*Hier.*

Während sie ihm zeigte, was sie selbst sah, erschienen weitere Pentadrianer. Kurz darauf trat ihr Anführer auf den Felsvorsprung hinaus. Jetzt konnte Auraya auch erkennen, dass die Erde weggefegt worden war, um große quadratische Steine freizulegen – Pflastersteine.

Der schwarze Zauberer stand mittlerweile am Rand des Abgrunds und blickte den steilen Hang hinab. Die Handflächen nach oben gedreht, streckte er die Arme aus. Gras und Erdreich wurden aufgewühlt und enthüllten langsam eine schmale Treppe, die zum Boden des Tals hinabführte. Als die gesamte Treppe freigelegt war, trat der pentadrianische Anführer beiseite, und seine Anhänger gingen langsam die Stufen hinunter.

*Wo bist du?*, wiederholte Juran, und diesmal klang seine Frage eher erschrocken als anklagend.

*In einem Tal, das parallel zu dem liegt, dem ihr folgt. Ich werde es dir zeigen.* Sie sandte ihm das Bild, das sich ihr von der Luft aus geboten hatte.

*Wie weit sind sie noch vom Eingang des Tals entfernt?*

*Etwa einen Tagesmarsch,* erwiderte sie. *Wenn sie die ganze Nacht hindurch unterwegs waren, werden sie jetzt vielleicht eine Pause machen, um sich auszuruhen.*

Immer mehr Pentadrianer ergossen sich aus der Mine, und sie alle wirkten zutiefst erleichtert. Einige hielten kurz inne, um Luft zu schöpfen und zur Sonne emporzublicken. Sobald sie den Boden des Tals erreicht hatten, hielten sie inne, um auf ihre Gefährten zu warten, die sich noch im Innern des Berges befanden. Ihr Anführer blieb derweil auf dem Felsvorsprung stehen, und in seinem Lächeln lag offenkundige Befriedigung.

*Was kein Wunder ist,* dachte Auraya. *Was er erreicht hat, ist erstaunlich.*

*Das ändert alles,* sagte Juran. *Wir müssen uns beeilen, wenn wir uns ihnen entgegenstellen wollen. Die Dunweger werden sogar noch schneller sein müssen, um rechtzeitig zu uns zu stoßen.*

*Die Fallen, die sie auf dem Pass gestellt haben, sind jetzt nutzlos.*

*Zumindest werden sie andere Pentadrianer verlangsamen oder aufhalten, die möglicherweise aus dieser Richtung kommen.*

*Wie lange werdet ihr brauchen, um ihnen den Weg abzuschneiden?*, fragte sie.

*Einen Tag. Vielleicht länger. Wir werden ihnen in der Ebene gegenübertreten müssen.*

Was bedeutete, dass sie den Vorteil verloren, den sie bei einem Kampf auf dem Pass gehabt hätten. Auraya seufzte. Die Masse schwarzer Roben, die sich in dem Tal unter ihr sammelte, war wie ein stetig wachsender Teich aus Tinte.

*Wie hast du diesen Ort gefunden?*

Die Frage kam von Dyara. Auraya konnte ein Lächeln nicht unterdrücken.

*Durch Zufall. Ich bin an diesem Felsvorsprung entlanggegangen. Dann ist Chaia erschienen und hat mich gewarnt, nicht länger dort zu verweilen. Und ich hatte mich kaum in die Luft erhoben, als der Boden unter mir sich zu bewegen begann.*

*Chaia hat dir erzählt, dass die Pentadrianer kommen würden?*, wollte Juran wissen.

*Nein, er hat mir erklärt, dass ich in Gefahr sein würde, wenn ich blieb, wo ich war. Zuerst glaubte ich, er wolle, dass ich das Tal verlasse, aber als ich sah, dass die Erde sich nur an einer bestimmten Stelle bewegte, habe ich beschlossen, mich zu verstecken und das Geschehen zu beobachten.*

Eine weitere Gestalt trat neben den Mann auf dem Felsvorsprung. Diesmal war es eine Frau. Sie kam Auraya bekannt vor.

*Wenn sie dich finden, wirst du in Gefahr sein,* bemerkte Juran.

Aus dem Durchgang ertönte ein lautes Kreischen.

*Ja,* stimmte Dyara Juran zu. *Du musst sofort aufbrechen. Wir haben alles gesehen, was wir sehen müssen.*

Jetzt ergossen sich geflügelte Gestalten aus dem Durchgang, und Auraya zog sich tiefer in ihr Versteck zurück, als eine Vielzahl schwarzer Vögel über dem Tal aufstieg.

*Ich glaube nicht, dass es klug wäre, sofort aufzubrechen, es sei denn, ihr habt nichts dagegen, sie wissen zu lassen, dass sie gesehen wurden.*

Es folgte eine Pause.

*Dann bleib,* erwiderte Juran. *Warte, bis sie weitergezogen sind.*

*Und hoffe, dass sie nicht auf die Idee kommen, dort ihr Nachtlager aufzuschlagen,* ergänzte Dyara.

Der Teich schwarzer Roben hatte sich in einen See verwandelt. Nach einigen Minuten tauchten geschmeidige schwarze Leiber aus dem Eingang der Mine auf. Worns. Mit gerunzelter Stirn beobachtete Auraya, wie der Zauberer, der gegen Rian gekämpft hatte, zu den beiden anderen auf den Felsvorsprung hinaustrat.

Drei schwarze Zauberer. Zwei fehlten noch. Auraya konnte nicht viel anderes tun, als abzuwarten und zuzusehen, wie die übrigen Pentadrianer die Mine verließen. Sie spürte, dass die anderen Weißen ihre Aufmerksamkeit abzogen. Zweifellos hatten sie alle Hände voll damit zu tun, den Rückmarsch ihrer Armee zu organisieren.

Kurze Zeit später gesellten sich zwei weitere Zauberer zu dem Trio auf dem Felsvorsprung. Eine Frau und ein Mann. Zu Aurayas Erleichterung hatten diese beiden keine weiteren finsteren tierischen Begleiter bei sich. Die Vögel und die Worns waren schlimm genug. Jede Kolonne der Armee bestand aus mehreren Hundert pentadrianischen Zauberern. Etwa hundert Männer und Frauen in schlichter Kleidung, allesamt bepackt mit schweren Lasten, folgten den jeweiligen Kolonnen. Einige in Roben gewandete Männer, die alle eine kurze Peitsche in Händen hielten, gingen neben ihnen her.

*Sklaven,* dachte Auraya und verspürte eine Mischung aus Abscheu und Mitleid. Die Armee wurde weder von Tarns noch von Arems begleitet. Alle Vorräte wurden von den Sklaven transportiert.

Schließlich versiegte der Menschenstrom. Als die letzten Sklaven die Treppe hinuntergingen, formierten die fünf schwarzen Zauberer sich auf dem Felsvorsprung zu einer Reihe. Der Anführer begann zu sprechen. Seine Stimme dröhnte durch das Tal, aber Auraya konnte ihn nicht verstehen, ebenso wenig wie es ihr möglich war, in seinen Geist vorzudringen. Sie blickte auf die Männer und Frauen unter ihr hinab und konzentrierte sich auf ihre Gedanken. Langsam verstand sie den Sinn der Worte, die Kuar benutzte.

Der Pentadrianer sprach davon, dass er Wahrheit und Gerechtigkeit nach Nordithania bringen wolle. Er verhöhnte die Zirkler, weil sie an tote Götter glaubten. Einzig die neuen Götter existierten. Sie würden die Wahrheit schon bald erfahren.

Auraya schüttelte den Kopf. Die Bewunderung und der kritiklose Glaube dieser Menschen waren verstörend. Als der pentadrianische Anführer die Stimme hob, tauchte Auraya widerstrebend noch einmal in die Gedanken seiner Anhänger ein. Zu ihrer Überraschung beschwor er jetzt seine Götter zu erscheinen. Sie lächelte grimmig und fragte sich, zu welchem Zauberkunststück er greifen würde, um seine Anhänger zu blenden.

Dann tauchte eine leuchtende Gestalt an seiner Seite auf.

Auraya starrte die Erscheinung an. Es war das Bild eines Mannes in einer exotischen Rüstung. Ihre Sinne vibrierten, so gewaltig war die Macht, die dieses Wesen verströmte. Aber wie konnte das sein?

*Juran.*

*Auraya. Kann das warten?*

*Nein, ich denke, du solltest das sehen.*

Sie zeigte ihm, was sie soeben beobachtete, und übermittelte ihm ihre Gefühle. Die schwarzen Zauberer hatten sich vor der Erscheinung niedergeworfen – ebenso wie die gesamte pentadrianische Armee und ihre Sklaven.

*Es ist eine Illusion,* versicherte Juran ihr.

*Wenn es so ist, dann ist es die erste Illusion, die jemals Macht verströmt hat. Etwas Derartiges habe ich bisher nur in Anwesenheit der Götter empfunden.*

*Die einzigen Götter, die ihren Krieg überlebt haben, gehören dem Zirkel der Fünf an,* erwiderte Juran energisch.

*Dann ist dies vielleicht ein neuer Gott,* warf Dyara ein.

Die fünf Zauberer hatten sich inzwischen wieder erhoben. Als die Erscheinung vortrat, rückten sie beiseite. Obwohl kein Laut von dem leuchtenden Mann kam, brachen die Menschen unten im Tal in regelmäßigen Abständen in Jubel aus, als reagierten sie auf seine Worte.

*Wenn dies ein Gott ist, dann steht zu befürchten, dass es noch mehr davon gibt,* sagte Rian. *Wir wissen, dass diese Menschen fünf Göttern huldigen. Warum sollte dieser Gott ihnen gestatten, vier weitere Götter anzubeten, wenn diese Götter falsch wären?*

*Fünf neue Götter?*, fragte Juran ungläubig. *Und unsere Götter haben keinen von ihnen bemerkt?*

*Wir müssen diese Möglichkeit in Betracht ziehen,* sagte Mairae.

*Wir wissen, dass die schwarzen Zauberer sehr stark sind,* erklärte Rian. *Wie könnten sie ohne die Hilfe von Göttern eine Macht besitzen, die unserer gleichkommt?*

*So oder so, wir wissen, dass dies keine leichte Schlacht werden wird,* ergänzte Dyara.

*Das ist richtig,* pflichtete Juran ihr bei. *Unser Volk braucht nichts davon zu erfahren. Es würde die Menschen nur … entmutigen. Auraya, brich auf, sobald du kannst. Wir müssen uns zusammensetzen und noch einmal über unsere Strategie nachdenken.*

*Ich werde mich bald auf den Weg machen,* antwortete Auraya. *Ich versichere dir, dies hier ist der letzte Ort, an dem ich im Augenblick sein möchte.*

Wieder brachen die Pentadrianer in lauten Jubel aus. Die Erscheinung verschwand, und eine Welle der Erleichterung stieg in Auraya auf.

*Er ist weg,* berichtete sie den anderen Weißen.

Die Zauberer gingen die Treppe hinunter. Der See schwarzer Roben geriet in Bewegung und teilte sich in fünf Kolonnen auf. Während der pentadrianische Anführer sich an die Spitze einer Kolonne setzte, um die Armee aus dem Tal zu geleiten, sandte Auraya ein leises Dankgebet an Chaia.

# 43

Leiard öffnete die Augen. Er ritt auf einem Arem, und er war allein. Vor ihm erhob sich das Gebirge. Ein Anflug von Panik stieg in ihm auf, und er zügelte das Arem.

*Ich bewege mich auf den Pass zu. Was geht hier vor? Ich sollte in die andere Richtung reiten.*

*Ja,* erwiderte Mirar, *aber dein närrischer Schüler ist davongelaufen, und wir müssen ihn finden.*

*Jayim? Warum sollte er weglaufen?*

*Ich weiß es nicht. Als ich mich auf die Suche nach ihm gemacht habe, war er nicht mehr da.*

*Du hast ihn gesucht? Seid ihr getrennt worden?*

*Ich dachte, er wäre dankbar für ein wenig Ungestörtheit.*

Argwohn stieg in Leiard auf. *Warum? Was hast du getan?*

*Ich habe ein Geschenk für ihn gekauft, um ihn abzulenken. Es wäre doch gewiss nicht in deinem Sinne gewesen, wenn er eine Auseinandersetzung mit Auraya mit angesehen hätte, nicht wahr?*

*Was war das für ein Geschenk?*

*Eine Hure. Wer hätte gedacht, dass so etwas einen jungen Mann wie Jayim derart erschrecken könnte?*

Leiard stöhnte und verbarg das Gesicht in den Händen. *Du bist doch angeblich so weise und verstehst dich so gut darauf, den Geist und das Herz der Menschen zu erkunden. Wie konnte dir ein solcher Irrtum unterlaufen?*

*Niemand ist vollkommen.*

*Wenn du dich in Jayim geirrt hast, könntest du dich auch in Auraya irren.*

*Nein,* erwiderte Mirar entschieden. *Nur ein liebeskranker*

*Narr könnte übersehen, in welche Gefahr du unsere Leute gebracht hast. Arleej war der gleichen Meinung. Genauso wie Juran.*

*Und Auraya?* Leiards Magen krampfte sich vor Angst zusammen. *Was hast du zu ihr gesagt?*

*Nichts. Ich habe sie gar nicht gesehen. Was ein Jammer ist. Ich hatte mich auf die Begegnung gefreut.*

Leiard blickte zu den Bergen hinauf und seufzte. *Diese Gelegenheit wird sich dir vielleicht noch bieten. Wir müssen Jayim finden.* Juran hatte klargemacht, dass Leiard alles daransetzen müsse, seine Affäre mit Auraya geheim zu halten. Jayim durfte sich keinen anderen Lehrer als Leiard suchen, da er sich nicht mit einem anderen Traumweber vernetzen konnte, ohne Gefahr zu laufen, sein Wissen weiterzugeben.

*Es bliebe nur Arleej übrig,* dachte er. *Sie weiß Bescheid.* Er drängte das Arem zum Weitergehen. *Sie könnte ihn unterrichten.*

*Ah! Natürlich!*, rief Mirar. *Ich habe dir nur deshalb die Kontrolle wieder überlassen, weil ich glaubte, du könntest Jayim leichter finden als ich. Das wäre nicht notwendig gewesen. Wir brauchen nicht zurückzukehren.*

*O doch. Ich bin Jayims Lehrer. Ich kann diese Verpflichtung keinem anderen übertragen, ohne dass beide Seiten dem zustimmen.*

*Natürlich kannst du das. Juran hat dir befohlen fortzugehen. Er wird wütend sein, wenn du zurückkommst. Deine Pflicht, für das Wohlergehen deiner Leute zu sorgen, wiegt schwerer als deine Verantwortung Jayim gegenüber.*

*Juran hat mir befohlen, fortzugehen, das ist richtig. Aber von welchem Ort sollte ich mich entfernen?*, wandte Leiard ein. *Sollte ich das Zelt verlassen? Die Berge? Nordithania? Nein, er hat mir befohlen, Auraya zu verlassen. Solange ich ihre Gesellschaft meide, gehorche ich seinem Befehl. Ich werde zurückkehren und nach Jayim suchen.*

*Nein. Ich werde gegen dich kämpfen.*

Leiard lächelte. *Ich glaube nicht, dass du das tun wirst. Ich glaube, du bist in dieser Angelegenheit meiner Meinung.*

*Wie kannst du dir da so sicher sein?*

*Du selbst hast diese Regeln festgelegt. Du bist diesen Regeln noch stärker verpflichtet, als ich es bin.*

Auf diesen Einwand kam keine Antwort mehr.

Leiard dachte darüber nach, wie er Jayim finden könnte. Als Erstes sollte er sich mit Arleej in Verbindung setzen. Aber bei Tageslicht würde sie wach sein, so dass es unmöglich war, sie mit einer Traumvernetzung zu erreichen. Andererseits würde sie vielleicht spüren, dass er nach ihr suchte. Manchmal besaßen Traumweber mit mächtigen Gaben diese Fähigkeit, sofern sie nicht durch andere Dinge abgelenkt wurden. Leiard stieg von seinem Arem und führte das Tier an den Straßenrand, wo ein großer, ovaler Felsblock stand. In den Stein waren Ziffern gemeißelt. Die Zirkler hatten erst vor Kurzem solche Wegsteine entlang der Ost-West-Straße aufgestellt, und zwar in Abständen von etwa einem Tagesmarsch.

Er lehnte sich mit dem Rücken an den Stein, schloss die Augen und versetzte sich in eine Traumtrance. Es war nicht weiter schwierig, da er das Gefühl hatte, seit Tagen nicht mehr geschlafen zu haben.

*Wir haben tatsächlich nicht geschlafen.*

*Still!*

Leiard verlangsamte seinen Atem und suchte nach einem vertrauten Geist.

*Arleej?*

Er wartete kurz, dann rief er abermals. Nach dem dritten Ruf hörte er eine schwache Antwort.

*Leiard? Bist du das?*

*Ja.*

*Du klingst anders. Du bist es doch wirklich – nicht Mirar?*

*Ja, ich bin es. Ist Jayim bei dir?*

*Ja.*

Er stieß einen Seufzer der Erleichterung aus.

*Wo bist du?*, fragte er.

*Auf der Ost-West-Straße. Wir haben eine Kehrtwendung gemacht. Raeli sagt, die Pentadrianer seien gesehen worden, wie sie auf dieser Seite der Berge aus den Minen gekommen sind. Die Armee der Zirkler ist umgekehrt, um sich ihnen entgegenzustellen. Wo bist du?*

*Auf der Ost-West-Straße. Ich bezweifle, dass ich euch überholt habe, daher werde ich hier auf euch warten.*

*Gut. Jayim wird froh sein, dich zu sehen.*

Leiard öffnete die Augen. Er stand auf und führte das Arem zu einer Stelle, von der aus er die Straße beobachten konnte, dann setzte er sich wieder hin. Sein Magen knurrte, aber er war zu müde, um aufzustehen und festzustellen, ob das Arem mit Proviant ausgerüstet war.

*Wie viel Zeit ist verstrichen, seit ich dir erlaubt habe, die Kontrolle zu übernehmen?*, fragte er Mirar.

*Anderthalb Tage.*

*Was hast du während dieser Zeit getan?*

*Das willst du gar nicht wissen – obwohl ich in Wahrheit vor allem nach Jayim gesucht habe.*

Leiard seufzte. *Du hast recht. Ich will es nicht wissen.*

Er ließ den Zügel des Arem los, woraufhin das Tier die Gelegenheit ergriff, ein wenig zu grasen. Es war für ein Arem leichter, einen Menschen zu tragen, als einen vollbeladenen Tarn zu ziehen. Solange die Tiere reichlich Wasser hatten und jeden Abend am Straßenrand Gras zu fressen fanden, konnte man sie in einem gemächlichen Tempo tagelang reiten. Leiard unterzog das Arem einer kritischen Musterung. Es war weder krank noch verletzt. Mirar hatte es offensichtlich nicht misshandelt.

Obwohl er nur den Wunsch hatte, sich hinzulegen und zu schlafen, stand Leiard auf und versorgte sein Reittier.

Als die Traumweber auftauchten, war die Sonne bereits am Himmel emporgestiegen. Arleej fuhr wie immer den Tarn, der ihren Zug anführte. Leiard stieg auf das Arem und wartete.

»Traumweber Leiard«, sagte Arleej, als sie näher kam. »Ich bin froh, dass du zu uns zurückgekehrt bist. Das erspart uns die Mühe, später nach dir suchen zu müssen.«

»Es ist schön, dich wiederzusehen, Traumweberälteste«, erwiderte er. »Aber ihr hättet doch gewiss nicht nach mir gesucht?«

Er ließ sein Arem neben dem Tarn herlaufen. Arleej sah ihn fragend an.

»Nach dem, was Jayim mir erzählt hat? Glaub mir, wir hätten dich gesucht.« Sie runzelte die Stirn. »Du siehst müde aus. Hast du überhaupt geschlafen? Oder gegessen?«

Er verzog das Gesicht. »Schon seit einer Weile nicht mehr, denke ich. Ich kann mich an nichts von dem erinnern, was während der letzten anderthalb Tage geschehen ist.«

»Dann hatte Jayim recht. Mirar hat tatsächlich die Kontrolle über dich gewonnen.«

»Das hat der Junge herausgefunden?«

»Ja. Er hatte Angst, dass dieser Zustand von Dauer sein könnte, deshalb ist er zu uns zurückgekehrt, um Hilfe zu holen. Was mich in eine schwierige Lage gebracht hat. Ich musste mich entscheiden, ob ich nach dir suchen oder meine Pflicht als Heilerin erfüllen sollte.«

»Du hast die richtige Wahl getroffen.«

»Jayim war anderer Meinung.« Sie sah ihn von der Seite an. »Die zirklische Armee ist direkt hinter uns. Wir dürfen ihnen nicht im Weg sein und müssen trotzdem in der Nähe bleiben, so dass wir später helfen können. Ich hätte nie gedacht, dass irgendjemand in der Lage wäre, unter dem Gebirge hindurchzureisen.«

Leiard zuckte die Achseln. »Es ist nicht das erste Mal. Der Weg verläuft nicht über die gesamte Strecke unter der Erde. Man gelangt durch die Minen in Kalksteinhöhlen, die wiederum in verborgene Täler führen, in die die Gaut-Hirten ihr Vieh zum Grasen bringen. Auf dieser Seite der Berge gibt es noch eine weitere alte Mine, obwohl ihr Eingang, wie ich gehört habe, eingestürzt ist. Aber das ist kein Hindernis, das ein mächtiger Zauberer nicht überwinden könnte.«

Arleej musterte ihn kurz, dann schüttelte sie den Kopf. »Wenn du nicht von deiner Stellung zurückgetreten wärst, hättest du an den Treffen des Kriegsrats teilgenommen. Sie haben über die Möglichkeit gesprochen, dass die Pentadrianer den alten Minen unterhalb der Berge folgen könnten. Du hättest sie warnen können.«

»Und hätten sie mir geglaubt?«

Arleejs Mundwinkel zuckten. »Auraya hätte es getan.«

»Du hast bisher nie erwähnt, dass der Kriegsrat darüber gesprochen hat.«

Arleej runzelte die Stirn. »Raeli hat es uns vor zwei Tagen erzählt. An dem Abend, als du fortgegangen bist.«

»Wenn Juran mich also nicht weggeschickt hätte, hätte ich dir sagen können, dass es einen Weg durch die Minen gibt, und du hättest Raeli warnen können. Mit dem Ergebnis, dass die Weißen auch ihr nicht geglaubt hätten.«

Arleej legte den Kopf in den Nacken und lachte. »Eines Tages werde ich Juran vielleicht darauf hinweisen.« Sie blickte nachdenklich drein. »Ich werde es auf jeden Fall tun, sollte Juran von deiner Rückkehr erfahren und dagegen protestieren.«

»Ich kann nicht bleiben, Arleej.«

Sie sah ihn mit ernster Entschlossenheit an. »Du *musst* bei uns bleiben, Leiard. Was dir widerfährt, ist unnatürlich und gefährlich. Nur wir können dir helfen. Ich habe die Absicht, mit dir zusammen nach Somrey zurückzukehren, sobald dieser törichte Krieg vorüber ist. Juran wird wohl keine Einwände dagegen haben, wenn ein ganzes Meer zwischen dir und Auraya liegt.« Sie zog die Augenbrauen hoch. »Bist du damit einverstanden?«

Leiard wandte den Blick ab. Ihr Vorschlag war bei weitem vernünftiger, als blind und ohne Ziel davonzulaufen. Das würde gewiss auch Mirar einsehen. Plötzlich verspürte er eine tiefe Dankbarkeit Arleej gegenüber.

»Je mehr ich mich bemühe fortzugehen, desto mehr Gründe finde ich, um zu bleiben. Ich danke dir, Traumweberälteste. Ich werde bleiben.«

Sie wirkte erleichtert. »Gut. Und jetzt reite zu deinem Schüler hinüber. Er hat sich große Sorgen um dich gemacht.«

»Jade.«

Die Stimme riss Emerahl aus einem tiefen Schlaf, aus dem ihr Körper nur widerstrebend auftauchte. Sie zog ärgerlich die Brauen zusammen, schöpfte Atem und öffnete die Augen.

Rozea beugte sich über sie und lächelte auf sie hinab. »Schnell. Steh auf. Ich habe die Diener losgeschickt, damit sie uns einige Dinge besorgen. Wir müssen dich ordentlich herrichten.«

Emerahl rieb sich die Augen. Der Tarn bewegte sich nicht mehr. »Mich herrichten? Warum?«

»Die Armee kommt. Sie wird jeden Augenblick vorbeiziehen. Das ist die günstigste Gelegenheit, euch Mädchen vorzuzeigen. Komm. Reiß dich zusammen. Du siehst schrecklich aus.«

Die Türlasche des Tarns wurde geöffnet, und eine Dienerin reichte Rozea eine Schale mit Wasser, ein Handtuch und Emerahls Schatulle mit ihren Schminkutensilien und Salben. Emerahl sah, dass die Karawane am Straßenrand Halt gemacht hatte. Dann bemerkte sie ein rhythmisches Geräusch in der Ferne. Es war das Dröhnen von Trommeln, das das Marschtempo der Soldaten vorgab.

»Die Armee? Sie kehrt zurück?« Emerahls Herz setzte einen Schlag aus, als ihr die ganze Bedeutung von Rozeas Worten aufging. Die Armee kam aus dem Pass zurück. Für Rozea war dies lediglich eine Gelegenheit, ihre Waren zur Schau zu stellen. Für Emerahl bedeutete es, dass sie Hunderten von Priestern begegnen würde, und das könnte in eine Katastrophe münden.

»Ja«, sagte Rozea. »Ich weiß nicht, warum, aber sie kommen zurück. Wir werden es herausfinden, wenn sie uns erreichen, also schon in wenigen Minuten. Mach dich zurecht. Ich werde jetzt nach den anderen Mädchen sehen und einen Diener zu dir rüberschicken.«

Emerahl nahm die Wasserschale und das Handtuch entgegen. Als Rozea den Tarn verließ, wusch sie sich das Gesicht. *Ich muss eine Möglichkeit finden, den Priestern auszuweichen – und zwar schnell.* Sie blickte auf die Schatulle hinab und öffnete mit den Zehenspitzen den Deckel. Wenn sie nicht in einem vorzeigbaren Zustand war, würde Rozea sie vielleicht nicht präsentieren wollen. Der Grund würde überzeugend sein müssen, aber andererseits hatte Emerahl in ihrem langen Leben genug kranke Menschen gesehen, um zu wissen, was sie tun musste, und Heilkräfte konnte man auch zu anderen Zwecken einsetzen.

Sie schloss die Augen und konzentrierte sich auf ihren Bauch.

Als die Türlasche das nächste Mal geöffnet wurde, lag

Emerahl auf der Bank. Als das helle Licht in den Wagen fiel, krümmte sie sich und vergrub den Kopf in den Armen. Der Diener starrte sie an, dann blickte er auf den Inhalt der Schale und eilte davon. Kurze Zeit später tauchte Rozea wieder auf.

»Was ist los?«, fragte sie mit angespannter Stimme.

Emerahl bewegte den Kopf ein wenig zur Seite, so dass Rozea die von Schminke verdunkelte Haut unter ihren Augen sehen konnte. »Ich habe es versucht«, sagte sie schwach. »Ich dachte, ich könnte so tun, als ob … es tut mir leid.«

Rozea rief die Dienerin und ließ sie die Schale wegräumen. Dann stieg sie in den Tarn.

»Was … was ist los mit dir?«

Emerahl schluckte und rieb sich den Bauch. »Ich glaube, ich habe etwas Schlechtes gegessen. Als ich mich vorhin aufgerichtet habe … uh. Mir ist so übel.«

»Du siehst furchtbar aus.« Rozea verzog enttäuscht das Gesicht. »Ich kann nicht zulassen, dass du mir die Kunden verschreckst, nicht wahr?« Sie trommelte mit den Fingern auf ihren Ärmel. »Also schön. Du bist meine Favoritin, daher wird nicht jeder einfache Soldat Zugang zu dir haben. Es dürfen dich nur jene Männer sehen, die es sich leisten können, gutes Geld für einen Blick auf eine seltene Schönheit zu bezahlen.«

Emerahl seufzte resigniert. Die Bordellbesitzerin lächelte, dann klopfte sie ihr auf die Schulter. »Ruh dich ein wenig aus. Solche Geschichten dauern nie lange. Bis heute Abend wird es dir sicher wieder gut gehen.«

Als sie fort war, richtete Emerahl sich auf und hob die Türlasche ein wenig an. Sie konnte nichts sehen, aber das Dröhnen der Trommeln war jetzt lauter. Das leise Gekicher der anderen Huren entlockte ihr ein Lächeln. Die kommenden Stunden würden ein Abenteuer für sie sein. Dann erklang eine Männerstimme – es war einer der Wachposten: »Da kommen sie!«

Ein Reiter wurde sichtbar, und Emerahls Herz hörte beinahe zu schlagen auf.

*Juran.*

Auf den ersten Blick sah er nicht anders aus als der Mann, dem sie vor hundert Jahren begegnet war. Sie schaute genauer hin und stellte fest, dass das nicht der Wahrheit entsprach. Die Jahre zeigten sich in seinen Augen – in dem harten, entschlossenen Ausdruck auf seinem Gesicht. Er war noch immer gut aussehend und selbstbewusst, aber die Zeit hatte ihn verändert. Sie konnte nicht genau sagen, inwiefern, und sie wollte es auch nicht herausfinden.

Als er aus ihrem Blickfeld verschwand, erschienen zwei weitere Reiter. Eine Frau und ein Mann, die die gleichen schmucklosen, weißen Roben trugen wie Juran. Auch die Züge der Frau waren hart. Emerahl schätzte sie auf etwa vierzig Jahre. Der Mann an ihrer Seite wirkte dagegen deutlich jünger. Sein Blick hatte etwas beunruhigend Intensives, und als er die Karawane des Bordells bemerkte, runzelte er missbilligend die Stirn, bevor er das Kinn vorreckte und sich abwandte.

Ein Tarn folgte den drei Reitern. Darin saßen zwei junge Frauen. Auch sie trugen Weiß und waren beide sehr attraktiv. Die Gesichtszüge der blonden Frau wirkten offener als die ihrer Begleiterin. Als sie die Karawane sah, zuckte ein schwaches, ironisches Lächeln um ihre Lippen, das sie älter und weiser erscheinen ließ, als man auf den ersten Blick vermutet hätte.

*Unsterbliche,* dachte Emerahl. *Wenn man erst einigen von ihnen begegnet ist, erkennt man sie sofort. Ich frage mich, ob ich auch so leicht zu durchschauen bin.*

Die andere Frau trug ihr Haar offen, und sie hatte große Augen und ein herzförmiges Gesicht. Sie musterte die Karawane kurz, dann wandte sie sich hastig ab. Aber der Grund dafür war keineswegs Verachtung, wie Emerahl erkannte. Die Frau wirkte gequält.

Dann waren auch diese beiden Weißen weitergezogen, und der nächste Tarn folgte. Er war kunstvoll geschmückt und wurde von Soldaten in prächtigen Uniformen begleitet. Emerahl erkannte die Farben und Symbole des gegenwärtigen Königs von Toren. Einige weitere auffällige Tarns zogen vorbei. Genrianer, Somreyaner, Hanianer. Dann kamen die Priester und Priesterinnen in Sicht. Emerahl ließ die Türlasche fallen und drehte sich mit hämmerndem Herzen auf den Rücken.

*Das sind also diejenigen, die sie die Weißen nennen,* dachte sie. *Diejenigen, die die Götter erwählt haben, damit sie ihr schmutziges Werk unter den Sterblichen verrichten.*

Sie lauschte den Geräuschen der vorbeiziehenden Armee und den Stimmen der Mädchen. Es war beunruhigend zu wissen, dass so viele Anhänger der Götter unmittelbar an ihr vorbeizogen. *Ich hätte nach dem Hinterhalt nicht bei dem Bordell bleiben sollen,* ging es ihr durch den Kopf. *Ich hätte mein Geld nehmen und verschwinden sollen.*

Es wäre ihr jedoch schrecklich gewesen, die Mädchen schutzlos zurückzulassen. *Und wenn ich fortgegangen wäre, wäre ich niemals in dieser einzigartigen Position gewesen, die Auserwählten der Götter zu sehen, ohne selbst gesehen zu werden.* Bei dem Gedanken musste sie lächeln. *Ich glaube, ich gewinne langsam Gefallen an Abenteuern,* dachte sie. *Was wird als Nächstes kommen?*

Sie seufzte. Die Karawane hatte die Armee eingeholt, auch wenn es auf eine unerwartete Weise geschehen war. Jetzt konnte Rozea sich neue Wachen suchen. Es gab keinen Grund mehr für Emerahl zu bleiben. *Ich kann fortgehen … oder nicht?*

Die Karawane würde der Armee wahrscheinlich folgen

und in dieser Nacht in unmittelbarer Nähe der Soldaten ihr Lager aufschlagen. Ihre Situation hatte sich nicht verändert: Die Nachricht, dass Rozeas Favoritin geflohen war, würde eine ganze Armee dazu verlocken, nach ihr zu suchen.

Aber wenn sie blieb, drohte ihr jetzt eine neue Gefahr. Möglicherweise würde Rozea die erstaunlichen Heilkräfte ihrer Favoritin der falschen Person gegenüber erwähnen. Und dann würden womöglich die Priester auf sie aufmerksam werden.

Sie fluchte.

Die Türlasche wurde geöffnet, und Rozea stieg in den Wagen, um sich mit ernster Miene auf der Bank gegenüber niederzulassen.

»Es sieht so aus, als hätten unsere Feinde einen anderen Weg durch die Berge gefunden. Die Zirkler eilen ihnen entgegen, um sie aufzuhalten.«

»Werden wir uns der Armee anschließen?«, fragte Emerahl, wobei sie sorgfältig darauf achtete, ihrer Stimme einen schwachen Klang zu verleihen.

»Ja, allerdings mit einigem Abstand. Wir wissen nicht, ob die Pentadrianer einen Hinterhalt planen. Ich möchte mich nicht mitten in einer Schlacht wiederfinden.«

»Nein.«

»Du solltest dich jetzt ausruhen«, sagte Rozea besänftigend. Sie hob die Türlasche an, und Emerahl stellte erleichtert fest, dass nur noch gewöhnliche Soldaten in ihrer Nähe waren. »Ich bezweifle, dass wir heute Abend Kundschaft haben werden. So wie es sich anhört, wird die Armee wohl die ganze Nacht marschieren. Wir werden morgen wieder zu ihr stoßen – ah, da kommt Hauptmann Spirano.«

Sie sprang auf und stieg aus dem Wagen. Emerahl drehte sich auf den Rücken und lauschte dem Dröhnen der Trommeln und der Soldatenstiefel. Als endlich Ruhe einkehrte, war sie davon überzeugt, dass etliche Stunden vergangen sein mussten.

Auch die Mädchen schwiegen jetzt; wahrscheinlich nutzten sie die Gelegenheit, um ein wenig zu schlafen, ohne vom stetigen Schaukeln des Tarns gestört zu werden. Emerahl hörte, wie die Wachen Rozea zu einem Spiel aufforderten. Schließlich nahm sie ihren Mut zusammen, richtete sich auf und benutzte das feuchte Handtuch, um sich das Gesicht abzuwischen.

Als sie aus dem Wagen trat, blickte Rozea auf.

»Du siehst nicht mehr so krank aus wie vorhin. Wie fühlst du dich?«

»Viel besser«, antwortete Emerahl. Sie ging zu dem Tisch hinüber und betrachtete das Spiel. »Konträr. Ihr würdet nicht glauben, wie alt dieses Spiel ist.«

Der Wachmann, der Rozea gegenübersaß, bewegte eine Figur. Emerahl lachte leise. »Ein schlechter Zug.«

Der Mann warf ihr einen gekränkten Blick zu. Es war der Soldat, der sie vor dem Deserteur »gerettet« hatte, den sie während des Hinterhalts aus ihrem Tarn geworfen hatte.

»Was hättest du an seiner Stelle getan?«, fragte Rozea.

Emerahl sah den Mann an. »Es ist sein Spiel.«

»Nur zu«, sagte er. »Wenn du es für mich gewinnst, kannst du die Hälfte des Preises haben.«

Sie lachte. »Rozea wird mir ohnehin nicht erlauben, das Geld zu behalten.«

»Natürlich werde ich das«, sagte die Bordellbesitzerin lächelnd. Sie schob die Spielfigur des Mannes auf ihre frühere Position zurück.

Emerahl sah der Frau in die Augen, dann widmete sie sich wieder dem Spielfeld. Sie zog ein wenig Magie in sich hinein und sandte sie aus. Ein schwarzer Stein rutschte über das Brett und legte sich auf einen anderen.

Die beiden Wachen zuckten zusammen, dann grinsten sie sie an. »Ein raffinierter Trick«, bemerkte der Freundlichere der beiden.

»Ja.« Rozea betrachtete das Spielbrett. »Sehr raffiniert.«

»Gibst du auf?«, fragte Emerahl.

»Mir bleibt wohl nichts anderes übrig«, gestand Rozea.

»Was?« Der Wachmann starrte das Brett an. »Hat sie das Spiel für mich gewonnen?«

»Allerdings.« Rozea schob ihm einige Münzen hin. »Ich glaube, die Hälfte davon gehört ihr.«

»Oh, du schuldest mir sehr viel mehr als das, Rozea«, erwiderte Emerahl. »Es wird Zeit, dass du mich auszahlst. Ich gehe.«

Die Bordellbesitzerin lehnte sich auf ihrem Stuhl zurück und verschränkte die Arme vor der Brust. »Wir hatten eine Abmachung.«

»Die ich brechen werde.«

»Wenn du jetzt fortgehst, gehst du mit leeren Händen.«

Emerahl lächelte. »Das hast du schon einmal gesagt, und es ist nicht recht. Ich habe dir ein hübsches Sümmchen eingetragen. Wenn du mir den Lohn, der mir zusteht, nicht freiwillig gibst, werde ich ihn mir nehmen.«

Rozea ließ die Arme sinken und stemmte die Hände in die Hüften. »Was willst du denn tun? Mir mit Magie Spielfiguren an den Kopf werfen? Deine Zauberei macht mir keine Angst. Wenn du mich zwingen könntest, dir dein Geld zu geben, hättest du das schon längst getan.«

»Deine Schwäche, Rozea, besteht darin, dass du glaubst, andere seien ebenso selbstsüchtig und habgierig wie du. Ich bin nur geblieben, um die Mädchen zu beschützen. Jetzt, da ihr die Armee eingeholt habt, wirst du neue Wachmänner einstellen können. Du brauchst mich nicht länger.«

»Dich *brauchen*?« Rozea lachte. »Du schmeichelst dir.«

Emerahl zuckte die Achseln. »Vielleicht. Es ist sehr lange her, dass ich das letzte Mal Magie benutzt habe, um jemandem zu schaden. Ich tue das nicht gern. Ich ziehe es vor, derartige Situationen zu vermeiden. Also werde ich dir eine letzte Chance geben. Zahl mir meinen Lohn aus. Sofort.«

»Nein.«

Emerahl drehte sich um und ging auf den Tarn zu, in dem Brand und Flut schliefen.

»Wo willst du hin?«, hörte sie Rozea fragen.

Emerahl beachtete sie nicht, sondern zog die Türlasche des Tarns auf.

»Wacht auf, Mädchen.«

Brand und Flut schreckten aus dem Schlaf hoch und blinzelten überrascht, als sie in den Wagen stieg.

»Jade?«

»Was ist los?«

»Ich gehe fort«, antwortete Emerahl und wandte sich dann der vorderen Bank zu. »Steht auf.«

Flut und Stern erhoben sich. Emerahl tastete den unteren Teil der Sitzbank ab und fand schließlich einen winzigen Riegel. Sie zog daran, und das Fach öffnete sich. Dahinter befand sich eine Ansammlung von Schachteln.

Im nächsten Moment tauchte Rozeas Gesicht in der Tür auf. »Was tust du … hör auf damit!«

Emerahl zog eine der Schachteln heraus. Sie war ermutigend schwer.

»Gib mir das!«, verlangte Rozea.

Emerahl öffnete die Schachtel. Die Mädchen begannen, aufgeregt miteinander zu tuscheln, als sie die Münzen darin sahen. Rozea fluchte und machte Anstalten, in den Tarn zu steigen.

Mit einer knappen Handbewegung und einem kleinen magischen Stoß schob Emerahl die Frau aus dem Wagen. Rozea fiel rückwärts hinaus und wurde von den Wachen aufgefangen.

»Haltet sie auf!«, schrie die Frau. »Sie bestiehlt uns!«

»Ich stehle dir nichts«, korrigierte Emerahl sie. »Also, Panilo hat mir erzählt, dass du ihm das Doppelte von dem abgenommen hast, was er mir ursprünglich bezahlt hat. Das wären …« Sie hielt inne, als die Wachen widerstrebend versuchten, in den Tarn zu steigen, und schob sie sanft wieder hinaus. »Das wären hundert Ren pro Freier. Seit ich in deinem Bordell arbeite, hatte ich achtundvierzig Kunden, von denen viele reicher und wichtiger waren als Panilo. Machen wir daraus hübsche, runde fünftausend Ren, was zehn Goldmünzen ergäbe. Ich werde eine Goldmünze für jeden Monat abziehen, für mein Essen und meine Unterkunft – und für die Kleider, die du gewiss ohnehin einem anderen Mädchen geben wirst. Natürlich werde ich etwas zum Wechseln benötigen, daher …«

Emerahl begann zu zählen, während Rozea einige Schritte von ihr entfernt stand und sie wütend anfunkelte. Die Mädchen im Tarn schwiegen – sie waren zu überrascht, um zu sprehen.

»Jade? Jade? Bist du dir wirklich sicher?«, fragte Brand plötzlich, und ihre Stimme klang leise und besorgt. »Die Schlacht steht unmittelbar bevor. Du wirst ganz allein sein.«

»Ich werde schon zurechtkommen. Ihr seid es, um die ich mir Sorgen mache. Erlaubt Rozea nicht, euch in Gefahr zu bringen. Kehrt nach Toren zurück, sobald ihr könnt.«

»Ich verstehe das nicht.« Das kam von Stern. »Wenn deine Gaben groß genug sind, um mich zu heilen und Rozea deinen Lohn abzunehmen, warum bist du dann in einem Bordell gelandet?«

Emerahl blickte zu ihr auf, dann zuckte sie die Achseln. »Ich … ich weiß es nicht. Wahrscheinlich war es einfach Pech.«

Sterns Frage war ihr unangenehm, und nicht nur deshalb, weil die Frauen jetzt vielleicht darüber nachdenken würden, warum eine Zauberheilerin sich prostituierte – in einer Zeit, da die Priester nach jemandem suchten, auf den diese Beschreibung passte. Sie zählte den Rest ihrer Einkünfte in Silber und Gold ab, um die Angelegenheit nicht unnötig in die Länge zu ziehen.

Als sie fertig war, sah sie die Mädchen eins nach dem anderen an. Sie wirkten noch immer verwirrt. Emerahl lächelte.

»Passt auf euch auf. Und lasst euch einen Rat geben: Wenn ihr euch alle zusammentut, wird Rozea nichts anderes übrig bleiben, als euch euren Lohn auszuzahlen. Verschwendet das Geld nicht, sondern legt ein wenig für die Zukunft beiseite. Glaubt niemals, dass ihr außerhalb des Bordells kein Leben hättet. Ihr seid alle talentierte, schöne Frauen.«

Brand lächelte. »Vielen Dank, Jade. Und pass auch du auf dich auf.«

Die anderen murmelten ebenfalls einige Worte des Abschieds. Emerahl wandte sich ab und stieg aus dem Tarn, dann fiel ihr Blick auf einen Diener.

»Gib mir ein Bündel mit Essen und Wasser. Und einige einfache Kleider.«

Der Mann sah Rozea an. Zu Emerahls Überraschung nickte die Frau, und er eilte davon.

»Ich sollte dich wohl nicht zum Bleiben zwingen, wenn du so erpicht darauf bist, uns zu verlassen«, sagte Rozea resigniert. »Ich bin nicht glücklich darüber, aber wenn du gehen musst, dann musst du gehen. Solltest du dich irgendwann dafür entscheiden, wieder in das Geschäft zurückzukehren, glaube nicht, du seist in meinem Haus nicht willkommen. Ich bin keine solche Närrin, dass ich es nicht erwägen würde, dich wieder in meine Dienste zu nehmen.«

Emerahl betrachtete die andere Frau nachdenklich; sie

spürte mit einem Mal eine Art mürrischen Respekt bei der Bordellbesitzerin. *Warum ist sie jetzt so freundlich? Vielleicht habe ich nicht so viel Geld genommen, wie sie erwartet hatte. Ich kann mich immer noch nicht daran gewöhnen, wie sehr die Preise während des letzten Jahrhunderts gestiegen sind.*

»Ich werde es nicht vergessen«, erwiderte sie. Der Diener kehrte zurück und drückte ihr einen Beutel in die Arme. Sie unterzog den Inhalt einer schnellen Musterung, dann hievte sie ihn über ihre Schulter. »Pass auf die Mädchen auf«, sagte sie zu Rozea. »Du hast sie nicht verdient.«

Dann drehte sie sich um und machte sich auf den Weg die Straße hinunter in Richtung Toren.

# 44

Als die Sonne am Horizont emporstieg, fiel helles Licht über die Goldebenen. Die Schatten der Zirkler – Priester, Priesterinnen, Soldaten und Bogenschützen – streckten sich wie anklagend erhobene Finger der Masse schwarzgewandeter Eindringlinge entgegen.

Während Tryss beobachtete, wie sich die beiden Armeen aufeinander zubewegten, fiel auch der letzte Rest Müdigkeit von ihm ab.

Von der gesamten zirklischen Armee waren die Siyee die Einzigen, die in der vergangenen Nacht geschlafen hatten. Aber es war ein unruhiger Schlaf gewesen. Nur wenige von ihnen hatten an etwas anderes denken können als an die bevorstehende Schlacht. Und die Landgeher waren die ganze Nacht von wachsender Unruhe erfüllt gewesen. Selbst aus der Luft hatte er ihre Anspannung und Nervosität wahrnehmen können.

Zwischen den Pentadrianern erhoben sich schwarze, flügelschlagende Gestalten – wie eine böse, todbringende Wolke. Tryss hörte Entsetzensschreie um sich herum. Er sah die Männer und Frauen in seiner Nähe an; sie alle gehörten zu seinem eigenen Stamm. Der Rest seiner Familie war nicht bei ihm – die Sprecher fanden, es sei zu viel verlangt, einen Fluganführer zu bitten, seine Angehörigen in die Schlacht zu führen –, aber die einzelnen Stämme waren nie so groß, dass ein Siyee nicht jeden Einzelnen persönlich kannte. Es war immer noch schwer vorstellbar, dass diese Leute vielleicht sterben würden, wenn er die Situation falsch einschätzte.

Sein Magen krampfte sich zusammen, doch er ignorierte es und holte tief Luft.

»Diese schwarzen Vögel haben Schnäbel und Klauen«, rief er. »Aber sie müssen nah herankommen, um sie benutzen zu können. Wir haben Pfeile und Flugbolzen. Wir werden sie töten, bevor sie uns erreichen.«

Er wusste nicht, ob seine Worte irgendeine Wirkung hatten. Vielleicht waren die Züge seiner Gefährten jetzt eine Spur weniger furchtsam und ein klein wenig entschlossener. Die Vögel kreisten über ihren Herren und warteten darauf, dass die Schlacht begann.

Die beiden Armeen näherten sich einander nur quälend langsam. Die pentadrianische Armee hatte inzwischen einen niedrigen Hügel am Rand eines Tals erreicht und dort Halt gemacht. Die Zirkler marschierten auf die gegenüberliegende Seite des Tals zu und blieben ebenfalls stehen.

Keine der beiden Armeen rührte sich.

Dann trat eine schwarz gekleidete Gestalt zwischen den Pentadrianern hervor. Das Sonnenlicht verfing sich auf etwas, das der Mann um den Hals trug. Tryss beobachtete die fünf weißen Gestalten, die vor der zirklischen Armee standen. Einer der Weißen machte einen Schritt nach vorn.

Auf dem Grund des Tals trafen die beiden Gegner zusammen.

*Wie sehr ich mir wünschte, ich könnte dieses Gespräch mit anhören,* dachte Tryss. *Bieten sie einander die Chance, sich zurückzuziehen? Werfen sie mit Drohungen um sich, oder prahlen sie wie Kinder mit ihrer Stärke?* Bei diesem Krieg ging es um Religion, rief er sich ins Gedächtnis. *Vielleicht führen sie eine theologische Debatte.* Er stellte sich vor, wie ein solches Gespräch aussehen könnte.

*»Meine Götter sind real.«*

*»Nein, das sind sie nicht; nur meine Götter existieren wirklich.«*

*»Deine Götter sind nicht real.«*

*»Sind sie doch!«*

Er unterdrückte ein Lachen. *Ich sollte mich nicht darüber lustig machen. Dies hier ist todernst. Viele Menschen werden sterben.*

Bei diesem Gedanken verflog alle Heiterkeit. Als die beiden Kontrahenten kurz darauf auseinandergingen, krampfte sich Tryss' Magen abermals zusammen. Er beobachtete, wie sie zu ihren Armeen zurückkehrten.

Dann erklang das ferne Geräusch von Hörnern. Die pentadrianische Armee setzte sich in Bewegung, und die Zirkler folgten ihrem Beispiel.

Als das Tosen ihrer Stimmen Tryss erreichte, durchschnitt Sirris Pfiff die Luft. Es war an der Zeit, dass die Siyee sich ebenfalls in die Schlacht stürzten.

Die beiden Armeen waren noch nicht aufeinandergetroffen, aber die Luft über dem Tal glühte und wogte unter magischen Angriffen, die von Schilden abgewehrt wurden. Seltsam schrille Geräusche drangen an seine Ohren, und immer wieder erklang ein Dröhnen, das die Luft erbeben ließ.

*Dort unten muss ohrenbetäubender Lärm herrschen,* ging es ihm durch den Kopf.

Die schwarze Wolke, die über der pentadrianischen Armee aufstieg, zersplitterte und schnellte empor. Ein Teil der Wolke schoss auf Tryss zu. In diesem Moment existierte nichts anderes mehr für ihn als die schwarzen Vögel, die sich mit hohem Tempo näherten. Er pfiff einige Befehle, mit denen er seine Truppe direkt auf die schwarzen Vögel zuführte, dann legte er die Finger entschlossen um die Hebel seines Geschirrs.

»Greift an!«

Die Feder seines Geschirrs sang. Er hörte das Sirren weiterer Geschirre, dann hüllte ein Schwarm von Pfeilen die schwarzen Vögel ein. Tryss jubelte, als die Geschöpfe kreischend zu Boden stürzten. Er gab das Signal, beizudrehen, während seine Leute in lautes Triumphgeschrei ausbrachen und sich einige Flugkapriolen gönnten.

Dann hörte er einen schrillen Schmerzensschrei, und sein Herz krampfte sich zusammen. Als er herumfuhr, sah er, dass einige der Vögel überlebt hatten und sich an die Beine einer Siyee klammerten. Das Gewicht der Tiere zog sie hinab.

Obwohl er nicht wusste, was er tun konnte, um ihr zu helfen, flog Tryss auf sie zu. Er konnte kaum die Hände benutzen, um die Vögel zu verscheuchen. Stattdessen biss er die Zähne zusammen, verschränkte die Arme vor der Brust und schoss auf die Beine der Siyee zu. Die Vögel schrien überrascht auf, und im nächsten Moment stürzte Tryss auch schon zur Erde. Er breitete die Arme aus, um den Wind einzufangen, dann drehte er sich um, um festzustellen, was geschehen war.

Die Siyee war frei. Ihre Beine bluteten. Er konnte einen Vogel unter sich fliegen sehen, unverletzt, aber offenkundig benommen. Tryss nahm hastig sein Blasrohr zwischen die Zähne, saugte einen Pfeil hinein und schoss.

Der Vogel kreischte laut auf, als er getroffen wurde. Tryss wartete nicht ab, um festzustellen, ob das Gift wirkte. Er blickte auf und rief seine Truppe zu sich. All seine Leute lebten und waren, bis auf einige Kratzer, unverletzt.

Erleichtert blickte er an ihnen vorbei und sog erschrocken die Luft ein. Der Himmel war voller Siyee und Vögel, und einige waren in wilde Kämpfe verstrickt. Dann stürzten drei Siyee zu Boden.

Tryss bemerkte, dass zwei andere Abteilungen es ebenfalls geschafft hatten, an den tödlichen Vögeln vorbeizukommen. Während sie nun über dem Schlachtfeld kreisten, fielen Tryss Sirris Anweisungen wieder ein.

*»Die Vögel werden versuchen, euch abzulenken. Das dürft ihr*

*nicht zulassen. Zielt auf ihre Herren, die schwarzen Priester und Priesterinnen. Sie beherrschen die Vögel, deshalb müsst ihr versuchen, sie zuerst zu töten. Es ist durchaus möglich, dass die Vögel sich als harmlos erweisen, sobald niemand mehr da ist, der sie kontrolliert.«*

Er wandte sich von der Schlacht ab und rief seine Truppe zu sich. Seine Leute erhoben keine Einwände, und ihre Mienen waren grimmig. Tryss blickte auf die pentadrianische Armee hinab und überlegte, wie er seinen ersten Angriff organisieren sollte.

Überall war Blut. Die Luft stank danach, und Gesichter, Kleider und Schwerter waren davon benetzt. Das Gras war nicht länger gelb, sondern von einem abstoßenden Orangerot.

Ein weiteres schwarz gewandetes Ungeheuer näherte sich. Der Soldat hob seinen Schild, um den Angriff abzuwehren, und schwang sein Schwert. Die Bewegungen waren vertraut und wohltuend. Die vielen Jahre der Ausbildung erwiesen sich endlich als nützlich. Sein Schwert war eine Verlängerung seines Arms. Er spürte, wie seine Klinge Fleisch durchtrennte und Knochen zerschmetterte. Es war ein viel befriedigenderes Gefühl als der Widerstand von gepolstertem Holz.

Der Pentadrianer sank auf die Knie und gab ein ersticktes Röcheln von sich, als das Blut seine Lunge füllte. Sein Schwert fiel zu Boden. Ein Hieb in den Nacken brachte die Hand zur Ruhe, die bereits nach dem Dolch griff.

Plötzlich hörte er ein Keuchen zu seiner Linken. Der Soldat duckte sich, wirbelte herum und trat den Angreifer in den Bauch. Die Augen des Mannes traten mit einem Ausdruck der Überraschung aus den Höhlen. Ein Feigling, der von hinten angriff. Diesen Mann ließ er einfach liegen, damit er einen langsamen Tod starb.

Ein einziger Blick sagte ihm, dass die Kämpfer um ihn herum größtenteils seine eigenen Gefährten waren. Er drehte sich um und suchte nach dem Feind. Ein fernes Knurren erregte seine Aufmerksamkeit. Weit rechts von ihm sah er torenische Soldaten unter unglaublich großen Geschöpfen fallen. Worns. Er starrte sie einen Moment lang ungläubig an, dann rannte er davon.

Er war nur wenige Schritte weit gekommen, als er stolperte und mit dem Gesicht nach unten im Schlamm landete. Hitze versengte ihm die Ohren, und er griff sich an den Kopf. Die Berührung seiner erdverkrusteten Hände hatte etwas wunderbar Beruhigendes, aber sie konnte die Geräusche, die jetzt kamen, nicht dämpfen. Schreie. Unmenschliche Schreie, die einfach nicht abreißen wollten.

Etwas Furchtbares war geschehen.

Er hob den Kopf, und quälend trockene, rauchige Luft schoss in seine Lunge. Hustend richtete er sich auf und sah sich um.

Das Gras war fort … nein, es war zu geschwärzten Büscheln zusammengeschmolzen. Schwarze Gestalten lagen auf dem Boden. Einige von ihnen bewegten sich zuckend. Die Quelle der Schreie. Als er begriff, wer diese Geschöpfe waren, stieg ihm Galle in den Mund.

Es waren Männer. Die Kämpfer, die noch vor wenigen Augenblicken an seiner Seite gestanden waren.

Er zog sich auf die Füße, und sofort begriff er, was geschehen war. Das verbrannte Gras und die toten und sterbenden Männer bildeten eine lange, breite Linie, die zum Feind hinüberführte. Ein Zauberer hatte sie angegriffen – mit tödlicher Magie.

Keine Ausbildung konnte einen Soldaten davor retten.

Er hatte Glück gehabt, dass er sich am Rand des Zaubers befunden hatte. Seine schwere Rüstung und der Sturz hatten ihn gerettet, obwohl seine Ohren heftig brannten. Als er hinabblickte, sah er die ausgestreckte Hand des Pentadrianers, der ihn zu Fall gebracht hatte. Das Gesicht des Mannes war so schwarz verkohlt wie seine Kleidung.

Er biss die Zähne zusammen, griff nach seinem Schwert, das noch warm von dem Angriff war, und ging zu seinen weniger glücklichen Kameraden hinüber.

Keine Verbindung zwischen Auraya und den anderen Weißen war jemals so stark oder vollständig gewesen.

Sie verhielten sich, als seien sie miteinander verschmolzen. Juran leitete ihre Kräfte, was überraschend einfach war. Er zwang ihnen keineswegs seinen Willen auf, vielmehr öffneten sie ihren Geist und folgten seinen Anweisungen. Auf diese Weise standen ihm die Ideen und die Augen vier weiterer Menschen zur Verfügung, um ihm bei seinen Entscheidungen zu helfen, und vier zusätzliche Positionen, aus denen er angreifen konnte.

Es erwies sich als eine sinnvolle Methode, ihre Bemühungen miteinander abzustimmen. Und es hatte etwas beinahe Erregendes, auf solche Art mit den anderen zusammenzuarbeiten. Es gab keine Missverständnisse, keine Irrtümer.

Trotzdem hatten sie ihre Grenzen. Der Feind hatte Mairaes Grenzen bereits erkundet, was dazu führte, dass sie einmal einige Soldaten opfern musste, um sich selbst zu schützen. Ihr Tod hatte Mairae bekümmert und sie alle schockiert, aber sie waren dennoch nicht ins Wanken geraten.

Auch Rian hatte mit Problemen zu kämpfen. Juran musste immer wieder einschreiten, wenn einer der mächtigen schwarzen Zauberer Rian oder Mairae angriff. Auraya war es bisher gelungen, sich gegen die feindlichen Zauberer zu verteidigen, aber sie wusste, dass der Anführer der Pentadrianer stärker war als sie. Auch sie würde Hilfe brauchen, wenn er ihr seine ganze Macht entgegenschleuderte.

Was er bisher jedoch nicht getan hatte. Vielleicht genügte seine Magie nicht, um gleichzeitig anzugreifen und sich selbst zu schützen. Trotzdem konnte ein solcher Angriff immer noch kommen, wenn die übrigen schwarzen Zauberer ihn beschirmten.

Auraya sah die vier anderen Weißen an, die unerschütterlich ihre Position hielten, dann blickte sie zu den pentadrianischen Zauberern auf der anderen Seite des Tals hinüber.

*Fünf schwarze Zauberer,* dachte Auraya. *Fünf Weiße. Ein Zufall? Nein, es ist wahrscheinlicher, dass sie gewartet haben, bis sie uns zahlenmäßig ebenbürtig waren.*

Auf Jurans Befehl hin schleuderte Auraya einem der Zauberer ihre Magie entgegen. Sie spürte eine Veränderung in dem Schild des Mannes, als die anderen Zauberer ihm halfen, sich zu schützen.

*Er ist der Schwächste von ihnen,* bemerkte Juran. *Nach den Beschreibungen unserer Spione ist er derjenige, der Sharneya genannt wird. Wir könnten diesen Vorteil nutzen …*

Der Pentadrianer griff die Siyee an. Auf Jurans Anweisung riss Auraya eine Barriere hoch, um die Magie abzufangen. Mairae übermittelte ihr die Erleichterung, die Sprecherin Sirri empfand; die Anführerin der Siyee trug Mairaes Verbindungsring.

Die Wucht des Angriffs verstärkte sich, und Auraya brauchte ihre ganze Kraft, um ihren Schild aufrechtzuerhalten, während sich die Geschwindigkeit, mit der sie weitere Magie an sich ziehen konnte, zunehmend verringerte. Sie machte einige Schritte nach vorn und konnte ihre Barriere wieder stärken. Es war nicht das erste Mal, dass die Magie um sie herum schwächer wurde. In den Stunden, seit der Angriff begonnen hatte, hatte sie sich mehrere Schritte von dem Felsvorsprung in Richtung des Tals zurückgezogen, während die Magie um sie herum schwand. Die schwarzen Zauberer hatten das Gleiche getan. Es war unvorstellbar, wie viel Magie sie bereits verbraucht hatten, aber Auraya hatte keine Zeit, Ehrfurcht zu empfinden.

Dann hörte sie plötzlich in unmittelbarer Nähe das Knurren eines Tieres und einen Schrei, in dem Angst und Schmerz lagen. Kein gewöhnlicher Mensch und kein Tier konnten sie erreichen, aber ihr war nur allzu deutlich bewusst, dass die stärksten zirklischen Priester und Priesterinnen um sie und die anderen Weißen herum versammelt waren und ihnen ihre Stärke liehen. Als sie sich umdrehte, sah sie einen riesigen schwarzen Worn, der sich in die Kehle einer Priesterin verbissen hatte. Er musste um sie herumgeschlichen sein, um sie ohne Vorwarnung angreifen zu können.

*Töte ihn, Auraya,* befahl Juran.

Sie sandte einen Zauber in seine Richtung. Als ihre Magie ihn von seinem Opfer wegriss, heulte der Worn auf, dann lag er mit zuckenden Gliedern auf dem Boden. Weitere schwarze Gestalten, die über ihre Priesterschaft hatten herfallen wollen, suchten schleunigst das Weite.

*Glaubst du, die Pentadrianer haben die Siyee angegriffen, um uns abzulenken und den Worns auf diese Weise Zeit zu verschaffen, sich von hinten an uns anzuschleichen?,* fragte sie.

*Ja,* antwortete Juran. *Und sie haben diesen Bestien die Anweisung gegeben, die Menschen um dich herum anzugreifen, nicht uns. Ich denke, sie haben dich auf die Probe gestellt, um herauszufinden, ob du den Rest der Armee opfern würdest, um das Himmelsvolk zu schützen. Lass sie für den Augenblick in diesem Glauben. Es wird uns später von Nutzen sein.*

*Ja,* erwiderte sie, obwohl sich ein gewisser Zweifel in ihr regte. *Vielleicht liegen mir die Siyee ja wirklich mehr am Herzen als die anderen?*

*Nein, so ist es nicht,* versicherte ihr Dyara.

Aber Auraya konnte die nagende Angst, die sie quälte, nicht abschütteln. Würde Juran einen der anderen an ihrer Stelle beauftragen, die Siyee zu schützen? Oder bedeutete »für den Augenblick«, dass sie die Siyee später einem Angriff schutzlos ausliefern sollte?

# 45

Obwohl die Sonne hoch am Himmel stand, zwang ein kühler Wind die Beobachter auf dem Felsvorsprung, sich fest in ihre Kapas zu hüllen. Danjin betrachtete die eigenartige Mischung aus Lagerdienern und wichtigen Persönlichkeiten, die sich zusammengefunden hatten, um die Schlacht zu verfolgen. Die Menschen bildeten eine lange Reihe am Rand des Tals. In der Mitte stand ein Pavillon, und auf dem Gras lag ein Teppich. Darauf standen Stühle für die Personen, die die höchsten Ränge bekleideten: die beiden Könige und den Vermittler des somreyanischen Rats. Ratgeber, Höflinge und Diener hielten sich in der Nähe des Pavillons, traten jedoch nur ein, wenn sie gerufen wurden.

Die Weißen hatten darauf bestanden, dass die beiden Monarchen nicht an der Schlacht teilnahmen. Die Erinnerung an diese Auseinandersetzung entlockte Danjin ein Lächeln.

»Wir sind durchaus bereit, zusammen mit unseren Männern zu kämpfen«, hatte König Berro entrüstet gesagt, als man ihm erklärte, dass er und König Guire sich vom Schlachtfeld fernhalten sollten.

»Ich versichere dir, das wissen wir«, hatte Juran erwidert. »Aber wenn ihr euch an der Schlacht beteiligt, werdet ihr sterben. Sobald die Pentadrianer eine Lücke in unserer Verteidigung entdecken – und das werden sie tun –, werden sie jeden angreifen, der für uns wichtig zu sein scheint.« Er hatte kurz innegehalten, bevor er weitersprach: »Ihr könntet in die Uniformen gewöhnlicher Soldaten schlüpfen, um eure Überlebenschancen zu verbessern, aber ich würde es vorziehen, wenn ihr das nicht tätet. Wir können es nicht riskieren, euch zu verlieren.«

Auf diese Bemerkung hatte Berro mit einem Stirnrunzeln reagiert. »Warum schickst du dann die Sprecherin der Siyee in den Kampf?«

»Sie ist schwer von den anderen Siyee zu unterscheiden, und da die Siyee ihre Anführer wählen, ist bereits ein anderer Sprecher bestimmt worden, der Sirris Platz einnehmen wird, falls sie stirbt.«

»Ich habe meinen Erben bestimmt«, hatte Berro Juran ins Gedächtnis gerufen.

»Ein Kind«, hatte Juran mit einem Anflug von Schroffheit erwidert. »Es wird Jahre dauern, bis der Junge alt genug ist, um seine Verantwortung zu übernehmen.« Er hatte die Arme vor der Brust verschränkt. »Wenn es dein Wunsch ist, dich auf das Schlachtfeld zu begeben, werden wir dich nicht daran hindern. Aber wir werden dich auch nicht um den Preis eines Sieges schützen. Wenn du auf Ruhm aus bist, wird die Schlacht dich das Leben kosten – und das wird dein Land schwächen.«

An dieser Stelle hatte Vermittler Meeran sich geräuspert. »Ich bin ebenfalls ein gewählter Herrscher, aber auch für mich habt ihr keinen Platz.«

»Nein«, hatte Juran erwidert. »Verzeih mir, wenn ich darauf hinweise, aber du bist alt und hast keine Erfahrung im Kampf. Du bist für uns von größerem Wert aufgrund deiner Fähigkeit, mit anderen zu verhandeln und Einigkeit zu erzielen.«

Dann hatte er Meeran gebeten, während der Schlacht die Aufsicht über diejenigen zu übernehmen, die nicht kämpften, und im Falle, dass die Zirkler die Schlacht verloren, für die Armee zu verhandeln. Niemand hatte gefragt, warum I-Portak, der Anführer der Dunweger, sich an den Kämpfen beteiligte. Es verstand sich von selbst, dass der Anführer der Kriegernation an der Seite seiner Männer stehen würde. Wenn er es nicht täte, würde er die Führung an einen anderen verlieren. Mehrere dunwegische Zauberer – ihre Feuerkrieger – begleiteten ihn.

Danjin wandte sich zu Lanren Liedmacher um. Der militärische Ratgeber stand ein wenig vor den Beobachtern, den Blick fest auf das Schlachtfeld gerichtet. Sein ganzer Körper war angespannt, und er hatte die Fäuste geballt. Das Sonnenlicht leuchtete auf dem weißen Ring am Mittelfinger seiner rechten Hand.

Der Ring verband Liedmacher mit Juran und vermittelte dem Weißen aus der Ferne ein Bild des Schlachtfelds. Als Danjin nun in das Tal hinunterschaute, runzelte er die Stirn.

Die pentadrianischen Zauberer und die Weißen hatten einander seit Stunden mit Magie bekämpft, aber keine Seite schien einen Vorteil zu erringen. Da ein großer Teil der entfesselten Magie aus der Entfernung praktisch unsichtbar war, ließ sich nur schwer erahnen, was vorging. Danjin konnte nur die Auswirkungen des Kampfes sehen, wenn es einer Seite gelang, der anderen Schaden zuzufügen.

Meistens waren die Kämpfer davon betroffen. Beide Seiten schienen ungefähr gleich viele Mitglieder der feindlichen Armee getötet zu haben, aber Danjin war aufgefallen, dass vor allem die Soldaten, Priester und Priesterinnen, die von Mairae oder Rian geschützt wurden, Verluste erlitten. Zwei der feindlichen Zauberer schienen die gleichen Schwierigkeiten zu haben. Beide Seiten benutzten die Stärke ihrer mit Gaben versehenen Anhänger, um die Abwehr der schwächeren Zauberer zu stützen.

Bei den übrigen Kampfeinheiten waren die Kräfte nicht so ausgewogen verteilt. Der Vorteil lag, wie Danjin entsetzt beobachtete, auf Seiten der Pentadrianer.

Zuerst hatte es nicht diesen Anschein gehabt. Die Kämpfer der Pentadrianer waren zahlenmäßig unterlegen. Sie verfügten weder über Kriegsplattans noch über berittene Soldaten. Als die beiden Armeen jedoch zusammenstießen, wurde offenbar, dass die meisten der pentadrianischen Fußsoldaten gut ausgebildet und bereit waren, sich beidem zu stellen.

Und dann waren da die Worns.

Die riesigen Tiere brachten Tod und Zerstörung, wo immer sie auftauchten. Sie bewegten sich so schnell, dass nur reines Glück oder der geballte Angriff durch viele Bogenschützen sie bezwingen konnte. Die Bestien schienen das Töten zu genießen. Danjin beobachtete, wie vier von ihnen eine Gruppe von Soldaten vom eigentlichen Schlachtfeld abdrängten. Sie rissen die Kehlen jener heraus, die sich ihnen entgegenstellten, dann jagten sie die Übrigen aus dem Tal, wobei sie den Flüchtigen mühelos nachsetzten und spielerisch an ihren Fersen knabberten.

»Warum haben wir nicht auch solche Kreaturen? Warum haben wir keine Worns, die für uns kämpfen?«, murrte König Berro.

»Wahrscheinlich hatten die Weißen keine Zeit, selbst welche zu züchten«, erwiderte Guire besänftigend.

»Sie sind widernatürliche Gräuel«, knurrte eine Frau.

Mehrere Köpfe wandten sich zu der Sprecherin um. Traumweberin Raeli sah sie mit kaltem Blick an. »Wenn eure Weißen derart verderbte Bestien geschaffen hätten, wären sie dann auch nur um einen Deut besser als diese Pentadrianer?«, fragte sie.

Die beiden Könige blickten nachdenklich drein, obwohl klar war, dass ihre Worte Berro nicht vollends überzeugt hatten.

»Sie züchten stattdessen Träger«, sagte Meeran. »Und mein Volk hat sie mit kleinen Helfern ausgestattet.« Er deutete auf den Käfig, den Danjin in der Hand hielt.

Danjin blickte auf Unfug hinab. Der Veez war bisher während der Schlacht sehr still gewesen. Danjin hatte es nicht gewagt, Unfug zurückzulassen, weil er davon überzeugt war, dass der Veez in diesem Falle entflohen wäre und sich auf die Suche nach Auraya gemacht hätte.

»Reyna und Veez?«, schnaubte Berro. Er blickte nach links, wo Stallburschen die fünf weißen Träger bereithielten, für den Fall, dass die Weißen sie benötigen sollten. »Nur die Weißen haben Träger, und sie benutzen sie nicht einmal – und welchen Sinn sollte ein Haustier schon im Krieg haben?«

»Raus«, sagte Unfug.

Der Veez war an eine andere Stelle des Käfigs gerutscht. Danjin blickte hinab. »Nein. Bleib.«

»Raus«, beharrte Unfug. »Weg. Laufen.«

»Nein. Auraya wird später zurückkommen.«

Der Veez begann in dem Käfig in Kreisen zu laufen, so dass der Käfig hin und her schwankte. »Laufen! Böse Dinge kommen. Laufen! Verstecken! Laufen!«

Danjin runzelte die Stirn. Die Erregung des kleinen Tieres wuchs. Vielleicht war der Entführer des Veez in der Nähe. Danjin ließ den Blick über die Gesichter um sich herum gleiten. Diejenigen, die am nächsten standen, betrachteten den Veez voller Neugier. Dann wandte Danjin sich von dem Kreis in seiner unmittelbaren Nähe ab und blickte nach links und nach rechts und über seine Schulter.

Und sah vier schwarze Gestalten über den Felskamm auf sie zulaufen.

Er rief eine Warnung. Schreie wurden laut, als auch die anderen die Worns entdeckten. Einen Augenblick lang herrschte Zögern, während die Menschen sich in Todesangst aneinander festklammerten oder mit anderen zusammenstießen, als sie zu fliehen versuchten. Die Reihe der Beobachter brach. Die meisten Menschen jagten den Hügel hinunter, in Richtung der Schlacht, und nur wenige blieben schreckensstarr auf dem Felskamm stehen. Die Beobachter in der ersten Reihe verharrten auf ihrem Posten, festgehalten von einer starken, zuversichtlichen Stimme.

»Ihr geht alle in den Pavillon und bleibt dort«, sagte Hohepriester Haleed und trat einige Schritte vor, um sich zwischen die Worns und den Pavillon zu stellen. »Ich kümmere mich darum.«

Danjin runzelte die Stirn, als ihm klar wurde, dass der somreyanische Älteste, abgesehen von Raeli, der Einzige unter den Beobachtern war, der eine magische Ausbildung besaß – obwohl er keine Ahnung hatte, wie groß Raelis Gaben waren. Nicht alle Traumweber waren starke Zauberer.

Sie zwängten sich in den zweifelhaften Schutz des aus Tuch errichteten Pavillons. Draußen deckten die Stallburschen hastig die Köpfe der Reyna mit Tüchern ab, in der Hoffnung, dass die Reittiere nicht in Panik geraten und flüchten würden. Sie zogen sie so nah wie nur möglich an den Pavillon heran.

Liedmacher stand noch immer draußen, den Rücken an den Pavillon gelehnt. Seine Aufmerksamkeit galt einzig der Schlacht. Danjin sah, dass der Mann verwirrt die Menschen beobachtete, die ins Tal hinabflohen. Er rief den Namen des Mannes. Liedmacher drehte sich um, und an die Stelle der Verwirrung trat jetzt Erschrecken, als er die Szene erfasste. Als er auf den Pavillon zuging, konnte Danjin ganz in der Nähe ein Tier vor Schmerz heulen hören.

Es war einer der Worns, der mit zuckenden Gliedern auf dem Boden lag. Die anderen zogen sich rückwärts zurück und sprangen bald in diese, bald in jene Richtung, um Haleeds Angriffen zu entgehen.

»Ah, Magie«, murmelte Liedmacher. »Ein Soldat mag im Alter seine Kräfte verlieren, aber für einen Zauberer gilt das nicht.«

*Solange er sich gute Reflexe bewahrt*, fügte Danjin bei sich hinzu. Haleed gelang es, einen weiteren Worn zu verletzen, aber die meisten seiner Zauber hatten die flinken Tiere verfehlt.

»Dein Schoßtier hat sich am Ende also doch als nützlich erwiesen«, flüsterte jemand Danjin ins Ohr. »Mach dir keine Sorgen um ihn. Er wird zurückkommen.«

Raeli war neben ihn getreten. Sie schaute zu Boden, und als Danjin ihrem Blick folgte, stellte er fest, dass der Käfig, den er noch immer in der Hand hielt, leer war. Erschrocken hielt er nach dem Veez Ausschau.

»Spar dir die Mühe. Er kann auf sich selbst aufpassen«, versicherte ihm Raeli.

»Wenn er es mit Worns zu tun hat?«

»Sie sind nicht hinter Veez her, sie sind …«

Ihre Worte wurden von einem Schmerzensschrei übertönt, dem ein unmenschliches Kreischen folgte. Als Danjin sich umdrehte, sah er Haleed unter einer wogenden Masse schwarz gefiederter Gestalten taumeln. Die Roben des Priesters waren von Blut durchtränkt.

»Die Vögel!«, rief jemand. »Helft ihm!«

»Seine Augen«, zischte Liedmacher. »Sie haben es auf seine Augen abgesehen.«

Meeran brüllte einige Befehle, und mehrere Diener liefen los, zogen sich dann aber hastig wieder in den Pavillon zurück. Danjin sah eine schwarze Gestalt, die sich auf Haleed stürzte und den alten Mann zu Boden warf. Eine Woge der Angst überflutete ihn, als zwei weitere schwarze Gestalten an dem Priester vorbeirannten. Im nächsten Moment wurde Danjin beiseitegestoßen.

Er verlor beinahe das Gleichgewicht, aber irgendjemand packte ihn am Arm und gab ihm Halt. Um ihn herum herrschte Chaos: Schreie, Heulen, verzweifelte Befehle und das Kreischen der Vögel. Wie konnten so wenige Menschen so viel

Lärm machen? Noch bevor er sich diese Frage beantworten konnte, wurde er herumgerissen.

Raeli stand vor ihm. Er blickte sie überrascht an. Hinter ihr sah er ein Reyna mit König Berro im Sattel davongaloppieren.

»Bleib dicht bei mir«, sagte Raeli. »Es ist mir verboten zu töten, aber ich kann dich beschirmen.«

Er nickte. Als sie sich zu dem Pavillon umwandte, hörte man ein lautes Krachen, und das Gebäude stürzte in sich zusammen. Die Markise war bedeckt von Vögeln. Raeli breitete die Hände aus. Die Luft knisterte, und der Schwarm erhob sich kreischend in den Himmel.

Lautes Hufgetrappel erregte Danjins Aufmerksamkeit: Die Träger galoppierten davon. Auf jedem saßen zwei Reiter, und Danjin stellte erleichtert fest, dass Vermittler Meeran unter ihnen war.

»Gut«, sagte Raeli. »Das erspart mir einige Mühe.«

Dann tauchte eine schwarze Gestalt unter dem Pavillon auf und machte sich an die Verfolgung der Reiter.

Raeli verzog das Gesicht. »Ich hoffe, diese Träger können tatsächlich so schnell laufen, wie man ihnen nachsagt.«

»Sie können es«, versicherte ihr Danjin. »Obwohl ich nicht weiß, ob …«

Als ein wildes Knurren unter dem Pavillon laut wurde, zuckte Danjin heftig zusammen. Ein Beben durchlief die Plane, und er wich zurück, aber Raeli blieb, wo sie war. Sie bückte sich und zog an dem Stoff.

»Lass ihn nicht frei!«

Sie beachtete seinen Einwurf nicht und zog den Stoff beiseite. Danjin blickte voller Entsetzen auf die blutverschmierten Leiber darunter. Eine schwarze Gestalt bäumte sich auf und stürzte sich auf Raeli. Raeli machte eine knappe Handbewegung, und der Worn wurde zur Seite gerissen. Er musterte sie mit erschreckender Intelligenz, bevor er sich davonschlich.

Eine vertraute Stimme begann heftig zu fluchen. Als Danjin zu Boden blickte, sah er zu seiner Überraschung, dass Liedmacher sich mühsam auf die Füße zog. An seinem linken Arm klafften tiefe Wunden, aus denen Blut rann.

»Ich kann dich heilen«, erbot sich Raeli, die näher an den Mann herangetreten war, um die Wunde zu untersuchen.

Liedmacher zögerte, und für einen Moment trat ein leerer Ausdruck in seine Augen, dann runzelte er die Stirn.

»Vielen Dank, Traumweberratgeberin«, erwiderte er förmlich, »aber ich muss dein Angebot ablehnen. Fürs Erste wird ein Verband genügen.«

Ihre Lippen wurden schmal. »Ich werde sehen, was ich finden kann.«

Jähes Mitgefühl für Raeli stieg in Danjin auf, das zu seiner eigenen Überraschung einem Anflug von Ärger wich. *Wie es aussieht, muss ich Auraya recht geben, dass das Gesetz gegen die Inanspruchnahme der Dienste der Traumweber lächerlich ist.* Der Worn lag noch immer ganz in ihrer Nähe auf der Lauer. Raeli vermied es, ihm den Rücken zuzuwenden, während sie von der Tunika eines der toten Diener einen Stoffstreifen abriss, um damit Liedmachers Wunde zu verbinden.

»Wenn die Weißen wollen, dass du hierbleibst, sollten sie dir am besten einen Priester schicken – und zwar bald«, sagte sie. »Ich kann ein oder zwei dieser Kreaturen abwehren, aber ich bezweifle, dass ich mit einer größeren Zahl fertigwerden würde.« Ihr Blick wurde hart. »Richte deinem Anführer aus, dass meine Leute in einigen Stunden hier sein werden. Erinnere ihn daran, dass wir niemals Partei ergreifen, dass wir jedem unsere Hilfe anbieten werden. Sollten die Pentadrianer uns akzeptieren, während die Zirkler uns zurückweisen, wird das nicht unsere Schuld sein.«

Lanren hielt ihrem Blick ungerührt stand, dann nickte er. »Es sind bereits mehrere Priester auf dem Weg.«

Als die Karawane der Traumweber haltmachte, hing die Sonne schon tief am Himmel. Ihre Zahl war inzwischen auf etwa hundert Männer und Frauen gewachsen. Leiard wusste, dass noch mehr Traumweber zu der Schlacht kommen würden. In den Tälern in der Nähe lagerten weitere Karawanen. Solchermaßen verstreut, verringerten sie das Risiko, dass die Zirkler die Welt nach der Schlacht mit einem einzigen Schlag von Hunderten von Traumwebern befreien konnten.

Sie hatten einen Tagesmarsch vom Schlachtfeld entfernt haltgemacht, und Arleej hatte eine Gruppe von zwanzig Personen ausgewählt, die sie dorthin begleiten sollten. Die meisten der anderen würden erst folgen, wenn die Schlacht vorüber war. Einige würden zurückbleiben, um die Tarns verteidigen zu können, falls einzelne Soldaten auf die Idee kamen, sie zu plündern.

Leiard hatte sich Arleejs Gruppe angeschlossen, und er hatte Jayim mitgenommen, da er wusste, dass der Junge sich hinter ihm herschleichen würde, wenn er ihn zurückließ. Als sie nun den Schauplatz der Zerstörung erreichten, spürte er, wie Jayims Neugier dem Grauen wich.

Das Tal war dunkel von aufgewühltem Schlamm, verkohltem Gras und verstümmelten Leichen. In der Luft lag ein stetes Tosen, das aus einiger Entfernung kam. Es waren Schreie und das Klirren von Waffen und Schilden, immer wieder überlagert vom Dröhnen magischer Angriffe. Fünf weiße Gestalten standen fünf Schwarzen auf der anderen Seite des Tals gegenüber. Die Luft zwischen ihnen blitzte und zuckte. Riesige Brandmale, die voller verkohlter Leichen waren, waren dort zurückgeblieben, wo kein Schild die Angriffsenergie der gegnerischen Zauberer aufgenommen hatte.

Leiard erinnerte sich an andere Schlachten, die kleiner, aber nicht minder grausam gewesen waren. Auch wenn es nicht seine eigenen Erinnerungen waren, waren sie dennoch ungeheuer lebhaft. Zauberei und Tod. Vergeudung und Schmerz. Er sah, dass diese Schlacht neue Elemente enthielt. Schwarze Bestien – die Worns, von denen Auraya ihm erzählt hatte – strichen zwischen den zirklischen Soldaten umher, mörderisch und schwer zu töten. Über den Köpfen der Kämpfer und der Zauberer kreisten Siyee. Kleinere, schwarze Gestalten machten Jagd auf sie und zogen ihre Opfer zu Boden.

Jetzt entfernten sich drei Siyee von der Luftschlacht, um über den Köpfen der Pentadrianer zu kreisen und einen Hagel von Wurfgeschossen auf sie niedergehen zu lassen. Ein Siyee stürzte zu Boden, als die Bogenschützen mit einer Salve von Pfeilen auf den Angriff reagierten, aber auch in den Reihen der Pentadrianer gab es Verluste.

Dennoch war jeder einzelne Tote für die Siyee vernichtend. Es gab nur sehr wenige von ihnen.

*Ich kann bloß hoffen, dass die Zirkler siegen werden,* dachte Leiard plötzlich. *Sonst könnte dies das Ende der Siyee bedeuten.*

*Die größte Tragödie ist, dass sie überhaupt hier sind,* bemerkte Mirar düster. *Dies wird das größte Verbrechen deiner ehemaligen Geliebten sein: dass sie ein friedliches Volk zu Kriegern gemacht und in seine Vernichtung geführt hat.*

»Also, hier sind wir. Was hältst du davon, Leiard?«

Arleej war neben ihn getreten.

»Torheit«, antwortete er. »Vergeudung.«

Sie lächelte grimmig. »Ja, ich bin deiner Meinung. Aber was hältst du von den beiden Armeen? Worin liegen ihre Stärken und ihre Schwächen? Wer wird den Sieg davontragen?«

Leiard runzelte die Stirn und wandte sich wieder der Schlacht zu. »Es ist eine typische Begegnung. Die Zauberer kämpfen von hinten und schützen sowohl ihre Armee als auch sich selbst mit Magie. Die stärkeren unter den niederen Zauberern bleiben bei ihnen und leihen ihnen ihre Macht.«

»Du sprichst von den Weißen?«, fragte Jayim. »Und von den Priestern und Priesterinnen.«

»Ja«, antwortete Leiard. »Jene, die sich im Kampf nicht auf Magie stützen können, hoffen immer, dass die Zauberer sie schützen werden. Soldaten, Bogenschützen, berittene Kämpfer, die Fahrer von Kriegsplattans, Siyee, Worns, die schwarzen Vögel. Sie mögen keine starken Gaben haben, aber sie werden benutzen, was sie nur können.«

»Die Siyee sind wie Bogenschützen«, sagte Jayim. »Fliegende Bogenschützen.«

»Ja«, stimmte Arleej ihm zu. »Sie stützen sich auf das Überraschungselement und drehen ab, bevor die pentadrianischen Bogenschützen Zeit finden, zurückzuschlagen.«

»Und die gleiche Strategie benutzen die Worns«, warf ein anderer Traumweber ein. »Aber sie brauchen keine Gegner wie die schwarzen Vögel zu bekämpfen.«

»Die Siyee verteidigen sich recht gut gegen die Vögel«, erklärte Leiard. »Die Vögel scheinen nur in der Gruppe anzugreifen, niemals allein, aber dadurch können sie leichter von Wurfgeschossen getroffen werden.«

»Was geschieht, wenn die zirklische Armee verliert, aber die Weißen gewinnen?«, fragte Jayim.

Leiard lächelte grimmig. »Wenn die Weißen die pentadrianischen Zauberer bezwingen, können sie die restlichen Pentadrianer töten – oder ihre Unterwerfung verlangen.«

»Würden sie ihre eigenen Soldaten im Stich lassen, um ihre gesamte Magie darauf zu verwenden, die schwarzen Zauberer zu töten?«

»Vielleicht als allerletztes Mittel.«

»Ich … ich verstehe nicht. Warum machen sie sich überhaupt die Mühe, Soldaten in die Schlacht mitzubringen? Ich kann nachvollziehen, dass die Priester den Weißen helfen können, indem sie ihnen zusätzliche magische Stärke geben, aber mir ist unklar, inwiefern Soldaten einen Unterschied machen.«

Arleej lachte leise. »Du musst bedenken, welche Motive hinter einem Krieg stecken. Es geht fast immer darum, die Herrschaft über etwas zu erlangen, daher lässt sich der größte Gewinn den Besiegten abpressen. Ein Eindringling denkt über die Schlacht hinaus. Nach dem Sieg muss er die Kontrolle behalten. Selbst wenn sie mächtige Zauberer sind, können sie nicht an allen Orten gleichzeitig sein, daher bringen sie Helfer mit. Geringe Zauberer. Kämpfer. Menschen, die sich von der Aussicht auf Beute und Land verlocken lassen. Die Verteidiger wissen das und stellen eine Armee auf, für den Fall, dass sie verlieren. Wenn die Armee der Verteidiger möglichst viele Soldaten des Gegners tötet, bleiben weniger potenzielle Eroberer zurück, die ihr Land unterwerfen können. Das eroberte Volk hat auf diese Weise bessere Chancen, sich später wieder gegen die Eroberer zu erheben.«

Jayim nickte langsam. »Und wenn sie warten, bis die Zauberer mit ihrem Kampf fertig sind, und ihre Seite verliert, werden die feindlichen Zauberer sie ohnehin töten. Was bedeutet, dass sie ebenso gut gleich kämpfen können.«

»Ja.« Arleej seufzte. »Obwohl den meisten Soldaten das nicht klar ist. Sie tun, was man ihnen befiehlt, und vertrauen auf das Urteil ihrer Führer.«

»Es hat schon Zauberer gegeben, die den übrig gebliebenen Kämpfern die Möglichkeit angeboten haben, sich zu ergeben«, fügte Leiard hinzu.

Jayim blickte auf das Schlachtfeld und runzelte die Stirn. »Werden … werden die Zirkler gewinnen oder verlieren?«

Leiard studierte noch einmal sorgfältig die Situation der

Armeen. Ihm war bereits aufgefallen, dass die gewöhnlichen Soldaten in arger Bedrängnis waren, aber dieser Umstand hatte ihn nicht allzu sehr beunruhigt, da der Ausgang der Schlacht, wie er Jayim erklärt hatte, von den Weißen abhing.

Die zirklischen Priester und Priesterinnen schienen höhere Verluste hinnehmen zu müssen als die Zauberer der Pentadrianer. Die Zahl der weiß gewandeten Leichen war größer als die derjenigen, die schwarze Roben trugen. Während er das Geschehen weiterverfolgte, begriff er allmählich, warum das so war.

Die Worns. Sie waren so schnell und geschickt, was das Töten anbetraf, dass sie von Zeit zu Zeit hinter die Verteidigung der Zirkler gelangten und einen Priester oder eine Priesterin überraschen konnten. Die Siyee waren die einzigen Kämpfer, die die pentadrianischen Zauberer angreifen konnten, aber die schwarzen Vögel stellten ein erhebliches Hindernis für die Siyee dar.

»Der Vorteil liegt auf Seiten der Pentadrianer«, sagte er.

Arleej seufzte. »Die schlimmste Herausforderung, die einem Traumweber jemals begegnen kann, sind nicht Vorurteile oder Intoleranz, sondern die Notwendigkeit, daneben zu stehen und zuzusehen, wie das eigene Land einen Krieg verliert.« Sie sah Jayim an. »Wir ergreifen niemals Partei. Wenn du in den Kampf eingreifst, bist du kein Traumweber mehr.«

Jayim nickte. Auf seinem jungen Gesicht spiegelten sich Anspannung und Kummer wider – und Entschlossenheit. Leiard verspürte eine Mischung aus Stolz und Traurigkeit. Der Junge würde nicht wanken, aber sein eigenes Verhalten würde ihn nicht glücklich machen.

Arleej wandte sich um und warf Leiard einen abschätzenden Blick zu. »Und du?«

Leiard sah sie stirnrunzelnd an. »Ich?«

»Fühlst du dich nicht versucht, dich in den Kampf zu stürzen und jemanden zu retten?«

Schlagartig wurde ihm bewusst, was sie meinte. Auraya. Konnte er daneben stehen und zusehen, wie Auraya besiegt wurde? Konnte er zusehen, wie sie starb?

Sein Herz begann zu rasen. Er blickte auf das Schlachtfeld – zu den fünf Weißen hinüber. Warum war ihm dieser Gedanke noch nicht gekommen? *Sie wirkte immer so stark, so zuversichtlich,* dachte er. *Es mag mir nicht gefallen haben, dass sie eine der Auserwählten der Götter ist, aber es bedeutete, dass sie in Sicherheit war. Unsterblich. Geschützt durch Magie und durch die Götter.*

*Die Götter… Gewiss würden sie nicht zulassen, dass ihre erwählten menschlichen Stellvertreter den Kampf verloren?*

*Wenn du das glaubst, bist du ein Narr,* wisperte Mirar.

»Was könnte *ich* tun, um sie zu retten?«, sagte Leiard aufrichtig. »Ein einzelner Zauberer? Ich bezweifle, dass ich auch nur das Geringste ausrichten könnte.« Wohl wissend, dass seine Stimme seine Erregung verriet, sah er Arleej an. »Es sei denn natürlich in meiner Eigenschaft als Heiler.«

Arleej legte ihm mitfühlend die Hand auf die Schulter. »Und zwar als ein hervorragender Heiler.«

Als sie davonging, stieß Leiard einen tiefen Seufzer aus. Er verspürte nicht länger den Wunsch, die Schlacht zu beobachten. Nicht wenn das hieß, dass er zusehen musste, wie Auraya starb, ohne etwas dagegen tun zu können.

*Ich könnte dir diese Qual ersparen,* erbot sich Mirar.

*Nein. Ich bin hier, um zu heilen,* antwortete Leiard.

*Auch das kann ich für dich tun.*

*Nein. Wenn dies vorüber ist, werden wir nach Somrey gehen, und dort werde ich mich endgültig von dir befreien.*

*Du denkst, Arleej könnte dieses Problem für dich lösen? Ich bin mir nicht sicher, ob es dir gefallen wird, wenn sie in deinem Geist herumstöbert. Und ich bin mir auch nicht sicher, ob es mir gefallen würde.*

*Ich dachte, du hättest den Wunsch, fortzugehen?*

*Das hängt davon ab, ob die Weißen diese Schlacht gewinnen oder nicht. Wenn ja, werde ich dich nach Somrey gehen lassen. Wir werden herausfinden, ob Arleej etwas an unserer Situation ändern kann.*

*Und wenn die Weißen verlieren?*, fragte Leiard.

Mirar gab ihm keine Antwort.

# 46

Tryss flog in einem weiten Bogen über den Kampfplatz, weil er hoffte, auf diese Weise die Schlacht verfolgen zu können. Ohne einen unmittelbaren Gegner, einen schwarzen Vogel, den er abwehren musste, oder irgendetwas anderes, das seine Aufmerksamkeit verlangte, wurde ihm plötzlich bewusst, wie müde er war. Jeder Muskel in seinem Körper schmerzte, und er blutete aus mehreren Schnitten und Kratzern, obwohl er sich nicht erinnern konnte, wie er sich diese Verletzungen zugezogen hatte. Sie brannten.

Die Hälfte seines Trupps folgte ihm. Er musterte sie kritisch und hielt Ausschau nach Wunden und Anzeichen von Erschöpfung. Tyssi blutete heftig aus einer tiefen Schnittwunde, die ihn beunruhigte. Die anderen wirkten gesund, aber müde. Er beobachtete die Schlacht am Himmel. Die Anzahl schwarzer Vögel war deutlich geringer geworden – ein Umstand, der ihn mit grimmiger Befriedigung erfüllte –, aber auch die Zahl der Siyee hatte sich verringert. Etwa um die Hälfte.

Einige waren davongeflogen, um sich auszuruhen oder ihre Vorräte an Pfeilen wieder aufzufüllen, aber dies war nicht die Mehrheit. Sein Magen krampfte sich zusammen. Die meisten der fehlenden Siyee waren tot. Leute, die er kannte. Leute, die er mochte. Leute, die er nicht mochte. Sein Herz brannte vor Trauer. Jetzt erschien ihm das alles so töricht.

*Warum haben wir uns bereitgefunden hierherzukommen? Warum haben wir den Bündnisvertrag unterzeichnet? Wir hätten zu Hause bleiben können. Wir hätten die südlichen Länder den Sied-*

*lern überlassen und uns auf die höchsten Gipfel zurückziehen können.*

*Und wären verhungert.*

Er seufzte. *Wir kämpfen, weil die Zirkler in einer Zeit, da wir nicht länger hoffen konnten, dass die Ereignisse der Welt ohne Wirkung auf uns bleiben würden, die besseren Verbündeten für uns waren. Es ist besser, zu ihnen zu gehören und die Konsequenzen zu erleiden, denn wenn wir uns ihnen nicht angeschlossen hätten, hätten wir die Konsequenzen dennoch tragen müssen.*

Ein Triumphschrei ließ ihn nach unten blicken. Ein Trupp Siyee, der soeben einen Regen vergifteter Pfeile auf den Feind hatte niedergehen lassen, stieg in den Himmel auf. Der Anführer war, wie er sah, Sreil. Als ihm wieder einfiel, dass Drilli in Sreils Schar war, hielt er Ausschau nach ihr. Sie flog mit einem grimmigen Lächeln hinter Sreil her.

Erleichterung und Dankbarkeit durchfluteten ihn. Allein ihr Anblick hob seine Stimmung. Sie lebte. *Und ich auch,* dachte er. *Und solange ich lebe, werde ich kämpfen.*

Er musterte die Reihen von Pfeilen und Giftbolzen, die an seinem Geschirr befestigt waren, und schätzte, dass ihm weniger als ein Drittel seiner ursprünglichen Munition geblieben war. Er würde sie verschießen und seine Truppe dann zum Lager führen, um neue Pfeile zu holen. Er drehte sich um und gab seinen Gefährten das Zeichen, ihm zu folgen. Dann schoss er auf den Feind unter ihm hinab.

Er hatte inzwischen gelernt, an der Haltung und den Bewegungen der Landgeher abzulesen, was sie im Schilde führten. Die bleichen Gesichter der Pentadrianer waren vor dem Hintergrund ihrer schwarzen Roben leicht zu erkennen, vor allem wenn sie aufblickten. Er zielte auf eine Gruppe, deren ganze Aufmerksamkeit der schwarzen Zauberin galt.

Plötzlich wandten sich alle Gesichter gleichzeitig Tryss zu. Er bemerkte, dass etliche von ihnen Bögen hielten, und pfiff seinen Gefährten eine Warnung zu, während er bereits nach links auswich. Die Pfeile kamen ihm beängstigend nahe. Etwas kratzte über sein Kinn. Mit hämmerndem Herzen schoss er davon.

*Also haben sie inzwischen gelernt, nach uns Ausschau zu halten,* dachte er. *Und so zu tun, als bemerkten sie uns nicht, bis wir nahe genug herangekommen sind. Raffiniert.*

Er blickte hinab und erschrak, als ihm bewusst wurde, wie tief er flog. Glücklicherweise wandten die Männer und Frauen unter ihm ihm den Rücken zu. Ihre Aufmerksamkeit galt etwas, das sich vor ihnen befand. Er sah auf und spürte, wie sein Herz einen Schlag aussetzte.

Die schwarze Zauberin. Er würde gleich über sie hinwegfliegen – in die magische Schlacht hinein. Er machte eine ruckartige Kehrtwendung und schaffte es mit verzweifeltem Flügelschlagen, sich von dem Schauplatz zu entfernen und wieder etwas an Höhe zu gewinnen.

Erst da wurde ihm bewusst, dass er allein war.

Während er sich umsah, vergaß er die Bogenschützen am Boden. Wo war seine Truppe? Waren sie in die andere Richtung geflogen, um den Bogenschützen auszuweichen? Oder hatten sie … waren sie …?

Unter sich sah er zerschmetterte, geflügelte Leiber am Boden liegen. Alle bis auf einen regten sich nicht mehr. Tyssi versuchte sich davonzuschleppen, um sich vor den herannahenden Pentadrianern in Sicherheit zu bringen. In einem ihrer Oberschenkel steckte ein Pfeil.

Dann hatten mehrere Männer sie erreicht und begannen, mit den Füßen auf sie einzutreten.

Heißer Zorn loderte in Tryss auf. Ungeachtet jedweder Gefahr flog er direkt auf ihre Angreifer zu. Er konzentrierte sich auf den Rücken der Pentadrianer. Sobald er in Schussweite war, feuerte er zwei Pfeile ab. Zwei der Pentadrianer fielen.

Tryss sah, wie die anderen Männer sich zu ihm umdrehten und davonstoben. Als er über seine Schulter zurückblickte, lag Tyssi reglos da, und aus einer Wunde über ihrem Herzen quoll Blut. Tränen stiegen ihm in die Augen und raubten ihm beinahe die Sicht. Er blinzelte dagegen an, wandte sich wieder nach vorn und stellte fest, dass er abermals auf die schwarze Zauberin zuflog.

Er wollte gerade beidrehen, hielt dann jedoch inne.

Noch während er zielte, wusste er, dass sein Tun absolut sinnlos war. Er gönnte sich keine Zeit zum Nachdenken. Die Pfeile flogen aus seinem Geschirr durch die Luft; er hatte erwartet, dass sie von einem magischen Schild abprallen würden.

Stattdessen gruben sie sich in den Rücken der schwarzen Zauberin.

An die Stelle von ungläubigem Staunen trat sehr schnell Jubel. Als die Frau vorwärtstaumelte, stieß Tryss einen lauten Triumphschrei aus. Dann entfernte er sich kreisend und blickte zurück. Sie hatte sich umgedreht und starrte ihn an. Noch während ihre Hand sich bewegte, krampfte sein Magen sich zusammen, als er begriff.

Etwas traf ihn mit voller Wucht, so dass alle Luft aus seiner Lunge wich. Die Welt schoss an ihm vorbei, schneller, als er je zuvor geflogen war, dann traf ihn etwas anderes im Rücken. Der Boden. Er hörte einen dumpfen Aufprall, und der Schmerz, der seinen Körper zerriss, raubte ihm beinahe die Besinnung.

*Was habe ich gerade getan?*, dachte er, während er keuchend dalag. *Etwas wirklich, wirklich Dummes,* beantwortete er seine eigene Frage. *Aber ich habe sie getötet. Ich habe die schwarze Zauberin vergiftet. Jetzt werden wir siegen. Das muss ich sehen.* Er öffnete die Augen. Als er jedoch den Kopf hob, zuckten Blitze des Schmerzes seinen Rücken hinab, und was er sah, verursachte ihm Übelkeit. Seine Beine waren an Stellen verbogen, an denen sie es nicht hätten sein dürfen.

*Das müsste eigentlich wehtun,* dachte er. *Aber ich spüre überhaupt nichts. Nichts unterhalb meiner Taille.* Er wusste, dass er schwer verletzt war – dass er wahrscheinlich sterben würde –, trotzdem konnte er es nicht recht glauben. Schwarz gewandete Männer und Frauen ragten über ihm auf. Sie wirkten wütend.

Er lächelte. *Ich habe eure Anführerin getötet.*

Einer der schwarzen Zauberer sagte etwas, ein anderer zuckte die Achseln und nickte. Dann gingen sie davon.

Tryss biss die Zähne zusammen und hob abermals den Kopf. Zwischen den schwarzen Roben der Pentadrianer hindurch konnte er die Zauberin sehen. Plötzlich streckte sie die Hand aus und zog erst einen Pfeil aus ihrem Körper, dann den nächsten, bevor sie beide beiseitewarf.

*Das Gift müsste mittlerweile schon wirken.*

Stattdessen wandte sie sich um und kehrte in die Schlacht zurück.

Wenn er seinen Kiefer hätte bewegen können, hätte er geflucht. So wie die Dinge lagen, konnte er nur die Augen schließen und den Kopf sinken lassen. *Drilli wird so wütend auf mich sein.*

Und dann ließ er sich von der Dunkelheit umfangen.

Im Laufe des Tages hatten die Weißen sich langsam der Mitte des Tals genähert, immer auf der Suche nach einer frischen Magiequelle. Auch die schwarzen Zauberer waren Schritt um Schritt vorgerückt. Die Armeen zwischen ihnen wurden immer kleiner.

Auraya konnte jetzt die Gesichter ihrer Gegner sehen. Um auf sie zuzugehen, musste sie jedoch über tote und verletzte Männer und Frauen steigen. Die Verbindung zu den anderen

Weißen half ihr, sich auf den Kampf zu konzentrieren, aber sie spürte eine wachsende Anspannung in den Gedanken ihrer Gefährten. Sie hatte Angst davor, dass die Verbindung abreißen könnte, so dass sie nicht länger vor der trostlosen, schrecklichen Realität der Schlacht geschützt sein würde.

Vielleicht würde sie diesen Zustand nicht lange ertragen müssen. Sie wusste, dass die zirklische Armee verlor. Sie wusste, dass die Worns zu viele Priester und Priesterinnen getötet hatten und dass dies vielleicht endgültig die Waage zugunsten der Pentadrianer senken würde. Außerdem war ihr bewusst, dass zu viele Siyee ihr Leben gelassen hatten …

Jurans Enttäuschung war für sie alle fühlbar. Er klammerte sich an die Hoffnung, dass der Feind einen Fehler machen würde. Eine einzige Fehlentscheidung, die sie ausnutzen konnten.

Als es geschah, kam es von einer so unerwarteten Quelle, dass sie es zuerst nicht bemerkten.

Die mächtigere der beiden Zauberinnen geriet ins Wanken. Juran reagierte sofort und griff den schwächeren der pentadrianischen Zauberer an, in der Hoffnung, dass seine Gefährten ihn nicht rechtzeitig beschirmen würden. Der Mann schützte sich, was jedoch bedeutete, dass er nicht gleichzeitig seine Leute verteidigen konnte. Als die Feinde fielen, frohlockte Auraya innerlich.

Dann regnete es Leichen vom Himmel.

Sie sog entsetzt die Luft ein. Die Pentadrianer hatten ihre eigenen Soldaten geopfert, um genug Magie für einen Schlag gegen die Siyee aufbringen zu können. Aber warum die Siyee? Sie stellten inzwischen nur noch eine geringe Bedrohung dar.

Sie bemerkte, dass der Anführer der Pentadrianer emporsah. Er dirigierte die Angriffe. Als er ihren Blick auffing, grinste er hämisch, und Hass regte sich in Auraya.

*Er glaubt immer noch, dass Auraya sich eine günstige Gelegenheit zum Angriff entgehen lassen wird, um die Siyee zu schützen,* sagte Juran. *Ich werde sie schützen, Auraya. Kämpfe du gegen den Anführer.*

Sie knirschte mit den Zähnen und zog schneller als je zuvor Magie in sich hinein. Die Magie wogte ihr entgegen, klar und machtvoll. Sie konnte sie um sich herum spüren, konnte spüren, wie sie auf ihren Willen und ihren Zorn reagierte und sich in ihr ansammelte und zusammenballte. Überwältigt von einem neuen Gefühl von Bewusstheit, schloss sie die Augen. Die Zeit hielt inne.

*Jetzt, Auraya!*

Jurans Ruf holte sie mit Macht in die Welt der Dinge zurück. Sie öffnete die Augen und schleuderte dem Anführer der Pentadrianer die geballte Wucht ihrer Magie entgegen.

Alle Selbstgefälligkeit wich aus den Zügen des Pentadrianers. Seine Abwehr geriet ins Wanken, und er stürzte rückwärts zu Boden und riss die Männer und Frauen hinter sich mit.

Auraya wartete darauf, dass er sich wieder erhob. Wartete auf Jurans nächsten Befehl. Langsam wurde ihr die Überraschung der anderen Weißen bewusst und die verringerte Kraft des Feindes. Etliche Pentadrianer umringten jetzt ihren Anführer. Ein Schrei zerriss die Luft.

*Sie sagen, er sei tot,* rief Dyara. *Kuar ist tot!*

Auraya starrte ihre Gefährtin an.

*Das ist unmöglich. Er muss bewusstlos sein. Sie müssen sich irren, wenn sie glauben, er sei tot. Er versucht, uns mit einer List dazu zu bringen, in unserer Wachsamkeit nachzulassen.*

*Nein, Auraya,* sagte Rian. *Ich bezweifle, dass irgendjemand diesen Angriff hätte überleben können.*

*Aber …*

*Er hat den Fehler gemacht, auf den wir gehofft hatten,* erklärte

Juran triumphierend. *Er hat nicht mit einem derart mächtigen Angriff gerechnet und es versäumt, seine gesamte Stärke in seine Verteidigung fließen zu lassen. Vielleicht hat er jemand anderen geschützt. Jemanden, von dem wir nichts wissen.*

*Wir haben gesiegt!,* jubelte Mairae, doch ihr Lächeln verblasste schon bald. *Was tun wir jetzt?*

*Wir töten sie,* antwortete Rian. *Wenn wir es nicht tun, werden sie immer eine Gefahr für uns darstellen.*

*Rian hat recht,* erklärte Juran. *Wir haben keine andere Wahl. Wir brauchen nur die Anführer zu töten. Die anderen können wir getrost am Leben lassen …*

*Sofern sie kapitulieren,* fügte Dyara hinzu.

Auraya spürte, wie Juran und die anderen Magie sammelten. Sie tat das Gleiche.

*Nein!*

Die Stimme donnerte durch Aurayas Gedanken. Sie erschrak so heftig, dass sie um ein Haar ihren Schutzschild hätte sinken lassen.

*Chaia!,* rief Juran.

*Ja, ich bin es. Tötet die Anführer des Feindes nicht. Wenn ihr es tut, werden andere ihren Platz einnehmen. Diese Leute kennt ihr jetzt. Ihr wisst, wie sie kämpfen. Ihr wisst, dass ihr ihnen überlegen seid. Lasst sie ziehen.*

*Das werden wir,* erwiderte Juran. Auraya konnte Erleichterung und Verwirrung bei ihm wahrnehmen. Als die Aura des Gottes verblasste, wandte sich Juran wieder den feindlichen Zauberern zu. Die vier Pentadrianer standen mit regloser Miene da, versuchten aber nicht länger, sie anzugreifen.

*Wir werden ihnen entgegengehen,* beschloss Juran.

Als sie sich durch die Soldaten ihrer Armee hindurchbewegten, breitete sich langsam Stille auf dem Schlachtfeld aus. Die Kämpfe brachen ab, und die beiden Parteien zogen sich voneinander zurück. Die vier pentadrianischen Zauberer rückten näher zusammen.

Dann nahm Auraya ein neues Geräusch wahr. Es waren laute Schreie. Sie sah sich um, erfüllt von der Furcht, der Kampf könnte von Neuem begonnen haben.

Es dauerte einige Augenblicke, bis sie begriff, dass die Zirkler in lauten Jubel ausgebrochen waren.

# 47

Als die beiden Armeen zu kämpfen aufhörten und sich auf gegenüberliegende Seiten des Tals zurückzogen, stieß Emerahl einen langen Seufzer aus.

*Ich wusste, dass es zu schön war, um wahr zu sein,* ging es ihr durch den Kopf. *Für eine Weile habe ich tatsächlich geglaubt, diese Pentadrianer würden mein Problem mit den Zirklern für mich lösen.*

Aber die Götter würden es den Heiden niemals gestatten, ihre Anhänger auszulöschen. Zweifellos waren sie auf irgendeine Weise eingeschritten, um den Sieg der Weißen zu sichern.

Warum sie allerdings bis zum Ende des Tages damit gewartet hatten, war ein Rätsel. Die tief am Himmel stehende Sonne tauchte das Tal in ein sanftes Licht, das sich auf Waffen und Schilden brach und die weißen Roben mit einem goldenen Schimmer überhauchte. Die meisten dieser Roben waren auf dem Boden zu sehen und gehörten den Toten, Sterbenden und Verletzten.

Schon bald würden die Traumweber mit ihrer Arbeit beginnen.

Emerahl konnte eine wachsende Anspannung unter den Menschen um sich herum spüren. Sie warteten auf den Abzug der beiden Armeen. Sie hatte noch nie erlebt, dass Traumweber so zögerlich oder so ängstlich waren. Aber vermutlich hatten die Netzerinnerungen ihrer Vorgänger sie Vorsicht gelehrt.

Nach ihrem Aufbruch von der Karawane des Bordells war

sie einige Stunden die Straße in Richtung Toren entlanggegangen, bevor sie sich auf den Weg quer durch die Ebenen gemacht hatte. Auch wenn Rozea beschloss, den Verlust ihrer Favoritin für sich zu behalten, würden sich die Geschichten von der Hure, die sich als Zauberin erwiesen hatte, verbreiten, und jeder, der sie einem anderen erzählte, würde noch zusätzliche Einzelheiten hinzuerfinden. Falls ein zirklischer Priester auf die Idee kommen sollte, der Sache auf den Grund zu gehen, sollte er glauben, Emerahl sei auf dem Weg zurück nach Toren. Niemand würde erwarten, dass sie der Armee auch weiterhin folgen würde. Zumindest hoffte sie, dass die Zirkler so denken würden.

Sie besah sich die ängstlichen Menschen in der Nähe und lächelte. Sie wussten nicht, was sie von ihr halten sollten. Sie war eine junge, schlicht gekleidete Frau, die allein am Rand eines Schlachtfelds umherwanderte – zu hübsch, um eine der Huren zu sein, die ohne Schutz der Armee folgten. Als sie ihnen erklärt hatte, dass sie die Quelle des Turmtraums suche, von dem sie glaubte, er sei eine Netzerinnerung an Mirars Tod, hatten die beiden Männer, die die Gruppe anführten, sich zu einem langen Gespräch zurückgezogen.

»Unter uns ist jemand, der der Träumer sein könnte, nach dem du suchst«, hatten sie ihr schließlich offenbart. »Er hat viele Netzerinnerungen von Mirar. Wenn wir mit unserer Arbeit fertig sind, werden wir dich zu ihm bringen.«

Also hatte sie mit ihnen gewartet und das Ende der größten Schlacht mit angesehen, die jemals auf nordithanischem Boden getobt hatte. Es war schwer, sich diese Chance entgehen zu lassen. Sie hatte einen so großen Teil ihres Lebens darauf verwandt, Konflikte zu vermeiden, dass sie kaum jemals Ereignisse miterlebt hatte, aus denen einmal Legenden werden würden.

*Jetzt habe ich etwas, das ich an Essenstischen und Lagerfeuern erzählen kann, und mein Publikum wird noch in Jahrtausenden von meinen Berichten beeindruckt sein,* dachte sie ironisch.

Im Tal unter ihr entfernten sich die Weißen langsam von den schwarzen Zauberern. Der Leichnam des pentadrianischen Anführers wurde weggetragen.

»Sie erlauben ihnen zu kapitulieren«, sagte einer der Traumweber mit unüberhörbarer Überraschung.

»Vielleicht ist selbst ihnen klar, dass für heute genug Blut vergossen wurde.«

»Ich bezweifle es.«

Emerahl war geneigt, dem Mann, der als Letzter gesprochen hatte, recht zu geben, aber sie enthielt sich jeder Bemerkung. Viele der zirklischen Kämpfer und Priester und Priesterinnen waren im Tal zurückgeblieben und wanderten jetzt zwischen den Toten und Sterbenden umher. Das Gleiche taten einige der Pentadrianer.

»Es wird Zeit«, sagte der Anführer der Traumweber.

Emerahl spürte, wie die Spannung mit einem Mal nachließ und Entschlossenheit an ihre Stelle trat. Ausgerüstet mit ihren Medizinbeuteln, gingen die Traumweber ins Tal hinunter, gefolgt von Schülern, die schwere Säcke mit Verbandszeug und Wasserschläuche trugen.

Sie konnte sich ihnen nicht anschließen. Dort unten waren noch immer Priester und Priesterinnen beschäftigt. Wenn sie als einzige Heilerin, die weder ein Traumweberwams noch einen Zirk trug, zwischen den Verwundeten umherstreifte, würde sie Aufmerksamkeit erregen.

*Dann muss ich mit den anderen verschmelzen. Ich brauche Traumweberroben …*

Sie drehte sich zu den Tarns um; dort müssten zusätzliche Kleidungsstücke zu finden sein. Gewiss würde es den Traumwebern nichts ausmachen, wenn sie sich etwas zum Anziehen borgte?

Sie stand auf und ging zurück zum Lager der Traumweber.

Priester Tauken trat über einen geköpften Leichnam und blieb stehen. Nur wenige Schritte entfernt lag ein junger Soldat, der sich die Arme fest um den Leib geschlungen hatte. Er konnte den Mann um Atem ringen hören. Tauken trat neben ihn und ging in die Hocke. Der junge Mann blickte zu ihm auf, die Augen groß vor Hoffnung.

»Hilf mir«, stieß er hervor.

»Lass dich ansehen«, erwiderte Tauken.

Der junge Mann nahm widerstrebend die Arme beiseite. Die Bewegung bereitete ihm offenkundig Schmerzen, aber das Einzige, was er über die Lippen brachte, war ein schwaches Wimmern.

Der Soldat trug einen eisernen Brustpanzer, aber nicht einmal der konnte den Schlag eines guten Schwertes abwehren. Aus einem großen Schlitz in dem Panzer quoll Blut.

»Wir müssen dich zunächst einmal aus diesem Ding herausholen.«

Der Soldat gestattete ihm, die Rüstung zu entfernen, obwohl sein Blick inzwischen glasig war. Tauken riss die Kleider rund um die Wunde auf und beugte sich über den Mann. Er konnte ein leises, saugendes Geräusch hören, das dem Rhythmus des Atems des Verletzten folgte. Seine Hoffnung schwand. Diesen Mann würden sie nicht retten können.

Als er wieder aufstand, sahen ihn die beiden Lagerdiener, die ihm zur Hand gehen sollten, erwartungsvoll an. Er erwiderte ihren Blick und machte eine knappe Handbewegung zum Zeichen, dass sie nicht bleiben würden. Die Diener nickten und wandten sich ab, dann leuchtete plötzlich neue Hoffnung in ihren Augen.

Tauken drehte sich um, um herauszufinden, was ihre Aufmerksamkeit erregt hatte. Eine Traumweberin stand in der Nähe und beobachtete ihn. Ihrem Aussehen nach musste sie eine Somreyanerin sein.

»Bist du fertig?«, fragte sie.

Juran hatte verfügt, dass die Soldaten an diesem Tag die Dienste der Traumweber ungestraft in Anspruch nehmen durften. Tauken öffnete den Mund, dann zögerte er. Wenn er die Frage der Frau laut bejahte, würde er dem sterbenden Soldaten damit sagen, dass es um ihn geschehen war. Also nickte er nur stumm.

Die Traumweberin trat vor und blickte auf den Mann hinab. »Eine Brustverletzung. Seine Lunge ist durchstoßen worden.«

Während die Traumweberin sich vor dem Soldaten auf die Knie niederließ, wandte Tauken sich ab. Er ging einige Schritte, blieb jedoch jäh stehen, als die Frau einen durchdringenden Pfiff ausstieß. Er drehte sich um und sah einen jüngeren Traumweber zu ihr hinübereilen. Sie nahm ihm einige Verbände und eine kleine Schale ab, die er mit Wasser aus einem Krug füllte. Als der Junge wieder davoneilte, um auf einen weiteren Pfiff zu reagieren, holte die Traumweberin einen kleinen Krug aus ihrem Wams und kippte ein wenig Pulver daraus in das Wasser.

Tauken wusste, dass er sich zurückziehen sollte, aber seine Neugier gewann die Oberhand. Mit flinken, geschickten Bewegungen wusch die Traumweberin die Wunde aus, dann legte sie das blutverschmierte Tuch beiseite und hielt inne. Tauken sah, wie ihre Schultern sich hoben und senkten, während sie ein- und ausatmete, dann legte sie eine Hand auf die Wunde und schloss die Augen.

Irgendetwas stimmte da nicht. Aber erst, als er sah, wie die Traumweberin ihre Magie benutzte, wurde Tauken klar, was es war.

»Du hast nicht gefragt, ob er deine Hilfe überhaupt will«, sagte er.

Sie runzelte die Stirn, öffnete die Augen und drehte sich zu ihm um. »Er ist bewusstlos.«

»Also kann er kaum für sich entscheiden.«

»Dann musst du für ihn entscheiden«, sagte sie gelassen.

Er starrte sie an. Früher einmal hätte er sie weggeschickt. Für den jungen Soldaten war es besser zu sterben, als seine Seele aufs Spiel zu setzen, indem er sich von einer Traumweberin heilen ließ. Aber andererseits wusste Tauken, dass er selbst, wäre er an der Stelle des jungen Mannes gewesen, hätte leben wollen. Wenn Juran das Verbot für einen Tag aufheben konnte, dann mussten die Götter beabsichtigen, jenen, die die Dienste von Traumwebern in Anspruch nahmen, zu verzeihen.

*Wer bin ich, diesem Mann das Leben zu verwehren? Wenn ein Mensch die Hilfe eines Traumwebers in Anspruch nimmt, wird er noch lange nicht zu einem der ihren. Und wir könnten eine Menge von ihnen lernen.*

Er hoffte nur, dass der junge Mann seiner Meinung war.

»Heile ihn«, sagte er. Dann winkte er seine Helfer herbei und ging weiter.

»Verzeiht mir, ihr Götter«, murmelte er vor sich hin.

Das Lager der Zirkler wurde von tausend Fackeln erhellt. Es hätte ein fröhliches Bild sein sollen, aber diese Lichter enthüllten schreckliche Dinge.

Gegen Ende der Schlacht hatten die Worns das Lager angegriffen und schutzlose Diener und Tiere getötet. Auraya konnte sehen, dass die Überlebenden bei den Aufräumarbeiten ihr Bestes gaben. Einige trugen Leichen fort, andere kümmerten sich um die Verletzten. Die Reyna, die ihre Reiter verloren hatten, waren eingefangen worden und wurden jetzt benutzt, um Tote zum Rand des Lagers zu tragen.

Während sie all das beobachtete, wünschte Auraya beinahe, sie und die anderen Weißen hätten den Pentadrianern den Garaus gemacht.

*Aber die Götter hatten recht, sie leben zu lassen. Ich mag kein unnötiges Gemetzel. Ich mag auch kein notwendiges Gemetzel, aber wer einen besiegten Feind tötet, begeht im Grunde einen kaltblütigen Mord.*

Sie hatten die Welt von den schwarzen Zauberern befreien wollen. Jetzt, nachdem sie ein wenig nachgedacht hatte, begriff sie, welche Konsequenzen das hätte haben können. Die Schlacht hätte sich noch weiter in die Länge ziehen können, und dann wären noch mehr Menschen gestorben.

Andererseits war ihr klar geworden, dass sie ihre Entscheidung, die vier schwarzen Zauberer auf den südlichen Kontinent zurückkehren zu lassen, in Zukunft vielleicht noch bereuen würden. Wenn der pentadrianische Anführer durch einen ebenso mächtigen Zauberer ersetzt wurde, drohte Nordithania vielleicht eine weitere Invasion. Allerdings war es sehr ungewöhnlich, dass während des vergangenen Jahrhunderts fünf mächtige Zauberer geboren worden waren. Es war unwahrscheinlich, dass innerhalb der nächsten Zeit ein weiterer auftauchen würde.

*Die Leute aus dem Süden werden es sich gründlich überlegen, bevor sie uns ein zweites Mal angreifen,* sagte sich Auraya. Sie dachte an die leuchtende Gestalt, die sie gesehen hatte, nachdem die Pentadrianer die Minen verlassen hatten. Ob es eine Illusion oder ein neuer Gott gewesen war, er hatte ihren Feinden jedenfalls nicht zum Sieg verholfen. *Auch das wird sie zögern lassen, falls sie erwägen sollten, einen weiteren Eroberungsversuch zu unternehmen.*

*Während unsere Götter Nordithania durch uns erfolgreich geschützt haben.* Sie lächelte, doch ihr Lächeln verblasste sogleich wieder. Seit dem Tod des pentadrianischen Anführers hatte sie das Geschehene im Geist wieder und wieder durchgespielt. Nicht um sich daran zu erfreuen, dass sie den tödlichen Schlag geführt hatte, sondern um zu begreifen, was passiert war.

Sie erinnerte sich sehr deutlich an ein neues Bewusstsein von Magie, das sie erfüllt hatte. Sie hatte es spüren können. Wenn sie sich konzentrierte, konnte sie sich in diesen Bewusstseinszustand zurückversetzen. Irgendwie hatte sie die Fähigkeit gewonnen, mehr Magie zu benutzen, als sie es je zuvor vermocht hatte.

Die anderen Weißen waren von der Stärke ihres Angriffs überrascht gewesen. Von Zeit zu Zeit ertappte sie Juran dabei, wie er sie verwundert musterte. Vielleicht hatte sie schneller als erwartet gelernt, ihre Gaben zu nutzen. Aber die anderen Weißen waren auch nicht gezwungen gewesen, ihre Fähigkeit in einem Krieg unter Beweis zu stellen.

Vielleicht überraschte es Juran auch nur, dass sie es gewesen war, die den entscheidenden Schlag geführt hatte, und nicht er. Falls es so war, hegte er deswegen keinen Groll gegen sie, sondern schien vielmehr erfreut zu sein. Sie betrachtete seine Anerkennung mit einem Anflug von Argwohn und fragte sich, ob ihre Leistung ihn dazu veranlassen würde, ihr ihre Affäre mit Leiard zu verzeihen.

Bei dem Gedanken an Leiard durchzuckte sie ein scharfer Schmerz, und sie war froh, dass sie nicht mehr mit den anderen Weißen verbunden war. Dann straffte sie sich. Leiard war ein Fehler, der der Vergangenheit angehörte, eine Lektion, was die Gefahren der Liebe betraf. Jetzt, nach der Schlacht, erschien ihr ihre Vernarrtheit in den Traumweber kindlich und töricht. Es war an der Zeit, an wichtigere Dinge zu denken: Ihr Volk – und das der Siyee – musste sich von den Strapazen erholen.

Ein einsamer Reiter galoppierte zu den Weißen hinüber.

Auraya, die ihn beobachtete, war dankbar für die Ablenkung. Die Ratgeber hatten berichtet, dass König Guire und Vermittler Meeran einige Stunden nachdem sie vor den Worns geflohen waren, zurückgekehrt waren. König Berro dagegen war seither nicht mehr gesehen worden.

Der Reiter brachte sein Tier vor Juran zum Stehen. »Wir haben noch keine Spur von ihm finden können, Juran von den Weißen. Wir könnten eine zweite Gruppe Fährtensucher ausschicken.«

»Ja«, antwortete Juran. »Tut das.«

Der Mann eilte davon. Die Weißen gingen weiter hügelabwärts auf das Lager zu. Als sie es fast erreicht hatten, rief eine vertraute, hohe Stimme Aurayas Namen. Sie stieß einen erleichterten Seufzer aus, als Unfug vom Dach eines Tarns sprang und über den schlammigen Boden auf sie zugehüpft kam. Zwei weitere Veez folgten ihm, ein schwarzer und ein orangefarbener. Als Unfug an Aurayas Robe auf ihre Schulter hinaufkletterte, rannten die anderen Veez zu Mairae und Dyara hinüber.

»Du kleiner Ausbrecher«, schalt Dyara, während sie über den leuchtend orangefarbenen Kopf ihres Schoßtieres strich. Dann sah sie Unfug argwöhnisch an. »Hat er etwa einen schlechten Einfluss auf Glück?«

Auraya lächelte. »Vermutlich. Hat er …?«

Plötzlich hörten sie Flügelschlagen, und Aurayas Herz setzte einen Schlag aus. Sie blickte hastig zum Himmel auf und sah zu ihrer Erleichterung Sprecherin Sirri und zwei andere Siyee zu ihnen hinabsteigen. Als sie landeten, ging Juran auf sie zu.

»Sprecherin Sirri. Wir stehen tief in Eurer Schuld. Ihr wart uns heute ein unschätzbarer Verbündeter.«

Sirri lächelte grimmig. »Es war unsere erste Erfahrung mit einem Krieg. Wir haben heute viel gelernt und einen hohen

Preis dafür gezahlt, obwohl unsere Verluste nichts sind im Vergleich zu euren. Als die Worns unsere nicht kämpfenden Leute angegriffen haben, konnten sie entkommen.«

»Alle Verluste sind gleichermaßen furchtbar«, erwiderte Juran. »Unsere Heilerpriester werden sich um die Verwundeten der Siyee ebenso kümmern wie um die der Landgeher.«

Sirri wirkte verwundert, und Auraya sah in den Gedanken der Frau Bilder von den vielen Hundert Traumwebern, die auf das Schlachtfeld gekommen waren.

»Dann werde ich euren Priestern diejenigen von meinen Leuten schicken, die nicht an den Kämpfen beteiligt waren. Sie sind ausgeruht und können kleine Lasten sehr schnell von einem Ort zum anderen bringen.«

Juran nickte. »Ihre Hilfe wäre uns sehr willkommen. Gibt es sonst noch irgendetwas, das du brauchst?«

»Nein. Aber ich habe gerade etwas erfahren, das dich vielleicht interessieren wird. Einer meiner Leute hat in nordwestlicher Richtung einen Mann in einem Baum sitzen sehen. Meine Jägerin hat mir berichtet, seine Rufe hätten ihre Aufmerksamkeit erregt, aber sie hat es nicht gewagt zu landen, da sie eins dieser großen Raubtiere des Feindes in der Nähe hören konnte.«

Juran zog die Augenbrauen hoch. »Das ist in der Tat interessant. Könntest du diese Jägerin zu uns schicken, damit wir den Mann, den sie gesehen hat, suchen können?«

»Natürlich.«

»Vielen Dank, Sprecherin Sirri.«

Sie nickte, dann wandte sie sich zum Gehen. »Ich werde meine Leute zusammenrufen und euch so viele Helfer schicken, wie ich kann.«

Als sie mit ihren Gefährten davongeflogen war, drehte Juran sich zu Auraya um. »Ich denke, es wäre das Beste, wenn du diese Jägerin begleiten würdest.«

*Aber … zeige deine Fähigkeiten nicht allzu deutlich,* fügte er hinzu. *Es gibt eine feine Grenze zwischen Dankbarkeit und Groll.*

*Ich nehme an, dass die Grenze in König Berros Fall ganz besonders fein ist. Ich werde vorsichtig sein.*

»Dieser arme Mann wird ein Reittier brauchen, um zum Lager zurückzukommen«, sagte sie laut.

Juran lächelte. »Ja, und vertraute Gesichter, die den Schock, den er erlitten hat, ein wenig mildern.«

Sie hätte um ein Haar laut aufgelacht. Wenn einige Landgeher zugegen waren, die die Rettung beobachteten, würden alle erfahren, dass der König von Toren sein Leben den Siyee verdankte.

Und das konnte gewiss nicht schaden.

# 48

Überall waren Gebiete, die jedweder Magie beraubt waren, aber das war normal für ein Schlachtfeld. Zum Ausgleich brauchte Leiard sich lediglich auf das Gefühl von Magie um ihn herum zu konzentrieren und seine Kraft aus den noch unverbrauchten Bereichen zu ziehen.

Er ließ die Magie durch sich selbst in den Verletzten fließen und bewegte Knochen und Fleisch, bis sie sich wieder zusammenfügten. Die Flüssigkeiten kehrten in die ihnen gemäßen Bahnen zurück. Leiard hörte den Mann vor Schmerz stöhnen und blockierte das Nervengewebe abermals, diesmal so, dass sich der Vorgang leicht umkehren ließ.

Während er das Bein versorgte, behob Leiard auch die übrigen Schäden. Er strich mit der Hand über die Haut des Mannes und verspürte eine tiefe Befriedigung angesichts des narbenfreien Gewebes, dann löste er die Blockade der Nervenbahnen wieder und machte sich auf die Suche nach einem anderen Patienten.

Er brauchte lediglich seinen Geist zu öffnen und sich von den Gedanken der Verletzten und Sterbenden leiten zu lassen. Verworrene, trübe Regungen führten ihn zu einer pentadrianischen Zauberin. Die Frau hatte einen Schlag auf den Kopf bekommen, der einen blutigen Krater hinterlassen hatte.

*Ich kann sie nicht retten,* dachte er. *Ihr Geist wird zerstört sein.*

*Doch, du kannst es,* flüsterte Mirar. *Ich werde dir helfen.*

Leiard ging neben der Frau in die Hocke und legte eine Hand auf die Wunde, dann ließ er sich von Mirar führen. Die

Arbeit war so kunstvoll, dass er kaum zu atmen wagte. Mirars Wille fügte sich mit seinem zusammen, wie es in dieser Nacht so viele Male geschehen war, bis er beinahe glaubte, sich selbst zu verlieren. Ein Gefühl von Panik ergriff ihn, aber er hielt seine Angst im Zaum. Um der Frau willen.

Leiard spürte, wie sich der Krater im Schädel der Frau unter seinen Händen ausdehnte. Knochen fügten sich zusammen. Die Schwellungen im Gehirn gingen zurück.

*Wird sie wieder ganz normal werden?*, fragte Leiard.

*Nein, sie wird sich an manche Dinge nicht mehr erinnern,* antwortete Mirar. *Es müssen nicht unbedingt Teile ihrer Vergangenheit sein. Wahrscheinlich wird sie etwas neu erlernen müssen, das Gehen zum Beispiel oder das Tanzen – oder das Sehen.*

*Ich wusste nicht, dass so etwas möglich ist.*

*Doch, du wusstest es. Du hast es lediglich vergessen.*

Die Frau war geheilt. Sie schlug die Augen auf und blickte Leiard überrascht an. Dann erhob sie sich und sah sich auf dem Schlachtfeld um. Leiard drehte sie zu der pentadrianischen Seite des Tals und hob die Hand, um ihr die Richtung zu zeigen. Die Frau nickte, dann ging sie davon.

Leiard wandte sich ab. Schmerz und Trauer zogen ihn zu einem jungen Siyee hinüber, dessen Arme und Beine in unnatürlichen Winkeln verbogen waren. Neben ihm kniete eine junge Siyee und schluchzte.

*Ein weiteres Opfer eines Sturzes,* bemerkte Mirar. *Auch sein Rückgrat könnte gebrochen sein.*

Dies würde viel Magie und Konzentration erfordern. Leiard kümmerte sich nicht um das weinende Mädchen, sondern kniete sich neben den Siyee und zog Magie in sich hinein.

Danjin schreckte aus dem Schlaf auf. Er lag an einem Feuer. Flammen züngelten an einem frischen Holzscheit.

*Wie lange habe ich geschlafen?*

Er richtete sich auf. Ein Diener ging an ihm vorbei, wahrscheinlich der Mann, der das Holz gebracht hatte. Er sah sich im Lager um. Es brannten jetzt weniger Lampen als zuvor. Nur eine Handvoll Menschen bewegte sich noch leise umher. Über allem lag eine tiefe Stille. Kein Wind. Nur wenig Geräusche.

Dann blickte er auf. Im Osten war bereits ein schwaches Leuchten zu erkennen.

Die Morgendämmerung. *Ich habe fast die ganze Nacht geschlafen.*

Das war nicht seine Absicht gewesen. Er hatte eigentlich nur ein warmes Getränk und etwas zu essen zu sich nehmen wollen. Das Schlafen auf dem Boden war ihm nicht gut bekommen; ihm taten alle Knochen weh. Ohne ein festes Ziel im Sinn stand er auf, reckte sich und ging los.

Seine Beine trugen ihn zu einer Seite des Lagers hinüber. Es freute ihn ungemein, einen toten Worn dort liegen zu sehen, mit einer Vielzahl von Pfeilen, Messern und sogar Holzsplittern in der Flanke. Dahinter lag eine lange Reihe von Leichen – die Diener, die ihr Leben gelassen hatten. Es war ein schlimmer Anblick, aber nichts im Vergleich zu dem Schlachtfeld auf der anderen Seite des Felsvorsprungs.

Als er zum Tal hinüberblickte, sah er eine Gruppe von Dienern am Rand des Lagers stehen. Dann löste sich eine Gestalt aus der Dunkelheit. Ein blutverschmierter hanianischer Soldat. Zwei Diener traten vor, hüllten den Mann in eine Decke und führten ihn zu einem Feuer.

Als kurz darauf zwei dunwegische Krieger erschienen, wurde Danjin klar, was dort geschah. Dies waren die Überlebenden der Schlacht, die von Priestern und Traumwebern geheilt worden waren.

*Das muss ich sehen.*

Danjin ging an den wartenden Dienern vorbei den Hügel hinauf. Der Himmel wurde jetzt langsam heller. Als er oben auf dem Felsvorsprung angekommen war, konnte er Männer und Frauen zum Lager zurückkehren sehen. Einige gingen, andere humpelten. Wieder andere wurden von Dienern gestützt. Einige wenige mussten getragen werden.

Auf dem Felsvorsprung stand eine vertraute Gestalt. Schuldgefühle durchzuckten ihn, als er sie sah. Sie drehte sich zu ihm um, dann winkte sie ihn herbei.

»Guten Morgen, Danjin Speer«, sagte Auraya leise.

»Auraya«, erwiderte er. »Ich muss mich entschuldigen.«

»Wenn du das möchtest, dann tu es. Aber dich trifft keine Schuld. Sie hätten es ohnehin herausgefunden. Ich hatte vor, es ihnen irgendwann zu sagen – und dir auch.«

Er blickte zu Boden. »Du musst wissen, dass ich glaube, du hättest eine bessere Wahl treffen können.«

»Ja.«

»Ob es nun eine gute Wahl war oder nicht, du bist sicher … enttäuscht über das Ergebnis.«

Sie lächelte müde. »Wie taktvoll du dich ausdrückst. Ja, ich war enttäuscht. Aber das gehört jetzt der Vergangenheit an. Ich muss mich um wichtigere Dinge kümmern.«

Er lächelte. »Das ist allerdings wahr.«

Sie wandte sich dem Tal zu. Als Danjin ihrem Blick folgte, sah er Bewegungen zwischen den gefallenen Soldaten. Traumweber und Priester bei der Arbeit.

»Die Veränderung, die schon lange mein Ziel war, ist nun von allein eingetreten«, murmelte sie.

»Veränderung?«

Sie hob die Hände. »Statt die Heilkünste der Traumweber zu ignorieren oder ins Verächtliche zu ziehen, schenken die Heilerpriester ihnen ihre Aufmerksamkeit. Sie werden heute viel lernen.«

Danjin sah sie mit großen Augen an. Priester, die von Traumwebern lernten? War es tatsächlich das, worauf sie die ganze Zeit über hingearbeitet hatte? Als ihm die Konsequenzen dieser Entwicklung dämmerten, war er tief beeindruckt von Aurayas Klugheit. Wenn die Priester die gleichen Dienste wie Traumweber anbieten konnten, würden die Traumweber überflüssig werden.

*Wusste Leiard davon? Hat er es jemals auch nur geahnt?*

Danjin bezweifelte, dass ihm diese Idee gefallen hätte. Und als seine Geliebte musste Auraya gezögert haben, auf das Ende seiner Zunft hinzuarbeiten, selbst wenn das bedeutet hätte, dass sie die Seelen derer retten würde, die sich anderenfalls in der Zukunft dem heidnischen Kult angeschlossen hätten.

Wie lange plante sie das schon? Und war die Ernennung Leiards zum Traumweberratgeber ein Schritt in diese Richtung gewesen? Jetzt, da Leiard fort war, war sie frei, ihre Arbeit fortzusetzen.

Auraya seufzte und drehte sich um. Danjin blickte wieder zum Lager hinüber und sah, dass die anderen vier Weißen näher kamen.

»Wir werden uns jetzt ein wenig mit den Göttern unterhalten«, bemerkte Auraya leichthin. »Geh zurück zum Lager, Danjin. Ich werde bald zum Frühstück nachkommen.«

Er nickte, dann sah er ihr nach, während sie den Hang hinunter zu den anderen Weißen ging.

Ein Soldat kam aus dem Tal auf ihn zugehumpelt. Er warf noch einen letzten Blick auf Auraya, dann eilte er hinüber, um dem Mann zu helfen.

Tryss versuchte nun schon lange, es zu verstehen. Seit Stunden hatte er benommen dagelegen und gelauscht, wie Männer und Frauen sich leise in Sprachen unterhielten, die er nicht verstand. In ihren Stimmen lag ein Unterton von Verzweiflung. Erst viel später wurde ihm klar, dass es Gebete waren, die er hörte.

Das Gemurmel brach nicht ab. Irgendwann aber waren die meisten Stimmen verklungen. Er fragte sich, ob die Götter geantwortet hatten. Er hoffte es.

Jetzt erklang eine neue Stimme, aber diese sagte nicht die Namen der Götter, sondern einen vertrauteren Namen.

»Tryss! Du lebst! Tryss! Wach auf! Sprich mit mir!«

Die Stimme war so vertraut. Und irgendwie tröstlich. Trotzdem würde er nicht tun, was sie sagte. Aufwachen bedeutete Schmerz. Und er hatte an diesem Tag schon mehr als genug Schmerzen erlitten.

»Tryss…« Es folgte eine lange Pause, dann ein erstickter Laut. »Tryss. Ich muss dir etwas erzählen. Wach auf.«

Neugier regte sich in ihm, aber es war nicht genug. Die Erinnerung an den Schmerz war zu erschreckend. Er ließ sich wieder in einen benommenen Schlummer sinken.

Dann kehrte der Schmerz zu ihm zurück.

Es war nicht wie zuvor – ein ferner, steter Schmerz. Dieser Schmerz kam in kurzen Stichen. Wann immer er durch seinen Körper schoss, folgte eine kurze Phase, in der ihm nichts wehtat. Irgendjemand wollte ihm nicht gestatten, in dem behaglichen Zustand des Schlummers zu verweilen. *Die Stimme wird glücklich sein,* dachte er mürrisch. *Ich wache auf; genau das, was sie will. Ich werde die Augen öffnen und…*

Plötzlich sah er ein Gesicht über sich. Ein Mann beugte sich, die Stirn konzentriert gerunzelt, über ihn. Das Gesicht passte nicht zu der Stimme.

»Tryss! Oh, ich danke dir!«

Der Ausruf kam von Tryss' linker Seite. Er wollte den Kopf in diese Richtung wenden, aber es tat zu weh. Also verdrehte er die Augen. Er konnte ein verschwommenes Gesicht sehen. Ein weibliches Gesicht.

Sie beugte sich vor, und das Wissen, wer sie war, traf ihn wie ein Blitzschlag.

»Drilli.«

*Ich habe gesprochen,* dachte er. *Vielleicht liege ich doch nicht im Sterben.* Er sah wieder zu dem Mann hinüber. Ein Traumweber. Ein weiterer Stich des Schmerzes durchzuckte Tryss, dann folgte Benommenheit. Er wandte die Augen nach rechts und spürte die Hände des Traumwebers auf seinem Arm.

Dann nahm er eine Bewegung in seinem Arm wahr. Knochen und Fleisch verlagerten sich. Das Gefühl war eigenartig und Übelkeit erregend. Tryss entschied, dass es besser sei, nicht hinzusehen. Stattdessen blickte er zu Drilli hinüber. Sie war so schön – selbst mit Schlamm, Schweiß und Blut bedeckt. Sie grinste ihn an, und ihre Augen schimmerten eigenartig.

»Also, was ist es?«, fragte er.

Sie blinzelte. »Was ist was?«

»Was du mir erzählen musst.«

Zu seiner Erheiterung zögerte sie. »Dann hast du das also gehört.« Sie biss sich auf die Unterlippe. »Vielleicht sollten wir bis später warten. Wenn du geheilt bist.«

»Warum?«

»Es ist noch … zu früh.«

»Zu früh für was?« Er versuchte den Kopf zu heben und stöhnte, als ein scharfer Schmerz durch seinen Rücken zuckte.

»Erzähl es ihm«, sagte der Traumweber leise.

Drilli sah den Mann kurz an, dann nickte sie. »Aber vergiss nicht, dass diese Dinge in den ersten paar Monaten häufig schiefgehen.«

Tryss seufzte und verdrehte die Augen. »*Welche* Dinge?«

Sie biss sich abermals auf die Lippen. »Ich bin – wir werden – wir werden Eltern.«

»Eltern?«

»Ja. Ich trage …«

*Ein Kind. Sie ist schwanger.* Eine Welle der Erregung schlug über Tryss zusammen. Als der Schmerz das nächste Mal kam, kümmerte er ihn kaum. Er grinste Drilli an.

»Das erklärt, warum dir die ganze Zeit übel war. Ich dachte, es läge an all den Gewürzen, die du in dein Essen tust.«

Sie schnitt eine Grimasse.

Tryss öffnete den Mund, um zu sprechen, brach jedoch ab, als der Traumweber ihm die Hände unter den Hals schob. Schmerz züngelte seinen Körper hinab, dann folgte Taubheit. Der Traumweber verharrte lange Zeit reglos in derselben Position. Langsam kehrte das Gefühl zurück, aber ohne den Schmerz. Schließlich zog der Traumweber die Hände zurück und wandte seine Aufmerksamkeit Tryss' anderem Arm zu.

»Das war … erstaunlich«, brachte Tryss heraus.

»Beweg dich nicht«, sagte der Traumweber.

Drilli ging um Tryss herum und setzte sich an seine rechte Seite. Er stellte fest, dass er den Arm bewegen konnte. Als er ihn hochhob, bemerkte er zu seiner Überraschung, dass nicht einmal eine Narbe auf seiner Haut zurückgeblieben war.

Er konnte jetzt auch den Kopf drehen, daher beobachtete er den Traumweber bei der Arbeit. Es war beunruhigend, den eigenartigen Winkel zu sehen, in dem sein anderer Arm auf dem Boden lag, aber während der Traumweber langsam die Hände darübergleiten ließ, kehrte sein Ellbogen wieder in die richtige Position zurück. Tryss verspürte ein wachsendes Gefühl der Ehrfurcht. Er hatte zwar von den legendären Fähigkeiten der Traumweber gehört, aber mit etwas Derartigem hatte er nicht gerechnet.

*Ich habe im Sterben gelegen,* dachte er. *Und dieser Mann hat getan, was eigentlich unmöglich hätte sein müssen: Er hat mich wieder gesund gemacht. Er hat mir das Leben gerettet.*

Der Traumweber hockte sich hin und unterzog Tryss einer kritischen Musterung. Dann stand er auf und ging davon.

»Warte.«

Tryss rappelte sich hoch. Erst jetzt begriff er, was er getan hatte, und hielt inne, um voller Staunen auf seine Arme und seinen Körper zu blicken. Dann eilte er, gefolgt von Drilli, hinter dem Traumweber her.

»Warte. Ich danke dir. Du hast mir das Leben gerettet.«

Der Mann ließ seinen Blick umherstreifen. Er murmelte etwas Unverständliches. Tryss runzelte die Stirn und trat näher an ihn heran.

»Nein. Dort ist es nicht sicher. Aber Jayim. Nein. Vergiss es. Du musst gehen, bevor er mit Arleej zurückkommt.« Der Traumweber hielt inne, dann wurde seine Stimme plötzlich dünn und schwach. »Nur noch einer. Nur noch einer.« Dann schüttelte er den Kopf. »Genug. Die Sonne geht auf. Es wird Zeit.«

Der Traumweber führte Selbstgespräche. Waren alle Traumweber so? Vielleicht benahmen sie sich nur bei der Arbeit so. Tryss hoffte es. Die Vorstellung, von einem Wahnsinnigen geheilt worden zu sein, hatte etwas Beunruhigendes. Mit einem traurigen Kopfschütteln wandte sich Tryss wieder Drilli zu.

»Ich weiß nicht, ob er mich gehört hat. Ich weiß nicht einmal, ob er es kann«, sagte er zu ihr.

Sie nickte und unterzog ihn dann einer eingehenden Musterung. »Was er getan hat ... es war unglaublich. Denkst du ... denkst du, du kannst fliegen?«

Er grinste. »Lass es uns herausfinden.«

Sie runzelte besorgt die Stirn. »Warte. Was ist, wenn es noch zu früh ist ...«

Aber er war bereits losgelaufen. Er rannte mit weit ausgebreiteten Armen über das Schlachtfeld. Er spürte einen leichten Wind unter seinen Flügeln und sprang in die Luft.

Als Drilli sich zu ihm gesellte, stieß er einen Freudenschrei aus und schwebte in den Himmel empor.

Nachdem sie etwa eine Stunde lang gegangen waren, blieben die Weißen auf dem Gipfel eines niedrigen Hügels stehen. Auraya blickte zurück. Dünne Rauchfäden waren der einzige Hinweis auf den Standort des Lagers. Sie stellten sich in einem weiten Kreis auf.

»Chaia, Huan, Lore, Yranna, Saru«, begann Juran. »Wir danken euch, dass ihr uns die Möglichkeit gegeben habt, Nordithania zu verteidigen. Wir danken euch dafür, dass ihr unser Volk vor den pentadrianischen Eindringlingen geschützt habt.«

»Wir danken euch«, murmelte Auraya zusammen mit den anderen.

»Wir haben in eurem Namen gekämpft, und wir haben den Sieg davongetragen. Jetzt, da wir den Nachwehen dieser Schlacht entgegensehen, brauchen wir eure Leitung umso mehr.«

»Leitet uns.«

»Wir bitten euch, jetzt zu erscheinen, auf dass wir an eurer Weisheit teilhaben können.«

Auraya hielt den Atem an. Ein Leuchten erfüllte den Kreis, das sich schließlich zu fünf Gestalten formte.

*Alle fünf,* dachte sie. *Seit meiner Erwählung habe ich sie nicht mehr alle fünf zusammen gesehen.*

Die Gesichtszüge der Götter bildeten sich heraus. Sie lächelten. Auraya konnte nicht anders, als ihr Lächeln zu erwidern. Chaia stand vor Juran.

*Wir sind sehr erfreut über euren Sieg,* sagte er. *Ihr habt eure Sache alle gut gemacht. Und Auraya …* Der Gott wandte sich zu ihr um. *Du hast selbst unsere Erwartungen übertroffen.*

Auraya spürte, wie ihr die Röte in die Wangen stieg. Sie

senkte den Blick, erheitert über ihre eigene Verlegenheit angesichts seines Lobs.

*Was wollt ihr von uns wissen?* Die Frage kam von Huan.

»Wir haben eure Anweisungen befolgt und den überlebenden Pentadrianern gestattet, sich zu ergeben und in ihre Länder zurückzukehren«, antwortete Juran, »aber wir fürchten die Konsequenzen dieser Entscheidung.«

*Die Pentadrianer könnten ihre Stärke zurückgewinnen und noch einmal in Nordithania einfallen,* sagte Lore. *Wenn sie entschlossen sind, das zu tun, werden sie es tun. Wenn ihr diese Armee ausgelöscht hättet, hättet ihr damit nicht verhindern können, dass eine andere euch überfällt.*

»Wenn sie erneut angreifen, sollten wir sie das nächste Mal vielleicht nicht nur vertreiben, sondern die Welt von ihrem Kult befreien«, sagte Juran.

*Es könnte eine Zeit kommen, da dies unvermeidlich wird. Aber ihr seid noch nicht bereit für diese Schlacht,* erwiderte Chaia.

»Als Auraya beobachtet hat, wie die pentadrianische Armee aus den Minen kam, hat sie etwas gesehen, das ein Gott zu sein schien«, sagte Dyara. »Aber das ist unmöglich. Was war es? Eine Illusion?«

*Es ist nicht unmöglich,* antwortete Yranna.

»Aber es gibt keine anderen Götter.«

*Außer uns hat keiner der alten Götter überlebt,* stimmte Yranna ihr zu. *Allerdings können neue Götter kommen.*

»Aber gleich fünf?«, fragte Dyara.

*Das ist unwahrscheinlich,* murmelte Saru.

»Aber nicht unmöglich.«

*Nein.* Chaia sah die anderen Götter an. *Wir werden der Sache auf den Grund gehen.*

Die anderen nickten.

Chaia wandte sich wieder Juran zu.

*Für den Augenblick kehrt nach Jarime zurück und genießt den*

*Frieden, den ihr so hart erkämpft habt. Wir werden schon bald wieder zu euch sprechen.* Er sah Dyara an, dann blickte er zu Auraya hinüber. Einen Moment lang wurde sein Lächeln breiter, bevor er seine Aufmerksamkeit auf Rian und Mairae richtete.

Dann waren die leuchtenden Gestalten ebenso plötzlich verschwunden, wie sie gekommen waren.

Juran seufzte und durchbrach den Kreis, indem er zu Dyara hinüberging. »Lasst uns hoffen, dass sie nichts finden werden.«

»Ja«, pflichtete Dyara ihm bei. »Andererseits – wenn die Pentadrianer tatsächlich realen Göttern folgen, dürften sie zurzeit ein wenig unzufrieden mit ihnen sein. Sie haben verloren.«

»Hmmm«, murmelte Juran. »Werden sie auch ein weiteres Mal verlieren?«

»Natürlich werden sie das«, sagte Mairae leichthin. Als die anderen sich zu ihr umwandten, lächelte sie. »Wir haben schließlich Auraya.«

Auraya seufzte. »Würdest du bitte aufhören, immer wieder davon zu sprechen, Mairae? Ich habe nichts Außergewöhnliches getan. Die Pentadrianer haben einen Fehler gemacht, das ist alles.«

Mairae grinste. »Der Feind wird mit Geschichten über die wilde, fliegende Priesterin zurückkehren, die ihren Anführer getötet hat.«

»Ich bin während der Schlacht nicht geflogen.«

»Das dürfte kaum eine Rolle spielen. Stell dir nur vor, was für ein Abschreckungsmittel das sein wird, falls sie einen neuen Angriff planen. Dein Name wird über Generationen hinweg benutzt werden, um Kindern Angst zu machen, damit sie ihren Eltern gehorchen.«

»Wie schön«, bemerkte Auraya trocken.

»Wenn ich nicht bald mein Frühstück bekomme, werdet ihr herausfinden, was für eine wilde Priesterin *ich* sein kann«, knurrte Dyara.

Juran warf Dyara einen erheiterten Blick zu. »Das muss um jeden Preis vermieden werden. Also los. Lasst uns nach Hause gehen.«

Die Traumweberroben, die Emerahl gestohlen hatte, waren ein wenig zu groß für sie, aber sie hatten ihr einen hinreichenden Schutz vor unliebsamer Aufmerksamkeit geboten, während sie sich um die Verletzten gekümmert hatte. Sie hatte sich auf der Seite der Pentadrianer gehalten, wodurch sich die Zahl der Zirkler, die sie behandeln musste, auf ein Minimum beschränkt hatte. Von den Weißen hatte sie seit Stunden nichts mehr gesehen. Wahrscheinlich erörterten sie mit ihren Verbündeten die Schlacht.

Sie hatte keinen Medizinbeutel bei sich, kam aber allein mit der Benutzung von Magie sehr gut zurecht. Es war eine befriedigende Arbeit. Sie hatte seit Langem nicht mehr die Möglichkeit gehabt, ihre Gaben auf diese Weise einzusetzen. Kurz bevor der Morgen dämmerte, war sie zu dem Schluss gekommen, es sei Zeit zu gehen, aber am Rand des Schlachtfelds hatte sie einen Siyee gefunden, der sich noch immer an das Leben klammerte, und sie war geblieben, um ihm zu helfen.

Als sie fertig war, war die Sonne aufgegangen, und zartes Licht erfüllte das Tal. Eigentlich hatte sie das Schlachtfeld verlassen wollen, solange es noch dunkel war, aber es würde wahrscheinlich niemandem weiter auffallen, wenn sie jetzt fortging.

Sie sah sich um. In ihrer Nähe stand nur ein einziger Traumweber, und dieser wandte ihr den Rücken zu und blickte zum Himmel auf. Sie runzelte die Stirn. Irgendetwas an dem Mann kam ihr vertraut vor. Vielleicht war er einer der Traumweber aus der Gruppe, der sie begegnet war.

Dann drang eine Stimme an ihr Ohr, leise und angespannt. Sie ging näher an den Mann heran, und ein Schauer überlief sie.

*Ich kenne diese Stimme.*

Aber sie konnte unmöglich dem Mann gehören, den sie gekannt hatte. Und was sagte er eigentlich? Sie stieg über einen Leichnam und schlich sich näher heran.

»… muss gehen. Nein. Sie kann helfen. Nein. Sie wird alles nur noch schlimmer machen. Ich kann nicht …«

Die Stimme klang abwechselnd hoch und tief, schwach und kraftvoll, fremd und vertraut. Der Mann zürnte mit sich selbst wie ein Wahnsinniger. Als er sich in ihre Richtung wandte, sog sie scharf die Luft ein.

»Mirar!«

Es war unmöglich. Er war tot. Aber als sie seinen Namen sagte, klärte sich sein Blick, und sie sah Erkennen in seinen Augen aufschimmern.

»Emerahl?«

»Du bist … du bist …«

»Lebendig? In gewisser Weise.« Er zuckte die Achseln, dann sah er sie plötzlich scharf an. »Was machst *du* hier?«

Sie lächelte schief. »Das ist eine lange Geschichte.«

»Wirst du … kannst du mir helfen?«

»Natürlich. Was brauchst du?«

»Ich brauche dich, damit du mich von hier fortbringst. Ganz gleich, in wen ich mich verwandle. Ganz gleich, wie sehr ich protestiere. Wenn nötig, nimm all deine Magie zu Hilfe.«

Sie starrte ihn an. »Warum sollte ich das tun müssen?«

Er verzog das Gesicht. »Das ist eine lange Geschichte.«

Sie nickte, dann trat sie direkt vor ihn hin. Er war alt geworden. Sie hatte ihn noch nie so dünn und so verrunzelt gesehen. Sein Haar war so hell, dass es beinahe weiß wirkte, und an der ungebräunten Haut an seinem Kinn erkannte sie, dass er sich erst vor Kurzem von seinem Bart getrennt hatte. Wären da nicht die kleinen Gesten gewesen, die ihr früher einmal so vertraut gewesen waren, hätte sie ihn vielleicht überhaupt nicht erkannt. Doch hier war er, verändert, aber lebendig. Über die Unmöglichkeit dieses Geschehens würde sie später nachgrübeln.

Sie griff nach seinem Arm und führte ihn davon.

# *Epilog*

Auraya ging über das Schlachtfeld.

Überall um sie herum lagen verstümmelte Leiber. Die bleichen, leeren Augen der Toten erfüllten sie mit Grauen. Sie fürchtete sich davor, in diese Augen zu blicken, aber sie konnte nicht anders – sie musste es tun. Blaue Lippen öffneten sich, und heisere Stimmen flehten um Leben. Sie riss sich von dem furchtbaren Bild los, nur um die Anklagen einer anderen Leiche hören zu müssen.

*»Es ist deine Schuld, dass ich tot bin.«*

Sie eilte davon, aber das Meer von Leichen war endlos. Sie lagen übereinandergestapelt auf dem Boden, und Auraya musste über sie hinwegsteigen. Sie versuchten, sie an den Knöcheln festzuhalten.

»Wir mussten kämpfen! Wir mussten es tun!«, beteuerte sie. »Das wisst ihr!«

In einiger Entfernung konnte sie ein Licht sehen. Plötzlich stand sie unmittelbar davor. Jemand hatte zwischen die Leichen einen Tisch und zwei Hocker gestellt. Auf dem Tisch stand ein Dame-Spiel – eine bereits begonnene Partie. Das Spiel war wunderschön und aus schwarzen und weißen Masersteinen gefertigt.

Die Leichen schwiegen jetzt. Auraya legte die letzten Schritte zurück und blickte auf das Brett hinab. Die beiden Seiten waren in einem Patt gefangen. Kein Wunder, dass die Spieler fortgegangen waren.

Eine Gestalt trat aus der Dunkelheit. Ein Stich des Schmerzes durchzuckte Auraya, als sie den Mann erkannte.

*Leiard.*

Er sah sie forschend an, dann senkte er den Blick auf das Spielbrett.

»Was für einen interessanten Traum du da hast. Warum verspürst du das Bedürfnis, mich bei dir zu haben?«

Sie schüttelte den Kopf. »Ich will dich nicht hierhaben.«

»Du hast mich gerufen.«

»Das habe ich nicht getan.«

»Oh, doch.«

Sie funkelte ihn an. »Warum bist du dann gekommen? Ich dachte, du ziehst Huren vor.«

Er blinzelte überrascht. »Dann weißt du also davon?«

»Ja.«

Er musterte sie nachdenklich. »Wahrscheinlich ist es gut so. Dann wirst du dich nicht versucht fühlen, nach mir Ausschau zu halten.«

Seine Worte kränkten sie. »Oh, diese Gefahr besteht wohl kaum mehr.«

»Es wird dir vielleicht schwerfallen, das zu glauben, aber ich wollte dir nicht wehtun. Meine Leute waren in Gefahr. Leiards Schwäche und seine Bescheidenheit sollten uns als Schutz dienen, nicht uns in Gefahr bringen.« Er blickte auf das Spielbrett hinab. »Es sind noch fünf weiße und fünf schwarze Steine übrig. Welche Seite möchtest du nehmen?«

Sie wandte sich ebenfalls dem Spielbrett zu. »Weiß natürlich.«

»Dann hast du gewonnen.«

Einer der Spielsteine hatte sich verändert. In die Figur war ein goldener Kreis eingemeißelt, und sie stellte einen Priester dar, so dass sie jetzt mehr Gewicht hatte als zuvor.

»Was ist passiert? Dort stand vorher eine andere Figur.«

Leiard lächelte. »Ach ja?«

»Warum hat sie sich verändert?«

»Ich weiß es nicht. Es ist dein Traum, Auraya von den

Weißen, und ich möchte keinen Anteil daran haben. Lebwohl.«

Sie blickte auf.

*Er war verschwunden.*

# *Glossar*

**Fahrzeuge**

| | |
|---|---|
| *Plattan* | – der; ein zweirädriger Karren |
| *Tarn* | – der; ein vierrädriger (Plan)wagen |

**Pflanzen**

| | |
|---|---|
| *Dembar* | – der; ein Baum mit magieempfindlichem Saft |
| *Felfea* | – die; ein Baum aus dem Land Si |
| *Florrim* | – das; ein Beruhigungsmittel |
| *Formtane* | – das; ein Schlafmittel |
| *Fronden* | – das; eine farnähnliche Pflanze |
| *Garpa* | – der; ein Baum |
| | – das; die Samen des Garpa, die als Stimulationsmittel dienen |
| *Heybrin* | – das; Kraut, das angeblich vor Geschlechtskrankheiten schützt |
| *Mytten* | – der; Baum mit langsam brennendem Holz |
| *Rebi* | – die; Frucht aus dem Land Si |
| *Salzholz* | – sehr beständiges Holz |
| *Schendel* | – der; ein auf Waldböden wachsendes Kraut |
| *Wellkraut* | – das; Pflanze, aus der ein Mittel gegen Hämorrhoiden gewonnen wird |
| *Wemmin* | – das; eine Pflanze mit fleischartigen, phallusähnlichen Blüten |
| *Winnet* | – der; ein Baum, der an Flussläufen wächst |
| *Yan* | – die; auf Waldboden wachsende Knollenfrucht |

**Tiere**

| | |
|---|---|
| Arem | – das; ein schweres Zugtier für Plattans und Tarns |
| *Ark* | – der; ein Raubvogel |
| *Brem* | – das; ein kleines Jagdwild der Siyee |
| *Fanrin* | – der; ein Raubtier, das den Gauts nachstellt |
| *Garr* | – der; ein gigantisches Meerestier |
| *Gaut* | – die; Nutztier, das seines Fleisches und seiner Milch wegen gehalten wird, in den Bergen heimisch |
| *Girri* | – das; flügellose, von den Siyee domestizierte Vögel |
| *Holzfisch* | – ein geschmackloser Fisch |
| *Kiri* | – der; ein großer Raubvogel |
| *Leramer* | – der; Raubtier mit telepathischen Fähigkeiten |
| *Lyrim* | – das; ein Herden-Nutztier |
| *Moohook* | – der; ein kleines Schoßtier |
| *Ner* | – der; Nutztier, das seines Fleisches wegen gehalten wird |
| *Pfeilbiene* | – die; ein stechendes Insekt der nordöstlichen Berge |
| *Reyna* | – das; Nutztier zum Reiten und Ziehen von leichten Plattans |
| *Shem* | – das; Nutztier, gehalten wegen seiner Milch |
| *Tiwi* | – die; soziale, schwarmbildende Insekten |
| *Veez* | – der; anhängliches, telepathisches und sprechendes Schoßtier, meerkatzenähnlich |
| *Worn* | – der; ein telepathisches, Rudel bildendes, wolfsähnliches Raubtier |
| *Yern* | – das; ein hirschartiges Wild mit begrenzten telepathischen Fähigkeiten |
| *Yeryer* | – der; ein giftiges Meerestier |

**Kleidung**

| | |
|---|---|
| *Kapas* | – das; ein Schulterumhang, der vorn am Hals geschlossen wird |
| *Oktavestim* | – das; Gewand der Priester des Gareilem |
| *Tunika* | – bei Frauen ein Kleid, bei Männern ein langes Hemd |
| *Unterkleid* | – von Frauen unter der Tunika getragen |
| *Zirk* | – der; ein von Zirklerpriestern und -priesterinnen getragener, runder Überwurf |

**Speisen**

| | |
|---|---|
| *Feuerkraut* | – ein Gewürzkraut aus dem Land Toren |
| *Fladenlaib* | – ein festes Brot |
| *Kuchenoblate* | – ein Gebäck aus trockenem Blätterteig |
| *Nusspaste* | – ein Gericht aus Nüssen, im Land Si gebräuchlich |

**Getränke**

| | |
|---|---|
| *Ahm* | – der; ein Getränk aus dem Land Somrey, gewöhnlich warm und gewürzt genossen |
| *Teho* | – der; Getränk aus dem Land Sennon |
| *Tintra* | – der; Getränk aus dem Land Hania |
| *Tipli* | – der; starkes Getränk aus dem Land Toren |

**Krankheiten**

*Lungenfäule*
*Wundfäule*

**Mein Dank** gilt »den zwei Pauls« und Fran Bryson, die die roheste aller Rohfassungen gelesen haben, und außerdem Jennifer Fallon, Russell Kirkpatrick, Glenda Larke, Fiona McLennan, Ella McCay und Tessa Kum für ihr Feedback. Natürlich danke ich wieder allen meinen Lesern, vor allem meinen Freunden auf *Voyager Online*. Und zum Abschluss ein Dankeschön an Stephanie Smith und das Voyager-Team, an Darren Nash und die Leute bei Orbit sowie Steve Stone für die wundervolle Umschlagillustration.